Superándonos en el Siglo 21

Superándonos en el Siglo 21

Marichu Grijalba Iturri

iUniverse, Inc.
Bloomington

SUPERÁNDONOS EN EL SIGLO 21

This is a work of fiction. All of the characters, names, incidents, organizations, and dialogue in this novel are either the products of the author's imagination or are used fictitiously.

iUniverse books may be ordered through booksellers or by contacting:

iUniverse
1663 Liberty Drive
Bloomington, IN 47403
www.iuniverse.com
1-800-Authors (1-800-288-4677)

ISBN: 978-1-4759-6850-7 (sc)
ISBN: 978-1-4759-6851-4 (ebk)

Printed in the United States of America

iUniverse rev. date: 01/28/2013

La infancia de Diego Torrente

Al principio cuando yo era un niño, un día oí decir a mi abuelo: "Habrá quizás una III Guerra Mundial en el Siglo XXI. Quizás habrá - repetía él – jihad o Guerra Santa en el Siglo XXI. ¿Acaso no hay muchos jovenes mahometanos que les gustaría morir por el bien de Alá?". Oyendo esto mi padre le respondía: "Pero papá reconoce que se han tomado muchas iniciativas para pacificar el mundo".

"¿Cómo cuáles hijo?"

"Por ejemplo el Premio Nobel para la Paz. Y las Conferencias Pacíficas que se hacen, sirven para reducir los conflictos e ir desarmando a los países poderosos. Eso ha dado como resultado que desde el año 1945 en que se acabó la II Guerra Mundial no se ha conocido otra".

"Si hijo ya sé todo eso. Y toda la lata de los que dicen que se están haciendo extraordinarios esfuerzos entre los que practican diferentes religiones para entenderse unos con otros. Y de los que agregan que más de cien países se independizaron ya de ser colonias en el Siglo XX. Y de los que alegan que todas las naciones conocen las limitaciones de sus fronteras por lo tanto que a ningún gobernante le dará la ventolera de ampliarlas porque sabe que provocaría un cataclismo político con sus vecinos".

Escuchándolo hablar así a mi abuelo, seguía porfiándole papá: "Por todas esas razones no habrá Guerra Santa".

E insistíale mi abuelito: "Pero hijo, si el Siglo XX ha sido una siglo de guerras, en que se han librado más de sesenta cruentas luchas. ¿Y qué me dices de los brotes de nacionalismo y terrorismo que son las grandes amenazas en este Siglo XXI?"

"Papá, esos nacionalistas y extremistas solo son un grupito de gente".

"Mira hijo que frágil es la paz. Al comienzo del Siglo XX se gozaba de ella pensando todos que iba a ser duradera. Cuando de improviso el 28 de junio de 1914 fué matado en Europa el archiduque de Austria llamado Frans Ferdinand por un servio. Al mes siguiente el 28 de julio de 1914 el reino de Austria Hungría declaró la guerra a Servia, dando así comienzo a la I Guerra Mundial en la que participaron treinta países".

"Si papá que se dió por terminada el 28 de junio de 1919 cuando en Versalles de Francia se firmó la paz".

"Terminada esa I Guerra Mundial, el mundo no se había repuesto aún, cuando comenzó otra vez de repente la II Guerra Mundial. Y como cada vez hay más proliferación de armas haciéndolas a su vez más potentes, si en la primera guerra internacional murieron veinte millones de personas, la segunda costó la vida a sesenta millones de gente. En su mayoría a ciudadanos inocentes como ancianos, mujeres y niños".

Mientras el abuelo hablaba lo interrumpí para preguntarle como se inició aquello, por lo que él me contó lo siguiente: "Cuando en el año de 1934 murió el presidente del Imperio Alemán, Paul von Hindenburg, tomó el poder su canciller Adolf Hitler, siendo elegido después por el pueblo como el Führer porque su partido obtuvó la mayoría de los votos".

"Abuelito, ¿Y dentro de Alemania quienes lo ayudaron a Hitler?"

"Diego, fueron dos grupos. Uno de ellos fué el Partido Nacional-Socialista y el otro la policía secreta llamada Gestapo. Y Hitler tenía como plan engrandecer a su gente, que era el pueblo Ario".

"¿Por eso ellos mandaron construir los coches Volkswagen?"

Y el abuelo riéndose de buena gana me contesta: "Si Diego. Y Hitler se hizó el mismo un dictador, decidido a combatir a los judíos, a los gitanos, a los comunistas y a los capitalistas. Por eso en 1938 miles de judíos fueron perseguidos en toda Alemania, así como has visto en las fiestas de Pamplona en España que los toros persiguen a las personas por la calle. Así los siguieron los nazis, a los judíos cuando huían, con el ánimo de alcanzarlos en la llamada Noche de los Cristales (Kristalnacht como se dice en el idioma alemán), rompiendo los vidrios de sus tiendas e incluso destrozando sus sinagogas, que son donde ellos se reunen para rezar a Dios. Esos templos fueron quemados igual como sus edificios. Durante la guerra, desde el 19 de septiembre de 1941 los partidarios de Hitler obligaron a los judíos, a partir de los seis años, a usar en la solapa de su abrigo o chaqueta La Estrella de David, que es uno de los símbolos del judaísmo. Esa fatídica noche 30,000 de ellos fueron capturados y sin proceso llevados a los campos de concentración. Luego, en mayo de 1942 también a los judíos de Holanda y Bélgica les dieron los nazis la misma orden de ponerse en la ropa la estrella judía".

"¡Vaya papá que buena memoria tienes!", decíale mientras tanto mi padre a mi abuelito que por lo que recordaba se veía que no estaba tan chocho.

"Hijo, cómo olvidar esos Campos de concentración Auschwitz, Dachau, Bergen-Belsen, Buchenwald, Ravensbrück, Treblinka... donde millones de judíos fueron muertos por el hambre, la sed o las enfermedades. Y los que no fallecieron de eso eran ahorcados, matados de un tiro en la nuca o ejecutados de muerte en la cámara de gas, mientras entre ellos se decían como un rayo de esperanza: "¿Qué nos van a matar, si estamos en el Siglo XX?". Pero de los cuales solo unos cuantos sobrevivieron".

"Abuelo, ¿cuántos fueron en total esos muertos?"

"Diego, se calcula que fueron como diez millones".

"¿Y por qué no bombardearon esos campos de concentración otros países, antes que llevaran los nazis a los judíos?"

"Dicen los que tienen mentalidad militar, que esa pregunta es una de los grandes enigmas de la historia", intervino diciéndome mi padre. Explicándome él mismo a continuación lo siguiente: "Y en la ciudad alemana de Neurenberg comenzó después de la guerra un proceso contra un puñado de los colaboradores de Hitler, a quienes se les acusó de ser criminales de guerra".

"¿Se levantaron los muertos para acusarlos?"

"No Diego, el jurado estaba compuesto por juristas de los Estados Unidos, de la Unión Soviética, de Inglaterra y Francia".

"Abuelo, ¿de dónde descienden los judíos?"

"Los antepasados de los judíos fueron los hebreos que conquistaron y habitaron la Palestina. Bueno, te contaba que muchos de esos militares y colaboradores de Hitler, que durante la II Guerra Mundial dieron ordenes de asesinar a los judíos, cuando la guerra terminó tuvieron miedo. Pues, el Tribunal de Guerra de los otros países comenzaron a juzgarlos y encarcelarlos. Por eso huyeron a otras partes del mundo, tales como a Sud América para que no los mataran".

"¿Abuelo quieres decir que a esos soldados alemanes, después de terminada la lucha, les faltaban pies para correrse de la justicia?"

"Si nieto Diego, fué así como cuenta la historia. Pero yo opino que no se les debe matar, porque esa es la ley antigua que enseñaba *Ojo por ojo y diente por diente.* En cambio una nueva orden nos dice que la vida del criminal también debe tener valor, a los ojos de la gente como la tiene para Dios, porque mientras vive tiene tiempo de arrepentirse hasta antes de su muerte". Y tras sorber un poco de su té, continuó mi abuelito hablando así: "Bueno Diego, como te contaba los militares de Hitler conquistaron buena parte de Europa como Holanda, Bélgica y Francia. Y en su asalto a Inglaterra conocieron su primera derrota a pesar de que los nazis bombardearon con ataque aéreo Londres. Pero la Gran Bretaña que estaba gobernada por Sir Winston Churchill se defendió. Posteriormente tres millones de soldados de los ejércitos de Hitler, sin declararle la guerra atacaron a la Unión Soviética, a pesar de que había un pacto de no agresión entre ellos. Se llamó a la acción esa de pelear bajo el code de *Operación Barbarossa.* Pero el mandatario ruso de aquel entonces que era Josef Stalin se unió, aunque solo por ese momento, a los países aliados para junto con ellos poner fin a la II Guerra Mundial".

"¿Abuelito, y allí terminó todo el conflicto?"

"Ese fué el comienzo del final. Pues los de la Unión Soviética, al ver que venían los Nazis, retrocedieron quemando todo lo que no podían salvar".

"Diego, el abuelo quiere decirte que las tropas de Hitler encontraron en Rusia por todos sitios campos con sus cosechas quemadas", me contó mi padre. "Porque los rusos no querían entregarlas a los nazis".

"Hijo, y también cuéntale a Diego que las fábricas estaban reducidas a escombros", oí que le dijo mi viejo, a mi papá.

"¿Entonces que pasó abuelo?", insistí yo en saber.

"Mi nietecito, de pronto llegó el cruento invierno ruso con veinticuatro grados de frío bajo cero. Fíjate, si ahora estamos a diez grados sobre cero, cómo tiritarían los nazis en Rusia por estar helados a plena intemperie. Entonces aquellas tropas hitlerianas tuvieron que retroceder dejando incluso los terrenos que habían ganado. A ello, ese año, un 7 de diciembre de 1941 siguió la embestida que descargó Japón contra la base de la marina americana en Pearl Harbor en Hawai".

"Abuelito, ¿Y por qué Japón atacó a América?"

"Porque Japón había invadido a China y los Estados Unidos protestaron con energía. Japón se sentía fuerte, porque se le habían unido Alemania e Italia".

"Los otros países también se metieron a dar de trompadas".

"Si Diego. Porque cuando en el ataque japonés a la base americana, en Hawai, murieron un par de mil de soldados y marineros americanos, las otras naciones que estaban aliadas con los yanquis, me refiero a los norteamericanos, le declararon la guerra a Japón. Y de inmediato China se armó hasta los dientes para pelear también contra Japón".

"¿Quiéres decir abuelo que les buscaron camorra a los japoneses?"

"Exacto Diego".

"De manera que se convirtió en una riña internacional, abuelo. ¿Y quiénes eran los países aliados?"

"Estados Unidos, Canada, Gran Bretaña, Francia, Holanda, Bélgica, Australia, África del Sur...".

"Abuelito, ¿y cuándo empezaron los aliados a ganar?"

"En el verano de 1942 inició Hitler su invasión a Stalingrado, dejando la ciudad destruída.

Pero los soviéticos se negaron a entregarla. Así que comenzando el invierno a una temperatura bajo cero, los soviéticos sitiaron la ciudad, cerrando cada vez más el círculo. Y así reconquistaron los rusos Stalingrado".

"Padre, recuerda que a esa derrota de los nazis, les siguió la del Norte de África", interviene diciendo mi papá.

"Si hijo, hasta que llegó el día 6 de junio de 1944 conocido como el *Día D,* que fué cuando los ejércitos aliados desembarcaron en las playas de Normandía. Bajo las órdenes del general americano Dwight David Eisenhower, llegaron barcos de guerra y aviones de bombardeos. En está operación murieron muchos de ambos lados, pero comenzó la libertad de Francia y del resto de Europa".

"¿Abuelo, y cuándo murió Hitler?"

"En Abril de 1945 falleció él junto con su mujer Eva Braun. Y en agosto de ese año, tiró un piloto americano la primera bomba atómica sobre la ciudad japonesa de Hiroshima, que ocasionó mucho ruido. Pues era como una bola de fuego que arrasó de muerte alrededor de 80,000 mil de sus ciudadanos. Y muchos otros resultaron heridos por la radioactividad".

"Papá, no le cuentes a Diego esas cosas, considera que solo tiene cinco años".

"Hijo, si a mi nieto ya le enseñé a leer, y lo puede ver en cualquier libro. Además tiene que saber Diego desde su temprana edad, de que son capaces los hombres en tiempo de guerra. Tres días después volvió arrojar el gobierno de Norte América la segunda bomba atómica, que fué esta vez sobre la población de Nagasaki, donde fallecieron otras 10,000 personas".

"Al próximo día, principió Japón sus negociaciones de paz. La II Guerra Mundial había acabado", termina contando mi padre. Y mi abuelo le repuso: "Si hijo, pero ahora que estamos avanzando en el siglo XXI, hay otros países que están armados con bombas atómicas como Rusia, Gran Bretaña, Francia, China e India... ¿Y si ellos se preparan para defenderse así, los países pobres dirán, y por qué nosotros no?"

Entretanto mi madre se acercó, para anunciarnos que la cena ya estaba lista sobre la mesa.

Averiguando que es una Guerra Santa

Yo había oído hablar mucho de la guerra pero hasta ese día nunca de una Guerra Santa. Por eso a la hora de dormir me preguntaba a mi mismo en la cama: "¿Qué será una Guerra Santa?", sin poderme dar una respuesta. Esto lo recuerdo aunque solo era un pimpollo. Entonces esa noche, a la medianoche estando toda la casa en silencio, pues los demás ya dormían, me levanté con sigilo de mi cama, y muy despacio fuí derecho hacia la biblioteca donde estaban colocados en orden los libros.

Oscuro como la boca del lobo temía yo encontrar aquella sala de nuestra vivienda, pero por fortuna la luz del patio entraba por los ventanales. En ese cuarto, encaramándome en la escalera del estante, saqué con toda dificultad el diccionario, el cuál lo dispuse sobre el escritorio y sirviéndome de una linterna que había traído conmigo me pusé a buscar con mucha avidez en la letra "*g*" hasta encontrar la palabra "*guerra*".

Leí que decía muchas cosas sobre el término *"guerra"*, como por ejemplo:

Guerra: Desavenencia y rompimiento de paz entre dos o más potencias.

Guerra: Lucha armada entre bandos de una misma nación.

Guerra: Pugna, disidencia entre dos o más personas.

Guerra: Toda especie de lucha y combate, aunque sea en sentido moral.

Guerra: Cierto juego de billar.

Guerra Fría: Situación de hostilidad en que, sin llegar al empleo declarado de las armas, cada bando intenta minar el régimen político o la fuerza del

	adversario por medio de propaganda, presión económica, espionaje, organizaciones secretas, etc.
Guerra Galana:	La que es poco sangrienta y empeñada, y se hace con algunas partidas de gente, sin empeñar todo el ejército.
Guerra Marina:	La que se hace con el cañón, sin llegar al abordaje.
Guerra Santa:	La que se hace con motivos religiosos y especialmente, la que hacen los musulmanes a los que no lo son.

Y aunque había encontrado la frase *Guerra Santa* de la cual quería saber su significado, mi tarea impuesta por mi mismo no estaba consumada, pues, tenía que leer que significaba *Musulmanes*. Por lo que volviendo el grueso libro del diccionario a su sitio, baje el segundo tomo de ellos y busqué en él la palabra aquella. Y decía *Musulmán*: *Que profesa el islam*.

En esos momentos me faltaba saber que era *Islam*. Retrocediendo pues las páginas encontré la explicación de *Islam*. Y ponía:

Islam:	Conjunto de dogmas y preceptos de la religión de Mahoma.
Islam:	Conjunto de los hombres y pueblos que creen y aceptan esta religión.

Volviéndo yo el segundo tomo también al estante, salí de la pieza en secreto. Guardando solo para mí, el papel donde había escrito estas definiciones que había encontrado. La razón de ello era incluirlas en un minúsculo diario, que titulé "Enamorado de la vida".

Allí contaría sobre el abuelo, donde puse que era como un ratón de biblioteca porque le encantaba leer. Excepto aquellos ratos en que se encontraba él, a mediodía, con los hombres del pueblo en la plaza, para comentar entre ellos las novedades del día bajo el árbol frondoso. O cuando ibamos ambos a los criaderos para atender a los animales.

Visitando a mi Nana

Cuando yo, Diego Torrente, entré al Asilo de Ancianos a buscar a mi Nana, a mi Nana querida que junto con mis abuelos y mis padres cuidaron de mí en mi niñez, qué gusto me dió volver a verla.

Entonces después de que intercambiamos saludos, le dijé: "Nana, he venido a sacarte a pasear".

"¿Qué salga yo afuera a beber los vientos como los pájaros?. ¿Y solo para distraerme, qué más quiero?"

"Si Nana, quiero llevarte a la banca del parque. Allí adonde tú me conducías, cuando yo era aún pequeñín, y me relatabas esos cuentos que tanto me agradaban. Recuerdas también allá en el patio de la casa, sentados sobre las gradas de cemento, mientras veíamos los floridos árboles y olíamos los perfumados jazmines, qué de historias me contabas".

"Bueno niño Diego vamos", me dijo conforme a su vieja costumbre de llamarme así. "Pero primero voy a pedirle permiso a la Directora. No sé si ella me dejará partir".

"Ya le dijé que también visitaremos el zoológico. Y le parece que está muy bien".

"También voy a anunciárselo yo".

"Anda Nana, que yo te espero acá".

Y estando aguardando a mi Nana, de pronto se me acercó la misma Jefa para decirme: "Venga señor Diego Torrente para que vea donde duermen los que viven aquí".

Conduciéndome enseguida ella por un patio grande, me llevó hasta donde se avistaban varios dormitorios con sus camas. "Aquí duermen las ancianitas", me refirió. "Y allá afuera, atravesando al otro lado, pernotan los hombres que están en la edad senil". Mi Nana, que se hallaba en su pieza peinándose delante de un espejo de pared, cuando me distinguió esbozó una sonrisa. Desde el pasillo contemplé que algunas viejitas no se habían levantado todavía. En cambio otras estaban vistiéndose, siendo ayudadas por algunas mujeres que lucían uniformes. Pero en su mayoría los lechos estaban tendidos, que eran de las ancianas que habían madrugado. Pidiéndo yo para ir de paso por las alcobas de los ancianitos, la Superiora del Instituto nos condujo hacia allá a la Nana y a mí. En cada matusaleno que iba caminando lento, o tomando el sol, en el patio me parecía estar contemplando a mi abuelo, a mi padre, o incluso a mí mismo, cuando yo envejeciera el día de más tarde, si es que llegaría alcanzar esa avanzada edad.

Los viejecitos con los que nos cruzabamos nos saludaban muy atentos mientras los más sociables de ellos se acercaban a nosotros para conversar.

Desde allí salimos mi Nana, conmigo a la calle. Y tomándola yo del brazo, andamos despacio hasta que paré un taxi, el cual nos llevó al parque. Ahí nos sentamos sobre la misma banca, donde otrara la oí a la Nana contarme tantos cuentos. Esta vez no hablaba ella mucho, sin duda la caminata la había cansado. Bueno, ella había sido más bien callada, salvo cuando me contaba historias. Aún recuerdo el día cuando le pregunté: "Nana, ¿quién hizó el mundo?".

"Dios, Él creó el universo en siete días", me respondió. Y siguió diciéndome mi Nana: "Al principio solo había *agua.*Y el espíritu de Dios se movía de un lado a otro sobre la superficie de las aguas. Después Dios dió orígen a la luz que la llamó *Día,* pero a la oscuridad la llamó *Noche.* Ese fué el día segundo. Luego dijó Dios: "Que las aguas que están debajo del cielo se reunan para que aparezca lo seco".

"Nana, ¿cómo llamó Dios a lo seco?"

"A lo seco, lo designó Dios con el nombre de *Tierra*".

"Nana, ¿cómo tituló Dios a toda el agua?"

"A la reunión del agua, la definió Dios como *mares.* He hizó brotar Dios de la tierra *hierba con semillas y árboles con frutas y pepitas.* Ese fué el día..."

"Tres", le dije yo que lo iba contando con mis dedos.

"Si, ese fué el día tercero. Pero la tierra y el mar estaban oscuros. Así que Dios alumbró el día con el *Sol* y a la noche la alumbró con la *Luna.* Ese fué el día..."

"Cuatro".

"Si niño Diego, ese fué el día cuarto. Enseguida dijo Dios: "Que en la tierra aparezcan *animales,* que en los mares aparezcan *peces* y que en el aire aparezcan... esos que están cantando allí en el arbolito".

"Pajaritos..."

"Si, Dios dijo que en el cielo hayan *aves voladoras.*Y ese fué el día..."

"Cinco".

"Si, ese fué el día quinto. Posteriormente dijo Dios. ¿Qué habló Dios?... Así, ya me acuerdo, díjose entonces Dios: "Hagamos al hombre a nuestra imagen y a nuestra semejanza, para que domine sobre los peces del mar, sobre las aves del cielo, sobre los ganados y sobre todas las bestias de la Tierra y sobre cuanto animal se mueve sobre el suelo".

"Nana, ¿Creó Dios al hombre macho?"

"Si".

"Nana, ¿y a la mujer la hizó hembra?"

"Si, por lo que les dijo Dios que tuviera hijos. Que llenara este planeta que habitamos con sus descendientes. Les manifestó a ellos que procrearan muchas criaturas".

"¿Pero Nana, mi papá y mi mamá solo me crearon a mí?"

"Eso niño Diego no me lo preguntes a mí. Eso averíguaselo a Dios".

"Nana, ¿cómo se llamaron los primeros que vinieron a este mundo?"

"Se llamaron Adán y Eva. Pero Eva tuvo amistad con la serpiente. Esa culebra hizó que Eva comiera del fruto del árbol, que Dios les había dicho: "No comáis de él, ni lo toquéis siquiera, no vayáis a morir".

"¿Dónde estaba ese árbolito Nana?"

"En medio del paraíso, en el centro del jardín del Edén. Entonces cuando a Eva ese astuto réptil le dijo que si comía podía ser como Dios, la muy cándida de Eva se lo creyó. Y comió la fruta de esa parra, e hizó que Adán también lo comiera. Desde entonces los dos comenzaron a tener vergueza de estar desnudos".

"Nana, ¿andaban Adan y Eva calatos?"

"Si. Y se taparon el cuerpo con unas hojas de la higuera. Pero Dios los arrojó del jardín, para que no comieran más del fruto prohibido. Y para que Adán y Eva vivieran para siempre".

"¿Qué les dijo Dios cuando los botó del jardín, Nana?"

"Al culebrón le dijo: "Por haber hecho esto, malditas serás entre todas las bestias del campo. Te arrastrarás sobre tu pecho. Y comerás el polvo todo el tiempo de tu vida".

"Nana, ¿qué le dijo Dios a Eva?"

"Parirás tus hijos con dolor".

"Nana, ¿y qué le dijo Dios a Adán?"

"Comerás de las hierbas del campo. Con el sudor de tu rostro comerás el pan". Quería Dios decirle a Adán con eso, que la vida ya no le iba a ser tan fácil sino que para alimentarse tenía que transpirar".

"Nana, ¿siguieron cubriéndose Adán y Eva con las grandes hojas del higueral?"

"Un tiempo no más, porque después hízoles Dios túnicas de pieles. Y puso Dios, delante del jardín del Edén, un querubín que blandía una flamante espada para guardar el camino que conducía al árbol de la vida. Ese fué el día..."

"Seis", le contesté.

"Si niño Diego, ese fué el sexto. Después en el día séptimo descansó Dios, de todo lo que había él creado".

"Nana, ¿y cómo nací yo?"

"Esa es otra historia muy interesante. Cuando vió Dios que tu papá y tu mamá estaban solteros, dijó: *"Haré que esos dos se encuentren"*, y cuando acabó de decir esto, se hallaron tu padre con tu madre. Después ellos se casaron. A partir de entonces comenzaron su vida marital".

"¿Y qué pasó luego, Nana?"

"Enseguida se fueron ambos a la cama. Y antes de dormir tu padre, con tu madre, cohabitaron juntos".

"¿Que significa eso, Nana?"

"Niñito Diego, ¿tienes tú una idea que es el sexo?"

"Esta parte del hombre y la mujer", le dijé señalándome mi órgano masculino. "Y que poseen también los animales".

"¡Hum, niño Diego, tú sabes más de lo que yo creía!. Bueno, lo que quería yo decirte, es que tuvieron relaciones sexuales tu papá con tu mamá. Que ellos encajaron sus carnes, como si fuera una sola persona".

"Nana, ¿viste tú a ellos unirse, como el caballo y la yegua para tener un caballito?"

"Eso no lo hacen los esposos delante de la gente, niño Diego".

"¡Oh!".

"Y tu padre cubrió con su cuerpo, a tu madre, así como quien monta sobre una montura de plata... ¡Qué de millas cabalgarían juntos!. Hasta que cuando se cansaron, tú ya estabas dentro del vientre de tu mamaíta, porque tu papaíto había puesto su semilla allí. Y eras solo un feto, tan chiquito como está hormiguita", me explicó mi Nana, llamándome la atención hacia uno de esos bichitos que andaban por la banca, donde estabamos sentados. "Adentro del vientre de tu mamá, tú estabas en el agua. Pero aprendiste a nadar".

"Nana, ¿cuánto tiempo estuve ahí buceando?"

"Nueve meses y cada día lo hacías mejor. Ya que te iban creciendo poquito, a poco, los brazos y las piernas. Hasta que cuando llegó el momento del parto, tu mamacita abrió las piernas y te entró por ahí un rayito de luz. Tú hasta entonces no habías visto nunca un destello. Y tuviste que taparte tu cara, con tus manos, para que esa resplandor no te cegara. Por suerte naciste con muchos cabellos..."

"Nana ¿tenía yo pelaje dejante de mis ojos, como los topos?"

"Luego miraremos antiguas fotografías, para saber si tu pelo ocultaba esos ojialegres. Ahora seguiremos con nuestro relato. Entonces viste que ese esplendor era bueno, mejor que la oscuridad. Así que imagino te dijiste a tí mismo: "¡Ánimo guapetón!. Te llegó la hora de salir de aquí y de dar tu primer grito en el mundo".

"¿Nana, y después que hice?"

"Ya te dije, dar de berridos. Es que había una gran diferencia, entre estar calentito adentro del seno de tu mamita, que irrumpir al mundanal frío".

"Nana... yo creía que las cigüeñas traían los bebes al mundo", le dije. A lo que ella me replicó: "Eso les dicen a los más chiquitos, a aquellos que están chupándose los dedos. Pero Diego tú ya tienes cinco años". Y tan pronto como oí eso me acomodé muy formal en la banca.

Diego Torrente va a la escuela

Recuerdo que en esos días siendo yo aún un infante, le pregunté a mi Nana algo más, cuando ví que algunos chiquillos portando sus maletines cruzaban la plazoleta para ir al colegio: "¿Por qué yo no voy a la escuelita?"

Y respondióme mi Nana: "Porque no tienes edad todavía".

E insistí tanto a mis padres, que un día me llevaron al jardín de la infancia. Ahí las dos profesoras eran amables. En las primeras clases que nos dieron, nos hacían repetir el abecedario y contar los números. Y con ellas aprendimos la chiquellería muchos cantos infantiles.

Acudiéndo a la granja con el abuelo

Saliendo de aquel kindergarten, yo iba de frente corriendo a la casa hacer mis tareas, luego buscaba al abuelo porque juntos concurríamos a ver a los animales en la granja. ¡Cómo nos gustaba mirar a las lanudas ovejas, cuando se amontonaban en el comedero relleno de paja que estaba alambrado y juntos con sus corderitos jalaban la comida!. En otros corrales habían cabritos que mamaban las ubres de las cabras.

Los días del esquileo ayudábamos a cortar, con las tijeras, el vellón de los ganados. Había casetas destinadas para trasquilar la ganadería lanar, pero cuando el tiempo lo permitía se hacía al aire libre que era cuando más gozabamos. ¡Qué divertido era aquello!.

Mi despertador al alba era el canto del gallo. Tan pronto lo oía cacarear al amanecer, yo saltaba de la cama. Ya que antes de asistir al colegio, iba con mi abuelito para poner comida a los animales, entre ellos a las gallinas de Guinea. Allí en sus cobertizos, los recogíamos para dormir y resguardarlos de la intemperie. Pero al despuntar la aurora les abríamos las puertas para que pudieran salir afuera. También recuerdo que cuando llegaba el invierno y la temperatura bajaba a cero grados, mi abuelito conmigo hacíamos en el patio exterior un gran muñeco de hielo, a lo cual se nos unían mis amiguitos del barrio.

Diego Torrente como diplomático en Bruselas

Y después de esto acontece que yo Diego Torrente siendo un periodista sin empleo fijo (free lance se denomina en el idioma inglés) y de carrera diplomático, me encuentro trabajando en una embajada. Todo el personal de las Embajadas extranjeras en Bruselas, capital de Bélgica, nos hemos reunido en el Hotel Internacional Pullman Astoria. El Pullman Astoria es un hotel de cinco estrellas, esto quiere decir de primera categoría. En el cual estamos por una invitación de los empresarios, así como de los dueños para pasar un fín de semana. Ello les servirá más tarde a los mismos como propaganda.

Siendo las seis de la tarde somos recibidos en el vestíbulo con todo dispuesto para un coctel. Sobre una mesa cubierta con un mantel blanco, colocada junto a la escalera alta que conduce a los dormitorios, veo que han dispuesto copas finas llenas de champán, de vino rojo, de martini (que en el idioma inglés se conocen como Dry Martini), y de zumo de frutas. Además hay jarras de cristal con los mismos jugos, tostaditas con queso, pastas saladas y servilletas blancas. Subiendo a mi habitación para dejar el maletín de viaje, a la vez que darme una ligera arreglada antes de bajar, encuentro que el recinto que me han designado es acogedor. Entrando por el pasadizo de mi aposento veo al frente el espacioso dormitorio. Lo primero que está a mi derecha es el baño que, además de tener dos lavamanos juntos y sobre ellos un espejo, cuenta con retrete, tina y ducha. En cuanto a la otra pieza que sigue, que me servirá para dormir o descansar, tiene un inmenso ventanal con vista al exterior y junto a esta ventana la doble cama. Frente a esta, hay un ropero empotrado, que va desde el techo que es muy alto hasta el suelo. Las puertas de este armario, que son de espejo, ocupan toda la pared, dando la grata impresión de que el cuarto fuera enorme. Ahí mismo, en un rincón cerca de los pies de la cama, hay una silla, con un escritorio; sobre dicho mueble hay un pequeño televisor, además de un teléfono y un azafate con una jarra llena de agua, así como un vaso. Debajo de esta mesita se encuentra un refrigerador chico con botellitas, unas llenas de licores, las otras conteniendo jugos. También hay diversas bolsas rellenas, la primera con maní, la segunda con papas fritas, y la tercera con chololates. Y en dos esquinas de esta misma alcoba, a la derecha e izquierda de las cabeceras de la doble cama, hay una pantalla de pie que dá luz para leer y a su lado un sillón de dos brazos. Todo esta ahí para que uno se sienta confortable.

Bajando al vestíbulo, miro que los hombres casi en su totalidad se hayan con ternos de color azul marino y las mujeres elegantemente vestidas de negro o colores no chillones. Tanto los diplomáticos, como aquellos que no lo son, nos encontramos de pie saludándonos unos a otros. Tratando de averiguar quienes somos, aunque algunos de nosotros ya nos conocemos. En tanto los mozos circulan con su clásica indumentaria de pantalones negros con chalecos blancos y corbatas de gala; ofreciéndonos nuevas copas o los azafates para depositar las que tenemos vacías.

Alguién está en un piano de cola negro, tocando la melodía El concierto de Aranjuez. Concluída aquella pieza oímos las demás tituladas:

The Góndolas of Venece
Blue Spanish Eye
Camino verde
The Way We Were
Exodus
Madrid, Madrid, Madrid

Hoy es viernes por la noche por lo tanto hay una gran camadería entre todos nosotros.

En el vestíbulo hay varias puertas. Unas de ellas conducen al gran comedor donde sirven desayuno, almuerzo y cena. Y más allá se encuentra el bar.

Llegando al salón para cenar, a la entrada nos recibe el maitre con su uniforme característico de chaqué, pantalón y corbata negros de gala. Siendo las mesas redondas, como formando una unidad entre nosotros. Y mientras cerca de mí se sientan personas que aún no conozco, al lado opuesto está mi jefe que es el Embajador Europeo Stanislao Stepanov representante en Bruselas de nuestro país. Él se haya con su digna esposa y la hija de ambos llamada Sol Stepanov, que es apenas una quincianera. Y tan atractiva, que debe estar produciendo en los solteros presentes, un amor a primera vista. Lleva Sol Stepanov un vestido de terciopelo azul de impecable buen gusto, pudiendo decirse que su ropa no predomina sobre la misma. Alguién de la mesa de pronto se pone de pie para tomarle fotos. Pero no solo a ella, pues también saca fotografías aquí y allá a otras personas.

Al frente nuestro hay un piano de cola negro, tal como el anterior. Junto al cual se encuentra un conjunto musical compuesto de tres artistas. Uno de ellos está tocando los acordes del piano, otro el violín y uno tercero la batería. Los tres cantan, cada uno en su turno, primero lo hace el que está en el piano con un popurrí en inglés, francés, italiano u otros idiomas. Terminando él, prosigue el de la batería con ritmos españoles. Su castellano tiene un dejo extranjero, pero así y todo da gusto oírlo.

Luego se pone a cantar aquel que toca el violín. Y las canciones que a él escuchamos son:

Bésame
La vie en rose
La chica de Ipanema
La Meer
Natalie
Stranger in the Night

Y otras melodías más, consistiendo la comida en una cena de etiqueta, servida por los mozos que tal como los anteriores también están con sus consabidos uniformes.

Además del vino servido por el Sumiller y del agua colocados en nuestro sitio, a cada uno nos traen para comer como sopa Crema de esparragos. Y concluída está, sigue un plato con Lenguado al Vino Blanco, Pavo a la Duvarry con naranjas rellenas de pure de manzanas y guindones.

Aparte, al centro de la mesa y para servirse cada uno hay: alcachofas, brécoles, cebollitas blancas, alverjas, trozos de papas cocidas doradas en mantequillas, así como otro plato con zanahorias al caramelo.

Una vez que terminamos de comer, *el Jefe de rango* retira los platos dejando el mantel libre para lo que sigue después. Luego como postre nos viene una copa con surtidos de helados. Y cerrando el menú podemos escoger entre café, té o licores.

Terminada la cena algunos optan por ir al bar a charlar. Pero siendo entonces alrededor de las once de la noche y habiendo tenido yo, en la mañana y en la tarde, un excesivo trabajo en la Embajada, en este momento prefiero retirarme a mi dormitorio para descansar.

Al día siguiente que es sábado como de costumbre me despierto temprano, entonces cuando bajo a tomar el desayuno, encuentro que ya están esperándome mi jefe el Señor Embajador Stanislao Stepanov con su familia. Después de intercambiar saludos les digo: "Véis que poder tiene la prensa".

"Diego, lo dices porque nos ves leyendo los periódicos", pronuncia el mismo Embajador Stepanov.

A lo cual le contesto yo: "Es que leer los diarios, es lo primero que hacen la mayoría de las personas cuando se levantan. ¿Y gracias a quién?. A nosotros los periodistas, que trabajamos tanto, como los directores de un circo", por lo que ellos sonríen oyéndome decir esto.

A continuación durante el rato que nos alimentamos me cuenta Su digna Excelencia el Embajador Stanislao Stepanov: "Anoche en el bar, a nuestro grupo se unieron unos cuantos Parlamentarios Europeos, quienes habían estado en otra comida, en este mismo hotel".

Como bien se sabe una parte del Parlamento Europeo tiene su sede y se congrega en Bruselas, en cambio otras se reunen en Stratsburgo y en Luxemburgo.

Entonces prosígueme hablando el Embajador: "Y yendo nosotros con ellos, al salón grande, se produjo un pequeño incidente al estar mi hija Sol conversando con uno de aquellos Parlamentarios Europeos".

Interrógole yo: "¿Por qué Embajador Stanislao Stepanov?", él me responde: "Porque vino otro de esos representantes europeos y la invitó a Sol para bailar. Pero el primero no se dió por vencido así que se fué a los de la orquesta pidiéndoles que interrumpieran la pieza. Cuando aquel que había estaba danzando con Sol, fué averiguarles a los músicos porque habían parado de tocar. Estos iniciaron un alegre jarabe tapatío mejicano, que aprovechó aquel que en un principio charlaba con mi hija Sol, para sacarla a zapatear".

Y siguiendo con nuestro programa vemos que, aquí en Bruselas, podemos visitar El Museo de Bellas Artes situado en el centro de la ciudad. Allí paseamos admirando con tranquilidad las pinturas modernas y sobre todo los óleos de siglos atrás.

Saliendo de allí, regresamos a pie desde el Museo al Hotel Pullman, pasando por la Plaza Principal de Bruselas que en su arquitectura es una joya de la antiguedad.

Por la tarde nos dirigimos a varias conferencias que nos dan a este grupo de Diplomáticos en el local del Parlamento Europeo. Allí unas charlas tratan sobre la Agricultura, en cambio otras sobre el Medio Ambiente.

Y es así como oímos a uno de los oradores decir: "La limpieza de la atmósfera se antepone sobre todo. Ello deber ser en muchos terrenos, tal como en lo agrícolo, pero también en el tráfico".

"Dentro del futuro, en que va a crecer la economía, se van a combinar las fuerzas políticas con la de los intelectuales. La razón de ello es para que el Medio Ambiente no se perjudique, que no se contamine más", nos sigue discurriéndo él mismo. "También los niños deben valorizar ello, por lo que se están impartiendo diferentes programas en los colegios. Tales como usar menos productos químicos, como fijadores para el pelo, que afecta el ozono. Se seguirá enseñando a los estudiantes que se deben sembrar más árboles. Y a conservar los que ya existen. Pues debido al oxígeno que proveen, son como los púlmones del mundo. Y con esa hermosa vista de flores, plantas y frutos, disfrutaremos todos más de la naturaleza, a partir de la primavera".

Después de aquella plática somos invitados a visitar un Banco, uniéndose a nuestro grupo los miembros del Club de Jóvenes Gerentes de un país de la Unión Europea con sus esposas.

Y quien nos habla en el Banco es un descendiente de exilados rusos. De la nobleza rusa, de aquellos que buscaron refugio en el extranjero. Él cual procede a decirnos: "Mis antepasados llegaron escapando de la Revolución Rusa del año 1917, buscando el asilo de Bélgica. Ello debido a que la Nobleza Rusa hablaba francés y en Bélgica también se habla ese idioma".

Vemos que cuenta este noble, descendiente de rusos, con sesenta años de edad más o menos. Y que siendo un hombre alto y guapo, tiene la cabeza en su totalidad afeitada. Además, en sus gestos, es un hombre de maneras muy refinadas al hablar.

Nosotros estamos sentados en una mesa larga en forma de *u* mientras que él, al frente nuestro, está de pie dando la espalda a la puerta. Y sigue él mismo diciéndonos: "Como vosotros sabéis, desde el año 1993 que se abrieron las fronteras Europeas para los negocios, cualquier país de la Unión Europea a saber: Bélgica, España, Francia, Portugal, Holanda, Luxemburgo, Gran Bretaña, Irlanda, Dinamarca, Alemania, Italia, Grecia, Austria, Suecia, Filandia, pueden introducir sus agencias en los otros países con entera libertad. Así como lo harán años después las naciones que se adhieran a la Unión Europea. Eso significa que la competencia es, y seguirá siendo enorme", prosigue informándonos. "Esto ha dado por resultado, que ya no se necesitan muchos de los Empleados bancarios, pues, todo se hace vía de computadoras o sistemas de autoservicios. Por consiguiente los bancos pequeños, se han unido a otros, para hacerse más poderosos y combatir la rivalidad. Atrayéndose así a los mejores clientes. Se ha dado una Ley Internacional. Ley que sirve a las autoridades, en el ramo financiero, para investigar cualquier depósito en los Bancos Europeos. Evitando de este modo dinero o depósitos que vengan de las drogas o de la venta ilícita de armas. Y se darán fuertas multas a los bancos que violen esa ley", continua explicándonos este belga, cuyos ancestrales llegaron desde Rusia.

En esos términos es su conferencia, y habiendo terminado se colocó en la puerta de salida.

Luego dándonos él la mano a cada uno, cuando nos despedimos, nos agradece nuestra asistencia. Saliendo desde ahí nosotros, hacemos un alto en un restaurante, para tomar un refresco antes de volver al Hotel Pullman Astoria, pero pronto anochece. Y estando, pues, en el centro de Bruselas camino de regreso, pasamos por las puertas de varios locales nocturnos que esparcían música. Ciertos hombres y mujeres, de los que componían nuestro grupo, viéndose acompañados se animaron a entrar para bailar o beber un trago.

Por lo que comenta El Embajador Stanislao Stepanov, mientras seguíamos de largo, con su esposa e hija, y los demás que transitaban con nosotros: "¡Claro que ver a la gente alegre, y que se está divirtiendo al máximo, es en cierto sentido contagiante!. Pero esa tentación, ya no me seduce. Porque como tú sueles decir Alejandra, y con toda razón: ¿Para que trasnochar horas enteras, sabiendo que nunca jamás se llega a recuperar del todo el sueño nocturno que se ha perdido, por mucho que se descanse al día siguiente?". Tras escucharlo a él, me pongo a pensar: "¡Qué útil es frecuentar personas de varias profesiones u ocupaciones, sobretodo si esa gente es honesta!. Pues así se entera uno mismo de las cosas, sin mayor esfuerzo".

Llegando al hotel, y antes de dormir, prendo la televisión para escuchar las últimas noticias del día. Es algo temprano para oír el noticiero de la medianoche, en tanto hay un programa con un politicólogo europeo, quien comenta: "Después de la destabillización en el Este Europeo (en que no se podía anticipar que iba a ocurrir en la Unión Soviética), como se sabe algunos estados pidieron su independencia. Y para evitar un confrontamiento armado les dieron su libertad. Ahora, (tal como en el pasado se afirmaba de la Unión Soviética), podemos asegurar que la Federación Rusa tiene un descollado poderío militar. Y que el rol de los Estados Unidos como la mayor superpotencia mundial, en su defensa de la democracia, va a seguir contando tanto en Europa, como en el Medio Oriente".

Al día siguiente, me levanto temprano para tomar desayuno. Y debido a que es domingo, se nota de inmediato que hay menos movimiento en este Hotel Pullman Astoria, al estar todo más tranquilo. Asímismo, muchos de los participantes a esta reunión han regresado ya a sus respectivas casas. Esto lo puedo observar desde el rellano de la escalera al bajar de mi dormitorio. Desde ahí distingo, que la familia Stepanov está sentada alrededor de una mesa rectangular donde hay diarios encima, en la espera de que abran el salón para desayunarse.

Llegando yo ahí, intercambio saludos con El Embajador Stanislao Stepanov, su esposa Alejandra Makowski, y la hija de ellos Sol Stepanov. Entonces durante el curso de la conversación, dice Alejandra: "Oíd vosotros lo que ha salido en este matutino: *A continuación publicamos una lista de los países o islas donde existen las Monarquías reinantes del mundo y por lo tanto cuentan con Rey, Reina, Emperador, Emir o Jeque.*

Reinos Europeos:
El Reino Unido, España, Bélgica, Holanda, Luxemburgo, Dinamarca, Mónaco, Suecia, Liechtenstein y Noruega.

Reinos del Golfo Pérsico:
Arabia Saudita, Emiratos Arabes Unidos, Kuwai, Bahreim, Qatar y Omán.

Reinos del Medio Oriente:
Jordania y Brunei. En este reino el monarca es un sultán que posee la tercera fortuna del mundo procedente del petróleo y gas natural.

Reinos Hindú situados en la cordillera del Himalaya:
Nepal y Bután.

Reinos de Asia:
Japón cuenta con un Emperador quien es heredero de una disnastía que comenzó a. de C. También hay reyes en estos países del continente asiático, conocidos con los nombres de Malaisia, Tailandia, y Camboya.

Reinos en las Islas del Océano Pacífico:
Tonga y Samoa.

Reinos de África:
Marruecos, país al noroeste de África tiene un Monarca.
E incluso hay un Príncipe soberano en Suazilandia, país al sur de África.
Y por igual cuenta con el suyo propio, Lesoto, país del sureste africano.

Oyendo El Embajador Stanislao Stepanov leer lo anterior, a su consorte Alejandra Makowski, pronuncia él: "Algunos de los reyes europeos los hemos encontrado en recepciones diplomáticas". Por eso opina Sol Stepanov: "Todos ellos, tanto tiempo en sus reinados. Y haciéndo todo lo posible para no protagonizar ningún escándalo".

"Sol, así debe ser la nobleza, como un buen espejo en el que pueda mirarse la sociedad", contéstale su madre Alejandra. A lo que al respecto, expreso yo: "Por eso se dice de alguna gente: ¡Aquellos pertenecen a la buena sociedad!"

"O sea Sol, son el conjunto de personas por lo general adineradas que se distingue por tener preocupaciones, costumbres y comportamientos, que se juzgan elegantes y refinados", coméntale por su parte su padre.

"Papá, ¿y qué es preciso la Clase Media?"

Dále a saber El Embajador Stanislao Stepanov: "Hija, la clase media es la que se encuentra entre los nobles, los ricos, los pensantes y aquellos que viven de jornal o salario".

E infórmale a Sol Stepanov, su madre Alejandra: "Sol, también hay clases pasivas. O sea la denominación bajo la que se comprenden los cesantes, jubilados, retirados, exclaustrados e inválidos que disfrutan de una pensión". Además dígole mí mismo Diego Torrente: "Sol, y por extensión hay viudas y huérfanos. Los cuales gozan del dinero que reciben mensual, en virtud de los servicios que prestaron sus maridos o padres".

Después de esto, cuando se formula la pregunta: "¿Sabéis vosotros que es clase de etiqueta?". Contéstale El Embajador Stanislao Stepanov, a su mujer: "Si Alejandra, es parte de la servidumbre palatina". Y oyendo aquello agrego yo o sea Diego Torrente: "Señora, palatino dícese de los que antiguamente tenían oficio principal en los palacios de los príncipes. En Alemania, Francia y Polonia fueron dignidades de gran consideración".

Acontece luego que mirando yo los periódicos que están sobre la mesa, aparece en una página la foto de una conocida mía, por lo que comento en voz alta: "¡Eh, está es Aicha Sayed!". Averiguándome mi jefe Stanislao Stepanov quien es ella, le cuento que se trata de una joven, que con sus padres y dos hermanos emigraron a París. Sondeándome el Embajador sobre como la conocí, le refiero: "Entonces ejercía yo el periodismo en París. En eso un compañero de trabajo llamado Federico Bellini, que es italiano, me pusó en contacto con ella, diciéndome: "Diego, tú me platicaste, ser pública voz y fama, de que en Europa muy pocas mujeres van vírgenes al matrimonio. Yo conozco a una musulmana que no quiere tener relaciones sexuales antes de casarse. ¿Quiéres conocerla para hacerle una entrevista y publicarla en el periódico?". Y aunque me pareció insólita su pregunta, acepté el que Federico me presentara a Aicha. Así fué como por teléfono la cité en uno de esos cafés que dan a los Campos Eliseos. Pero veamos que dice de ella El Diario: "El padre y la madre de Aicha Sayed, así como su par de hermanos, están felices en París, tras haberse comunicado por teléfono con Aicha que vive en los Estados Unidos prosiguiendo una carrera universitaria, sin que los de su casa lo supieran de antemano. Pues ella creía que sus parientes se iban a oponer, por estar expuesta en América a una vida distinta de la que ellos predican. En la actualidad lo único que desean su papá, mamá, y sus demás familiares, es volverla a ver a Aicha para darle la bienvenida. Ellos han declarado a la prensa que acaban de darle a saber a Aicha que puede continuar en Nueva York hasta obtener su diploma. Y aunque prefieren infinitas veces que Aicha viva en Francia, ruegan a Alá que la bendiga dondequiera que estudie. Ahora comprenden ellos, que la instrucción es algo básico para que la gente salga de la pobreza. Y que pueden visitarla a Aicha cuando tenga vacaciones, o le parezca a ella conveniente. Además Aicha les ha contado a los suyos: "Lo bueno de Nueva York, es que todos incluyendo los extranjeros, nos sentimos nuevayorquinos".

"En la fotografía se le vé encantadora".

Oyéndola a Alejandra de Stepanov le doy la razón, acordándome lo interesante que Aicha es. Y sigo conversándoles a los Stepanov: "Cuando recién entrevisté a Aicha, yo la estaba esperando en un café. Viéndola llegar, me fué fácil reconocerla, por esos ojos negros que tienen las mujeres árabes".

"¿Diego, será aquel tipo de señoritas de las cuales los solteros, os enamoráis fácilmente?".

Sonriéndo al escuchar lo dicho por El Embajador Stepanov, prosigo con mi relato: "Entonces tras consumir Aicha junto conmigo algo, fuimos caminando hasta La Place de la Concorde. Y recuerdo que le interrogué: "Aicha, ¿Te desposarías en matrimonio con un cristiano?". A lo que ella me respondió que sí. Sucedió que a la semana siguiente con la emoción contenida me confió: "Diego, mis padres quieren casarme con quien no siento amor. Mi actitud en contra de esa boda arreglada, es vista por ellos como perjudicial no solo para mi familia, sino también para mí".

Habiendo dicho yo aquello a ambos esposos Stepanov, pasa a inquirirme Alejandra Makowski de Stepanov: "¿Diego, me gustaría saber qué publicaste de la misma en el periódico?"

"Nada, señora Alejandra de Stepanov, porque lo que me había confíado Aicha eran cosas muy íntimas. Por la amistad que nos une, quisiera volverla a ver".

"¡Diego, sólo como amigo, eh!. Prefieres no contar, como hombre cabal que eres, la clase de relación que con Aicha tenías".

Oyéndole yo aquello a mi jefe, le respondo: "Embajador Stanislao Stepanov, aunque parece inverosímil en estos tiempos, es cierto. Aicha había decidido ser virgen, o mozuela, hasta que ella se casara". Como veo entonces que habían abierto el salón para tomar desayuno, les sugiero a la familia Stepanov pasar.

Estando adentro notamos que agradable es este comedor, bastante grande y todavía íntimo con sus plantas en el centro que se elevan hasta el techo. En cada mesa hay manteles con enormes servilletas de hilo blanco y los mozos, que como antes están vestidos de smoking, van acercándose a los comensales para ofrecernos una bebida caliente. "Miren esta tarjeta doblada en dos partes y parada en el centro de nuestra mesita. En ella se puede leer *Buenos días* en varios idiomas", comenta Alejandra Makowski de Stepanov.

Entretanto se acerca un Diplomático Europeo, quien por ser de otro país trabaja en una embajada distinta. A él le ofrecemos uno de los asientos a nuestro lado. Y todos tenemos que pararnos para servirnos. Debido a que la comida, los platos dorados, los cubiertos de plata, todo ello está colocado sobre una mesa larga que se encuentra pegada a la pared. Ahí hay diversas jarras donde se puede uno servir jugo de frutas, leche, o yogur. Y hay pocillos conteniendo fruta fresca picada en trozos. Además vemos toda variedad de panes, o sea el llamado francés, el integral y el de centeno. Siendo los últimos de los nombrados muy nutritivos, pues en ellos la harina no se ha blanqueado o refinado.

Han puesto aquí mismo para que se sirva, cada comensal si lo desea: mantequilla, quesos, jamón, huevos duros, muesli, frutas de la estación, miel de abeja, nueces picadas. Igualmente hay corn flakes, guindones, albaricoques secos, pasas y mermelada. En cuanto a los azucareros, estos se encuentran en cada mesa donde estamos nosotros los huéspedes, incluyendo un pequeño florero con flores frescas.

Regresando a sentarnos, nuestro comensal el diplomático europeo Alexander van Lawick, nos dice que él no prueba el jamón. Pasando a preguntarle El Embajador Stanislao Stepanov, si no le gusta, nos da a saber Alexander: "Al momento de nacer yo, mi mamá se hizo vegetariana y con ella toda la familia. A este régimen alimenticio, ya me acostumbré desde mi infancia hasta ahora", refiérenos pues él, a quien vemos que es alto y bien formado.

"¿Así que Alexander van Lawick, rehuyes tú comer carne?. Nadie lo adivinaría, ya que tratándote se aprecia que eres superinteligente".

"Señora Alejandra, los antiguos escritores griegos, antes de Cristo, fueron una pléyade de hombres sabios, como pocos han vuelto a repetirse en la historia de la humanidad. Y todos ellos eran estrictos vegetarianos".

"¿O sea Alexander, que no consumes ni siquiera pescado?"

"Así es Diego. Solo quiebro esa dieta dos veces al año para celebrar la Navidad y el Año Nuevo. Y cuando estando en compañía de otras personas no tengo oportunidad de escoger otro menú. En ese caso elijo productos marinos, que en honor a la verdad me gustan mucho". Apurando su bebida caliente, continua él diciéndonos: "En el huerto con mis familiares, cosechamos alimentos vegetarianos para consumo nuestro".

Entonces relátanos El Embajador Stanislao Stepanov: "Aquello se vió mucho durante la II Guerra Mundial en Europa Occidental. Que la gente, al lado de donde vivían, se puso a cultivar sus terrenos para abastecerse".

Seguido a esto, recordándoles Sol Stepanov a sus padres, que por ser ahora día domingo quedaron en asistir al Servicio Religioso de la iglesia más cercana, me sumo a ellos. Y no tengo que recoger mi maletín en el dormitorio porque ya lo tengo encargado en la conserjería. Levantándose de aquí los Stepanov, le desearon a Alexander van Lawick buena suerte. Y quedan ellos conmigo que nos encontraríamos en el portal. Entonces cuando Alexander los vió alejarse, de inmediato prorrumpe: "Diego, en realidad yo debo conversar algo en privado contigo". Indagándole a él de que se trata, me entera: "Tengo que proponerte una misión secreta de La Reina de mi país. Ella desea entrevistarse contigo Diego en su palacio, situado también aquí en este continente europeo. Si aceptas tú, gozarás de pasajes de ida y vuelta por avión. Y por supuesto, correrán a la cuenta de Su Majestad los gastos de tu estadía".

Acercándose el mozo, a Alexander van Lawick, este firmando su factura continua: "Diego como se comprende, después de haber pláticado La Soberana, contigo, tú harás lo que te parezca. Eso si, desde ahora te pido que esta entrevista la mantengas en reserva, en absoluto silencio. Debe quedar solo entre nosotros cinco que somos La Reina, Su Esposo el Príncipe consorte, el primogénito de ellos o sea El Príncipe Heredero, tú Diego, y yo".

Depártole a él: "¿Alexander, tienes una misiva de La Reina y Su Consorte para mí?"

"Diego, en este sobre están sus nombres, su dirección, y número telefónico. El día y la hora en que os encontraréis en el palacio. Si es que tú estas de acuerdo con el cometido".

Tras leer lo anterior, averíguole: "¿Y mi tique?"

Díceme Alexander, extendiéndome el pasaje: "Aquí lo tienes". Asintiéndo con Alexander, le Habló: "Eso quiere decir que debo pedir mis vacaciones adelantadas". Y así lo hago.

Después de aquello acontece que ya estoy en el otro país europeo. Y mirando por los ventanales del antiguo castillo en que me he hospedado, veo que los rayos solares alcanzan todo a solear: árboles, plantas, y el agua del río que corre bajo el puente. Entonces cuando alguién me llama por teléfono se identifica como una persona del Servicio de la Casa Real, informándome que de inmediato el chofer con el automóvil de la Reina vendrá a buscarme.

Habiéndo llegado nosotros dos en el coche, con unos minutos antes de la hora fíjada para la entrevista, veo que a mitad del camino, entre los jardines que conducen hasta la puerta del palacio real, se acerca La Reina para darme la bienvenida. Y saludándome con una amplia sonrisa y un apretón de manos, me dice: "Buenos días Diego Torrente". Contéstole a mi vez con una ligera inclinación de cabeza: "Buenos días Su Majestad". E indicándome ella con un gesto de la mano para seguir adelante, agrega: "¡Qué felicidad que hoy día contamos con un sol estupendo!". Respóndole yo: "Si Excelencia, hay un clima maravilloso". Pregúntame a su vez esta Reina Europea: "¿Tuvo Usted Diego Torrente un buen viaje en el avión?". Admítole: "Muy buena atención, mejor no podía ser. Durante el trayecto leí los periódicos, las revistas del mes, cabecié un poco. Y hasta me dí tiempo para conversar con mis vecinos de asiento".

E interrógame ella de nuevo: "¿Cómo van las cosas en Bruselas?". Refiérole yo: "Vos sabéis Alteza, los de la Unidad Europea que tienen un empleo trabajan duro, así las cosas se desenvuelven bien".

Díceme La Soberana: "Diego los que hemos nacido con una cuchara de plata en la boca, también hemos venido al mundo con la orden de ejecutar tareas extraordinarias en bien de la comunidad. Y hasta sudar con nuestras frentes. Ese es el precio que tenemos que pagar por tantas regalías que Dios nos ha dado. Pero cuando tengo la oportunidad, le sacó el jugo a la vida divirtiéndome con ganas. Por ejemplo, hoy todo el día dispongo de tiempo libre para alternar con usted".

Llegando así al portón de entrada y luego cruzando varias salas, Su Majestad se detiene en una espacioso salón cuadrado con grandes ventanales que dan al exterior. E indicándome ella un lugar para sentarnos, me dice estableciendo contacto de ojos conmigo: "En primer lugar Diego Torrente le agradezco de veras que haya venido a está entrevista". Y echando los hombros atrás, se muestra muy erguida cuando continua: "Antes de empezar, quiero decirle Diego Torrente que lo he escogido para está misión, porque su hoja de servicios es brillante. Además, tiene usted fama de ser amable, inteligente, alguien en quien podemos confiar. Y discreto en extremo. No puedo demandar más. El asunto que nos tiene acá reunidos Diego, os lo daré a conocer ahora mismo. Se trata del mayor de mis hijos. Él se ha enamorado de una jovencita que vos conocéis, cuyo nombre es Sol, e hija del Embajador de vuestro país en Bélgica".

"¿Se refiere Su Majestad, a Sol Stepanov Makowski y al Príncipe Heredero?"

"Así es. Sin embargo ella no lo ha aceptado formalmente todavía. Aunque sé que desde que ambos se han conocido mantienen correspondencia por correo. Y la forma en que mi hijo insisténtemente se refiere a Sol, me está diciendo que va en serio".

"Ahora bien", prosigue La Reina mientras en la frente se le muestra la preocupación. "Mi esposo y yo queremos tener la información necesaria, sobre su familia de Sol Stepanov. Y sobre todo de ella misma. ¿Si es honesta y también afable?. Porque cualquier día de estos, puede decirnos nuestro hijo, a mi marido y a mí: "Papá, mamá, por favor, pedídme a esa joven dama Sol Stepanov por esposa". El pueblo, la gente de mi tierra se enterará que ella es extranjera. Y sin haberla visto o tratado, podría adelantarse a juzgarla injustamente. A dudar de su integridad, como otras veces sucede con las aspirantes a la Realeza. ¿Qué podríamos nosotros contestarles, aparte de que El Príncipe es nuestro hijo y que ella vale como mil oros?. En príncipio está bien. Pero antes queremos tener razones para defender nuestra causa".

Y suspirando hondo continua: "Con mi esposo queremos saber algo más, que solo el nombre y la nacionalidad de esa joven. ¿Quiere Diego colaborar con nosotros, en adquirir esa información sobre Sol Stepanov?. Lo único que le pido es asistencia mutua, entre vos y nosotros. Ello será un trabajo solo por un período de tiempo. Lo cual sabremos remunerarle muy bien mi esposo y yo. Además de proveerle nuestra sincera amistad y agradecimiento. ¿Le parece bien, a usted Diego?"

"En realidad Majestad, vuestra proposición me cae de sorpresa. Y ya que confía en mí, si puedo ayudarla, lo haré". Díceme otra vez esta Reina Europea: "Si usted gusta, puede tomar Diego un par de días para responderme".

Contéstole yo: "Vos sabéis Señora, que los diplomáticos no solo tratamos de los intereses y relaciones de nuestra nación con otros países. Sino también, que allanamos o prevenimos dificultades sociales y personales. Por medio de consejos, informes, gestiones, ayuda financiera, moral etc. Pero si os doy esas informaciones, Alteza, haría algo de lo que yo más bien me cuido. Y eso es, que no me gusta hablar mal de alguién. Prefiero decir de los demás, todo lo bueno que de ellos sé".

Exprésame La Reina: "Mi esposo y yo hemos conversado con nuestro primogénito. Él está de acuerdo en que se lleve a ultranza esta indagación. Un Príncipe se debe a su patria. Y si esa adolescente Sol Stepanov acepta casarse con él, debe pagar un precio. Lo cual es, el que se investigue sobre ella y su familia. Pero más sobre la misma Sol. Pues en estos casos importa más saber quien es esta tataranieta y no quien fué el tatarabuelo. ¿Verdad?"

Contéstole yo: "Si es cierto. Tiene gracia esto último que usted me dijo".

Para entonces ya había llegado su esposo, El Príncipe Consorte. Y después de saludarme, también él participa en la conversación emitiendo su opinión así: "Cuando un hombre elige novia primero debe analizarlo con su cabeza y después darle rienda suelta a su corazón. Pues haciendo una semejanza con un árbol, más indispensable es ver si su sabia interior (ese líquido que circula por los vasos de la planta y del cual toman las células las sustancias que necesitan para su nutrición) no corre el riesgo de ser corrompible".

Respóndole yo: "Si Príncipe, comprendo lo que me quiere decir".

Aún manifiéstame él: "En otras palabras, compararemos a la mujer con una piedra que está en la cima de un cerro. Si en lugar de permanecer allí, se echa a rodar por los caminos de los diferentes vicios, ¿quién podrá detenerla?. En ese sentido queremos evitar que nuestro hijo cometa un error o dé un traspiés".

Dígoles a ellos: "Si, existe la posibilidad de que en un futuro os daré informaciones sobre Sol Stepanov". E insite en pronunciar La Reina: "Si usted Diego no lo hace, será a otra persona a quien le haría yo el encargo". Procedo a decirle: "En ese caso, antes de convenir con lo que vosotros me habéis propuesto, preferiría conversar sobre esto con Sol Stepanov y sus padres".

Asiénte conmigo La Reina: "Alargemos entonces el plazo de la aceptación, hasta que usted Diego se ponga al habla con ellos", dígole yo: "Su Señoría, ¿Y hasta que fecha se prolongaría mi entrega de datos a ustedes?"

Contéstame Su Majestad: "Hasta que Sol Stepanov, o mi hijo El Príncipe Heredero, dejen la soltería. Y a Dios gracias que vos, Diego Torrente, comprende que en este caso la discreción es primordial".

"Entendido Vuestra Majestad, vosotros sabéis que desde ahora podéis contar con mi reserva". Agrégame ella: "Estoy segura que El Embajador Stanislao Stepanov, con su familia, estarán de acuerdo con esta proposición. Él será pronto transferido desde Bruselas hasta África del Norte. Hacia Argelia, para decirlo con más precisión a su capital Argel. Yo me ocuparía de que usted Diego Torrente también sea nombrado como diplomático allá".

Dígoles yo: "La orden de traslado me llegaría desde El Ministerio de Relaciones Exteriores de mi país".

Prorrumpe La Reina: "Diego, vuestros ministerios, con los nuestros se dan de continuo la mano. Yo le daré al gobernante de vuestra nación, un experto en antiterrorismo. Y de parte suya me dará la asistencia de usted, Diego Torrente". Comprendiéndo sus palabras le hago con mi cabeza un gesto afirmativo, por lo que continua ella con un suspiro de alivio: "Entonces veo que puedo seguir con mis planes. Vos Diego, junto con El Embajador Stanislao Stepanov, su esposa Alejandra Makowski, y la hija de ambos Sol Stepanov Makowski, viajarán en el mismo avión desde Bélgica hasta Argelia. En su capital Argel se alquilarán para vuestra persona Diego, los altos de esta casa", me dice mostrándome unas fotografías. "Y los Stepanov habitarán la misma mansión en su lado adyacente. Ambas viviendas son contiguas, e independientes, la una de la otra. Y ellas están desocupadas".

Y sonriéndo, prosigue discurriéndo La Reina: "Usted Diego en su residencia, tanto como los Stepanov en la suya, dispondréis juntos de un solo balcón interior que rodea vuestras casas. Tal como lo puede apreciar usted en esta otra foto. Dicho barandilla no dá afuera hacia la calle, sino adentro. Mirando de allí, desde ese primer piso donde vosotros habitaréis hacia abajo, percibiréis un patio donde los niños juegan. Junto a las puertas de sus viviendas que pertenecen a esas familias argelinas. Y ahí mismo está la puertezuela que ellos usan para entrar desde la vereda o para salir desde adentro hacia afuera. Ahora bien, ¿tiene Diego alguna pregunta que hacerme?"

Dígole yo: "¡Qué puedo averiguarle Majestad, si me lo habéis explicado todo tan perfecto!".

"Diego, cuando lo crea conveniente puede llamarme por teléfono, incluso viajar para conversar conmigo. Ello lo dejo a vuestro criterio. Y esos gastos serán cancelados por mí".

Agradeciéndole yo a Su Alteza la entera confianza que pone en mi persona, me comenta: "Se lo merece Diego Torrente, vois tenéis buen nombre, eso vale más que todo el oro y la plata. Y no le propongo pagarle su peso en diamantes, porque de vuestro sueldo se encarga el Ministerio de Relaciones Exteriores de su país. Pero que soy agradecida, Usted ya lo comprobará por su propia cuenta. Además téngalo por seguro, contará con nuestro respaldo moral cuando se ofrezca".

Sonriéndome, le antecedo: "Majestad, en mis informaciones a usía, yo seré un simple historiador, que solo cuenta la historia". E ínstame La Reina: "Y Diego, antes de retirarse vos, quiero que conozca a mi primogénito. A quien en este momento le están haciendo una entrevista filmada para la televisión".

Enseguida vamos pasando nosotros por inmensos salones, con soberbios espejos de marcos dorados sobre las chimineas, y famosas pinturas de tamaños colosales que arrancan mi admiración: "¡Bellos interiores tiene este palacio!"

"Todo está bien acá, porque está planeado en colorido, textura, y peso. Pesados muebles aquí, balanceados con otros que se hayan al lado opuesto. Pienso en el color, pero no soy famosa por usar los chillones". Y mientras hablábamos, con pasos graduales La Reina y Su Esposo, me conducen a una sala con muebles antiguos de un gusto exquisito. Donde se encuentra su hijo destinado a ser El Heredero del Trono, quien se haya sentado frente al periodista que conduce la entrevista. Y a cierta distancia están parados con las luces, así como las cámaras, los que están encargados de rodar la película.

Ellos no se han dado cuenta de nuestra llegada, por lo tanto permanecemos cerca de los que hacen la filmación. Y es en este preciso instante, que oímos al Príncipe opinar: "Cuando mi madre me necesité, entonces estaré allí presente".

E interrógale El Reportero: "¿Se siente usted contento, futuro Soberano?"

Respóndele él: "Yo no me siento infeliz en este momento. Por lo tanto soy feliz".

E insiste en preguntarle al mismo Príncipe, aquel que le está haciendo la entrevista: "¿Se consideró Vuestra Señoría siempre afortunado?"

Contéstale él: "Mis años más regalados fueron los de niño en el castillo y en el jardín que rodea al mismo. Y mis estudios en La Marina son los que han ayudado a mi formación".

"¿Quién escogerá a la que será su consorte?"

"En lo absoluto yo", se apresura en afirmar El Príncipe. "Mi país va a concederme el honor de que yo elija a mi propia mujer. Yo iría muy lejos si el Parlamento no me diera permiso para casarme. En mi próxima función como Monarca, se pide que la que vaya a ser mi esposa goce de la estimación del público. Pero al mismo tiempo yo la debo anteponer y preferir más a ella, que a otras".

Pregúntale El Entrevistador: "¿Le gusta pensar en que será Rey algún día?"

Muy relajado como está sentado en su sillón, le contesta El Príncipe: "Yo no desecho mi ventura tarea. Al principio me oponía porque a nadie le gusta voluntariamente estar atado. En todo caso yo no, pues uno preferiría descubrir su propio camino. Pero ahora alcanzo a comprender que inclusive cuando algo nos amarra, podemos encontrar la manera de practicar la excelencia en lo que hacemos".

Y sigue averiguándole El Empleado de la televisión: "¿Cuándo está descontento con algo usted lo dice?"

Respóndele El Príncipe: "Cuando no estoy de acuerdo con algo, debo cerrar mi boca delante del público. Por lo general me provoca aclarar las cosas, pero no lo puedo hacer".

Vemos entonces que aquél que lo entrevista saca un cigarillo y se lo ofrece al Príncipe, pero este agradeciéndole se lo rechaza, por lo que el periodista lo vuelve a meter en la cajilla sin fumar el mismo, para después seguir haciéndole estos otros quesiqués: "¿Podría decirnos cuál es su parecer sobre el gobierno?"

"Sobre política no puedo opinar en público".

"¿Qué juicio le merece su madre La Reina?"

"Tan perfeccionista como ella nadie".

"¿Sale Usted a la calle para divertirse?"

"A veces pruebo visitar como incógnito las ciudades y barrios para descubrir la realidad diaria. Pero lo más difícil para nuestra familia es mirar entre bastidores".

"Príncipe, ¿Dijó usted que ver entre las cortinas del escenario, les es fatigoso?. Cuando sóis vosotros los que estáis en la escena".

"Mirar detrás de las bambalinas lo hago muchas veces, en especial los días sábados cuando hablo con la policía que patrulla las calles en la noche. Y cuando converso como incógnito con los hombres de negocios, u otras personas, con quienes charlo por la computadora. Las cuales ni saben quien soy".

Agrega el mismo también: "Después de terminada esta entrevista haremos una ronda dentro del palacio, así veréis de cerca el lugar donde trabaja mi madre. Y la parte que está siendo renovada, que servirá para que yo viva".

"He oído decir que es muy grande. Príncipe, ¿no cree que quedará lo suficiente amplia su casa como para que viva con su novia o enamorada?"

"Convivir juntos antes de casarse, no es algo para mí. Yo soy muy chapado a la antigua"

Y mientras se oye música clásica de fondo, siguen las preguntas: "Díganos por favor como son sus relaciones con su madre La Reina".

"A través de los diferentes viajes de vacaciones que hemos realizado juntos, esa comunicación con ella se ha afianzado".

Y lo alaba el entrevistador diciéndole: "Veo que usted, futuro Monarca, es muy seguro de sí mismo".

Acontece entonces que al notar El Príncipe la presencia nuestra, nos sonríe y como aquella cita se prolongaba, La Majestad y su esposo El Príncipe Consorte, tienen el buen gesto de acompañarme hasta la salida, para darle la orden al chofer de que me conduzca hacia el aeropuerto. Después de esto, estando en el automóvil vengo pensando que muchas cosas me había imaginado menos que aquello se me propusiera. Primero tendré que regresar a Bélgica para hablar con El

Embajador Stanislao Stepanov, así como con su familia. Luego casi de fijo alistarnos para salir de viaje hacia Argelia.

Argelia, Argelia, mi mente lo repasa en el mapa. Sé que está en el Norte de África cuyos países limítrofes son Tunez, Libia, Mali, Mauritania, Marruecos, y lo que antes se llamó el Sahara Occidental. Que fué ocupada por sus naciones vecinas de Marruecos y Mauritania, tras adquirir su independencia en el año 1976, porque hasta entonces había sido colonia de España.

Preparando nuestro viaje hacia África

Llegando de regreso a Bruselas, la capital de Bélgica, me pongo en comunicación con su Excelencia El Embajador Stanislao Stepanov, su esposa Alejandra, e hija de ambos Sol, que ya están preparando maletas, por lo que los invito a comer en el Royal Windsor Hotel Gran Place. Este hotel está situado en el centro histórico de Bruselas y además de ser lujoso es fácil de llegar con el tren de la estación central, que como tiene su conexión con Londres y otros países europeos es ideal para los viajeros internacionales. En dicho Hotel Windsor Hotel Gran Place, me he citado con la Familia Stepanov para contarles sobre la conversación que he mantenido con los de aquella Monarquía Europea. Al fin cuando llegan mi Jefe, seguido de su hija Sol, me encuentran que los estoy esperando en la puerta de entrada.

Luego que nos instalamos nosotros en la sala de espera, dando ocasión a que arribe su señora Alejandra Makowski de Stepanov, agrega El Embajador Stanislao Stepanov: "Bueno, voy a leerles Diego y Sol en este semanal que acabo de comprar, lo que está escrito aquí, sobre una entrevista hecha a billonarios holandeses: "*Existe en Holanda muchos millonarios. Entre ellos unas veinticinco familias muy acaudaladas, con más de mil millones de dólares en su haber. A veces viene esa fortuna de los años gloriosos del comercio y navegación en las indiasorientales. Dinero que ellos van pasando de sus generaciónes a las próximas.*

Empresas familiares crecen hasta verdaderas dinastías asegurándose un prominente lugar en la sociedad. También los nuevos ricos, que suman otros tantos, se juntan a la tradición donde no hacen alardes de sus nombres en las acciones. Ellos ejecutan obras de buena voluntad en silencio, teniendo conciencia de su elevada obligación".

Y haciendo El Embajador Stepanov una breve pausa, prosigue con la lectura: "*Estas familias invierten sus caudales, en acciones de compañías de distintos países. Y con el objetivo de evadir los impuestos, compran bonos en diversas obras de beneficiencia, tal como hospitales. O incluso apoyando en el extranjero, donde tienen sus negocios, la financiación del estudio de los hijos de sus trabajadores. De estas empresas sobreviven una de cada tres, debido a que sus sucesores piden el dinero o lo gastan en otras cosas. De todos los herederos de estas compañías que sobreviven, así como de las nuevas que se forman, solo los más hábiles pueden hacerse cargo de la dirección de los negocios. Ellos, los que manejan el dinero, dan muy pocos billetes de propina a sus hijos jovenes, con el objeto de que se instruyan. Cuando estos han terminado sus estudios deben buscarse un trabajo. Les está prohibido solicitar un puesto en las firmas de sus padres. Pues estos quieren que primero demuestren sus capacidades en otros trabajos. Solo si son competentes en otras firmas, van a ser llamados para trabajar en los negocios familiares como gerentes. Estos archimillonarios, aunque mantienen contacto con las Familias Reales no se les ve en fiestas de los artistas o reuniones sociales de ese tipo. Pues prefieren mantener, como se ha dicho antes, su nombre fuera de la publicidad. A estos señores que viven en el anonimato pertenecen las mayores acciones de los bancos o de las compañías petroleras".*

Y dirigiéndose a mí, me dice El Embajador Stanislao Stepanov: "En todo caso tu Diego, debes saber muy bien sobre todo eso".

"Es cierto Embajador Stanislao Stepanov. La preocupación de los adinerados holandeses es invertir su fortuna para dar trabajo a los demás. Como bien dice esta revista, existen muchas familias de esa clase en Europa".

"Diego, por ejemplo la tuya", enuncia Sol. "Hace poco, alguién lo comentaban en una recepción".

Contestándole yo a Sol que así es, comenta su papá: "¡Diego te guardabas el secreto!. Dijé que tú estas enterado porque además de ser diplomático, eres periodista. Sin imaginarme siquiera que estas forrado en dinero como un rico pachá".

Levantándonos de aquí, por haber entrando su Señora Alejandra a este Royal Windsor Hotel Gran Place, nos instalamos en uno de sus lujosos comedores. El cual tiene como tragaluz en el techo, un vitral redondo de colores por donde entra la luz del día. Sobre cada mesa cuadrada, o redonda, con asientos para cuatro comensales o más, hay dispuestos platos, cubiertos, copas, servilletas y un candelabro de plata. Sentándonos alrededor de una de estas mesas, le interrogo a Sol Stepanov: "¿Sol, tienes tú algún plan definido para estudiar o trabajar en Argelia?"

"Si Diego, mi primera meta es aprender el idioma árabe. Por eso llegando a Argel me matricularé en una universidad".

"Es que he conversando con los padres de tu amigo El Príncipe, ellos quieren tener referencias sobre las mejores amigas de su primogénito. Asimismo desean informarse sobre la familia de aquella posible futura esposa. Por eso se refirieron a ustedes, en la conversación que tuvieron conmigo".

Tras oír aquello exclama El Embajador Stanislao Stepanov: "¡Diego, esto se pone interesante!. Diles que con mi hija Sol, sus penas se trocarán en alegrías. Y reíremos tanto juntos, que nos confundirán con los payasos del circo".

Entonces su hija Sol Stepanov, pronuncia: "Diego, al Príncipe de momento solo lo considero un acompañante más. Si quieren La Reina y su Consorte, que les digas como soy. Eso lo encuentro natural, poniéndose en sus lugares uno haría lo mismo".

E interviene su madre Alejandra diciendo: "Viviéndo tú, Diego, en Argel en vecindad con nosotros, podrás constatar que nos distrae pasear por el campo e ir a la playa". Y apurando su refresco, ella misma prosigue: "Que nos complace compartir lo que tenemos, aunque ello es relativamente poco. En África será el agua y lo que dispongamos diario para comer. Y somos conscientes de que nuestra misión debe ser aliviar el sufrimiento. Por eso rechazamos, por ejemplo, el aborto provocado porque hay valores. Y uno de ellos es la vida, tanto del prójimo como la de si mismo. E igual estamos contra cualquier adición llámase tabaco, alcohol o drogas. Pero deben ellos saberlo, porque son cosas incompatibles para quien baila ballet".

A su vez me dice El Embajador Stepanov: "¡Diego cuéntales a los Soberanos, cuánto nos satisface el promocionar becas para los pobres!. Haciéndolos conscientes que instruírse es lo mejor para salir de su pobreza".

Y pasa a deducir Alejandra: "¿Sol, querrán investigar La Reina con su Consorte, si quieres casarte pronto?"

"Ellos sabrán aquel refrán que dice: Matrimonio y mortaja del cielo baja".

Oyéndolo a su marido Stanislao, aumenta Alejandra: "Por lo general, una boda ayuda a la gente a vivir mejor. Pues analizando sus responsabilidades la pareja, piensa dos veces antes de separarse.

Procurando el que otros sean felices, se elimina la inclinación a sentir apego por sí mismo".

Y articula Sol Stepanov: "A mi entender, lo mejor es que no cohabiten hombre y mujer antes de su boda. Porque esas uniones se disuelven con más facilidad".

Habiéndo escuchado aquello, su papá dice: "Mira Diego, qué piadosa es Sol. Ella sabe que cuando una joya se dá antes de que la pagen, quien la recibe la menosprecia".

Tomando de nuevo la palabra Sol, me habla así: "Diego si deseas, puedes coméntarles a La Reina y a su Consorte que encabezan esa realeza, que quiero a Dios sobre todas las cosas. Y que amo a mis prójimos, como a mí misma". Produciéndose un prolongado silencio, les digo al Embajador Stanislao Stepanov y a los suyos: "Ahora bien, encuentro que es primordial proteger la privacidad de vuestra familia".

Pronuncia Alejandra: "Por esa razón Diego, prefiero que seas tú quien dé nuestros datos. Y no que les lleguen a través de otras fuentes. Tú siempre eres amable con todos. Y estás Diego favoreciéndo a los demás en sus derechos".

Les digo yo: "Bueno, esos datos biográficos sobre Sol los escribiré en un diario que luego se lo daría a leer a Su Majestad. Aunque con anterioridad a ello, primero lo reelería con vosotros por supuesto".

Y comenta El Embajador Stanislao Stepanov: "Magnífico. Ello es verdad, con un manuscrito escrito uno puede detenerse a revisarlo. Antes de publicar esta parte de la historia que nos hace protagonistas".

Por lo que concluye su señora Alejandra, cerrando con broche de oro la conversación: "Diego, como Stanislao, Sol, y mí misma, vamos a tener acceso a tu texto, trato hecho".

Al día siguiente, si bien ya estoy de vacaciones en Bruselas, voy a la Embajada para recoger mis cosas y a dejar en orden el escritorio para que así lo encuentre el diplomático que me reemplazará en mi trabajo. Estando yo en la oficina, entra El Embajador Stepanov, así que nos ponemos de acuerdo sobre la fecha del vuelo, queriendo viajar dentro de una semana cuando haya pasajes disponibles. Y prorrumpiéndo mi Jefe al despedirse: "Entonces nos encontraremos en el aeropuerto Diego", le respondo: "Si Embajador Stanislao Stepanov, teniéndo la precaución de llegar con dos horas de anticipación. Para verificar nuestros tiques, despachar maletas y allanar cualquier imprevisto", idea que le pareció espléndida.

Viajando hacia Argel la capital de Argelia, país del norte africano

Transcurrido el tiempo señalado y llegada la hora de la partida, cuando entro al terminal aéreo veo que ahí está la familia Stepanov Makowski en el punto de espera. Y tan pronto como todos nos desembarazamos de nuestros equipajes, nos vamos a tomar un chocolate caliente.

Después de esto, tras un vuelo corto desde Bruselas, la capital de Bélgica, en un avión de la compañía italiana Alitalia, nos encontramos haciendo escala en el aeropuerto de Roma, en Italia, donde es interesante mirar el movimiento de llegada y salida de los pasajeros. Partiendo de nuevo nosotros, el viaje desde Roma hasta Argel en el aeroplano de Alitalia nos dura pocas horas estando sentado yo al lado de Sol Stepanov. Y ella a su vez va también junto a un señor, quien ha puesto esmero en su apariencia física. Ya que está muy bien vestido con un terno de corte impecable.

Viendo que saca él de su maletín papeles en blanco y se pone a delinear siluetas femeninas con sus respectivos vestidos, le pregunto si es Diseñador de Modas. Y nos da a saber a Sol y a mí: "Si, esto de inventar ropa es una delicia. Las ideas se me vienen así por montones. Desde que mi padre me conducía de la mano por la calle, yo de niño observaba a las mujeres. De chiquillo miraba encantado con mi boca abierta los *Desfiles de Moda.*Es algo mágico. En ellos cada uno hace lo mejor para lucir perfecto. Mi papá, que era un conocido pintor, trabajaba con telas para crear su arte. Y yo con esos restos hacía maravillas. Cuando tenía siete años tomaba clases de costura cociendo en la máquina. Mi primer diseño fué un bikini, con una falda larga y plisada, abierta por delante que dejaba ver las piernas de la modelo al descubierto. A mis dieciséis años me matriculé yo mismo, en la prestigiosa Universidad Central Saint Martins College of Art and Design en Londres".

Habiéndose él ido por el pasillo, vuelve para contarnos: "La ropa que hago hace sentirse a las mujeres seguras de sí mismas. Y eso es lo que yo quiero. Pero yo deseo servir a todos. Razón por la que espero lanzar en el futuro colecciones masculinas y una linea barata para las del sexo femenino. Yo no creo en que algo debe usarse porque está de moda. Eso es triste. Pero al mismo tiempo estoy a favor de la innovación. Por eso, mi personal, junto conmigo, vemos crecer el negocio de continuo como el firmamento. Uno de mis talleres está localizado en Chicago, otros en Nueva York, Berlín, y Tokio, etcétera. Eso me preocupa porque soy responsable de aquellos equipos. No en el sentido que vayamos a cerrar esas empresas. Ya que es lo contrario. Pues ni siquiera hemos mostrado una fracción de lo que podemos hacer. Mirad vosotros, he aquí mi pasaporte donde dice que me llamo Omar Saadí".

Recordando yo haber visto su rostro en los periódicos y por la televisión, le digo que a él se le conoce en la Alta Costura. "Mi nombre está ligado a la elegancia y a la gente adinerada", me asegura satisfecho. "Y haces bien en tutearme. Cuando me hablan, me gusta que me digan tú".

Dámosle Sol Stepanov, y yo a conocer nuestros nombres a Omar Saadí. Y oyendo este a Sol que le interroga: "¿Omar, de donde te vienen tantas ideas para sus creaciones?", le dice: "Mi niña Sol, cualquier cosa me inspira. En el cine, teatro u ópera estoy atento a los vestidos de los actores. E incluso el que utiliza una desconocida que va por la calle. Por eso cuando tú estabas esperando para hacer este vuelo, yo ya me había fíjado en tí. Estaba pensando al verte con tu abrigo y ese sombrero: ¡Qué extraordinaria mujer!. Sin imaginarme que ibamos a sentarnos codo a codo en el avión. ¿Qué coincidencia, verdad?. Ahora cóntadme Diego y Sol, ¿adónde váis?"

En medio de la conversación nos enteramos, que Omar Saadí no es nuevo en la capital de Argelia adonde viaja cada año. "Siendo colegial pasaba mis vacaciones en Argelia, porque allá vivía mi madrina", nos sigue contando. "¡Bellos recuerdos tengo yo de aquellas Fiestas del azúcar después del ramadán!. ¡Oh, cómo me gustaban esas cosas dulces que hacían!. Sabían a miel. Por ramadán me refiero al noveno mes del año lunar de los mahometanos, quienes durante aquellos treinta días observan ayuno riguroso".

Entonces al aterrizar el aeroplano en Argel y al despedirnos, nos da a cada uno su tarjeta donde está escrito además de Omar Saadí, su dirección para que fueramos a visitarlo.

Luego estando nosotros adentro del coche, que nos conduce desde el aeropuerto hasta nuestra casa, observamos lo que es tradicional en las construcciones domésticas del mundo islámico. Lo blanqueado de su exterior y su modesta entrada. Estas son nuestras primeras impresiones.

Por la calles circulan las mujeres con sus atuendos típicos, que consiste en un manto largo de color blanco de invierno con el que cubren todo su cuerpo, incluyendo su cabeza y parte de su rostro. Llegándoles esta prenda de vestir hasta los pies. Dígamos, es una túnica con la cual viste su cuerpo toda argelina. Dejando solo al descubierto sus manos, sus pies, y uno de sus ojos, o ambos. En este último caso, usan un pedazo de tela aparte, que les tapa su nariz y la boca. Por lo que únicamente se les vé el par de ojos.

En otras palabras, en el mundo islámico el cuerpo de la mujer (exceptuando los ojos, manos, y pies) debe estar siempre cubierto y velado desde que llega a la pubertad. Es curioso de notar que en el ambiente musulmán solo los hombres tienen más libertad. A ellos se les ven en grupos por las veredas, o en cafés, tomando sus gaseosas u otras bebidas. Pero no beben licores pues su religión se los prohibe.

Ahora que estamos recorriéndo Argel, admiramos sus grandes avenidas, sus altos edificios, y como la ciudad ofrece un carácter más bien europeo. Como reminiscencia de los tiempos en que Argelia fué colonia de Francia.

Llegando a nuestra vivienda, notamos que es tal como nos la habían descrito. Y asomándonos al balcón, distinguimos hacia abajo el patio interior con el ir y volver de los argelinos que en la parte baja habitan. Por la tarde salimos a recorrer está capital argelina llamada Argel. Una zona es la antigua ciudad árabe, cuyas calles a despecho del calor abrazador están atestadas de gente, mientras que los árabes, berberiscos y cabileños, pregonan por doquier sus mercaderías entre ellos. "Nosotros somos extranjeros. Y recién hemos arribado ayer hacia Argel. ¿Por favor díganos, bulle así de noche tanta gente?", pregúntale a uno de estos transeúntes El Embajador Stepanov.

Refiérenos entonces el lugareño: "Tras el ocaso del sol señores se encienden las luces en las callejuelas, desapareciendo esta multitud que miráis al aire libre para acogerse al retiro de sus moradas. Y al anochecer solemos concurrir a las tabernas y cafés que están abiertos hasta tarde". Interrogándole Sol Stepanov que hacen en esos lugares, él mismo nos dá a saber: "Ahí a media luz se juega a los dados, a las cartas. También conversamos, o bien se escucha a los músicos con los cantantes. Y discutimos lo que interesa a la ciudad, o a los musulmanes, mientras saboréamos un aromático *face"*. Otro de los caminantes que se ha sumado a nosotros, al enterarse que somos nuevos en la ciudad, agrega: "Los escasos hombres que pasan por doquier a altas horas de la noche os parecerán distintos, porque a medianoche ya no usan sus ropas medio europeas como durante el día, sino sus tradicionales albornozes. Se llama así a esta capa con su capucha". E inquiriéndole Alejandra de Stepanov: "¿Dónde están los barrios residenciales?", contéstale este: "Al otro lado de la ciudad". Dándoles El Embajador Stepanov unas palmaditas en sus hombros, nos despedimos de ellos agradeciéndoles sus informaciones. Entonces durante nuestro paseo contemplamos La Mosque de la Pechería que fué construída en el Siglo XVIII. También divisamos La Gran Mosque que se hizó en el Siglo XI. Siguiendo nuestro deambular, pasamos por centros políticos e intelectuales, donde deteniéndonos para apreciar los exteriores, le responden a Sol Stepanov un grupo de jovenes: "Si, en está universidad enseñan el idioma árabe. En los centros universitarios instruyen además sobre ciencias, asuntos agrarios u otras profesiones. Pues, Argel por ser la capital de Argelia, es el punto central de todos los negocios". Dándoles las gracias a estos transeúntes, continuamos andando e ingresamos a los diferentes barrios. Hasta que cansados de la caminata tomamos un taxi y regresamos a nuestras viviendas.

Manifestación multitudinaria

Habiéndonos tocado vivir cerca de la mezquita de Ban Badís, desde nuestro balcón observamos ahora a una muchedumbre postrada en el suelo. Ellos están llegando de todos los rincones del país, para agradecer a Dios de tener un nuevo presidente. Elegido este ayer por la población, durante la elección democrática y pluripartidista celebrada aquí en Argelia.

Mientras tanto arriba Ouyahia Ghozali para ver esta concentración desde lo alto. Se trata del mozo que cocina y sirve las comidas en casa del Embajador Stanislao Stepanov y su familia, durante sus horas de servicio. Y así Ouyahia nos va dando pormenores de lo que dice el gentío, aprovechando los descansos del imán cuya voz se imparte por los altavoces: "Alguién lanzó un grito: *Alá es grande...* Otro exclama: *Alá está con nosotros...*". Produciéndose un silencio, de nuevo nos articula su palabra Ouyahia: "¡Mirad ahí!. El flamante Presidente acaba de llegar para situarse entre los manifestantes. Se encuentra callado, esperando que acabe el griterío. Esta multitud ha venido hoy viernes, después de la plegaria en la mosque, para oírlo". Y tan pronto como habla el nuevo mandatario, nos lo traduce Ouyahia: "Ha hecho especial hincapié en Alá, Argelia, y el islamismo, asegurando que si el pueblo confía en Alá, este nunca abandonará a Argelia. Está demostrando su capacidad para gobernar el país".

Por lo que expreso yo Diego Torrente: "Lo que pasa Ouyahía, es que vuestro gobernante tiene retórica". Y aumenta El Embajador Stepanov: "O sea, le agracia el arte del bien decir, de embellecer lo que habla". Después de esto saliendo a la calle Ouyahia, nos hace gracia verlo reunido entre el gentío de la plaza, desde donde nos envía grandes adióses hasta el balcón. Siendo emulado por aquellos que están a su alrededor.

Repasando la Historia del Género Humano en pleno campo

En el transcurso de esta semana, Sol Stepanov se ha matriculado en un curso para aprender la lengua árabe en una universidad de Argel. Y ahora, que es un día festivo, ha invitado ella a un profesor universitario para ir con nosotros al campo. Por eso vamos a recogerlo a su casa, donde al presentármelo Sol, él se da a conocer como Naserdine Seddiki.

Los caminos son hermosos, con campos desiguales en altura, viéndose en ellos a pastores arreándo sus ganados. Habiéndo quedado mi coche estacionado atrás en el grifo más cercano, desde ahí hacemos el recorrido a pie Naserdine, Sol, y yo o sea Diego Torrente. Como gran parte de la tierra está cultivada, nuestra vista se desplaza hacia los árboles frutales tales como las viñas, los olivares, y más allá distinguimos hasta las plantas tabaqueras.

Acampando casi en lo alto de una cima, bajo un árbol frondoso, miramos desde aquí que allá abajo se extiene un cacerío. La vista de ello es bellísima en este amanecer caluroso. En que contamos con la dicha de tener la sombra de esta planta, de tronco leñoso y elevado, que en su crecimiento busca el sol. Sentándonos sobre una manta donde hemos colocado lo que traemos para alimentarnos y aplacar nuestra sed, de manera automática nos sentimos más descansados después de la larga caminata. Y terminando de comer nos pide Sol, a Naserdine y a mí, que le contaramos algo sobre *El orígen de la vida.*

Sucede que cediéndome la palabra Naserdine, porque dice que el intervendrá después y así sucesivamente lo iremos relatando los dos, empiezo a narrar: "Con brevedad revisaremos la evolución de la existencia desde su comienzo, en sus dos puntos de vista. Esto es, primero sobre la opinión religiosa, y segundo sobre lo científico".

"Entonces Diego, comenzaremos a analizar lo que vemos o sea lo material".

"Está bien Naserdine. Calculan algunos científicos que la Tierra se formó hace alrededor de 4,600'000.000 (cuatro mil, seiscientos millones) de años pasados. En cambio otros de ellos creen que hace más o menos 4,500'000.000 (cuatro mil, quinientos millones) de años pasados se originó la Tierra, que es tan antigua como el Sol y los demás planetas".

Tras beber un trago de agua, prosigo: "En esos tiempos, llamado el **Precámbrico**, que fué el primer período o era geológica de la historia de la Tierra cuando esta recién se creó. Y que duró aquello hasta 545 millones de años pasados, le cayeron muchos meteoritos e hubieron grandes borrascas. Solo Dios vió esas tempestades en la superficie terrestre y las tormentas en el mar. Además de los terremotos que se sucedieron y de las cuantiosas erupciones de los volcanes".

E interviene Sol comentando: "Para el Creador del universo, presenciar aquello debe haberle parecido algo espectacular. Felizmente todavía ningún ser vivía. Ahora, diario nos distanciamos más a esas épocas de sucesivas catástrofes naturales".

Y emite el catedrático Naserdine Seddiki: "Tienes razón Sol. Pues todos deseamos bañarnos en el océano sin que nos revuelque. Por eso Sol, cuando desde la orilla se retira el mar hacia adentro, no hay que acercarse porque puede ser consecuencia de un maremoto. Y levantarse de inmediato una ola gigantesca de diez o más metros de altura, que arrasa con todo lo que está próximo a su área. Tal como viene ocurriéndo en ciertas ocasiones desde que existe el mundo".

Concordando con él, continuo yo: "Entonces si nos preguntamos ¿qué antiguedad tiene la primera piedra de la Tierra?. La respuesta que dan los geólogos es: La piedra más antigua de la Tierra tiene alrededor de 3,800'000.000 (tres mil, ochocientos millones de años). En cuanto a las primeras señales de vida que han encontrado los geólogos en la Tierra, ellas han sido las bacterias unicelulares incrustadas en antiguas piedras o rocas, cuyas existencias datan también de esta misma época que acabo de mencionar. En aquel principio la Tierra carecía de oxígeno, dicen los que estudian el globo terrestre y las materias que lo componen. Luego cuando las algas se desarrollaron en el mar, produjeron una atmósfera rica en oxígeno que fué propicia para que aparecieran las plantas marinas y los primeros animales terrestres tales como los gusanos".

Averíguanos Sol Stepanov: "¿Y qué período siguió al *Precámbrico* que comprendió hasta hace 545 millones de años pasados?"

Dice Naserdine: "Haces bien en preguntar Sol, para que sepas que la Historia de la Tierra se divide en estas cuatro eras: **Precámbrica, Paleozoica, Mesozoica** y **Neozoica** la cual duró desde hace 65 millones de años pasados, hasta la época actual. ¿Verdad Diego?"

"Preciso Naserdine", asegúrole al profesor argelino. "Ahora nos falta describir a partir de la segunda era, la **Paleozoica**, que duró desde hace 545 millones de años pasados, hasta hace 248 millones de años pasados. Esta etapa **Paleozoica**, a su vez se divide en seis períodos geológicos, de los cuales el primero es el *Cambriano,* el segundo el *Ordovicium,* el tercero el *Siluur,* el cuarto el *Devoon,* el quinto el *Carboon* y el sexto el *Perm*. Bien, Paul Hoffman, un geólogo de la Universidad de Harvard, opina que provocó la explosión del período *Cambriano*. Su teoría dice que la evolución tuvo un fuerte impacto cuando el planeta Tierra cayó en una época helada. Ello debido a que los glaciares siguieron creciendo hasta cubrir por entero toda la tierra y la vida se extinguió casi en su totalidad. Algunos millones de años después, erupciones volcánicas exhalaron suficientes dióxido carbono. Lo cual creó un ambiente silvestre que alzó la temperatura de nuestro planeta. Luego al derretirse los glaciares y levantarse el océano, aparecieron a la vez vastos y pocos profundos mares, donde la vida podía recolectarse, dando con ellos un tremendo impulso a la evolución".

Interrógame de que modo, la única mujer que hay aquí compartiendo este rato con Naserdine y conmigo Diego Torrente, le doy a saber: "Amiga Sol, porque en este período *Cambriano,* que fué el comienzo del **Paleozoico**, se formaron muchos fósiles. Asimismo surgen los primeros peces en los océanos y las plantas en la Tierra. Entonces empezaron a verse los anfibios que pueden vivir sumergidos en el agua o caminar en la tierra, estos son las ranas y los sapos. Después de esos antiguos anfibios nacieron los réptiles, me refiero a las culebras y a los lagartos".

Entonces pronuncia Naserdine: "Ellos son de clima cálido Diego, como los que hay aquí en Argelia. Imaginémonos, pues, a todos esos réptiles existentes corriendo por estos terrenos, como por el resto del mundo, sin que nadie los pertubara. Pues, aún cuando los tiempos eran fríos, podían escabullirse entre los helechos y las coníferas. Ahora continua tú, Diego Torrente, por favor que me gusta oírte como lo cuentas".

Prorrumpiéndo en risas, sigo con esta plática al aire libre que estamos impartiéndonos en plena campiña: "Tras aquellos réptiles, se originaron por primera vez los pájaros, en cambio otras especies de animales desaparecieron en masa. El último ciclo del **Paleozoico**, como ya lo dije, se le conoce como el período *Perm* (que fué desde hace 290 millones de años pasados, hasta hace 248 millones de años pasados). De ese tiempo *Perm* es el *Pangaea*".

E inquiriéndome Sol Stepanov sobre el significado de ese término, le refiero: "*Pangaea* es como se nombra al supercontinente. En otras palabras, *Pangaea* se llama a la reunión de todos los continentes en uno solo. Me refiero a los continentes llamados americano, africano, europeo, asiático y al de oceanía".

"¿O sea Diego, que en aquel tiempo estuvieron ellos unidos sin que los separara ningún oceáno?"

Confírmándoselo yo a Sol Stepanov, me explayo de nuevo en mi narración: "Bueno, apreciados Sol y Naserdine, a ello sigue la tercera etapa de la historia de la Tierra conocida como la era **Mesozoica**. La cual comenzando hace 248 millones de años pasados, duró hasta hace 65 millones de años pasados, en que el clima que alternaba de frío a caluroso, se volvió otra vez cálido. Durante esos tiempos aparecieron los primeros dinosaurios que como todos sabemos, fueron los animales más grandes que alguna vez han vivido sobre la superficie terrestre".

Y contando Sol Stepanov haber visto en una película los dibujos de esos dinosaurios, que tenían un tamaño colosal, interviene Naserdine diciendo: "Ello se puede ver en los restos de sus fósiles encontrados, que eran enormes como el diablo. Y según explica la ciencia, los dinosaurios vagaron errantes durante más de 150 millones de años dominando la Tierra, hasta que hace 65 millones de años se extinguieron al no adaptarse más al medioambiente. Aquello fué el comienzo de la cuarta etapa de la Historia de la Tierra, llamada la era **Neozoica** (conocida también como la **Cenozoica)** que significa nueva vida animal. Ya que trata sobre las épocas más recientes a la actual. En cuyos estratos, de esa masa mineral en los terrenos sedimentarios, se encuentran huellas de fósiles de animales y de vegetales, semejantes a los que viven ahora. Esta era, que comprende desde hace 65 millones de años pasados hasta nuestra época, se divide en dos períodos: el *Terciario* que duró hasta hace dos millones de años pasados. Y el *Cuaternario* que comprende desde el fin del terciario hasta el tiempo presente".

Concordándo con lo pronunciado por Naserdine, profiero yo: "El *Terciario* suele suddividirse en paleógeno y neógeno. Resumiéndo esta penúltima parte del neógeno. Ello son las épocas durante las cuales las faunas y las floras, así como la distribución de tierras y mares, son ya casi los de ahora. Estas eras, llamadas terciaria y cuaternaria, son durante las cuales nacieron los primeros caballos, elefantes, monos, leones, tigres, etcétera. Ya que correteaban también encantados los ciervos en los bosques. Este último período del *Cuaternario* en que vivimos se aplica a los períodos más recientes de la era **Cenozoica**. Suele a su vez dividirse en la época de las glaciaciones o la formación de glaciares en algunas regiones del mundo. Y en la época actual, en cuanto al arte de esta era cenozoica ha quedado plasmado en las cuevas donde pintaban animales. E incluso esos primitivos labraban en las piedras esculturas femeninas".

Después de conversar aquello, nos echamos a caminar. Un par de horas habremos andando entre los árboles del camino. Hasta que nos sentamos en el sitio acordado por Naserdine y un colega a través de sus teléfonos móbiles. Y donde este último de los mencionados nos dará el encuentro. Tras una pausa, la que aprovechamos todos para beber agua porque el recio calor nos dá una sed insaciable, nos dirige la palabra Naserdine hablándonos así: "Se puede observar la evolución de la vida, a la que nos hemos estado refiriéndo, como varios caminos paralelos. Podríamos decir que por unas de esas vías deambularon en grupo, y aún lo hacen los chimpancés. Por otros senderos andaron las especies de los seres bípedos que existieron mucho antes que el *Homo sapiens sapiens* (o sea los modernos humanos). Y por un distinto trayecto estamos yendo nosotros. Me refieron a todos los que descendemos del primer *Homo sapiens sapiens*. Respecto a esas especies, o subespecies, anteriores a la del *Homo sapines sapiens*, solo han quedado sus huesos. Muchos de los cuales están enterrados sin que se sepa dónde. O bien se hayan esas osamentas en los museos".

Coméntanos por su parte Sol Stepanov: "Recuerdo haber estudiado en el colegio algo sobre el *Homo sapiens sapiens*. Del cual nos dijeron que se originó hace miles de años antes de Jesucristo. Entonces alegrémonos que desde sus inicios los de está especie estemos superviviendo", y chocándo Sol la palma de nuestras sus manos, a Naserdine y a mí, pronuncia satisfecha: "¡Hurra!"

Después de esto, interviene Naserdine diciendo: "Una de las preguntas interesantes de la historia, es saber que antiguedad tiene nuestra especie la del *Homo sapiens sapiens*. ¿Cuál es vuestra respuesta Diego y Sol?"

Tras cuchicharnos Sol y yo, para ponernos de acuerdo en lo que le vamos a contestar a Naserdine, soltándonos la risa proferimos al unísono: "Según los científicos, los *Homos sapiens sapiens* existen desde hace 30,000 años pasados".

Continuando con nuestra conversación, me oyen ellos hablarles así: "Ahora bien, hemos expuesto sobre la creación, lo que cuenta la ciencia. Entonces, le cederemos el turno a lo que nos informa la religión. Y aquellos asuntos espirituales, con los que la misma se relaciona. Por ejemplo, a sus normas morales para la conducta indivual y social".

Continuando mi disertación, les digo a Naserdine y a Sol**:** "Según las Sagradas Escrituras, nuestros primeros padres fueron Adán y Eva. Creados por Dios, con las mismas características humanas que gozamos sus descendientes de ellos. Cuyo principal distintivo es nuestra inteligencia. Pues al tener nuestros cerebros más desarrollados, que el de los animales, podemos comunicarnos con el idioma. Lo cual es esencial para subsistir. Tal como es primordial adaptarse al medio ambiente con sus cambios".

E interviene Sol Stepanov, prorrumpiendo: "Por eso es fácil imaginarse que Adán y Eva hicieron fogatas para abrigarse en invierno. Manteniendo ese fuego ellos y sus descendientes, a la vez que asaban la carne de los animales que cazaban, se socializaban alrededor de las llamas. Y ahuyentaban a las fieras".

Discurre por su parte Naserdine Seddiki: "Si todo marchaba estupendo, entonces cabe averiguar. ¿Desde cuándo y por qué se iniciaron las batallas en el mundo?. Pues los científicos concluyen, que las guerras, recién comenzaron hace milenios antes de Cristo. Anteriormente no se han encontrado en los fósiles, ni en los materiales arqueológicos, señales que existieron confrontaciones bélicas. ¿Qué piensas tú, Diego, sobre esto?"

"Naserdine, en ciertos humanos así como en algunos monos, se manifiestan en ellos conductas agresivas como todos sabemos. Pero asimismo la gente puede adquirir cultura, para aprender de la historia.

De los avances espirituales que estamos alcanzado, con el correr del tiempo. Tales como, exigir todos al unísono que se respete la existencia ajena".

Oyéndome Naserdine y Sol, razona él: "¿Te refieres Diego, a que los belicosos deben mitigar el dolor de los vencidos?. ¿Mínimizando así el daño que originan, esos enfrentamientos armados?"

"Si Naserdine, tú lo acabas de decir. Para que no haya una III Guerra Mundial, que nos devuelva al tiempo de las cavernas, estamos todos obligados a reducir nuestros ímpetus agresivos. Y mejor aún a eliminarlos totalmente".

"Estoy de acuerdo contigo Diego, que una guerra entre países, es siempre una tragedia. Pues termina con muchos muertos".

Vuelvo a opinar yo: "Así es Naserdine. Muchos humanos contamos con nuestras creencias religiosas, a diferencia de los animales. Nuestro conocimiento en Dios nos refrena, haciéndonos recapacitar, que lo importante no son las posesiones materiales. Sino que lo primordial es la vida eterna".

Por lo cual pronuncia Naserdine: "Exacto, podemos engañar a todos, menos a nosotros mismos. Pues, la conciencia nos susurra al oído cuando tramamos algo equivocado, manifestándonos: ¡Si haces eso joven, te va a pesar!. Aunque verdad, la mayoría de las veces nos dice nuestro fuero interno: ¡Bravo hombre, lo has hecho requetebien!"

Y cuando Sol Stepanov expresa: "Por eso es mejor seguir ejercitando la caridad a diario, para no perder la práctica. Abriéndoles a los emigrantes, el portón de nuestros países".

Agrega Naserdine: "Hacer tal como dijó Jesús en su famoso *Sermón de la Montaña***:** *Dad de comer al hambriento. Dad de beber al sediento. Véstid al desnudo. Dad posada al peregrino.* Vosotros como cristianos que sóis, Diego y Sol, debéis saberlo".

Respóndole a Naserdine: "Tenía toda la razón Jesucristo al predicar aquello".

Y discurre Sol Stepanov: "Si, pues, las fronteras no las ha construído Dios. Tampoco las hacen los animales. Pues están acostumbrados a compartir los terrenos. A ver el mundo entero como si les perteneciera. Ellos no ponen ramas montadas en el suelo, para separase de otras razas. Excepto los castores, pero lo hacen para proteger su guarida cuando sube el agua. Eso de los limites, son cosas inventadas por los seres terrestres".

Dice Naserdine riéndose: "¿Entonces si de verás existen los extraterrestres, cabe averiguarse cómo harán con sus vecinos?"

Celebrándole su ocurrencia, interróganos Sol: "Diego y Naserdine. Por ejemplo, si se compara a los seres terrestres con los monos, ¿cuáles son las diferencias significativas entre los humanos y los chimpancés o los gorilas?"

A Sol Stepanov, le explico yo o sea Diego Torrente al respecto: "Los descendientes de Adán y Eva tenemos nuestro cerebro más desarrollado que los monos. Podemos hacer uso del idioma, de la ciencia y de la tecnología. E incluso estamos aptos de concebir proyectos para el Futuro. Además el promedio de vida de la gente es de setenta, ochenta, noventa o cien años más o menos, según las regiones que habitamos. En cambio los chimpancés solo alcanzan a vivir dígamos unos cuarenta años. Ya sea porque siendo tiernos se mueren ellos pronto, al sucumbir a alguna enfermedad. O debido a que no se adaptan al medio ambiente. E incluso cuando los matan las fieras".

Por su parte agrega Naserdine a estas reflexiones mías: "Estás en lo cierto Diego. Ahora bien, en lo genético somos bastantes idénticos a los chimpancés. Pues ni siquiera hay un 2% de diferencia entre el DNA de los hombres modernos y el de esos animales. Los chimpancés, tal como nosotros los humanos, conocen la ternura y compasión. Esto se comprobó mejor cuando uno de ellos salvó a una niña que había caído en un pozo y se había lastimado. El chimpancé la sacó de allí cargándola en sus brazos. Para las personas que conocen de antemano las costumbres de los chimpancés, e imitan delante de ellos sus voces y sus gestos, les será posible habitar junto a estos simios. Pues tienen conductas semejantes a las nuestras. Y aunque estos monos saben que no son sus iguales, respetarán a esa gente. Pero también cuentan los chimpancés con instintos crueles y vengativos. Esto se vé en la realidad por ejemplo, cuando va un grupo de ellos desfilando de pie por un camino entre los árboles de un bosque. Como al encontrarse con las crías de otra tribu de chimpancés, se trabarán en una pelea con ellas hasta matarlas. Su objetivo es dejar ese territorio libre para implantar sus propias descendencias. En ese sentido pueden ser tan despiadados los chimpancés, como algunos guerreros durante la guerra".

Averiguando Sol Stepanov a que se deberá esa conducta humana, respóndele Naserdine Seddiki: "Creen los científicos que nuestros primeros antecesores sobrevivieron a través de la cacería. Y que ese instinto está aún en los genes. Ahora, aunque ya no se necesita cazar para alimentarse, esa agresión se ha ido transmitiendo en los genes hasta las generaciones presentes. Porque las necesidades primordiales en los individuos son tener comida y techo. Satisfecho eso, viene después el sexo, salud, etc. Ya que las demás cosas pueden conseguirse a través de un trueque. Tal como hacen los Masai en África, que por eso viven en paz. Al intercambiarse entre ellos lo que necesitan. Y además porque solo viven el presente".

Dígole yo: "Estás en lo cierto Naserdine. Se creen que ese instinto de lucha existe intrínsico en las personas. Por fortuna al mismo tiempo se nos ha desarrollado la capacidad de razonar para vivir en armonía social. Pues la vida nos está enseñando a diario que cada uno depende de los demás. Si en un período de tiempo yo necesité la ayuda de aquel. Un día del futuro, a él le será urgente mi asistencia, o la de otro ser".

"Correcto Diego", pronuncia Sol. "Gracias a la humanidad con que la mayoría contamos, de sentir compasión ante las desgracias de nuestros semejantes, es que el mundo siga existiendo. De lo contrario nos habríamos exterminado y toda la tierra estaría deshabitada".

Entonces dice Naserdine: "Esa es la pura verdad Sol. Siempre se ha visto una lucha heróica por la vida. Por ejemplo, mis remotísimos antecesores, que moraron miles de años atrás en África. Viéndo ellos rondar a las panteras, tigres o leones, rápido se habrán trepado a las copas de los árboles para protegerse de las fieras. Pero para algunos humanos esos esfuerzos habrán sido infructuosos. Pues si querían esas bestias atraparlos, hasta ahí los seguían. Felizmente ahora, a esas especies de animales feroces para su sobrevivencia, les están designado para vivir, territorios apartados de la población. O bien se hayan recluídos en parques zoológicos y hasta en circos. También en ese sentido hemos evolucionado, porque quienes amamos a esos animales salvajes no queremos su extinción".

Estamos así conversando cuando vemos venir en coche a Yazid Gezhali, un amigo de Naserdine Seddiki graduado en Historia del Arte. El cual al saber, en su conversación que mantuvo con Naserdine por teléfono portátil, que soy un Diplomático en funciones de una Embajada Europea quiere conocerme.

Entonces acercándose a nosotros Yazid, se sienta al pie nuestro y tras enterarse de lo que charlabamos, interviene el mismo diciéndonos: "La evolución de la vida es un hecho. Las cosas que viven van cambiando de una generación a la próxima. Sucede ello de manera pequeña o grande con el pasar del tiempo. Organismos vivos reproducen otros nuevos.

Algunos de estos no vuelven a producir. En cambio otros sí, porque se adaptan mejor al medio. Por eso, desde Adán y Eva hasta el presente, estamos multiplicándonos los humanos.

Debido a que en la evolución de la vida, la característica más importante es la reproducción. Ello es para que la existencia no se acabe, sino que continue".

Opina Sol Stepanov: "Por eso El Todopoderoso quiere que los esposos unan sus carnes. Y con los nacimientos de los bebes, perpetuar su creación. Me refiero a la subsistencia eterna, ofrecida por Él a los que cumplan sus mandamientos".

Dice Yazid: "Preciso Sol. Y debido a la inteligencia con que El Creador nos ha dotado a todos, se aprende con el paso de los siglos, a preocuparse por la vida ajena. Por eso la población aumenta a pasos agigantados. Y como hasta ahora se predica de que muchos serán los llamados y pocos los escogidos. Debemos vivir conforme a los deseos del Altísimo. No nos queda otra solución, si queremos obtener una vida infinita. Sino convivir como en un círculo, en cuyo centro se encuentra El Omnipotente. Y donde alrededor de Él están las actividades de sus templos. Porque si se mira bien todos aquellos movimientos que están fuera de dicha circunferencia como son las guerras, asesinatos, robos, y mentiras. Todo eso solo conduce a la desesperación y muerte del alma. ¿Estáis vosotros de acuerdo conmigo?"

Dándole la razón a Yazid, aumento yo Diego Torrente: "El que tenemos ánima es una verdad indiscutible. Ya Dios se refirió a nuestro espíritu, según consta en las Sagradas Escrituras cuando dijo: *Hágamos al hombre a nuestra imagen y semejanza*. Referíase por igual a la mujer, que Él creó después".

Y nos diáloga Sol: "Luego aconsejó Jesús a sus discípulos, diciéndoles: "*Sed, pues, perfectos, como perfecto es vuestro Padre celestial*". Tampoco aludía Jesús, al cuerpo del Todopoderoso, porque sabía que no lo vemos. Está claro que lo decía por su alma".

Después de oír a Sol Stepanov, hablános de nuevo Yazid: "Entonces llegamos nosotros a esta conclusión. Por una parte están los conflictos humanos. Pues cuando los mandatarios o los aguerridos, se emperran en usar las armas, cualquier pretexto les sirve. Por suerte para contraponerles, marchan bien las organizaciones sociales y las religiones. A las cuales debemos contribuir aportando mucho bien, para hacerle al mal el contrapeso".

Y refiérenos a su vez Naserdine Seddiki: "Vale recordar, que con el paso de los años la mayoría de las personas, a través de la práctica, hacemos las cosas mejores. A eso se debe el éxito de nuestra especie que ha llegado a extenderse por este planeta Tierra y a dominarla".

Respóndole a él, mí mismo Diego Torrente: "Tienes razón Naserdine. Nuestra adaptación en todas las regiones del mundo es universal. Pero al mismo tiempo no todos vivimos en un mismo paisaje o clima. Algunos poblamos en la ciudad, otros en el campo. Unos se alimentan mejor, otros peor. Existen pacientes que tienen mejor asistencia médica. Y los que no cuentan con ello. Hay los que tienen panes en su mesa, otros ni siquiera eso. No se vive igual en la India, que en los Estados Unidos. Es por eso que los problemas que tenemos todos que resolver para sobrevivir son distintos. Por suerte vivimos en la era de la comunicación, para ayudarnos los unos a los otros, tan pronto como nos sea posible. Pues podemos recurrir a diferentes fuentes, alguna de ellas nos dan la solución".

Platícanos Naserdine a nosotros tres, esto es a Yazid, a Sol, y a mí: "Si, porque ante un problema, con frecuencia los interrogados pronuncian distintas respuestas. E ahí la suma importancia de escoger, entre las diferentes alternativas, la más inteligente".

Y cuéntanos Yazid Gezhali, el recién llegado argelino de hermosa apariencia y cabello crespo: "Mientras la corriente genética nos dirige a una consistencia de la especie, la variación del medio ambiente nos conduce a otra parte. Por ejemplo, debido a las sequías e inundiaciones de agua hay despliege de imigrantes que viajan de un sitio a otro. Ellos se asientan donde pueden y así se cruzan los sujetos. Por eso como va a seguir evolucionando está especie nuestra que sobrevive, es díficil de predecir. Y hay que tener en cuenta que cada especie solo dispone de determinado tiempo para su desarrollo. Dice el biólogo Robert Foley que de todas las especies de los monos que existieron en el pasado, que fueron en total 5,000 o 4,000, apenas viven ahora doscientos de ellas. Todas las demás se extinguieron. Y él opina que esa es la suerte final de todas las especies, el desaparecer. Porque según sus propias palabras, él dijó: "El que mueran es lo que se espera de todas las especies".

Tras oír aquello Sol Stepanov, opina: "Gracias al Todopoderoso amigos, nosotros creemos en la resurrección de los muertos".

Entonces, expláyase Yazid de nuevo: "La evolución de la vida es un asunto que interesa a paleontólogos, geólogos, arqueólogos, químicos, físicos y a los genéticos. Por ejemplo, los pateontólogos son los que buscan en los fósiles las antiguas huellas. Los osteólogos pueden mirar en los huesos, que están desenterrados, la conducta de los seres remotos ya desaparecidos. La ciencia de los geólogos es investigar en el globo terrestre la naturaleza de las materias que lo componen. Y los cambios que estos organismos han experimentado desde su orígen. Los químicos y físicos pueden precisar la antiguedad de los fósiles y describir el medio ambiente del pasado. Y por fin contamos con los genéticos cuya ciencia consiste en comprobar nuestra evolución histórica en cada célula de nuestro cuerpo. Por eso se ocupan de la parte de la biología, que trata de los problemas de la herencia transmitida en los genes".

Dándole nosotros la razón a Yazid, comenta Naserdine: "Las conclusiones que los anteriores nos dan a saber, aparecen en los periódicos, revistas, libros, programas de televisión o están archivadas en los museos y bibliotecas. Y las podemos ver como un legado que los científicos transfieren a los humanos".

Intervíniendo mi mismo Diego Torrente, digo: "Gracias a los astrónomos, por ejemplo, sabemos que el Universo fué creado hace millones de años pasados. Tan antiguo es este cosmos, del cual en la actualidad nosotros los humanos formamos una parte apenas perceptible de toda aquella grandeza que el Omnipotente se dignó hacer. Me refiero a Aquel que existió antes que todo fuera hecho por Él. El cual estará siempre presente en el infinito aunque se hayan consumado los siglos".

Preguntando Sol Stepanov que se observa en un planetario, refiere Naserdine: "Por ejemplo las galaxias, que son ese inmenso conjunto de nebulosas, astros, etc. del que forman parte nuestro sistema solar y todas las estrellas visibles. En las fotos oscuras tomadas de noche, se las vé como si fueran incontables puntitos brillantes. Pero según los astrónomos estiman que hay en total unas 100,000 millones de galaxias. Las cuales, tales como otros objetos del espacio, están alejándose de nosotros al ensancharse el universo. Y al distanciarse las galaxias, las luces que ellas emiten se hacen menos vistosas".

Pasada aquella conversación está claro que tanto Naserdine así como Yazid, evitan referirse a la actual situación política de Argelia. Y mientras todos comemos unos bocados con refrescos o bebida caliente, empieza Yazid a contarnos: "Como estabamos recordando la historia, vale decir que en el siglo XVII, las potencias europeas establecieron centros comerciales en la costa africana. En especial esta ciudad a las orillas del Mar Mediterráneo, cuyo nombre es Argel, fué requerida por su posición estratégica entre Europa y África. En el año 1830 invadieron los franceses Argelia declarándola como una región francesa, venciendo al entonces Emir Abdel Kader. Luego al siglo siguiente, preciso en el año 1954, se constituyó el Frente de Liberación Nacional de Argelia, para luchar contra el dictado francés. Y durante los años que duró el levantamiento argelino fué esta, su capital Argel, el foco central del movimiento de su independencia".

E interviene Naserdine para proseguir narrándolo: "Un alto de fuego en el año 1962 terminó con la guerra entre Argelia y Francia, tras la declaración del presidente francés Charles de Gaulle que reconocía la Independencia de Argelia. La cual se proclamó de manera oficial el 3 de julio de 1962. Tres días después el último pretendiente al trono de Argelia, el Emir Said al-Djazaire (nieto de Abd al-Kader) que tenía 80 años y permanecía en Damasco, desistió de manera oficial a sus pretenciones a la corona. Y ese mismo año de 1962, se efectuaron las primeras elecciones de la Argelia independiente, proclamando a Ben Bella como Primer Ministro. Al año siguiente, en 1963, Ben Bella fué escogido como Primer Presidente de la República de Argelia. Gracias a Alá que en la actualidad no tenemos guerra".

Y Yazid nos cuenta: "Porque debido a la experiencia que nos ha dado los acontecimientos pasados, preferimos mantener buenas relaciones con todos los países extranjeros. Aquel como yo cuando me enrolé a la Cruz Roja, que ha visto en un campamento a jovenes soldados cautivos, desangrándose en el piso. Jamás podrá olvidarlo".

Entonces, tomando la palabra mí mismo Diego Torrente, les digo: "Para conducirnos la comunidad internacional con paz, justicia, y solidaridad tenemos que contar con el apoyo de las Naciones Unidas. Además nuestra creencia en Dios nos hace escoger el camino pacífico. El terrorismo, fundamentalismo, y nihilismo fanático son amenazas que conducen a la turbulencia. Y eso debe ser propio de mar, no de los seres humanos. Pues tenemos capacidad de discernir, los actos que son mejores para todos. Para lograr la paz mundial es necesario colaborar juntos mediante el diálogo".

Poniéndonos nosotros andar descendemos por un camino desde el cual apreciamos abajo la hermosura de la campiña. Y viendo la claridad dejada por la opuesta del sol, en este crepúsculo del atardecer, iniciamos el regreso en el coche de Yazid, hasta que arribamos donde está el automóvil mío. En el cual viajamos Sol Stepanov, Naserdine y mi mismo Diego Torrente de vuelta a la ciudad de Argel, seguidos en caravana por Yazid con su mobilidad. Y llegando a la población de Argel, les agradecemos a Naserdine así como a Yazid por sus amables compañías.

Alejandra de Stepanov ejerce su profesión al aire libre

Bañándome y cambiándome de ropa voy a cenar a la casa de los Stepanov, porque cuando me invitan, sino me detiene otro compromiso, lo acepto. También a veces les correspondo yo, llevándolos a un restaurante con su hija Sol. Esta vez que llego a la vivienda de ellos, como siempre encuentro que está la mesa puesta. Así que mientras con su Excelencia Stanislao Stepanov conversamos, son su Señora Alejandra, y Sol, las que disponen la comida preparada por el cocinero, quien hoy día salió a recoger a sus padres en el aeropuerto. Y para lavar los platos, así como la cristalería u otros utensilios después de la cena, tienen los Stepanov una máquina lavadora eléctrica por lo que ese trabajo se les ha simplificado.

Hoy cuando en lo mejor de la comilona, en la que hay abundancia de manjares, oímos un gran estrépido desde afuera, nos asomamos al balcón interior de nuestras residencias. Ya que mirando desde la baranda hasta abajo se ve el patio. Pues es ahí desde donde viene la bulla. ¡Y oh, sorpresa inesperada!. Porque en una de las puertas que dan a ese patiecillo, vemos que hay un vecino que está tirando, parte del servicio de la mesa fuera de su mansión. Tal como las cacerolas vacías, o así cosas por el estilo. Mientras su mujer y sus tres hijitos se encuentran llorando a su alrededor.

Al día siguiente, que viene él a disculparse con nosotros, se presenta como un desocupado. Su consorte, aunque están los mismos con recursos económicos limitados, sigue luciendo estupendo. Pues sus vestidos de ella, aún los de entre casa, son largos hasta tocar el piso y están además bordados con hilos brillantes. En cuanto a él, de continuo lo vemos salir a pasear en las primeras horas de la noche, llevando como prenda de vestir un camisón largo de color blanquecino.

Desde el solar del Embajador Stepanov, siempre les están dando a ellos, algo de comida. Esta es una costumbre que se ve mucho entre los islamitas. Y ello es, que antes de comer en una casa, se aparecen en la puerta de sus vecinos, con una vianda preparada. Diciéndo la tradición, que estos a su vez, no deben devolverle el plato vacío. Sino más bien, con algo de la comida que han preparado para sí mismos.

Ahora bien, cuando la cónyuge de ese hombre oyó que la Señora Alejandra de Stepanov es doctora en psiquiatría, viene hablar con Alejandra para que con sus consejos la ayude a rehacer su vida. Y como Alejandra Makowski de Stepanov no domina por completo el idioma árabe, me pide entonces por favor para que yo les sirva de interprete.

La primera consulta tiene lugar en un parque cercano a nuestras residencias. Se trata de un jardín redondo cercado por una verja. En cuyo interior tiene árboles altos, plantas con flores, pasajes para caminar y bancas donde sentarse. A este local que se encuentra en reconstrucción, lo resguarda constante un guardián debido a que los trabajos de reparación están paralizados. Por lo tanto nos acercamos a él pidiéndole permiso para ingresar. Este celador es un argelino de mediana edad, con pelo y barba negra, que viste una túnica de color marrón así como sandalias del mismo color. Levantando un hombro para platicar, nos dice él con toda parsimonia: "¿Qué queréis que os diga, si vosotros véis que este lugar está vacío?. Y que hay sitio, donde ustedes prefieran ir a sentarse para conversar". Nos habla él, con esa calma característica de las personas que disponen de mucho tiempo. Y sobretodo, que están en contacto con la naturaleza.

Entonces es cuando nos sentamos los tres en una banca. A mi izquierda está la Doctora, o sea la Embajadora Alejandra de Stepanov. Al centro estoy ubicado yo Diego Torrente. Y a mi derecha, se haya nuestra vecina Meriem Mehidi (que es la mujer de aquel hombre que tiraba la locería de su morada al patio). Ahora pues, mientras el argelino que guarda este sitio de recreo, se vá a conversar con otro señor, Meriem nos departe estas confidencias a continuación: "Vosotros sabéis lo que pasa entre mi esposo y yo. Así como sufren nuestros hijitos debido a ello".

Permanecierndo callados Alejandra conmigo Diego Torrente, continua Meriem: "Ya he ido yo, a un consejero matrimonial aquí en Argel. Él me ha dicho que tanto mi marido, como mí misma, necesitamos tratamiento de un facultativo. Me explicó ese especialista, que si una mujer acepta que su marido la trate con esos estallidos de cólera, es porque ella está acostumbrada a sufrir".

Asegúrale Alejandra de Stepanov, a Meriem: "En términos médicos se dice que son unos *adictos al dolor*. Pero al mismo tiempo se sabe que ellos pueden curarse".

Préguntando Meriem: "¿Cómo podrían sanarse esos enfermos?", le responde Alejandra: "Esos pacientes necesitan dos cosas urgentes. Lo primero es tratamiento psiquiátrico. La otra necesidad es que asistan ellos a terapia de grupo. O sea, reuniéndose con aquellos que también tengan esa misma clase de problemas que resolver".

"¿Alejandra, y respecto a mi persona que opinas?. ¿Cómo puedo conservar mi paciencia, cuando mi esposo estalla tan imprevisible como un volcán?"

"Cierto Meriem, cualquiera no sabría que hacer, si debe soportar el carácter abrupto de alguién. Referente a tí Meriem, tú estás muy bien. Quiero decirte que ni siquiera necesitas medicinas. Así que contigo, será suficiente con nuestras conversaciones. Además así tanto Diego, como yo, aprenderemos lo positivo que hay de vuestro modus vivendi".

Animada Meriem a hablar, comienza a explayarse: "Estoy acá para ver los posibles canales de desfogues para mi vida". Mencionando quedo Meriem, los gustos de su esposo cuando hace sexo, le pido que me lo refiera más fuerte, para traducírselo a Alejandra. Alzando Meriem su voz, prosigue informándonos tanto a Alejandra como a mí, las vicisitudes de su vida: "¿Y de que se contraría Rachid?. Por pequeñeces de poca monta. Resulta que él quiere que ponga yo más orden en los salones. Dice Rachid, que cada objeto debe hallarse ubicado cerca de aquel que lo usa con frecuencia. ¿Pero como hacerlo, si nuestra vivienda está atiborrada de innumerables cosas?. Es como pedirle a Alá, que del cielo desaparezcan las infinitas estrellas".

Y averiguándole Alejandra, sobre sus contactos sociales, refiérenos Meriem: "Cuando sale por la calle Rachid, conmigo, siempre hay hombres guapos que llaman la atención. Y si volteo yo mi rostro para admirar la belleza de alguno de ellos, Rachid me dice: ¿Meriem, qué miras?. Hay ciertas ocasiones en que Rachid, junto conmigo, vamos adonde nos invitan. Habiendo llegado el momento que quedé con mis hijos de ir a verlos, si Rachid no quiere partir, yo me salgo sin su conocimiento. Pero, si lo advierte él, jalándome de la ropa, ante todos, alega: ¡Debes acordarte que has venido conmigo!. ¡Así no se conducen las damas!". Recuerda aún Meriem: "De mamá conservo excelentes memorias de como me trataba en mi juventud. ¡Mirad vosotros, mis ojos se llenan de lágrimas cuando pienso en ella!. Y es porque yo extraño, el cariño incondicional que ella me dió". Y como no posee Meriem un pañuelo en la mano, le doy el mío para que se limpie sus mocos.

Entonces vuelve a contarnos: "Mi padre si era hosco de palabra, con mi madre, y conmigo. Y eso que era yo entonces una niña. En cambio ahora a mi papá, se le cae la baba por mis hijos, que como comprendéis Alejandra y Diego, vienen a ser sus nietos. Y les da gusto en todo". Dialógame Alejandra de Stepanov, para que yo se lo traduzca así: "Meriem, esos problemas eran muy fuertes para tí, en lo emocional, como para que los resolvieras con tus tiernos años. Por eso ahora, tratas de reproducir ese mismo ambiente en tu casa. Para darle salidas a esas dificultades del pasado que quedaron irresueltas, eso dice el psicoanálisis. Por otro lado la *Terapia de conducta* te aconseja: "Tengo ese asunto díficil, vamos a ver como lo resuelvo".

Y coméntanos Meriem, tanto a Alejandra como a mí: "Un doctor me dijo que estaba obsesionada con mi marido Rachid".

Respóndeme Alejandra, para que se lo traduzca a ella: "Entiendo Meriem, que estás dispuesta a originar cambios inmejorables para tí, que repercutan en favor de todos. Ya que estas buscando ayuda, independiente de lo que tu cónyuge hace. Como vosotros sabéis, Diego Torrente y Meriem Mehidi, yo tengo permiso del gobierno de Argelia para ejercer mi profesión médica. Ahora bien, podemos continuar estas consultas si estáis ambos de acuerdo.

Dígamos unas sesiones de unos veinte minutos, cada semana, hasta que lo creamos conveniente". En vista de lo cual, tanto Meriem como yo, aceptamos la propuesta.

En el transcurso de la semana siguiente, vamos los tres al lujoso hotel Hilton Alger, situado en un suburbio de Argel, en la costa del Océano Mediterráneo. Aquí mientras almorzamos, contándonos Meriem como le ha ido, nos dice: "Entiendo que debo iniciar un estilo de vida que nos conduzca a Rachid y a mí, a la serenidad. Por ejemplo, preguntándome a mí misma antes de comprometerme en algo: ¿Será esto bueno para mi matrimonio?. Si la respuesta es sí. Solo entonces así, lo llevaré a cabo. Por lo pronto estoy buscando un grupo femenino que también quieran recobrarse. Con el objetivo de que vuelva a nosotras nuestra estima personal. Porque lo que es conmigo, el trato que me dá mi pareja es como si yo no valiera. Y miren ustedes que hago lo posible para dar una buena imagen. Que hasta me pongo los bellos vestidos con que me véis en el patio que dá a mi casa, los cuales conservo yo desde mi ajuar como si fueran ellos nuevos. Así como este manto o los demás que tengo".

Luego en camino hacia la piscina situada al exterior, notando Meriem una mariposa seguida de otra que revolotean cerca de nosotros, maravillase diciéndo: "¡Oh, qué belleza!". Y prosigue ella narrándonos su historia: "Previo a estas pláticas con ustedes, Alejandra y Diego, estaba pensando en irme con mis hijos a vivir a otro sitio. Aunque sé que Rachid nos perseguiría hasta el último rincón del mundo". Entonces háblale Alejandra. "Meriem, las relaciones entre consortes prosperan cuando hay respeto mutuo. Y la única forma que se sepa es, diciéndoselo a su pareja. Por ejemplo: Pronunciando no, a las exigencias de él, que a tí, te disgustan. Pues, si tu marido lo comprende y hace sus esfuerzos porque haya armonía entre vosotros, tus deseos de escapar van a disminuir con el tiempo".

Respóndele Meriem a Alejandra: "Antes hasta me parecía dificil una confrontación con Rachid. En ello tengo que ejercitarme. Por lo pronto ahora ya le digo a él: Simplemente, no deseo hacer eso. Y gracias a tí Alejandra comprendo, cuan importante son actividades bien escogidas. ¿Pero, en ese sentido, por dónde puedo yo comenzar?".

Entonces aconsejala Alejandra a Meriem: "Por lo que te hemos oído, me parece que estás muy sola. Sí, te vendría muy bien un círculo de amistades estables. Ya se traten de antiguas o nuevas, pero que tengan ideales".

Interrógale Meriem: "¿Te refieres Alejandra, para llevar una forma de vida más espiritual?". Asintiendo Alejandra Makowski de Stepanov, nos da a saber Meriem Mehidi: "Entonces, ahora mismo les pasaré la voz a las otras mujeres. E iremos a un establecimiento público a tomar té. Ahí cada una, se propondrá decirle a su esposo, cuando es insolente: Yo te quiero, pero encuentro tu conducta inaceptable. Si estás preparado a tratarme con miramiento, por favor, dámelo a saber". Y confirmale Alejandra, a Meriem, que esa es una idea luminosa. Después que nos bañamos en la piscina, iniciamos el camino de regreso. Y vamos regocijándonos de los buenos resultados que están dando estas entrevistas. ¡Teniéndo nosotros la libertad de hacerlas al aire libre, qué más queremos!.

Soñando con un harén

Y sucede que habiendo anochecido, me hallaba reclinado en la terraza de mi casa, que es un glorioso lugar. La cual comunica las dos moradas, la de los Stepanov y la mía. Así que aquí en nuestra elevada mansión, que fué con anterioridad una sultanía, estoy en este sitio abierto, desde donde se puede explayar la vista hacia un campo de considerable extensión. Dicha campiña presenta variedad y agrado, ya sea por estar cubierta de flores o de una que otra palmera sembrada entre los verduzcos cipreses.

Enseguida a la distancia de aquello, se ven dos bellos palacios blancos. A cuyos techos ornamentan, cúpulas redondas y otros cubos más pequeños. "¡Oh, que paisaje tan completo!", me digo en mi entresueño. "¡Pues más allá, hacia la lontananza, se divisa el azulino mar!".

Arrecostado sobre almohadas de seda me quedé dormido. Y al despertarme me doy cuenta que he estado soñando. Soñaba que me iba acercando a uno de esos palacetes que brillan por su blancura. Y que en la antiguedad fuera residencia de familias nobles.

En mi sueño me ví caminando, hacía uno de esos antiguos palacios. Cuyo primer piso tiene barandas y arcos. Entretanto que a su patio interior lo adornaba, además de una exótica pareja de aves del paraíso, bellas columnas redondas de mármol y una fuente con abundante caída de agua. Ingresando adentro de este recinto, aprecié su magnífico techo con su bóveda arqueada. Y es que durmiendo me había transportado hacia el siglo XVIII, de suerte que allí en el centro del salón se hallaba sentado el Sultán, arrellanado con toda comodidad sobre una alfombra y un montón de cojines, en ese retiro de su felicidad, de su gloria, de su esplendor.

Es que ahí mismo reposaba aquel príncipe mahometano cuando estaba cansado, o si disfrutaba del goce sexual con una de las mujeres de su harén.

Él, que lucía muy tranquilo, a la manera árabe había cubierto su cabello envolviéndolo con un turbante, donde se apreciaba toda suerte de piedras preciosas, tales como rubíes, esmeraldas y diamantes. Y entreví que arriba, mirando desde los balcones enrejados, estaban lindísimas mujeres musulmanas, semiocultas. "¡Ah, si solo pudiera verlas!", me dije mientras dormía. "¡Ay, si desde el altísimo techo, las luces las bañara a toda luz y no con ese reflejo azulado!"

Hacia el fondo de la pieza, asentados sobre las alfombras, al modo oriental con las piernas cruzadas sobre el piso, se encontraban al extremo izquierdo cinco músicos tocando sus instrumentos de cuerda. Y al extremo derecho las mujeres que componían el harén. Luciendo tanto ellos, como ellas, sus llamativos atuendos arabescos.

Mientras tanto dos guardaespaldas con sus lanzas colgadas, a la altura de sus cinturas, vigilaban la puerta central de entrada a dicha sala. De súbito contemplé yo, que al Sultán comenzó a entretenerlo su favorita, danzando alrededor de él en el centro del local, convirtiéndolo en un escenario de calor, de relajamiento. Ya que inclinándose ella hacia el Sultán, este la besaba primero en la mejilla, luego en el cuello. Más la favorita no se le entregaba tan fácilmente. Antes bien, alargaba el placer del Sultán. Pues, incorporándose ella, proseguía con su danza sensual en torno a él.

Luego recostándose la misma junto al Sultán, circularon de pie algunas mocitas con sendos azafates conteniendo uvas y albaricoques. A la vez que mozos arábigos portaban, en las bandejas, las estilizadas gárrafas de cristal llenas de líquidos para beber.

Tras eso, el Sultán dió orden a todos los demás de dejarlo solo con su favorita. Habiendo quedado ambos, los únicos en esa pieza, de pronto se oyó un estruendo. Y entró uno de los suyos anunciándole una nueva guerra.

Enseguida los ví a ellos navegando en el mar sobre grandes botes de velas y remos. Eran incontables los guerreros que iban a bordo de esa flota. ¿Hacia dónde se dirigirán todos ellos?, me interrogaba yo. ¿Qué tiempos aquellos, en que los gobernantes iban a las luchas?. Si ahora en el siglo XXI fuera así, no habrían tantas guerras.

Entonces, los suyos empezaron a vociferear: ¡Gracias a Alá, que ha retornado vivo el Emir!. ¡Loa al Soberano, que le a dado al Sultán la victoria!. Pero, advirtiéndo él, que su favorita había desaparecido, salió al portón del palacio para buscarla. Pero grande fué su sorpresa, cuando la vió montada de lado sobre un caballo. Iba ella vestida, con una túnica holgada, sobre un pantalón bombacho. Y su rostro cubierto con un velo, exceptuando sus ojos. Ahí, pues, se hallaba su predilecta junto a un joven jinete, que raptándola se la llevó a todo galope a través de los montículos.

Estaba recodando yo aún mi sueño, cuando el sonido del teléfono me termina de despertar. Se trata de Omar Saadí, aquel modisto que conocimos en el avión durante el vuelo que efectuamos desde Europa hasta Argel. El cual me llama para invitarme almorzar, refiriéndome que El Embajador Stanislao Stepanov, con su familia, ya han aceptado.

Agradeciéndole a Omar Saadí, le dijé que también podía contar con mi presencia.

En la morada de Omar Saadí

Al cabo de una semana más tarde, nos encontramos reunidos en la terraza de la casa de Omar Saadí, que es un sueño. Y donde él empieza a contarnos algo de su vida: "Acá, antes de la aurora, me despierto con los cantos del almuecín. Ese almuédano sube, antes que amanezca, al alminar de la mosque. Y desde ahí arriba, convoca en voz alta a los musulmanes para que acudan a sus rezos". Dígole yo: "Omar, con nosotros es lo mismo. Pues, otra mezquita de esta capital, queda al frente de nuestras residencias".

Fíjome luego, que el sol está brillando sobre la campiña, que comprende árboles de eucaliptos, palmeras, pinos y laureles. Entonces viéndose a lo lejos los pequeños barcos de vela, y los grandes vapores que hacen su travesía entre la Europa Occidental y este exótico portal de África, vuelve a decirnos el que nos agasaja: "Esta capital, llamada Argel, es un lugar fascinante para mí. Primero por la cercanía del continente europeo hasta aquí. Y segundo por su excelente clima".

Dícele El Embajador Stanislao Stepanov: "Omar, después de estar tú en Europa y en los Estados Unidos, hasta lograr una reputación en la alta costura, decides establecerte en Argelia". Contéstale Omar: "Solo se me vé en Argel durante mis vacaciones, que cada vez las prolongo más. Pues acá puedo trabajar tranquilo sin las exigencias de la sociedad. Aquí en Argel también se encuentra gente superamables. Tal como en Nueva York, en Londres, en Tokio, en París, o en Milán".

Dándole la razón nosotros a Omar, él prosigue: "Y como quiero que entre nosotros nos demos la mano. Diciéndolo en otras palabras, que nos ayudemos mutuamente, os comunico que abriré una fábrica en Argel. Por eso me pondré al servicio de ustedes. Si queréis que os haga un terno, o un traje hecho a vuestra medida. Así luciréis los hombres tan hermosos, como ese personaje mitológico Adonis. Y a las mujeres se os verán bellísimas. Ya que en lo físico, resaltaré lo mejor, que posee cada una. Sin tener que recurrir a carteras y zapatos ostentosos. En cambio adornarse con collares, sortijas, y pulseras, eso sí, porque es muy femenino. Y claro, necesito para la confección mano de obra, de preferencia las del bello sexo". Acordándome yo, de que Meriem Mehidi busca trabajo, se lo digo a Omar para que la entreviste, lo cual acepta él encantado.

Háblale también Alejandra de Stepanov, a Omar: "Esta mansión, como muchas en Argel blanquean en su fachada. Pero su belleza está más bien en su interior que da una sensación de tranquilidad. Por ejemplo Omar, mirando nosotros tu piscina, la fuente, y lo espacioso del jardín, nos pone de manifiesto lo que son los patios tradicionales en Argelia". Respóndele Omar: "Cuando yo compré este palacete, que fué construído a principios del Siglo XVIII y que pertenecía a gente adinerada, encontramos con el arquitecto contratado para su reconstrucción, que tenía pequeñas piezas que decidimos cambiarlas por espacios grandes".

Convérsale Alejandra de Stepanov: "Omar, y la transformación ha dado por resultado que se vea maravillosa con estas grandiosas salas cuadradas". Dándole la razón Omar, agrega: "Y como véis vosotros, en esta vivienda solariega predomina lo blanquecino. Tanto por fuera, como por dentro, incluyendo el piso que es de mármol. Y es que el color blanco, en la decoración, es un buen tónico para mi sistema nervioso. Ello me ayuda a trabajar mejor".

Preguntándole Sol Stepanov, a Omar, quiénes son sus vecinos, le entera él a ella: "Mi niña, por un lado es una familia de la realeza, de un país del Medio Oriente, que pasan aquí sus vacaciones. Y mi otro vecino son las lápidas sepulcrales de un antiguo cementerio. Yo estoy contento que, desde estas ventanas, se mire hacia ese terreno destinado a enterrar cadáveres. Viviendo cerca de él, me doy cuenta del valor de la vida".

Seguido a ello, cuando llegamos dentro de su mansión, al pabellón con su cúpula redonda cerca de la piscina, nos cuenta Omar: "Este lugar me gusta porque ofrece un respiro para los días calurosos del verano. Por eso es acá donde funcionará la fábrica. En cuanto a esos elaborados arcos fueron añadidos cuando me moví aquí, inspirándome en unos que admiré en un palacio real. Y para darle más belleza a esta mansión, he diseñado sus rejas en base a otras que he visto. Por supuesto el corazón de la casa es el salón principal que conecta todas las pieza arriba. Vamos para que lo conozcáis". Arribando ahí, apreciamos sus inmensos ventanales arqueados, desde donde se puede ver el mar. Con esta bella vista cenamos bajo los acordes de una música suave que crea una atmósfera de laxitud.

Curación de Meriem Mehidi

En el transcurso de la semana siguiente, tenemos una nueva reunión, La Embajadora Alejandra de Stepanov, Meriem Mehidi, y yo. Esta vez, nos sentamos en una banca, con vista al mar mediterráneo. Tal pues como lo referí antes, Meriem es una de mis vecinas que habita en una de las casas de la planta baja. Y cuyas puertas dan a un patio interno, que es común a nuestras residencias. Describiéndola en su aspecto físico, podemos decir que Meriem Mehidi tiene una cara muy bella, de un corte regular. Siendo sus expresivos ojos y lo saliente de sus pómulos, lo que acentúan la belleza de su rostro. Además es joven y bien formada de cuerpo, por eso nos sorprende cuando nos hace esta confidencia: "Mi marido me ha dicho que parezco una vieja de un sin fín de años. Y que la gente, de seguro, no se acerca a mí de puro asco. Al notar como huelo a refrito de ajo, cebolla, pimentón y otros ingredientes más. ¿Os parece así Alejandra, y Diego, la esencia del perfume que uso?. Aspiren ustedes la fragancia que despide mi manto".

Olfateándola nosotros a Meriem, Alejandra le hace este requiebro: "¡Meriem, la aroma que te echas es muy agradable!". Y yo le digo: "¡Oh Meriem, ese olor tuyo es exquisito!. ¡Un perfume así es inolvidable!". Oyéndonos Meriem, sus ojos se alegraron iluminando su rostro. Semejante aquello, al resplandor instantáneo de un relámpago en el firmamento.

Enseguida continúa ella, contándonos sus cuitas: "A veces vosotros lo véis, cómo me trata mi marido cuando le dán esos berrinches de niño. Y se enfurece él en el patio delante de otras personas". Dícele Alejandra de Stepanov, a través de mí: "Por eso estamos acá Meriem, para ayudarte". Y cuéntanos aún Meriem: "Me ha dicho también mi esposo, que si la policía me mira como ando vestida me va a llevar a la comisaría. ¿Te parece a tí Diego que yo luzco bien?". Y le doy a saber mi opinión: "Por supuesto Meriem, se te vé fabulosa. Y si la gente te sigue por la calle, es porque creen que eres una artista de cine".

Pero ella prosigue relatándonos su martirio: "Aparte de mi familia, yo no cuento con amistades de plena confianza. Algo que me gustaría hacer, como ya os lo trasmití la vez anterior, es trabajar unas horas fuera de mi casa". Averíguale de inmediato Alejandra: "¿Y quién cuidaría de tus hijos?". Respóndele Meriem: "Mis padres se encargarían de ellos. Tal como lo están haciendo ahora". Entonces le damos a conocer a Meriem, que Omar Saadí está buscando operarias para su taller. Y aceptando Meriem, el entrevistarse con Omar, se fué Alejandra un momento a conversar con una de sus conocidas. A quien había distinguido a lo lejos. Lo cual aprovecha Meriem para remojarse los pies en la orilla.

Poniéndome a observar a los que pasan delante de mí, distingo algunos que he visto en nuestro barrio, cuando concurren a la mezquita. Y entre ellos a Rachid Mehidi, el esposo de Meriem. Percatados él, y yo, de nuestra presencia, nos saludamos ambos. Otro de los transeúntes que veo, entre el gentío, es el guardián que conocimos en un parque. Así que me pongo a conversar con él y aquellos que lo acompaña, que resultan ser sus padres.

Averiguándome este celador si Alejandra, conmigo, somos extranjeros, afirmole que sí. Y oyendo asimismo él que trabajo en Argel, como Diplomático en una Embajada Europea, de inmediato me pide mi dirección, por si algún día la necesita. E intercambiando nosotros nuestras señas, nos sentamos en la banca para seguir hablando. "Refiérele hijo Bachir, en que te entretienes después de haber cumplido tus tareas diarias", le dice el anciano. Entonces cuéntame Bachir Jalifa: "Señor Diego Torrente, luego yo me pongo a conversar con los amigos... A estar con mi parentela, como en este momento... Voy a la Mosque...". Y dícele su papá: "Bachir, dile a tu amigo, como islamita que eres, cuáles son las reglas más importantes del Islam". Por lo que Bachir, después de darse un tiempo para pensar, me contesta: "Lo resumiré para usted. Los cinco pilares del Islam son los siguientes: El primero pilar del Islam y el más importante es: "*No hay más divinidad que Dios y Mahoma es su profeta*". El segundo pilar del Islam es: "*Orar cinco veces al día en dirección a La Meca*". El tercer pilar del Islam es: "*Donar un porcentaje de nuestras pertenencias una vez al año, a los más pobres de la comunidad, empezando por familiares y vecinos*". Este precepto incluye a los huérfanos, viudas, etcétera. El cuarto pilar del Islam es: "*Cada año ayunar, desde que sale el sol hasta que se oculta, durante el mes del ramadán*". Y el quinto pilar del Islam es: "*Visitar La Meca por lo menos una vez en nuestra vida, si las finanzas y las condiciones de salud lo permiten".* Estos son los cinco cimientos o razones principales que sostienen al Islam. Además los musulmanes no debemos comer chancho. Y estamos prohibidos de tomar licor".

Deseando saber por su parte el papá de Bachir, que sabía yo de ellos, los musulmanes, digo: "Ahmad Jalifa, es conocido que la mayoría de los países del cercano oriente, son islamitas. Y que vosotros los islamitas, o musulmanes, viven siguiendo las leyes del corán. El corán, llamado también alcorán, es el libro en que se han escrito las revelaciones que Mahoma supuso recibidas de Dios. Y que, ese texto, es el fundamento de la religión mahometana".

Respóndeme él mismo: "Si don Diego, pero algunos se sujetan a esas normas de conducta de manera muy rigurosa. Ellos quieren que esos preceptos se sigan estrictamente, como cuando vivía el profeta Mahoma. A ese grupo de creyentes se les denomina fundamentalistas".

Repóngole yo Diego Torrente: "Eso pasa con todas las religiones, siempre hay diferentes interpretaciones. Bueno señor Ahmad, señora Azzaraia, y Bachir Jalifa será hasta la próxima oportunidad. Alá lo quiera. Ahora me despido porque allí veo que están esperándome las personas con las que vine. Y como tú Bachir nos permites estar en el parque, del cual eres guardián. Por mi parte quiero devolverte ese favor. Así que ya sabes Bachir. Estoy a tu servicio en esa dirección que te acabo de dar. Amigo, ahí funciona la Embajada". Dándome las gracias Bachir, y antes de proseguir de largo con los autores de sus días, me regala una maceta que lleva con flores. Y en el camino de regreso a nuestras casas, pláticanos Meriem Mehidi, tanto a Alejandra Makowski como a mí: "Os contaré que ya comenzamos la terapia de grupo en un restaurante. Tras habernos reunidos las mujeres, cuando salimos de allá estamos más contentas, por darnos entre nosotras mutua ayuda". Y arribando a su vivienda se despide Meriem declarándonos: "Gracias a vosotros, Diego y Alejandra, ahora analizo el pro o el contra de cada cuestión desde todos sus puntos de vista. Ya sea familiar, religioso, económico, o social. Así escojo en la madrugada, luego de deliberar la noche anterior, lo que a mi entender es la mejor solución".

Pasado un tiempo nos enteramos por ella misma, que ya está cosiendo ropa en la fábrica de Alta Costura perteneciente a Omar Saadí. Vale decir que se ha ido notando una transformación paulatina en Meriem y ahora luce muy bien en su conjunto. Ya no usa ella un manto demasiado grande para su talla, sino uno hecho a la medida de su cuerpo. Cuéntanos a su vez Meriem, que está feliz con su trabajo en el taller de Omar, donde son allá como cien mujeres. Refiérenos ella además, que en su casa hay más armonía porque a su marido lo controla menos. En cuanto a sus hijitos, de inmediato cuando llegan del colegio hacen sus deberes. Y que están aprendiendo ellos a ser serviciales. Por ejemplo, disponen el mantel, los platos y los cubiertos en la mesa, antes de comer. Y después de la cena, los retiran. Interrogándole Alejandra: "¿Quiéres decir Meriem que ya no basas tu felicidad, solo en la conducta de tu esposo?", infórmale Meriem: "Alejandra, actualmente enfoco mi atención más a mis responsabilidades, que al comportamiento de Rachid. Y así dispongo de más tiempo". Asevérale Alejandra: "Ya comprendes Meriem, que bien se trate del jornal que recibes o de la compañía de las mujeres que os reunís en grupo, ambos hechos están sumando para tí interesantes maneras de vivir".

Coméntale Meriem: "Si Alejandra. Ello es como si estuviera transitando por nuevas sendas, antes nunca por mí soñadas". Y Meriem con una sonrisa, quitándonos del cabello a Alejandra y a mí, unas hojas del árbol a cuya sombra estamos acogidos en este bulevar, prosigue: "Véis, estoy libre del miedo, de la cólera, del dolor. Y como sé la mejor decisión para cada problema, hasta puedo aconsejar a las amigas que a mí recurren". Comunicándole nosotros que nos alegramos por ella, agrega Meriem: "¡Ahora pienso que Alá me bendice, que está trabajando en mi vida!"

Y esta misma noche estando yo invitado a cenar en la casa del Embajador Stanislao Stepanov y su familia, oigo que él, le dice a su esposa: "Alejandra, eso que te he escuchado a tí de que *alguién es adipto al dolor*, es un término en el que nunca me había detenido a pensar".

Por lo que Alejandra de Stepanov, nos cuenta: "A lo largo de mi carrera, he trabajado en diversos hospitales con cientos de casos. Eran personas que tenían problemas en sus relaciones amorosas o eran adiptos a las drogas, al alcoholismo. U otros comían de continuo, o estaban aficionados al juego por dinero. Habiendo conducido muchas entrevistas a ellos, y a sus familiares, yo descubrí algo que me sorprendió. A veces esos pacientes, a los que yo entrevistaba, habían crecido en familias problemáticas. En otras ocasiones no, pero en su totalidad, sus parejas venían de un hogar con graves problemas familiares. Me refiero donde ellos o ellas habían tenido unas experiencias de tensión y dolor superior a lo normal".

Háblale su hija Sol: "Mamá, eso es algo nuevo para mí", por lo que le manifiesta Alejandra:

"Si Sol, todavía estás tú muy joven para saber estas cosas. Esas personas a las que me acabo de referir (conocidas en el tratamiento para alcohólicos con el nombre de *co-alcohólicos*) cuando eran adultas, en su lucha, en su esfuerzo por cubrir a su pareja que sufría la adicción, estaban de modo inconscientes reproduciendo y reviviendo significantes aspectos de su niñez.

Y esto es lo mismo con todos aquellos que consultan a los médicos, debido a que tienen un tipo de adhesión que se vuelve compulsivo. Esto es, que es díficil de controlar. En otras palabras, cuando nuestras experiencias de niños son muy dolorosas, nosotros estamos de manera no conscientes, compulsionados a repetir similares situaciones a través de nuestras vidas, como una manera de sobreponernos a ellas, de llegarlas a dominar".

E incitándola El Embajador Stanislao Stepanov, a su mujer Alejandra, a seguir contándonos, ella nos refiere: "Por ejemplo, he visto casos de mujeres que aman demasiado, que están sujetas a sus inalcansables esposos. Necesitan más contacto, más amor de su pareja, cuando en realidad reciben cada vez menos. A una nueva paciente que trate, y que no se retiraba cuando su marido la trataba rudo, le hice ver como en cualquier relación en su vida de adulta, estaba refiriéndose a su padre. Tratando ella de ganar el afecto de ese hombre que no podía dárselo, debido a sus problemas personales".

Dígoles entonces a estos que conforman el matrimonio Stepanov: "Estoy muy agradecido que me hayáis invitado vosotros a comer hoy día. Y prosiguiéndo con la conversación. Lo que has expresado Alejandra, corrobora con lo que opinó Alfred Adler. Aquel famoso psicólogo vienés, en su libro titulado ¿Qué debe significar la vida para usted?"

Repóneme Alejandra: "¡Diego, qué versado eres!. En ese tomo escribió Adler: "El individuo que no se interesa por el bienestar de sus semejantes, es quien tiene las mayores dificultades en la vida, y causa los mayores sufrimientos a los demás. De esos sujetos surgen todos los fracasos humanos". Sonriéndome les digo: "Sobre aquello, se puede leer en la biblioteca que tienen mis padres en su casa. Y que en su origen fué de mis abuelos. Ahí he matado muchas horas de ocio. Por eso sé de que hablas Alejandra. Incluyendo aquello de aumentar la fé".

"Eso lo ha captado Meriem muy bien. Debemos creer que Dios nos ama", pláticanos Alejandra. Oyéndola discurrir así a su consorte, expresa El Embajador Stanislao Stepanov:

"Me entretiene escuchar a mi esposa Alejandra".Y dígole a él: "A mi Excelencia me gusta ver la armonía, el soporte emocional que hay entre vosotros dos". Ocasión que aprovecha él para hacérmelo notar: "Y como tú habrás visto Diego, cuando Alejandra está ausente, yo no hablo mal ella. Ni tampoco mi esposa Alejandra me desprestigia a mí. E incluso no discutimos los dos delante de otras personas". Sonriéndome concluyo: "Embajador Stanislao Stepanov, es que para conducirse así, se necesita tener mucha la paciencia, como la vuestra".

Entre tanto, en una escuela de cocina Sol ha aprendido a preparar el Cous cous, que es un plato de comida sabroso y conocido entre los musulmanes. "El *Cous cous* toma tiempo prepararlo, pero vale la pena porque es un placer el saborearlo", nos cuenta El Embajador Stepanov. "Entre los árabes manda la costumbre, hacer con la mano derecha unas bolas con la sémola. Pero no efectuarla con la mano izquierda, porque se considera impura. E introducir esos bocados en la propia boca, o en la del distinguido invitado. ¿Lo sabías Diego?"

Digo yo: "Si Embajador Stanislao Stepanov. También se come esta vianda con cuchara o tenedor". Atendiéndome Sol, agrega: "Diego, el *Cous cous* que acabamos de sazonar con mi mamá, tiene además de la sémola, carne de pollo, zanahorias y otras verduras". A todo esto coméntanos su madre Alejandra: "Otras veces se confecciona con carnero". Enseguida su esposo Stanislao, formando una bola de sémola con su diestra, me la introduce en la boca, causando la hilaridad entre nosotros. Habiendo consumido también ensalada, comimos como fruta cerezas, y como postre helados con chocolates. Dándose por terminada con esto la cena.

Llegado el anochecer en que nos encontramos cada cual durmiendo en nuestras casas, hoy a medianoche siendo las cuatro de la madrugada, al igual que cada amanecer, oigo afuera decir fuerte: "*Allahu Akbar, Allahu Akbar*".

Lo que se oye es la voz del almuecín, quien con parlante desde la limitada elevada torre, adherida a la mezquita, recuerda a los mahometanos que "Alá es grande". Siendo Alá el nombre que ellos dan a Dios. Antes de que amanezca, veo por la ventana las últimas estrellas de la noche junto a ese alto mirador. El cual está ubicado afuera, frente a mi dormitorio. Y se distingue iluminado por estar bañado con la luz de la luna. En él se percibe al imán que desde ahí sigue diciendo: "Ven a rezar, rezar es mejor que dormir..."

Pues, de los habitantes de este país Argelia, el 99% son musulmanes. Cuya religión principal es el islam. Así que viviendo entre ellos, tal como nos está sucediendo a nosotros, tenemos que tener en cuenta que la semana laboral para los argelinos comienza el día sábado, y termina el día jueves al medio día. O sea, para ellos el día de la semana consagrado para rezar es el viernes.

Ese día viernes en que ellos no trabajan, se vé por la pantalla de la televisión a un imán rezando. Más bien cantando rezando El Corán, de una manera rítmica. Y lo hace él, mientras está posado en el suelo con las piernas cruzadas. Asimismo vemos que por las calles extienden unas alfombras. Sobre ellas se sienten los musulmanes que están allí presentes. Tal como un mahometano, a quien se le ve mayor de edad, que frente al grupo les va leyendo El Corán o Alcorán.

Alcorán (palabra que deriva del árabe *al-qur' ān,* la lectura por excelencia, la recitación) es el libro que contiene las revelaciones que Mahoma supuso le fueron recibidas de Dios a través del arcángel San Gabriel. Y dichas manifestaciones divinas contenidas en El Corán son el fundamento en la religión mahometana.

Arcángeles son como los ángeles, espíritus celestiales creados por Dios para su ministerio. Y los arcángeles son de orden media entre los ángeles y los principados, y que, por tanto pertenecen al octavo coro de los espiritus celestiales.

La palabra árabe para la denominación ángeles es *malak.* No es nada nuevo que los creyentes de Dios crean en las revelaciones que El Todopoderoso hizó desde el principio de los tiempos a los pueblos. Las primeras revelaciones de Dios están en los libros El Tora donde fueron dictadas las leyes de Dios para los judíos. Y también en la Biblia que es La Sagrada Escritura, o sea los libros canónicos del Antiguo y Nuevo testamento, se pueden leer en ellos las revelaciones que Dios hizó a los cristianos.

Nuestro encuentro con el Príncipe Islamita o Mahometano

Y sucede que estando en la terraza de mi casa luego del trabajo, que recibo la visita de Sol Stepanov. La cual viene a comunicarme que viajará a Argel su amigo El Príncipe Europeo, a pasar sus vacaciones. Después de esto, me llama por teléfono la madre del mismo aspirante, a Soberano, quien me pide por favor que aloje a su hijo en mi residencia. Por lo que quedo con La Reina que así lo haré. Al volver yo donde Sol, ella empieza a contarme sobre sus relaciones con el joven, diciéndome: "A él lo conozco solo por un corto lapso de tiempo, desde cuando aprendíamos ambos a bailar y representar obras de ballet en Europa".

Todavía está Sol hablando cuando oímos a lo lejos *uh, uh, uh, uh,* seguido de un alegre vocerío. Por lo que averiguándome Sol que era eso, le doy a saber que se trata de las voces que dan los invitados en una boda. E interrógame Sol: "¿Diego, es esa gritería una costumbre antigua aquí en Argelia?". Respondiéndole yo que sí, me dice Sol que eso era todo lo que tenía que informarme. Y deseándome ella que descansara bien, torna a su casa.

Enseguida viene Jalila Benchallal, que es una preciosa joven vecina, quien habita con sus padres y su hermano en una residencia vecina a la nuestra. Jalila llega para entregarme la esquela, donde me participa de su próximo matrimonio con un médico. Y como también ha invitado al Embajador Stanislao Stepanov con su familia, este viene a pedirme que acompañe a las mujeres de su casa, a la mansión del modisto Omar Saadí. Para cuyo efecto, tendríamos a nuestra disposición su coche con el chofer. Pues Sol ha regalado sus vestidos con la idea de comprarse nuevos. Por lo cual, apenas tiene ella los de entrecasa. Y que tanto Sol, así como su madre Alejandra, necesitarán ropa apropiada con la ocasión del casamiento de Jalila. Por lo que acepto el reguardarlas a Alejandra y Sol. Y como hemos hecho la cita de antemano, ya nuestro amigo de la

Alta Costura nos está esperando en el portón de entrada a su residencia. Y en el interior de su taller, llevándonos Omar hasta donde están varios vestidos colgados, le dice a Sol Stepanov que elija el de su gusto o si prefiere que le haga él otro a su medida. Pronto la vemos a Sol que ha ceñido su cuerpo con uno de esos trajes, hechos en lamé dorado, que cuenta a su vez con una capucha para cubrirse el cabello.

E insiste Omar: "Vén Sol, acércate aquí". Y cuando esta, lo ha hecho, le repite Omar: "Ahora camina de frente hacia el fondo y dándote una vuelta regresa hacia nosotros". Y cuando Sol se da el giro, la alaba Omar así: "¡Sol, qué bella eres mujer!. ¡Y los vestidos diseñados por mí, te hacen guapísima!. ¿Verdad Diego?". Entonces le expreso yo: "Si Omar, vale tu piropo".

Y cambiándose de ropa Sol en un compartimento privado, sale de ahí hablando: "Voy afuera por un momento, mientras mi madre Alejandra escoge sus atuendos. Estaré yo de vuelta en media hora". Recomiéndale Alejandra: "Sol, ya sabes que observaremos desde el balcón si alguién te perturba". Así que acompañándola yo a Sol hasta el portón de salida, e insistiéndo ella en que ya está grande para caminar sola, la veo partir.

Posteriormente dentro del taller, cuando ya había escogido Alejandra su túnica, vamos hacia la barandilla saliente pero no distinguimos a su hija Sol Stepanov. Sin terminar de apurar mi taza de té de hierbabuena, porque el tiempo en que Sol debe estar de regreso había pasado, digo: "Alejandra, me voy a buscar a Sol. Pues he prometido al Embajador en cuidaros. Además, siendo Sol menor de edad, tú sabes que debe salir en compañía de una persona mayor, en sitios tan apartados". Apoyándome Alejandra y Omar en la idea, también se disponen ellos junto conmigo para ir a darle el encuentro a Sol. Y durante nuestra charla por la intemperie, dice Omar Saadí: "Alejandra, os voy a regalar a tí y a Sol, un par de mantos blancos largos, que os lleguen hasta los pies. Como aquellos que usan las mujeres aquí en Argelia. Pues, como sabéis, hay extremistas que están exigiendo que así se vistan las hembras en las calles. Y sabiendo yo esto, me sentiría culpable si les pasara a ustedes algo fatal, por no transitar en Argel a la usanza acostumbrada". Entonces Alejandra de Stepanov nos besa en la mejilla con desparpajo a Omar y a mí. A Omar por prevenirle del peligro y ser generoso, en tanto a mí por ser testigo de la oferta. Declarando ella misma: "¿Cómo se puede vivir en el extranjero sin contar con los amigos?"

Respóndole yo mientras avanzamos entre la tierra y la malahierba: "Señora Alejandra, en cualquier país se sobrevive mejor procediendo con tacto. Por eso os va a obsequiar Omar, a usted y a Sol, ropas semejantes a las que utilizan las argelinas".

E interviene expresando Omar: "¡Bravo Diego, porque la primera obligación de una persona en la sociedad es respetar no solo la opinión de los demás, sino también sus costumbres!"

"¿Omar, y cuál es el segundo deber de cada ser humano cuando está acompañado de otros?", le averigua ipso facto Alejandra.

"Señora Alejandra, evitar defender su propio parecer, cuando alguién lo ataca verbalmente. Si la intención del prójimo no era ofenderlo deliberadamente. En esos casos por lo general la tolerancia es el mejor partido".

Asiento por mi parte: "Estoy de acuerdo contigo Omar. Porque hay que procurar ser siempre agradable en el trato. Haciendo hincapié, no en lo que nos separa de la gente, sino más bien en lo que nos une".

Y al ir acercándonos a una vivienda solariega, nos dice Omar Saadí: "Como les comentaba a vosotros, estos mis vecinos, que habitan aquí en esta regia mansión, son una familia Royal Islamita, que siendo muy adinerada, goza además de mucho poder. Con decirles a ustedes que su hijo, que es un joven de treinta años según calculo yo, con frecuencia sale resguardado por sus dos guardaespaldas. Además esos guardianes van siempre armados. Esto me lo contó su madre de él. La cual hace poco ha bajado al sepulcro". E indágale Alejandra: "¿Qué ha muerto, quieres decir Omar?". Cuéntale Omar: "Si, justo la enterraron en este cementerio que está cerca. A ella se le veía siempre muy joven, en especial cuando paseaba con su hijo. La gente que los veía pasar del brazo, creía que eran enamorados". Inquiriéndole Alejandra de que había muerto ella, nos expresa Omar: "¡No lo sé!. Alguién me enteró que esa bella dama había fallecido de una enfermedad un tanto desconocida. Ahora han quedado allí su marido El Príncipe Adnan, con el que será su heredero de ellos, El Príncipe Islamita. A quien su papá le tiene mucho afecto".

Aprovechando la ocasión, les comento: "Y si un padre se dá tiempo para estar con sus jovenes hijos, les está dando mucha seguridad para su vida adulta". Dándome la razón Alejandra, interróganos ella a Omar y a mí: "¿Dónde estará mi hija Sol?". A lo que Omar nos plática quedo: "Mirad vosotros, no tenéis que preocuparos. Pues está Sol ahí, en el cementerio en buena compañía. Él es mi vecino, el mancebo del cual os estaba yo hablando".

Acercándonos Omar, Alejandra, y yo mismo, a ellos; al sernos presentado El Príncipe Islamita, estrechándonos él la mano e inclinando con ligereza su cabeza, nos dice: "Encantado".

Inmediatamente se pone Sol Stepanov a limpiarnos las mejillas a Omar y a mí, que están pintadas con el lápiz labial de su mamá Alejandra. Y cuando alguién de nosotros, les pregunta al Príncipe Islamita, y a Sol Stepanov, que dónde se habían encontrado, este nos cuenta: "La señorita Sol estaba conociendo los alrededores. Y yo en el cementerio, poniéndole flores a la memoria de mi madre. ¡Ese es un lugar tan evocador!". Entonces coméntale Omar, al Príncipe Islamita: "Aquí a Diego Torrente y a Alejandra de Stepanov, ya les había hablado yo, sobre Vos, y vuestro Padre Adnan, que sóis mis encarecidos vecinos". Agradécele El Príncipe Islamita esta deferencia a Omar Saadí y conduciéndo aparte a la Señora Embajadora Alejandra de Stepanov, aumenta: "Señoría, me he invitado a visitar a vosotros. Si a usted, tal como a vuestro esposo El Embajador, os parece bien". Entérale Alejandra: "A los conocidos de nuestra hija Sol, nosotros como padres estamos felices de conocerlos".

Y dirigiéndose El Príncipe Islamita, a mí, me dice: "Usted Diego Torrente, tengo entendido que es amigo de la familia Stepanov", asegurole yo, a él, que en efecto es así, mientras observo que cae bien, debido a que tiene finos modales y sabe como comportarse. Interrumpe mis pensamientos el estilista de la moda Omar Saadí, cuando le manifiesta él, al Príncipe Islamita, que esa noche lo llamaría por teléfono a su padre Adnan, para que fueran los dos a visitarlo. Agradécele El Príncipe Islamita la invitación, anunciándole a Omar Saadí que por su parte está de acuerdo en ir a disfrutar de su compañía. Y como es la hora de volver, nos despedimos dándonos un apretón de mano.

Estadía del Príncipe Europeo en Argelia

He aquí que llega el día en que El Príncipe Europeo aterriza en Argel, por eso vamos a recibirlo al aeropuerto, desarrollándose su entrada al país de manera normal.

Entonces salimos otra vez a distraernos al campo Naserdine Seddiki, Sol Stepanov y yo. Yendo además con los dos Príncipes, el de Europa y el Islamita, a quien acompañan sus dos guardaespaldas Joshua Hadar y Abdesalam Fathala. Al amanecer, aprovechando el orto del sol y de acuerdo a lo convenido, nos bajamos del coche para proseguir por un descenso a pie. Vamos a un lugar conocido por El Príncipe Islamita, del cual él nos dice: "Adonde nos dirigimos hay una caída de agua blanca, pura..., cristalina. Aquel es el sitio donde nos bañaremos". Por lo que aumento yo mientras seguimos bajando la cuesta: "Con todo lo que estamos sudando, que bien nos viene". Y observando todos la impresionante campiña al tiempo que caminamos, acontece que al ir acercándonos a la cáscada, alcanzamos a distinguir que ahí están ocho mujeres que han ido a bañarse, y tal como nosotros, para gozar de la naturaleza en su conjunto.

Entonces El Príncipe Europeo, nos advierte: "¡Mirad, allá abajo hay algunas quincianeras árabes!. ¿Las véis?. Una de ellas está desnuda y es muy hermosa. Me refiero aquella que se haya en el centro, debajo del chorro de agua. Entre esas dos que secan su cuerpo. ¡Uh!".

Mirando aquello, comenta Naserdine Seddiki: "En cambio la señora sentada sobre el gras se encuentra ya vestida. Debe ser una mamá, porque tiene un bebe en su regazo y una niña de pie está junto a ella".

Pláticanos otra vez El Príncipe Europeo: "¡Qué bien dialogan ahí ese par de africanas posadas sobre el peñazco!. ¿Qué comentará la que habiendo cubierto su cabello con un velo, está con minifalda?"

Discúrrele El Príncipe Islamita, al Príncipe Europeo: "No, mira bien, ella tiene una falda larga. Solo que se la ha recogido, hacia arriba, para mojarse sus pies".

Vuelve a decir El Príncipe Europeo: "¿Y qué os parece las que descansan sobre las piedras?".

Respóndole yo lleno de admiración: "¡Qué dulzura de hembras!", y les envío con mis manos besos volados. Por lo que Naserdine, echándose a reir, agrega: "Diego, seguro son ellas, como todas las doncellas del mundo que no han conocido varón. Dóciles o dulces algunas veces, agridulces otras".

Y afírmanos El Príncipe Europeo: "Insisto en decir que es hermosísima la que recibe la caída de agua de la cáscada. ¡Absorto y sin aliento me están dejando!"

Dice presto Sol Stepanov: "Diego, este extraordinario paisaje, está como para pintarlo en un lienzo". Concordándo con ella añado: "Así es Sol. Primero vemos un cielo azul donde se divisa al fondo la cima del cerro. Desde ahí arriba cae el agua, que se desliza entre las piedras, para seguir su curso en forma de riachuelo. Y tantos árboles frondosos alrededor de ese mujerío". Oyéndome a mí describir aquello, comenta Sol: "Veo Diego, que a tí también te tienen las mismas chalado".

Contéstole yo: "¿Muy enamorado?. Sol, fijarse en muchas damas al mismo tiempo, no es estar prendado de amor". E indágame ella: "¿Quiéres decir Diego que solo una mujer puede excitar en un hombre la pasión amorosa?"

Enseguida comenta el Príncipe Europeo: "Ellas están de merienda, que la han traído en sus canastas... ¡Ni se imaginan que las estamos viendo!. Si aquella que está sin ropa, supiera que les estoy tomando fotos, se escondería detrás del chorro o se subiría por el monte corriendo".

Obsérvale el de la Realeza Islamita: "¡Vaya qué gracia tienes!". Por lo que aumenta de nuevo mi huéspede, o sea el Príncipe Heredero de una de las Monarquías Europea: "Es que la mujer, cuanto más se tapa es más atractiva. ¡Dénmelas a mí con muchos velos...!". Después de opinar lo anterior, prestándole sus lentes prismáticos a uno de los guardaespaldas del Príncipe Islamita, observa el mismo Príncipe Europeo: "Una peina su pelo negro mirándose en un espejo de mano...Y todas tienen el cabello largo... ¡Oh, qué preciosas son esas dos que están vistiéndose!"

Dicho esto por El Príncipe Europeo, comenta de nuevo El Príncipe Islamita: "En verdad me parece que estoy soñando. A ver, me peñiscaré para confirmarme que estoy despierto".

Oyéndolo a él, todos celebramos su dicho chistoso, menos Sol Stepanov, la cual me interroga: "Diego, ¿de dónde viene esa cáscada?". Entérole yo: "Sol, esa catarata es una caída de agua del río, que desciende desde cierta altura debido a un rápido desnivel del cauce".

Y agradeciéndome Sol, sigue su curso la conversación de nosotros los hombres, de está manera: "No nos han visto, pues de lo contrario se habrían sorprendido de nuestra presencia". Opinando el siguiente: "¡Qué han venido a bañarse, eso está de manifiesto!. Así que esperaremos aquí con tranquilidad, hasta que ellas se vayan".

Estando nosotros atentos a lo que pasara, emite en alta voz El Príncipe Islamita, que está de pie mirando a las chiquillas: "Estoy distinguiendo que aquella, que se refresca debajo del chorro de agua de la cáscada, no está calata. Yo como musulmán, me alegro sobremanera que ella tiene puesto una ropa de baño, aunque sea de color carne. Compruébenlo vosotros, contemplándola con el anteojo de larga vista de mis guardianes". Entonces, excepto Sol Stepanov, cada uno de nosotros la observamos a la bañista con el catalejo. Y como en realidad, la vemos a ella debajo de la cáscada con su bañador, nos admiramos que la vista del Príncipe Islamita alcanzara tan lejos. Así que mientras él sonríe victorioso, todos lo felicitamos por ser tan perspicaz.

Después miramos que algunas de ellas, que están ya vestidas, llevan velo sobre sus cabezas.

Mientras que los pelos de las otras son tan negros, como las plumas de esos pájaros chivillos, a quienes además adornan unos visos azulados y que teniendo un cuerpo airoso cantan agradable. En cambio, la que suponemos es madre de familia tiene su cabello más bien claro, podemos decir de un rubio castaño. Y como El Príncipe Europeo prosigue admirándolas, háblale Sol: "También si te vieran ellas, te encontrarían guapo". Aguzando su oído le replica El Príncipe Islamita: "¿Y para los demás Sol Stepanov, no te queda algún piropo?", por lo que le contesta Sol, a él: "Tal como te encuentro yo atractivo, el que los demás opinan lo mismo, eso tú lo sabes". Este comentario de Sol Stepanov hace reír al Príncipe Islamita quien la atrae a Sol hacia sí. Susúrrole yo entonces a ella: "¿Y para mí Sol, no hay ninguna lisonja?". Oyéndome Sol se me acerca al oído para reponerme algo. Viendo esto

Naserdine le recuerda: "Sol, acuérdate que secretos en reunión es mala educación". Acercándosele ella, lo consuela: "Ven Naserdine, para que no llores, te responderé también algo a tí", por lo que luego de escuchar Naserdine a Sol, nos cuestiona: "¿Tenéis una idea de lo que me ha lisonjeado Sol?". Y carcajeándonos los demás, uno de nosotros le contesta: "¿Naserdine, cómo lo vamos a saber, si solo te lo ha dicho a tí?". Y Naserdine regocijándose, nos advierte con socarronería: "Sino lo adivináis, tampoco os lo voy a decir". Asimismo cogiéndo Sol Stepanov, a ambos Guardianes del Príncipe Islamita de sus brazos, les cuchichea por igual a ellos algo en voz baja.

Bajando del monte preferimos sentarnos en el suelo. Y si hablamos, lo hacemos en un tono tan bajo que solo nosotros podemos oírnos. De esa manera ellas, las argelinas, pueden seguir gozando mejor del abrazo que están teniendo con el agua y el viento.

Por eso cuando callamos, nuestro mutismo es tan profundo que hasta los suspiros que damos pueden oírse. Y al estar en este íntimo contacto con la naturaleza, nuestros sentidos se van agudizando, pasando a decir cosas entre nosotros tales como: "¡Huelo..., huele a tierra africana!"

"¡Cuando miro, veo mucho de la fauna!"

"¡Siento, lo que siente un nómada cuando va en pos del agua!"

Y pasado el tiempo aún seguimos diciendo: "Toca el sudor que se destila, por las palmas de mis manos".

"¡Oh, qué gusto me dá comer la fruta, que en este momento me gusta!"

Hasta que volvemos a oír al Príncipe Europeo el cual, estando parado, nos entera con un tono de voz que parece más bien un susurro: "Allí siguen ellas. Y como habían puesto entre los árboles y los arbustos, unas mantas colgadas al sol, observo que las están recogiendo". Y El Príncipe Islamita que se ha incorporado, también nos pone al corriente: "Ahora levantan sus cestas donde ponen sus pertenencias... Y toman ellas tranquilas, su camino de regreso".

Entonces cuando las mismas se retiran, Joshua Hadar, que tal como lo describí es uno de los guardaespaldas del Príncipe Islamita, le declara a este: "Aquellas señoritas, ni siquiera nos han visto". Pláticale El Príncipe Islamita: "Tanto mejor Joshua. Pues eso de que veamos su semidesnudez en público, no va con las musulmanas, ni con nuestras creencias del islam.

Después de todo, los desnudos deben quedarse en las pinturas o en las poesías, si otras civilizaciones lo desean. Y solo verse en las intimidades de las alcobas".

Tomando el otro Príncipe la palabra, le pregunta: "¿Sabes tú, compañero, algún poema sobre ir sin ropaje alguno?". Respóndele El Príncipe Islamita: "No". Y expresa El Príncipe Europeo: "Pues oíd Sol y amigos, este verso que voy a componer", recitándolo a continuación:

"Soñando yo despierto
contigo estaba.
Y cuando te ví
aparecer vestida
te desnudé con mis ojos".

Saliendo de allí nos dirijimos a la cáscada donde nos quitamos los zapatos. Y desnudando así nuestros pies, disfrutamos a todo dar con el agua tibia, en tanto Sol Stepanov nos dice: "Me alejaré un poco, para que vosotros podáis bañaros", y dándonos la espalda se vá.

Viéndonos los seis hombres en calzoncillos, cómo hemos dado de chasquidos y jugado a nuestro antojo con el chorro que desciende sobre las duras rocas, sitiéndonos tan contentos como los niños cuando se divierten en el lodo.

Cuando vuelve Sol ya nos encuentra vestidos. Y como ella también quiere remojarse el cuerpo, nos pide que nos ausentemos aunque sea por media hora. Por lo que opina sonriente El Principe Islamita: "No hay mejor manera de amarrar a un hombre, que tiene una mujer, que el alejarse de él". A lo que el otro Príncipe, que es el Europeo, le replica: "Y una buena forma de retener a una mujer, que tiene un galán, es diciéndole adiós para siempre".

Sin embargo por razones de seguridad de Sol, nos hemos quedado más bien en las cercanías, aunque los guardaespadas del Príncipe Islamita o Mahometano se ofrecen a vigilarla. Y he aquí, que bajo la copa de un árbol frondoso, nos sentamos a conversar entre nosotros, charlándoles yo: "¡Qué resfrescante ha sido el baño!. ¡Me siento tan fresco, tan descansado!".

Dícele Naserdine Seddiki, al Príncipe Islamita: "Y cuando comenzaste a gritar: ¡Oh vosotros los sedientos, venid a las aguas!. ¡Venid todos, aún los que no tenéis sed!"

Riéndose El Príncipe Mahometano de buena sangre, contéstale a Naserdine: "En ese momento se me cayó el canzoncillo. Yo pensé entonces que lo iba a perder". Coméntale El Príncipe Europeo: "Estabas tan adormecido debajo del chorro, cuando de repente comenzaste a gritar: "¡Cógedme mi braga!. ¡Qué se la lleva el cauce del agua flotando!. Y saliste tú desnudo corriendo a buscarla". Pasado un rato nos pregunta Naserdine: "¿Se hallará Sol Stepanov remojándose calata bajo la cascada?". Ante lo cual manifiesta El Príncipe Islamita: "Acuérdate Naserdine que, ahora mismo, la cuidan a ella mis dos guardianes. Entonces demos por seguro, que está Sol bañándose con su ropa interior puesta".

Cuéntanos de inmediato El Príncipe de la Sangre Real Europea: "A mí no me llama la atención ver a una mujer semidesnuda. Debido a que en las playas europeas se asolean, o nadan las hembras sin sus sostenes en el mar. No lo hacen todas, pero sí en gran cantidad". Sorpréndese Naserdine: "¿Pero enseñando las tetas?". Y cuando le aseguro yo que sí, exclama el mismo Naserdine: "¡Mamaíta, qué manada!"

E insiste El Príncipe Europeo, en referirle a Naserdine: "Y como algunas tienen enormes bustos, se pasean así en Europa...", le cuenta él quitándose la ropa hasta quedarse solo en calzón. "Todas pechugonas como diciendo: ¡Mírame!". Y viéndolo Naserdine al Príncipe Europeo andar con su cuerpo muy erguido, remedando a las del continente europeo cuando caminan por la arena con tanta prosa, soltando una risotada Naserdine, le recuerda: "Las imitas fantástico amigo, solamente que tú no tienes mamas, ni pezones".

Pronuncia El Príncipe Europeo de nuevo: "¡Pero imagínatelo, pues, Naserdine!. Y cuando corren por la arena como les va bailando el busto, se lo van sujetando con las dos manos de este modo".

Depártele Naserdine comentando: "Seguro que tienen vergüenza".

E infórmale El Príncipe Europeo otra vez: "¡Qué no!. ¡Si van a calzón quitado!". Por lo que oyéndolo Naserdine, le interroga: "¿Cómo, concurren las bañistas también sin cubrirse el pubis?".

A lo cual le responde El Príncipe Europeo: "¡Naserdine, taparrabos si llevan!. Lo que quería yo decirte es que van ellas con desvergüenza".

Y paso yo a mencionar: "También hay campos europeos para los nudistas, que son aquellos en que anda la gente desnuda. Ellos dicen que lo hacen para exponer sus cuerpos a los agentes naturales del frío o calor". Tomando la palabra El Príncipe Europeo, expresa: "Si Diego, son los modernos Adán y Eva antes de pecar. Y ni siquiera se tapan el cuerpo con la hoja de una parra". Oyéndonos Naserdine Seddiki esto, averíguanos: "¿Y no se protegen ellos contra los rayos ultravioleta, para que no les dé cáncer a la piel?"

Presto también participa en la conversación El Príncipe de la nobleza Mahometana que había estado algo abstraído, diciendo: "Opinan los médicos que uno se puede asolear sin exagerar. Siendo las mejores horas para tomar el sol, las primeras de la madrugada y las últimas del atardecer. Ya que en esos momentos los rayos ultravioletas no son tan fuertes. Pues, los efectos de la luz solar en la piel son acumulativos". Y prosigue al respecto el mismo Príncipe Islamita: "En general se requiere años de haberse una persona expuesto al sol, antes que la malignidad se ponga de manifiesto. Siendo los niños, al igual que la gente de piel blanca y ojos claros, asimismo aquellas que tiene el cabello rubio o pelirrojo que son los del norte europeo, los más suceptibles de sufrir ese tipo de quemaduras solares". E interviene El Príncipe Europeo, expresando: "Para prevenirlo, conviene embadurnarse con una crema protectora contra los rayos solares. Además, sentarse bajo la sombra, así como lo estamos haciendo ahora. Usar ropa con manga larga. Y llevar sombrero tal como tú, Diego, en este preciso instante". Sonriéndo yo, les hago notar a los presentes: "Será mejor que vayamos a ver a Sol, y a los guardianes Joshua y Abdesalam. Pues, es preciso pasada la media hora".

Yendo a pasarles la voz, los encontramos que los tres están bañándose. Ellos dos se hayan en calzoncillo. Y a Sol Stepanov, como está mojada con el agua, se le ha adherido a su cuerpo el zagalejo, o sea su ropa interior dibujándo sus formas femeninas ante nuestras vistas. Ya que esa tela tupida, la cubre a ella desde el pecho hasta las rodillas. Y tan pronto esos jovenes, que se prestaron a ser sus centinelas, nos vén, van a cambiarse, mientras Sol se pone su vestido seco detrás de otro matorral. Así que nosotros poniendo un mantel en el suelo, comenzamos a sacar de la cestilla lo que hemos traído para la merienda. Y a la sombra del eucalipto, mientras comemos y divisamos el paisaje, me pregunta Naserdine Seddiki: "¿Diego, qué quiere decir la expresión *merendarse uno una cosa*?". Manifiéstole: "Naserdine, eso significa *lograrla* o *hacerla suya*". Y cuando este agrega: "¡Cáspita Diego, rivalizas con las computadoras!. Posees un diccionario en tu testa".

Procedo a satisfacerlo con la siguiente repuesta: "Naserdine, como tú sabes, además de diplomático, soy periodista. Para quienes ejercemos esta profesión, aunque sea de vez en cuando como es mi caso, nos es de suma importancia conocer las dicciones de nuestro idioma. Y si fueramos Dios, incluso tendríamos conocimiento de todas las cosas reales y posibles". Dice Naserdine: "Eso se llama onmisciencia. Y tienes razón Diego porque ello es atributo exclusivo del Omnipotente".

Ahora, pues, así comenta El Príncipe Europeo: "En algunos países de Europa, según revelan las estadísticas, un cinco por ciento de los niños son muy avanzados para su edad. Significa esto que tienen un nivel de inteligencia muy alto, desde ciento treinta hasta ciento cuarenta". Pláticando yo sobre ello, les digo: "Se trata de alumnos que la importancia de un discurso de cuarenticinco minutos, pueden resumirlo en tres minutos".

Oyendo Naserdine lo anterior, profiere: "Recuerdo que cuando yo estaba en el colegio, siempre daba la respuesta correcta. Pero el profesor me decía, que también dejara hablar a mis compañeros. Así que ese año opté por no abrir la boca y fuí dejado a mi suerte por mi maestro. Pero en lugar de censurarme a mí mismo, comenzé a leer mucho. Aquello fué mi terreno de juego. Y fuí el primero de mi familia en asistir a la universidad".

Cuando Naserdine nos hubo expuesto lo anterior, le averigua El Príncipe Europeo, al otro noble que es El Príncipe Islamita: "¿Y a tí, como te educaron de chiquillo?. ¿Jugabas tú con los petizos de la calle".

"Tampoco. Yo andaba solo con mi bicicleta. Mi juventud se basó en observar. Por suerte mis padres me estimularon en contactos sociales. Y de ese modo, no caí en la soledad. Luego proseguí estudios universitarios de ciencias, tales como la antropología. Junto con compañeros mayores que yo". Sus guardianes, Joshua Hadar y Abdesalam Fathala, que lo escuchan con atención, encuentran aquellos aspectos de su amo, que ellos desconocían muy interesantes. Fuéme entonces dirigida a mí, la palabra de Joshua Hadar, quien interrógame cómo fué mi adolescencia. Por lo que le cuento: "Me la pasé entre jugando y estudiando. Ahora estoy recogiendo los frutos de lo aprendido, como diplomático, para aplicarlo en mis tareas de la Embajada. Y Joshua además, ejerzo el periodismo en mi tiempo libre".

Entonces, mientras los guardianes del Príncipe Islamita, Joshua Hadar y Abdesalam Fathala, se alejan con su permiso hacia abajo, a un campo abandonado que ellos conocían para recoger lo que pudieran de los árboles frutales; de modo semejante partiendo nosotros desde aquí comenzamos a andar un poco por las cercanías. Hasta que sentándonos en una loma, oigo que El Príncipe Europeo, le expresa al noble Islamita: "Nos dijiste a nosotros que tus guardaespaldas van contigo a la mesquita. ¿Es que ellos no te dejan ni respirar?"

Del Príncipe Islamita me gustan sus prolongados silencios antes de hablar, porque significa que está meditando su respuesta. Así que por fin le refiere este, al Príncipe Europeo: "Aunque la misión de Abdesalam y Joshua es protegerme, si vienen conmigo a los paseos que hago, eso depende de mí o de las circunstancias. Por lo general yo los invito a acompañarme".

Continua, pues, averiguándole El Príncipe Europeo, al anterior: "¿Y eres tú coqueto?"

Acostumbrados están ambos nobles, por su buena alcurnia, de que otros se inmiscuyan en sus vidas privadas. Por eso sin inmutarse El Príncipe Islamita, le suelta: "¡Vaya que pregunta!. Lo que si puedo decir es que me estoy distrayendo con ganas".

Aún le inquiere a este, El Europeo de Sangre Real: "¿Trato de adivinar si te gusta flirtear, galantear, requebrar a las mujeres?"

Por lo que le refiere El Príncipe Islamita, o Mahometano: "Amigo, antes de casarnos somos todos mujeriegos de una manera u otra. Cuando se es joven se puede coquetear mucho". E insiste en interrogarle, mi huéspede que llegó desde Europa: "¿Dime, eres hijo único?". Y cuando El Príncipe Islamita le responde que sí, le discurre El Príncipe Europeo: "Entonces tu padre se sentirá solo cuando tú sales".

Dícele El Príncipe Islamita, al anterior: "Tienes razón. Por eso cuando me case, mi papá Adnan se sentirá más feliz. Tendrá él, mi amor filial, además del afecto de mi futura esposa e hijos. Si, tras cohabitar en nuestra vida marital, ella y yo tenemos descendientes".

E interviene opinando Naserdine: "Yo lo he notado con los ancianos. Con los años ellos pierden la capacidad de dar cariño, pero por el contrario necesitan ser más queridos, recibir mucha atención".

Y anúncianos El Príncipe Islamita, a nosotros así: "Esta es una canción árabe que se canta a la mujer amada". Y añade cuando termina de cantarla: "Unos hablan de la guerra, otros cantan al amor. Se os dijo que hicieráis la guerra, pero os digo que más fructíferos son los tiempos de concordia". Dándose cuenta que lo escuchamos, continua hablándonos él mismo: "Algunos me preguntarán ¿Dínos pues bello Príncipe, que se aprende de los tiempos de paz?. A lo que yo les contestaré que nunca triunfa el guerrero. Pues aunque gane, después por la noche se atormentará en su lecho. Al pacífico le corresponde la interna paz".

Luego de haber oído esto, El Príncipe Europeo manifiesta: "Nuestra Biblia cristiana por ejemplo, se divide en dos partes. Una es el Antiguo Testamento que son los tiempos de la guerra. Y la otra es el Nuevo Testamento que son los tiempos del amor". Pasando a interrogarme él mismo: "¿Qué opinas Diego, en que tiempos vivimos ahora?"

Platícole yo: "Podemos estar contentos que, a pesar de todas los conflictos que han habido en el mundo, la gente de este planeta Tierra aún subsistimos. Eso quiere decir, que la bondad supera a la maldad".

Y abriendo de nuevo su boca El Príncipe Europeo, profiere: "Es verdad, la balanza de lo bueno ha aumentado en grandes creces". Prosiguiendo con nuestro comentario, la escuchamos asentir a Sol Stepanov: "Porque si lo malo hubiera imperado, no existiríamos personas, animales, ni plantas".

"Cierto Sol, la destrucción hubiera sido completa. Por eso dámos gracias a Dios, los creyentes de que aún existe la vida. Teniendo en consideración a Él en todo lo que hacemos, para que cumplamos sus mandamientos. Y llevemos a cabo lo que espera de nosotros sus hijos terrestres, el Señor del cielo y de la Tierra. Sin preguntarnos las razones, por las cuales permite lo bueno, y lo que no lo es. ¿Por qué, quién es tan sabio que puede comprenderlo totalmente?"

"Si lo entendiéramos, seríamos tan inteligentes como Él, y eso es imposible", le respondo a mi huéspede El Príncipe Europeo, quien es el que formuló la pregunta.

"Ya que cuanto más nos acercamos a investigar al mismo. Más nos ciega el resplendor de su grandeza". A lo dicho por Naserdine, aumenta mi persona o sea Diego Torrente: "Su misterio era aún más infinito para aquellos seres humanos de los primeros tiempos. Hasta que, según leemos en Exodo en el Antiguo Testamento, se reveló desde una zarza ardiente hablándole a Moisés, así: Y Dios dijo a Moisés: Yo soy el que soy".

Atento a mi locución, enseguida departe El Príncipe Islamita: "Y sino prosiguiéramos buscando al Altísimo con ahínco, no habría llegado a pisar la Luna el astronauta norteamericano Neil Armstrong, en julio del año 1969. Hazaña por la cual lo aclamamos, como héroe, en el mundo entero". Y continua él mismo: "Porque sino fuera porque nos necesitamos, para sobrevivir en este planeta Tierra (los Cristianos, Islamitas, Judíos, Hinduistas, Budistas, Sintoistas, Taoistas, Confucionistas, y los que practican otros credos como los Humanistas con sus ideologías, o los incrédulos entre los que se cuentan los Ateístas), ni siquiera estaríamos acá como buenos amigos discurriendo de las cosas".

A lo cual profiero: "Y es evidente, que el avance de la ciencia con la nueva tecnología de la comunicación, a través del internet, nos está integrando a los habitantes del mundo, del norte a sur y del este al oeste". A más de esto, nos da su parecer Naserdine: "Lo cual ha roto todas las fronteras de forma invisible, ya que todavía no se haya patente a la vista. Me refiero a los linderos de las naciones que no han sido hechos por Alá, sino por los seres terrestres".

Comienza entonces a opinar así El Príncipe Europeo: "Y es que los ciudadanos nos unimos cuando queremos mejorar las cosas. Esa es una fuerza indiscutible. Por eso contemplamos con frecuencia en la televisión, en las diferentes metrópolis del mundo los fines de semana, como la gente por las calles hace manifestaciones pacíficas contra las guerras. Lo que de inmediato leemos en las noticias de los periódicos como acontecimientos internacionales. Primero observamos que marchaban cientos, luego desfilaban miles, y serán millones si se suman todos en total".

Habiendo discurrido El Príncipe Europeo aquello, pronuncia Naserdine Seddiki lo que es el sentir general de la humanidad. Exceptuando a los que son como el bárbaro Atila, de los tiempos pasados, por su ímpetu de conquistar. Porque según se cuenta, decía Atila: ¡Donde pongo mi pie, no crece la yerba!. Por eso en este coloquio de nosotros en pleno campo, nos refiere Naserdine ahora: "Y se protesta, porque sabemos que depende de los gobernantes el evitar las guerras. Ya que, en el transcurso de toda la historia, hasta este siglo XXI, son esos conflictos armados entre los países, las mayores tragedias que afligen a la humanidad".

E insisto en repetir yo a los presentes, lo que se cita, como si fuera un eco mundial que retumba en los oídos de los que tienen la solución: "Y eso que la Ley eterna de Dios, nos manda: No matar".

Y concluye El Príncipe Islamita: "Bástenos recordar, que nuestro Padre Celestial nos ha creado semejantes a los hombres y a las mujeres. Por consiguiente, somos hijos de aquel mismo que sacó las cosas de la nada, o sea del Creador. Aquí, y más allá, ese amor de Él nos une. Por lo tanto, nos es una obligación moral el servirnos como hermanos. Así debemos verlo. ¿Qué opináis vosotros?". Y de una manera, u otra, le comentamos al Príncipe Islamita que hay mucha sabiduría en eso que afirma.

Viendo que se hacía tarde, nos hace acordar Sol Stepanov, al Príncipe Europeo, y a mí, de que habíamos quedado con sus padres, y ella, en ir al servicio religioso. Y como El Príncipe Mahometano aún se echa a cantar mientras nos paramos y disponemos todo para la partida, le dice Naserdine: "Eh, ese canto lo cantan los del oasis. ¿Quién te lo enseñó?". A lo que le informa El Príncipe Islamita: "Aquellos dos que están campo abajo... ¿Los véis?". Asegúrale Naserdine: "Claro, tus guardianes. Y míralos, como distinguen que nos estamos movilizando, ya se vienen corriendo". Dándonos el alcanze ellos, montando todos en el coche iniciamos el camino de regreso.

En el Templo de Dios

Terminada la travesía que hacemos con mi huéspede para ir a rezar, encontramos que en la Iglesia ya están El Embajador Stanislao Stepanov y su familia, en este servicio al que asistimos los que abrazamos el cristianismo en Argelia. El cual será oficiado este domingo por el sacerdote católico José Baptista, en conjunto con los otros religiosos de las órdenes cristianas. Y he aquí que tal como es costumbre los domingos, en este recinto sagrado nos hallamos muchos creyentes, siendo en nuestra mayoría extranjeros. Aunque también se encuentran entre nosotros, jovenes estudiantes universitarios de otros países de África. Quienes han ingresado a la cristiandad, porque encuentran en ello el soporte moral y religioso que ellos necesitan. En días como hoy, en que se celebran estas ceremonias, las reuniones son en un local amplio y techado. En el cual después de la misa, cada grupo de las diferentes Iglesias cristianas se encarga de hacer un número teatral religioso en su propio idioma. También se oyen coros de canciones en distintas lenguas, siendo pues unos solazes de esparcimientos para los niños y mayores que asistimos.

Después salimos todos afuera, hacia el patio, porque viene la hora de comunicarnos entre nosotros. Así que mientras estamos de pie o sentados alrededor de una larga mesa, debido a que es mediodía, vamos bebiendo bien una taza de chocolate caliente o un refresco de frutas, agregando a esto como refrigerio unos emparedados. Ahora, conforme a lo acordado con El Príncipe Islamita, entre los presentes está él, quien acercándose a mí me pide que unos de estos días los acompañe a él y a su padre El Príncipe Adnan a la mezquita, solo para presenciar esa ceremonia. Agradeciéndole el gesto de invitarme, convenimos que iríamos juntos a esa aljama de los musulmanes, cuando mi huéspede El Príncipe Europeo hubiera retornado a Europa.

Llegada la noche, estando yo en la terraza de la casa escribiendo mis memorias, suponía que mi huéspede estaba durmiendo, pero no es así. Viéndolo parado en el umbral de la puerta, lo invito a sentarse. "Ven para hacernos compañía un rato", le digo. A lo que él me contesta: "A esta hora en mi país, ya estoy en lo mejor de mi sueño". Pregúntole yo: "¿Durmiendo?". Respóndeme él: "Si Diego, soñando con el ballet. Eso es lo que me gusta hacer. Así que pasaré a contarte como conocí a Sol Stepanov. Me hallaba aprendiendo ballet. Y se me iba a presentar a mi pareja, con quien tendría que bailar yo en una noche de gala. Entonces ingresé al teatro con un amigo coreógrafo, anciano ya retirado quien la había visto a Sol bailar. Con todas las mujeres que entraban yo le preguntaba: "¿Es ella?". Y él me susurraba: "No, espera aún". Diciéndole al Príncipe Europeo, mí mismo: "Está interesante tu relato". Sigue este platicándome: "Te cuento Diego que de pronto se abrió la cortina del proscenio, apareciendo Sol Stepanov con un bailarín. Y se pusieron a ensayar ella y él, bajo la dirección de un joven coreógrafo. De inmediato yo dije para mí mismo: "¡Es fea...!". Pero parece que aquel que estaba sentado a mi lado me oyó, porque me anticipó: "Espera hasta que la veas bailar..." Tan pronto Sol comenzó hacerlo, me fascinó. Y así es hasta ahora. Sus brazos son tan ágiles cuando baila o sus manos tan flexibles. Y esos magníficos pies, esas espléndidas piernas cuando se mueve en el escenario. Para una *Primera Ballerina*, ella lo tiene todo. Recuerdo que cuando ellos terminaron, palmoteamos con entusiasmo. Y ella nos interrogó: "¿Aplausos para nosotros?". Y le platiqué al que estaba junto a mí: "En cuanto a la técnica de su baile, para mí es ilimitada". Por lo cual él me volvió a decir: "Con esos requisitos puede llegar a ser legendaria. En otros tiempos la gente quería gustar. Y en el caso de los artistas, ello era algo misterioso para el público".

Interrumpiéndolo al Príncipe Europeo esta noche, le ofrezco algo para tomar, por lo que él acepta una mezcla de jugos frutales. Y después de esa breve pausa prosigue refiriéndome él: "Sol Stepanov, además de ser bailarina, es una artista que puede expresar con su cuerpo lo que ella quiere. A veces parece improvisar, entra en el podium por donde uno menos se lo espera, baila ligero y de pronto se para..."

Coméntole yo: "Quieres decirme que Sol sabe jalar las miradas de los espectadores al escenario". Conversame él: "Así es Diego. Cuando ella tiene que hacer de un cisne, para la pieza *El Lago de los cisnes*, el público vé que es un ave de plumaje blanco, cuyos brazos los mueve como si fueran dos alas. Si encarnaba a Dulcinea en el ballet *Don Quijote*, ¿cómo crees Diego que lucía?". Paso a decirle al Príncipe Europeo: "Como una verdadera campesina". Aumenta él: "Exacto. Cuando ella caminaba y se inclinaba en el escenario era una danza en sí. Si representa a una princesa uno la ve refinada. Si interpreta a una reina, la puedes ver serenísima. Resumiendo, Sol tiene lo que en el escenario se llama angel".

Incluyo yo: "Y lo que en política se llama carisma. O sea, el arte que tiene una persona para atraer las miradas, incluso sin que haga nada". Díceme él aún: "Este don lo tienen todos los destacados artistas. Así como lo poseían los grandes bailarines rusos del siglo XX. Me refiero a Anna Pavlona y a Rudolf Noerejev. Nuestra actuación con Sol Stepanov fué hacer de pareja en el ballet *Las Sílfides*. Que simboliza la idea de un amor mágico pero inalcanzable".

Indagándole al Príncipe Europeo que como era que se había animado él a estudiar ballet me cuenta.: "En una fiesta de noche viéndome bailar, todos me miraban entusiastas. Cesando la música, se me acercaron para decirme que yo tenía talento. Después, hubo un concurso para ingresar en la Academia Nacional de Ballet. Y me admitieron de inmediato. Conviene decirte Diego, que el entrenamiento en ballet exige una disciplina espartana".

"¿Para conservarse fuerte, tanto en lo corporal, como en lo mental?"

"Preciso, Diego", coméntame él. "Partiendo de que uno debe levantarse y acostarse temprano.

Entonces tiempo para otras cosas apenas lo tengo. Cuando llego a la casa converso durante la comida con mis padres, me lavo los dientes, me ducho y a la cama. A veces encuentro lamentable que yo no pueda ir a otra parte. Pero eso es lo que de momento he escogido. Y es lo primero que les he dicho a mi papá y mamá, que para mí eso del ballet es temporal".

Interrogándole yo, si son muchos alumnos en las clases, me cuenta él: "Diego, son más numerosas las bailarinas, que aquellos del sexo masculino. Mucha gente cree que el ballet es solo para mujeres. Cuando los hombres lo bailan, piensan los espectadores que los bailarines no son muy varoniles. Eso no es cierto en absoluto. Ballet es, digámoslo con sencillez, el pináculo, la cumbre del deporte. Aquellos que lo danzamos debemos tener una fuerza enorme, una robustez perfecta. Por eso, la preparación de los artistas comprende practicarlo todos los días. Se nos exige tratar de alcanzar siempre un nivel más perfecto, de traspasar nuestros límites". Y sobándose una pierna, continua: "Debido a ello dolores de músculos podemos sentir. Aquello que los asistentes a una función de Ballet miran, es el resultado de interminables repeticiones. Porque semanas, u otras veces meses, estuvo el profesor corrigiéndonos los movimientos, mientras ensayabamos frente a una pared de espejo".

Cuestionándole mí mismo, Diego Torrente, si practicar el ballet es un sacrificio, asegurame él: "Si Diego, que vale la pena hacerlo, aunque sea por un tiempo".

E interrogándole mi persona, cuál es la diferencia entre la *Prima Ballerina* y el bailarín con el que forma pareja, me da a saber este Príncipe Europeo: "Una *Prima Ballerina* está a la cabeza de la función. Una vez que ella está en el escenario asume la responsabilidad de la representación. Toda la atención del público está dirigida hacia la *Prima Ballerina.* Ella está apoyada por su pareja, así como por los otros bailarines que conforman *El Cuerpo de Ballet.* Y asimismo deberá ser la *Prima Ballerina,* una inspiración para ellos".

Preguntándole yo sobre el *Primer Bailarin,* respóndeme El Príncipe Europeo: "Él es el hombre que debe presentar a la *Prima Ballerina.* Y deberá preocuparse que esta luzca extraordinaria. Cuando un *Primer Bailarín* carga en el aire a una *Prima Ballerina* debe darle una sensación de libertad para que se mueva, pero sobre todo seguridad. Por ejemplo...", me dice El Príncipe Europeo parándose hacia el centro de la terraza.

Oyendo el timbre nosotros, me dirijo hacia la puerta de calle. Y advierto que se trata de Meriem Mehidi, quien viene a recoger un paquete del correo que han dejado para ella y su esposo. Tras entregarle la encomienda a Meriem, le cuenta El Príncipe Europeo que estamos hablando sobre ballet. "Y como quiero yo hacerle una demostración a Diego, por favor Meriem, vas a representar tú de *Prima Ballerina*", dícele mi huéspede. Por lo que Meriem tomándolo a risa, acepta su propuesta del Príncipe. E infórmale este: "Meriem, tienes que caminar en puntas de pies. Vas a venir Meriem desde afuera, hasta acá adentro para la presentación. Una bailarina cuando sale a las tablas a bailar, debe presentarse primero. ¡Así Meriem, con tu cabeza erguida, como una diva en el podium!. Lo estás haciendo con esa gracia única que te adorna. Tanto he aprendido mí mismo, que hasta puedo dar clases", nos dice sonriendo El Príncipe Europeo. "Mírame Meriem primero, los movimientos que hago yo. Levantas un poco una pierna, luego la recoges a tu cuerpo. Y con la punta de ese pie empiezas a dar el paso para caminar. Enseguida lo haces igual con el otro. Ahora vamos a verte danzar ballet Meriem. Tal como si te hubiera llegado la hora de salir, entre las bambalinas de un teatro. Para hacer tu debut de bailarina Meriem, bajo los acordes de esta música apropiada".

Después de esto, cuando Meriem lo imita, le dice el anterior: "¡Meriem, eres una alumna sobresaliente!". Agregando luego el mismo Príncipe Europeo: "En ballet queridos amigos Meriem y Diego, todo está estudiado un sin fin de veces... Entonces seguimos, por ejemplo vamos hacer tú Meriem de *Prima Ballerina,* y yo *El Primer Bailarín.* Yo estoy atrás tuyo Meriem, como podréis ver Diego y tú Meriem. Pero no apachurraré mi cuerpo contra tí. Debe haber espacio entre nosotros dos. Enseguida cuando *El Primer Bailarín,* la levanta en el aire a la *Prima Ballerina,* en todo ese momento ella está necesitando de él. Si uno mira a una pareja de ballet bailar, se da cuenta porque es necesario *El Primer Bailarín.* Él está ahí para, aunque sea con una mano, ayudarla a ella a que mantenga su cuerpo firme".

Dígole yo: "Para que ella no se caiga". Y afírmame él: "Exacto Diego. Voy a daros otro ejemplo. En el segundo acto de *El Lago de los Cisnes,* en ese caso Meriem, como *Prima Ballerina* necesita mis manos en su cintura para sentirse segura... Pero yo no presionaré tan fuerte, que la *Prima Ballerina* no pueda moverse. Ella debe tener la sensación de que está sola. Aunque toque el piso, empinada solo con las puntas de sus pies, mientras el resto de su cuerpo lo dobla atrás. Es ineludible que la *Prima Ballerina* necesita, en ese momento, que yo la sostenga a la altura de su cadera... Como lo estoy haciendo con Meriem. Porque si yo, como *Primer Bailarín,* en lugar de sujetarla a la *Prima Ballerina* la suelto, se vendría abajo y se rompería el alma".

E insite en explicarnos él mismo Príncipe Europeo: "Incluso en este otro instante del baile, cuando está la *Prima Ballerina* pisando empinada, solo con la punta de su pie derecho. Como *Primer Bailarín* debo tenerla de una mano a ella, para que de vueltas en el mismo punto sin caerse. Así como la estoy agarrando a Meriem para que gire en derredor suyo. ¡Oh Meriem, eres una discípula admirable!. Repetiremos todo la escena solo con la melodía. Tal como se hace en el teatro, sin mediar una sola palabra". Y déjanme boquiabierto de admiración a mí Diego Torrente, al concluír Meriem y El Príncipe Europeo su baile. Acto seguido hacen ambos la reverencia final, como si estuvieran en el podium enfrente de los espectadores, colocando un pie hacia detrás e inclinando hacia delante sus cabezas.

Habiéndose despedido Meriem Mehidi, recibimos la visita de Naserdine Seddiki. Y pasa a contarnos El Príncipe Europeo, que él además de bailarín es coreógrafo. Entonces como el mismo charla, que a mí también me adornan dos profesiones. Y que son, la de periodista, y la de diplomático, quiere saber Naserdine porque escogí está última carrera.

Platícole: "Naserdine, entré a la Diplomacia porque soy de los que creen en el valor de la palabra. Muchos pleitos, o malentendidos, entre grupos de personas o países pueden allanarse. Siempre y cuando sus representantes se sientan en una mesa, o se pongan a diálogar juntos hasta encontrar la solución. Por supuesto, para ambas partes que litigian, ese acuerdo tiene que ser favorable a corto y a largo plazo".

Concordando conmigo, mi huéspede El Príncipe Europeo, departe: "Cierto Diego, con su conversación amable puede una persona convertir un enemigo en amigo. Ello permite superar lo que en apariencia es insuperable. Y no habrá así necesidad de tirarse los platos, ni las sandalias por la cabeza".

Dígoles a ambos: "A veces, en la gente las conmociones se anidan en el corazón. Para que esas emociones no desemboquen en violencia, usamos la diplomacia. Esta carrera intelectual enseña vías de escapes, a través de diálogos razonables".

Prorrumpe Naserdine: "Así es Diego, allí donde falta la palabra, comienza el conflicto armado. Los humanos conocemos las reglas de la guerra. Ahora cabe preguntarse, ¿dónde está la fórmula de la paz?"

Entérole por mi parte: "Amigo Naserdine, nosotros los cristianos o sea los católicos, los protestantes, y los ortodoxos, la encontramos en la Biblia. En aquel ejemplo que nos dió Jesucristo, cuando lo detuvieron. Pues uno de los que estaban con Jesús, extendiendo la mano sacó una espada e hirió al esclavo del sumo sacerdote. Entonces Jesús le dijo: "Vuelve tu espada a su lugar, porque todos los que toman la espada perecerán con la espada".

Discúrre Naserdine: "Preciso, porque el mundo se puede dividir en dos bandos. Unos son los que quieren la guerra. Y los otros aquellos que nos esforzamos por mantener la concordia". Dirigiéndose luego Naserdine, al Príncipe Europeo, le averigua: "Bueno, ahora por favor pasa a contarnos tú, porque te gusta la coreografía".

Dícele El Príncipe Europeo, riéndose: "Naserdine, es que he visto en la vida diaria, de que habiendo dedicado tanto tiempo un bailarín al baile hasta alcanzar la perfección. De repente si fallece, se esfuma con él todos sus conocimientos".

Comento yo: "Si, tienes tú razón. Lo mejor es que las nociones que vamos adquiriendo en nuestras vidas, nos la vayamos pasando en la practica unos a otros".

Responde El Príncipe Europeo: "Así es Diego. Aquel que tiene un oficio aprendido, debe antes de morirse dar en herencia a otros seres, ese cúmulo de saber. Que en el caso del ballet son la expresión del cuerpo, los movimientos, la mejor interpretación de un rol".

Entonces, abriéndose la puerta que da a la casa del Embajador Stanislao Stepanov, aparece su hija Sol. Y como ella está abrigándose con un abrigo de pieles, pienso que desde mi azotea la habíamos despertado con nuestras voces. Recitando El Príncipe Europeo: "Hízole Yavé Dios, al hombre y a su mujer túnicas de pieles; y los vistió".

Pregúntale Naserdine al Príncipe Europeo por qué hablaba aquello. Este aumenta:

"¿Naserdine, has visto alguna vez salir al Sol de noche?", como riéndose Naserdine Seddiki le manifiesta que no, vuelve a decirle el Príncipe: "Pues Naserdine te has perdido de ver un espéctaculo insuperable", rápido se da cuenta Naserdine que se estaba refiriéndo a Sol Stepanov. Despues de esto, dirígele Naserdine, su palabra a Sol, diciéndole: "Sol, es la primera vez que oigo, que tú bailas ballet". E instándole a contar que requisitos son necesarios en una bailarina, Sol le entera: "Naserdine, además de un entrenamiento constante, dicen que la personalidad también cuenta...". E inquiriéndonos Naserdine, si aquello se nota en el escenario, le digo a él: "Sí Naserdine, para que los artistas logren mejor contacto con el público".

Y agrega El Príncipe Europeo enlazando a Sol con sus brazos: "Y en el caso de los danzarines, debemos ser un excelente ejemplo dentro y fuera del escenario". Pero Sol se zafó de él para servirnos jugo. Tras sorber su refresco Naserdine, interrógales a mi huéspede y a Sol: "¿Y a vosotros dos, qué escuela internacional de balllet os gustaría integrar?"

Y tanto El Príncipe Europeo, como Sol Stepanov, alternando sus respuestas, pronuncian sus preferencias: "Hemos visto bailarinas de Rusia, también de Europa, o de América. Todas hablan la misma lengua del ballet, pero con un acento diferente".

"Por ejemplo, el estilo francés es en sumo grado refinado, muy puro, super *chic"*.

"En el Ballet Ruso, los profesores enseñan buenas maneras, una elegancia muy aristocrástica. Sobre todo, esto lo practican aquellos que son descendientes de lo que era la esencia del Ballet del Imperio Ruso. En cuanto a la técnica clásica, la podréis ver vosotros como insuperable, en el repertorio de ellos mismos".

"En el ballet todo el cuerpo como los pies, las rodillas, la parte alta, reciben diario un entrenamiento especial. Y eso cuenta para los estilos del Ballet Ruso, Italiano, Francés, Danés, Inglés, Español, Belga, Alemán, Holandés, de los continentes Americano y Australiano, etcétera".

"En general, aquello vale en cualquier escenario mundial donde danzan eximios artistas".

Ahora bien como se había hecho tarde, despídese de nosotros Sol Stepanov. También Naserdine regresa a su casa, antes de que oscurezca más. Y conversando con El Príncipe Europeo le digo: "Estoy pensando en tu afición por el ballet. Cuando hablé con tus padres, no se refirieron a ello". Me dice él: "Diego, entonces tú solo habías visto un cuarto de la Luna, ahora estás contemplando su cara completa". Y asegurame El Príncipe Europeo aún: "Mi padre y mi madre creen que si sigo tratándome con Sol Stepanov, mi vida futura va a girar alrededor del ballet. Pero les estoy haciendo comprender, a ellos que la práctica de bailarín, o bailarina de ballet, está limitada solo a unos cuantos años. Que el cuerpo no da para hacerlo toda la vida". Por lo que reflexiono en voz alta: "En realidad ¿Quién puede anticipar con certeza, que hará en el futuro?". Respóndeme El Príncipe Europeo: "Diego, eso preciso opino yo. El destino de cada hombre, o mujer, depende en su totalidad, de una miríada de sucesos".

Y le digo: "Querer observar nuestras vidas hasta que muramos es imposible. Ello es como pretender atisbar la cara oculta de la Luna, desde la Tierra". Acometido de sueño me dice mi huéspede: "Diego, me voy a mi cama. Y desde allí veré, ya que estamos hablando de ella, a la cascabelera Luna". Háblole yo: "Estoy de acuerdo contigo Príncipe, admiraremos aquella alegre y desenfadada lumbrera. Tú desde la ventana de tu dormitorio, y mi persona desde mi aposento para dormir. Pues yo también me dirijo a acostarme. Y sobretodo a ponerme en paz con Dios. Hasta que nos despierte al amanecer la voz del almuédano. Quien, desde la torre alminar de la mezquita, convoca en alta voz a los musulmanes para que acudan a la oración". Y nos despedimos El Príncipe Europeo y yo, expresándome él: ¡Diego, que el suave viento te arrulle con su canto!". Por lo que le contesto: "¡Y que tengas Príncipe tú, muy buenas noches!"

Invitación de los Príncipes Islamitas

Sucede en estos días que con El Príncipe Europeo, y la familia del Embajador Stanislao Stepanov, asistimos a una invitación del Príncipe Islamita. Por lo que somos recibidos en su mansión por él, estando también su padre El Príncipe Adnan presente. Viendo la magnificencia interior de esta regia vivienda, apreciamos que los decorados de las salas son de estilo árabe. Cada pieza tiene dos puertas gemelas de entrada, una al lado de la otra, cuyos adornos que revisten esas mámparas son de filamentos dorados. Entonces pasa a decirnos El Príncipe Adnan, cuando nos invita a sentarnos sobre una alfombra en el piso, con cojines encima: "Esta majestuosa residencia nuestra fué un harén en los siglos pasados. Pues perteneció a un Emir que se rodeó de esposas y concubinas entre las cuales estaba su favorita, que lo inspiraron con sus bailes a los placeres sensuales. Lo interesante acá para la decoración de este palacio, es que los artistas que han trabajado juntos en su renovación, han logrado un efecto coordinado. Cada uno recibió instrucciones de traer algo a esta residencia, que iba de acuerdo con el conjunto. Por ejemplo, uno de ellos introdujo las alfombras persas situadas sobre los pisos. El segundo de los decoradores incorporó pegado a las paredes ese amplísimo sofá, con almohadones encima, donde pueden sentarse un sinfín de gente. Lo que es ideal cuando llegan visitas con sus hijitos, porque estos pueden asentarse ahí mismo aparte para conversar o distraerse. E incluso, otro de los arquitectos de interiores nos regaló libros que hemos incorporado a la biblioteca. Y los resultados nos gusta, porque hemos respetado la antiguedad de esta suntuosa mansión, destinada a la habitación de grandes personajes. Desde antaño, comprende aquel patio interior cuadrado, rodeado de columnas de mármol blanco con sus arcos arriba. Además, allá mismo están ese par de fuentes de agua, a la derecha e izquierda, por donde salen las caídas de sus abundantes chorros. ¡Y qué decir de aquellas soberbias estatuas de leones esculpidos en bronce, que hacen pensar cuantos broncistas habrán laborado en ello!. Eso si, esas palmeras las sembramos nosotros cuando nos instalamos aquí". A lo dicho por él, comento yo: "¡Excelente idea Príncipes, de mantener viva la naturaleza a vuestro entorno!"

Y poniéndonos de pie para hacer un recorrido, prosigue El Príncipe Adnan explicándonos así: "En esta morada, los cuatro enormes salones con sus puertas y ventanas, como apreciáis, se abren a este traspatio. Ninguno de los ventanales dá a la calle". Ahora bien, como aquí nos detenemos ante la vista de un cachorro de león dentro de una gran jaula, nos dice el mismo Príncipe Adnan, que como ya lo referí, es el padre del Príncipe Islamita: "Al ser humano se le conoce por la manera en que trata a los animales. Muchas especies hay extintas debido a la mano del hombre, pero eso no es nada nuevo. Por ejemplo en el año ciento seis de la era cristiana, el emperador romano Trajano organizó juegos, donde para satisfacer la necesidad de los espectadores, de aquel entonces, de ver correr sangre murieron 10,000 gladiadores y 11,000 animales. Ello era en la antigua Roma cuando se capturaban a muchas fieras para enfrentarlas en la arena". Averíguale Alejandra de Stepanov: "Su Excelencia Adnan, en África y Asia hay pruebas de que animales salvajes no solo se alimentan del ganado, sino que también matan a la gente". Y aún indágale El Embajador Stanislao Stepanov: "¿Príncipe Adnan, cree usted que los leones en libertad, son una amenaza para los mortales?"

E infórmanos el susodicho Príncipe Adnan: "Si, cuando se reduce de forma drástica, la cantidad de animales que constituyen su presa habitual. Los leones saben que donde hay agua, hay manadas o conjunto de otras especies que andan reunidos. Estas fieras atacan a esos irracionales, o sea aquellos que son de razas diferentes a las suyas, nunca cuando están juntos. Sino cuando después de haberlos corrido por el campo, el más débil se queda atrás".

Oyendo esto a su padre Adnan, nos cuenta El Príncipe Islamita: "Al más indefenso es a quien el león coge con sus colmillos del cuello. Luego cuando los otros leones se acercan, se comerán al animal muerto despedazándolo. Por ejemplo, en un grupo de cebras que están bebiendo agua, el león tras correrlas atraparía a la última. En esa forma se mantiene el equilibrio entre ambas razas".

Y El Príncipe Adnan vuelve a decirnos: "Esta cachorra de leona que quedó huérfana, estaba al principio recelosa de nosotros en el patio de entrada. Pero como rugía más de la cuenta, la metimos dentro de la casa poniéndola en el traspatio para que se tranquilizara. Aquí, vosotros véis, duerme en su jaulón estirada por completo, sin poder salir de su encierro cuando se despierta pues la tenemos encerrada con llave". E inquiérele a él, El Príncipe Europeo: "¿Príncipe Adnan pensáis ponerla en libertad algún día?". Entérale El Príncipe Adnan: "Si, para que se aparee y tenga cachorros. Teníamos otro que era muy agresivo. Así que, para protegernos de los zarpazos de sus garras, nos manteníamos a cierta distancia". Prestando atención su hijo esto, nos narra: "A mi papá Adnan le gustan tanto los félidos, que se ha adiestrado para criarlos. Él ha aprendido a entrar en la jaula con un palo. Así, la fiera mordisquea la madera, en lugar de sus brazos".

Entonces platícanos El Príncipe Adnan de nuevo: "Es fácil entrenarlos porque son animales sociales. Está que se llama Leonina es muy amigable. Me la he ganado, hablándole con dulzura, mientras me acercaba un centímetro más. Hoy en día cuando la toco, a medida que rodeo con mis brazos sus peludos hombros, se tranquiliza invitándome a seguir acariciándola". Después de esto seguimos caminando y reparando en la leona, pues desde todas las salas por donde pasamos, se la vé en el traspatio. Y todavía no nos habíamos posado en la alfombra cuando el unigénito del Príncipe Adnan, que es El Príncipe Islamita, nos cuenta: "Por lo general los leones temen al hombre, prefiriéndo evitarlo. Por ejemplo, si algún turista está sentado dentro de un coche, tranquilo puede tomarle fotos. Pero si abre la puerta, corre un peligro considerable". Interrogándole alguién por qué, le afirma el dueño de casa: "Porque al distinguir a la persona, su miedo instintivo de la fiera se acrecienta lo que motiva que la ataque para defenderse. Hay menos peligro de encontrarse con un león en la maleza, que salir de un automóvil situado frente a él".

Y al pronunciar El Príncipe Europeo: "*...Y el león, como el buey, comerá paja*", reacciona el que nos agasaja, averiguándole que dice. De inmediato le explica el anterior: "Recitaba de la Biblia a Isaías, capítulo once. Lo cual continua así: *Habitará el lobo con el cordero, y el leopardo se acostará con el cabrito, y comerán juntos el becerro y el león, y un niño pequeño los pastoreará*". Escuchando aquello El Embajador Stanislao Stepanov, dícenos por su parte: "También sé yo de memoria La Sagrada Escritura. Haber unámonos en coro para prorrumpirla en voz alta. Y terminamos todos nosotros articulando las palabras juntos, porque hasta intervienen El Príncipe Adnan y su hijo El Príncipe Islamita para sorpresa nuestra: "*La vaca pacerá con la osa, y las crías de ambas se echarán juntas, y el león como el buey, comerá paja*".

Y sucede que recorriendo el palacio, al final nos instalamos con los dueños de casa en uno de estos salones con decorados arabescos. Quedando nosotros frente al patio interior, en el cual vemos las columnas de mármol y las dos pilas de agua adornadas con leones esculpidos. Que embellece aún más el ambiente de esa cachorra dormilona.

Enseguida expresa a continuación El Príncipe Adnan: "Ahora mencionanos Diego ¿qué animal te gusta más?". Respóndole: "Príncipe Adnan, los pájaros". Pregúntame él: "¿Te traerán recuerdos?". Contéstole yo: "Si Adnan, porque cuando de niño vivía en Europa los oía trinar. Hasta que llegando el otoño se iban. Partían volando hacia aquí, venían hacia África buscando un clima mejor. Viajaban junto con las aves planeadoras, que son las rapaces y cigueñas, cuyos vuelos eran espectaculares. Estas volaban de día guiándose por la posición del sol. Y las curracas durante la noche orientándose con las estrellas. En una oportunidad con mis padres y un par de amigos vimos a las aves sobrevolar por el Estrecho de Gilbraltar. Ellas eran millones, que concitaban la atención de los que estabamos observándolas con nuestros prismáticos. Aún ahora, se las divisa a esas avecillas aptas para vuelillos pequeños. Como aquellas que saliendo de Europa recalan en el Magred que cubre solo mil quinientos kilometros. Otras en cambio hacen grandes vuelos de más de diez mil kilometros cuando se encaminan a invernan en el África tropical".

Interrogando El Embajador Stanislao Stepanov: "¿Adónde descenderán a su paso?", le doy a saber: "Esos pájaros emigran temporalmente a las Islas Británicas, o bien en la Península Ibérica, después de haber recorrido sin descanso entre dos mil quinientos y cuatro mil kilometros sobre el océano. Y pasando el invierno en África, retornan al continente europeo. Ellos vuelven en la primavera, cuando las temperaturas ya no son tan rigurosas y abunda su comida".

Dice El Príncipe Adnan: "Muy interesante Diego. Gracias a tí vemos que los animales no solo se guían por el instinto, sino que también piensan con inteligencia. Y a usted Embajador Stanislao Stepanov ¿Qué le llama la atención en Argelia?". Respóndele él: "Adnan, acá me encantan las calles de día cuando bullen de gente. Entre los que se encuentran los mercaderes, quienes pregonan en voz alta sus mercaderías. Luego en las noches es de admirar, como las aceras se quedan prácticamente vacías. Asimismo me fascina, contemplar el rayar del alba temprano en las mañanas. Y en las tardes cuando llega el ocaso pasear por el campo para ver, por ejemplo, los venados que corren de aquí por allá aunque sean pocos... El otro día mirando la tierra detecté la presencia de un camaleón que cambió de color. Y que estando él inmóvil, solo se le veía sacar rápido la lengüezuela para cazar algún insecto. Sin embargo, de todos los animales que han existido, el que más despierta mi imaginación es el dinosaurio".

Y riéndose El Príncipe Islamita y El Príncipe Europeo, le pregunta sorprendido el primero de los nombrados: "¿Ha dicho usted Su Excelencia Stanislao Stepanov un dinosaurio?"

Por lo que aumenta El Embajador Stanislao Stepanov: "Si Adnan, me refiero a esa especie de bizarros animalotes gigantescos. Y que se extinguieron hace, más o menos, sesenta y cinco millones de años pasados, por causas desconocidas. Después de haber ellos andado errantes por la Tierra durante ciento cincuenta, a ciento sesenta millones de años".

Viéndo El Príncipe Adnan a la esposa del anterior, le averigua: "¿Y a usted Alejandra que le atrae aquí en este Norte africano?". Contéstale ella: "Adnan, me embelesa la amabilidad de los anfitriones para con sus invitados. Y la gentileza con que atienden los comerciantes, que no dejan marcharse a sus clientes sin que les compren algo. Así fue como hoy adquirí un dromedario de cobre". Sonriéndonos todos, explayase en la conversación El Príncipe Adnan de este modo: "Esos rumiantes son propios de Arabia y del norte de África, muy semejante al camello, del cual se distingue el dromedario particularmente por no tener más que una giba adiposa en el dorso. Y ahora le concedo de nuevo la palabra Alejandra". Por eso nos habla ella, diciendo: "Por otra parte me divierten los animales que se distinguen en la campiña, aunque sean escasos. Ya que muchos duermen de día, para despertar más bien de noche a la vida nocturna. De ellos muchos están extintos en Europa".

Alegrándose El Príncipe de más edad que nos agasaja, nos congratula así: "Os felicito. Puesto que estamos poniendo de manifiesto, que tenemos mucha afinidad para querer a los del reino animal". Enseguida aditamenta el mismo Príncipe Adnan: "¿Y a Usted jovencito?". Respóndele mi huéspede: "Adnan, a mí me extasía mirar la naturaleza. Eso me dá suma alegría. Así como me arroba mirar a la gente. Me arrebata, pues, los sentidos escuchar a otros. Asimismo me agrada, que otros seres mortales me oígan a mí. Y como acá no conocen de mis títulos de nobleza, me siento feliz cuando intercambio ideas con la muchedumbre en la calle. De tal manera palpo, mejor dicho percibo el movimiento de las masas".

Sonriéndo El Príncipe Adnan adiciona: "¿Le aconsejarán a usted discreción, los del Consejo de Seguridad de su país, para que no cuente mucho de su vida privada?"

Afírmale El Príncipe Europeo: "Si Adnan, después de todo tienen razón. Mirad que pasaría si para la publicidad, se inventara que yo tengo un harén con muchas esposas".

Preguntándole también El Príncipe Adnan, a Sol Stepanov, qué le cautiva los sentidos en este suelo africano, transcurridos un par de minutos opina ella: "Príncipe Adnan, me gusta tantas cosas, que si empiezo a enumerarlas no terminaría".

Habiéndo sido invitado igualmente Omar Saadí, lo oímos entrar de repente manifestándonos:

"¡Hola con todos!". Y pídenos encarecidamente él, que le contaramos algo sobre los leones porque allá distingue a un cachorro. El Príncipe Islamita tratando de tranquilizarlo, comienza a referirnos: "Os relataremos entonces, el viaje que con mi padre Adnan hicimos ambos por Botswana. Que, como bien sabéis, es un país que queda al sur de este continente africano. Allá en el Parque Nacional de Chobe, todos los turistas pueden observar a los leones durante el día. Pero tal era nuestra curiosidad, que salimos a verlos por las noches a los extensos campos con céspede, hasta encontrarnos con las manadas de leones". Y agrega su padre El Príncipe Adnan: "Debido a que los leones son políganos, en uno de ellos habían ocho leonas viviendo con dos machos que estaban ahí semipermanentes. Recuerdas hijo, esa extraordinaria noche. ¡Qué exhaustiva, cuando fuimos ambos, con esa pareja encargada de firmarles un documental para la televisión!. Estuvimos los cuatro en un coche de ruedas esperando la puesta de sol, porque los leones saben que su cacería de ellos a otros animales es más exitosa cuando ocurre de noche. Solo un cinco por ciento de sus matanzas suceden de día".

Retomando la palabra El Príncipe Islamita, cuéntanos otra vez: "Cuando sus faenas de matar son durante la medianoche, el ochenta y cinco por ciento acontecen cuando la Luna está menos llena que la mitad. O cuando esta se haya, bajando del horizonte. Los leones han aprendido, que la claridad esparcida por la Luna al anochecer en la campiña, hace su cacería menos éxitosa. Ya que están muy visibles a sus presas".

A lo que prosigue diciéndonos su padre, El Príncipe Adnan: "Aquella noche, la luz de la Luna iluminaba el cielo africano con todo su esplendor. Bañados por la Luna llena, los leones dormían tranquilos. Mientras las cebras, antílopes u otras potenciales víctimas se movían dentro de la zona. Eran las dos de la medianoche cuando se despertó la manana de leones. Entonces se levantaron, bostezaron y se estiraron decididos a ir a buscar su manjar para ese día. Que ellos escogen las horas más frías para cazar, eso se comprende, porque así ahorran energía. Es que los leones tienen un corazón más bien pequeño, que no les hace aguantar las demandas de una larga cacería en lo caluroso del día, ya que se cansarían pronto. Pero una explosión de truenos nos sorprendieron, tanto a nosotros como a ellos. Y mientras los que estabamos en el coche tratabamos de cubrirlo con una lona, los leones con sus pelajes mojados se apiñaban los unos con los otros. Pero aquel chaparrón terminó y unas nubes plateadas encubrieron a la Luna. En casi total oscuridad, sin la luz de la Luna que revelara su presencia, los leones se precipitaron a la acción. Mientras sus hembras pasaban a nuestro lado dando vueltas".

Contéstando a Alejandra de Stepanov, que les había interrogado a Adnan y a su hijo, si las hembras no se dieron cuenta de ellos, nos entera El Príncipe Islamita: "Es que las observabamos desde una prudente distancia de cuarenta metros. Y de manera paulatina las habíamos acostumbrado al vehículo, así como a las cámaras que les tomaba la película". Indagándoles El Embajador Stanislao Stepanov si estaban con luces potentes, nos cuenta El Príncipe Islamita: "No, porque de forma gradual las habíamos habituado a la luz artificial con algunos vatios para poder firmarlas".

Y aprovechando de una pausa del anterior, prosigue su padre El Príncipe Adnan relatándonos: "Pero esa noche, para no interrumpir el instinto predatorio del león de coger a su presa, para seguir la acción nos servimos de un aparato especial que emite luz de noche e intensifica la imagen. Nosotros no prendimos ese reflector al iniciarse la persecución, sino solamente cuando uno de los leones había cogido a su presa y comenzado a comerla. Al principio los leones agarraron una liebre, luego a una joven cebra a la que un león le clavó sus colmillos en la garganta sofocándola. Enseguida se lanzaron a una carrera maratón de un par de horas para coger a un búfalo. Pero cuando pasó un bisonte cambiaron rápido de rumbo y no pararon hasta apresarlo. Nosotros supimos que ya lo tenía cuando oímos un golpe seco".

Tras sorber su taza de té, aumenta El Príncipe Adnan: "Estaba toda la manada de leones en lo mejor de su festín, cuando apareció un montón de hienas, que era un grupo más numeroso que ellos. Entonces de inmediato, los leones dejaron de desgarrar la carne dura de su víctima, para irse arriba hacía la arboleda más cercana. Cuando las hienas se fueron, los leones bajando se encaminaron hasta donde estaban los frondosos árboles, como la acacia, donde se echaron tranquilos. Bajo sus copas encontrarían, esos felidos, sombra en lo caluroso del próximo día".

Oyendo Sol Stepanov, esto le dice ella: "Príncipe Adnan, yo creía que los leones delimitaban su terreno, siendo más bien las hembras las que salen de cacería". Contéstale este: "Sol, esa es la creencia general, pero al observarlos uno se da cuenta, que en ambos impera ese instinto cazador". Queriendo saber algo más sobre ello, le pregunto yo: "¿Adnan, y cómo rutina a que animales atacan esas fieras?". Refiéreme él: "Diego, los leones arremeten a los búfalos, a tiernos elefantes, incluso a hipopótamos. Por los cuales se pelean para repartirse la presa, pero después siguen siendo amigables entre ellos". Dícenos aún su hijo El Príncipe Islamita: "En cada cuatro intentos de matar, ellos solo aciertan una vez. Y su terreno preferido para cazar es en un campo de césped abierto. Aunque también moran en desiertos o en colinas onduladas.

Los elefantes, por ejemplo, abundan en los charcos de agua. Pero cuando comparten ellos y los leones un lugar pequeño, parece que los leones pierden su natural cautela que sienten por los animales grandes. En algunos lugares hemos visto leones especializados en atacar elefantes, otros son adiptos en cazar girafas. Además mucha de la carne que comen los leones son de aquellos animales que han muerto por causas naturales".

Y cuando Omar Saadí les inquiere: "¿Y a los leones aparte de desgarrar carne, por qué más se les conoce?". Riéndose le contesta El Príncipe Islamita: "Por juguetones Omar. Y es una maravilla verlos nadar". Volviendo a tomar la palabra Omar, les dice a los dueños de casa: "Pero esa noche os condujeron a una serie de sus matanzas". Respóndele El Príncipe Adnan: "Si Omar. Fué fácil el seguirlos porque tanto los leones, como las hienas, son expertos en cazar en sus propios territorios. Y entre ellos se roban las presas. En un campo presenciamos una batalla entre ambos grupos. Tanto los leones que se hallaban por un lado, como la manada de hienas por el otro, estaban en igualdad de número y peso. Por eso no se podía predecir el resultado de quienes ganarían. Pero cuando algunos de los de un montón se ausentaban, por cualquier razón desconocida, eso es lo que decidía que animales de la otra raza eran los que iban a vencer. Es decir la agrupación, bien sea de los leones o aquella otra de las hienas, donde hay pocas ausencias esto es que son los más pesados, ellos siempre ganan. Pero las peleas entre los mismos no solo se suceden por las comidas, a veces se trata de pura agresión".

Dicho esto por su progenitor, refiérenos El Príncipe Islamita: "Con mi padre Adnan, vimos a hienas herir a leones separándolos de la manada. Sin haber presente ningún animal muerto para que se pelearan por él. Y leones deliberadamente persiguen y matan a las hienas, sin preocuparse en alimentarse con sus restos". Profiéreles El Príncipe Europeo a quienes nos agasajan: "Lo describen ustedes tan bien, que es fácil de imaginarse las embestidas de ambas especies, cuando se baten en esos encuentros". Asiente Adnan: "Si querido joven, porque unas veces ganan los leones, otras las hienas. Y esto que un tropel de leones incluye dígamos unos diez animales de ellos, mientras el clan de hienas varía entre dieciocho y cuarenta".

Acuérdase El Príncipe Adnan: "Aquellos días observamos cuando una leona parió, como amamantaba a la cría. Teniendo esa hembra el resto de su camada con diferencias de días entre un leoncito y otro, después los críaba en comunidad". Inquiriéndoles Alejandra de Stepanov: "¿Sentías vosotros terror al contemplar las cacerías de los leones aquella noche?". Dános a conocer el anterior: "Ese anochecer cuando oscureció vimos en el cielo las luces salpicadas de las estrellas, mientras en el campo brillaban los ojos de los animales. Eso, no nos infundía pavor porque estabamos con la mobilidad bien cerrada". Y admite su hijo El Príncipe Islamita: "En las noches africanas, produce más sobresalto los rugidos que uno oye en la floresta, que lo que uno divisa en ella".

Entonces cuando El Príncipe Europeo nos dice: "Temprano leí en la Biblia, ciertas referencias sobre el león". El anfitrión de mayor edad, o sea El Príncipe Adnan, nos habla con gentileza: "Nosotros tenemos en nuestra librería Las Sagradas Escrituras, que nos regalaron unos extranjeros cristianos. Me retiro un momento porque voy a traerlas". Regresando a los pocos minutos, con dos libros en sus manos, vuelve a decirnos: "Vamos a verlos en lo que alude al león. Miraremos en el índice la palabra leones". Encontrándola El Príncipe Adnan, agrega:

"Aquí está. Leeremos por turno unas líneas cada uno, comenzando conmigo la lectura. Dice aquí en Proverbios, capítulo 28, versículo 1: "Huye el malvado sin que nadie le persiga, más el justo va seguro como cachorro de león".

Y alargándole un texto al Embajador Stanislao Stepanov, le pide que prosiga él primero. Ya que después nos lo pasaremos el tomo de mano en mano. E infórmale además El Príncipe Adnan: "En tanto yo voy siguiéndolo en este otro volumen. Le corresponde Stanislao leer Hebreos, capítulo 11, versículos 32 y 33".

Pronuncia El Embajador Stepanov: "Se refiere esa parte a Sansón y a David. Así como también menciona a Samuel y a los demás profetas". Seguido a eso empieza a leer él así: "¿Y qué más diré?. Porque me faltaría el tiempo para hablar de Gedeón, de Barac, de Sansón, de Jefté, de David, de Samuel, y de los otros profetas, los cuales, por la fe, subyugaron reinos, ejercieron la justicia, alcanzaron las promesas, obstruyeron la boca de los leones, extinguieron la violencia del fuego, escaparon del filo de la espada, convalecieron de la enfermedad".

Habiéndo terminado con su lectura El Embajador Stepanov, dice con asombro: "¡Oh!.Veo que he estado leyendo también el versículo 34...", por lo que le comenta El Príncipe Adnan: "Vaya, eso no importa Embajador Stanislao Stepanov, de todas maneras muchas gracias. Ahora por favor pásele La Biblia, a su vecino". Y cuando el modista Omar Saadí la hubo cogido, el dueño de casa releyendo el índice en el otro manuscrito, le denota: "Leones está escrito también en Revelaciones en el capítulo 5". Y encontrando aquello Omar, nos refiere: "Apocalipsis fué una visión despierta de Juan, que él escribió después de la muerte de Jesús".

Y dando Omar principio a la lectura lee así: "Ví a la derecha del que estaba sentado en el trono un libro escrito por dentro y por fuera, sellado con siete sellos. Ví un ángel poderoso, que pregonaba a grandes voces: ¿Quién será digno de abrir el libro y soltar sus sellos?. Y nadie podía, ni en el cielo, ni en la tierra, ni debajo de la tierra, abrir el libro ni verlo. Yo lloraba mucho, porque ninguno era hallado digno de abrirlo y verlo. Pero uno de los ancianos me dijo: No llores, mira que ha vencido el león de la tribu de Juda, la raíz de David para abrir el libro y sus siete sellos".

Acaeció que El Príncipe Adnan, lo halaga a Omar Saadí así: "Perfecto Omar. Sígamos pues leyéndolo en círculo. Por lo tanto le toca el turno a usted, Señora Embajadora Alejandra de Stepanov, si es tan amable. Esta vez con Salmos 91 (13 y 14)". Por lo que Alejandra poniendo sus ojos en La Sagrada Biblia, recita lo siguiente: "Pisarás sobre áspides y víboras y hollarás al leoncillo y al dragón. Porque se adhirió a mí, yo le libertaré; yo le defenderé, porque conoce mi nombre".

Levantando la vista, le dice Alejandra: "Príncipe Adnan, lo leeré hasta comenzar el Salmo 92". Respóndele él: "Si usted Señora Alejandra, me lo pide. Y está en mis manos decirle que sí". Escuchándole aquello Alejandra, de inmediato dá paso a la lectura: "Me invocará él, y yo le responderé; estaré con él en la tribulación, le libertaré y le glorificaré. Le saciaré de días y le haré ver mi salvación". Y tras oírla a Alejandra de Stepanov, prorrumpe El Príncipe Adnan: "¡Espléndido mi estimada Alejandra!. ¿Habéis notado que estos versos nos dejan en éxtasis, embargando nuestra alma con sentimientos de alegría?. Ahora le toca el turno a Diego Torrente, leer a Isaías 35, versículo 9. Y por mi parte, Diego puedes darnos a conocer todo el capítulo 35, si lo deseas. Pues recordad, que acá estamos nosotros, para que vosotros os sintáis cómodos". Entonces tomando yo el manuscrito, empiezo a pasar mi vista por lo escrito y a decir las palabras en voz alta así: "Exultará el desierto y la tierra árida, se regocijará la estepa como un narciso. Florecerá y exultará y dará cantos de triunfo; le será dada la gloria del Líbano, la magnificencia del Carmelo y del Sarón; ellos verán la gloria de Yavé y la magnificencia de nuestro Dios".

Acabado aquello, prosigo leyendo mi mismo: "Fortaleced las manos desfallecidas y afianzad las rodillas vacilantes. Decid a los apocados de corazón: ¡Valor!. No temáis, he ahí nuestro Dios. Viene la venganza, viene la retribución de Dios, viene Él mismo, y os salvará. Entonces se abrirán los ojos de los ciegos, se abrirán los oídos de los sordos. Entonces saltará el cojo como un ciervo, y la lengua de los mudos cantará gozosa. Porque brotarán aguas en el desierto, y torrentes en la estepa. Y la tierra abrasada se convertirá en estanque, y el suelo árido en fuentes. Lo que fue morada y cubil de chacales, se cubrirá de cañas y juncos. Y habrá allí una calzada y camino, que se llamará la vía santa; nada impuro pasará por ella. El mismo guiará al caminante, y los simples no se descarriarán".

Concluído lo anterior, cuestióname El Príncipe Islamita: "¿Diego, no oí la palabra león?". Y asegurándole yo que de inmediato la mencionaría, prosigo con la lectura de La Biblia: "No habrá allí leones, ni fiera alguna subirá. Por ella marcharán los redimidos y volverán los rescatados de Yavé. Vendrán a Sión con gritos de júbilo, y alegría eterna será sobre sus cabezas. Gozo y alegrías alcanzarán, y huirán la tristeza y los llantos".

Agradeciéndome El Príncipe Adnan, pasa a manifestarme El Príncipe Europeo: "Diego, ha sido una buena idea el haberlo pronunciado completo, aquel capítulo de Isaías". A lo que comenta El Príncipe Adnan: "Pero escuche, no por decir Usted eso, se nos escapa. Pues ahora, lo oiremos a usía Príncipe, leyendo Sofonías, capítulo 3 (y versículo 3)".

Discurriéndo mi huéspede, le anuncia: "Para comprenderlo Adnan hay que leerlo desde el comienzo de la estrofa". Sonriéndo El Príncipe Adnan le afirma: "¡Pero si el diablo no nos está pinchando con un trinche, para que salgamos corriendo!. Alá nos ha regalado todo el tiempo, para oírnos entre nosotros querido amigo". Riéndose El Príncipe Europeo, le dice presto: "Con eso si que me cogió Adnan, porque no sé que responderle. Bueno escuchadme todos esto que escribió Sofonías: "¡Ay de la rebelde, de la contaminada, de la ciudad opresora!. No quizó escuchar, no sé dejó enseñar, no quizó acercarse a su Dios. Sus príncipes son en medio de ella rugientes leones; sus jueces, lobos nocturnos, que no dejan nada que roer para la mañana".

Y acabando El Príncipe Europeo de recitar lo anterior, le entrega La Biblia a Sol Stepanov, pronunciándo que era a ella, a quien le tocaba proseguir. Pronto la oímos a Sol continuar de este modo: "Sus profetas son fanfarrones y pérfidos, sus sacerdotes profanan las cosas santas y violan la Ley. Yavé es justo en medio de ella, no hace Él iniquidad; todas las mañanas establece su juicio a la luz, no falta nunca y no hay en Él iniquidad".

Habiendo concluído Sol, apresúrase a decirle al Príncipe Islamita: "Aquí tienes amigo, para que si quieres, prosigas". Pero este antes de extender la lectura, le indaga al autor de sus días: "¿Qué parte del libro corresponde padre Adnan?". Entonces este expresa: "Príncipe Europeo, y Sol, muy amable de vuestra parte. En cuanto a tu pregunta hijo, puedes seguir adelante con Joel capítulo 1 (versículos 5 y 6)". Y tomando la palabra El Príncipe Islamita, nos advierte con su voz aguda: "Oídme bien entrañables amigos". Y pasa él a leer lo que viene, como si saboreara las palabras: "¡Despertad, borrachos, y llorad!. Gemid, bebedores todos de vino, por el mosto, pues se os quitado el vino de la boca. Ha invadido mi tierra un pueblo fuerte e innumerable. Sus dientes son dientes de león; sus mandíbulas, de leona".

Y repítenos el mismo Príncipe Islamita: "Seguiré leyendo a partir de versículo siete, para ver que más dice". Así que poniéndo sus ojos en lo escrito, pronuncia enseguida él: "Ha desvastado mi viña, ha hendido mis higueras, las descortezó y derribó, dejando blancos sus sarmientos. Laméntate como virgen ceñida de saco por el prometido de su juventud. Han cesado la ofrenda y la libación en la casa de Yavé. Los sacerdotes, los ministros de Yavé están en duelo. Los campos, desvastados; la tierra, en luto, porque el trigo ha sido destruído, el mosto se ha secado, se ha agotado el aceite".

Y dice El Príncipe Islamita, con su vista puesta en La Biblia: "Mi próxima lectura corresponde también al primer capítulo de Joel, esta vez desde el versículo once". Y por consiguiente añade él así: "Confundíos, labradores; lamentaos, viñadores, por el trigo y la cebada, pues se ha perdido la cosecha del campo. La viña se ha secado, la higuera está enferma; el granado, como la palmera y el manzano y todos los árboles del campo, están secos. La alegría (ha huído), avergonzada, de entre los hombres".

Cesa entonces El Príncipe Islamita para continuar la lectura en silencio, y luego percatándose de ello persiste leyendo en voz alta: "¡Ceñíos y lamentaos, sacerdotes; llorad, ministros del altar!. ¡Venid, pasad la noche cubiertos de saco, ministros de Dios!. Porque las ofrendas y libaciones han desaparecido de la casa de vuestro Dios. Promulgad ayuno santo, pregonad asamblea, congregad a los ancianos y a todos los habitantes del país en la casa de Yavé, vuestro Dios, y clamad a Yavé. ¡Ay aquel día, pues el día de Yavé esta próximo!. Vendrá como asolación del Todopoderoso. ¿No ha desaparecido de nuestros ojos el mandamiento, y de la casa de nuestro Dios la alegría y el júbilo?. La simiente se pudre debajo de los terrones; los graneros están desvastados; los alfolíes, destruidos, porque ha faltado el trigo".

Y después de un corto silencio, vuelve él mismo a leer: "¡Cómo mugen las bestias!. Los hatos de reses vacunas andan errantes, por no tener pastos, perecen los rebaños. ¡Oh Yavé, a tí clamo, porque el fuego ha devorado los pastizales del desierto y las llamas han abrasado todos los árboles del campo. Las fieras del campo se vuelven a tí también ávidas, porque se han secado las corrientes de aguas y el fuego ha devorado los prados del desierto".

Habiendo terminado El Príncipe Islamita de decirnos esto y hojeando de nuevo La Biblia incluye: "Esto que voy a leer también es de Joel, corresponde al capítulo tercero, desde el versículo diez y seis: "Ruge Yavé desde Sión y hace oír su voz desde Jerusalén; los cielos y la tierra se conmueven, pero Yavé será un refugio para su pueblo y una fortaleza para los hijos de Israel. Y sabréis que yo soy Yavé, vuestro Dios, moradores de mi monte santo, y santa será Jerusalén, y no pasarán por ella los extraños. Y sucederá en aquel día que los montes destilarán mosto, y leche los collados; correrán las aguas por todas las torrenteras de Judá y brotará de la casa de Yavé una fuente que regará el valle de Sitim.

Díce también El Príncipe Islamita: "Y para hacerlo corto, he aquí el final de lo escrito por Joel: "Pero Judá será por siempre habitado, y Jerusalén por generaciones y generaciones. Yo vengaré su sangre, no la dejaré impune, y Yavé morará en Sión".

Cuando El Príncipe Islamita hubo finiquitado la lectura, cerrando El Texto Sagrado se lo entrega a su padre Adnan. Y este dirigiéndose a los presentes nos plática: "Reciban mi agradecimiento todos vosotros. Como véis, hemos sido mi hijo y yo, amables con ustedes consintiendo que leyeramos vuestro libro cristiano. Porque primero que todo, sóis hoy día nuestros invitados de honor. Y con el fruto de mi primera fuerza, que es mi hijo, estamos preocupándonos de vuestra felicidad cada momento que paséis en nuestra morada. Desde que pusistéis los pies, hasta que os hayáis retirado". Después de habernos dicho esto El Príncipe Adnan, tornándose El Príncipe Islamita hacia él, le dice: "Padre mío, voy a ver si al cachorro ya le dieron de comer". Réspondele El Príncipe Adnan: "Has lo que te parezca hijo. A tu regreso ya sabes que nos encontrarás en la carpa".

Y sucede que yendo nosotros allá, al pabellón cubierto con un lienzo, vemos que hay un piano de cola. Del cual nos cuenta el noble Adnan que le sirve para distraerse. Y como le instamos a que lo tocara, no se hace de rogar. Oímos así que palpa las teclas con maestría, sus grandes manos de dedos largos y ágiles se deslizan por las notas, como la garúa por la yerba verde. Dejándonos escuchar él varias piezas seguidas, llena nuestro corazón de contento al oírlas. Y cuando le comenta Omar Saadí: "Príncipe Adnan, te felicito porque encuentro tu repertorio muy variado", sonriéndo él, le manifiesta: "Omar, eso pasa con los que practicamos de continuo". Estando situados todos alrededor de Adnan, notamos como goza con la música. Posteriormente cesando él por un instante, nos explica de antemano: "Esta pieza que voy a tocar es del genio musical Wolfgang Amadeus Mozart, nacido en la ciudad Salzburg de Austria, el año 1756. A Mozart se le conoce como el niño prodigio y como el más grandioso componista que ha existido en el mundo. Lo maravilloso de su música es que cambia con frecuencia el volumen del tono, de fuerte a suave y a la inversa. Y ello en un ritmo exacto de treinta segundos, estimulando la inteligencia. Además, sincroniza nuestra mitad derecha del cerebro que es la responsable del pensamiento lógico, con la mitad izquierda del cerebro que es la del sentimiento. Relajando así nuestro corazón y poniéndolo en armonía con nuestra razonamiento. Y podemos concluir, que escuchar estas melodias de Mozart nos hace feliz".

Terminando de tocar El Príncipe Adnan, y viendo que no retorna su hijo El Príncipe Islamita, le pide a Sol Stepanov que lo acompañe para ir a buscarlo. Saliendo ellos de toldo, cruzan el patio externo y entran en la formidable mansión. Entonces, sentándose al piano El Príncipe Europeo déjanos oír un paso doble. Ocasión que aprovecha Omar Saadí para sacarla a bailar a Alejandra de Stepanov. Estabamos nosotros encantados aún contemplando la danza de estos, porque lo hacían con maestría, cuando de pronto escuchamos a lo lejos un rugido, seguido de otro. Comprendiendo nosotros perplejos que es la voz de la leona, miramos a través de la carpa hacia afuera. Y en efecto ahí entre los árboles, está la fiera dando vueltas sin cesar, hasta que ingresa en la residencia. Más oyéndola nosotros de nuevo a Leonina, nos interroga Omar Saadí inquietándose de verdad, pues hasta había palidecido él de repente: "¿Y nos tragará Leonina enteros o nos desmenuzará con sus colmillos?". Ante lo cual le declara El Príncipe Europeo, al modisto Omar Saadí, tratándo de tranquilizarlo: "Omar, una verdad no contradice a la otra. Y las dos pueden ser ciertas a la vez. A algunos de nosotros nos engullirá Leonina de un solo bocado. A los otros nos triturará hasta los huesos. ¿Qué prefieres tú Omar?". Dícele Omar: "¡Qué me trage completo!". Háblale en respuesta El Príncipe Europeo:

"Yo también Omar, porque así a lo mejor de noche le da indigestión. Y nos vomita vivos Leonina, a los dos juntos".

Entonces llamando yo con el teléfono portátil desde el toldo a quienes nos agasajan, me da a saber El Príncipe Islamita, que su padre Adnan está a punto de meter a Leonina en su guarida.

Entretanto, mientras seguíamos en suspenso, le inquiere Alejandra de Stepanov incrédula a su esposo: "¿Qué haces Stanislao atisbando con la cabeza afuera de la carpa?". Réplicale El Embajador Stepanov: "Mirando si salió la Luna, así Leonina perdería su instinto de cazar". Y pónese a implorar Omar Saadí: "Luna aparece en el cielo que te voy a componer unas coplas". Dícele El Príncipe Europeo: "¡A ver Omar, dános el gusto de atender esa declamación poética tuya!". Tomando Omar la palabra, empieza a recitar así:

"¡Oh, Luna, Luna!
ven que quiero enseñarte,
mis ojos negros gitanos, Luna,
y mi pelo rizado,
díscola Luna
quiero mostrarte"

"Luna, Luna,
ven para que te regale
un collar de perlas finas, Luna,
que cubra tu desnudez,
frívola Luna
quiero darte"

"¡Ah, Luna, Luna!
ven con tu vestido vaporoso
de nubes blancas, Luna,
porque si oscurece y no sales
sigilosa vendrá
Leonina desde Marte"

"Luna, Luna,
ven para bailar conmigo música Pop.
Y una canción de Plácido Domingo, Luna,

otra de Luciano Pavarotti,
y una tercera de José Carreras,
porque quiero bailando amarte"

"Luna, Luna,
ven para correr como amantes
perseguidos por sus sombras
en la noche cerrada, sin importarnos
si llueve o estas mojada Luna,
ven que mi hombría quiero demostrarte"

"¡Ah, Luna, Luna!
ven para unirnos en un abrazo,
y soltando tu cabello al viento Luna,
te cuente historias
nunca acabadas,
ven Luna que quiero algo más contarte"

"Luna, Luna,
ven para que toque
tus pechos de alabastro, Luna,
y pensemos enseguida
que la eternidad a llegado
cuando me dejas amarte"

"¡Oh, Luna, Luna!
por fin llegaste,
tras el titiriteo de las estrellas, Luna,
Ves como te acaricio en la noche helada,
y nos reímos sin fin Luna,
porque no necesitamos ya de nada"

Acábando Omar Saadí de declamar, le alabamos nosotros su espléndido poema. E insiste en loárselo El Príncipe Europeo, quien además sonriéndo de buena gana, le dice: "¿Pero por qué le cuentas Omar patrañas fabulosas a la Luna, de que le vas a regalar una gargantilla de perlas y vas a bailar con ella?". Respóndele Omar, al Príncipe Europeo: "Príncipe, una mujer a quien amé, mientras ella vivía, se apellidaba Luna. Y como ya murió, seguro que nos está mirando desde el firmamento". Le contesta El Príncipe Europeo, a Omar Saadí: "¡Omar, eso lo explica todo!". Y aumento yo, Diego Torrente: "Lo que está patente Omar, es que tú estás doblemente dotado. Por un lado para ver la realidad de la vida. Y por el otro, para deleitar con tus poesías. ¡Hasta en eso Dios te ha bendecido, porque tienes un gran numen!". Estando nosotros entretenidos conversando, oímos de nuevo el rugido de la leona. Tal como si estuviera suelta Leonina en este jardín de afuera y no en el traspatio de adentro. Y en efecto, mirando en la lona por la rajadura de la entrada, vemos a la cachorra otra vez ahí, entretenida rodando una pelota en el jardín. Así que Omar Saadí, cambiando la voz de pura emoción, suplica repitiéndo: "¡Oh mi Dios!".

Y comprendiéndo nosotros lo serio de la situación, nos averigua El Embajador Stanislao Stepanov si estamos preparados, para llegado el caso, apresar a Leonina si esta se nos viene a la carrera. Pasando El Príncipe Europeo, a recomendar a Omar que se pusiera al frente él, con el banco del piano, para que Leonina mordisqueara las patas de ese asiento. Y Omar le replica a él: "Tú estás predicando en el desierto. ¿Enfrentarme yo a Leonina?. ¿Y por qué he de ser yo el primero?", dícele El Príncipe Europeo: "Porque quizás tienes tú Omar, la fuerza en tu cabello largo". Discúrrele Omar: "Por eso mismo, Leonina creerá que soy león y no me atacará". Poniéndose El Embajador Stanislao Stepanov en movimiento, nos anuncia: "Me ejercitaré corriendo aquí adentro. Por si acaso viene Leonina y tengamos que salir perseguidos por ella". Pareciéndonos una idea fantástica, comezamos todos a ejercitar las piernas a la carrera.

Luego, cansados nosotros de este alboroto, se lamenta Alejandra que un escalofrío se le iba y otro se le venía. Por lo que su consorte Stanislao yendo abrazarla, nos recuerda que ni siquiera podemos salir a buscar a los dueños de casa y a su hija Sol: "Porque estás bestias de los leones atrapan siempre al más débil", nos dice. "¿Y cómo sabemos quién de nosotros, se va a quedar atrás?". Comentamos nosotros aquello, mientras nos fíjamos que Leonina afuera dá zarpazos a las ramas de un árbol haciendo volar a los pájaros. U otras veces, se venía de frente acá a la carpa enseñando los colmillos y por suerte nuestra cambiaba de rumbo. Entonces les digo, a quienes están conmigo, que lo mejor sería imitar la forma en que Jesucristo oró antes de su muerte. Y replícame El Príncipe Europeo: "Diego es díficil advertir de antemano, si hoy falleceremos". Respóndele: "Por eso mismo, porque no sabemos cuando moriremos, debemos empezar a rezar ahora mismo para estar preparados".

Y convencidos por este argumento, comenzamos todos a implorar en susurros y a una voz, la oración a Dios que Jesucristo la enseñó, orando de esta manera: "Padre Nuestro, que estás en los cielos, santificado sea tu nombre; venga tu reino, hágase tu voluntad, como en el cielo, así en la tierra. El pan nuestro de cada día dánosle hoy, perdónanos nuestras deudas, así como nosotros perdonamos a nuestros deudores, y no nos pongas en tentación, más líbranos del mal". Tras rogarle nosotros al Altísimo, advertimos como El Príncipe Adnan con una vara en su mano izquierda y dándo latigazos en el suelo con su diestra, obliga a la cachorra Leonina a entrar en la residencia. Y enseguida, nos regocijamos sobremanera cuando vemos venir a cuatro mozos con fuentes y azafates llenos de comida y bebidas para agasajarnos con un banquete. Manifestándose los criados a su vez: "¡Buenas tardes señores!". Y agrega aquel que va caminando adelante de los otros: "Nos disculpan, pues, fué una excepción el que Leonina se escapara".

Y cuando les inquiere El Embajador Stanislao Stepanov si habían visto a su hija Sol Stepanov, le dice el segundo de ellos: "La señorita Sol se ha quedado conversando con los amos. Oí que les decía, que era una gran admiradora de los dos". Y el camarero que le sigue, de cuyas bandejas salen como adorno chispitas de luces en diversos colores, se expresa así: "Lo siento de verás, fuí yo quien omití cerrar la jaula". Concluyendo el cuarto de ellos, mientras sonríe: "¡Gracias a Alá, que Leonina está otra vez encerrada!. Estad vosotros seguros de ello. Yo mismo cerré el candado de esa guarida hecha con listones de alambres. Y El Príncipe Adnan la ha asegurado echándole llave". Tras escucharlo nos dirigimos con paso seguro a la mansión, donde en el pórtico nos encontramos con ambos anfitriones y Sol. Y alégrase El Príncipe Islamita de que fueramos a darles el encuentro. En tanto su padre Adnan, nos dá estas razones que descargan su culpa: "Nuestro retardo se debió a que llamaron desde el extranjero. Era para ponernos en conocimiento de que la novia de mi hijo está enferma".

Y preguntándonos Sol Stepanov a nosotros, si habíamos visto a Leonina, le díce El Príncipe Europeo que tocará los músculos de su abdomen para que comprobara como están tensos todavía. E insiste El Príncipe Islamita en contarnos: "Cuando nos dimos cuenta de su escapada comenzamos a llamarla a viva voz: ¡Leonina!, ¡Leonina!. Porque vosotros corrías el gran albur de que os encontrara. Nos excusáis hasta el infinito por favor. Ahora que ya pasó el peligro, no queremos ni pensar en el riesgo que vosotros habéis corrido. Agradezcamos todos a Alá, que Leonina este de nuevo en su jaulón. Las cosas buenas siempre vienen de Dios".

Y mientras avanzan los susodichos sirvientes con los azafates de comida, nos habla El Príncipe Adnan: "Mirad, ya viene ellos con nuestro alimento a este cuarto interior. Veréis que divertido nos será comer sentados sobre esta alfombra con cojínes. Tal como lo hacía el Jeque, cuando era amo y señor aquí de su harén hace siglo pasados. En que primero él, y luego con el correr de los años sus sucesores, se veían adornados con tantas beldades que eran sus esposas, como si fuera un jardín lleno de exóticas flores. Y que estaban unidas a él por un matrimonio polígamo". Alabando lo sabroso que encontramos la cena, nos contesta el anfitrión: "Es un gran honor para nosotros, el que os agraden los potajes". Seguido de su hijo El Príncipe Islamita quien nos dice: "Sepan vosotros que no les damos de beber alcohol porque somos fieles observadores de la ley coránica. Tampoco comeremos carne de cerdo, porque es un animal maldito por Alá".

En lo mejor del festín cuando todos departíamos relajados, los mozos se acercaron con otras diversas fuentes para que nos sirvieramos. Portando unos la comida y otros las bebidas, mientras me preguntaba a mi mismo, si aquellas bandejas serían de oro como ellas parecen o bañadas en ese metal precioso. Y esperé yo, a que El Príncipe Adnan hubiera terminado su bocado, para preguntarle: "¿A vosotros los musulmanes les está permitido casarse varias veces?". Por lo que este nos cuenta: "Estás bien enterado Diego, porque en realidad se nos concede desposarnos con tantas mujeres como podamos mantener. Aunque la tendencia moderna es divorciarse, antes que vivir con varias esposas al mismo tiempo. Al menos las islamitas hoy día no lo aceptan".

Una vez que cesa de hablar esto El Príncipe Adnan, aumenta Omar Saadí a lo dicho: "Cuando se casan la ceremonia dura siete días. Es con orquesta y a lo grande. La novia antes de casarse no se pinta, ni ojos, ni boca, ni lleva joyas. Pero las casadas si pueden hacerlo, siendo las joyas por lo general de oro". Oyendo esto El Príncipe Europeo, enseguida les interroga al Príncipe Adnan y a su hijo: "Decídnos por favor ¿cómo es el trato de un mahometano a su mujer?". Por lo que opina el primero de ellos: "Con todo respeto. Ella es la que da a luz a nuestros descendientes, la que cría a nuestras generaciones. Por esa razón sino se ve obligada a trabajar, preferimos que se quede en la casa educando a nuestras proles. Para llevar a cabo, de manera noble, la alta misión que ella misma se ha impuesto de traer al mundo a los críos. En cambio el esposo, él está llamado a protegerla". Dícenos también esto Adnan: "La gata maulla cuando llama al macho, porque quiere tener crías. Ello es el instinto de sucesión. Ese impulso es lo que atrae a la fémina junto al varón para casarse".

Asevérale Omar Saadí: "Pero en el mundo occidental vemos que muchas señoritas viven con sus parejas sin desposarse en matrimonio, poniéndose en cambio a trabajar".

Y El Príncipe Adnan escuchando esto, nos da su parecer diciendo: "Porque si esas damas se atan bajo un contrato matrimonial, se supone que comienzan a tener vástagos para amamantarlos. Obedeciendo a ese estímulo interior para que siga conservándose la vida, como lo hacen también las hembras del reino animal. Por eso me pregunto: ¿Por qué muchas del género femenino prefieren tener un empleo, a engendrar siquiera su primer bebe?. Yo me interrogo: ¿Por qué ahogan ese normal ímpetu de reproducción, que conllevan consigo?. La respuesta que me doy es que los hombres del sexo fuerte somos los culpables. Ellas, casadas o no, buscan ganarse la vida fuera de sus casas para que se las estime. Para recibir esa consideración y respeto que no obtienen de sus consortes o de sus parejas. ¿Acaso tratamos los maridos, a nuestras señoras, con la misma simpatía con que consideramos a nuestros colegas de trabajo?. ¿Habla cualquier padre a los miembros de su hogar, con la misma cortesía con que le conversa a sus amigos?". Pasa entonces asegurarle El Embajador Stanislao Stepanov: "No siempre. Usted tiene razón Adnan".

Dícenos de nuevo El Príncipe Adnan: "Cuando una mujer, además de los quehaceres de su lar, ofrece sus servicios profesionales o de empleada, para que se los restituyan con un sueldo, de manera automática extiende sus fronteras. Y algunas empiezan a romper las leyes, tal como se vé en ciertos señores. Ello da como resultado que haya más mujerío en las cárceles. Pues según los jueces, eso está pasando en la actualidad". Pronuncia además Sol Stepanov: "Otras de las razones por las cuales, las personas del sexo femenino se emplean es por el sueldo que reciben", oyendo nosotros su opinión de Sol concordamos todos con ella.

Tomando yo la palabra, les menciono a los presentes: "Estamos viendo, de continuo, que la vida familiar musulmana es muy activa. Que como una cortesía se visitan unos a otros". Enseguida el mayor de edad de nuestros invitantes, nos comenta: "Diego, también alternamos los islamitas, con aquellos que practican otros credos. Antes lo hacían los musulmanes más. Por eso se propagó rápidamente la religión islam. A partir de que el profeta Mahoma, nacido alrededor del año quinientos setenta, lo predicara en su ciudad natal la Meca en Arabia Saudí. Mahoma, venido al mundo en el seno de una familia pobre, ganaba su alimentación como comerciante. Él viajaba con las caravanas que iban a las ferias de compra y venta de productos. Sobre camellos llegaban ellos hasta las frontera de Arabia. Mahoma sintió el llamado para ser profeta cuando tenía cuarenta años. Por ese entonces yendo él solitario, meditaba en las noches durante sus travesías por el desierto. En esos parajes comía Mahoma poco o nada en las montañas alrededor de la Meca. Mahoma empezó a contar que recibía revelaciones de Dios a través del ángel Gabriel. Mahoma dijo estar obteniendo mensajes divinos de Alá, que fueron recopilados en el Corán. Gracias a esa creencia del islamismo en ese sólo Ser Supremo es que vuestra cristiandad y también el judaísmo, nos son credos particularmente cercanos".

Entonces como El Príncipe Adnan hace una pausa, le dice mi persona: "Si, así es. Todos los miembros de esas grandes religiones monoteístas, adoramos al único Dios. Basta esta razón para ligarnos espiritualmente como una necesidad vital. Mejor dicho perentoria para sobrevivir. Porque nos salvamos todos juntos, o no nos libraríamos nadie". Y argumento yo además: "Por eso concurrir a los Congresos y Concilios, con buena disposición de ánimo o un sentido altruísta, es de suma importancia o trascendencia en este Siglo XXI. Comenzando para que se mantengan de pie las Mezquitas, Sinagogas e Iglesias".

E interviene El Embajador Stanislao Stepanov, exponiendo también su opinión: "Y aunque los comportamientos fundamentalistas hacen muy díficil los contactos recíprocos. Ya que se debe dedicar un montón de esfuerzo. Y tener experiencia para distinguir a simple vista. Entre el inocente con barba cuya conducta es estríctamente religiosa. Para diferenciarlo del tipo que lleva una bomba porque alberga ideologías violentas. Felizmente hay, en muchos gobiernos democráticos, grupos encargados de recoger datos. Ellos identifican a los radicales peligrosos e informan a la policía. O bien pone a esos activistas, en manos de líderes moderados con una alta credibilidad religiosa. Los cuales se encargan de abrirles cauces de comunicación, a esos agitadores, con la comunidad musulmana".

Reinando el silencio, afirmar El Príncipe Europeo: "¿Qué más podemos hacer nosotros, cómo la mejor contribución de nuestra parte?. Todos los que nos hallamos aquí lo sabemos. Permaner inmutables, no mudable, a la apertura del diálogo y la colaboración. Y llegar al fondo de los múltiples problemas para solucionarlos, mediantes debates extraordinariamente armoniosos. En otras palabras moderando foros, compuestos por comités de jóvenes y grupos de encuentro intercultural en todos los frentes. Ya sean político, social, ecónomico, o del Departamente de Integración del Gobierno. Tal como se está experimentando, con excelentes resultados, en algunas capitales de la Comunidad Europea".

Expresa por igual él: "Por ejemplo, a un centro juvenil en Holanda integrado de jovenes por lo general nacidos en el país, se invita con frecuencia a residentes musulmanes para cambiar opiniones entre ambos grupos. Del equipo musulmán algunos llegan con sus barbas, otros vistiendo chaquetas de cuero. De las mujeres, muchas cubren sus cabezas, otras las llevan descubiertas. En cambio aquellos del equipo holandés, compuesto casi en su totalidad por hombres, arriban impecablemente vestidos con sus ternos. Y tanto unos, como los otros, permiten sin chistar que los revise un vigilante a la entrada. Así se verifica de que no portan armas consigo. Enseguida ya juntos, aquellos que no quieren imponer a los ciudadanos su religión, sin importar lo díficil que sea un tema debaten dos horas (o un sinfín en las próximas citas), hasta que todos llegan a una solución. Eso es un distintivo de los Países Bajos, llamado también Holanda, que siempre al final ambas partes se ponen de acuerdo. Bueno, volviendo a lo referido. Luego pasan en dicho local al bar, donde beben algunos una cerveza y otros de ellos refrescos o jugos si es que son islamitas. Y comportándose todos correcto, conversan amigablemente unos instantes más".

Agrega la Embajadora Alejandra Makowski de Stepanov: "Esa es una, de las tantas maneras, como se defienden y promueven para los hombres o mujeres en general los valores morales, la justicia social, la paz y la libertad". E intervengo yo Diego Torrente, admitiendo: "Así es

Alejandra, la inmensa mayoría de los musulmanes lo que más quieren es vivir en paz. Disfrutar de los ratos con sus familias. Obedecer las leyes. Ahorrar para el futuro. Pensando que nada hay en su religión que se los impida. Y es que el multiculturalismo e integración siguen su marcha ininterrumpida en este siglo XXI. Portando adelante la bandera de la globalización. Por eso se habla en los debates de la necesidad de entenderse, de conocer los barrios del otro, de hacerse amigos".

Asimismo dice El Embajador Stanislao Stepanov: "En cambio hay otros, de extrema derecha, que alegan cosas intolerables. Como aquel parlamentario en Europa que repitió delante del parlamento. ¡No vamos a dejar que nuestro país se islamize!. Según ellos sus ideologías de vanguardia los obliga a parlar y definirse. ¡Si hubieran sabido aquellos de antemano la reacción de la mayoría de ciudadanos, contra sus filmes o caricaturas que critican el islam, ni se hubieran atrevido a hacerlos!. Pues de todos lados los bombardean con palabras".

Le dá la razón Omar Saadí, comentando: "Temprano o tarde advierten ellos que no tienen eco en la comunidad. Por lo que es mejor no insistir, para no empeorar la situación. Empezando para ellos mismos. ¿Acaso no acaban después protegidos con guardaespaldas las veinticuatro horas del día y la noche?"

Respóndenos El Príncipe Adnan: "Absolutamente cierto, estimados amigos. Felizmente ahora nosotros los aquí presentes, y los de más allá a nivel mundial, estamos unidos por unanimidad. Al ser todos de una opinión, contra los hechos de aquellos que tienen la tendencia a adoptar y propagar ideas exageradas, especialmente en política. Alejándonos de esa polarización, de esa atención a ser extremistas violentos, podemos llevar adelante nuestras vidas cotidianas. Y para que lo recordaramos los humanos, o diciéndolo de otro modo para que jamás lo olvidaramos, *El Criador del universo* no solo nos lo ordenó, sino que también lo resumió en su quinto mandamiento al dejar escrito: ¡No matar!". A los dueños de casa, afírmoles de nuevo mi mismo Diego Torrente: "La religiosidad de ustedes los islamitas merece respeto. Es admirable la imagen de aquellos que veneráis a Alá cuando, sin importaros el tiempo o lugar donde estáis, os postráis de rodillas y agacháis vuestro rostro sumidos en la oración".

Concuerda El Embajador Stanislao Stepanov en este criterio conmigo: "Verdaderamente Príncipe Adnan y Príncipe Islamita, es digno de alabar esa actitud de vosotros los musulmanes, para humillaros ante Alá cinco veces diario". Y deduce Omar Saadí: "Está más claro que un día de sol, que los mahometanos sóis un excelente ejemplo para quienes oran poco o nada en absoluto. Los demás nos hayamos de continuo en movimiento. Yo diría, buscando a Dios infatigablemente sin saberlo. Pues desde que aprendemos a caminar, no solo andamos, sino también patinamos. Y además nos movilizamos en bicicletas, omnibus, trenes, vehículos, aviónes, barcos, esquís, globos aerotástico y tablas acuáticas. Debido a que en esta era de la globalización, son múltiples las posibilidades para escoger que tenemos los humanos. Incluyendo escuchar la radio, mirar la televisión, trabajar con la computadora, reunirse en una cena agradable, ir al cine, al teatro, a la discoteca, o leer al paso. Y de lo anterior nombrado, no siempre preferimos las vías santas".

Tomando la palabra El Príncipe Adnan, se adelanta en manifestar: "Cuando en realidad son las únicas que a la larga convienen". Y prosigue él deleitándonos con su elocuencia: "Lo que pasa es que todos tenemos nuestras limitaciones. Porque el espíritu está pronto pero la carne es débil. Ese es uno de los motivos por el cual rezamos, para que siempre andemos en la presencia de El-Saddai, que es el nombre con que se designó a si mismo El Ser Supremo". E interrógales Sol Stepanov, a aquellos anfitriones que nos están convidando con tanta espléndidez: "¿Tenéis en el Corán muchos preceptos o normas de conducta para la vida diaria?". Infómale El Príncipe Adnan: "Si encarecida Sol, el Corán está dividido en capítulos, o *soera*'s. Mahoma predicó esa nueva manera de vivir que él llamó el islam. Mahoma se anunciaba como el último profeta envíado por Alá al mundo". Y averiguándole El Príncipe Europeo: "¿Tuvo éxito Mahoma al iniciar su misión pública?", refiérenos El Príncipe Adnan: "Solo al principio no le alumbró a Mahoma una buena estrella. Pues, el grupo de convertidos era escaso. Entre ellos no había ningún hombre prominente de la Meca. Diversas enseñanzas de Mahoma irritaban en la Meca. Además Mahoma, que era creyente de un solo Dios a quien él llamó Alá, negaba la existencia de otros dioses. Y si su mensaje sobre Alá, que impartía Mahoma era aceptado por la población, debía asumir Mahoma el poder como gobernante de la Meca. A lo cual se oponía la oligarquía, compuesta por adinerados comerciantes".

Relátanos también estos hechos El Príncipe Adnan: "Llegado el año seis cientos veintiuno, Mahoma negociaba con los ciudadanos de Jatrib, un oasis al norte de la Meca. Setenta de los correligionarios del islam fueron a Jatrib. Y un año después siguió Mahoma. Esa emigración desde la Meca hacia Jatrib se llama *hidjra.* Esa fecha del *hidjra* constituye el comienzo del calendario o año islamítico. Posteriormente fue llamada Jatrib con el nombre de Manidat al-Nabi, o simplemente Medina. Cuando Mahoma se estableció en Medina, se abrió al mundo exterior. En particular, debido a sus opositores que habitaban en la Meca. Mediante alianzas y acciones militares, logró él más influencia con las tribus que habitaban alrededor de Medina. Sucedió por aquel tiempo que los simpatizantes de Mahoma interceptaban las caravanas que se dirigían hacia la Meca. Lo cual era de vital interés para la subsistencia de la Meca. Entonces al pueblo de Badru, cerca de Medina, llegó un ejército desde la Meca. A ello siguió una lucha, entre los trescientos musulmanes, contra aquella tropa más numerosa llegada a Medina. Al vencer Mahoma y sus partidarios, él ocupó victorioso la Meca, el año 630, sin pelear más. Así asumió Mahoma el mando para dirigir el país. De lo contrario no existiría ahora el islam".

Dice El Príncipe Europeo: "En cambio los apóstoles de Jesús eran hombres pacíficos. El mismo Jesús les aconsejó no usar la espada. Por eso terminó su vida como ya sabemos, crucificado en una cruz. Magnífico ejemplo nos dió Jesucristo o sea Jesús, cuando viendo a la muchedumbre subió a un montaña y les enseñaba diciendo: "Habéis oído que fue dicho: Amarás a tu prójimo y aborrecerás a tu enemigo. Pero yo os digo: Amad a vuestros enemigos y orad por los que os persiguen, para que seáis hijos de vuestro Padre, que está en los cielos, que hace salir el sol sobre malos y buenos y llueve sobre justos e injustos. Pues si amáis a los que os aman, ¿qué recompensa tendréis?. ¿No hacen esto también los publicanos?. Y si saludáis solamente a vuestros hermanos, ¿qué hacéis de más?. ¿No hacen eso también los gentiles?. Sed, pues, perfectos, como perfecto es vuestro Padre celestial".

Deduce El Príncipe Adnan: "Si, está claro que tanto Jesús, como Mahoma tuvieron vidas diferentes. ¿Qué pensáis vosotros, practicaremos los humanos algún día, todos la misma fé?". Entonces, cuestionándoles mi persona Diego Torrente: "¿Qué creéis vosotros Príncipes?", adelántase a responderme El Príncipe Islamita: "El futuro para los terrestres es un misterio, solo Alá lo sabe".

Sonriendo El Príncipe Adnan al escuchar hablar así a su unigénito, emite: "Bueno, como decía, tras conquistar Mahoma la Meca, fue muy generoso para los ciudadanos de esa ciudad. El santuario la Kaaba en la Meca, fue purificado de sus asociaciones políticas y de sus muchos dioses. Siendo de inmediato frecuentado por los musulmanes como su centro de reunión. Con la conquista de la Meca, Mahoma llegó a ser el más prestigioso hombre de Arabia. Durante su autoridad unificó a toda la península arábiga. Algo que antes nunca se había hecho. Y sobretodo, su gran contribución para nosotros son sus enseñanzas. Pero dos años después de la conquista de la Meca, en el 632 murió Mahoma tras una corta enfermedad. El Corán, escrito en el idioma árabe con una refinada y excelente caligrafía, fue publicado durante el tiempo de los tres primeros califas o sucesores de Mahoma. A cuyos califatos siguieron otros, hasta formar grandes imperios en el mundo. Actualmente lo esencial es que quienes aceptamos el islam, nos llamamos a nosotros mismos islamitas. Sin importarnos con que grupo del islam nos identificamos", completa su disertación el mismo Príncipe Adnan, mientras nosotros lo escuchamos atentos.

Cuestionándolos a ambos, Sol Stepanov: "¿Príncipes, acepta vuestra religión que existieron otros profetas, anteriores a Mahoma?", dále a saber El Príncipe Islamita: "Por supuesto apreciada Sol, que reconocemos aquellos antepasados privilegiados por el Ser Supremo, que predecían el futuro. Y que están nombrados en la Biblia, tales como Abraham, Moisés, David, y Jesucristo".

Habiendo oído a su hijo aquellas palabras, interviene El Príncipe Adnan diciéndonos: "Es bien conocido que el *Criador del universo* inspiró muchos textos sagrados. Por ejemplo: El Tora, que es el libro de la ley de los judíos, se lo dió a Moisés.

Los Salmos, esas composiciones de alabanzas a Dios, las escribió David.

El Antiguo Testamento, es el volumen que contienen los escritos de Moisés o los salmos de David. Y por igual se hayan ahí los demás canónicos, anteriores a la venida de Jesucristo.

En el Nuevo Testamento describen los evangelistas la vida ejemplar de Jesucristo, sus milagros, sus divinas enseñanzas, etcétera. O sea, en esa parte se leen los evangelios y demás obras de las Sagradas Escrituras posteriores al nacimiento de Jesús. Tal como estáis enterados.

Y el Corán es el manuscrito, que vía Mahoma, envió Dios a los islamitas".

E inquiere de nuevo Sol Stepanov: "¿Alcanza a todos los seres terrestres esa dilección que Abraham, Moisés, David, Jesús, así como Mahoma, sintieron por la humanidad?"

"Por cierto Sol", respóndele El Príncipe Adnan. "Ese amor que esparcieron aquellos antiguos patriarcas es interminable". Dicho esto, poniéndose él mismo de pie, agrega: "Y con vuestro permiso, me retiraré un instante para orarle a Alá. Asimismo lo hará mi hijo, tan pronto me veáis vosotros regresar".

Sucede que ausentado su padre, comienza a contarnos El Príncipe Islamita: "Los antiguos para venerarlo a Alá, peregrinaban a la Kaaba, situada en la Meca. Costumbre que hasta en la actualidad es practicada. Desde el tiempo de Mahoma, todos los islamitas miramos en dirección hacia la Meca cuando rezamos. Mahoma basaba esta ley, enunciando que la Kaaba fué en su origen construído por Abraham y su hijo Ismael. Aconteció aquello, cerca de dos mil años antes de la era cristiana, que Abraham y su hijo Ismael erigieron ese santuario cúbico, la Kaaba, en la Meca. Debido a ello la Meca, en Arabia Saudí, es considerada la ciudad más sagrada por aquellos que creemos en el islam".

Indagándole Sol Stepanov que donde está ubicada la Kaaba, nos manifiesta El Príncipe Islamita: "La Kaaba se encuentra en el centro de un gran patio, rodeado de claustros y pórticos. Pues se haya dentro de la mezquita más grande del mundo, la Masjid al-Haram, más conocida como Al-Haram. En medio de esa aljama Al-Haram se encuentra la Kaaba, en la que hay incrustada una *Piedra negra.* Todos los años acuden ahí, alrededor de dos millones de visitantes". E interviene Omar Saadí, asegurando: "Esa romería debe hacerla una vez en su vida cada musulmán, que tiene buena salud y prosperidad económica."

Admitiéndole a Omar que así es, prosigue El Príncipe Islamita: "Esto sucede en uno de los doce meses, del calendario islamita. Ello se llama *el mes de la peregrinación.* Y aquel que ha ido es nombrado un *hadji.* Antes de su ingreso a visitar ese terreno santificado de la Meca, debe un peregrino someterse a un ritual que lo purifique. Y los varones, así como las mujeres, tenemos que usar ropa blanca. Los hombres allá nos cubrimos con dos piezas de tela. Toda esa gente temporalmente se despoja de sus alhajas. Así aparecerán puros y en igualdad de condiciones, como será en el *juicio final.* Ya sea alguién un rey o un pordiosero, nadie vé la diferencia mientras los peregrinos, se acercan a la Kaaba. Para cumplir el rito de las circunvalaciónes, invocando a

Dios incesantemente. O sea, en las siete vueltas que se dán alrededor de la Kaaba, tratando de tocar la *Piedra negra.* Esas circuambulaciones se hacen en sentido contrario a las saetillas del reloj. Ello nos confirma que tanto el tiempo, como el lugar, donde los humanos se encuentra en el mundo, no son importantes. ¡Qué solo Alá cuenta!"

Averíguale Alejandra de Stepanov: "¿Príncipe, finalizados los rituales en la Meca, coronaste tu viaje con la visita a la tumba del profeta Mahoma en Medina?. ¿Y fuíste también tú, en masa, a otros lugares asociados con la historia sagrada?"

Asevérale El Príncipe Islamita: "Si, Embajadora Alejandra Makowski. Eso de reunirnos en un lugar muchísimos mahometanos, que vivimos dentro del orbe, es una experiencia única".

E interrógale Omar: "¿Y concluído aquello, que hacéis con los atuendos que cubren vuestra desnudez?". Dice El Príncipe Islamita: "Esa tela blanca, que cada peregrino luce, se coserá. Y será su mortaja de cada uno cuando fallezca. Pero antes de que alguien muere, participa en las celebraciones. Las más importantes son: El Aid al-adha, la fiesta mayor o fiesta del sacrificio del cordero, que marca el fin del mes de la peregrinación. Y el Aid al-fitr, la fiesta menor, cuando finaliza el mes de Ramadán. En todo el mundo donde nos encontramos, hacemos ofrendas en ese período".

Habiendo retornado al salón El Príncipe Adnan, vuelve a posarse sobre los cojines. Entonces cuéntale su hijo El Príncipe Islamita, mientras se encamina a invocarlo a Alá: "Papá, ya saben nuestros invitados que festividades religiosas acentuan el año islamita". Saliendo El Príncipe Islamita de aquí, enseguida rompe el silencio El Príncipe Europeo, preguntando: "¿Príncipe Adnan, existen en la comunidad musulmana, suníes y chiitas?". Dále El Príncipe Adnan su parecer, afirmando: "Si, distinguido Príncipe. Suníes y chiitas estamos de acuerdo sobre las mismas bases del islam. Todos reconocemos que existe un solo Dios, al que llamamos Alá. Y asimismo consideramos el texto del Corán eterno".

Avanzando con la conversación la señora Alejandra de Stepanov repite estas palabras: "Príncipe Adnan, vuestros representantes mahometanos forman ahora un importante bloque en las Naciones Unidas. Y tienen los mismos una gran infuencia en asuntos internacionales". Deduce El Príncipe Europeo: "Un factor importantísimo es que muchos de los países islamitas tiene grandes recursos de petróleo. Por eso estáis vosotros entre los principales actores del teatro mundial". Apresúrase a contestar el dueño de casa, que participa en este coloquio: "Distinguido agasajado, el islam prolifera a ritmo vertiginoso, al aumentar la población musulmana. ¿Y por qué?. Secillamente porque hacemos esfuerzos sobrehumanos para adaptarnos a las costumbres de las naciones donde emigramos. Otro aspecto ventajoso es que el Corán nos enseña igualdad. Por supuesto ningún ser humano es el Omnipotente. Por eso no es fácil discernir, cual es la mejor conducta a seguir. Y viéndonos todos impotentes, nos tornamos hacia Alá. Tal como lo hacen las criaturas que son dependientes de su padre. Para que hagamos su voluntad del Todopoderoso y no nuestro libre albedrío".

Luego de haberlo oído, cuestiónale Sol Stepanov: "¿Príncipe Adnan, somos todos bienvenidos en vuestra comunidad islámica, sin importarles a ustedes su raza, el status quo de su posición social, o sus antecedentes?"

Tras reírse El Príncipe Adnan, contagiándonos a todos sus invitados, le dice: "Naturalmente Sol. La mayoría de musulmanes lo que más queremos es una vida pacífica".

Y añadiendo el Embajador Stanislao Stepanov este quesiqués: "¿Aprenden desde su niñez los estudiantes el libro del Corán en las escuelas de habla árabe?", toma de nuevo la palabra El Príncipe Adnan, repitiéndonos así: "Desde temprana edad, nos instruyen en el colegio, como recitarlo. En los diferentes países donde vivimos los islamitas, memorizamos el Corán. Siendo un gran honor que distingue, a aquel que más lo sabe".

Entonces comunícale El Embajador Stanislao Stepanov a nuestro anfitrión que nos acaba de convidar la cena con tanta espléndidez: "Príncipe Adnan, exactas cifras se desconocen, pero es conocido que alrededor de una quinta parte de la población mundial profesa el islam. El islam solo está en minoría respecto a la cristiandad, pero en mayor número que el judaísmo u otros credos".

Asegúrale El Príncipe Adnan: "Es muy cierto Embajador Stanislao Stepanov. Quienes veneramos a Alá, habitamos de un lado a otro de la linea ecuatorial". Queriendo saber Sol Stepanov exactamente dónde, le dá gusto El Príncipe Adnan pronunciando: "Siendo más precisos, los países cuya población tiene un mayor porcentaje de musulmanes son: Afganistan, Argelia, Etiopía, Indonesia, Irak, Irán, Jemen, Jordania, Kuwait, Líbano, Libia, Mauritania, Marruecos, Paquistán,

Arabia Saudí, Sudán, Somalia, Siria, Túnez, Turquía, y Egipto. Además también existen los islamitas por millones en China y Mongolia. Así como en el Centro de Asia y en la Federación Rusa. Aunque en este país que es el mayor del mundo, los que más abundan son los ortodoxos. En Europa, el gran contingente de adoradores de Alá se encuentran en Albania, Bosnia Herzegovina, y Azerbaiyán. También es evidente que el islamismo cuenta con millones de adeptos en otras ciudades del Oeste Europeo y en América".

Afirmoles por mi parte al Príncipe Adnan y a su vástago El Príncipe Islamita que ya está de retorno de orarle a Alá: "Y dado que os encontramos a los musulmanes en todos los países. Valga hacer hincapié en ello, es indispensable para nuestra sobrevivencia común, abrirnos siempre a la comunicación". Exténdiendo sus brazos en alto El Príncipe Adnan, entona: "Correcto Diego. Así ejercitamos cada ser en particular, la comprensión a la opinión ajena. Para luego analizar en conjunto las múltiples posibilidades, antes de emprender las mejores soluciones. Ya que mundialmente vamos a depender, cada vez más, unos de otros. Debido a que habrá una inmensa necesidad de petróleo, agua, y cereales". Y agrega la señora Alejandra Makowski de Stepanov: "Pues, la población mundial aumenta anualmente alrededor de ochenta millones de ciudadanos. Como resultado la competencia va a ser durísima. Sobretodo para aquellos que por falta de instrucción, debido a su pobreza, no tienen posibilidades de ascender en la escala social. Ni de salir de su arrabal, en las metrópolis. Y salen ellos asaltar a quien sea, en su afán de sobrevivir. Ya que se sienten como aquellos que se han quedado detenidos en un pantano o barrizal de donde no se puede salir sino con gran dificultad y con la ayuda ajena. Solo mejorará esa situación, si les damos oportunidades al máximo de personas que podamos hacerlo".

Está aún hablando la Embajadora Alejandra, cuando suena el teléfono móbil del Príncipe Europeo, y lo oímos decir a él: "¡Hola papá!. Me imagino que están ustedes muy bien. Así es conmigo acá en Argel". Escuchándolo a su padre, vuelve a comentar él: "¿Qué oyes varias voces?. Si, estoy en una invitación. Lo estamos pasando en grande". Y tornándose El Príncipe Europeo hacia nosotros, nos anuncia que se va al traspatio para seguir manteniendo la charla.

Habiéndo terminado el mismo Príncipe Europeo su locución en el patio interior, se instala contento junto a nosotros en la sala.

Entonces pasándome él la comunicación con su madre La Reina, esta me recomienda: "Diego, sé que usted y mi hijo, transitan a veces por las calles de Argel. Si paseáis vosotros por los sitios extremos de la población, por favor vayan siempre acompañados. Sea si circuláis a pie o en coche. Pues en los extramuros de las metrópolis del mundo, lamentable hay tanta pobreza. Que con frecuencia en esos arrabales algunas pandillas de jovenes, deambulan hasta con cuchillos y revólveres". Prometiéndole a ella de inmediato yo, que si llegamos a visitar los suburbios iremos en compañía de otros; tras diálogar un rato más nos despedimos mutuamente.

A mi regreso al salón, encuentro que la plática sigue su curso, teniendo la palabra El Príncipe Islamita quien contaba lo siguiente: "He aquí mi sueño de anoche: Me observé entrando a una clase, donde estaba el profesor parado, frente a los alumnos ya instalados en sus asientos. Y a tal extremo se hallaba lleno la sala, que solo había sitio al final. Ahí iba a tratar un catedrático sobre el tema del amor. Así que portaba yo mi lapicero y cuaderno para tomar apuntes. Pero a través de la ventana se veía un sol blanco, cuyos rayos de luz que despedía eran tan intensos, que me cegó. Gracias a Alá, aquella pérdida visual mía fué solo por un instante, hasta que pasé a sentarme al fondo".

Y agrega Alejandra de Stepanov: "Tú Príncipe felizmente eres bien educado y considerado con las demás personas. En realidad no necesitas asistir a esas clases para ser amable. Más bien podrías darlas, porque tienes tacto social. Pero es una excelente idea de impartirlas a nivel colegial e universitario. En el ejercicio de mi profesión, les he dicho a más de uno:

Procure usted controlar sus ímpetus cuando está muy enojado. Pensando de antemano en la magnitud que puede despertar sus acciones. Sencillamente para no hacer fechorías de las que se arrepienta después. Pues las cárceles estén llenas de aquellos que estaban seguros que no los iban a descubrir. También les diálogo a algunos que acuden a consultarme: Pregúntese antes de hacer algo, que está en duda si será correcta: ¿Será esta acción moral o inmoral?". Asiente Omar Saadí: "Cierto Alejandra, leyendo u oyendo ciertas noticias internacionales, uno con frecuencia se interroga: ¿Cuándo se iniciarán las lecciones, a nivel mundial, para ser más generosos?. Todos las necesitamos, por la premura en que vivimos. Tanto los que suplicamos. ¡Ten piedad de mí,

Señor, porque soy un pecador!. Como aquellos otros que se declaran ateos".

Produciéndose un silencio porque se acerca un mozo para decirle algo al oído al Príncipe Adnan, interviene luego El Príncipe Europeo disertando: "Príncipe Adnan, vosotros los islamitas invocáis a Alá, no al profeta Mahoma. La misión de Mahoma en el islam es diferente que la de Jesucristo en el cristianismo. Mahoma fué considerado como un profeta o mensajero de Alá. Mientras que Jesús se sabe que es la encarnación de Dios".

En respuesta, nos halaga El Príncipe Adnan, expresando: "Si pues. Vosotros decís que Jesucristo o el Emmanuel es el Dios-con-nosotros. Y creéis en la redención, la que Jesucristo hizó del género humano por medio de su pasión y muerte. Debe ser maravilloso para ustedes los cristianos, tener esas certidumbres".

Tras beber la infusión caliente, dígole al Príncipe Adnan: "Siglos atrás, al conquistar los musulmanes otros países, se fue engrandeciendo el comercio, la ciencia y la cultura. Llegando esas megaciudades a un alto grado de apogeo, como no hubo parangón en la historia. En esos reinos, los sultanes les permitieron a los judíos y cristianos mantener su religión mediante pago de tributos. Y tal como lo mencionó usted Príncipe Adnan, inspirados por las enseñanzas del islam, se fueron extendiendo los creyentes de Alá en Asia, África, Europa, y el Medio Oriente". E interrogando Sol Stepanov: "¿Príncipe Adnan, tuvieron vuestros antepasados islamitas varios califatos a partir de Mahoma?"

"Si Sol, infórmale él, los cuales se conocen en la historia de los musulmanes como:

> Califato de Medina, en Arabia Saudí, que gobernó desde el año 632 hasta el 661 d.C.
>
> Califato de Damasco, en Siria, lo dirigió la dinastía omeya, desde el año 661 hasta el 750 d.C.
>
> Califato de Bagdad, en Irak, regido por la dinastía abbasí, desde el año 750 hasta 1258 d.C.
>
> Califato de Córdoba, en España, a cargo de los omeya, desde el año 756 hasta el 1031 d.C.
>
> Califato de Egipto, en Egipto, erigido por los fatimíes, desde el año 969 hasta el 1171 d.C.

¡Imáginemos cómo habrán sido aquellos tiempos!. Pues al conquistar Siria los mahometanos árabes, pusieron la capital de su califato en Damasco. Por eso Damasco fué un sitio obligado de reaprovisionamiento y descanso, para miles de caravanas con camellos que iban camino a la sagrada Meca, faltándoles todavía una mes para seguir cruzando aquel desierto pedregoso".

Dice El Embajador Stepanov: "Nobilísimo Príncipe Adnan, a Siria se le llama la cuna de la civilización".

"Y con toda razón Embajador Stanislao Stepanov", confírmale él. "El primer alfabeto del mundo se encontró en el norte de Siria, en la antigua ciudad portuaria Ugarit, ubicada en la costa del Mar Mediterráneo". Habiendo cesado de hablarnos El Príncipe Adnan, toma la palabra su hijo El Príncipe Islamita: "En la actualidad Damasco en general está dividida en dos partes: La ciudad antigua de Damasco, que fué declarada Patrimonio de la Humanidad por la Unesco en 1979. Y la ciudad nueva". Por lo que admite Omar Saadí: "¡Y que bello es andar a pie tres o cuatro kilometros por aquella zona construída desde antaño en Damasco, como lo hago yo diario cuando voy allá!. Pues conserva Damasco vestigios romanos y bizantinos. Y donde la mayor parte de los edificios y monumentos incluídos, en esa protección de la Unesco, corresponden al arte islámico. Del siglo XVIII, ya estando Damasco en poder de los turcos del Imperio Otomano, datan un gran número de palacetes y residencias magníficas. Nada ostentosas en el exterior, pero si lujosas desde el portón principal, hacia adentro". De inmediato recuerda El Príncipe Europeo: "De los tiempos bíblicos consta, según el Nuevo Testamento, que San Pablo tuvo una visión de Jesús en el camino hacia Damasco, en Siria. Por lo cual la ciudad se considera sagrada tanto en el cristianismo, como en el islam".

Enterándose El Príncipe Adnan que aquella referencia está en las Sagradas Escrituras, en Hechos de los Apóstoles escrito por San Pablo. Tráyendo El Príncipe Adnan de nuevo la Biblia, dá paso a la lectura así: "Para esto mismo iba yo a Damasco con poder y autorización de los príncipes de los sacerdotes; y al mediodía, ¡oh rey!, ví en el camino una luz del cielo, más brillante que el sol, que me envolvía a mí y a los que me acompañaban. Caídos todos a tierra, oí una voz que me decía en lengua hebrea: Saulo, Saulo, ¿Por qué me persigues?. Duro te es dar coces contra el aguijón. Yo contesté: ¿Quién eres, Señor?. El Señor me dijo: Yo soy Jesús, a quien tú persigues. Pero levántate y ponte en pie, pues para esto me he dejado ver de tí, para hacerte ministro y testigo de lo que has visto y de lo que te mostraré aún, librándote del pueblo y de los gentiles, a los cuales yo te envío para que les abras los ojos, se conviertan de las tinieblas, a la luz, y del poder de Satanás, a Dios, y reciban la remisión de los pecadores y la herencia entre los debidamente santificados por la fe en mí".

Préstando nosotros atención en silencio, el Príncipe Adnan prosigue leyendo: "No fuí, ¡oh rey Agripa!, desobediente a la visión celestial, sino que, primero a los de Damasco, luego a los de Jerusalén y por toda la región de Judea y a los gentiles, anuncié la penitencia y la conversión a Dios por obras dignas de penitencia". Y concluye El Príncipe Adnan, con este párrafo bíblico: "Agripa dijo a Pablo: Poco más, y me persuades a que me haga cristiano. Y Pablo: Por poco más o por mucho más, pluguiese a Dios que no sólo tú, sino todos los que me oyen, se hicieran hoy tales, como lo soy yo, aunque sin estas cadenas".

Admírase El Príncipe Islamita: "Esta claro que, desde las eras remotas en este mundo, judíos, católicos y ortodoxos, protestantes, musulmanes, confucionistas, hinduístas, budoístas, sintonístas, ateístas, humanistas, etcétera, vívimos todos tan juntos como un arcoiris. En otras palabras, estamos tan cerca los humanos en la Tierra, como las estrellas del cielo en una noche estrellada. Y como cada día aumenta más la población mundial, es verdad no nos queda más remedio que entendernos. ¿Me pregunto, en qué vamos a mejorar los hombres y las mujeres espectacularmente de aquí a cien años?. Yo diría, que una de las respuestas será: ¡Qué se decrete a nivel internacional durante un año, el cese de fuego bélico en todos los países!. Y para sorpresa de la humanidad, en general todos acatarán esa orden. Y por primera vez en milenios se comprobará que es posible vivir en paz".

Afírmo por mi parte: "Príncipe, no acabas de escribir en la arena. Te estás adelantando en revelarnos aquello que será la historia del futuro".

"No es nada prosaico, Príncipe Islamita, lo que tú acabas de mencionar", agrega Omar Saadí, "Eso es como algo profético. Y como ya lo damos por hecho. ¡Cómo se van a emocionar los hogares cuando llegue un hijo desde la guerra, porque se decretó la paz mundial por un precioso tiempo!. Y en las noticias, en lugar de verse una capital incendiándose tras un bombardeo del enemigo. Se exhibirá la fotografías de padres o madres, no llorando, sino abriendo sus pupilas para mirar el regreso de sus hijos a los que ya creían muertos en combate. A quienes abrazarán y besarán, como nunca lo habían hecho antes. Y se nos humedecerán los ojos de todos los demás al contemplar semejantes escenas. Y se entonará por doquier un himno en honor de la paz".

Reflexiona también por su parte Alejandra de Stepanov: "¡Formidable la idea vuestra!. Pues una guerra no solo cuesta la vida a incontable números de ciudadanos, sino que se pierde millones o hasta billones de dinero para volver a levantar las ciudades. Por eso la gente se apresura en conocerlas antes de que desaparezcan. Por ejemplo, Córdoba fué la próspera capital del Califato de Córdoba, que gobernaba casi toda la Península Ibérica. O sea era el centro de Al Andalús, que era como los moros le llamaban en aquella época a la Península Ibérica. La ciudad gozaba de mezquitas, bibliotecas, baños y zocos. En ese Califato de Córdoba, durante el año 950 después de Cristo, hubo una etapa de tal esplendor, que solo tuvo parangón con el Califato de Bagdad. En ambos califatos hubo una gran actividad intelectual: Historia, Literatura, Medicina, Matemáticas griegas con la inclusión del Álgebra y la Trigonometría, Geografía, etcétera. Y se dió gran importancia a la Jurisprudencia. E hicieron extraordinarios realizaciones en arquitectura y artes. Fuentes escritas tardías de esa época, dan a saber que El Sacro Imperio Romano Germánico intercambiaba embajadores con Córdoba. Además de Córdoba, otras ciudades notables fueron Toledo, Almería, Zaragoza y Valencia. De hecho gente de otros países visitaban el Califato de Córdoba en Hispania, y el Califato de Bagdad en Irak, para experimentar sus grandes adelantos. Querían mirar a Córdoba, y a Bagdad con los ojos del que viene de afuera. Eran capitales tan atractivas y misteriosas que les parecía que valía la pena descubrirlas".

"Si pues, comenta Omar Saadí, los cuentos de "*Las mil y una noches*" reflejan la vida deslumbrante de Bagdad. Donde en una época hasta los barcos extranjeros tenían que pedir salvoconducto al Califa de Bagdad para navegar en el Mar Mediterraneo. Prueba eficiente del poderío que obstentaba. ¡Y con qué palabras podremos describir la Mezquita de Córdoba, que los árabes construyeron en España desde el año 784 d.C. hasta el 990 d.C.!. La cual destaca tanto por su tamaño, como por sus 850 columnas de mármol que sustentan arcos de dos niveles".

Asiente El Príncipe Adnan: "Tiene usted razón Omar Saadí. La Gran Mezquita de Córdoba, actualmente convertida en Catedral cristiana, es uno de los mejores ejemplos de la arquitectura islámica por su extraordinaria belleza. Y tiene tanto valor para los musulmanes, como para los cristianos. En resumen leyendo la historia sagrada, podemos reconocer sin ambages, que estamos unidos ustedes y nosotros, en las mismas creencias religiosas, también con los judíos, por personajes tan antiguos como Abraham y Moisés, entre otros".

Dice Alejandra Makowski de Stepanov: "Y los musulmanes inspirados por las enseñanzas del Islam, fueron adquiriendo convertidos islamitas por todo el mundo. Dejando vuestros antepasados correligionarios sus distintivos, en cada país que ellos expugnaban".

Admite El Príncipe Adnan: "Ocurrió aquello, Embajadora Alejandra, porque el Islam basándose en una unidad religiosa, unió a los del habla árabes y les llevó a conquistar el mundo. El Islam ha sido durante diez siglos la más grande civilización de la historia. El Islam, con sus grandes imperios que se extendieron por el Medio Oriente, Asia, África y Europa, abarcaba como acabamos de enumerar la ciencia, la cultura, la política, el orden de la comunidad. ¿Pero vamos a gastar nuestras vidas pendientes del pasado, sin hacer nada más?. No".

Y sirviéndonos más té, prosigue el mismo Príncipe Adnan: "En la actualidad, en este planeta Tierra, debemos sacar del desempleo a los que son pauperrimos. Porque está visto que los pobres, se van descolgando cada vez más de los ricos. Por esa razón tenemos que aplicar soluciones inmediatas, en conjunto todos los gobiernos, y las organizaciones humanitarias, a esos cinco mil millones de personas que viven en extrema pobreza. Que han caído a ese abismo donde están las guerras civiles, las epidemias, los iletrados. Porque aunque convivimos con ellos en el siglo XXI, su realidad de ellos es como si vivieran en la era XIV.

Y sino lo hacemos, se les retrocedería a los tiempos más primitivos. A aquellas épocas en que los humanos, al igual que las aves de rapiña, comían la carne cruda de los animales muertos en el campo. Exceptuando, claro está, a los ciudadanos que tienen una preparación básica. Por lo cual conseguirán un trabajo asalariado. Debido a que teniendo estos una buena instrucción no harán eso, ni tendrán la cachaza de matarse unos a otros. Los últimos dos siglos debido a nuestros malos manejos en la política, muchos piensan que los musulmanes somos incultos o estamos desorganizados. Y cuando antes sepan que eso no es cierto, mejor para ellos".

Averíguales Omar Saadí: "¿Qué opináis vosotros, los dueños de casa, sobre aquellos que se burlan en los periódicos sobre el Profeta Mahoma?"

"La libertad de expresión en el mundo debe ir, mano a mano, con el respeto hacia otras religiones y costumbres". Habiendo escuchado El Príncipe Adnan lo anterior a su hijo, opina él: "Lo importante ahora es acercarnos a quienes no son mahometanos para hablarles. Y demostrarles pronto que podemos trabajar juntos con eficiencia. Porque las naciones árabes tenemos buen qué. Con ello podemos ayudar muchísimo al bienestar mundial en general".

Después de oír esto, osa Sol Stepanov preguntarle: "Príncipe Adnan, ¿Y qué les espera a las mujeres analfabetas en el mundo musulmán?". Refiérenos Adnan: "Los musulmanes estamos trabajando mucho para erradicar el analfabetismo. La cultura en la mujer siempre va en beneficio de la familia. Al saber ella leer, mejora la salud de los suyos y de su comunidad".

Arguméntale también El Príncipe Islamita, a Sol Stepanov: "Amiga Sol, las señoritas o señoras islamitas, pueden hacer las mismas cosas que los varones. Ellas tienen los mismos derechos que los musulmanes para mantener una sociedad fuerte y buena. Una de vuestro sexo puede trabajar cuando ella lo quiera, mientras haya quien cuide a sus hijos, si es que los tiene. Podrá tratar con los seres masculinos, discutir, trabajar con ellos siempre que lo haga de una manera correcta, con toda la cortesía de la situación. Hablando en términos generales, en mi país se respeta a la mujer. Cuando entra ella en un omnibus, si hay ahí un hombre, él se levantará para darle el asiento. Rápido toda fémina quiere que su padre o pareja se preocupe de ella, eso es un sentimiento natural. Para nosotros los musulmanes es muy lógico hacerle caso. Y toda mujer está feliz con ese comportamiento".

Entonces, mirando su reloj de pulsera, nos anuncia El Príncipe Adnan: "Pronto veremos en este salón a unas bailarinas de la *Danza árabe*. Esta es una de las danzas más antiguas del mundo, que combina las del Medio Oriente con las del Norte de África. En los países árabes esta danza se conoce como *Raks Sharki* que significa Danza Oriental". Y dice El Príncipe Islamita: "El nombre *Danza del vientre* se empieza a utilizar en el siglo XIX por los europeos. Me refiero aquellos que viajaron a los países exóticos en busca de nuevos paisajes, culturas y costumbres. Esos trotamundos, aficionados a recorrer tierras extranjeras, le dieron este término de *Danza del vientre*. Por los movimientos, de vientre y cadera, que no existían en las danzas europeas".

Una vez que cesa de hablar su hijo, nos cuenta su padre Adnan: "En el tiempo presente, la Danza Oriental en la mayoría de las naciones árabes es parte de la cultura. Y una celebración sin un espectáculo de la *Danza del vientre* no está completa. Los artistas que nos distraerán esta noche son tres famosas bailarinas, más una orquesta de treinta músicos con sus instrumentos". Y aplaudiendo El Príncipe Adnan, exclama en alta voz: "Hélos entrando aquí". E ingresan a la sala ellos y ellas. Las cuales están con sus vistosos trajes de falda con jubón, que les deja la cintura y el ombligo al descubierto. A mi gusto encuentro muy atractiva, la que lleva como atuendo pantalón bombacho recogido en los tobillos y sostén hecho solo con pedrerías.

Concluídas estas magníficas *Danza del vientre*, después de nuestros aplausos, quienes acaban de deiletarnos se retiran. Y oyendo mi comentario: "Lo que es a mí me han dejado con la miel en los labios", expresa El Príncipe Europeo: "Si por cierto. Gracias a ustedes, Príncipe Adnan y Príncipe Islamita, este entretenimiento ha sobrepasado todas nuestras expectativas".

Seguido del Embajador Stanislao Stepanov, que manifiesta: "Príncipes, nosotros de continuo vemos que la sociedad musulmana, siempre nos dan a los invitados un recibimiento afectuoso. Sin embargo este es fantástico. Y como estamos en vuestra compañía, tanto mejor por supuesto". Afirma también su hija Sol Stepanov: "En las patrias islamitas sus habitantes nos hablan en la calle. Sin conocernos nos invitan a tomar té". Y cuando los dueños de casa, la oyen a Alejandra de Stepanov alabarlos así: "Vosotros los musulmanes dáis ayuda, antes que ello se os pida", agradécennos estos por nuestra buena impresión, que sobre todos ellos nos hemos formado. Y más aún al aseverar Omar Saadí: "Es cierto. Si alguién está triste, van los vecinos a preguntarle que ha pasado. Si pueden hacer ellos algo".

Entonces el unigénito de Adnan, o sea El Príncipe Islamita, tomando la palabra nos dice: "En algunas naciones que no son mahometanas, varios están olvidando eso. Ya que han dejado de lado su religión, para ocuparse de los negocios. En cambio quienes trabajan como empleados públicos para los gobiernos, de manera normal se nos meten en el corazón. Ellos nos saludan con amplitud, nos preguntan como está con la familia. Eso se vé en la *Unión Europea,* que los sujetos en las instituciones oficiales, o por el estilo, son cordiales, bien educados. Las organizaciones funcionan en Europa". Así la cena va pasando mientras diálogamos y somos atendidos con esa espléndidez que es característica en los de habla árabe. Y nos entera El Príncipe Islamita: "Queridos invitados, como la noche se está alargando, os hemos mandado preparar camas para que durmáis acá. Cada uno de vosotros dispondréis de una habitación salón. O *suite* tal como se dice en el idioma inglés, de los cuales el más grande es para ustedes, Embajador Stanislao y Señora Alejandra. Así disfrutéis ambos a vuestras anchas", gesto de cortesía que nos alegra sobremanera.

Después de estas cosas a la mañana siguiente, dándoles las gracias nos despedimos, tanto del Príncipe Adnan, como de su hijo. Y yendo a pie por el campo, acompañando a Omar Saadí hasta su casa, este nos dice: "Entre mis clientes han llegado, desde España, unos exponentes del cante hondo para encargarme su vestuario. Mostrándoles yo la película que nos tomaron en esa juerga gitana, quieren ellos que nosotros integremos su compañía de flamenco. Apenas por un mes, para hacer juntos una gira internacional. Cuyos motivos serían recabar fondos que sirvan de emergencias para los huérfanos y viudas en los países del Tercer Mundo. E instruír a los millones de niños que no van al colegio por falta de escuelas. Y de paso para dar a conocer más esa expresión cultural española, que es el baile flamenco. Nuestra ruta sería por los escenarios de Brasil, México, Estados Unidos, Inglaterra, España, Francia, Italia, Rusia y Japón. Haríamos una sola actuación en cada una de sus capitales. ¿Contarán ellos con nuestra grata presencia como artistas?. Por cierto, si estamos todos de acuerdo".

Cambiándo de ideas entre nosotros sobre los pros y los contras, de su propuesta de Omar, terminamos aceptándola de pleno El Príncipe Europeo, Sol Stepanov y yo. Prometiéndome El Embajador Stanislao Stepanov que él asumiría mi trabajo por esos días en nuestra embajada de Argel en Argelia, me anuncia: "Diego, dáte esas merecidas vacaciones. Hace dos años que no las tomas, debido al excesivo trabajo". Entonces cuando le preguntamos a Omar que dónde podemos adquirir los atuendos, nos comunica: "Alegráos de dejarlo eso por mi cuenta. Desde mañana podéis escogerlos en mi taller, préstados por supuesto. Vestiremos ropa de tipo andaluz agitanado, con mucho color y peso. E invitaré a participar en esas funciones al Príncipe Adnan y a su prole El Príncipe Islamita. Este, podemos figurarnos que también se comprometerá a participar, en esa serie de actuaciones sucesivas en diferentes metrópolis. No así su padre Adnan, porque no se han cumplido los días de duelo por su señora. En cuanto a lo demás, el afamado coreógrafo y bailarín Felix Solares, que vive en los Estados Unidos, nos dirigirá desde mañana los ensayos. Estos serán de siete a nueve de la noche. Y es que todo tiene que salirnos inmejorable. Su elenco de Felix Solares, con los cuales compartiremos el escenario, son resonados músicos, cantaores y bailaores. Así que desde ahora a disfrutar del cante de hondo. Y aquel de nosotros que quiera taconear, que se vaya entrenando ya. ¡Estos serán los bailarines espontáneos dentro del espectáculo!. Eso es lo que creerá el público, o sea la impresión que les daremos. Ya que en realidad, todo será estudiado hasta en su último detalle. ¡Para hacerlo con chulería!"

Celebrando la brillante idea de Omar Saadí de meternos en esta nueva aventura, nos despedimos de él. Volviendo nosotros con el automóvil de los anfitriones, que tan amables se ofrecieron para recogernos y volvernos a dejar en nuestras viviendas.

Grandes preparativos nos han tenido ocupados al Príncipe Islamita, al Príncipe Europeo, a Omar Saadí, a los siete integrantes de la compañía española de flamenco, a Sol Stepanov, a dos brasileñas cantaoras (que a veces acompañan al cantaor del momento con sus jipíos que se puede oír hasta el infinito), y a mí mismo Diego Torrente, para realizar esta diversión bulliciosa comenzando hoy día en Brasil. Partiendo de que el coreógrafo Felix Solares es muy perfeccionista. Cada vez que preparabamos la función con él, que era al atardecer, junto con los toques de las guitarras, seguido del cante hondo y el baile, teníamos que hacer las pruebas de luces y de los sonidos. Todo tiene que estar muy preciso. El mismo nos recalca esta tarde en Brasilia, la capital brasileña: "Acordáos vosotros, cuando dentro de unos instantes estemos en el podio, de que cada artista debe tener la personalidad suficiente para no dejarse eclipsar por nadie. Ni tampoco desluciremos ninguno de nosotros, a nuestros demás compañeros de actuación".

Con estas recomendaciones suyas nos abrimos paso, entre el gentío que está haciendo cola para entrar en la Plaza de Toros, donde en dos carteles colgados se lee en los idiomas portugués y español: *"As entradas estão esgotadas". "Las entradas están agotadas"*. Y así llegamos hasta el proscenio. Subiendo enseguida al escenario con nuestras vestimentas elaboradas por Omar Saadí, saludamos con una venia a los concurrentes, que con solo habernos visto llegar, prorrumpen en aplausos.

Sonrientes nos ubicamos en una línea al fondo del tablao. Contando desde el lado izquierdo hasta el derecho están parados los cantaores: Ramón Córdoba (apodado *El Moro)* y Maurice Gades (cuyo mote es *El Gitanillo).* Próximo a ellos se encuentra los dos Príncipes, seguidos por Omar Saadí, y después por mí mismo Diego Torrente.

A continuación de mi persona se haya el español gestor de esta compañía Felix Solares y los demás que conforman el cartel. O sea los otros cantaores: Rodolfo Rojas (a quien le dicen *Salero*). Y Mario Navarro (cuyo sobrenombre es *El Payo*, así le llaman los gitanos al que no es de su raza). En cuanto a las sillas de adelante, ahí se encuentran sentados los que tocarán las guitarras que son el iberoamericano Carmelo Gómez, y el gitanillo americano David Happines (alias *El Jacarandoso*) que asimismo cantará porque lo hace fabuloso. Y aquí los tenemos a ambos, que se han remontado en avión desde Nueva York hasta esta capital de Brasil. Siendo Sol Stepanov y dos brasileñas, las mujeres que también figuran en el programa. Ellas tres se incorporarán al podio, abriéndose paso entre los concurrentes. De modo similar lo haremos en las diversas capitales donde vayamos arribando, que invitaremos a un par de oriundas cantaoras. Para que cada una, según sea su turno, con su gritos flamencos acompañe a veces al cantaor del momento.

Y ahora mismo estamos nosotros presentes en la Plaza de Toros de Brasilia, en este ambiente de gran expectativa para el grueso público, que ha pagado sus entradas, para disfrutar de este montaje al aire libre. Durante el cual interpretaremos esta variedad de estilos: soleares, seguiriyas, tonás, tangos gitanos, alegrías, malagueña, tientos, fandangos, cartagenera, granaina y bulerías. Así que instalados ya todos en el escenario, lugar donde solo se haya de pie El Príncipe Europeo, tras rasguear sus guitarras ambos tocaores, comienza él a entonar este *Cante jondo*:

Haciendo por olvidarte
En la cama me metía
Mientras más dormido estaba
Más presente te tenía
Porque de tí me acordaba.

Habiéndo acabado él, y tras oírse los aplausos del público, empieza él mismo a cantar este *Cante por Soleá*:

Por donde quiera que voy
Me parece que te estoy viendo.
Que creo que te estoy viendo
Me parece que te estoy viendo.

Gozando El Príncipe Europeo de los palmoteos de entusiasmo que le brindan los aficionados del flamenco, prosigue cantando este *Cante por Seguiriyas*:

¡Ay, ay, yo te llamo a voces!
Y no quieres venir.
Y a voces te estaba llamando
No quieres venir.

Acto seguido aparece Sol Stepanov andando por el pasillo entre los espectadores, seguida por el par de brasileñas. Luciendo todas ellas sus vestidos y pañoletas con mucho peso y colorido, confeccionado por Omar Saadí. Viéndolas avanzar hacia el tablao El Príncipe Europeo a las tres, atavíadas con trajes pintorescos de largas faldas, inicia él este *Cante por Tango*:

Serrana como consientes
Mi continuo padecer.
Tiene la fuente en los labios
Y yo muriendo de sed.

Terminando el susodicho de cantar, con su increíble capacidad para prolongar hasta el firmamento los arpegios que hacen emocionarse a cuantos lo escuchamos. Y llegando Sol Stepanov al podio se coloca en el centro y ambas brasileñas al fondo. Entonces saliendo entre las bambalinas a dicho tablao El Príncipe Islamita, le canta a ella este *Cante hondo* demostrando lo feliz que está:

A tu vera
Siempre a la verita tuya
Hasta el día
En que me muera.

Ya que al son de los soniquetes de los tocaores de las guitarras, prosigue Sol Stepanov contorneándose con su encanto misterioso e inefable porque con palabras no se puede explicar. O sea como se dice en el lenguaje o diálecto de los gitanos: ¡Baila ella con mucho duende!. Al mismo tiempo que la anima uno prorrumpiendo: "¡Olé guapa que te parió tu madre a buena hora!".Y es que a par Sol, que luce muy agitanada con su pañoleta colorida y su bata blanca que tiene volantes en la cola, intercala la velocidad y el quietismo con tanto salero, que El Príncipe Europeo asimismo le dedica el inicio de este *Cante por Fandango*:

En busca de mil corales
Quisiera bajar al mar
En busca de mil corales
Y tu cabecita adornar.

Viendo sus gestos rítmicos de ella en el tablao, otro espectador desde la platea le grita con su vozarrón: "¡Así, dále a tu cuerpo alegría bailaora!". Cesada aquella algabaría y como si el mundo se partiera en dos, Mario Navarro (más conocido como *El Payo*), nos eriza los pelos de punta al emitir este *Cante por Toná,* que son cantes profundamente gitanos, sin acompañamiento de guitarra. Incluso se cantan sin tocar palmas.

¡Ay!, ¡Ay!
En la casa de las penas
No me quieren admitir
Que son mis penas más grandes
Que las que admiten allí.

Y como canta él de una manera única, imposible de olvidar, emociona a muchos hasta las lágrimas. Por lo cual expresa uno de los presentes: "¡Qué bárbaro!. ¡Tú cante calé nos conmueve hasta provocarnos el llanto!". Prosiguiendo enseguida El Príncipe Islamita, con el sonido de sus cuerdas vocales tan flexibles o lleno de matices, entona un fragmento de este *Cante por seguiriyas*:

¡Y ay, que hermosa es la libertad!
Algunas veces cavilo
Que siendo una cosa tan grande
Esté pendiente de un hilo.

Entonces mirándola El Príncipe Europeo en el centro del tablao a Sol Stepanov, dando un par de majestuosos pasos hacia ella, le canta este *Cante por Soleá*:

Yo nunca a mi ley falté
Que te tengo tan presente
Como la primera vez.

Mientras tanto persiste Sol Stepanov su baile, con las ondulaciones de sus caderas llenas de tentación, cual si fueran la cadencia de las olas del mar, que avanzan y luego se retraen.Y continuamos todos pendientes de ella, no solo al oír el acompasado chasquido de sus dedos cuando levanta sus brazos hacia arriba para luego bajarlos tiesos junto a su cuerpo. Sino también cuando gira enrredando su falda a sí misma, para desenrredarla después de un solo brinco lo que repite hasta tres veces. Así va captando Sol Stepanov la atención del auditorio desde su primera danza gitana, dejando una placentera impresión en el ánimo de quienes la contemplamos. Incluso por la precisión de los sonidos que producen sus tacones en medio de su zapateo. Los cuales sincronizarían con el ritmo del más excelso tocador de batería. Y de pronto, con esa vitalidad propia que tienen las hembras para dar la vida, se desplaza Sol Stepanov seperteando en zigzag de aquí hacia más allá en el escenario. Con esa energía parecida a la de los animales en la intemperie, quienes sintiéndose libres, nadie puede adivinar de antemano adonde irán. Atento El Príncipe Islamita a esos vaivénes de Sol Stepanov, canta este trozo de un *Cante por Fandango*:

Y lo que me dá más pena
Es lo contenta que vá
Siendo como eres tú tan buena
¡Ay!. ¡Ay!. ¡Ay, ay, ay!

Y debe estar satisfecho El Príncipe Islamita, porque los sonoros aplausos que recibe como cantaor de parte del auditorio, son para complacer a cualquiera. Acabado aquello, los aficionados al flamenco que están reunidos en esta Plaza de Toros aquí en Brasilia, viendo este jolgorio guardan silencio como extasiados esperando que más vendrá. Cuando en eso embisto yo Diego Torrente al centro del podio para zapatear. Y víbran las voces entusiastas del gentío sentado en la tribuna, cuando haciendo pareja Sol Stepanov junto conmigo, zarandeamos con agilidad airosa nuestros cuerpos. Ya que acompañándonos ambos con la música y el palmoteo, estamos bailando la más auténtica y díficil de todas las danzas andaluzas, que es la llamada *Alegrías*. La cual es un cante festero para bailar. Siendo entonado en este instante por El Príncipe Europeo así:

¿Cuándo te vengas conmigo?
¿Qué dónde te voy a llevar?
Que a darte un paseíto
Por la Muralla Real.

¡Y cómo nos anima el jaleo que se produce en este momento!. Tal como lo dicho por uno de nuestros compañeros, quien grita de sopetón: "¡Esto es buena vida!". Taconéando mí mismo Diego Torrente con más ganas que nunca, como se vé en las afueras de algunas ciudades mundiales cuando pasa un torbellino de viento, hasta se ha detenido Sol Stepanov para admirarme y aplaudir como los demás. Cesado aquel alboroto, de inmediato Felix Solares, que además de ser un español alto y bien plantado, va agitando su melena cuando camina, se dirige al micrófono para referir: "Damas y caballeros, he aquí con vosotros a los artistas". Escuchándose gritar desde las galerías repetidas veces: ¡Bravo!. A continuación, tras dar a conocer él mismo nuestros nombres, articula: "Todos los integrantes de esta gira internacional denominada *Puro Flamenco,* más este par de cantaoras brasileñas nos hallamos presentes aquí. Hasta ahora solo habéis visto la mitad de la función. Deseamos que la segunda parte os siga haciendo sentir en el cielo".

Pasado los quince minutos del entretiempo, vuelve el público a sus butacas y nosotros al tablao. Reiniciándose los acordes musicales, anuncia el guitarrista y cantaor iberoamericano Carmelo Gómez: "Y ahora distinguido público, os entonaré la siguiente estrofa de este *Cante por Fandango*":

Yo de noche le pregunto
A mi Dios desde la cama
Que cuando estaremos juntos.

Tras aplaudirlo los aficionados que dá gusto, agrega el cantaor Rodolfo Rojas este trozo de un *Cante por Soleá*:

¡Quién pudiera penetrarlo!
Para ponerle remedio
Antes que viniera el daño.

Qué algarabía muestran todos ahora mientras Rodolfo Rojas los interrumpe para anunciarles: "Ahora maravilloso público os brindaré el inicio de este *Cante por Cartagenera*":

¡Ay, donde se había bañado el león!
Aunque tu vayas allí y te bañes
En la cueva del león Uno nunca pierde la mancha Que
de la ermita se pegó allí.

Apareciendo de nuevo Sol Stepanov en medio del espectáculo, viste ella un vestido rojo con bobos en la cola, que le arrastra por el suelo y le imprimen al andar un aire más femenino. De pronto dando Felix Solares un paso hacia ella, entona el inicio de este *Cante por Tientos*:

Si me pidieras la Luna
No te la pudiera dar
Porque la Luna está presa
De los besos del Sultán.

Expresando alguién: "¡Olé!", se oye después el inmenso entusiasmo de los espectadores. Llegado así el turno de mí mismo Diego Torrente, les interpreto este *Cante hondo*:

Que yo cantar no quería
Que nadie sabe la pena
Que me cuesta esta alegría.

Y haciendo mi persona ponerse de pie a quienes conforman este elenco de artistas, le digo al público: "Damas y caballeros, como ya sabéis, esta actuación es posible gracias a todos los cantaores, bailaores y tocaores aquí presentes. Vuestras ovaciones para ellas y ellos también". Enseguida agradecemos con nuestras venias, los cálidos aplausos que nos brindan los aficionados al flamenco. E iniciando melodiosos sonidos con sus guitarras el iberoamericano Carmelo Gómez y el americano David Happines, anuncio mi mismo Diego Torrente: "Y he aquí respetable público que os seguiremos deleitando. Esta vez me oirán cantar este fragmento de un *Cante por Soleá*":

Cuando la puesta del sol
Cuando la puesta del sol
Los labios de mi gitana, oh
Mamaíta de mis entrañas
Entreabriéndose al amor.

De inmediato comienza Sol Stepanov a bailar haciéndolo con harto salero, por el meneo de su cuerpo y los tañidos de los tacos de sus calzados. Motivo por el cual se ha colgado ella la cola de su vestido, en uno de sus brazos. Lo hace Sol Stepanov para que mirando los asistentes temblequear sus piernas, aprecien mejor este dificil arte que es el taconeo flamenco. Con lo cual suda a chorros Sol Stepanov. Todo aquello contribuye a que luzca muy atractiva, peinada como está con un moño recogido atrás, y coronando su cabeza una peineta roja con una flor rosada. De pronto un Señor concurrente a la platea, la lisonjea a Sol Stepanov, al contemplarla quebrantarse hacia atrás sin caerse, gritando: "¡Olé!".

Llégale así su turno a Omar Saadí, que viste de punta en blanco incluyendo sus zapatos. ¡Qué despliegue tremendo de movimientos rítmicos hace él con sus brazos y sus manos para comunicar lo que quiere!. Ya que coge su gabán a la altura de su pecho moviéndolo al compás. En otro momento, dá la impresión que se va a desnudar, porque se despoja Omar de su corbata. Y se desabrocha él la camisa dejando a la vista la carne de su pecho. Sabiendo Omar que gusta mucho esa espontaniedad tan agitanada que tiene, prosigue complaciendo al gentío. Bien sea moviéndose con la rápidez semejante a un ventarrón o adueñándose él del proscenio, recorriéndolo en círculo sin parar de taconear. Porque hasta cuando por un instante se pone él de perfil, con uno de sus pies colocado atrás, puntea el piso al mismo ritmo musical. Mientras abre Omar sus brazos, cual si fuera un pájaro previo a remontar su vuelo.

Consiguiendo hipnotizar Omar así con esa diversidad de impromptus a los asistentes.

Quienes gratamente impresionados, estallan en aplausos tras admirar como alternan sus zapateos Sol Stepanov con Omar Saadí. ¡Y cómo también taconean ambos al mismo tiempo, estos bailaores innatos que son Sol y Omar!. Acompañados ellos por los rasgueos de los guitarristas y por mis cantes gitanos. Entonces aprovechando una de mis breves pausas, alguién grita: "¡Así niña, dále aire a tus faldas, agita esos volantes!. ¡Qué pellizco!". Aquel se refiere a Sol Stepanov, a las prodigiosas dislocaciones de sus caderas y a sus piruetas, que dejan a quien la mira como embriagado. Esa vitalidad desbordante e intensamente femenina; ese ardor salvaje suyo de bailaora nata, engendra sobresaltos. Basta mirar como en los rostros de todos, desaparece la tristeza, y aparece ipso facto la alegría. Pero de pronto el guitarrista iberoamericano Carmelo Gómez se pone a cantar el primer fragmento de este *Cante por Soleá*:

Cuando los niños en la escuela
Estudiaban por la mañana
Mi niñez era fragua
Yunque, clavo y alcayata.

Habiendo terminado su cante hondo él, enseguida pregona el norteamericano David Happines: "Ahora, estimado público acompañado por este guitarrista de sudamerica Carmelo Gómez, os entonaré el principio de este magnífico *Cante hondo*":

En busca de otro amor
Yo me fuí de tu lado
En busca de otro amor.
Y como no lo hallaba
Te busqué para que me perdonarás.

Al concluír David Happines, tras agradecer con venias los excesivos aplausos que les brindan los asistentes, canta el gitano español Rodolfo Rojas (alias *Salero)* este *Cante por Seguiriyas*:

¡Ay!. ¡Ah, ay!
No soy de esta tierra
Ni conozco a nadie
Quien hiciera un bien por mis niños
Que Dios se lo pague.

Enseguida, volviendo Sol Stepanov a confirmarnos en el tablao lo excelente bailaora que es ella, entona el cantaor Ramón Córdoba (cuyo apodo es El Moro) este *Cante por Soleá*:

A la orilla de un río
Yo me voy solo
Y aumento la corriente
Con lo que lloro.

Siendo la soleá un canto gitano en su origen, es por lo tanto uno de los pilares básicos del cante. Por eso sus coplas de amor o tristeza, que son casi tan cortas como los refranes, las incluímos de nuevo con gusto. Y voceando alguién: "¡Estamos gozando!", suelta Sol Stepanov su renegrida cabellera. Haciéndolo ella con tanta jondura que vibra realmente el ambiente. Hay tanta pasión en su rostro, como la hay en sus fuertes golpes de sus pies al zapatear. Tras concluir Sol Stepanov como bailaora y habiéndo llegado la emoción al máximo, finalmente acabaremos la tarde con una bulería. Término que se lo explica Felix Solares al gentío con estas palabras: "Respetable público, valga deciros que la bulería es uno de los más famosos bailes gitanos con que se remata toda juerga flamenca. Ello es así, porque la bulería hace brivar, alegrando con su magia". Por eso mismo ahora nos reunimos en un semicírculo todos los bailaores en el escenario. Y por turno cada uno de nosotros salimos al centro del podio a zapatear estos *Cantes por bulería,* cuyo ritmo acompaña las palmas festivas de los demás que componen el elenco de este extraordinario espectáculo:

A la calle me salí, a la calle me salí
A todo el que yo me encontraba
Le preguntaba por tí.
Y a todo el que yo me encontraba
Le preguntaba por tí.

¡Ay, de los cuatro muleros!
De los cuatro muleros
De los cuatro muleros
Mamaíta mía, que van al agua.
¡Qué van al agua!

El de la mula torda
El de la mula torda
El de la mulilla torda
Mamaíta mía, me roba el alma.
¡Me roba el alma!

Está lloviendo en el campo
Está lloviendo en el campo
Está lloviendo en el campo
Mamaíta mía, mi amor se moja
¡Mi amor se moja!

Yo le grito al viento
Porque no me puedo aguantar
La pena que llevo adentro.

Gustando ello tanto a los demás, que poniéndose de pie nos aplauden con insistencia, como si quisieran que esta función fuera eterna. Dándola nosotros por terminada, agradecemos a la concurrencia sus vivas voces de: "¡Viva!" y "¡Hurra!", junto a sus rotundas ovaciones. Y dice Felix: ¡Qué fantástico apreciado público, el habernos divertido tanto ustedes como nosotros!. Y tan entusiasmados están estos aficionados, que acabada nuestra representación y estando a punto de partir, notamos que algunos vienen corriendo hacia los que estamos en el tablao. Se trata de ciertos hinchas, que hablando caló o dialecto de los gitanos, solo quieren distraerse un rato como tocaores, cantaores y bailaores de flamenco. Felizmente accedimos a acompañarlos, armándose una verdadera fiesta gitana. Comentando luego a la salida que este espectáculo había estado muy divertido, lleno de emociones intensas. Pero no paramos en eso porque fuimos hasta la Plaza Principal de esta capital brasileña con ese tropel de gente, para montar un escenario y alargar el jaleo.

Entonces desde Brasilia continuamos nuestra gira internacional por México, Los Angeles, Washington, Nueva York, Londres, Madrid, París, Amsterdam, Berlín, Roma, Moscú y Tokio. Logrando un resonado éxito, mejor dicho apoteósico, en cada uno de esos países donde estuvimos. Ya que nuestra actuación hizó vibrar a miles de espectadores que llenaron por completo las localidades e invadieron incluso los pasillos. E incluso los cronistas de los periódicos lo resumen con epítemos tal como ¡Sensacional!. Alabando ellos por igual, de que la mayo parte de los beneficios pasarán a engrosar los fondos destinados a obras benéficas. De Tokio regresamos nosotros a Argelia, a su capital Argel. Y habiendo viajado, pues, por el mundo en un trajín continuo, donde con nuestros montajes deslumbramos a los espectadores; en Argel nos invita Omar Saadí a comer en un barco, la consabida paella española y el estofado con cebollas. Dándonos a saber Omar: "Estaremos nosotros a bordo, junto con aquellos conocidos nuestros que han ido a recibirnos al aeropuerto. Y también con la gente que están acercándose a felicitarnos".

Prosigue el cante hondo

Después, hallándonos en la embarcación, en lo mejor de la cena con algunos periodistas y los del Cuerpo Diplomático que representan a otros países, les cuenta El Príncipe Islamita a los reporteros: "Con razón estamos todos supercontentos. Si donde ibamos nos aclamaban repetidas veces ¡Qué garbo!. ¡Vaya jondura!. ¡Bravo chavales!". Y Omar Saadí, emite: "¡Experiencias así, pocas veces se repiten en la vida!. Bueno, ya vuelvo con vosotros. De momento me ausento para conversar, aunque sea a vuelo de pájaro, con quienes están en la proa, en la popa, e incluso en los otros pisos".

Tras retirarse Omar, acercándose Naserdine Seddiki a nosotros, nos hace esta confidencia: "Debido a que soy islamita, me veo obligado a rehusar el vaso de la refrescante sangría que están circulando los mozos. En las fiestas que no son musulmanas, cuando recibo alguna bebida alcohólica, no la ingiero. Y todas las veces que brindan ¡Salud!, solo beso el filo de la copa". Broméale uno de los fotógrafos presentes, diciéndole: "Naserdine, tú haces con los aperitivos como aquel hombre que está ahí besuqueando a una mujer".

Riéndose Naserdine Seddiki, exclama en alta voz: "¡Pero si es El Embajador Stanislao Stepanov con su señora Alejandra!". Acercándose estos a nuestro grupo, nos averigua El Embajador Stepanov: "¿Me llamaba alguno de vosotros?". Aclarándole Naserdine respecto a lo cual nos estabamos refiriéndo, interviene en la conversación El Embajador Stepanov opinando así: "Naserdine, yo pienso que cuando te ofrecen un trago, en lugar de recibir la copa y no probar ningún sorbo, como haces. Te convendría responder: De todas maneras muchas gracias, pero no tomo licor. Prefiero un zumo de frutas o agua mineral". Oyéndo lo anterior Naserdine, pasa a descifrar lo intrincado de ese asunto, manifestando: "Si, tiene usted razón Embajador Stanislao Stepanov, así no me quedaría sediento toda la noche. Actuo así, porque a los abstemios nos compadecen aquellos que consumen cocteles". Y persiste

Sol Stepanov con el tema, proclamando: "Ese es su problema de ellos. Tú alégrate Naserdine, de tener una personalidad independiente".

A lo que añade El Príncipe Europeo: "¡Naserdine, tú eres capitán de tu alma!. Tú tienes derecho a conservar tus creencias. Ninguna ley obliga a la gente a consumir bebidas alcohólicas. ¡Y déjame felicitarte hombre!. Ya que eres Naserdine, uno más de los seres prudentes que conozco. Los otros desde su pubertad están embriagándose en las fiestas, porque piensan que deben imitar lo que hace el grupo donde están. Tú en cambio te mantienes sobrio y no tienes la resaca del día siguiente".

Declara Naserdine: "Si, yo lo sé, no se deben dejar las buenas costumbres, solo para agradar a los demás. ¿Pero cómo puedo rehusar algo de beber a quien me está agasajando?. Diciéndole:

¿Es qué estas celoso de mí?. Sobretodo, cuando lo veo emborracharse hasta vomitar".

Oyendo esto El Príncipe Islamita, comenta: "Tienes razón Naserdine, eres tú quien debe tener pena de los borrachos. Pero no tienen razón los beodos, de sentir compasión de tí. Yo digo en los cócteles, cuando hacen alusión de que soy abstemio: No confundamos amigos el objetivo de gustar a todos, con este otro que es mejor, que es el ser respetado por todos".

"Yo soy El Embajador de Israel", agrega uno de los agasajados. "Y estoy de acuerdo con vosotros. Pues basta acordarnos, que cuando respondemos ¡No!, a lo que nos va mal, estamos diciendo ¡Si!, a lo que nos va bien".

Retomando la palabra Naserdine, aumenta: "A ver, oígamos la opinión de Diego Torrente. Dínos Diego, tú que también concurres a una tanda de recepciones diplomáticas. ¿Es correcto que un invitado no acepte ni siquiera una gota de un cóctel?"

Dígole yo: "Naserdine, para salir aquel de la vacilación podría preguntarse: ¿Me dicta mi conciencia o mis principios morales, abstenerme de beber tragos etílicos?. Cuando se responde él mismo: Si, o raciona de manera semejante, quiere decir que actua correcto".

"Cierto Diego, eso es lo que además necesitaba oír", concuerda Naserdine conmigo.

Y argumenta El Cónsul de la Embajada de Marruecos: "Ciertas personas se ven obligadas a beber vino. Por ejemplo los sacerdotes cristianos en los altares y sus correligionarios. En cuanto a los demás, uno puede elegir de acuerdo a sus creencias religiosas si toma bebidas que contengan alcohol o no".

Alega de inmediato El Embajador de Irak: "Felizmente los musulmanes no arriesgamos en volvernos alcohólicos, ni debilitamos nuestros cuerpo. Ya que preocuparme por la salud ajena, o la mía propia, es una de mis prioridades".

Persistiendo en el tema El Embajador de Irán, discurre: "Por suerte en eso tenemos todos un parecer unánime. Que hay una gran diferencia entre una cosa que es defenderse pacíficamente uno mismo, con la otra que es la agresión contra los demás".

A más de lo dicho, aduce esta razón un palestino: "Naserdine, aquí me tienes a mí, Jalal Abbas, representando a Palestina, la tierra mía como diplomático. Lo cual considero un gran honor. Respecto a empinar el codo alguién, que significa beber en demasía licor. Te doy la razón Naserdine sino lo haces. Ser abstemio es un distintivo, de todos los musulmanes, digno de alabar. ¡Joven, haces muy bien en estar feliz contigo mismo!. Pues, de ahí parte tu amor a toda la humanidad. En cuanto a nosotros, Embajador de Israel, seguiremos rogando a Dios. Y asimismo continuaremos trabajando, para que no llegue el día en que la guerra se extienda como reguero de pólvora en todo el mundo y la excepción sea la paz". En ese momento acércase Rachid, el esposo de Meriem, a mí y conduciéndome hasta la baranda donde se contempla el mar, me comunica sollozando, llamando con ello la atención de quienes pasan:

"Diego tu sabrás que estoy desempleado. Desde el alba hasta el atardecer busco trabajo pero sin resultados positivos. Tú has visto como sufre un matrimonio bajo la tensión que produce el salir a entrevistas y volver a casa sin ningún contrato. ¿Sabes tú, Diego, que más puedo hacer por ello?"

Respóndole yo Diego Torrente: "Rachid, tu estrategia para conseguir un trabajo que sea pagado, está muy bien. Algunas amistades mías, que por fin lo han obtenido, habían pasado su tiempo, entre cuarenta y cincuenta horas semanales buscándolo. Además, si te es posible, debes seguir otra carrera de estudios o especializarte más en la que tienes. Como ves Rachid, existen muchas posibilidades, incluyendo que solicitaras tú un puesto en diferentes compañías extranjeras". Alzando su vista me dice Rachid: "Diego eso es lo que deseo. Por favor quiero que le averigues a Omar Saadí si tiene sitio en su negocio para mí, a horario completo. Siendo tú Diego uno de sus amigos, ¿cómo te va a negar algo Omar si se lo pides?. Estar con los brazos cruzados sin gozar de un sueldo, es trístisimo".

Dándole a saber a Rachid, que ya me lo imagino, prosigue él: "Diego, a los que tienen un paro forzado, les parece que están marginados de la sociedad. Pues se sientan a la mesa donde no pueden aportar alimento, ni siquiera su pan de cada día". Tras oírlo a él, le aseguro: "Ahora mismo Rachid, nos acercaremos a Omar. Pronto sabremos si tiene una ocupación para tí".

Tras conversar con Omar Saadí, refiérenos él de inmediato: "Estoy necesitando un chofer a horario completo para mis asuntos comerciales. Rachid, si tienes brevete, te doy esas labores. Y serás por ello remunerado con justicia, de acuerdo a la ley". Enjugándose las lágrimas Rachid, responde: "¡Oh bendito sea Alá!. Si Omar, yo tengo permiso para manejar automóvil.

Así que muchísimas gracias". A lo que Omar dándole una palmadita en el hombro, lo consuela aún más aumentando: "Rachid, para eso están las reuniones sociales para darse a conocer. Y conversar de diferentes tópicos, tal como las posibilidad de encontrar una plaza vacante". Celébrale Rachid, a Omar, lo delicioso que está la paella, por lo que Omar le agradece los cumplidos con una sonrisa franca.

Oyendo aquella noticia Meriem Mehidi, o sea la mujer de Rachid, de puro contenta empieza a tocar la pandereta. Presto un cajonero de la orquesta la acompaña con su música. Cuando acabaron los sonidos, uno de los invitados le entona a Meriem este *Cante hondo*:

¡Gitana como te has puesto!
¡Gitana como te has puesto!
Tú no ves la catedral
Ni por fuera, ni por dentro.

Y tú quién eres?", interrógale Meriem al cantaor. Dále a saber él con su modo de pronunciar muy gitano: "Adivínalo mujé, a través de este mi *Cante hondo*":

¡Morito soy!
¡Morito soy de Triana!
¡Morito soy!
¡Morito sin prisionero, ay!

Cesado aquello, pasamos el rato unos y otros cenando, mientras escuchamos la melodía titulada *Recuerdos de la Alhambra* del compositista español Francisco Tárrega Eixea.

En otro piso del barco está entonando *Morita, mora*, el americano David Happines. Entonces se hacen presentes El Príncipe Islamita, El Príncipe Europeo y Sol Stepanov, después de dar un breve paseo en lancha por el Mar Mediterráneo, aprovechando el plenilunio. Ellos tres lucen mojados, pero aún así escuchando Sol Stepanov a la orquesta morisca compuesta de piano, guitarras y bandurrias interpretar *Morita, mora*, se pone a tocar las castañuelas. Y subiendo de inmediato a la tarima del teatrín Sol Stepanov junto al Príncipe Islamita, nos embelesan con sus bailes. Mientras que nos deleita el norteamericano David Happines cantando dicha zambra de este modo:

Por fin te tengo a mi lado
¡Ah, mora del alma mía!
Que sola se habrá quedado
La flor de la morería.

Acabado aquello, se le acerca David Happines para darle un beso a Sol Stepanov, seguido del Príncipe Islamita que se coloca al otro lado de Sol. Y sonriendo ellos tres nos agradecen con sus venias los aplausos cerrados que les prodigamos. Enseguida nos anuncia David Happines: “Este cante de la *Soleá del Arenero* que me oiréis entonar, lo oímos Sol Stepanov conmigo al arribar a una gitanería”.

¡Ay, ya se apaga!
¡Ay, ya se enciende!
Ya me quieres, ya me olvidas
Y tu querer, nadie lo entiende

Escuchándose a los invitados sus rotundos truenos de palmas, continuamos todos charlando a la vez que gozando de esta vista fabulosa de las olas que a veces golpean en el barco. En este instante estoy en presencia del creador de la Compañía Felix Solares. Me refiero al español Solares quien, justo en el momento en que unos periodistas nos felicitan por el éxito obtenido en el extranjero, les cuenta: “Me gusta que todo esté perfecto. Y eso requiere muchos ensayos. Yo pido el cien por ciento, tanto de los demás artistas como de mí. Pues, modestia aparte, sé que tenemos dotes excepcionales. Me enamoré siendo un púber de las fiestas gitanas y así sigo. Y a la gente que está conmigo le tiene que apetecer estar involucrada en esta historia. Conforme pasan los siglos, del arte flamenco solo se recuerdan el nombre y la apariencia de los más sobresalientes. Por eso me rodeo siempre de los mejores. Y eso no es restar, es sumar". E irrumpiendo Omar Saadí, pronuncia: "Felix Solares, tu fama como bailarín ha trascendido los océanos. Y hasta las sirenas desde el mar están clamando el verte taconear".

Contagiándonos Felix con su risa, enseguida articula: "Como el cante y el baile jondo nos pone el ánimo más alto todavía, acompáñadme amigos con la música para deleitar a estas damas y caballeros. Ahora mismo nos veréis actuar". Y danza Felix con tanta maestría, crispando y relajando su cuerpo, que cuando él termina, El Embajador de Siria le hace este comentario: "¡Felix, qué animal salvaje tendrás adentro, que zapateas así!"

Elogiándolos yo Diego Torrente asimismo a Felix, al Príncipe Islamita, a David Happines y a Sol Stepanov, pronuncio: "Y como lo hicistéis vosotros con tanta viveza y gracia, tuvimos que aplaudiros a rabiar". Irradiando ellos alegría, después nos comenta Felix Solares a la concurrencia, cuando uno de los presentes le pide que explique que es flamenco: "Se conoce con tal nombre a un género de danzas y canciones de los gitanos de Andalucía, que en el siglo XV llegaron a España". Y hablando otra vez Felix Solares, aumenta: "En la historia del cante hondo, se cuenta que entre los años 1765 y 1860 se crearon en España tres escuelas importantes: La de Cádiz, la de Jerez de la Frontera y la del barrio de Triana en Sevilla. A partir de estas mencionadas, el flamenco se propaga a todo España. Y tal como se hacía con otros bailes españoles, se empieza a representar en los patios y salones privados cuando se celebraban las fiestas. Posteriormente, desde el año 1860 hasta 1910 se le conoce como *La edad de oro del Flamenco*. En esa época florecieron los cafés cantantes. Y a partir de 1955 el flamenco se desarrolla en los tablaos, pero también en los teatros u otros escenarios españoles o universales. Pero lo que llamamos una juerga flamenca, que emociona en lo hondo, es en un pequeño círculo de tres amigos, donde solo se encuentra el guitarrista, el cuerpo que baila, y la voz del cantaor que canta hasta el amanecer algunos cantes hondo. Tales como este que escojo al azar".

En una piedra me siento
En una piedra me siento.
Y repasaba yo mi memoria
Con lo que tengo pasado
Se puede escribir una historia.

"Cantares por ese estilo, como este que acabáis de oír, canta el gitano en una juerga flamenca. Y va agregando un sinfín de improvisaciones". Después de aquello y haber cenado todos mientras interpreta la orquesta de *El amor brujo,* la pieza *La danza del fuego* del compositor español Manuel de Falla, se despiden con premura Felix Solares y los de su compañía dándonos fuertes abrazos. Salieron ellos hasta el aeropuerto, por tener contratos para actuar en otros países de África, antes de volver a España. Así que les deseamos éxito en sus próximos estrenos. Y dejándole al Todopoderoso, el que nos diera la oportunidad de volvernos a ver, les dicen algunos a Felix y a los demás artistas que viajarán por África: "*Inchala*", en el idioma árabe; así como otros les voceamos en el lenguaje castellano: "¡*Dios lo quiera*!"

Boda de Mohammed Cherrat y Jalila Benchallal

Al cabo del tiempo señalado, sucede que hoy día presenciamos en el matrimonio de Jalila Benchallal con Mohammed Cherrat que las bodas en Argelia son en su mayoría tal como nos las habían anunciado. Niñas en su pubertad con sus pañuelos cubriéndoles sus cabezas y las mujeres mayores están con pulseras, collares, aretes e incluso algunas les cubren adornos en las frentes. Mientras un conjunto de cuatro jovenes arabescas sentadas sobre una alfombra nos distraen con sus instrumentos musicales, que comprenden un tamborín, un violinete, un laud y una alegre pandereta. Y que diré de la comida con tal dispendio de platos deliciosos. Entre tanto, los dos Príncipes que están entre los invitados forman un grupo conmigo, girando nuestra conversación alrededor del siguiente tema: "Las musulmanas antes de casarse no abren sus piernas a su novio", nos dice El Príncipe Europeo que se haya presente. Entonces añade El Príncipe Islamita: "¿Qué sabemos nosotros si todas son así?. ¿Qué opina usted doctor Azedine Aitaba?"

E interviene este médico que es colega del novio, contándonos: "Yo sé de casos, en que algunas de ellas ya han tenido relaciones maritales con un hombre y para casarse con otro se hacen coser el himen".

"Si, pues, aquello es bien conocido", expresa El Príncipe Islamita.

"¿Y quién fué aquel que primero la poseó?", interrógale El Príncipe Europeo, "Seguro que hombres como este que estoy mirando, que se unen en matrimonio solo con princesas".

Y aunque no me doy por aludido, argumento yo: "Lo ideal es que se casen vírgenes pero no siempre sucede así. Una mujer puede ser inocente y no ser vírgen. En el caso de que haya sido desflorada por la fuerza".

Viendo que se ha acercado Sol Stepanov a nuestro grupo, recomienda El Príncipe Islamita:

"Además por respeto a Sol, no debemos continuar con el tema".

Altércale El Príncipe Europeo: "¿Dínos entonces Príncipe, de qué te interesa hablar?. ¿Sobre tener muchas esposas a la vez?. Eso no lo acepta Dios, ni las mujeres en este siglo XXI".

Por lo que le replica El Príncipe Islamita: "Lo que hacen otros con su vida, eso es asunto de ellos. Me importa más como yo procedo".

Vuelve a inquirirle El Príncipe Europeo: "¿Y cómo actuas tú?". Dále a saber el anterior: "Yo soy un hombre para una sola mujer".

Al oír El Príncipe Europeo esto, cogiéndola a Sol Stepanov de la cintura, la levanta en alto y dándole una vuelta en redondo manifiesta: "Comprendes ahora Diego, porque la mujer en el ballet necesita el soporte del hombre", pero Sol se excusa para ir al lado de sus padres, que están a punto de partir. Habiéndose marchado Sol, déspidese también el de la sangre Real Islamita, quien dirigiéndose al Príncipe Europeo le cuestiona con su parsimonia característica: "¿Amigo, estás de acuerdo si voy al aeropuerto para desearte buen viaje?"

"Por supuesto", respóndele El Príncipe Europeo al Príncipe Islamita. "Solo que antes de despedirme de Argelia quiero dar un paseo por las calles de Argel con mis amistades. Por lo tanto si vienes tú, eres bienvenido. Y después de ese deambular, volveré a dar otro salto largo en mi vida. Antes fué para viajar desde Europa hasta Argelia. Esta vez será para retornar, desde este continente africano al europeo. Algo así como acostumbro hacerlo cuando bailo ballet que me remonto en el aire. Con la diferencia que en los escenarios mis brincos son más cortos". Llegando luego El Príncipe Europeo y mi persona a la entrada del complejo de casas, donde habitamos en la planta alta, en una de las viviendas la familia Stepanov y en el otro domicilio mí mismo; vemos que está Sol Stepanov en el portón de afuera. Por lo cual se detiene El Príncipe Europeo a conversar con ella y yo entro tranquilo a mi morada, sabiendo que está Sol en buena compañía. De inmediato que le he puesto a mi perro la cadena al cuello para sacarlo a pasear. Yo sé que a la mayoría de los argelinos no les gusta encontrarse con caninos en las calles, debido a que no saben si muerden o están vacunados contra la rabia. Pero es para mí, dicho animal, una compania entrañable. Concerniente a mi huéspede, o sea al Herededo del Trono de su país en Europa, él tiene una llave duplicada del portón para entrar cuando le parezca.

¡Qué fresco olor esparcen ahora los campos que están alfombrados de verde por la garúa!.

Y durante el paseo voy contemplando bosques de árboles bien alineados construídos sin duda por la mano del hombre. Llueve intensamente y veo que la lluvia colma de agua enormes lagunas secas, el resto del cual se desborda por la campiña. No se exáctamente cuanto tiempo llevamos caminando, cálculo que es un par de horas. Felizmente no estoy solo, está conmigo como ya lo dijé mi cachorro que es un regalo del Príncipe Europeo. En hora buena me lo trajo. Y ya tiene su nombre porque le he puesto Jofor que entre los moriscos significa Pronóstico. Después de aquello, estaba ya soñando yo en mi alcoba, cuando retumban los rayos. Poniendo la radio, capto nítidamente una emisora española, y oigo que dice: "El racismo es una realidad social, sin ser una verdad innata, porque tanto valor tiene una raza como la otra". Prestando atención escucho que el comentario está a cargo de un sociólogo, quien prosigue opinando: "Hay patología en la discriminación. Pues no es una idea objetiva, sino subjetiva, donde la persona que menosprecia tiene cierta inseguridad sobre ella misma.

Es decir, guarda consigo un problema que aún no ha resuelto".

Anoche cuando entró El Príncipe Europeo a la casa, yo no lo sé, pues me encontraba durmiendo. Sin embargo también lo han despertado a él los relámpagos con su tremendo ruido. Así que saliendo a la azotea percibo que está él ahí, por lo que nos ponemos a conversar. Y a mi pregunta de que piensa hacer él cuando esté en Europa, ínformame:

"Diego, en septiembre iré a estudiar en el Ballet de la Opera de París en Francia. Allá crearán para mí, y espero que haciendo pareja con Sol Stepanov, brillantes personajes del repertorio internacional". Expresole yo: "Dios mediante, ya iré a veros". Respóndeme él: "¡Qué bien Diego porque así podremos conversar algunos momentos, que me servirán como descanso!. Dichos estudios serán muy intensivos. Los alumnos, además de tener clases para ser danzarines, debemos saber actuar en escena. Y tendremos horas dedicadas a la música, a la improvisación. Durante ese período de tiempo, también aprenderé esgrima como un deporte de lucha para saber manejar el sable y la espada sin herir a nadie. Estos ejercicios físicos son muy importantes pues dan disciplina. Y en nuestro desenfrenado tiempo, que una persona practique el control propio, es imprescindible".

Prosiguiendo con la conversación, le departo: "Dijiste una vez, que la vida total de un danzarín es alegre. Pero también triste porque su carrera dura poco tiempo", contéstame él:

"Así es Diego. Como bailarín de ballet uno debe trabajar duro con su cuerpo, como si fuera de mármol para llegar con su baile a la cima, al grado más elevado que es la perfeccción. Y desde ahí enseguida comienza la bajada. Por eso es una vida trágica, pero bella. Los bailarines son como las flores. Eso a inspirado algunos coreógrafos hacer composiciones de bailes para los que se han retirado del escenario por ser ancianos. Tal como Mats Ek que ha creado un ballet para su madre Birgit Cullberg. Siendo ella era una danzarína ya avanzada en años". Y cuando a lo dicho por el Príncipe Europeo, añado yo: "Seguro existen artistas tan aficionados a bailar y actuar en los podios, que para ellos eso y la vida es en absoluto una sola cosa".

Entonces retomando la palabra El Príncipe Europeo, me hace esta confidencia: "Diego, yo no sé si puedo existir sin aparecer frente al público. Desde que tenía yo siete años he buscado las tablas. Todo lo concerniente a eso. Y no solo danzar sino también la música, el teatro, cantar. Una vez que uno ha entrado en ese ciclo, ya no puede pensar en otra cosa. Pero este contacto tan intenso aquí, con la naturaleza africana, hace recapacitar. Ahora yo deseo ver mi vida como si estuviera guíada por un compás. Que esa brújula me capacitara a mirar, hacia donde yo quiero ir. Y como puedo hacer para llegar hacia allá. Quiero que la seguridad de mi vida se base en principios correctos que no cambian. A pesar de las condiciones en que uno se encuentra, o de las circunstancias que siempre son tan cambiantes como el viento".

Interrogándole yo cuáles serían esas normas de conducta para él, adiciona El Príncipe Europeo: "Diego, pongámoslo así. La palabra Dios, estarían al centro como un sol. Y alrededor de Él como si fueran planetas estarían en este orden. Primero: Atender a mi religión. Segundo: Cuidar por el bienester de los seres humanos en general, incluyendo mi familia y mí mismo. Tercero: Cumplir expedito mis obligaciones para que se conserve la monarquía. Cuarto: Colaborar con la Protección del Reino Animal y del Medio Ambiente. Quinto: Ayudar a erradicar el analfabetismo en el mundo. Sexto: Administra mis cuentas de dinero, pensando no solo en mí o mis conocidos, sino también en aquellos que podrán beneficiarse a través de mis inversiones".

Y riéndose El Príncipe Europeo, agrega: "Séptimo: Gozar con mis distracciones, entre las que se encuentran el internet. Octavo: Promover la paz en el mundo. Noveno: Conversar con mis amigos y mis enemigos, si es que los tuviera, para ver en que forma puedo armonizar con ellos. Décimo: Tomar vacaciones una vez al año. Onceavo: Hojear los libros de mi biblioteca. Doceavo: Salir por las calles como incógnito. ¡Oh, esto me arroba!". Dice también él: "Como te imaginas Diego, estoy convencido que uno debe dedicarse a esas prioridades de manera balanceada. Sin atender demasiado solo algunas de todos ellas, en negligencia de las demás. Por ejemplo, no se debe trabajar muchísimo. Porque se estaría entonces descuidando otro principio básico que sería la salud". Discurro yo: "Si pues, laborar hasta el agotamiento va en detrimento de uno mismo".

Y como el alba está invitadora salimos El Príncipe Europeo y yo a dar un paseo durante el cual prorrumpe él: "Aunque las apariencias engañan, yo miro la vida en términos de que puedo hacer en favor de la Tierra y por su gente. Razón por la que tengo que cumplir mis decisiones, unas en términos cortos y otras en períodos largos".

Entonces le comento mi mismo Diego Torrente: "¿Tendrás Príncipe una agenda, donde sueles apuntar tus propósitos y quehaceres diarios?".

"Si Diego", me dá la razón El Príncipe Europeo. "Y esos son mis planes para cuando deje de bailar ballet. ¡Cómo le agradaría a mi madre oírme hablar así!. Aquella transformación en mí será como una aventura excitante. Y una oportunidad para ayudar a construir su vida a otras personas. Mejor dicho de interdependencia en que nos ayudemos mutuamente. ¿Te parece a tí Diego, que se vé muchas miseria en el mundo?"

Dándole mi opinión, pronuncio: "La verdad es que sí". Y me afirma él: "¡Qué sino se soluciona, originarán conflictos étnicos dentro de las mismas naciones!. Pues el que existan tareas diarias renumeradas para algunos, y nada para otros. No convence a quien crea que en el mundo impera la justicia. Lo mejor sería reducir los horarios laborales de cada persona, de ocho horas diarias que son, a solo cinco. Y por igual sus salarios. Así habría más vacantes de empleos disponibles".

Exprésole yo: "Si eso sería una de las soluciones. ¿Pero crees tú que quienes trabajan a tiempo completo cada día, aceptarían que se les reduzcan sus tareas y sus jornales?" "Si Diego, hacia esa realización tiene que encaminarse el mundo. Aquello será la única fórmula ideal para crear más empleos", persiste en asegurarme él. "Porque sino lo hacemos cuanto antes, millones de personas se arrojarán a las ollas de los ricos para repartirse la carne, o mejor dicho la comida que han guisado. Y como la humanidad siga explotando la naturaleza y las reservas naturales, por carestía de recursos todos nos veríamos involucrados en guerras en un futuro cercano. Además en desastres, porque el clima cambiaría y como consecuencia de ello la superficie del mar se elevaría hasta niveles muy peligrosos".

Haciendo ambos un alto en el camino, para contemplar desde arriba la campiña de abajo, proseguimos charlando este anochecer de luna llena. Y ante el cielo titiritando de estrellas, discurro yo por mi parte: "Por suerte, hay en nuestros países europeos institutos donde se puede consultar, con antelación, que medidas preventivas aconsejan tomar cuando una catástrofe eminente amenaza a una población del mundo. Tal como el desborde descontrolado de un río o la ruptura de una represa". Y El Príncipe Europeo acordando conmigo, también me dice: "Luego me pregunto yo, si estamos en condiciones de poder soportar el crecimiento de la población mundial, de 5,295 millones de personas que hubo a fines del Siglo XX, hasta las que habrán a finales del Siglo XXI. Qué será más del triple de los seres humanos que existimos en la actualidad. Aunque me quedo corto, porque los nacimientos se multiplican más que en las eras anteriores. Y con las nuevas tecnologias la vida de los ancianos se alarga. En estas circunstancias, resolver los problemas para que ese abismo entre los pobres y los pudientes sea más pequeño, es como ir navegando en un río contra la corriente. Vamos refiriéndonos a los principales diferencias. Nosotros en los países adinerados consumimos por cada persona de la población alrededor de 15,000 dólares anuales. En cambio en los países del Tercer Mundo ni siquiera alcanza lo que se gasta por cabeza a 1,000 dólares al año".

"Por cápita".

"Si, Diego. Asimismo en las naciones del oeste se utiliza en energía y materias primas doce veces más que en las naciones que llamamos subdesarrolladas. Es de esperar pues que si sigue extendiéndose la hambruna, a mediados de este Siglo XXI, la gente entre unos y otros se arrancarán los artículos de primera necesidad. Tal como se agreden las ratas cuando están muchas de ellas en una pequeña jaula. Así como aún se vé, que algunas potencias se pelean cuando se trata del petróleo.

Esto se vió en la Guerra del Golfo Pérsico. Por suerte todo eso ya pasó. Tal como figura en la historia, la Guerra Fría entre La Unión Soviética por un parte, y Norteamérica en conjunto con los aliados como su contrincante. Por igual están cesando otros enfrentamientos allende estos mares. Pues, ¿qué podríamos decir, que no se ha dicho, de las luchas armadas que comenzaron en los Balcanes a fines del siglo XX, que felizmente ya se solucionaron?. ¿Y la confrontación de Norteamérica contra Irak en esta era XXI?. ¿O de la ansiada estabilidad del país Afganistán, que es el corazón de Asia?. Razón por la cual en febrero del año 2009 esa tierra de los Afganos, se convirtió en un protectorado de la OTAN". Pronuncia además El Príncipe Europeo, dándo pruebas de su erudición: "¿Y qué podremos agregar, a lo que opinan los eminentes pensadores sobre los ataques a los Estados Unidos por terroristas extranjeros?. ¿Y cómo respondió el gobierno américano, contra viento y marea, confrontando a los gobernantes iraquíes, hasta en este siglo veintiuno?. Sabiendo cualquier contricante en la actualidad, debido a la experiencia que la vida nos ha dado, que lo peor que le puede pasar a un país es que su suelo sea escenario de una guerra internacional. O que se unan sus contrarios para atacarlo en sus principales fronteras. Haciendo El Príncipe Europeo una pausa, prosigue diciéndome él mismo: "Al comenzar un conflicto de gran magnitud, todos se preguntan: ¿Cuándo acabará, para que esos ataques no desencadenen otros?. Por eso el clamor universal debe dejarse oír, como lo hacía el coro de ancianos en las obras de las Tragedias Griegas, que se representaban en el anfiteatro. Dicho coro aconsejaba a los actores protagonistas de la tragedia, que encarnaban a los príncipes o reyes, durante esas funciones al aire libre, no cometer un crimen. Y poner cuanto antes punto final al derramamiento de sangre, para no sufrir el castigo de los dioses. O sea Diego, si se modernizaran esas Tragedias Griegas en estos tiempos después de Cristo, oiríamos el público, como antaño se escuchaba al coro de ancianos en las escenas del Teatro Griego, advertir a los que actores principales que estarían representando en la escena a los Presidentes de los países que actualmente existen, no cometer crimenes para que después Dios no los haga escarmentar esa falta, ni a ellos ni a sus pueblos. O expresándolo en otras palabras: Para que el Todopoderoso no los corriga con rigor".

Manifiéstole yo: "Apreciable amigo, has descrito el escenario y su solución de modo brillante. Si, pues, como bien se dice: No hay guerra que dure cien años, ni cuerpo que la resista. Todas ellas tiene un comienzo y un fín. Por eso en la actualidad intervienen otros mandatarios de las poderosas naciones del mundo. Me refiero aquellos que tiene buena disposición de voluntad, para que iniciada una lucha armada entre dos países, finalize lo más pronto".

Y agrega este Príncipe Europeo: "Si Diego es cierto. Por suerte se va distendiendo la tensión entre Israel y Palestina. Imagínate tú, como se sentirán esas poblaciones tanto de Palestina, como de Israel. Que siendo piadosas, tienen que confiar en las decisiones de sus Jefes de Estado, para ventilar sus diferencias de opiniones en un mejor acuerdo común. Porque si uno de ellos atacara al otro de manera descarada como ya se ha visto, sin respeto a los seres humanos, el agredido respondería con todo el abastecimiento de misiles que está al alcance de sus manos. E Israel es un país que cuenta con la bomba atómica. ¿Crees tú que las potencias vecinas a ellos, no reaccionarían de inmediato tratando de protegerse ante una ofensiva armada de tal calibre?". Entonces concuerdo con El Príncipe Europeo, declarándole: "Tienes razón, leyendo u oyendo las noticias nadie nos libramos de esas preocupaciones". Y prosigue mi huéspede: "Ni aún en Europa Occidental. Porque como lo vemos a diario, ya están llegando allá gigantescas emigraciones. Los pobres en el mundo ven a diario por los medios de información como vivimos los europeos. Tú, Diego, si vas a recorrer otras ciudades o pueblos de África verás que todas las vivienda u choza tienen un aparato de televisión. Y cada vez más se provee la gente de las computadoras para comunicarse. ¿Crees tú que se les puede atajar de que vayan a residir a nuestras adineradas metropolis?. Donde el hombre o la mujer que no encuentra trabajo, sabe que el gobierno lo ayudará cada día dándole dinero para cubrir su desempleo. Y suficiente dinero de bolsillo para que pueda alimentarse él con toda su familia".

Habiendo éxpresado lo anterior El Príncipe Europeo, se lo confirmo yo así: "Eso significa que todo el mundo va a ser como una gran aldea. Tal como ya se observa en los Estados Unidos, donde su población es una mixtura de americanos, europeos, africanos, asiáticos y australianos. En especial aquella mezcla de gente se observa en Nueva York, que es considerado por todos la capital del mundo. Por eso muchos escogen América como su segunda patria. Ya que por lo general se sienten en Norteamérica integrados. ¡El ver eso me encanta!". Y me dá a saber El Príncipe Europeo: "Yo también en América me siento en la gloria. En especial cuando voy a sus grandes ciudades, tales como Chicago, Los Angeles o Nueva York. Por eso le sonrío a todo aquel con quien me cruzo allá en sus calles o en el parque. Y si me encuentro con japonés, les hago profundas reverencias inclinando mi cabeza". Avanzando con la conversación, me dice él: "Diego, y otras de mis preguntas es: ¿Cómo se puede criar a los ciudadanos que tiene diferentes lenguas y distinas religiones?. En ese sentido Norteamérica es fabulosa, porque se esfuerzan con hacerlo con justicia, para evitar que se levanten tensiones étnicas".

Echándonos andar, no hacia abajo sino por este camino empinado, continua El Príncipe Europeo: "Refiriéndonos de nuevo a los indigentes. La única solución para un cambio positivo estaría si la población de los países adinerados estaríamos dispuestos a sacrificarnos. ¿Pero crees en verdad, que de una manera expontánea lo vamos hacer todos?. Yo no. Quizás después de un par de guerras, algunos políticos conscientes digan: Ello es imposible proseguir de esta manera. Tenemos que hacer a la fuerza un cambio de cosas".

Y sigue él haciéndome este quesiqués, tras tomar un sorbo de agua de las botellas que portamos: "¿Cuándo crees tú Diego que se produce en un país el fascismo?"

"En momentos de gran hambruna", apréstome yo a decirle al Príncipe Europeo. E insisto: "¿Y cómo estás tú enterado de tanto?"

Respóndeme mi Huéspede: "Todo esto lo explicó Sicco Leendert Mansholt quien fué Presidente de la Comisión Europea".

Pregúntole a él: "Dime entonces Príncipe, ¿por qué abogarías tú, si te reunieras con otros, para encontrar una solución genial?"

Contéstame él: "Diego, además de los régimes en cada país, urge un Gobierno Internacional.

Así cooperaríamos todos más para sacar al Tercer Mundo de la pobreza e injusticia.

Exponiendo sus urgencias los más necesitados, es más fácil solucionárselas de inmediato".

Entonces dígole yo Diego Torrente: "Çierto. Cuando la economía de las soberanías adineradas crece un 2% al año, y la de las patrias sumidas en la pobreza solo un 6% por ciento, es aún ese abismo enorme, entre unas y otras. Porque el 6% de un poco, es aún poquito. Y en cambio el 2% de mucho, es muchísimo".

"Por lo tanto se va en ese sentido por el camino equivocado", argumenta El Príncipe Europeo. Y persiste él mismo en el tema: "Diego, para salvar a la humanidad, se debe crear espacio para el público que nada posee. Y la única manera de acortar esa grieta es de que demos un paso atrás. Porque el que no crezca la economía, en nuestras tierras de origen, no será una solución suficiente. Sino que debemos bajar el volumen de producción en los países del occidente, u otros países ricos de Asia, para que al final del Siglo XXI no sea un completo cataclismo el mundo".

En eso viene a la carrera un hombre para decirnos que su esposa está a punto de dar a luz y que se hayan ellos solos en su casa. Así que corrimos allá justo a tiempo para sacar al bebe del vientre materno. Y el padre de la criatura viendo a su mujer e hijo a salvo, dándoles un beso a ella y al recién nacido, nos dice: "Este se llamará Mansûr Khâlid. En cuanto a mi nombre señores es Mahdi Khâlid. Y les anuncio que pronto llegará una ambulancia y un taxi que pedí cuando a mi señora se le presentaron los dolores del parto".

Al cabo de un rato viéndo Mahdi a su mujer y al recién nacido durmiendo, nos dice cuchicheándonos: "Vámos afuera de la puerta para bailar de contentos". Tras brincar a la intemperie cada uno de nosotros a su entero gusto, Mahdi nos dá al Príncipe Europeo y a mí un beso a cada uno, haciéndonos reír. Y llegando las mobilidades, una de ellas con su alta sirena, conducen a Mahdi con los suyos a un hospital de Argel, donde el querubín Mansûr con su mamá Soraya Haddad Khâlid terminarán de ser bien atendidos. Regresando con El Príncipe Europeo a mi residencia, durante el trayecto nuevos estallidos de rayos y truenos, nos obliga a resguardarnos en un mercado lleno de madrugadores, donde nos desayunamos con pan, acompañado con jugo de fruta. Contándole nosotros lo ocurrido a aquel que nos atiende, prosigo: "El nombre que Mahdi le ha puesto a su hijito es Mansûr". Respóndenos el vendedor del quiosco: "Distinguidos señores la palabra Mansûr significa *Ayudado por Dios*. Así os vió Mahdi en el momento del alumbramiento, unos envíados del Altísimo". Disminuyendo la tempestad reiniciamos nosotros la marcha, me refiero al Príncipe Europeo y a mí mismo, llegando después de una larga caminata hasta adonde habitamos en Argel.

Una anochecer exótico

Sucede entonces que habiendo entrando ambos a mi residencia, tan pronto tocan el timbre de la puerta de entrada, yendo a mirar por el ojo de la portecilla vemos que se trata de Abû Pacha, un argelino quien habita una de las mansiones de abajo con su familia. Además de ello, Abû es un rico comerciante que viaja mucho, él cual al abrirle la portezuela en este momento me pregunta en un perfecto francés: "Señor Diego Torrente ¿lo han despertado los rayos antes que yo?". Cuéntole a Abû que sí. Y después de haber hecho las presentaciones para que se conocieran él, con El Príncipe Europeo, seguimos hablando en la lengua francesa. Pronto nos dice Abû, que viene a invitarnos a beber una taza de té en su hogar, hasta que la tormenta que nos mantiene en vigilia, amaine del todo. Y dígole: "Gracias Abû, ya que estamos despiertos, vamos", seguido del Príncipe quien también le agradece su gentileza. Así que cuando Abû nos abre su mansión, mi Huéspede exclama embelesado: "¡Oh, este es un lujo asiático!" Entretanto atravesamos un patio de azulejos viendo la fuente con su pila de agua, y sus arcos en el techo sostenido por columnas, hasta que Abû nos instala en un gran salón, con un decorado arabesco muy refinado, cuyas ventanas dan al exterior de su casa. O sea a aquel patio común que observamos desde nuestro balcón, tanto los Stepanov como mí mismo. Mientras estabamos admirando todo aquello a vuelo de pájaro, antes de sentarnos nos presenta Abû a su mujer llamada Farida Pacha, la que luego de servirnos como bebida un emoliente se retira. Habiéndose ausentado Farida, sus dos hijas de ella y Abû se acercan pasándonos bocados en unas fuentes de plata. Y al sentirnos El Príncipe Europeo y yo tan halagados, les damos nuestro agradecimiento por la fineza de atención que estamos recibiendo. E inquiriéndoles sus nombres, nos dan a conocer que se llaman Ghar Pacha y Zaida Pacha. Y cuéntanos de ellas su padre Abû, que están aprendiendo a bailar *La danza del vientre.*

Instándolas El Príncipe Europeo, a estas adolescentes, a que nos enseñen sus maestrías en este arte, me pregunta Abû:"¿A usted también Diego Torrente le gustaría verlas moverse al compás del ritmo?". Dígole a Abû: "Si Ghar y Zaida están dispuestas a distraernos con los movimientos de sus danzas. ¿Qué más queremos nosotros?. Y hasta puedo yo acompañarlas con ese tambor". A lo que aumenta Abû: "Perfecto Diego. Ahora oígamos a las niñas que dicen. ¿Queréis mostrar Zaida y Ghar a mis invitados como es vuestra *Danza abdominal?"*.

Y como se ríen ellas con disimulo, el mismo Abû nos afirma: "Están expresando con sus sonrisas que sí". Proveyéndonos enseguida Abû junto conmigo de los instrumentos musicales, nos ponemos a tocarlos. Y no necesitan ellas cambiarse de ropa pues tienen la apropiada, además de un rebozo que les cubre parte de sus rostros y sus cabellos. Habiéndose puesto de pie Ghar y Zaida en el centro del salón, comienzan poco a poco a moverse al ritmo, para luego hacerlo acelerado. Pero sin descubrir totalmente los velos de sus caras.

Hasta que llegada la pausa Abû nos interroga, mientras saborea su té: "¿Qué os parece vuestras Eminencias, sus bailes de Ghar y Zaida?". Por lo que digo: "Han terminado de romper con ello nuestra instintiva tristeza de la noche". Y comenta aún El Príncipe Europeo: "Preciso, porque a mí me han alegrado el corazón". Y en un improntus nos dice Zaida: "Moverse así es más relajante que cuando hacemos gimnasia en el colegio". Después de lo cual nos comenta Abû soltando la risa: "Yo he visto mujeres de ochenta años que toman clases. Una de ellas le decía a la profesora: "Por favor no diga mi edad porque quiero bailar delante de jovenes. Y prefiero que ni sepan cuantos años tengo". Y ante la questión del Príncipe de cómo lo hacen, respóndele Zaida: "Mirad vosotros. Para este baile del ombligo se sube el cuello hacia arriba. Y se menean los hombros. Se retiembla la cadera. Y se hace con todo el cuerpo moviéndolo así como si fueran olas que van desde el estómago hasta la barriga".

Oyendo Abû esto, pasa a referirnos: "Es un baile sensual, pero no sexual". Por lo que opina el Príncipe Europeo: "Yo lo veo como un verdadero arte". Y agrego yo: "Ello es como si estuvieramos adentrándonos en un mundo exótico, desconocido". Oyéndome los presentes esto, añade Ghar: "Las palmas de las manos deben estar hacia afuera". Entonces desatándose la seda que le cubre encima de su vestimenta, nos susurra así: "Esta es la danza del velo".

Después de esto, acercándose ambas a nosotros nos enseñan de nuevo su modo de danzar. ¡Qué para que, es tan sugestivo!. Y como El Príncipe Europeo también se ha sumado a Abû y a mí para acompañarlas tocando la melodía con el arpa, nos terminan de despertar todos los sentidos, porque hasta el perfumen que exhalan es exquisito. Así, pues, que Ghar y Zaida concluyendo sus danzas se sientan una al lado de la otra. Mientras oímos a su padre Abû tocar con un instrumento de viento la última pieza de la noche, porque de inmediato ambas se quedan dormidas.

Haciéndonos pasar Abû a otro rincón de la sala donde no puedan oírnos, ni despertarse ellas, opino yo: "¡Mirar estas danzas ablandan, porque su música calma!". E interroga El Príncipe Europeo: "¿Se animarán Zaida y Ghar a ser en esto profesionales?". Contéstale Abû al Príncipe Europeo: "Pocas mujeres lo hacen, porque ser bailarina no está bien visto en una sociedad tradicional musulmana". Dice El Príncipe Europeo, casi en un susurro de voz:

"Están acometidas de sueño, sin poderlo resistir". Y refiérese Abû a aquello, argumentando:

"Yo les guardo sus sueños, cuidando de que no se las despierten cuando están en lo mejor de los mismos. Las primeras cuatro fases del dormir se conocen como *NREM* o no rápido movimiento de los ojos. Durante las cuales el cuerpo se regenera. Luego, después de aproximadamente una hora y media de haberse quedado alguién dormido, se entra en la quinta fase del dormir, que dura unos veinte minutos, llamada *REM* o del rápido movimiento de los ojos. En dicho estado, se sana el espíritu y el cerebro".

Y profiérenos el mismo Abû Pacha: "En los laboratorios se ha observado eso técnicamente. Se ha visto como los ojos del que duerme se mueven como si él o ella estuviera mirando alrededor, como si se hallara despierto. Los bebes tienen muchas horas de *REM,* mientras en la ancianidad aquello decrece. Asímismo es el *REM* un período de tiempo en que aparecen los sueños típicos presentados en forma de narración". Y coméntanos también Abû: "Los hombres en esta fase tienen con frecuencia erección de sus penes. También el clítores de las mujeres se hinchan y pueden originar orgasmos". Y como quiere saber más El Príncipe Europeo sobre aquello, es el mismo Abû quien le informa: "Joven, resumiendo lo dicho, díremos que durante el sueño, después de la cuarta fase del *NREM* se pasa al *REM*. Terminada esa quinta fase, se repite el ciclo de nuevo y así durante toda la noche. En un período de tiempo de siete a ocho horas que duerme una persona, suele darse este ciclo de cuatro a seis veces".

Habla El Príncipe Europeo: "O sea Abû que simplificándolo. Ahora que han empezado a dormir sus hijas Ghar y Zaida, quiere decir que ambas están en su primera fase del sueño que se llama *NREM*. En que están descansando de la fatiga física, y recuperándose de la ardua realidad. Terminado aquello, sus mentes entrarán en la fase *REM*, en que comenzarán Zaida y Ghar a tener sus propias fantasías. Por ejemplo Ghar sobre Diego Torrente, y Zaida respecto a mí. Acabado ello, empezarán un nuevo ciclo y así sucesivamente". Repite Abû: "¡Correcto!". Cuéntanos también Abú: "El beber alcohol reduce el *REM* e inhibe el movimiento. Me contó un amigo médico en Estados Unidos que si una persona toma demasiado licor al anochecer, está arriesgando tener una parálisis. También me dijo que si alguién se priva de sus horas necesarias de dormir acostándose tarde; al día siguiente su cansancio será tan imprevisible y peligroso como un terremoto. Y sus efectos para el que lo sufre serán igualmente desbastadores, porque le vendrá una explosión de sueño a la hora menos pensada".

Queriéndo saber El Príncipe Europeo cuando sucedía aquello, expresa Abû: "Póngamos el caso, cuando alguién anda de parranda toda la noche divirtiéndose en algún holgorio. Y después se pone a manejar su coche, es muy posible que se quede dormido en plena pista".

Comenta El Príncipe Europeo: "Por eso de antemano, se deben poner todos se acuerdo. Para que no beba ni un trago alcohólico, aquel que manejará el coche al regreso. Tal como les informa sobre eso las autoridades civiles, a la juventud en algunos países de la Unión Europea, mostrándoles películas dentro de un automóvil estacionado afuera de las discotecas. ¡Ahí pueden ver los jovenes por sí mismos, qué peligroso es correr esos riesgos!"

"Así es Príncipe, porque durmiendo el cerebro guarda lo que es útil y le servirá. Y a su vez descarta lo que sobra. Por eso es esencial dormir antes de un examen o trabajo importante.

Muchos aciertos escolares y éxito en el trabajo se debe a que se ha dormido suficiente. Ahora bien, prosiguiendo con el tema, vale agregar que el dormir es una actividad muy necesaria e irremplazable. Pues es el único mecanismo que dispone nuestro cerebro para recobrarse. Seguro acá Diego Torrente nos puede contar cuánto tiempo necesita el cuerpo de descanso nocturno".

Dígoles a ellos: "La mayoría de los seres humanos nos acostamos entre las nueve y doce de la noche. Y despertamos de siete a nueve horas más tarde para afrontar el nuevo día".

"Bueno, ahora hablemos sobre Europa", nos pide Abû. "¿Cómo están en el Parlamento Europeo?. Hasta quienes no somos europeos nos encanta eso de la Comunidad Europea. ¡Qué haya, pues, además de Estados Unidos, China, la India y Japón, otro polo de poder en el mundo!"

Y como insiste Abû en querer conocer de quien fué la idea en erigir la Unión Europea, refiérele El Príncipe Europeo: "Los que planearon su creación fueron el francés Jean Monet en conjunto con el italiano Alcides de Gasperi después de la II Guerra Mundial. Idea a la que se uniría Alemania. De allí nació en el año 1951 el *Tratado de París*, que creó la Comunidad Europea del Carbón y del Acero, con la participación de seis países. Estos países (que fueron Bélgica, Holanda, Luxemburgo, Francia, Italia y Alemania Occidental) enviaron a sus Ministros de Asuntos Exteriores hacia Italia para crear en 1957 el famoso *Tratado de Roma,* con el cual se comprometieron a colaborar juntos. E incluso en lo económico porque de allí nació la Comunidad Económica Europea. Pero la intención después fué asimismo trabajar juntos en lo social y en lo político. Por eso se fundó en Roma la Comunidad Europea para la Energía Atómica, llamada el EURATOM, que reguló las leyes para el uso pacífico de la energía atómica. Y ya han conseguido los países europeos un gran logro, al no hacerse la guerra entre ellos".

Tras escuchar Abû Pacha, junto conmigo, el coloquio del Príncipe Europeo, intervengo mi mismo hablándoles a ambos así: "Esas organizaciones se juntaron hacia un mercado único. Y años posteriores en 1985 se le unieron otras naciones creándose *La Comunidad Europea*, que entra en vigor en 1987. Ahora desde el tratado que se firmó en la ciudad holandesa de Maastricht en 1992, y que comienza a funcionar desde 1993, se le conoce como *La Unión Europea*. En la cual entra en circulación física la moneda *el euro* el año 2002. He aquí los países que en la actualidad integran *La Unión Europea*: Alemania, Austria, Bélgica, Bulgaria, Chipre, Dinamarca, Eslovaquia, Eslovenia, España, Estonia, Finlandia, Francia, Grecia, Holanda, Hungría, Irlanda, Italia, Letonia, Lituania, Luxemburgo, Malta, Polonia, Portugal, Reino

Unido, República Checa, Rumania, y Suecia. Estos son los estados que conforman juntos, en la actualidad, un nuevo poder económico y comercial en el mundo. Esta *Unión Europea* es la que debe tomar decisiones, no solo en cuestiones de dinero sino en diversos aspectos políticos, de salud, seguridad social, educación, cultura y de protección al Medio Ambiente".

Interrogándonos Abû Pacha, quienes más formarán parte de *La Unión Europea,* le informo: "Tres países son candidatos para integrar en un futuro *La Unión Europea:* Tenemos a ARYM, que es la antigua república Yugoslava de Macedonia. Y por igual están en la lista de espera Croacia, y Turquía. Ahora bien, como se mueve el mundo tan rápido, cambiando los sucesos a una velocidad inimaginable, no habremos aún terminado esta conversación y ya estarán conformando *La Unión Europea* esas naciones que acabamos de mencionar y otras más".

Riéndose El Príncipe Europeo, junto con el dueño de casa, aumenta el primero de los nombrados: "E incluso *La Unión Europea* tiene como importante misión guardar la paz. Habrá entre estos países y los que se sumen una circulación libre de personas, movimientos de mercancías, de capital y de servicios. Ello significará que la diploma que un profesional ha sacado en su tierra, le servirá para ejercer su profesión en cualquiera de las otras naciones de *La Unión Europea*".

Respóndele Abû: "Joven Príncipe, eso ya se avista en el tránsito de las aduanas. Pues los ciudadanos europeos que están integrados en *La Unión Europea* traspasan las fronteras de esos países, sin que se les controlen los pasaportes, ni las maletas. En la actualidad, lo que me pregunto yo es ¿dónde están con precisión las centrales de esta *Unión Europea*?"

Repóngole yo: "Abû, una sede de la *Unión Europea* está en Bruselas. Ahí se hayan las comisiones de los parlamentarios representando a sus países. El Parlamento Europeo se encuentra en Estrasburgo. Y la Corte de Justicia está en Luxemburgo. ¡Es admirable cómo estamos acostumbrándonos los de la *Unión Europea* a depender mutuamente unos de otros!".

A lo que pronuncia Abû: "Los países del Tercer Mundo os miran a los de Europa Occidental como un buen ejemplo".

Afírmale El Príncipe Europeo: "Claro Abû, pues quienes no sóis europeos, soñáis con serlo algún día".

Entonces cuando se vé un relámpago en el cielo, les hago notar a ellos que aún no se había oído el trueno debido a que está muy lejos. Y como al retumbar el rayo, Zaida y Ghar ni siquiera se despiertan, Abû exclama: "¡Oh juventud divino tesoro!. ¡Maravilloso es que puedan ellas descansar, eliminando todos los azares del día!". Dándole la razón El Príncipe Europeo, departe: ¡Si, Abû!. ¡Dichosas somnolencias se advierte que tienen Zaida y Ghar, libres de sobresaltos!"

Retomando la palabra Abû nos manifiesta: "Por eso me preocupo yo pensando. ¡Qué va a ser de Zaida y Ghar si yo muero!". Y tras coger él un manuscrito, parándose en el centro de la sala donde hay más luz, nos cita a nosotros para escucharlo a su alrededor diciendo: "Resulta que Zaida es una gran admiradora de los antiguos dramaturgos griegos. Oíd, pues, vosotros lo que ha escrito ella aquí en su diario:

Del autor griego **Sófocles**. 497-6/ 406-5 antes de J. C.

De la tragedia Antígona: "Debemos pensar que somos mujeres, que no podemos luchar contra los hombres". El Coro pone fin a la tragedia con estos versos de elevada enseñanza moral: "Con mucho es la prudencia el primer orígen de la felicidad".

De la tragedia Edipo en Colono: El Coro emite terminantemente su fallo sobre el anciano. "El extranjero, señor, es hombre de bien, y sus desgracias, inmensas y merecedoras de ayuda".

De la tragedia Edipo Rey: El Coro pone fin a la tragedia con la melancólica reflexión de que no se debe considerar a nadie feliz, antes de haber visto el límite de su vida.

Del autor griego **Esquilo.** 525-456 antes de J. C.

De la tragedia Agamenón**:** El Coro entona entonces el estásimo tercero. En que expresa su creencia de que no es la excesiva riqueza lo que ocasiona la ruina a los mortales. Sino el acto impío que deja en pos de sí una generación de crímenes, que se van dando vida los unos a los otros.

De la tragedia Prometeo encadenado: La trilogía de los Prometeos enseña a los hombres (en esas épocas en que se creía que habían muchos dioses) que el dios de la justicia Zeus solo pudo llegar a ser justo al cabo de largos siglos. Que sus primeras violencias, provocando con ello más aún el uso de las armas, habían retardado largo tiempo el reino de la paz. Y que solo con la clemencia habían conseguido la sumisión del último rebelde.

Del autor **Aristófanes.** 445-385 antes de J. C.
aproximadamente.

De la comedia La Paz**:** Liberada la Paz de la prisión, la segunda parte de la comedia es una descripción del bienestar y de la felicidad que la Paz ha traído consigo. En medio de la alegría general, hay algunos que están desolados y no toman parte en el común festejo. Ellos son los fabricantes de armas y arreos militares, a quienes la Paz ha arruinado.

De la comedia Las avispas: Incluso el coro exclama, recordando el antiguo adagio de Focílides: "Ciertamente, fué un sabio el que dijó: Antes de oír a las dos partes no puedes emitir sentencia".

De la comedia Lisístrata**:** La situación de Atenas cuando Aristófanes escribe esta comedia, es desastrosa. Pues, la expedición a Sicilia había terminado para Grecia en una de las mayores catástrofes que registra su historia. Los arsenales estaban vacíos; el tesoro agotado; la caballería y la infantería, diezmadas. Para colmo el rey de Esparta había ocupado la plaza de Decelea, a escasos kilometros de la ciudad. Por todo lo cual, los aliados empezaban a mostrar defección, separándose con deslealtad de la causa. Y es Lisístrata, la que en nombre de sus calladas y sufridas compañeras, que pierden en la agotadora guerra a hijos y esposos, sin que su opinión sea consultada, la que pone fin al conflicto de una manera total. Y lo consigue Lisístrata sin perder su feminidad. Más bien, restableciendo ella en los hogares la vida tranquila, y en la ciudad la existencia confiable, que la paz provee.

Terminado la lectura Abû Pacha, suena un nuevo estruendo producido en las nubes, que hace despertar a las hijas de Abû, quien les recomienda: "Ahora niñas id a vuestros dormitorios. Pero antes despídanse de nuestros invitados". Y besándonos ellas en las mejillas, dice Ghar: "Si papá. Tú siempre nos aconsejas que la noche se ha hecho para dormir". Deseándonos, pues, Ghar y Zaida que descansemos, se adentran a las piezas interiores de su residencia, mientras su padre Abû las alaba así: "¡Oh estas hijas solteras que amigables son, con esos hoyuelos cerca de las comisuras de sus bocas, cuando se ríen!". Refiriéndose de nuevo El Príncipe Europeo, a Ghar y a Zaida, afirma: "¡Y sus sonrisas de ellas son tan contagiosas!". Por lo que me interpela Abû: "¿Verdad que sí Diego?". Y asiento yo: "Por cierto Abû. Distinguir a Zaida y Ghar luciendo siempre tan felices de la vida, me pone contento. ¡Contemplar a estas glamorosas señoritas, es semejante a tener un bello sueño!". Para entonces había cesado el alboroto del cielo y ya en perfecta calma le decimos a Abû:

"¡Adiós!"

Despedida al Príncipe Europeo

En el curso de la semana al Príncipe Europeo le damos un agasajo nosotros, me refiero al Embajador Stanislao Stepanov, a su familia y mí mismo Diego Torrente. Habiendo escogido para tal ocasión el suntuoso Hotel Hilton Alger, que está rodeado de una foresta de pinos y desde el cual se domina con la vista la Bahía de Argel. Estamos aquí admirando el paisaje, cuando de pronto entran al comedor un grupo de nueve músicos *Mariachi*. Muy llamativos están ellos con sus enormes sombreros mexicanos sobre sus cabezas y sus ropas típicas de chaquetas y pantalones negros, además de sus camisas y lazos blancos al cuello. Y habiendo ingresado estos charros mejicanos con toda su profusión de alborozo, tocando sus guitarras, vihuelas, guitarrones, violines y trompetas, se colocan ellos semialrededor de nuestra mesa y empiezan a entonar esta ranchera titulada *Cielito lindo*, del compositor mejicano Quirino Mendoza y Cortés que comienza así:

¡Ay! ¡Ay! ¡Ay! ¡Ay!
Canta y no llores
porque cantando se alegran
cielito lindo los corazones.

Y habiendo terminado los *Mariachi* de cantar esta pieza musical completa, prosiguen deleitándonos con muchas canciones más. Aprovechando uno de sus descansos, les pregunta El Embajador Stanislav Stepanov: "¿Y cómo es que estáis vosotros acá en Argel?"

Contéstale uno de aquellos, refiriéndose tanto al Príncipe Europeo, como a mí: "Pues estamos aquí, por cortesía de su Excelencia El Príncipe y del señor Diego Torrente. Y ahora con vuestro permiso, seguiremos también deleitando a los demás comensales. Pronto volveremos hacia vosotros". Y dicho esto se van entonando otra melodía. Agradécenos entonces El Embajador Stanislav Stepanov, tanto al Príncipe Europeo como a mí Diego Torrente por esta dichosa sorpresa. Y pasa a preguntarle El Embajador Stepanov, al Príncipe Europeo: "¿Cómo saben esos cantantes, que eres El Heredero de la Corona en tu país?". Respóndele El Príncipe Europeo: "Embajador Stanislav Stepanov, es que estos *Mariachi Mexicanos* van en Europa al palacio de mis padres cada año a cantar".

Estando de regreso los *Mariachi* junto a nosotros, ante la indagación del Embajador Stanislao Stepanov si recorren otros países, le informa El Director del grupo llamado Máximo Lozano:

"Embajador Stepanov, el que podamos viajar se lo debemos a los Diplomáticos mejicanos y a los Líderes de nuestro gobierno. Venimos de dar conciertos en Indonesia, Japón, Rusia, Suecia, Noruega, Dinamarca, Alemania, Holanda, Londres, Bélgica, París y Madrid. En este momento, si vosotros sóis tan amables y nos lo permitís, continuaremos circulando alrededor de los clientes". Y arrancando ellos con los acordes de sus instrumentos musicales, van creando unos sonidos que parecen más bien el paso de los ganados por las cañadas y los valles. Entonces cuando los *Mariachi* hacen su pausa, les digo mi mismo Diego Torrente a aquellos que están conmigo en la mesa: "Excelentes artistas como son ellos, terminan estableciéndose en las grandes ciudades". Y sobre esto comenta Alejandra de Stepanov: "Los demográficos calculan que la mitad de la población mundial vive en las capitales. Ellas son populosas, en cuyas calles uno se cruza y se codea con un incontable número de gente. Sin embargo esos encuentros con desconocidos siempre son superficiales, que no llegan a la verdadera amistad".

Áclara más lo dicho El Príncipe Europeo, al prorrumpir: "Sol Stepanov, esas relaciones apresuradas y prudentes, estímulan en el transeúnte la intuición para catalogar rápido a los otros. Dejándose llevar el peatón más por la razón, que por los sentimientos". Menciónale también a ella, su padre Stanislao Stepanov: "En los centros cosmopoliticos hija, la vida es más corta que en las zonas rurales. Pues, consumen mucho a la gente que ahí vive. Se lleva una vida muy agitada en esas zonas superpobladas. Y el costo de gastos para subsistir es muy elevado. Por eso la tasa de nacimientos es baja y la mortalidad infantil es más alta".

Y a los presentes comensales depártoles mi persona o sea Diego Torrente: "Por lo tanto, la superviviencia en las metrópolis depende de la llegada constante de nuevos habitantes. No importa de donde ellos vengan. Ya sea del campo, de otras provincias o del extranjero tal como lo somos nosotros aquí en Argel. Y puede decirse que los foráneos somos necesarios e inevitables. Aunque se trate de personas de diferentes idiomas, costumbres o religiones".

Tomando la palabra Alejandra de Stepanov, nos habla así: "Y aunque el vivir en las ciudades principales pueden generar problemas a sus habitantes, como el racismo o la explotación de un grupo por el otro, en todos se vé un incesante empeño por una calidad de vida mejor.

Como se nota en muchas familias acá en Argel, que hacen esfuerzos titánicos para seguir existiendo". Oyendo esto se pone a recordar mi jefe El Embajador Stanislao Stepanov: "Por eso anoche, cuando en esta capital de Argelia, miré el cielo estrellado, y en especial una estrella que a lo lejos fulguraba, me preguntaba si Dios aún nos daría vida para seguir viendo estos anocheceres".

E interrógale El Príncipe Europeo durante la conversación a Sol Stepanov, si sus padres ya consintieron en que vaya a estudiar un ciclo en el Ballet de la Opera de París, tal como lo hará él, dános a saber Sol: "Afortunadamente mi papá y mi mamá están de acuerdo. Ya entrenaremos, tú junto conmigo, como danzarines en los escenarios de Francia". Volviéndo esos modernos juglares mejicanos que están cantando, nos comunica uno de ellos: "Debido a que nuestro compromiso es con vosotros, pues aquí nos tienen de nuevo. Recordándoles a vos Príncipe, y a usted Diego Torrente, que dentro de una hora debemos partir". Ya de antemano al Embajador Stanislao Stepanov y a su familia les acabámos de referir, tanto mi huéspede El Príncipe Europeo como mí mismo Diego Torrente, que con los *Mariachi* nos dirigiremos al Teatro para actuar juntos como cantantes. Y que lo recaudado será donado a los más desesperados de África. Entéralos también Máximo Lozano: "Ese espectáculo nuestro alcanzará una gran audencia. Pues se filmará nuestra actuación en el podio, para trasmitirlo simultáneo por la televisión".

Cuéntales además El Príncipe Europeo al Embajador Stepanov, a su señora Alejandra, e hija Sol Stepanov: "Terminado ese *Concierto Mexicano Cantado,* la Empresa musical reproducirá discos DVD y CD. Ellos podrán comprarse en cualquier país del mundo. Y sus ventas servirán para favorecer a los africanos que no tienen seguro social. Por ejemplo, aquellos que habiendo sufrido un accidente, necesitan operarse para caminar. Con este argumento nos apabulló Máximo Lozano, tanto a Diego como a mí. Siendo una oferta que no podíamos rehusar, terminamos ambos aceptándola". Y saliendo El Príncipe Europeo para acompañar a los *Mariachi* hasta la salida y ponerse de acuerdo en los últimos detalles de la actuación en El Teatro este anochecer, aprovecha Alejandra de Stepanov para interrogarle a su hija: "Sol, y si el Príncipe antes de retornar a Europa te propone matrimonio. ¿Qué le dirías tú?".

Dále a saber Sol Stepanov: "¡Mamá, yo no sé todavía de quién estoy enamorada!"

Respóndele su madre: "Lo que pasa Sol es que tienes tantos pretendientes tocando tu portón".

Partiéndo de este restaurante vamos El Príncipe Europeo y mí mismo Diego Torrente para vestirnos como cantantes mejicanos al Hotel Sofitel, que siendo uno de los más lujosos de este país Argelia, es donde están alojados los *Mariachi*. Después de esto habiendo llegado ambos al Teatro, entramos corriendo por el pasadizo del centro entre los aplausos que nos prodiga con profusión el público. De este modo, pues, ingresé por mi parte entre los asientos de la platea, tocando una mano del Embajador Stanislao Stepanov cuando me extendió la suya para saludarme. Y hacerme saber que tanto él como su familia ya están presentes.

Entonces colocándonos los nueve *Mariachi,* tal como El Príncipe Europeo y mi persona en semicírculo al fondo del proscenio. Vistiendo todos unos ropajes típicos mejicanos por completo de color blanco, incluyendo nuestros sombreros alones y guitarras, empezaron los *Mariachi* con gran animación a tocar los instrumentos, habiéndo agregado a ellos una arpa. Y acercándose Máximo Lozano al centro del podio cerca del Príncipe Europeo, le artícula en alta voz: "Comenzaremos con vos, querido amigo, porque ya hemos atestiguado que Usted canta tan requetebien como un jilguero". De inmediato acompañándose el susodicho Príncipe como solista por los *Mariachi* y por mí, o sea Diego Torrente, anuncia él: "Buenas noches querida audiencia. Esta canción se títula *Farolito,* que en el siglo XX la hizó el cantante y autor mejicano de fama internacional Agustín Lara". Y bajando El Príncipe Europeo por el pasillo del medio, entre los asientos de la platea con el micrófono en una mano empieza a entonarla así:

Farolito que alumbras apenas mi calle desierta.
¿Cuántas noches me viste llorando,
llamar a su puerta?
Sin llevarle más que una canción.

Y al distinguir El Príncipe Europeo sentado entre los espectadores de las butacas al Príncipe Islamita al lado de Sol Stepanov, lo llama a su lado incitándolo a continuar. Por dicha, repite cantando El Príncipe Islamita el resto de la estrofa tal como es hasta el final. Entonces subiendo al escenario El Príncipe Islamita y El Príncipe Europeo entre nutridos aplausos, dice uno de ellos: "¡Gracias Señoras y Señores!". Y agrega el otro: "¡Muy agradecido!"

Y prosigue la función con la participación del primer *Mariachi* que anuncia: "Distinguido público, este bolero títulado *Cuando yo quería ser grande* que os cantaré, fue escrito por Vicente Fernandez. De esta pieza bailable solo entonaré el principio. Pues me emociona al recordar a papá". Interrogándole a gritos un espectador: "¿Cuéntanos charro, por qué te conmueve el ánimo?". Respóndele el cantante mejicano: "Debido a que me recuerda a mi padre. Por ejemplo, a veces papá durante la tertulia a la hora de comer, nos contaba que la policía de Mejico era tan buena como la inglesa. De esa manera nos aconsejaba papá a sus hijos, para que no nos metamos en fechorías. Otras veces nos comentaba él las noticias que leía en los periódicos y censuraba a aquellos que no respetaban las leyes". Tras oír aquello los espectadores lo ovacionan. E interrumpiendo él los aplausos empieza a cantar lo siguiente:

Se van perdiendo en el tiempo,
mis años se van quedando muy lejos.
Ya no me lleva mi padre de la mano,
solamente sus consejos.
Viven en mí los recuerdos de niño,
cuando a una estrella deseaba.
¡Cómo recuerdo a mi padre,
que con eso sonreía, mientras mi madre miraba!

Habiéndo terminado el cantante mejicano, agradece los aplausos al público, expresando: "¡Sóis vosotros muy amables!". Y anímado El Príncipe Europeo, al escuchar a los asistentes del Teatro requiriéndole que cantara de nuevo, dice: "A pedido vuestro, la canción del mexicano Alfonso Esparza Oteo, títulada *Rondalla*. La cual os la entonaré en conjunto con un par de estos fabulosos cantantes mejicanos". Y acercándose dos de ellos al centro del podio al lado del Príncipe Europeo empieza este a cantar:

En esta noche clara de inquietos luceros,
lo que yo más quiero te vengo a decir:
Mirando que la luna extiende en el cielo,
su pálido velo de plata y zafir.
Y en mi corazón siempre estás.
Y yo no he de olvidarte jamás.
Porque yo nací para tí. Y de mi alma la reina serás.

Continuando ambos Charros la canción hasta el final, al terminar reciben en conjunto con El Príncipe Europeo las ovaciones del público. Lo que agradecen ellos tres con sus venias.

Averíguale entonces el *mariachi* Máximo Lozano ante el micrófono: "¿Distinguido Príncipe Europeo, seguro es un secreto cuál mujer rechula de guapa le gustaría a usía que sea de vuestra alma la Reina?". Y viéndo Máximo que El Príncipe Europeo solo sonríe, ya no le indaga más. Antes bien, se dirige Máximo a sus otros compañeros *Mariachis* y a mí que soy Diego Torrente, los cuales estamos en semicircunferencia en el podio, para decirnos: "Ahora continuaremos con vosotros estimados artistas. ¡Pues, sabemos que también os alumbra unas excelentes voces!". Y responde otros dos de los *Mariachis* dirigiéndose a los espectadores: "Señoras y Señores, os entonaremos *Noche de ronda,* que es una canción creada por el inolvidable Agustín Lara". Y ambos *Mariachis* junto conmigo Diego Torrente empezamos a cantar así:

Noche de ronda, ¿qué triste pasas?.
¿Qué triste cruzas, por mi balcón?
Noche de ronda, ¿cómo me hieres?.
¿Cómo lástimas, mi corazón?

Luna que se quiebra, sobre la tiniebla de mi soledad.
¿A dónde vas?
Díme si esta noche, tú te vas de ronda,
como ella se fué. ¿Con quién está?

Y proseguimos nosotros con las demás estrofas de dicha canción hasta terminarla. Entonces como el próximo número cantaré mí mismo Diego Torrente solo, manifiesto en alta voz:

"Respetable público, vamos aplaudir a los *Mariachis* que con tanta gentileza nos están deleitando. Y a continuación os cantaré un bolero, cuya música la compuso el cantante argentino Carlos Gardel y la letra la escribió Alfredo Le Pera". Y prosigo diciendo:

"Por eso cuando oigáis su título que es *El día que me quieras*, muchos de ustedes que ya la conocéis se van a emocionar. Debido a que es una de las canciones más bellas que existe".

Y como muchos espectadores la conocían, la cantaron simultáneo conmigo Diego Torrente, desde el principio hasta esta última estrofa:

La noche que me quieras, desde el azul del cielo,
las estrellas celosas, nos mirarán pasar.
Y un rayo misterioso, hará nido en tu pelo.
Luciérnaga curiosa que verá, que eres mi consuelo.

Y como en los palcos, la platea y la galería del Teatro la algarabía del público es grande, al juzgar por el brivar de sus palmas y sus voces de ¡Bravo!, les digo: "¡Muchísimas gracias!.

¡Qué el Omnipotente os bendiga!. Con gusto os decímos damas y caballeros, niñas y niños que nos deleita estar aquí con ustedes. Nosotros estamos muy agradecidos, a vosotros, por las atenciones que nos están dispensando desde que llegamos. Todos sóis tan gentiles con nuestras personas, que lo apreciamos mucho. Esperamos que los estemos entreteniendo con el programa de esta noche. En el cual hemos incluído ciertas melodías que estamos seguros os gustarán oír. Y después de la pausa tenemos más, porque no hemos terminado todavía".

Transcurrido el entretiempo y ocupadas de nuevo las butacas, dá a conocer el sexto de los *Mariachi*:"Esta pieza que entonaré es *Amanecí en tus brazos*. Se trata de una canción del prodigioso cantautor mexicano José Alfredo Jimenez". Y enseguida se pone a cantar ese *Mariachi* así:

Amanecí otra vez, entre tus brazos.
Y desperté llorando, de alegría.
Me cobijé la cara, con tus manos.
Para seguirte amando, todavía.
Te despertaste tú, casi dormida.
Y me querías decir, no sé que cosa.
Pero callé tu boca, con mis besos.
Y así pasaron muchas, muchas horas.

Y continuando aquel mejicano hasta terminar esa canción, posterior a las ovaciones dice él mismo charro: "Gracias. Este son *Amanecí en tus brazos,* siempre lo incluímos con gusto en nuestro repertorio, porque se lo dedico yo a mi esposa. Y con estos fabulosos músicos acompañándome con su ritmo, ninguno podemos perder. Además contamos aquí con nuestros invitados de honor integrándose a nuestro grupo. Lo que es una sorpresa para vosotros, querida audiencia, porque ellos son nada menos que los excelentísimos: El Príncipe Islamita, El Príncipe Europeo y el diplomático Diego Torrente. Este trío son solteros y sin compromiso. Por eso si algunas de las solteras presentes aquí, o de las ausentes que nos están mirando a través de la película que se está trasmitiendo por la televisión, buscan un novio como Dios manda, pásenle la voz alguno de los tres que les haya gustado. Y tan pronto les sea posible, pues tienen ellos enorme magnetismo para las mujeres, a quienes ahora llenan sus corazones no con broncas, pero si con canciones".

Habiendo arrobado él con estas palabras a las adolescentes, la algarabía de ellas es notoria, más aún cuando comenzamos a cantar *Bésame Mucho,* de la compositora mexicana Consuelo Velázquez, entonándola primero mi mismo Diego Torrente en el centro del proscenio con el micrófono en mi diestra, y enseguida ambos Príncipes juntos, quienes están a ambos lados míos.

Bésame, bésame mucho
como si fuera esta noche, la última vez.
Bésame, bésame mucho
que tengo miedo perderte, perderte después.

Concluyendo nosotros las otras estrofas de dicha canción, luego anuncia su canto el séptimo *Mariachi,* así: "Requetebella canción *Más fuerte que yo*, del compositor Antonio Valdes Herrera". Pero poniéndose él a sollozar solo entona este trozo final:

Morderé mis labios y no haré preguntas.
No quiero enterarme, con quien compartiste,
tus noches.
Hasta de los celos, que tu despertaste,
sin hacer reproche:
Yo te aceptaré como eres.
¡Es más fuerte que yo, el amor que te tengo!

Tras acabar esta parte de la canción el artista, agradece las ovaciones que le tributan. Y el próximo número le corresponde al octavo *Mariachi.* Él cual pronuncia en el escenario del Teatro: "Señoras y Señores, Niñas y Niños me oiréis esta canción infaltable en el repertorio de la música ranchera que se títula: *Volver, Volver, Volver*. Y habiéndo comenzado él, concluye así:

Y volver, volver, volver a tus brazos otra vez,
llegaré hasta donde estes
yo sé perder, yo sé perder, quiero volver, volver,
volver.

"Gracias. ¡Se trata de una inspiración maravillosa!", repite el anterior *Mariachi* tras las ovaciones que los espectadores le dispensan. A punto de iniciar los músicos un nuevo ritmo, entra El Príncipe Islamita caminando por el pasadizo de la platea, de regreso al proscenio. Resulta que por gentileza del *Mariachi,* Máximo Lozano, había tenido El Príncipe Islamita la paciencia de hacer su mutis entre las bambalinas para vestirse de punta en blanco, incluyendo su enorme sombrero mexicano. Luciendo, pues, El Príncipe Islamita tal como nosotros, se reintegra a los que estamos en el escenario. Y acercándose él al micrófono, les pide a los concurrentes: "¡Vuestros aplausos si ustedes quieren para los músicos por favor!". Oyéndose palmotear al público con entusiasmo, de inmediato anuncia el mismo Príncipe Islamita: "De

Agustín Lara os cantaré la canción titulada *Novillero"*. Y empezando a entonarla El Príncipe Islamita, concluye con esta estrofa final:

Muchacho te arrimas,
lo mismo en un quite gallardo,
que en las banderillas.
Torero quien sabe, si el precio del triunfo,
lo pague tu vida y tu sangre.
¡Ay, ay, ay, ay!

Valía verlo al Príncipe Islamita cantando y delante de él en el mismo proscenio, a un *Mariachi* toreando a otro que se había disfrazado de toro. Y el primer *Mariachi* blande su capote y hace los pases en el escenario con tanto garbo, como si fuera un aclamado torero. Simulando él tal como lo hace el lidiador, en pleno ruedo dentro de una Plaza de Toros. Deleitando tanto así al entusiasta público, que sigue atento sus movimientos prorrumpiendo a vivas voces, repetidas veces: ¡Olé!, ¡Olé!, ¡Olé!, ¡Olé!, ¡Olé!. Hasta que al concluír la canción El Príncipe Islamita, aquel que hacía de toro o de fiero animal taurino, se despojó de su ropaje peludo, despertando con eso las risas del público. Acabado aquello, les pide Felix Solares su opinión a los espectadores interrogándoles: "¿Qué canto queréis ahorita escucharnos para cerrar la noche con broche de oro?"

Grítando algunos sentados en la platea: "*Cataclismo"*, del compositor puertorriqueño Esteban Taronji. Y voceando también otros: "El chotis *Madrid"*, de Agustín Lara, les damos gusto anunciando que como el tiempo apremia les cantaremos solo unas líneas de ambas. Por eso de la primera canción junto con los *Mariachis* entonamos El Príncipe Islamita, El Príncipe Europeo y mí mismo Diego Torrente:

¿Qué pasará si andando el tiempo,
de mi te cansas y me dejas?
Le he preguntado a la distancia,
a ver si el eco llega hasta Dios.
Desesperado, presintiendo tu partida,
me imagino que te has ido,

para ver la reacción,
que sufriremos cuando estemos separados.
Y tu pienses en mis besos, y yo añore tu calor.

Tras aquella parte de la canción títulada ¡*Cataclismo*!, cantamos un trozo de esta alegre creación del cantautor Agustín Lara llamada ¡*Madrid*!:

Madrid, Madrid, Madrid,
pedazo de la España en que nací.
Por algo te hizó Dios,
la cuna del requiebro y del chotis.
Madrid, Madrid, Madrid,
en Méjico se piensa mucho en tí.
Por el sabor que tienen tus verbenas.
Por tantas cosas buenas que soñamos desde aquí.

Concluído este evento en el proscenio, nos cae desde el techo mixtura y serpentina de papel brillante. Y nos comenta uno de los organizadores cuando se nos acerca para felicitarnos, ante un nutrido número de sus conocidos: "Y como ya damos por contado, que será un éxito internacional extraordinario al batir todos los record de venta en el mundo, comparable solo con el apogeo que han obtenido hasta ahora los mejores tenores en los siglos veinte y veintiuno: ¡Os felicitamos!. Y cuando queráis os pasaremos la película que se os ha filmado".

Entablando amistad con un periodista de América

En el transcurso del tiempo cuando llega a Argel el periodista norteamericano Abraham Brahim por razones de trabajo, nos ha buscado tanto al Príncipe Islamita, como a mí, para hacernos una entrevista. "Será en la playa", nos dice. Y habiendo aceptado nosotros su propuesta, quedamos en que no comentaríamos sobre la política interna de Argelia.

Reuniéndonos bajo el escenario de un mar tranquilo nos hemos sentado los tres en una barca que está anclada en la arena. Siendo este encuentro en la tarde después que yo había salido de la Embajada. Y comienza el americano abordarnos de esta manera: "Como ya sabéis, vuestras respuestas servirán para informar a los lectores en Norteamérica. Y he aquí mi primera pregunta", dice dirigiéndose al Príncipe Islamita: "Me referiré a vuestro país de origen Kuwait a fines del siglo veinte, para que no mencionemos otras guerras. ¿Durante la crisis del Golfo Pérsico se vieron usted y sus amigos de Kuwait obligados a refugiarse en tiendas de campañas?. Me refiero a aquellas enviadas por las organizaciones internacionales como la Cruz Roja".

Y El Príncipe Islamita le informa: "No Abraham. Más bien nos hospedamos en hoteles así como en apartamentos".

De nuevo interrógale el periodista americano Abraham Brahim: "¿Eran aquellos lujosos?"

Respóndele El Príncipe Islamita que sí. Y quiere aún saber Abraham en que lugares se guarecieron. Cuéntale, pues, El Príncipe Islamita: "En Arabia Saudí, en los Emiratos del Golfo, en Londres y en la Costa del Sol".

Averíguale otra vez Abraham Brahim que quiénes les habían pagado aquello. Por lo cual le refiere El Príncipe Islamita: "Recibimos ayuda de nuestros gobiernos creados temporalmente en el exilo, donde habían médicos, economistas, maestros y de otras profesiones. Cuando Irak invadió Kuwait, por suerte algunos de los refugiados se encontraban en viaje de negocios o de vacaciones en el extranjero". E inquiérele Abraham Brahim: "¿Pusieron vosotros, afuera de su país Kuwait, en recaudo sus millones de dólares procedentes de sus ingresos petróleros, temerosos de que su bienestar económico despertara el recelo y codicia de algunos de sus países vecinos?". Sobre esto contesta El Príncipe Islamita: "Todas las personas que tienen dinero tratan de asegurarlo. ¿Acaso algunos adinerados de su país América no dividen su fortuna para colocarla en dos sólidos bancos, como medida de precaución por si algún día uno de ellos cierra?. Si eso ocurre, por lo menos les quedará la mitad del dinero en la otra institución bancaria".

Y persisten entre ambos la entrevista de esta manera: "Si es que no hubieráis sacado los kuwaitanos con antelación vuestra fortuna, ¿quizás habrían estado hacinados en carpas, con alambrados de púas, así como con policías a su alrededor, tal como algunos Palestinos, Kurdos, Saharauis, y Afganos?"

"Gracias por tu preocupación Abraham Brahim, pero prefiero no hablar de aquello".

"¿Dónde se reunieron para analizar la situación pasada, coordinar acciones del presente y planificar el futuro?"

"En Yedda, la capital del verano Saudí, en la ribera del Mar Rojo, con representantes económicos, sociales y políticos de mi país Kuwait".

E insiste en afirmar Abraham Brahim: "En ese conficto tomaron parte muchos países".

Háblanos El Príncipe Islamita: "Esa *Guerra del Golfo Pérsico* se inició en agosto de 1990 cuando las tropas Iraquís ocuparon una ciudad de Kuwait donde tenía mi nación reservas de petróleo. El presidente de Irak de aquel entonces, Saddam Hussein, alegaba que esos campos petrolíferos estaban en la frontera entre ambos países. De inmediato el emir de Kuwait huyó a Saudi Arabia. Enseguida las Naciones Unidas protestaron contra esa ocupación de Irak y obligaron a esas tropas iraquís a retirarse. Como no lo hicieron, empezó *La Guerra del Golfo,* el 16 de enero de 1991, llamada en el idioma inglés *Operation Desert Storm,* bajo la dirección de un comando americano. En esa guerra participaron treinta y un naciones. Lo hicieron con ataques aéreos para liberar a Kuwait de esa invasión. Hasta ponerle fin en febrero de 1991".

"¿Tuvo usted Príncipe dificultad para salir de Kuwait, vuestra tierra natal que os vió nacer?"

"Desde donde estaba mi padre, conmigo, hasta el aeródromo habían muchos kilómetros de un tráfico intenso, en el que todos los que manejaban tocaban el claxon. Y la carretera estaba atestada por tanques, mientras el viento del desierto nos hacía oír un tiroteo que sucedía muy lejos. Llegando al aeropuerto vimos que la gente estaba pendiente de las novedades que divulgaban los noticieros en la radio. Otros se aglomeraban para ver por la televisión el canal Americano CNN con sus noticias, las que trasmitían día y noche. Debido a que Kuwait es uno de los doscientos diez territorios del mundo en que se puede mirar CNN".

"¿Qué ocurrió con los Diplomáticos que trabajaban en las Embajadas extranjeras?"

"Estando mi nación Kuwait ocupada, hubo de inmediato orden de cierre de esos locales. Por eso aquellos foráneos que trabajaban en el servicio Diplomático trataron de salir lo más pronto de Kuwait, transportándose en lo que podían. Algunos lo hicieron en omnibus, otros en coches. Y procuraban avanzar de noche por las carreteras para pasar desapercibidos".

"En esa guerra se usaron las armas más modernas y sofisticadas de la historia. Después de seis semanas se acabó, obligándosele al gobierno de Irak a pagar el daño", concluye el periodista yanqui Abraham Brahim. Y abordando Abraham un nuevo tema dice: "Cuéntenos algo de los Kurdos".

Entonces refiere El Príncipe Islamita: "Los Kurdos son musulmanes. Ellos viven dispersos en Turquía, Irán, Irak, Siria y la antigua Unión Soviética, etcétera. Ellos son un pueblo que no están reunidos en una sola patria, los cuales cuentan con su propio idioma. Durante *La Guerra del Golfo* alrededor de dos millones de Kurdos salieron huyendo de Irak. Por las montañas trataron ellos de llegar a Turquía e Irán. Pero muchos de ellos murieron en el camino, muertos de frío o de hambre antes de alcanzar las fronteras".

Luego las preguntas del reporero norteamericano Abraham Brahim se dirigen a mí: "Diego Torrente, ahora que diversos países europeos se han integrado en la *Unión Europea* para consolidar su economía. Aquello está teniendo un gran impacto en los Estados Unidos".

"Los habitantes de la *Unión Europea* somos algunos millones más numerosos que los de América", dígole. "Esa unificación nuestra se preocupa de que haya una enorme ampliación del mercado. Y que tengamos menos desempleo en las naciones europeas. Porque en nosotros la cifra de parados es más alta que en norteamérica. Pero nuestra situación actual es también favorable para vosotros, pues, negociantes americanos invierten más en Europa ahora para profiterar de ello. Las grandes multinacionales están hace mucho tiempo presentes en tierra europea".

"¿Van los europeos con el tiempo?"

"Si Abraham porque trabajamos sobre las estadísticas. Sobre un mundo real".

"¿Qué queda de las guerras pasadas?"

"Tu sabes Abraham que después de la *II Guerra Mundial* se dividió Europa en dos partes. La capitalista bajo la protección de vosotros los americanos. Y la comunista que comprendía los países que los Soviéticos conquistaron a Alemania, tales como: Polonia, Rumania, Checoslovaquia, Bulgaria, Hungría y el Este Alemán".

Dice Abraham: "Quedando los Estados Unidos y la Unión Soviética, como los dos países que mantenían el poder del mundo".

"Así es Abraham", prosigo yo. "A ese período que siguió a la *II Guerra Mundial* se le llamó *La Guerra Fría.* Y hubo tensiones entre americanos y soviéticos, pero no se atacaron. En el año 1949 se creó la OTAN que fué un convenio del Atlántico Norte. Con dicho acuerdo Estados Unidos, Canada y los países del Oeste Europeo se prometían apoyo militar en caso de que fueran agredidos. Y en contestación, el bloque del Este-Europeo fundó El Pacto de Varsovia para unirse entre ellos. De esa modo cada uno de los dos bandos trató de tener su predominio en caso de lucha".

E insiste en este tema Abraham: "Diego, durante ese tiempo de *La Guerra Fría* hubieron muchos espías activos. De parte de nosotros los americanos era la CIA. Y del lado de los soviéticos fué el servicio secreto llamado KGB. También los otras naciones tenían sus agentes de inteligencia que trataban de robar informaciónes a los contrarios. Quizás eso evitó la confrontación de unos a otros, pero era muy peligroso para los espías".

"En la actualidad, cada vez, se utilizan menos de ellos para que no arriesguen sus vidas", interviene diciendo El Príncipe Islamita. "Y más bien se sirven de los satélites que pueden tomar fotografías muy claras a una distancia de miles de kilometros arriba en el cielo. De esa manera ciertas naciones controlan a sus adversarios. Ahora Abraham, cuéntanos si estuviste tú como reportero en alguna guerra que libró Norteamérica".

Retomando la palabra Abraham Brahim, háblanos así: "Recuerdo haber presenciado la guerra entre el Norte, y el Sur de Vietnam. Durante la cual murieron más de 50,000 soldados americanos. Aquello fué terrible, siempre me salvaba yo por un pelo. Y lo ví desde el año 1954 en que la colonia francesa de Vietnam fué dividida en dos partes: La comunista Vietnam del norte y la no comunista Vietnam del Sur. Aquella separación fué temporal, porque el pueblo debería elegir que forma de gobierno quería para todo Vietnam. Entonces comenzó la lucha entre la zona comunista de Viet Cong y el gobierno Sudvietnamense. Y como el poder en América temía que las dos zonas se convirtieran en comunistas, envió miles de soldados y algunos reporteros entre ellos a mí. Pero la soldadesca americana no estaba entrenada para luchar en la jungla, por eso no se podía ganar. Y se puso de manifiesto en las noticias internacionales con nuestras fotos, e informes periodísticos, lo que estaba pasando".

Viéndonos callados al Príncipe Islamita, y a mí, continua Abraham: "Cuando comenzaron las protestas callejeras mundiales contra el gobierno Norteamericano, de que él no debería intervevir, se produjo un cese de fuego. Luego abandoné yo Vietnam con los últimos soldados americanos el año 1973".

Dígole a ambos: "Y en el año de 1975 conquistó el lado Norte de Vietnam, la capital Sudvietnamesa de Saigon. Y todo Vietnam se hizó comunista".

Haciéndome notar Abraham que yo recordaba aquello muy bien, me interroga él: "¿Y tú, Diego, has presenciado como periodista algún conflicto armado?"

Respóndole: "Si, mientras cubría yo un reportaje en China el año de 1989. Ello fué cuando en su capital Beijing hubo una protesta masal callejera".

Inquiéreme El Príncipe Islamita: "Diego, ¿aludes a esa vez en que los estudiantes y obreros de China exigieron a su gobierno más democracia?"

"Así es. En aquella época se me mandó a Beijing volando", les digo. "La protesta comenzó con una huelga de hambre por los estudiantes en la Plaza de Tiananmen. A los pocos días, por orden del gobierno, entraron los soldados con sus ametralladoras. Iban ellos sobre tanques militares, para combatir a esos jovenes que se hallaban desarmados. Por eso cayeron cientos de muertos y heridos. Y fueron arrestados un par de miles las semanas que siguieron".

"Diego, se supo también que una veintena de ellos terminaron siendo ejecutados. ¿Cuéntanos, te enamoraste de alguna mujer allá en la República Popular China?"

Interrogándome Abraham aquello, sigo adelante con la conversación: "En aquellos días cruzando un bosque de Beijing, me encontré con una estudiante que se había corrido para que no la cogieran los guardias. Y Li Mei, tal es su nombre, tenía miedo de estar sola e hizo como que estaba caminando conmigo. Viendo nosotros venir a los policías que andaban en busca de los rebeldes, nos sentamos en una banca para que no nos arrestaran. Así que comenzé yo, a desanimarla a ella, para que no siguiera desafiando a los del gobierno, diciéndole: "Mira Li, cuando se comienza un pleito, nunca se sabe por anticipado cuando va a terminar. Además ellos son muchos y están armados, mientras que vosotros no sóis tan numerosos. Y solo contáis con las piedras que encontráis en el camino. Pero cuando tiráis esos guijarros, los milicianos lo ven como una agresión. Por lo tanto esos actos son semejante, a como si lanzaran ustedes esas armas arrojadizas llamadas bumerán. Las cuales se vuelven contra aquellos que las arrojan".

De pronto se acercaron un par de gendarmes, para averiguarnos que hacíamos ahí. Li Mei para disimular, reaccionó de inmediato abriéndome la chaqueta, y argumentándoles así: "Caballeros, podemos tener sed, hambre, necesidad de dormir. ¿Y por qué no vamos a tener ganas de un beso?". Prorrumpiendo en carcajadas los dos sargentos, prosiguieron derecho su camino para suerte nuestra".

Como después que relato aquello, Abraham Brahim rompe a reír de una manera contagiosa, le pregunta El Príncipe Islamita: "Abraham, ¿A qué viene tanta risa?". Discurre Abraham: "Seguro le fué a Diego muy bien, sino no estaría aquí presente".

Entonces al Príncipe Islamita y a Abraham, sugiéroles yo: "¿Vamos al mar para darnos un remojón?". Volviendo luego nosotros hasta la orilla, me interroga el americano: "Diego, quiero escribir más sobre la *Unión Europea*. ¿Qué queda en Europa de las guerras pasadas?"

Y respóndole yo: "Abraham puedes informar a los lectores, que los de la *Unión Europea* hemos aprendido a vivir en paz entre nosotros. Incluyendo con los habitantes de aquellas naciones contra quienes peleamos en el pasado. En este siglo XXI estamos llegando a importantes acuerdos en la reducción de armas, para que corra paralela a la Reforma Económica".

"¿Y en cuánto a la Cooperación Internacional?"

"La estamos promoviendo Abraham. Por ejemplo quisieramos la condonación de la deuda del Tercer Mundo".

"¿Son los Europeos tolerantes?"

"Tolerancia, por lo general, va a la par con tener dinero".

"¿Qué esperan los países pobres del Sur, de las naciones adineradas del Norte?"

"Que los ayudemos a evitar las guerras civiles, causadas no solo por nacionalismos exagerados. Sino también por la facilidad con que reciben armamentos de otros continentes, endeudándose con ello. Eso ha costando a África, los últimos quince años, doscientos mil millones de euro. En otras palabras, tuvieron que pagar los africanos por las armas, todo el dinero que recibieron de la ayuda internacional. Póngamos como ejemplo Congo, que hace más de quince años, padece invasiones extranjeras y ataques de guerrillas entre ellos. También Eritrea, Burundi y Ruanda están entre los países más afectados. En todos aquellos que mantienen guerras, la mortalindad infantil asciende al cincuenta por ciento. Y están sus poblaciones, un quince por ciento, más desnutridos que en el resto de África".

"Ya que es imposible suprimir la fabricación de artefactos bélicos en el mundo, ¿cuál a tu entender Diego, será la mejor solución?"

"Crear organizaciones que exijan, por lo menos, que esa proliferación de armas se regularize. También los gobiernos extranjeros que los producen deben colaborar. Ciertas armas de fuego muy populares en África, tales como las AK-47, son importadas desde afuera del continente africano en un noventa y cinco por ciento".

"Cierto Diego, las organizaciones que promueven la paz, quieren prohibir su comercio, cuando debido al tráfico de armamentos no se respetan los derechos humanos. Y porque llega a destruir un desarrollo sostenible. En las Naciones Unidas están tratando de llegar a un acuerdo sobre el tráfico de armas".

"Aunque también las revoluciones en los países son ocasionadas por el alto desempleo o la imprevista pobreza. Lo cual convierte hasta los más honrados, en ambulantes sin asiento fijo, ni comida".

"Preciso Diego", concuerda conmigo Abraham. "Que van arrastrándose de un lugar a otro, anhelando distinguir un faro que los alumbre para vivir con dignidad. Pues lo que más desean es dar con seres dignos en las instituciones, con quienes conversar para que los ayuden a levantarse. No solo por razones de ellos mismos. Sino también para después auxiliar a sus paupérrimos familiares que dejaron en sus tierras de origen. Bueno, ahora pasaremos a un tema también muy complicado. ¿Qué pensáis vosotros de la eutanasia?"

Oyendo esto El Príncipe Islamita, se adelanta en manifiestar: "Alá nos ha dado la vida, para que la cuidemos. Por eso la existencia humana debe ser protegida por la Ley. Y sobretodo por el amor del fuerte, al más desválido. Igual al cariño que nos dieron nuestros padres al permitir que nacieramos".

"¿Y tú, Diego, qué opinas?. Porque sabemos que la eutanasia se practica en Europa".

"La vida debe respetarse. Hay pacientes que han aguantado dolores durante años. Y a veces ellos con nuevos remedios se han aliviado. Pero hay doctores que piensan que cuando un enfermo tiene un dolor crónico intolerable, ellos están ahí para ayudarlo a tener un final tranquilo. Hay ciertas reglas que se respetan. Por ejemplo, que la decisión debe ser impartida por dos médicos, de acuerdo con la voluntad del desauciado".

"¿Cómo se lleva a cabo?", sigue preguntándome Abraham Brahim.

Dígole yo: "Primero le dan al paciente una inyección para dormir. Y después curare que es una sustancia muy tóxica, que es amarga. Ella se extrae de varias plantas. Y tiene la propiedad de paralizar los nervios de los músculos y causar la muerte".

"¿Confían los juristas, en lo que dicen los doctores sobre ese paciente?"

"En Europa si", le contesto.

Pero Abraham alega: "En algunos sitios de Norteamérica le llaman genocidio. Y la gente no quiere oír hablar de ello. Entonces, algo así sería imposible en los Estados Unidos".

Y continua con sus quesiqués el americano: "¿Dime Diego, cómo son las sociedades europeas?"

Afírmole yo: "Abraham, ellas son prácticas, creen en el pragmatismo. Por eso los de la *Unión Europea* quieren resolver siempre cada problema, tan pronto como sea posible".

"¿Cómo son las cárceles en Europa?"

"En la mayoría de las prisiones de *La Unión Europea* no se vé violencia en el ambiente. Se tienen dentro de ellas facilidades deportivas, también enseñanzas de trabajos. Por ejemplo, en Holanda se sabe que a cada dos o tres prisioneros los agrupan en una celda, donde cada uno tiene su cama, gozan de un baño común e incluso de una aparato de televisión. Figúrense que en ese país, han sacado agentes policiales a seis presos a pasear un día en bote. Y les han tomado fotos que se publicaron en los periódicos. Por supuesto, en esas fotografías les han camuflado los ojos de los reos para que no se les reconozca. Lo que si se apreciaba es que esos detenidos a bordo, no estaban tristes, ni meláncolicos. Como seguro se encontrarían ellos si se hallaran entre rejas. Ya que en la lancha se les veía sonrientes".

Admírase Abraham: "¿En qué otras naciones se tiene esa consideración para los detenidos?".

Respóndole yo, diciendo: "Y los guardianes en las penitencierías de los holandeses no están armados. Más bien mantienen relaciones cordiales con los encarcelados".

"¿Diego, también con los criminales?"

"Si, los celadores son amables con los delicuentes cuando ellos les hablan. La legislación penal es una verdadera salvaguardia de la sociedad, contra los detenidos. Y en Holanda como en la mayoría de los países, quienes asesinan por hábito o reincidencia están en una penitenciaría aparte. Sujetos a un régimen que, haciéndolos expiar sus delitos, va enderezado a su enmienda y mejora. Ellos están mejor vigilados que quienes ingresan por primera vez al presidio".

"¿A qué se debe el que a los presos se les trate tan bien?"

"A que muchos de los que reconstruyeron Holanda, después de la *II Guerra Mundial,* habían estado en la resistencia, por eso se les metió en las cárceles o en campos de concentración. Cuando volvió la paz, al volver ellos a rehacer esas prisiones, han combinado la seguridad con un lugar donde los cautivos pueden entrenarse para regresar a la vida normal. Y tan pronto como les sea posible".

"¿Por qué delitos están en Europa en las celdas carcelarias?"

"Por robo, por delitos económicos, por ventas de drogas, por violaciones o crímenes", prosigo contestándole a Abraham Brahim. "Se lee en los diarios que algunos prisioneros en Holanda, que han hecho delitos menores, pueden ir a sus casas los fines de semana. Siempre y cuando colaboren ellos con su buena conducta".

"¿Qué porcentaje hay de los que reinciden en el delito?"

"Similar a los que recaen en sus faltas en Norteamérica. La cárcel no cura al que comete un crimen con premeditación o debido a taras de toda especie".

"¿Cómo es eso?", prosigue averiguándonos Abraham Brahim. Y se adelanta en decirle El Príncipe Islamita: "Como se sabe hay taras físicas que son por lo general heredadas. Otras en cambio son morales como la impulsividad y la inadaptación social". "¿Podrías explicármelo con más amplitud?"

Entonces el mismo Príncipe interviene de nuevo: "Yo te lo puedo aclarar Abraham. Esos sujetos aparecen desde el principio en lucha con el medio social. Están animados de sentimientos de contradición con las normas de la moral establecidas. En su curriculum vitae se puede leer de ellos: Desaplicados escolares, aunque con frecuencia están bien dotados.

Desde el punto de vista, de que tienen ellos un alto consciente de inteligencia para proseguir con éxito sus estudios, si se empeñaran. Pero llegan a ser despiadados maridos, y peores padres, si se casan antes de terminar en la deshonra o encarcelados. Los hay en todos los ambientes sociales. Y algunos de ellos antes de caer en manos de la justicia, figuraban en el gran mundo".

"¿Se podría hablar de que poseen taras adquiridas?"

"Si Abraham, por lo general en las educativas. Quienes son las que vienen a reforzar la acción de las predisposiciones hereditarias que forman al futuro delicuente".

"¿Cómo era su ambiente familiar o extrafamiliar de esos quebradores de la ley?"

"Deplorable. Como viven con parientes de la misma tara, su educación moral estaba dirigida en el sentido amoral o inmoral y antisocial".

"¿Qué durante el mayor tiempo de su niñez, y juventud, no tuvieron un buen ejemplo, quieres decir?"

"Así es Abraham", insiste El Príncipe Islamita, "Si pues, muchos de esos seres son un producto del abandono familiar. Ya que en ausencia de sus progenitores nadie se hizó cargo de ellos. Y a eso se suma, su amistad o roce con individuos ya pervertidos. Entre ellos se encuentran los libertinos de todo género, las rameras en plena adolescencia".

"¿Cuál sería su diferencia con los individuos normales?"

"En estos últimos existe la piedad y el respeto por la propiedad ajena. No importa si estas cualidades morales tengan un origen hereditario, o adquirido por la manera como se les ha educado. El hecho es que existen en la mayoría de gente esas virtudes y faltan en otros ciudadanos, en aquellos que delinquen".

"¿Diego, cuéntanos qué pasa con los que cumplen su condena en *La Unión Europea*?"

Oyendo esto le declaro: "Abraham, por fortuna muchos se alejan del delito a los treinta o cuarenta años de sus vidas. Entonces ellos están mejor preparados para volver a la sociedad porque no despertaron el odio en las cárceles. La diferencia es que en algunos países la cárcel hace peor a la gente, en Europa occidental no. Y el número de presos por cada setenta personas es mucho más alto en otras naciones, que en las de *La Unión Europea*". Respóndenos este periodista Abraham Brahim: "A muchos norteamericanos hay cosas que nos averguenzan de los Estados Unidos. Por ejemplo la ley de California que permite la pena de muerte. La inmensa mayoría de americanos nos sentimos escandalizados de que todavía exista. Por suerte en *La Unión Europea* hace años se erradicó esa barbarie".

"Me alegra que también pienses tú de ese modo Abraham. Ya que hablando yo con una muchedumbre, no he encontrado a nadie que este a favor de que la justicia castigue al delicuente quitándole la vida. Tal como dictaba la ley del talión: Ojo por ojo, diente por diente".

Después de decir aquello, nos sentamos debajo de una sombrilla que al parecer está abandonada y nos dice El Príncipe Islamita, al americano Abraham Brahim y a mí: "Voy a contarles a ustedes este caso que se lee en los relatos de la criminología. Una mujer que era ramera fué asesinada en un prostíbulo. Después de varios días de no encontrarse al autor, un hombre se declaró culpable a la policía. Coincidiendo su narración de ese sujeto con lo publicado por los periódicos. Pero las investigaciones demostraron, sin posible duda que él no se hallaba en esa fecha en la ciudad del delito. Solamente se trataba, dijeron los médicos, de un afligido que según declaraciones propias, había leído en la prensa los detalles del crimen para autoculparse. Era una persona enferma, víctima de un delirio de culpabilidad tan extremo que lo obligó a buscar una pista en el diario. A mí me impresionó mucho, cuando siendo niño oí de ese relato". Y tras sorber agua de su botella, confírmanos el mismo Príncipe Islamita: "Contemplando ese acontecimiento y otros, os digo con toda sinceridad a vosotros. Yo no estoy a favor de que se aplique la pena capital".

Cóncordando nosotros con El Príncipe Islamita, les sugiero a este y a Abraham Brahim: "Os propongo seguir la entrevista mientras nos volvemos a bañar en el mar. Mirad vosotros que tranquilo está sin olas. En cambio acá nos achicharramos de calor".

"Genial idea Diego", añade Abraham. ¿Y qué les parece si, antes de mojarnos, vamos corriendo por la arena hasta donde se haya ese hombre con su barba roja y ropa de baño?. Aquel que tiene su quepis cubriéndole la cabeza. ¿Lo véis allá lejos?. Bueno, quien de nosotros tres, después de ir y volver acá, se meta primero en el mar. Será invitado por los otros dos para comer". Y antes de entrar en competencia entre nosotros, pronuncia El Príncipe Islamita: "Abraham seguro que tú vas a salir disparado como una saeta". Tras reírse Abraham, recuerda en voz alta El Príncipe Islamita: "Mi padre Adnan me dice siempre: ¡Hijo, porfía pero no apuestes!. ¡Bah!, pero esto no son cartas, ni dados, ni carreras de caballos. ¡Vale, acepto el desafío!"

Y dándonos entre nosotros la partida, el periodista americano Abraham Brahim nos saca tal ventaja, con sus enormes zancadas, que nos deja al Príncipe Islamita y a mí apabullados.

Habiendo ganado Abraham, lo condecoramos con una conchita abierta que estaba varada en la arena, a cambio de una medalla de oro. Luego, en lo apacible de las ondulaciones del agua con una pronta zambullida nos mojamos de pies a cabeza, poniéndonos enseguida a nadar. Y después, reunidos en el remanso de la corriente marina nos pregunta Abraham: "¿Cómo sería la Tierra si se anegara de agua, tal como lo está anunciando Al Gore, el ex vicepresidente de los Estados Unidos?"

"Si Abraham, he visto el disquete DVD que Al Gore, con sus colaboradores, nos han donado a todos los seres humanos", pláticole yo.

Seguido del Príncipe Islamita, quien también opina: "Ese documentario de Al Gore, que está a la venta vale. Debido a que nos muestra, a los hombres y a las mujeres, la amenazante imagen del futuro de nuestro planeta. Y por consiguiente de nuestra civilización. Debido al calentamiento de la Tierra y el peligro que ello entraña. El objetivo de él y los científicos es demostrarnos: ¡Qué urgente es un cambio en nuestro estilo de vida!. Para contribuír a la solución".

Y aumenta Abraham a lo dicho: "Se refieren ellos, por ejemplo, a que utilicemos más las bicicletas, o los omnibus en lugar de los coches. Así evitaremos el contaminar más al mundo con el despido de los gases carbónicos. Por igual razón, se debe conservar árboles y plantas en la naturaleza".

Tomando de nuevo la palabra, afírmanos El Príncipe Islamita: "Si, es de capital importancia todas esas noticias. Y a la vez muy interesantes. Ahora mismo, figurémonos nosotros que todo el hielo del Océano Antártico se hubiera deshielado. Y que el nivel del mar, de repente ascendiera seis metros, mientras estamos acá conversando. Tendríamos que meter y sacar nuestras cabezas del agua como hacen los patos y los cisnes. Inténtemoslo, para ver como tendríamos que efectuar esfuerzos indecibles para sobrevivir. Décidme ustedes, agrega Abraham tras haberse sumergido y salido a flote de nuevo: ¿Qué pensáis vosotros de América?".

Respóndole yo: "Que en Norteamérica hay enormes rascacielos como El Empire State en Nueva York con una altura de 381 metros. Y que diremos de la tienda Sear Tower que tiene 443 metros de altitud. Siendo, por eso, uno de los edificios más altos del mundo con sus 110 pisos y sus 103 ascensores".

"¿Y tú?", cuéstionale Abraham al Príncipe Islamita. Por lo que este, zambulléndose e irguiéndose afuera de inmediato, le dá su parecer: "Estados Unidos es una tierra donde consumen muchas hamburguesas".

Así, pues, le vamos contando a Abraham nuestras impresiones sobre su tierra de origen: "Que en tu país las tiendas no están sujetas a un horario".

"Que allá cualquiera puede llegar a ser un millonario".

"Que América es una nación en que cuatro quintos de la población posee armas privadas, por motivos dicen de defensa propia. Cuya venta de armamentos está explotado por el circuito criminal. Y la suprema autoridad, en concordancia con la justicia, no saben que leyes más pueden dictarse para controlarlo".

"¿Queréis decir que estamos, los yanquis, en peligro de repetir el tiempo de los vaqueros?".

"Esa época ya pasó Abraham", dícurre El Príncipe Islamita. "El pueblo americano sabe bien que la policía tiene como deber mantener las calles libres de gente de mala calaña. Aunque es verdad no todos los maleantes tienen malos instintos. Pues algunos roban para no morirse de hambre, por ese afán de sobrevivir que todos tenemos".

Convérsanos Abraham mientras el ocaso del sol anaranjado va declinando en el horizonte:

"Hace unos años las armas confiscadas eran revólveres. Ahora además son semiautomáticas que disparan muchos tiros uno detrás de otro".

Entonces Abraham Brahim después de zambullirse debajo del agua de golpe como si fuera un anfibio sale revelándonos esto, mientras levanta los brazos y nos hace reír con ello: "Quiero aclarales a vosotros que yo nunca llevo ningún armamento conmigo. Pero ahora, decidme más sobre lo que pensáis de los Estados Unidos, que me divierte vuestra opinión sobre la nación que me vió crecer".

Por eso proseguimos contestándole tanto El Príncipe Islamita, como mi mismo: "Que Norteamérica tiene el honor de ser uno de los países donde comenzó el mayor mestizaje del mundo. En conclusión que en América se vé el cruce de todos los grupos humanos".

"Esta bién Diego que no hayas dicho razas", afirma Abraham. "Para mí las razas no existen.

Pues dentro de los actuales descendientes de Adán y Eva que somos, hay tan inmensa variedad. Sin ir muy lejos, entre nosotros. Mirándonos las palmas de nuestras manos, podemos constar qué diferentes lineas tenemos".

"Yo también creo en esto que dijo ese gran científico Darwin el siglo veinte: Solo hay una raza y es la raza humana", concuerda El Príncipe Islamita.

Y metiendo la cabeza en el mar, como los patos o los cisnes, la sacabamos con rápidez para decir: "Que América, siendo el país más rico del mundo, tiene que resolver su problema de los desamparados".

"Que es la cuna de buenos escritores. Entre los cuales hay múltiples periodistas".

Carcajeándose Abraham Brahim al darse por aludido, aumentamos a lo dicho El Príncipe Islamita o yo: "Que Norteamérica está llena de artistas pop. Tal como Andy Warhol que hizó sus obras artísticas con latas de sopa, botellas de Coca-Cola, billetes de dolares, etcétera. Y otros como Roy Lichtenstein, que para confeccionar su arte se sirvió de advertencias e imágenes. Asimismo sobresale en su inspiración el aclamado pintor americano pop James Rosenquist, nacido en 1933. El cual ha recibido numerosos honores por sus grandes pinturas.

Incluyendo el de la Fundación Cristobal Gabarrón en 2002. Quien le confirió el premio en reconocimiento a su gran contribución a la cultura universal".

"Que el escultor americano Gutzon Borglum cinceló en las rocas del Monte Rushmore en los Estados Unidos los rostros de cuatro presidentes. Siendo esas esculturas tan monumentales que pueden observarse desde lejos".

"Que América tiene extraordinarios autores de obras literarias. Quienes venden millones de ejemplares de las novelas o textos que escriben".

"Que la música Jazz se oyó por primera vez en el sur de los Estados Unidos. Fué allá en los bares de New Orleans donde las bandas musicales de Louis Armstrong, Billy Holiday y Duke Ellington se hicieron famosas".

"Que Elvis Presley se hizó popular con sus Rock'n roll. Tal como lo es Michael Jackson u otros con su música pop".

"Que Walt Disney fué el primero que con su cinta *Blanca Nieves y los siete enanitos,* realizó un filme completo de dibujos animados. El cual ganó muchos premios Oscares en su vida".

"Que la ciudad Hollywood cerca de los Angeles, es la Meca del Cine donde se producen algunas películas apoteósicas".

"Que el grandioso cómico inglés Charles Chaplin nacido en 1889, aún nos divierte con sus cintas cinematográficas. Entre las cuales *La Quimera de oro,* y *El Circo,* son consideradas las mejores de toda su filmografía. Destacando también sus películas *Luces de la ciudad,* producida el año 1931, y *Candilejas* en 1952".

"Que los yanquis filmaron a actores y actrices que nadie podrá olvidar como la sueca Greta Garbo y el actor norteamericano Humphrey Bogart".

"Que contáis con famosos directores del cine, por ejemplo Roman Polanski".

"Que en la primera caminata de maraton en Nueva York en el año 1908, miles de participantes tomaron parte".

"Que a la ciudad Atlanta de los Estados Unidos le tocó ser el escenario para que se celebre el centenario de los *Juegos Olímpicos Internacionales,* en 1996. Acontecimiento mundial que tuvó su origen por primera vez en 1896 en Atenas, la capital de Grecia".

"Que el americano Henry Ford con sus coches Ford, fué el primero que pusó en venta automóviles para que los compraran los clientes".

Y cuando dijimos El Príncipe Islamita así como mí mismo lo anterior, no salía de su asombro el períodista Abraham Brahim, pues ni se imaginaba que sabíamos tanto sobre América. Entonces mientras chapoteamos con el agua, volvemos a decirle nosotros: "Sabemos también Abraham que en tu país que te vió crecer hay instituciones meritorias. Por ejemplo UNICEF, que ayuda a niños, jovenes, mujeres embarazadas y madres de cien países. Por lo que en el año 1965 recibió el Premio Nobel de la Paz".

"Que por igual Amnestía Internacional ganó una distinción similar en el año de 1977".

"Que La UNESCO, esa organización que estímula la educación, la ciencia y la cultura en el mundo fué creada de igual manera por vosotros los gringos".

"Que durante *La ley seca,* desde el año de 1920 hasta 1933, se prohibió en los Estados Unidos el producir y tomar bebidas alcohólicas".

"Que en el año de 1935 se fundó en Nueva York el club *Alcohólicos Anónimos* que reune a las personas que abusan del alcohol, para que se ayuden entre ellas a librarse del vicio. Pues, a través de su conducta agresiva cuando han ingerido una copa de más, pueden verse afectados en accidentes de tráfico o ser detenidos por la policía yendo a parar en la penitenciería".

"Que ahora en Norteamérica se permite beber alcohol y fumar tabaco. Pero están prohibidas las drogas ilegales como la cocaína, la heroína, el LSD, el crack y la píldora XTC".

"Así es", asegúrale Abraham, al Príncipe Islamita pues era este quien había sacado a colación lo anterior. "Porque muchos que consumen esos estupefacientes que has citado, se envician entrando en el circuito criminal. Algunos de ellos mueren por sobredosis. Y con frecuencia quienes son narcotraficantes se liquidan de muerte entre ellos".

"Y los nombres de esas organizaciones, que están involucradas en el delito, se llaman Mafia y Camorra en los Estados Unidos, Cosanostra en Italia y Jakoeza en Japón".

De pronto mueve Abraham Brahim este tema en nuestra conversación: "Diego, alguién me contó que en Europa a veces millonarios van a la cárcel por no pagar sus impuestos".

Respóndole a él: "Abraham, todos sabemos en Europa que las leyes no se pueden quebrar.

Porque quien trata de romperlas se chocará con la justicia. Pero no podrá impedir que se cumplan dichos preceptos".

Anúncianos enseguida Abraham: "Bien, trasladaré mis preguntas a otro ámbito para no meternos en un avíspero. ¿Y en Europa, quién se preocupa dentro de las familias de cocinar o de los niños?"

"En la mayoría de los hogares europeos no existen los esteriotipos de que los hombres debe hacer determinadas cosas como trabajar, y las mujeres otras que son el ocuparse de la casa. Porque se ha llegado a la conclusión, que de modo simultáneo pueden él y ella, ya sea alternarse esos roles o compartir juntos las tareas. Por lo general, si gozan ambos de un empleo, toman en conjunto esa pareja las decisiones de como críar a sus hijos".

"La sociedad americana hace lo mismo. Pues desde el Siglo XX se han simplificado las labores hogareñas con la utilización del gas o con las máquinas eléctricas. Tales como la cocina, la lavadora de platos, los artefactos que limpian y secan las vestimentas, la plancha para desarrugar la ropa, el termo que conserva el agua caliente, el refrigerador eléctrico donde se mantienen los alimentos frescos, el magnetrón donde se cocina al instante, la lustradora de pisos. Amén de la modernas computadoras".

"En cambio en mi país Kuwait, las mujeres se dedican de preferencia a rezar a Alá y atender a sus familiares. Porque son una minoría las que se emplean o tienen una profesión".

E interrógame de nuevo Abraham Brahim: "¿Diego, y cómo llamaban en Europa a esos grupos de jovenes rebeldes quienes, a mediados del Siglo XX, andaban juntos por las calles europeas?"

E infórmole así: "Abraham, en Alemania era los *habstarken,* en Inglaterra los *teddyboys,* en Francia los *blouson noirs,* y en Holanda los *nozems.* Después en los años de 1960 vinó el movimiento *hippie".*

"Cuya ola comenzando en América llegó a todo el mundo", nos dice Abraham. "Porque los jovenes pensaban que se daba demasiada atención a cosas materiales. Así que rasgándose ellos las ropas se dejaron crecer el pelo largo e iban regalando flores. Querían compartir amor y paz. También en el año 1977 aparecieron en las calles europeas un conjunto de mancebos llamados *los punkers.* Los cuales iban con sus ropas rajadas, llevaban aretes en las orejas y los pelos pintados con mechones de colores".

Y sentándonos en la arena les comunico a ellos: "Pero ahora tenemos a otros mocitos en el gran mundo europeo. Porque desde el año de 1980 están como en una ola grande los *Yuppies.*

Esos mozuelos se visten estupendo. Y quieren tener pronto una carrera de trabajo exitosa".

Expresa a su vez Abraham Brahim: "Muchos de esos señoritos he oído que viven con sus parejas juntos antes de casarse. Pues, primero quieren triunfar en los negocios, antes de afrontar la otra responsabilidad que es el tener esposa e hijos".

"Abraham, pero eso ocurre también en América".

"Es cierto Príncipe, porque desde que en el año 1960 en Norte América, el doctor Pincus recetó por primera vez las píldoras anticonceptivas a las mujeres, ellas pueden planificar el número de hijos que desean tener. Y decidir si quieren o no salir encinta. Sin embargo algunas religiones se oponen".

"En verdad Abraham, por ejemplo en la Encíclica *Humanae Vitae* de la Iglesia Católica, el Papa Paulus VI desaconsejó a las mujeres casadas el usar anticonceptivos. Él reforzó su tesis diciendo que el sexo debería tener como objetivo el procrear un bebe. Y hasta ahora la Curia Romana mantiene ese punto de vista".

Pronuncia Abraham: "Diego, explícame primero que es eso para terminar de entenderlo".

Le doy a saber: "Abraham, Curia Romana es el conjunto de los tribunales y congregaciones que existen en la corte del Pontífice Romano para el gobierno de la Iglesia Católica".

Prorrumpe entonces Abraham Brahim: "Hablando de algo tan espiritual, pasaremos a referirnos a algo prosaico. De deportes no es necesario charlar demasiado, porque en mi opinión es más importantes practicarlos. Y desde que comenzamos los americanos con el *hoela-hoela,* ese amplio aro que se pone alrededor de las caderas, ahora se le ha dado a la gente en todo el mundo por correr y hacer aerobics para transpirar como unas mulas de carga. Además se tiene equipos para hacer gimnasia en algunos locales o en las casas. Se sube con bicicletas las montañas sudando a chorros. Montamos sobre los skateboards. Y vamos en el mar bien sea con embarcaciones, sobre tablas hawaiyanas y hasta en coches".

Por lo que comenta El Príncipe Islamita: "Si pues Abraham, todos eso nos divierte manteniéndonos sanos".

E indagándome Abraham si tengo yo un deporte favorito, le cuento: "Andar".

Y colaborando conmigo El Príncipe Islamitra, discurre él: "En verdad, caminar es la actividad física más completa, y en la que se corre menos riesgos".

E interviene Abraham, preguntándonos así: "¿Qué os parece si, aprovechando nuestra estadía en Argel, a partir de mañana damos largas caminatas?. Para que después de tu trabajo Diego, transitemos los tres juntos por esta dichosa tierra que nos ha dado acogida". Aceptándole El Príncipe Islamita, junto conmigo, su propuesta a Abraham, sigue este avanzando con su entrevista: "Bien, ahora nos referiremos a otro tema. ¿Cómo combatís vosotros la SIDA?. Me refiero a esa enfermedad que se trasmite por la sangre. La cual apareció el año 1982 en un paciente del continente americano. Supongo que la regla de oro es la prevención. Cubrirse el pene con ese globito cuando se tienen relaciones sexuales".

Riéndose El Príncipe Islamita, le contesta al anterior con chacota: "Parece Abraham que tú estás bien documentado". Anúncianos Abraham: "Bueno, yo soy muy inocente en todo eso, porque aunque me crean ustedes descarado, cuando me enamoro de una dama me comporto más bien tímido. Así que si bailo con ella, le digo: ¡Cógeme mujer de donde quieras!"

E interrógame el mismo Abraham Brahim: "¿Diego, y qué otras cosas tenéis los europeos para recrearos?. Porque en 1900 solo existía el domingo como día de descanso, que permitía a los fieles asistir a los oficios religiosos. Un poco después se creó el sábado para haraganear".

"Abraham, para entretenernos los europeos contamos con la televisión. Y casi la mayoría utiliza la computadora como fuente de información, así como para comunicarse por internet.

Además leemos los periódicos, los libros o escuchamos la radio. Igualmente hacemos otras cosas. Todo depende del gusto de cada uno".

"¿Diego, se nota en los ciudadanos de la *Unión Europea* el fervor por Dios?. ¿O por aquel ser a quien la mayoría consideramos Sapientísimo?"

"Por supuesto Abraham. Por ejemplo, en nuestros momentos de descanso visitamos los creyentes cristianos las iglesias, los musulmanes las mezquitas, los judíos las sinagogas, los budistas sus templos, así sucesivamente. A uno de esos lugares u otro que cada fiel lo considera sagrado de acuerdo a su fe, concurrimos bien sea en las horas de los servicios místicos o durante los días en que se ofician las festividades religiosas".

"¿Y como se socializan vosotros?"

"Los de la *Unión Europea* nos reunimos con los familiares, con nuestros conocidos, vamos a los restaurantes, a los cafés, a las tiendas. Algunos adultos juegan al azar. Otros asisten a las ferias y al circo. Los padres les compran a sus chiquillos, *Barbies* y animales de peluche. Y conformen van creciendo los niños, les regalan *Teatro de títeres, Damas, Ping-Pong* y *Ajedrez.* O sea les donan, a sus tiernos hijos, esa clase de juegos que les sirven para alternar unos con otros, como son también el *Lego,* el *Mecano,* el *Monopolio".*

"¿Diego, me imagino que contáis en vuestras casas con instrumentos musicales?"

"Si Abraham, tales como rondín, piano, flauta, guitarra, violín, arpa, el tambor, etcétera".

Retomando la palabra dice Abraham: "Diego, vosotros tenéis en Europa algo así como nuestro Disneyland en Norteamérica para entretener a los infantes y adultos".

"Cierto Abraham. El de Bégica se llama *Wild Estpark Bobbejaan,* el de Holanda es el *De Efteling.* Y está el *Euro Disney* que queda cerca de París, del cual se dice que es muy similar al que hay en América".

A su vez participa en el diálogo El Príncipe Islamita: "Abraham, además los europeos que lo desean salen en viaje de vacaciones por tierra, cielo y mar. Hacen deportes. Concurre la gente joven, los fines de semana al jolgorio de las discotecas para bailar las primeras horas de la noche. U oyen cantar a su cantante de moda al aire libre".

Y platícoles por mi cuenta al Príncipe Islamita y a Abraham: "En Europa, se toma parte en las fiestas que dan las amistades o las compañías donde se trabaja. Más, nos invitamos entre los de la vecindad para celebrar una ocasión. O bien se disfruta de una función cultural o deportiva. Tal como asistiendo a un estadio de fútbol".

"Igual que en todos sitios, como aquí mismo en Argelia para ver ganar a su equipo favorito", comenta riéndose El Príncipe Islamita.

Dígoles también yo: "Y algunos aficionados juegan al golf en los campos. Otros salen al atardecer al cine. Aunque están casi vacíos esos locales, desde que existe la televisión".

"Sol Stepanov me ha contado, que en cambio si se llenan los escenarios donde hay actuaciones de Conciertos musicales, de Teatro, de Ballet, de Flamenco".

"Así es amigo", le asiento al Príncipe Islamita. "Además se reune el público en charlas literarias en un teatro. Ahí en el podio, un periodista entrevista a un autor. Ya sea este novel o consagrado. Cuyos libros pueden ser comprados durante la pausa, en el vestíbulo. Siendo allá firmados por el susodicho escritor. Volviendo los espectadores adentro de la sala a sentarse en las butacas, le harán preguntas a dicho escribridor que está en el proscenio. Tales como: ¿Son los personajes de vuestros textos, productos de la ficción o existen en la realidad?. ¿Nacieron sus protagonistas gracias a la capacidad de observación de usted, en la vida diaria, a las palabras y hechos de otros, que ellos mismos encuentran nimio o sin importancia?.

Finalmente terminan los asistentes por comprender, que esos tomos los ha escrito el narrador debido a su habilidad para enlazar los diferentes sucesos entre si".

Enseguida opina El Príncipe Islamita: "Y los aficionados a la lectura leen historias inventadas o verdaderas, porque saben que eso hace la vida más llevadera. Actualmente todos buscan distraerse, para sobrellevar las tristes noticias que trasmiten los noticieros cada día".

"Lo que has dicho es ciertísimo Príncipe", añade Abraham. "Los periodistas vivimos contristándonos diario con la aflicción ajena. Y exhibimos las penas de los otros, para que se sepan. Sobretodo para que a nivel mundial se encuentren soluciones".

Tras tomar un sorbo de agua me oyen continuar: "Contamos asimismo los europeos con clubes de musicantes que a veces desfilan por las calles tocando sus instrumentos. Siendo aquellas instituciones patrocinadas con dinero, de los habitantes de cada pueblo. También se reunen los políticos en las municipalidades o lugares adecuados para discutir sus planes de trabajo y firmar sus mejores acuerdos".

Departo por igual yo: "Incluso quienes son mayores de edad visitan museos donde llevan a los niños, para que aprendan aspectos del pasado histórico. ¿Por dónde enrumbo su curso la vida?. ¿Qué la hizó mejor?. ¿Qué errores no conviene repetirlos para el bien de la humanidad?. ¿Qué aciertos de los ciudadanos aplaudimos, para con ese buen ejemplo imitar las acciones de aquellos que vivieron antaño, procurando igualarles y aún excederles?"

Sonriendo Abraham Brahim, articula así: "Diego, me alegra oírte. Parece que estás refiriéndote a como vivimos la mayoría de los norteamericanos".

Y concluye El Príncipe Islamita: "De hecho, en la actualidad con el internet es como si todos los humanos nos hubieran juntado en un continente único. Como en aquellas épocas prehistóricas hace doscientos veinticinco millones de años pasados. Durante esas eras de antaño PANGEA, llamada así a toda la masa terrestre del mundo, estuvo unida en un supercontinente Pangaea, rodeado por un solo mar universal que era Panthalassa. Hasta que a mitad del período Mesozoico (hace aproximadamente alrededor de ciento ochenta millones de años) se separó la Tierra. Para finalmente llegar a ser este globo terrestre. Tal como se ven ahora nuestros continentes actuales, con océanos y mares mediando entre ellos".

Por entonces, como ya habíamos salido nosotros del mar y estabamos descansando un rato tirados en la arena de la playa, nos ponemos luego a caminar a lo largo de la orilla con cachaza, pues el baño nos ha sosegado. Y averíguanos Abraham Brahim: "Antes de seguir conversando de otras cosas decidme. ¿Se pueden comprar euros aquí en África?"

"En este Siglo XXI, cada país de la *Unión Europea* dispone de un Banco Central", refiéroles yo, tanto a Abraham, como al Príncipe Islamita, mientras andamos. "Y en todos los bancos del mundo podemos adquirir los euros, o sea el dinero que seguirá circulando en la Europa del futuro".

E inquiéreme Abraham: "Cuéntame Diego, ¿ganan bien los europeos?. Recuerdo que en el Siglo XX, a través de los sindicatos, se levantó en el mundo la situación de los obreros y de los empleados. Debido a que imponían ellos en conjunto sus derechos, sobre los privilegios que tenía el empleador. Por eso, cuando esos trabajadores pedían un aumento de salarios, se los concedían, de lo contrario hacían huelga de brazos caídos. Así consiguieron que se les redujera las horas de trabajo y se subieran los sueldos".

Profiéroles yo: "Agradezcamos a Dios, por todas las mejoras logradas hasta este Siglo XXI. Ya que en la actualidad los jefes, que representan a los patrones, colaboran juntos con los empleados u obreros. Y entre sus prioridades está el que se pagen los salarios justos".

"¿Diego y cuántos minutos laboráis los europeos al día?", cuestióname El Príncipe Islamita.

"Trabajamos máximo ocho horas diarias, de lunes a viernes. Igual horario tienen los servidores que atienden en los negocios los sábados. Todo eso ha dado como resultado que tanto los derechos del patrono, como los de su subalterno, estén balanceados".

Y relátanos Abraham: "Cuando en el año 1929 cayó *La Bolsa de Valores* y los bancos quebraron, la economía mundial se fué al suelo. Pues, las fábricas habían producido tanto, que se remataban las mercancías a bajo precio. Y como los clientes tenían de ello en exceso, luego no hubo quien comprara más. Por suerte, nosotros tres no habíamos nacido entonces".

"Igual fué en Kuwait que para salvar sus negocios los dueños bajaron los sueldos y redujeron el número de sus operarios", respóndele El Príncipe Islamita.

"En los Estados Unidos un cuarto de la población se quedó sin empleo. ¿Diego, cómo fué en Europa?"

"La historia cuenta, que hubieron millones de europeos desempleados en esos años. Papá recuerda que miles iban por los campos en busca de trabajo. Como el precio de los productos se abarató, los campesinos sacrificaban parte de sus ganados matándolos. Y botaban la leche en las acequias con la esperanza de que subieran los precios".

"Porque si se mantenían tan bajo, los ganaderos no ganaban nada", concluye Abraham. "Solo significaba para ellos más afanes el mantener el ganado vivo. Pero fué así en todo el globo terrestre".

Dialóganos de nuevo El Príncipe Islamita: "Cuando hubo esa inflacción de dinero en 1929, se desencadenó un alza general de precios en todo el orbe. Debido al exceso de moneda circulante en relación con su cobertura. Y todos actuaron pensando solo en el dinero. Por eso el que tenía mucho compraba lo que le apetecía. Pero los pobres en general, estaban en esos días más empobrecidos en sus sustentos que antes".

"En los Estados Unidos se vió en esos meses que como el dinero habían perdido su valor, por las calles los chulos que traficaban con mujeres públicas prendían sus cigarillos con billetes dólares", nos dice Abraham. A lo que sigue este comentario mío al rememorar lo que he visto en el cinema: "En las películas que reflejan aquella época, se aprecia que en Europa se apresuraron a trabajar de diez a doce horas diarias, incluyendo los sábados. Gracias a los sindicatos de obreros y empleados mejoró en ese sentido la situación. En la actualidad el desempleo sube, porque las máquinas que se inventan cada vez reemplazan más a los laborantes".

"Diego, eso se vé en las industrias del automóvil que los robots ensamblan los coches por completo. Los campesinos de antes usaban todas sus fuerzas para cultivar los campos con ayuda de los caballos. Ahora, en los países industrializados, son los tractores y los artefactos agrícolas lo que hacen sus veces".

Dándole la razón al Príncipe Islamita, enseguida comento yo: "En las oficinas se ayudaban los europeos con sus máquinas de escribir y de calcular. De repente se instalaron las computadoras que en conjunto con el fax, los internet, los correos postal y electrónico, así como el teléfono se encargan de comunicarnos unos con otros. Y muchas labores que hacían los artesanos a mano proveyéndoles su salario, en la actualidad son reemplazados con las maquinarias que hacen ese tipo de arte u obras en serie".

Averiguándome Abraham: "¿Diego, que facilidades se dió a los extranjeros que emigraron a Europa?", les refiero al Príncipe Islamita y a él: "A partir del año 1960 había mucho trabajo vacante en Europa, que fué ocupado por los inmigrantes del este europeo y africanos.

Estos hacían las labores que los europeos encontraban denigrantes como recoger la basura. O peligrosos tal como limpiar los vidrios de los edificios altos, etcétera. Esos obreros extranjeros envíaban parte de sus sueldos a sus familias que habían quedado en su tierra, allende los mares. Otros de ellos hacían llegar a los suyos para que vivan en las naciones europeas. Pero como ha subido el desempleo, algunos de los que han nacido en Europa creen que esos forasteros al quedarse en Europa les están quitando sus trabajos. Sin acordarse que también muchos europeos vivimos y recibimos un salario en otra parte del mundo".

Entonces dícenos El Príncipe Islamita con su manera de hablar tan tranquila que lo acompaña:

"Es cierto, el paro forzado de los desempleados viene en un principio por la automatización.

Pero hay que considerar que a su vez, con esas máquinas modernas ganan sus sueldos otros. O sea aquellos que tienen que escribir programas para ellas. Otras de las razones de que falla el que haya trabajo, para todos, es que muchos dueños de fábricas las instalan en aquellos países donde saben que el salario de los obreros es más bajo. Así al propietario no se le va soplando su fortuna. De momento, la única situación posible para arreglar esa desesperada situación de la desocupación mundial, es que comienzen todos los gobiernos del mundo a repartir el pan diario gratis". Oyendo lo anterior Abraham Brahim expresa riéndose: "¡Príncipe, eso si que sería la mejor noticia del Siglo XXI!. Y que conste que fué una idea exclusiva tuya. Bueno, el trabajo hay que compartirlo con la sonrisa para no perder la costumbre de mostrarnos halagüenos.

Después de esto nos agradece Abraham Brahim la entrevista a cada uno, así como la amabilidad de nuestras respuestas. Y con su talante alegre de siempre, agrega: "Yo soy americano como bien sabéis. Pero cuando vengo a África, no me veo distinto de los africanos. Acerca de las mujeres acá en el norte de África. ¡Qué misteriosas lucen ellas, cubriéndose desde la cabeza hasta los pies, exceptuando sus ojos!. En cuanto a África Central, o a Sudáfrica cuando voy a esas campiñas me siento también en la gloria. ¿Y quién no, al distinguir a los elefantes, jirafas, rinocerontes y tantas especies más?. Respecto a las centroafricanas ¡Cómo llevan con tanta elegancia un cántaro sobre sus cabezas!. ¡Si parecen ellas unas palmeras cimbreándose con el viento, cuando mueven sus talles con facilidad!. Como mirar todo esto me jala, estoy feliz. Y si algo no me gusta, sea que me encuentre en América o allende sus mares, me aguanto y sonrío como hacen los africanos. Para ellos sus penas son temporales, porque solo viven el afán de cada día. Así se sobreponen los de África, para tener más fortaleza física, mayor firmeza de ánimo. Esa manera de ser amigos, esa suma alegría, nos está contagiando".

Nuestro encuentro con los oriundos del Japón

Entretanto vemos El Príncipe Islamita, Abraham Brahim y mi mismo que la playa se va quedando casi vacía, excepto tres mozas con sus mantos argelinos, quienes están con sus niños algunos de los cuales habían metido sus pies en un pequeño charco de agua, para jugar con sus botecitos de juguetes. Además se hayan aquí un grupo de cuatro japoneses quienes están dentro del mar tomando un largo baño. Y estando ellos aún en el agua de pronto oímos a uno gritar: ¡Socorro!, mientras que los otros nos llaman desesperados haciéndonos aspavientos con las manos. Advirtiéndo nosotros, que uno de ellos flotaba en la superficie del agua con su cara hacia abrajo, corrimos ligeros como unos venados adentro del mar para sacarlo. Y cogiéndolo yo con uno de mis brazos y nadando con el otro lo jalé hasta arrastrarlo hacia la orilla. Luego arribando nosotros a la arena comenzamos a hacerle los primeros auxilios de respiración boca a boca. Mientros los otros nipones que ya estaban a nuestro lado trataban, tal como nosotros, de reanimarlo notándoseles su preocupación por la manera rápida en que hablaban el idioma japones. Y al verlo de nuevo con aliento empezaron a sonreir, porque lento pero seguro al que había estado a punto de ahogarse, le volvió la respiración para contentos de todos.

Recuperado aquel bañista, se van presentando sus compañeros japoneses a nosotros con profundas inclinaciones de cabezas y mencionando cada uno su nombre, para después darnos a conocer como había sido el percance. Este se había producido debido a que ese nipón, al cual socorrimos, había estado usando una máscara que sirven para bucear, la cual se había impregnado de agua provocándole la asfixia. Y al que le sucedió eso nos dice llamarse Kojoro Hishinuma. Salvado el obstáculo, pues, porque ya está Kojoro Hishinuma en condiciones de poder caminar, nos cuentan los mismos que se encuentran en Argel en un viaje de estudios sobre el medio ambiente. Así que como quieren ellos tomar un filme nos proponen para echarnos andar, contándonos mientras avazamos: "Por suerte tenemos permiso del gobierno de Argelia para tomar la película. No es tan fácil el conseguirlo. Como tampoco el salir del país a nosotros los extranjeros sin la autorización de las autoridades".

Agotado como está Kojoro Hishinuma por la larga caminata, nos sentamos bajo un árbol para conversar, versando de inmediato nuestro tema sobre el suelo africano. Por eso el periodista americano Abraham Brahim aprovecha la oportunidad para hacerles esta entrevista: "¿Por qué escaseará el alimento en algunas regiones africanas?"

Entonces el llamado Takigutchi Satô, quien se distingue por ser un hombre de buenas maneras, le responde: "Esa hambruna se debe a la desforestación que quema entre once y veinte millones de hectáreas verdes al año. Si a eso se suma, la sustitución de los cultivos de supervivencia por otros que sirven para la exportación, se comprende porque en África hay carencia de víveres". Y prosigue otro de los japoneses, cuyo nombre es Kéi Morotaka: "En el mundo civilizado tenemos que evitar el aumento del anhídrico carbónico. Me refiero al gas que es producido por todos los combustibles. La razón es para que no se produzca lo que sería un desastroso cambio climático". Refiriéndome a ello, le contesto: "Kéi, muchos habitantes en Europa van a sus trabajos en velomotor o bicicletas por las pistas especiales construídas para ellas, en lugar de ir en coches. También los niños utilizan velocípedos de dos ruedas para ir al colegio. Como véis vosotros, en ese sentido nos preocupamos también de mantener el aire más puro".

Oyéndome decir esto, interviene en la conversación Takigutchi Satô, que es el de mayor edad de todos ellos: "Da gusto saber que la tecnología avanza, hacia una sociedad desmaterializada para pasar a una de información. Esas son las miras que se cumplirán en el futuro, para que a través de las investigaciones científicas adoptar un sistema de vida más sano. Por ejemplo, las naciones africanas que tienen luchas internas, podrían preguntarse: ¿Qué extranjeros nos están vendiendo las armas que se utilizan en África y están conduciéndonos a una confrontación armada?. Porque cuando se produce una Guerra Civil en una patria, siempre existe detrás otros países que están aprovechándose de ello para ganar dinero". Escuchando esto el periodista norteamericano Abraham Brahim, expresa con alegría: "¡Qué fantástico sería que todos los continentes estuvieran unidos en uno solo!. Así podríamos escapar más rápido cuando comienza una revolución".

"Abraham, hace millones de años atrás lo estuvo", afirma el japonés Tosôn Miyasaki que es el más joven de ellos. "Esa teoría fué creada en un principio por el meteorólogo alemán Alfred Wegener en 1912, con su hallazgo de que el mundo era como un rompecabezas cuyas piezas se encajan unas a otras. Alfred descubrió que los continentes americano, europeo, africano, asiático y oceanía, formaban un solo bloque que poco a poco se fueron separando. Pero como ocurrió aquello no pudo explicarlo. Hasta que en 1967 fué confirmado por W. Jason Morgan, quien dijo que aquello sucedió porque diversos lugares de este planeta Tierra de continuo están moviéndose con lentitud".

"Algunas veces no tan despacio como los terremotos que desde 1906 vienen sucediendo en San Francisco".

"Joven americano es que a lo largo de esa ciudad americana queda La Falla de San Andrés, donde el suelo entra a veces de sopetón en desnivel. Pero esos no son los únicos desastres. Han ocurrido otros en el mundo como las erupciones de volcanes, tal es el de Martinique en 1902 que mató a 30,000 personas. Así como el cismo y marejada en el sur de Italia en 1908 en que perdieron la vida 150,000 personas. Y algo similar ocurrió en Japón en 1923 que acabó con la existencia de 143,000 de nuestros paisanos".

Acabando de hablar Kéi Morotaka que es de mediana edad, su paisano Tosôn Miyasaki con su rostro amuchachado, sigue rememorando: "Y vale recordar las inundiaciones de Henan en China en el año de 1939 en que murieron un millón de gente. Decadas más tarde sucedió el terremoto en Tiajín que finiquitó a 750,000 chinos. ¡Hombre, si enumeramos los desastres que se producen de manera natural no pararemos de mencionarlos!. Pues, también en Bangladesh en el año de 1970 debido a un tifón, con anegaciones de agua, fallecieron alrededor de medio millón de mortales. Y no solo allá, porque en la historia reciente han habido huracanes que han azotado a Nicaragua, Honduras, Haití, etcétera, y donde murieron miles de personas. ¿Y qué decir de los ciclones los cuales inmolan a tantas víctimas en la costa del Golfo de México, o en Norteamérica?. Por lo general gente pobre, que vive al día con el dinero que ganan de su trabajo. Razón por la que no cuentan con ahorros para escapar a tiempo, cuando el gobierno estadounidense aconseja a la ciudadanía que evacuen la zona porque se acerca un huracán arrasador. Tal como se vió en New Orleans el año 2005 donde los vientos huracanados de fuerza extraordinaria, levantaron el nivel del agua del mar, rompiéndo los diques que la protegían. Y por ello fenecieron miles de sus habitantes flotando sobre lo acuoso".

"¿Qué se puede hacer para evitar un ciclón?. Nada. ¿Y cómo aminorarlo?. Muy poco, excepto reforzar las defensas con anterioridad", pronuncia El Príncipe Islamita. Seguido en su locución por Abraham Brahim que discierne así: "Si queremos que se reduzcan las cifras de muertos que los huracanes dejan en las naciones del Tercer Mundo, los países en desarrollo tenemos que ayudarlos a afrontarlos con sistemas de alertas y planes de evacuación de la población, al margen del cambio climático. Porque cuando sobreviene de impromptu a una población esos desastres, ¿quién es aquel que si le alumbra la riqueza, o lo oculta la pobreza, tiene influencia sobre la naturaleza para detenerlos?. Ninguno".

"Tampoco en Japón, con todo su adelanto, porque siguen siendo frecuentes las lluvias torrenciales, los tífones, las erupciones volcánicas y los terremotos. Lo único que nos queda, si nos encontráramos en tales trances, es poner nuestras barbas sobre el hombro para salir corriendo en caso de una catástrofe".

Dice Tosôn: "Pero Takigutchi, si los nipones que estamos aquí somos lampiños".

Y alega el anterior: "Yo no sé si seguiré imberbe. Hace días que no me miro en el espejo".

Discurre Abraham Brahim: "¿Takigutchi, ni para peinarte?"

"Abraham, de eso se encarga mi esposa. A propósito vamos a ver que está pasando con nuestras mujeres. Así terminaremos con esta conversación de inundaciones y anegaciones, la que hemos iniciado porque Kojoro Hishinuma casi se ahoga. Ahora Kojoro cuando regreses a casa vas a dormir como un bebe".

Habla Abraham: "¿Quizás te rindas Kojoro en los brazos de alguna dama?. La cual mientras sueña no advertirá que te abraza Kojoro, sino creerá que es su esposo. Y estarás tu tan cansado Kojoro, que pensarás que estás enlazando a una almohada en forma de mujer".

"¿Oye Abraham, son todos los americanos tan chistosos como tú?"

"¡Qué va Kojoro Hishinuma!. Los hay tan serios en America como un Ministro de Defensa cuando habla de las crisis mundiales. Bueno, vamos relajándonos. Cuéntennos ustedes algo sobre las geishas".

Y entéranos estos orientales uno tras otro: "En Japón una geisha es diestra enseñando sus múltiples artes que aprendió. Por ejemplo, cuando toca ella uno de los instrumentos musicales japoneses o cuando baila la danza tradicional".

"Se perciben de ellas sus exquisitas maneras cuando sirven la ceremonia del té, mientras se aprecian sus arreglos florales ikebana. Además tienen las geishas conocimientos poéticos, literarios y del arte de conversar".

"Si alguna de ellas quiere, satisface sus deseos sensuales con su cliente. Pero en sus contratos nunca se comprometen ellas a tener obligatoriamente sexo", concluye Kojoro.

Llegando al domicilio de los nipones vemos que además de ser sobria está amueblada al estilo japonés, siendo diferente a la mayoría de las viviendas en Japón que son más bien estrechas. Esta tiene mucho espacio interior, que ya de por sí es un lujo. Entonces nos dice Takigutchi Satô cuando hacemos un comentario sobre esto: "Mi residencia en Tokio que es simple y tiene uniformidad, la heredé de mi abuelo que fué de la nobleza. Ella es grande y de un solo piso, sustentada por pilotes que la elevan un poco. Lo que me gusta de mi mansión es que de cualquier cuarto se aprecia el jardín".

Kéi Morotaka en cambio nos cuenta: "Mi casa se destruyó con un terremoto. Así que yo lloré todo ese día. A mi esposa, que con nuestos hijos estuvo de vacaciones en la morada de sus padres, cuando la llamé para contarle lo del derrumbe, no podía creerlo. Casi todas las habitaciones del Japón anterior a la II Guerra Mundial tenían estructuras de madera y los tejados de tejas. Por suerte ahora los edificios se están construyendo más sólidos que en las décadas anteriores, pues, se hacen con las más avanzadas tecnologías". Después de esto vamos a saludar a las tres mujeres de ellos, que están jugando a las cartas en una mesita cuadrada, diciéndoles *"Konban wa"*, que significa "Buenas noches", en el idioma japonés. Mientras tanto Kojoro Hishinuma, quien estuvo en la playa a punto de ahogarse, se ha ido a descansar. Así que nosotros, los demás hombres, pasamos a sentarnos en el centro del salón, sobre las colchonetas de respaldo alto que están en el suelo, alrededor de la mesa baja y cuadrilatera. Y dícenos Tosôn Miyasaki en el idioma inglés que es en el cual estamos platicando: "Este tipo de muebles son usados en el Japón para la ceremonia del té, que para nosotros es tan importante".

"Y donde cada ama de casa japonesa luce como una maravillosa anfitriona", las halaga Abraham Brahim en ausencia de ellas. Contéstale riendo Kéi Morotaka al periodista americano: "Esa es parte de nuestra cultura. Por algo integra Japón junto con Estados Unidos, Canada, Francia, El Reino Unido, Alemania e Italia el grupo de los siete países del mundo que forman unidos el G-7".

"También en Asia hay naciones que son muy adineradas a las cuales se les llama juntos Los Tigres Asiáticos", se acuerda Tosôn Miyasaki. "Y ellos son Hongkong, Singapure, Taiwan y Corea del Sur. Por igual en América Latina hay naciones que se han unidos en un bloque comercial".

"Así es como vosotros lo habéis dicho", concuerdo yo. "Y quienes pertenecemos a la *Unidad Europea* contamos con el grupo EER".

"Diego, que es la más grande agrupación de negocios del mundo", aumenta Abraham. "Pues, además de los millones que sóis, se os han juntado otras patrias. Ahora mismo, sin ir muy lejos, estamos acá reunidos personas de diferentes continentes entendiéndonos cada vez mejor. Medio Oriente está representado por este Príncipe de Kuwait. Asia, por vosotros los japoneses. Europa, aquí por Diego Torrente. Y mi humilde persona, Abraham Brahim, que valgo por dos. Por África, que es el suelo donde viví de pimpollo. Y por América, que le dió la nacionalidad a mis antepasados".

Oyéndolo hablar a Abraham de manera tan divertida y antojándome más té pero no quedándo de ello en la tetera, voy a servírmelo en la que tienen las dueñas de casa. Y las encuentro jugando el juego de los naipes - poemas y gozando de buena gana. Las cuales están vestidas con el traje tradicional japonés que es el kimono elaborado con seda. Alabándolas yo, lo bien que lucen, me cuentan: "El kimono en Japón solo se utiliza en ocasiones especiales como en bodas o fiestas de Año Nuevo". Además junto con ellas está Kojoro Hishinuma que ya se ha despertado de su descanso. Y me hace Kojoro esta confidencia: "Diego, sucedió que estaba el cuarto oscuro y yo durmiendo como un lirón en invierno. Pero una de estas señoras, me considera un adonis. Por eso ha ido a darme un beso. Y lo colosal es que ahora se niegan a decirme cual de ellas rozó con sus perfumados labios mi cara, tan pura, que no conoce el adulterio".

Entonces Misau Miyasaki, que es la esposa de Tosôn Miyasaki, se pone a revelarnos a Kojoro y a mí tal secreto: "Estamos jugando a las cartas con estos poemitas escritos en ellos, que como una distracción se tiene que adivinar los presagios que nos vaticinan. Y como nos tocó a una de nosotras donde se leía: "Si besas tú a un soltero, serás más feliz con tu esposo". Por eso fuiste Kojoro, el suertudo mancebo".

E ínstale otra de las damas japonesas presentes, metiéndole prisa a Kojoro: "Por favor Kojoro, quítate el colorete que te ha quedado en la cara, que sino nuestros maridos al verte con ello se pondrán celosos". Y como Séi Morotaka, la esposa de Kéi Morotaka, me averigua a mí si soy casado, respóndole: "Distinguida Séi. soy casto desde que mi madre me alumbró". Por lo que al oírme ellas, lo celebran riéndose moderadamente. Pronto aquella que tiene el casino, se pone a entreverarlo, mientras les habla a sus compañeras así: "Ahora vamos a ver a quien le toca el versito ese en que dice que se tiene que besuquear a uno que es inmaculado". Lo dice está señora en el idioma japonés, sin darse cuenta que yo estoy entendiendo. Pero se vieron interrumpidas ellas en su cometido, porque en ese momento se nos acerca Kéi Morotaka, el consorte de Séi, prorrumpiendo: "Y colorín colorado ese cuento se ha acabado". Volviendo Kéi Morotaka junto conmigo a la mesa donde están los del sexo masculino, llegamos a tiempo para oír que les interrogaba El Príncipe Islamita: "¿Cómo es que Japón y Alemania se hicieron tan fuertes en lo económico después de haber perdido la II Guerra Mundial, mientras América quedó muy endeudada?". Por lo que le informa el japonés Tosôn Miyasaki: "Ello es debido al éxito de nuestro país en la fabricación. Y en la calidad de la misma. Hay que recordar que nuestros principales productos son hierro, acero, papel, cemento, fibra sintética, las cámaras fotográficas, los radios, los televisores".

"Y los coches, las computadoras, los teléfonos móbiles, los robots, etc.", discurre el mayor de todos ellos que es Takigutchi Satô. "Pero ahora que el mundo conoce nuestra técnica, ya no se compretirá con mercaderías sino con eficacia. La rápidez, la velocidad, la impetuosidad con que un producto llega a manos del consumidor viene a ser tan importante como la producción. Los vendedores afortunados serán los que estén atentos al cambio del gusto de los clientes. Y hagan sus productos de acuerdo a lo que quieren los compradores, para satisfacerlos". En respuesta el norteamericano Abraham Brahim comenta: "Y habrá muchísima gente que adquirirá los artículos que se venden. Porque de acuerdo a los pronósticos de la ONU, lospobladores de la Tierra serán alrededor de once mil millones al final del Siglo XXI.

Sin embargo la máxima capacidad del crecimiento mundial, que podrá tolerar el mundo es de ocho mil millones de habitantes".

"Amigo americano, al ritmo que vamos aumentando en el mundo los humanos es probable que alcanzemos esa superpoblación. Entonces algo tenemos que comenzar hacer desde el presente", opina Takigutchi Satô con toda parsimonia. "Pues, de aquellos el ochenta por ciento están condenados a vivir en zonas donde la pobreza de sus habitantes es permanente". "Tienes razón Takigutchi. Y si los de las campiñas siguen viniendo a las urbes, será un drama la sobre abundancia de población en las ciudades. Y asimismo desastroso para el campo", añade su paisano Tosôn Miyasaki, seguido de Takigutchi Satô quien nos habla con esa nobleza que lo distingue: "Es que sino los ayudamos a esos países del Tercer Mundo, dentro de sus propios territorios, tarde o temprano nos van a presentar sus enormes facturas que estaremos obligados a pagarlas".

Entonces se lo confirmo yo: "Así es Takigutchi, tenemos que auxiliarlos en principio en sus propias regiones. Ello es una prioridad internacional. Porque decir que los países ricos tienen de manera indiscriminadas sus puertas abiertas a los habitantes de las naciones pobres, eso es irrealístico. Pero como no hay solución, a corto ni a medio plazo, tendremos los ciudadanos de los países adinerados que recibir de inmediato a aquellos emigrantes que puedan atenerse a nuestras leyes de emigración".

"Eso es perfecto lo que dice Diego Torrente. Si los del Tercer Mundo quieren inmigrar, que emigren pues", habla el norteamericano Abraham Brahim sirviéndose un rollo de sushi compuesto de arroz y marisco, enrollado en una alga. "Para socorrerlos tenemos que aumentar nuestros impuestos y sacrificar algo de nuestro estándar de vida o modus vivendi". "Porque se trata de aquellos pueblos extranjeros que antes creían que el comunismo los iba a salvar de la miseria. Al comprobar con la Caída del Muro de Berlín en el año 1989 que ello no era cierto. Ahora cifran sus esperanzas en establecerse en Europa ó en Estados Unidos", nos plática Tôson Miyasaki. "América atraviesa un momento en que su poder ha decidido implantar la democracia allende sus mares. Y cuando interviene con guerras, ello le produce déficit monetario. Pero a su vez tiene Norteamérica capacidad para revitalizar su economía. Gracias en parte a las pocas batallas en las que interviene".

"Y porque su población, sus recursos naturales y tecnología de vanguardia pueden ser más explotadas", nos charla Abraham Brahim. Opinando yo enseguida: "Alemania en corto plazo tuvó que superar la gran carga económica que le significaba la unificación de las dos Alemanias. Francia y España debe salir de su creciente número de desempleados".

"A la vez que los desequilibrios Norte-Sur se agudizan más. Básta acordarnos que durante años se produjo una salida masiva del capital econónomico de los países pobres, cuando otras soberanías extranjeras los regían, declarando que eran sus colonias. Y junto a su descapitalización del pasado, tienen ahora que hacerse cargo los habitantes actuales de un mayor número de nacimientos que a diario aumenta", nos dá su parecer Abraham Brahim. Y aumenta El Príncipe Islamita: "El impacto del crecimiento demográfico genera multitud de problemas en el crecimiento financiero, desde la suministración de alimentos, que debido a la escasez habrá que importarse, hasta el deterioro del medio ambiente. Por ejemplo cuando se erradica bosques o zonas agrícolas para construir ciudades. "Por eso los países industrializados deberán acudir en su ayuda y reforzar los esfuerzos que hacen esas comarcas en vías de desarrollo. Esos auxilios deberán hacerse a través de dos vías que son primero transferiéndoles dinero y segundo socorriéndolos en los tecnológico. Rusia y Europa del Este están abriéndose a las reglas del libre mercado. Son cambios deseables, pero que exigen la cooperación internacional, para que el desarme corra paralelo a la reforma económica".

E interviene diciéndo el periodista americano Abraham Brahim: "La solución más simple es compartir nuestro capital con los países que están arrastrando su pobreza. Los gringos les daremos algo de nuestros dólares. Vosotros los japoneses los proveerán bastante con vuestros yen. Y los europeos los sustentarán con sus euros. Porque no vamos hacernos los desentendidos de que no somos adinerados. Sin ir muy lejos Diego, vosotros los de Europa habéis lanzado al aire un satélite que os pronostica por adelantado el clima. Y cuyos datos se trasmiten a diario por la televisión".

"Se llama METEOSAT I. De esa forma podemos saber si está nublado, si habrá sol, si lloverá este día o los próximos", les departo. Pronunciando mi persona además: "Otros satélites vuelan de un polo a otro, dándo esos datos que son interpretados por los metereólogos en las computadoras. Y ahora tenemos los que desde el espacio están haciendo mapas preciosos del mundo, que miden ríos, caminos y montes. Cada foto de esos aparatos que se han colocado en el firmamento son una fuente de investigación del suelo y de la vegetación entre otras cosas".

"Diego, sabemos que la NASA lanzó el satélite SEASSAT-A, que mide preciso hasta los centímetros. Y en base de esas fotografías se delinean en un papel la representación geográfica del mar".

"Así es Abraham, porque los mares tienen que hacer mucho con la existencia de la vida. Sabemos todos que en nuestra Europa Occidental a veces sube el agua hasta niveles peligrosos. Y cuando ello ocurre se evacua de inmediato a la gente transportándola a centros de emergencia. A la vez que se protege la orilla con sacos llenos de arena".

E insiste Abraham Brahim prosiguiendo adelante con la conversación: "¿Conocéis vosotros qué ocasiona el que exista en el firmamento un hueco en la capa de ozono?. Porque cuando se descubrió ello en el año de 1979 sobre el Polo Sur, se dijo que era debido en principio a los gases de dióxido de carbono que se escapan de los omnibus viejos".

"Joven americano, también se debe a las erupciones de los volcánes cuyos venenos suben a la atmósfera", le aclara uno de los oriundos de Japón. Y expresa El Príncipe Islamita: "¡Caramba!. Será posible en un futuro cohabitar encerrados en un pabellón de vidrio como esa prueba que se llamó *Biosfeer II,* donde ocho humanos vivieron encerrados dos años en diferentes climas. Cuyas temperaturas ahí eran similares a las que existen ya sea en el océano, en el caluroso desierto, o en el lluvioso trópico".

"Si Príncipe. En aquel espacio delimitado y cerrado estuvieron los cuatro hombres y las cuatro mujeres juntos con cuatro mil diferentes plantas y animales tratando de mantenerse en vida". Y agrega Kojoro: "Con ese experimento se quería probar que es posible sobrevivir en un atmósfera artificial, con la promesa de repetirlo en el Planeta Marte. Solo una parte de ese ensayo dió resultado. Pues, a los que estaban en ese local de cristal sometiéndose al experimento, tuvieron que suministrales oxígeno en el pabellón debido a que les faltó el aire.

Y como algunos insectos destruyeron las cosechas, hubieron que proveérseles con alimentos extras que les alcanzaron quienes los estaban observando desde afuera. Resumiéndolo, fué un experimento extraordinario".

En tanto Séi Morotaka, que se suma a nuestro grupo varonil para participar en la conversación, nos hace la siguiente pregunta: "Cada vez están desapareciendo muchas especies de animales en el mundo dicen que una clase por año. ¿A qué se deberá?"

"Respetable señora, los humanos somos los culpables por los fertilizantes que se emplean en la agricultura; así como al permitir los gases que salen de las fábricas industriales", le comenta El Príncipe Islamita. "Además las carreteras que se abren para el tránsito y la administración del agua para el turismo dejan poco campo para que sobrevivan los animales en la naturaleza".

Oyendo yo Diego Torrente esto les digo: "En Holanda existe el World Wildlife Fund. Ello es una institución creada para la protección de las diferentes plantas y animales. Y se identifica con el emblema de una gigantesca Panda copiada del zoológico de Londres".

Entonces profiere el periodista americano Abraham Brahim: "Me gustaría que en los parques las parejas de animales fueran más fecundos. Y así se multipliquen llenando la Tierra. ¡Qué divertido sería verlos por doquier, exceptuando donde hay tránsito de coches!", por lo que agrega Tama Satô que había estado hasta entonces sumisa observándonos y que en honor a la verdad es sumamente bella: "En la actualidad cuando la gente viaja, muchos de ellos traen a sus casas animales vivos para criarlos. En una residencia he visto no solo una culebra sino también un tigre entre rejas".

Cuéntale a Tama enseguida El Príncipe Islamita: "En mi morada tengo por ejemplo una cachorra de leona. Sin embargo en la Convención de Washington, que reunió el año 1973 a miembros de cincuenta países, se acordó señalar que animales y plantas estaban en peligro de extinción. Por eso se creó leyes para regular el negocio de la venta de los del reino animal de un país a otro".

Dígoles yo Diego Torrente: "Algunos europeos les encanta tener en sus casas a perros, gatos, roedores inofensivos, pescados o pájaros".

"Cuidar a los bichos domésticos es uno de los entretenimientos de jovenes y adultos", articula Séi Morotaka. E insiste Kojoro Hishinuma: "A mí me gusta observar a los peces y algas marinas cuando vamos a la playa. Para comprobar lo que se vé en esas extraordinarias películas que filmaron el francés Jacques Cousteau con sus colaboradores, en sus expediciones bajo el mar".

Inquiérele Misau Miyasaki, la esposa de Tosôn Miyasaki: "Kojoro, ¿Vas a persistir en ser un explorador de las maravillas submarinas?"

Respóndele Kojoro: "Misau, si iría yo al lado de lindas mujeres que me besen, ¿qué más quisiera?". Y como al oír esto ellas se ríen, averíguales Tosôn, el casado con Misau, la causa de la hilaridad pero ellas no le contestan nada. Arregla la situación entonces el periodista americano Abraham Brahim, estallando en carcajadas: "¿Qué más desearías Kojoro, verdad?. Sino que te mimen tantas hermosuras como las presentes".

Indáganos, pues, Kojoro: "¿Y estará esta agua del océano limpia?. Porque ni en el mar se salvan los peces. Si pensamos en los accidentes, como el ocurrido a ese tanque que en 1989 se vació en El Golfo de Alaska, derramando cuarenta millones de litros de petróleo crudo que infectaron la costa".

"Muchas causas ensucian el medio ambiente", parlamos entre todos nosotros. "Tenemos las industrias, las calefacciones, el tránsito de vehículos y la lluvia ácida".

"La Tierra además se contamina con los desechos que se amontonan como montes. Si es que los desperdicios no los queman. Y muchos de ellos estamos comprobando que se pueden reciclar para volver a utilizar esa materia. Tal como son el vidrio de las botellas, el papel de los periódicos, la tela de la ropa en desuso. Sino se reutiliza aquello, tendrá un efecto nocivo en la naturaleza. ¿Por qué?. Al causar destrucción en la superficie de las plantas por la fricción continua de esas cosas enumeradas. Además, perjudica a la madre natura en el aire el efecto del invernadero. Pues, arroja dióxido de carbono que recalienta más las radiaciones del sol".

"Por suerte tenemos grupos del Medio Ambiente como GREENPEACE erigida en Canada, en el año 1971, que protege con celo a los animales".

"Bien hecho, porque ya han habido grandes desastres como explosiones en las fábricas químicas o el gas que se escapa en los tanques de los productos pesticidas que se usan contra la plaga de insectos que comen a las plantas".

"Y ese reactor que reventó en 1986 en Tsjernobyl, perteneciente a la ex-Unión Soviética, contaminando el aire con radioactividad".

"Por todo eso vemos que los animalitos domésticos están mejor en las casas que en los prados o en los cerros".

"Si Tama", dále la razón El Príncipe Islamita, diciéndole aún: "Qué bueno que en el año 1991 en la Antártida acordaron treinta y nueve Jefes de estado, de diferentes países, que los terrenos del Polo Sur serían conservados en el futuro como un Reservorio Natural".

Suma a lo dicho Tosôn Miyasaki: "Con la obligación de no explotar allá su materia prima. No podrán fijarse ahí industrias, ni deberán botarse en esas regiones basura". Aumenta este Príncipe de Kuwait o Islamita: "Además el turismo será limitado. Y la fauna y la flora protegidos en maravillosos terrenos. Y manifiéstoles yo: "¡Alienta oír los esfuerzos que hacemos, cada ser humano de acuerdo a sus posibilidades, para mejorar la calidad de vida en este planeta Tierra!. A Dios gracias no se vive en la penumbra porque nos alumbran de día el Sol. Y de noche donde no hay luz, a veces la Luna".

E interroga por su parte Takigutchi Satô: "¿Qué pensáis vosotros del Japón?"

Complaciéndo sus deseos, le digo mi mismo Diego Torrente: "Takigutchi, opino que en Japón funciona muy bien su democracia. Por igual marcha estupendo vuestro sistema de gobierno parlamentario".

Entonces alágalos Abraham Brahim: "Sabemos que la Constitución japonesa, se basa en tres principios: soberanía del pueblo, respeto por los derechos humanos fundamentales y pacifismo".

Al oír esto Takigutchi Satô, pregúntale al Príncipe Islamita: "¿Y usted Príncipe, qué aprecia de Japón?". Repite El Príncipe Islamita: "Vosotros los nipones podréis preciaros que Japón se ha convertido en el lider económico de Asia. Y vanagloriaros que Japón es un país homógeno en lo linguístico, en lo religioso y por igual en lo étnico".

Por lo que Tosôn Miyasaki y Kéi Morotaka, uno seguido del otro, departen en un fluído idioma inglés: "Estas características, que han provocado cierta propensión a comportamientos en grupo, se han citado como un factor al alto crecimiento económico de nuestro país".

"Sin embargo Japón, a pesar de haber asimilado diferentes culturas, es considerado por los demás como un país de díficil acceso. Y ahora nos vemos obligados a abrirnos a la ola de internacionalización. Por eso tenemos una política de apertura en nuestros mercados internos. Por ejemplo, convirtiéndonos en el mayor introducidor del mundo de productos agrícolas que proceden del extranjero. Y los nípones hemos reducido los aranceles que gravan las importaciones industriales".

Y opina Misau Miyasaki: "Ojalá que a los norteamericanos, a los europeos, y a los japoneses los demás nos toquen los sentimientos. Porque el ser humano tiene el corazón más duro de lo que se imagina".

"¿Quiéres decir Misau que los adinerados tenemos una fría indiferencia a las penurias de los demás?. ¿Qué los ricos solo hablamos de lo nuestro, sin prestar atención a lo perentorio de los los pobres?"

"Exacto Abraham Brahim. Para citar ciertos hechos ¿acaso sacrificamos nuestras caras vacaciones?"

Enseguida discúrrele Kojoro Hishinuma: "Pero Misau, tomarse tiempo libre después de haber trabajado duro es extraordinario. Uno necesita reivindicaciones".

Dále la razón el periodista americano, diciendo: "Kojoro, yo también lo veo bestial. El que salgamos de viaje dá trabajo a muchos otros. Tales como a quienes están empleados en las compañías de turismo, de aviación, o en las hoteleras".

Defiende su manera de pensar Misau: "Abraham, si eso lo apruebo. A lo que me refería es que muchos vivimos impasibles, mientras miramos por la televisión escenas de guerras civiles donde las mujeres analfabetas, los niños huérfanos y los viejos no saben donde correr y se mueren de hambre". Confírmole yo Diego Torrente: "Señora Misau, comprendo vuestro punto de vista". Y exponen lo siguiente las demás japonesas, que son también dueñas de casa: "Hay ancianos que carecen económicamente de una pensión que los asegure sus vidas".

E interrógale Tama: "¿Quiéres decir Misau que no cuentan ellos con un seguro para seguir viviendo cuando se jubilen?". Explícale Misau: "Si nos fíjamos bien Tama, donde ponemos nuestros ojos existen esos casos. Pues su jefe no pensó, que el futuro del indigente estaba en sus manos. Ya que ese desposeído ni sabía como se abría una cuenta de ahorros del banco para sus emergencias. Además no podía preguntárselo a su patrón porque él solo hablaba de yo y no de nosotros".

Afírmale Abraham Brahim: "Así es, Señora Misau. ¿Y eso por qué?. Porque los capataces no previeron que eso iba a suceder. Y de repente en los conflictos armados de sus naciones, los menesterosos lo pierden todo. No quedándoles años, ni fuerzas para recuperarlo".

E interviene El Príncipe Islamita, dándonos su parecer: "Y por lo general, son personas que no han tenido arte ni parte en la guerra". A lo cual aumenta Misau Miyasaki: "Decía lo anterior tras oírle contar muchas historias a nuestra criada acá".

Opina su paisano Kéi Morotaka: "Todos los extranjeros que vivimos en Argelia, hemos escuchado hablar de esas épocas turbulentas en el último decenio del siglo XX y comienzos del XXI. Por una parte estaban los partidos políticos, como el multipartidismo o sea el Frente Islámico de Salvación (FIS), que no concordaban con los que regían Argelia. Pues decían los rebeldes, que los mandamás no contemplaban las leyes que hizó Mahoma en el Siglo VII como un modelo perfecto para gobernar. Y por otra parte tenía Argelia la presencia de liberales, que se oponían a los del FIS, alegando que la sociedad de hoy es diferente a la nomada del profeta Mahoma que se componía de tribus agrícolas. Así que cuando ganó el FIS la primera vuelta de las elecciones legislativas de 1991, el ejército decretó el estado de urgencia y le impidió asumir el poder. Eso desencadenó la violencia".

Comenta el periodista americano Abraham Brahim: "Y aunque desde entonces han muerto miles de personas en Argelia y en la primera decena de este siglo veinte reaparecieron los atentados. Por eso los gobierno argelino y marroquí anunciaron que se unirían para el combatir el terrorismo. Y en adición contarán con la ayuda de Estados Unidos, Francia y de la Unión Europea".

Digo yo Diego Torrente: "Ahora bien, gracias a que existe la democracia prosiguen habiendo elecciones presidenciales. Y los turistas pueden visitar Argelia en cualquier época del año. Pues en verano se puede disfrutar de unas playas preciosas con sus aguas cristalinas. Y en el invierno con la vista de las montañas colmadas de nieve de la ciudad Kabyle. Pero hasta que haya estabilidad política se recomienda abstenerse de viajar al sur debido a las amenzas terroristas. Las ciudades del desierto que ofrecen seguridad a los transeúntes son las que están al norte de Djanet. Tales como Adrar, In Amenas, Tindouf, El Oued, Ghardaia, El Golea y Biskra. Así como las modernas urbes desérticas de Hassi Messaoud. Yendo por ellas podremos apreciar que en el desierto, la mayoría de sus habitantes siguen montando en camellos o dromedarios, mientras que en las ciudades nos transportaremos en coches".

Y prorrumpe El Príncipe Islamita: "En la antiguedad se peleaban los mundanos en el mundo con lanzas. En la actualidad con lo que tienen a la mano. Porque si las campañas son entre países fronterizos hasta se combaten con cohetes dirigidos. Alá permita que lleguemos amar tanto a nuestros semejantes, que algún día los periodistas a cambio de las guerras civiles o confrontaciones entre dos países, principalmente se refieran a otros temas más humanos".

Entonces expresa Séi Morotaka: "De momento esta bien acordárnos de aquellos a quienes los confrontamientos urbanos dejan desamparados. Y cuyas emociones las desahogan a través de sus lágrimas. Porque al verlos así tomamos conciencia de ello para ayudarlos".

Y a continuación nos dice Tama Satô con mesura: "Estos son pasos nuestros para guiarlos a encontrar una salida a sus múltiples problemas. Tales como si quisieramos nosotros que nos ayudaran otros, si tuvieramos carencia ya sea de comida, albergue, o salud".

Persistiendo en aseverar El Príncipe Islamita: "Señora Tama, con ayuda se hacen casas como castillos". Por lo que añade el esposo de ella, aquel que tiene por nombre Takigutchi: "Podemos decir en conclusión que si damos un grano tras otro, no haremos un granero, pero si sacaremos del apuro al islamita necesitado".

Y replica El Príncipe Islamita: "Takigutchi con ayuda, o no, el islam sigue avanzando. La cuestión que nos preguntabamos con mi padre Adnan el otro día, es que tipo de islamismo llevará la vanguardia a través del Siglo XXI. ¿Si el islam liberal o el islam más extricto y tradicional?. A quienes algunos los tilden de fanáticos".

Escuchándolo al Príncipe Islamita, aumenta el reportero norteamericano Abraham Brahim: "A los extremistas ya los conocemos por la Revolución Islamita que los del país Irán (que antes fué Persia) le hicieron al Sha en 1979. Ese año en Irán, bajo el liderazgo del ayatola Huholá Jomeini, se mobilizó la masa de creyentes para expulsar al Sha a quien acusó de ser proamericano. Luego de lo cual Jomeini proclamó la República de Irán. Así que el extinto Huholá Jomeini, que era fundamentalista, decidió que los iraníes deberían vivir siguiendo extrictamente conforme a las leyes del Corán. Insistía Jomeini, que el cumplimiento de ese libro sagrado del islam era la primera obligación de los islamitas. Y recomentaba Jomeini, a esos musulmanes, independizarse totalmente de los países del Occidente. Quienes de otra manera pensaban en Irán arriesgaban entonces con su vida. La influencia de Jomeini fué grande, porque con su ejemplo también otros musulmanes del mundo secundaron el movimiento del fundamentalismo".

Respóndele El Príncipe Islamita: "Lo que pasa Abraham es que hay diferentes islam. El islam en los países tropicales de Malasia e Indonesia son diferentes, que en las carpas de los Bedouinos o en los basares de Tunez".

Y hablándoles yo Diego Torrente que esos matices se ven en la mayoría de las religiones, concuerdan conmigo los presentes, pasando a indagar Kéi Morotaka: "Entonces cabe interrogar ¿qué doctrina o libros de dogmas espirituales suplantarán al marxismo?".

Expóngole a él: "Kéi, los cambios que se suceden en la historia nunca son rápidos. Salvo en raras ocasiones. Por eso creemos que en este Siglo XXI, se seguirán leyendo por sus diferentes adeptos La Biblia Cristiana, El Corán Islámico, El Tora Judaico, y Los Textos Sagrados de la Iglesia Ortodoxa. Así tal como se releerán los libros del Sintoísmo y del Budaísmo. Después de todo, estas religiones nombradas están sobreviviendo desde sus inicios".

Cóncordando todos conmigo Diego Torrente, opina Abraham Brahim: "Todos sabemos por ejemplo que los islamitas, los judíos y los cristianos somos monoteístas porque reconocemos la existencia de un solo Dios. Siempre hay algo de común con los demás. Por eso para solucionar las diferentes opiniones en la vida, distinguidos señores, la solución salomónica es ver más lo que nos une. En lugar de ponernos a escrudiñar lo que nos separa". Asintiendo con Abraham, quienes estamos presentes, discurre de nuevo El Príncipe Islamita en el curso de esta conversación: "En cuanto a la política mundial, antes los riesgos eran estables y se veían muy simples: Ganaba el sistema comunista en que había un predominio de lo colectivo sobre lo individual, o triunfaba el capitalismo. En la actualidad desde la caída del Muro de Berlín en noviembre de 1989 la suerte del mundo se juega en todas partes. Y entramos en los desequilibrios múltiples e imprevisibles como bien lo ha dicho Edgard Pisani, Director del Instituto del Mundo Árabe en París".

Pasándole mi brazo por el hombro al Príncipe Islamita lo aliento así: "Príncipe, cada día tiene su propio afán. Todos los contratiempos se están aprendiendo a resolverlos con la mejor solución". Articula él: "Diego, hasta que Alá decida cual será nuestro último día en la Tierra. Alá es quien protege a un país o al otro. Me refiero aquellos que teniendo diferentes creencias, están confrontando una guerra. Basta revisar la historia universal para saber que pasó durante *Las Cruzadas*. Las cuales se iniciaron el año 1096 después de Cristo. Y fue aquello una serie de peregrinaciones bélicas que emprendieron los cristianos europeos para reconquistar Jerusalén a los musulmanes turcos".

Confírmale Abraham Brahim: "Si Príncipe, hasta que en 1099 los cruzados capturaron Jerusalén". Por lo que rememora El Príncipe Islamita: "Eso es verdad Abraham. Y también que en 1187 Saladino reconquistó la ciudad, hasta que en 1291 los cristianos fueron expulsados definitivamente. Y sin retroceder tanto en el pasado, enfocándonos solamente al Siglo XX. ¡Vaya, qué lucha tuvo América contra Vietnam del Norte por ser comunista!. Que fué preconizada por el Presidente de entonces en norteamérica. El cual pronunció de que Dios estaba de su parte. Y todos sabemos ahora después de ver aquella película *Apocalipsis ahora*, que aquellas confrontaciones bélicas fueron un infierno para los vietnameses y los americanos. Por eso, tal como nos lo expusiste Abraham, quienes practicamos diferentes creencias en lugar de cuestionarnos: ¿Qué temas nos separan?. Es de suma importancia que meditemos en cambio: ¿Cuáles nos acercan?. Por suerte sobre esto todos los presentes coincidimos".

Dícenos Misau Miyasaki, que es la dama japonesa más desenvuelta aquí: "Tal como sucede en el campo, que si germina una semilla en condiciones adecuadas, produce excelentes frutos. Así la mente de una persona al tratar de entenderse con su semejantes, debe dejar pasar solo sus pensamienos que le sean útiles, para relacionarse mejor con aquellos que practican distintas religiones".

E interviene Séi Morotaka: "Porque tal como se podan las ramas de un árbol en víspera de la primavera para que florezca mejor. Así debe remozar sus ideas la gente, cortando en sus pensamientos la desconfianza y el resquemor hacia los que practican otras religiones, distintas a las suyas".

Asiente El Príncipe Islamita: "Preciso Séi, para dejar en la mente solo aquellos raciocinios de buena voluntad hacia los prójimos, que quieren a Dios de diferente manera. Son puras verdades las que acabáis de exponer Misau y Séi. Nuestras obras serán gratas a aquel ser supremo que unos llamamos Alá, otros Dios, e incluso como se dice en la lengua hebrea Yavé o Jehová, porque el Omnipotente verá que ese humano hizó sus esfuerzos de amar a los otros, como se quiere él a sí mismo. Pues, de los deseos del corazón nacen todas las acciones".

Y añade el norteamericano Abraham Brahim: "El creer eso de que se podrá alcanzar rápido la paz entre los que practicamos diferentes creencias religiosas suena como un plan halagueño. Aunque al mismo tiempo no es tan fácil realizarlo. Pero acaso en el furor del comunismo años atrás, no parecía también una utopía la democratización del mundo, que estamos en camino de alcanzar aunque sea a pasos tan lentos".

Me aventuro a preguntarles: "¿Alguno quiere acá que se agudizen los conflictos?". Y como todos me contestan: "¡No!". Persisto en decirles: "Por esa razón, lo mejor es no mezclar a Dios en las decisiones políticas". Sonriendo comenta Takigutchi Satô: "Hay seducción en lo que charláis. Pues nos cautiváis el ánimo".

Tomo de nuevo la palabra yo Diego Torrente para decir: "Además hoy adquiere suma importancia quienes dirigen los sistemas de comunicación. ¿Qué es lo que trasmiten?. Ya que ello accede a millones de personas de modo simultáneo. E influenciando en todos, crea algo semejante a una conciencia universal. Con tal exactitud, como hace un director de orquesta con su batuta". Y admírase el de alta alcurnia Takigutchi Satô: "¡Cuántos homosapiens están transformando la vasta Tierra desde los tiempos más remotos!. Comenzando el Siglo XX se leían las noticias en los periódicos. Pero debido a que llegaban esas informaciones vía telégrafo o teléfono, no eran tan recientes. Pues, las novedades se publicaban días más tarde, incluso semanas después. Enseguida aquello cambio entre las dos guerras mundiales cuando apareció la radio. En las casas sus ocupantes podían oír que ocurría al otro lado del mundo. Hasta que se descubrió el cine. Seguido a ello, se inventó primero la televisión y después la computadora. Con sus trasmisiones, además de escuchar sonidos, vemos que las imágenes se mueven y hablan. E incluso nos llega vía satélite, ¿quién lo hubiera dicho?", expresa Takigutchi Satô. Enseguida reflexiona en alta voz el americano Abraham Brahim: "Felizmente, porque así nos formamos una opinión inmediata de lo que sucede. Y podemos reaccionar para atajar los hechos que son injustos. Tales como se observa en las manifestaciones callejera pacíficas, cuando congregan a miles de hombres y mujeres que quieren protestar en las metrópolis".

Y aumenta El Príncipe Islamita: "Eso sucede Abraham porque los grupos de individuos se sienten víctimas. Y les da tranquilidad la presencia de los reporteros de la prensa internacional. Por ejemplo, es por los periodistas y fotógrafos que se ha sabido en las noticias sobre aquellos cuantiosos africanos que quieren emigrar a Europa.

¿No vemos harto que son abandonados ellos por los gobiernos en el desierto, cuando tratan de traspasar las fronteras para huir del hambre y las guerras. Por fortuna tienen esos que quieren refugiarse, la inmediata protección de la organización *Médicos sin fronteras*".

Entonces departe de nuevo Abraham Brahim: "Bien, hemos hablado nosotros de muchas cosas. Entre ellas reconocido que los nipones trabajan más horas diarias que en Norte América. Y que Japón es el país más avanzado de Asia por su nivel económico, sociocultural e industrial. Ahora nos falta saber ¿qué otros hechos de esfuerzo nacional constituyen un orgullo para los japoneses?"

Riéndose los dueños de casa, alega Kojoro Hishinuma: "Pero dígannos más bien vosotros que sabéis de Japón. Pues no queremos pecar de vanidosos".

Y con gusto lo oímos referir al Príncipe Islamita: "Comenzaremos diciendo que Japón se extiende a lo largo de tres mil ochocientos kilometros, en cuatro islas principales. Y además en varias miles de pequeños islas e islotes. Y para ser preciso Japón está formado por una cadena de unas tres mil, novecientos noventa y nueve islas volcánicas".

"Correcto Príncipe", concuerda con él, Tosôn Miyasaki.

Igualmente háblales Abraham Brahim a estos nacidos en oriente: "¡Y que lujo os gastáis teniendo enormes playas artificiales, donde hay mar y arena para asolearse!. Es maravilloso ver esa agua y su orilla, con techo de vidrio por donde entra el sol y la luz. Incluso Japón posee más campos de golf, por kilometro cuadrado, que otras naciones del mundo".

Por igual muestran su alegría los japoneses cuando me oyen placticar a mí: "Y cuenta Japón, a través de su historia, con una serie de emperadores que van sucediéndose en el trono".

"Si Diego", reacciona comentando Takigutchi Satô. "A nosotros nos gusta que Japón sea un imperio. Y tanto el Emperador como sus antecesores descienden directo del antiguo primer Emperador Jimmu que nació antes de Cristo".

Y aumenta El Príncipe Islamita: "El Emperador de Japón es el símbolo del Estado y de la unidad del pueblo, pero no tiene ningún poder político. No participa en el gobierno".

E interviene Abraham Brahim, rememorando: "Visitando a Tokio, la capital japonesa, ví que es fabulosa pero superpoblada".

"Cierto, así como que nuestro gobierno es una democracia parlamentaria. Y nuestra moneda es el Yen".

"Tan ignorante sobre Japón no soy", le aclara Abraham Brahim a Takigutchi Satô. Por lo cual sus compañeros de Takigutchi celebran el chiste de Abraham riéndose. Tomando de nuevo la palabra Takigutchi, emite: "Nuestro idioma es el japonés. Y nos saludamos diciéndonos: *Konnichiva*". Como entonces nosotros, los que no somos nipones, repetimos esa palabra, oyendo ellos el acentro extranjero, rompen de nuevo en una hilaridad que hasta nos contagian. Y prosiguen conversándonos estos asiáticos: "La principal religión en Japón es la sintoísta y le sigue en importacia la budista. Siendo ambas practicada por muchos japoneses. Y una minoría de creyentes pertenecen a otros diferentes credos y los ejercitan".

"Algunas plantas tienen un significado simbólico, por ejemplo los pinos la longevidad. Y el cerezo, que es la flor nacional del Japón y la utilizamos mucho en los festivales de la primavera, representa la belleza".

"El faisán, que es el ave nacional, aparece con frecuencia en el folklore japonés". Y cuéntanos su coterráneo: "En Japón ejecutamos la mayoría de juegos físicos que se ven en el extranjero. Además se practica como competencia deportiva la lucha de cuerpo a cuerpo que la dominan los más robustos. Los cuales pesan a veces hasta doscientos ochenta kilogramos. Ellos mantienen esa descomunal gordura porque comen un combinado de carne, pescado, verduras y tofú. Debido a que Japón está rodeado de mar, los productos marinos que contienen muchas proteínas los consumimos en abundancia los japoneses. Esa debe ser una de las razones, junto con el ingerir vegetales, por lo que en Japón la espectativa de vida es muy larga".

"En Japón también hay estas actividades para recrearse: el béisbol y el futbol, el tenis, el esquí, el correr y la natación".

"Asimismo el sumo, el keudo, la esgrima japonesa, el judo, el aikido y el karate".

Averiguándoles El Príncipe Islamita si escalan montañas, respóndele Kojoro Hishinuma: "El monte Fuji (Fujiyama) es sagrado para los japoneses. Y en verano algunos subimos al altar que hay en la cumbre".

"El alimento base en el Japón es el arroz y el uso de palillos es muy extendido. Entre los platos de comida más conocidos se encuentra el sushi que lo acabáis de probar. Y nos gusta deglutir el tempura y los fideos que pronto comeremos". Después de esta amena conversación, las distinguidas Séi; Tama; y Misau nos sirven esa especialidad de la cocina japonesa llamada tempura. El cual es un plato nacional del Japón compuesto de pescado, gambas y cangrejo, donde se le añade cebolla, coliflor, berenjenas y pollo o ternera según el gusto. Y disponen aquello en la mesa con una salsa picantes con rabanitos rallados y espinaca al vapor en otros pocillos. Posterior a lo anterior nos servimos todos como postre helados de vainilla.

Habiendo quedado con Sol Stepanov y Naserdine Seddiki en encontrarnos en un hotel situado frente a la playa, al terminar ambos sus clases; tras alternar nuestras direcciones El Príncipe Islamita, Abraham Brahim, y mí mismo, con estos anfitriones japoneses, agradeciéndoles por tanta gentileza nos despedimos expresándoles *Arigato* que significa Gracias en castellano, y *Sayonara* que quiere decir Adiós. Yendo nosotros entonces por el camino, avistamos a Naserdine, él cual llegando nos cuenta: "Sol Stepanov vendrá en compañía de Zaida y Ghar Pacha, que son hijas de Abû Pacha y su señora. Dicha familia reside en la planta baja de la casa de Diego. Refiriéndome a Zaida y Ghar, ellas son unas quincianeras argelinas quienes, además de sus estudios colegiales, aprenden en otro local a bailar la *Danza del ombligo.* Ahí les enseñan a mover con ritmo sus caderas, semejante a esas antiguas bailarinas de los harén. Por eso opinan aquellos que tienen lenguas viperinas, que Zaida y Ghar Pacha podrían encarnar una versión viva del cuento *Las mil y unas noches"*.

Contéstale El Príncipe Islamita: "Naderdine, si uno las vé en esos trances, claro que se las imagina en la cama. Pero que danzen Zaida y Ghar la *Danza del vientre,* no quiere decir que tengan sexo con quienes las admiran". Le dice Naserine al Príncipe Islamita: "Tienes razón Príncipe. Seguro que Zaida y Ghar son inexpertas en relaciones sensuales. En el sentido que no conocen ellas todavía a hombre alguno. Eso es normal con las solteras, en nuestras costumbres del mundo musulmán". Y como arribando Sol Stepanov y estas hijas de Abû Pacha no tienen permiso de quedarse hasta tarde, lo solucionan llamando por teléfono móbil a sus padres antes de irnos a la playa a tomar el aire fresco de la noche. En este anochecer de luna clara que permite ver el mar en bonanza. Sentándonos en la orilla del mar, pasa Abraham a contarnos que su pasatiempo favorito es tocar la trompeta, lo cual hace en una orquesta de jazz en un club nocturno de Nueva York en Norteamérica. Háblanos en esos términos Abraham, cuando de pronto distinguimos acercarse hacia nosotros a un hombre cargando a otro que está escuálido, desnudo e inconsciente. Y nos solicita aquel que lo transporta, que lo ayudemos pues se siente agotado de llevarlo a cuesta, insistiendo: "No sé de quién se trata, pues lo encontré como un naúfrago a la orilla del mar. Incluso distinguí una lancha surcando las olas". Y es Abraham Brahim quien cogiéndo el cuerpo del desmayado y apoyando la cabeza de este sobre su hombro, lo conduce al puesto de emergencia, donde un médico de turno se hace pronto cargo del desmayado. Así que dejando nosotros en la administración del nosocomio ropa de calle y dinero de bolsillo para ese paciente cuando se recuperara, apuntamos el nombre y señas del doctor que lo atiende, para averiguarle por teléfono en el futuro quien era aquel desconocido y como iba reaccionando su salud.

Acompañando después todos a Abraham Brahim hasta el hotel Hilton Alger donde se hospeda, entramos a uno de los comedores desde donde se contempla la bahía mientras los músicos emiten los sonidos del *Concierto de Aranjuez* del compositor español Joaquín Rodrigo. Dirigiéndose entonces Abraham hacia el Director de la orquesta, para solicitarle que le permita tocar la trompeta, nos anuncia enseguida Abraham por el parlante: "Una de las piezas favoritas de mi repertorio es *Bolero,* del compositor francés Maurice Ravel, que en este instante os la dedico a todos los presentes. Terminada esa melodía, los aplaudímos a Abraham y a los músicos que lo habían acompañado con los otros instrumentos, pues nos habíamos hecho disfrutar muchísimo oyéndolos. Llegada la mañana del próximo día visitamos Abraham Brahim, El Príncipe Islamita, y mí mismo algunos edificios de interés arquitectónicos. Y nos turnamos los tres en tomarnos fotos mientras ibamos caminando por el barrio de Casbah.

Horas después recorrimos Abraham, El Príncipe Islamita y yo la imponente iglesia católica de Notre Dame d'Afrique que está situada sobre el nivel del mar, en las colinas de Bouzareah. Aquí preciamos encima del altar una escultura representando a la Virgen. También esta iglesia contiene una estatua sólida de plata del Arcángel Miguel. Y yendo así nosotros a diversos sitios, entramos y salimos a La Gran Mezquita donde vimos su interior cuadrado y dividido en pasillos por columnas y arcos característicos del arte musulmán. A la madrugada siguiente apreciamos el interior de La Nueva Mezquita que data del siglo XVII, en cuya parte superior se encuentra su gran cúpula, con cuatro más pequeñas en las esquinas. Y como por donde andamos encontramos gente que nos informa, he aquí que una transeúnte a quien cubre su cuerpo de arriba abajo un manto blanco, dejándole solo al descubierto sus bellos ojos, nos cuenta a la salida en el idioma francés: "Este minarete de La Nueva Mezquita mide veintisiete metros de alto".

Oyendo aquello Abraham le hace esta pregunta insólita: "Señorita, quiero hacerle una proposición. Pues al Director del periódico para el cual trabajo en Norteamérica, le ofrecí llevarle una fotografía besando espectacularmente a una mujer algeriana en la calle. Semejante a la que se le tomó a un marino de la naval y a una paseante, cuando regresaba él contento de haber sobrevivido a la guerra. ¿Me permite usted hacer lo mismo?". Cesando de hablar Abraham, sin amilanarse ella le contesta: "¿Si consiento, qué me dona usted a cambio?". Respóndele Abraham: "Una de estas sortijas de oro que tengo en la mano. Escoge tú la que quieras". Y como eligió ella un anillo con una piedra turquesa, Abraham se lo dió. Al poco rato, nos gloriamos de las magníficas fotos que habíamos hecho El Príncipe Islamita y yo, donde parecía que la besaba Abraham aparatosamente a la adolescente. De pronto, viendo esta venir hacia nosotros a un hombre corriendo, mientras gritaba: "¡Sherezada!", expresa ella: "¡Caray!. Ese es mi novio con quien quedé en encontrarme aquí".

Deseándole nosotros buena suerte a Sherezada, proseguimos nuestro itinerario arribando así a La Iglesia de la Santa Trinidad que en su interior está decorada con mármoles coloreados.

Luego entramos Abraham Brahim, El Príncipe Islamita y mi persona a La Mezquita Ketchaoua, que fue antes de la independencia del año 1962 la Catedral de San Felipe, en una de cuyas capillas reposan los restos de San Gerónimo. Saliendo de ahí, vamos al Museo del Bardo cuyo edificio era antaño una mansión turca. Y nos cuenta anterior a entrar un argelino, quien conduciendo de la mano a su hijito se identifica como Muhammad Rahim: "Señores, este museo contiene antiguas esculturas descubiertas en Argel. Además como peregrinos que sóis, es muy recomendable pasear por el entorno de la avenida Didouche Mourad y ver El Jardín Botánico de Hamma. Pero sed vosotros prudentes, porque un par de bombas estallaron en zonas de la clase alta de esta ciudad de Argel, el año dos mil siete de este siglo XXI. Muchas personas murieron en ese atentado que fue atribuido a un grupo terrorista".

Y acontece que a los pocos días, después de haber disfrutado de la compañía de Abraham Brahim, quien nos había invitado al Príncipe Islamita, a Sol Stepanov, a las hijas de Abû Pacha, y a mí a almorzar en El Hilton Alger hotel, llevándonos de paso para que conocieramos la habitación de lujo con vista hacia el mar que le había tocado, lo vemos partir a Abraham hacia aquella ciudad norteamericana llamada Nueva York, que es donde reside, habiéndo quedado en regresar a visitarnos cuando sus múltiples ocupaciones se lo permitan".

Una fiesta concurrida

Llegado el atardecer del día siguiente, algunos hombres se encuentran vestidos con sus albornozes, que son esas capas algerianas blancas hasta el suelo con sus capuchas, mientras que los demás nos hallamos con esmoquín. Y las mujeres se hayan acicaladas con sus atuendos de gala, debido a que Omar Saadí dará una cena danzanda de primera magnitud en este Hotel Sofitel de Argel. Por eso un comite de recepción compuesto de Omar y otros Modistos de fama, en su mayoría venidos desde el extranjero, están en el recibidor de entrada acogiéndo a los setecientos agazajados. Entonces como los primeros que arribamos somos los que hemos presenciado El Desfile de Modas en otro local; después de haber entregado nuestra tarjeta de invitación donde se lee que esta fiesta será de siete a doce de la noche, pasamos al salón para tomar unos refrescos, dando así oportunidad a que todos fueran ingresando. Al cabo de un rato van entrando los políticos con sus señoras, los del Cuerpo Diplomático, la crema de la sociedad argelina, los periodistas, y los fotógrafos.

Aquí mismo en una pieza del Hotel Sofitel de Argel están instaladas grandes mesas redondas con capacidad para doce personas en cada una. Y cuya reservación de sitio por asistente cuesta la suma de quinientos dólares. Pero juzgamos que no es caro pues lo que se recabará, exceptúando los gastos, será donado a instituciones béneficas en África. Pasando adentro, apreciamos en esta sala semioscura su piso rojizo y además un amplio espacio rectangular en el centro para bailar. Todo el ambiente se haya a media luz, brillando como el rosado lila del topacio, que es esa piedra preciosa semitransparente. Algunas mujeres, cuyos cuerpos están realzados con joyas, usan vestidos largos con escotes pronunciados. Todo reluce esta noche: los zapatos de charol, los pómulos de los rostros y también los cabellos. Ese tinte rosáceo del ambiente se extiende al mantel de hilo blanco de las mesas circulares, a las flores que las adornan, al juego de platos de porcelona blanquiscos que están al frente de cada comensal y a las copas de cristal.

Alzando yo mi vista, me es fácil ver que ese matiz lo dá la luz que se difunde desde el techo.

Repasando con mi mirada el salón, veo que El Príncipe Islamita está sentado junto a unos miembros de la Diplomacia Extranjera; y que Sol Stepanov se encuentra más allá, entre otros jovenes también del Cuerpo Diplomático, distinguiéndola con facilidad por su vestido largo rojo. Y como es de imaginarse todos están con el ánimo de fiesta porque sonríen con facilidad. En cuanto a la música estará a cargo del Director de la orquesta con su grupo. Y habiendo en las mesas tarjetas con el nombre de cada persona frente a nuestros asientos, debido a ello así como a la asistencia del Maestresala (que en los comedores de los hoteles y ciertos restaurantes es el camarero que dirige el servicio de las mesas), nos ha sido fácil ubicarnos. Entonces acontece que estando sentados, se acerca Omar Saadí al micrófono cerca de la orquesta para abrir la noche. Vienen después los mozos para atendernos con las bebidas y retirar el servicio de cubiertos y platos cuando terminemos la cena, que cada uno de los agasajados nos serviremos pues han colocado la comida dentro de esta cámara.

Y debido a que estamos en un país de creencias islamitas, donde no se consume licor, se ha tenido la consideración de no disponerlo en la mesa. Por eso además de la copa de agua que ya encontramos servida cada invitado, son los camameros los que circulan preguntándonos a cada comensal, si deseamos sumo de fruta u otra bebida. Durante la cena se ponen a bailar algunos hombres con las mujeres, en cambio a otros se les vé en sus asientos platicando. Mientras tanto se acerca Omar Saadí a cada sitio preguntándonos si nos atienden bien. Afirmándole a Omar que sí, le agradecemos su atención, refiriéndole yo de paso: "Omar el que hayas organizado esta fiesta con tanta gente, para recaudar fondos económicos de ayuda al prójimo, es un toque de suma amabilidad de tu parte. Y fué lo máximo de elegante el desfile de moda que presentaste". Tocándome Omar el hombro, me contesta: "Diego, aquellos que viajamos, vemos que hay ciudades donde sus pobladores se visten de manera similar. En cambio en otras metrópolis, se arreglan a su entero gusto. Por esa razón para que cada uno encuentre en mis desfiles de modas algo de lo suyo, presento diversos estilos y colores".

Interrógale El Embajador Stanislao Stepanov: "Omar, ¿quieres decir que dás a tu clientela a escoger entre la vestimenta tradicional, o usar lo nuevo, lo espectacular?". Y le dá a saber Omar: "Querido amigo Stanislao, en el vestuario así como en la arquitectura o en el diseño de interiores, algunos ya sean del sexo masculino o femenino buscan la novedad; otros en cambio el sentirse cómodos". Y cuando opina la Embajadora de Sudán: "Preciso Omar, por eso tú y el espejo son mis mejores consejeros". Confírmale Omar: "Yo mismo que soy *Diseñador de Modas*, os aseguro que existen distinguidas damas que lucen maravillosas con vestidos que los tienen colgados en su ropero durante años". Asevera entonces El Príncipe Islamita que se había acercado a nosotros: "Estoy de acuerdo contigo Omar. Y también si admiten todos conmigo: ¡Qué comprarse algo fino es una buena inversión!". En atención a esto discurre Omar: "Así es estimado kuwaitano. En los gastos que hacemos primero viene la comida. Y luego de haber reservado dinero para la salud y las emergencias, se debe hacer dispendio en adquirir nueva ropa, para regalar enseguida nuestro antiguo vestuario a los necesitados. Porque la gente civilizada no debe andar desnuda por las calles. Ni aún en las playas lo acepto yo. Uno no debe desnudar su verguenza".

Dice Alejandra Makowski de Stepanov: "Tienes razón Omar, uno tiene que poner límites a las costumbres escabrosas. Porque ya de por si a las personas les gusta romper las barreras".

Concordando Omar con ella, pronuncia él: "Tú has dicho algo muy cierto Alejandra. Y son los gobernantes los primeros que deben enseñar a los demás, la diferencia entre lo que es moral e inmoral. Prohibiendo ellos esas manifestaciones callejeras de desnudos. Tal como una vez presencié en otro país, allende los mares de Argelia. ¡Ayayay!. Aquello me dejó boquiabierto pues pensaba yo: ¿Qué sería si en el mundo todos andaran calatos?. Y aunque esa ocurriencia mía me dió risa, me contestaba: La corrupción sería completa como en los tiempos bíblicos de Sodoma y Gomorra". Y sonriendo Omar, nos prosigue hablando: "Claro, vosotros diréis que yo discurro así, porque me gusta poner kilometros de telas encima a mis clientes para ganar más dinero. Pero si oyen ustedes susurrar eso, no lo crean. Ni aunque digan los jueces que cada cual comete su pequeño delito en la vida. Por ejemplo, el comerciante que no paga todos sus impuestos, el transeúnte que deja mear en un parque a su canino donde se lee un letrero que dice: Prohibido pasear a perros. En mi caso, admitiría yo que retrocedan las buenas costumbres que se están logrando en la vida, si confecciono vestidos para las mujeres donde dejan ver sus partes impúdicas al descubierto. Lo que solo es propio de los animales, que son seres irracionales".

Admirándose enseguida El Embajador Stanislao Stepanov: "¡Oh, qué fiesta Omar Saadí, te felicito por lo concurrida que está!. ¡Quiére decir que cada uno pudo pagar lo que costaba la entrada!", le manifiesta Omar: "Estimado Stanislao, en estos momentos necesitamos todos divertirnos, aunque nos cueste dinero. Ahora si sóis tan amables en dejar que me ausente, pasaré a saludar a mis otros invitados para después volver a vosotros".

"¿Invitados?", comentanos riéndose El Embajador Stepanov cuando Omar se hubo retirado.

Dígole yo: "Seguro Omar se refirió al hecho de habernos cursado esquelas para asistir a este jolgorio". Y avanza alguién la conversación en nuestra mesa de la siguiente forma: "También dijó el modisto Omar Saadí que ansiamos distraernos".

Por lo que comenta un Cónsul de Marruecos: "Sin duda hacía mención Omar a la incertidumbre política que está afectando a diferentes países".

Volviendo yo a la mesa después de servirme algo de comida, oigo que un Diplomático de Irak le averigua al Príncipe Islamita que dónde había nacido. Y enterándose por El Príncipe Islamita que su país de orígen es Kuwait, le dice aquel iraquí: "Cabe preguntar, ¿por qué el gobierno yanqui no lanzó una seria advertencia al de Irak desde el momento en que sus satélites detectaron la presencia de las fuerzas iraquíes en la frontera de Kuwait?. Me refiero a la Guerra del Golfo Pérsico de 1990 a 1991 entre mi país de origen Irak y una coalición internacional, compuesta de varias naciones y liderada por Estados Unidos como respuesta a la invasión y anexión del emirato de Kuwait por Irak".

Interrogando la hija del Embajador de Marruecos: "¿Cuáles fueron esas patrias que intervinieron en la defensa de Kuwait?", le informa El Diplomático de Irak: "Señorita, como respuesta a esos sucesos, en enero de 1991, una coalición internacional de muchos países liderada por Estados Unidos y bajo mandato de la ONU, inició una campaña militar con la finalidad de obligar al ejército invasor a replegarse de

Kuwait. Los países integrantes de la coalición eran Argentina, Arabia Saudita, Australia, Bangladesh, Bélgica, Canadá, Checoslovaquia, Corea del Sur, Dinamarca, Egipto, Emiratos Árabes Unidos, España, Estados Unidos, Francia, Grecia, Hungría, Reino Unido, Italia, Kuwait, Marruecos, Países Bajos, Nueva Zelanda, Nigeria, Noruega, Omán, Pakistán, Polonia, Portugal, Qatar, Senegal y Siria.

Tras el conflicto, la ONU impuso a Irak un embargo que produjo graves trastornos sociales a Irak. Las monarquías del petróleo podían controlar mejor el mercado mundial de este producto, al no permitírsele a Irak exportar parte de su producción petrolera, a cambio de darle alimentos según la resolución 986 de la ONU, que descartaba la vuelta del petróleo iraquí al mercado mundial. Algo que convenía a medio mundo, salvo al pueblo iraquí, porque no era al régimen situado en Bagdad la capital de Irak a quien afectaba esa resolución. Sino aquellos que más sufrían las consecuencias era la población iraquí que tenía que sobrevivir con poquísima cosa".

Después de esto averíguale El Embajador de Sudán, a un anciano ex Diplomático argelino en presencia de su consorte: "¿Dónde estuvistéis vosotros durante esa crisis del Golfo Pérsico, desencadenada el 2 de agosto de 1990 entre los gobierno de Irak y los de occidente?"

Respóndele el ex Diplomático argelino: "En esa oportunidad, me había nombrado El Ministro de Relaciones Exteriores de Argelia para ejercer mis funciones en Pakistán. Por eso al atardecer mirábamos, con mi esposa y nuestras amistades, el conflicto por la televisión como la mayoría de la gente. Para ver como se destruían los puntos estratégicos de Bagdad o como las bombas que desde Irak se tiraban hasta Arabia Saudí, e Israel, eran interceptadas al ser destruídas en su mayoría por los Estados Unidos y los otros países aliados. Observábamos como hasta los niños aprendieron a ponerse rápido las máscaras antigases. Y escuchamos el lamentable balance de miles de muertos que aquella lucha armada arrrojó".

Articulanos de inmediato El Diplomático de Irak: "Si, pues, cuando el gobierno de Irak invadió Kuwait el 2 de agosto de 1990, a continuación Estados Unidos se decidió a intervenir con una fuerza sin precedentes desde la Guerra de Vietnam: Para hacer respetar El Derecho Internacional que prohibe la invasión a otra nación, para proteger a Israel, y para preservar las fuentes de aprovisionamiento de petróleo a occidente. No se puede sin embargo ignorar la preocupación del *Complejo Militar Industrial Americano*, que tras la distención con la antigua Unión Soviética, se inquietaba por el descenso en las ventas de armas desde América al extranjero".

Tras hablar el iraquí, discurre enseguida el Embajador de Sudán dándole razón así: "Y se alarmaban los del *Complejo Industrial Americano* por los riesgos de la reducción del presupuesto de defensa. La prensa de Estados Unidos no dejó de hacer eco de ello en las semanas que precedieron a la crisis".

Cesando de hablar el sudanés, aumenta El Príncipe Islamita: "Yo digo, para que no se produzcan nuevas explosiones de enfrentamientos en el Oriente Próximo tenemos que subrayar la necesidad de hacer respetar mejor El Derecho Internacional".

Y comenta un representante del Cuerpo Diplomático de Palestina, quien también se haya presente: "En una entrevista a un politólogo americano por la televisión, él afirmó que Norteamérica está en permanente situación de guerra desde el año de 1950, para justificar la producción de armas, muchas de ellas sofisticadas como son sus aviones invisibles. Esto coincide con lo que todos vosotros acabáis de opinar".

"Uno de los temas interesantes, en la vida, es la política. Pues, de su mejor manejo y de las múltiples decisiones que se toman diario, depende con frecuencia nuestra existencia", digo yo; seguido del Embajador Stanislao Stepanov que opina: "Y en el futuro los gobernantes del mundo tendrán que ser elegidos entre aquellos que son ecólogos. O sea, quienes promueven las relaciones existentes entre nosotros los seres vivientes y el ambiente en que vivimos".

Confirmáselo el profesor argelino Naserdine Seddiki que acababa de incorporarse a la mesa nuestra: "Excelencia Stepanov, en realidad es así como usted afirma. Los humanos debemos cuidar nuestro entorno físico y social que nos rodea".

E interviene de nuevo El Embajador Stepanov: "Los ecólogos van a salvar a nuestro planeta de que sea destruído, no por los de seres extraterrestres si es que los hay, sino por los mismos niños, jovenes, y adultos. Y en hora buena ya terminamos de comer, porque dice el protocolo ceremonial diplomático que hay temas, como los referentes a política, que no se deben tocar durante la comida. A no ser que todos estén de acuerdo".

"Stanislao Stepanov, aplaudo lo que usted aduce que es inconveniente charlar durante la cena de ciertos asuntos. Pues, además de la política, no convenien referirse a la religión, enfermedades, ni dinero. En ese sentido hemos pecado todos este anochecer, despotricando sobre otros gobiernos. Bueno, pero errar es humano", corrobora El Príncipe Islamita. Y retírase él mismo, en compañía de un Diplomático Norteamericano que había venido a buscarlo porque sus tarjetas de ellos están ubicadas en otras mesas. Y ocupan sus sitios, al lado nuestro, El Cónsul de Suráfrica con su esposa y una mocita que es hija de ambos. La cual interrógale a Alejandra de Stepanov en el curso de la conversación: "¿Cómo sabe usted tanto señora Alejandra, sobre cortesía y urbanidad?". Respóndele Alejandra: "Estando mi esposo Stanislao destacado en Inglaterra, para divertirnos las esposas de los embajadores extranjeros nos matriculamos en un curso de Etiqueta y Protocolo que enseñaba a desenvolverse en todos los ambientes sociales. Entre otras cosas, las reglas de oro para ser una perfecta anfitriona. E instruían allá como conducirse en una recepción como una buena invitada. También la utilidad de disponer de tarjetas tanto para cursar invitaciones como para agradecerlas. Habiendo las embajadoras atendido las clases aquellas, al terminar obtuvimos nuestras diplomas".

E inquiérele Kahina Mernissi, o sea la hija del Embajador de Marruecos y su consorte: "Seguro os enseñaron a que hora conviene invitar".

Y se lo afirma Alejandra: "Si Kahina, el mejor momento para atender a los agasajados, que deben llegar estrictamente puntuales, es la cena. Esta puede servirse entre las ocho y diez de la noche. Se debe tener presente que en la distribución de los asientos de la mesa, lo mejor es alternar una dama y un caballero. Además las parejas no deben sentarse juntas, sino en todo caso frente a frente. Cuando hay abstemios (estos son las personas que no ingieren licor) se les debe ofrecer zumos de frutas naturales o agua". E infórmale El Embajador Stanislav Stepanov: "Señorita Kahina también los diplomáticos tenemos presente como escoger el orden del menú, que se dará en una comida de etiqueta. Por ejemplo, primero serán los platos ligeros. Ya que como entrada podrá servirse una crema de esparragos o de betarraga. Aunque la mayoría elimina las sopas, para comenzar los mozos sirviendo al principio un recipiente que contenga mariscos, tales como langostas o camarones. Luego como plato principal se ofrecerá lo que tiene carnes, que puede ser de pavo, perdiz o también pollo con verduras. Y al final se consumirá el postre, aunque si la comida ha sido copiosa podrá ser algo leve como helados y fruta picada en trozos".

Dícele a su vez Kahina Mernissi: "¡Oh, que bien que hayáis aprendido vosotros todo eso!. ¿Quizás os instruyeron por igual como se dispone para los invitados los platos, los cubiertos y los vasos?".

Atendiendo a su pregunta, le cuenta Alejandra de Stepanov: "Kahina, la mayoría de los que damos una cena formal colocamos el servicio así: A la derecha del plato del comensal, va primero la cuchara del postre, luego los cuchillos y a la izquierda de ese plato del servicio estarán los tendores junto a la servilleta así como el platillo para el pan. En cuanto a los vasos siempre se pondrán al frente del que come. Y estarán desde adentro hacia afuera en este orden: Primero se coloca la copilla para el licor, segundo le sigue la copa para el agua, tercero la del vino tinto y terminando la del vino blanco o la del champaña".

E irrumpe en risas El Embajador de Marruecos mostrándonos en una de sus manos sus propias sandalias: "Es posible incluso que enseñan en esa escuela de etiqueta, que este esmoquín que tengo puesto, no luce bien con estos mocasines", comentario que al oírlo nos hace prorrumpir en carcajadas, lo que suscita que volteasen a mirarnos lo que están en otros sitios, curiosos de ver quienes somos los que mostramos tanta alegría.

Y nos advierte mi jefe, Stanislao Stepanov: "¿Os habéis dado cuenta que inmejorable nos atienden los mozos?". Contéstale la esposa del Embajador de Marruecos: "El agua nos la sirven ellos por la derecha del comensal, de acuerdo al protocolo, estando pendientes de no llenar las copas más de dos tercios de su capacidad". A lo cual murmura su hija Kahina: "También supongo que es un precepto ceremonial que los camareros no deben tocar a los invitados cuando les sirven. Pero este no conoce esa regla, porque cuando llena mi vaso de jugo me manosea el cuerpo". Respóndele la chiquilla de Sudáfrica: "¿Quizás tú le has dado un beso volado?". Hablando de estas cosas entre ellas, hacen algazara sin parar, más aún cuando aquel que nos atiende les anuncia sin mostrarse solapado: "Os voy a traer como postre Crema de chocolate, para que os chupéis hasta los dedos. Pues yo mismo la he hecho, así comprobaréis cuantas virtudes me ensalzan". Y como habíamos terminado de cenar retira él todo el servicio de la mesa que comprende los platos y las copas usadas para traernos luego los helados con la susodicha pasta de cacao encima. Ocurre además que este camarero sigue en vena, porque al servirle a la joven de Suráfrica, ella exclama en voz alta: "¡Ah, que me ha pellizcado en la cintura!". Pero no dándose por enterado él, le averigua áun: "¿Señorita, qué más desea tomar?". E interrógale ella a su vez montada en cólera, sin siquiera mirarlo: "¿Qué bebidas tienes?". Dále a saber él: "¿Qué prefiere usted, zumo de frutas, refrescos o agua mineral?", y pasa aquel averiguándonos lo mismo a cada uno de nosotros. Partiendo ese mozo de aquí, viendo Naserdine Seddiki que las doncellas siguen con sus estallidos de risa, se apresura a decirnos: "El mejor ingrediente en una fiesta es el buen humor de los que asistimos".

"Si porque la tristeza así como la alegría son contagiosas", comenta El Embajador Stanislao, cuya consorte Alejandra de Stepanov tiene puesto un vestido color plateado sin mangas con un chal del mismo tono encima. Portando incluso ella un juego de collar y pendientes que relucen finos como diamantes. "Y ahora vamos a bailar Alejandra que ya comenzó la orquesta", dícele su esposo, a la vez que otros diplomáticos también solicitan la pieza a sus mujeres, que están vestidas en diversos colores, incluyendo el negro, y engalanadas con las piedras más estimadas. En cuanto a sus hijas, que importa con que tintes de vestidos están, ni que joyas lucen o no, si tienen como adorno la flor de la edad. Por eso me dice Naserdine Seddikki como adivinando mis pensamientos: "Estas chiquillas están en sus años boyantes de una felicidad creciente". Sonriendo le doy la razón a Naserdine. Y pasando mi mirada por los concurrentes, noto que en una mesa próxima está Omar Saadí con sus colegas venidos de las diferentes partes del mundo, acompañándolos a algunos de ellos sus consortes.

También sucede que veo a Sol Stepanov bailando con El Príncipe Islamita. Ellos danzan separado pero aún a distancia aprecio yo, que él es un buen bailarín, porque profesa el arte de bailar. Por otra parte distingo, que en un lugar asignado para los jovenes diplomáticos está sentado solo el soltero Moestafa Barzani, el cual es un Secretario de la Embajada de Irak a quien he encontrado con anterioridad en otras reuniones. Entonces acercándome mi mismo Diego Torrente a él para invitarlo a venir a nuestro lado, le digo: "Estoy con dos señoritas. ¿Te gustaría Moestafa hacernos compañía?". Tras suspirar él, contéstame afligido: "Si Diego vamos. Es que estaba pensando en todo lo que ha sucedido a mi país. Anoche otra vez Irak estaba en las noticias". Ínstole a distraerse: "¿Me estás hablando Moestafa del pasado?. Ayer es como un cheque que ya se cobró. Por tu bien tienes que olvidarlo en este instante".

"¿Y mañana, que vá a pasar con mis paisanos iraquís y con los kurdos?. Porque yo tengo parientes allá".

"¿Mañana?. El futuro siempre es como un cheque que todavía está por cobrar. Moestafa, nadie quiere una III Guerra Mundial pues sería para todos los humanos como fué el hundimiento del Continente Atlantis".

"Te refieres Diego a aquello que relató uno de los más importantes filósofos griegos en sus cuentos narrados antes de Cristo. Y que según su fantasía fué aquella región más grande que el norte de África y la pequeña Asia juntos".

"Así es. Moestafa, todos sabemos que un nuevo conflicto internacional no puede durar años. Y por lo tanto tiene que terminarse tan pronto como sea posible. Pues de lo contrario originaría un Diluvio universal de bombas que ningún gobierno podría parar. Amigo Moestafa Barzani, diplomático de Irak, el momento actual es lo que cuenta en la vida".

"¿Quieres decirme Diego que ahora es como si fuera dinero contante?. Diego, cambiar ideas prácticas contigo me hace bien". Reconfortándose él, anímase a venir a nuestra mesa, por eso en el camino le comento: "Por algo dicen que una confiable amistad entre dos personas es el pináculo de las relaciones. Los problemas hay que bailarlos, por lo menos en las fiestas", agrego mientras sacamos a las solteras para bailotear. Y así nos divertirnos la mayoría de los presentes al continuar con el bamboleo de las próximas piezas musicales, moviéndonos casi en el mismo sitio debido a lo concurrido que está la cancha donde bailamos. Ya avanzada la noche, en un descanso de la orquesta, se acerca Omar Saadí al micrófono para anunciarnos: "Señoras y señores, invitados en general, os pido que toméis asiento". Y tan pronto nos sentamos, prosigue diciéndonos Omar: "Ahora, tengo el placer de anunciaros a un grupo de cuatro parejas de bailarines, hombres y mujeres venidos desde Europa. Me refiero a estos candidatos del Concurso de Baile Internacional del presente año. Aquí están. ¡Aplauso para estos artistas!"

Y mientras los ovacionamos, van entrando entre nuestras mesas bailando al compás de la música y del canto, hasta dirigirse al lugar designado para bailar al centro de la sala, que en estos momentos está vacío. Siendo sus ropajes llamativos, porque están ellos con pantalones y sacos negros brillantes, en cuanto a sus camisas las adornan una corbata con cuentas ensartadas que a la vista reluce. Refiriéndonos a sus parejas de danza, ellas visten trajes rojos levantados adelante y coludos atrás, mientras las mangas de sus vestidos son cortas y bombachas, que dejan ver sus hombros al descubierto. Y he aquí que siendo sus cabellos oscuros como la noche, están semicubiertos por un pañuelo colorado. Mostrando todos los del conjunto regocijados semblantes, el cantante de la orquesta comienza a entonar así:

Me va, me va, me va, me va, me va.
Me va la vida, me va la gente de aquí, de allá.
Me va la fiesta, la madrugada, me va el cantar.
Me va el color si es natural. Me va.
Hacer amigos en los caminos me va, me va.

E ininterrumpidamente bailan esas parejas la mensionada canción hasta que se termina, así como las otras piezas títuladas: "A mi manera", (que se llama en inglés My Way); "Mono, mono, mono"; "Guantanamera"; "Vamos a bailar cariño mi amor"; "Chicago"; Bésame con frenesí"; "Cumbiancero"; y finalmente "Extraños en la noche" (que en la lengua inglesa es: Strangers In The Night). Terminado ellos su espectáculo, les damos un aplauso cerrado. Y después nos ponemos todos a danzar, llegando la animación a su climax. Debido a que algunas parejas bailan suelto. En cambio otras no guardan la distancia, bailando el hombre y la mujer más bien juntos. Y la mayoría, en fin, estamos tan relajados que bailoteamos sin siquiera parlar, tales como la tunecina Yasmina Larbi con Moestafa Barzani que es el Diplomático de Irak; la sudáfricana con uno de la Embajada inglesa; y la marroquina Kahina Mernissi junto conmigo. En camino a nuestra mesa nos cruzamos con Li Li-Wong un Diplomático de China, quien me dice: "Voy a sacar esta pieza musical a Sol Stepanov. Siempre quise moverle la cintura".

Volviendo a nuestros asientos, noto en el curso de la noche que al iraquí Moestafa Barzani se le ve tan contento entre las dos quincianeras, como lo estaría un niño con sus zapatos nuevos. Observándose que tiene Moestafa buenos modales, porque habla por igual con la marrocana Kahina Mernissi, que está sentada a su izquierda, así como con la tunesina Yasmina Larbi que se encuentra ubicada a su derecha.

Por lo que le digo: "¡Qué bien te vacilas Moestafa!", y respóndeme él al oído: "Diego, fué Kahina la que me invitó a danzar. Como caballero que soy, no podía recharzar la solicitud de una dama". Entonces viendo Moestafa que en nuestra mesa se sienta un Diplomático de la Embajada Americana, le díce: "Charles Jones, ¿y cómo van las cosas para los americanos?". Alégale este: "Tu sabes Moestafa, que cuando se trata de defender a otro país que ha sido atacado, América está demostrando ser el más poderoso del mundo".

"Si claro, despues de recabar dinero vuestro gobierno americano de otras naciones que son sus aliadas, como lo hizó con Arabia Saudí, Kuwait, Israel, Japón, los gobiernos Europeos, etcétera, alegando que tenía derecho durante la Guerra del Golfo Pérsico".

"Ocurrió de ese manera porque Estados Unidos es la policía del mundo".

"Lo cierto es que en mi patria no lo vemos así", le replica Moestafa Barzani. "En vuestra tierra Norteaméricana acostumbran a gastar más de lo que ganan. Eso es una mala costumbre. Y podemos decir Charles Jones de que no podéis obligar siempre a vuestros aliados a entregaros dólares para financiar vuestras necesidades porque cada cual tiene las suyas".

"Esa situación de nuestro dispendio de invertir en cosas innecesarias no debe preocuparte Moestafa porque será corregida. Será subsanada con los dotes de mando del Presidente Americano, de la clase política, así como del esfuerzo de todos los yanquis. En cuanto a lo que dijiste de que nos inmiscuimos demasiado en las guerras que se libran en el extranjero. Ello es porque la mayoría de la población mundial que aman la paz internacional como nosotros, nos dan autoridad para dirigir una solución cuando se trata de subsanar una injusticia. Porque está ya escrito en la historia del mundo, que con la intervención de Estados Unidos de Norteamerica y sus aliados, se dió rápido por terminada la Guerra en el Golfo Pérsico que era la sexta en esa zona. Esto, si contamos las cuatro guerras que antes hubieron entre Israel y sus vecinos, la otra que se llevó a cabo entre Irán e Irak. Y esa, entre Irak y Kuwait, era el sexto conflicto armado".

"Oí que los ordenadores iraquís estuvieron fuera de orden debido al servicio de inteligencia americano".

"Amigo Moestafa Barzani, por todo ello vamos en camino de alcanzar una paz duradera en el mundo. ¡Inchala!"

Entonces Stanislao Stepanov que durante esa pausa de la orquesta está con nosotros, nos discurre: "Quiero recitaros un poema épico que he compuesto". Y como nos sorprende él con aquello, guardamos silencio dándole ocasión a que comienze a declamar así:

¡Pum! ¡Pum! ¡Pum!
¡Increíble, se volvió la guerra a declarar!
A fábricas de armas y canales de televisión,
los cohetes arrasaron.
Y mientras los barcos de combate
en dichos mares anclaron,
fanáticos exponen por tierra sus vidas sin parar.
Entretanto sus familiares ligeros
como venados huyen.
Y participar en la lucha ellos rehuyen.
Porque prefieren reinstalar más allá sus hogares.
Antes que sufrir
en los frentes de luchas tanto pesares.
Pero a sus niños y ancianos
diversos tiros alcanzaron.
Los suyos no pudiendo olvidar
esos ataques salvajes,
en lamentos inconsolables
al Todopoderoso tornaron.
Y Jehová, llamado también Dios o Alá,
quien se nombró a si mismo El-Saddai,
para que sigan andando les da coraje.
¿Para que pelear como león,
si quizás acabo muerto?
Cavila el permanente soldado por cierto,
cuando deteniéndose él de noche en el lodo,
a sus adversarios no los ve ni los destruye,
pues creyendo que van asaltarlo las fieras,
avanzar rehuye.
Y aunque dichos animales no están por esos lares,
él asegura que son rugidos,
de las aves sus cantares.

¡Pum! ¡Pum! ¡Pum!
Y si bien el peligro ambos bandos procuran
no encarar, a la larga miles murieron
cuando sus contrarios los finiquitaron.
"*No es la excesiva riqueza la ruina*
de los mortales, sino el acto ímpio que deja
en pos de sí una generación de crímenes,
que se van dado vida los unos a los otros".
"*¡Oh crímenes ruina de los mortales!*
¡Cuándo comienzan a ocurrir unos,
suceden otros!"
eruditos griegos a través de sus obras teatrales,
antes de Cristo predicaron,
exclama un extranjero
que entre los civiles de la guerra huye.
Y agrega él asimismo: "*Dios dijo: ¡No matar!*
Y aconsejó Jesús: ¡Continuen amando a sus
enemigos y orando por los que os persiguen!"
En esos sabios consejos debemos reparar
cada ciudadano para no estar,
con un techo o una lona cubierto,
pero medio muerto de hambre y sed,
esperando el cese del fuego alerto.
Entretanto a cámara cerrada
los líderes de ambas naciones
desesperados están disputando,
ante simbólicos observadores internacionales
que los están escuchando.
Para buscar juntos,
sentados en la mesa de negociaciones,
una solución.
Y que no empeore la situación.

Luego, lejos de las cámaras de televisión,
ellos efectuan secretas disertaciones.
Y está cada jefe dispuesto hacer,
al otro mandatario concesiones.

Tal como ayudando ese país más adinerado,
al otro en lo económico,
para que aquellos esfuerzos de paz,
vayan primero a los pobres y después al rico.
Y así evitarán los pudientes, que todos los
indigentes armados revolucionarios se vuelvan.
Porque ello sería un completo caos, una herejía.
¡Librémonos de verlo algún día!
Años a veces duran esas conversaciones
para que los conflictos se resuelvan.
Y cuando por fin la real paz y la democracia
se sella, es que todos creen en ella.
Porque los líderes de ambos bandos,
se han convencido durante la querella,
que también es la muerte para ellos
(y los suyos) el que se vean como enemigos.
Siendo por el contrario esencial para sus vidas,
el que se traten como amigos.
Por eso las nuevas generaciones siguiendo
estos ejemplos de mutuo entendimiento,
un centro pacífico para ambas naciones,
como testimonio de buena voluntad erigirán.
Será un lugar donde los fieles,
en presencia de terceros,
lo frecuentarán y regirán.
Ello se preservará, como un sitio
exento de armas que nadie profanará.
Sea ahí Jehová de sus relaciones el cimiento.

Cuando lo felicitamos al europeo Embajador Stanislao Stepanov, manifiéstale el iraní Moestafa Barzani: "Stanislao Stepanov cuando usted recitaba, me ví negociando con representantes de varios países para que termine una guerra".

"Gracias a todos por vuestros cumplidos. Y ahora ¿quiéres bailar conmigo Alejandra, que siendo tú hermosa, no quiero descuidarte". Acaece entonces a mediados del baile cuando estoy yo jaraneándome con la damita marroquína Kahina Mernissi que se nos acerca Vladimir Romanovich un miembro de la Embajada de La Federación Rusa, quien está con su señora Macha Musorgski para decirme: "Diego, vamos a ver al Diplomático chino Li Li-Wong que se ha metido en una bronca tremenda". Y al preguntarle al ruso Vladimir si sabe donde se haya Li Li-Wong, me contesta: "Ahí donde hay dos grupos separados. Estaba él con Sol Stepanov, habrá que interrogarle a ella que ha pasado", y hallándola le digo: "Sol, claro que iba a dar contigo si te has cambiado de vestido. ¿Dinos qué pasa con Li Li-Wong?"

"Diego, estaba bailando Li Li-Wong conmigo, junto a otra pareja. De pronto a aquel hombre le dió la gana de darme una sarta de besos. Avériguole Li Li-Wong al otro si me conocía. Y como aquel le respondió que no, Li Li-Wong se le fué encima. Se formaron de inmediato dos grupos, un montón de hombres lo atajaban a Li Li-Wong, y el otro al besuqueador". Llegando mi mismo Diego Torrente hacia ellos y viéndo que los ánimos seguían exaltados, cogiéndolo del brazo a Li Li-Wong lo conduzco a un asiento de nuestra mesa. Y vemos venir al Cónsul extranjero de nombre Samir Uyahía, quien dándo tumbos de un lado a otro al andar, se sienta junto a nosotros y pasa a contarnos: "Estoy beodo. Seguro lo que me mareó fueron ese par de tragos de vodka que tomé con aquel grupo que están sentados haciéndo chacota. Allá sacó de su bolsillo uno de los invitados, una botella de aguardiente para que se sirviera el que quisiera". Y dirigiéndose este que habla a mi jefe, le interroga: "Usted es el padre de Sol Stepanov, ¿verdad?"

Por lo cual le contesta él: "¡Qué buena memoria tienes Samir!. Si, ella es mi hija". Y alagado aquel le responde: "¡Es que los mudanos giramos alrededor del sol para que nos caliente!. Dígame Stanislao Stepanov: ¿Por qué Usted siempre sonríe?"

Dícele El Embajador Stepanov riéndose: "La verdad que no lo sé".

A lo que le departe el que habló primero, o sea Samir: "¿Quizás créeis vos, que otros son simplones y eso le hace gracia?"

Coméntale El Embajador Stanislao Stepanov: "Samir, todos tenemos inteligencia, pero sapientísimo solo es Dios".

Aún departe aquel que se incorporó a un asiento de esta mesa: "¿A ver quien prueba que el hombre ha creado cielo, tierra y todo cuanto existe?". Y antes que nosotros opináramos el mismo aumenta: "Discutir en la vida debe verse tan común como comer. Pero claro que los diplomáticos somos comos los Israelitas que les tiraron bombas durante la Guerra del Golfo Pérsico y ellos no devolvieron esos ataques".

Arguméntale El Embajador Stepanov: "Mejor es eso que hacer como Sansón cuando dijó: Aquí morirá Sansón con todos los filisteos. Tú Samir Uyahía, como diplomático que eres, sabes bien que una persona no debe arrastrar el peligro, sin reparar antes en las consecuencias que puede traer".

Contéstale el advenedizo: "Estoy seguro Embajador Stepanov que aunque usted quiera enojarse no puede. Ya veo porque la gente dice que Stanislao Stepanov tiene encanto".

Y dirigiéndose a la tunecina Yasmina Larbi que acaba de volver de bailar con el americano Charles Jones, le dice Samir Uyahía: "¿Con quién quieres volver a danzar, con él o conmigo", y como Yasmina le contesta: "Con Charles", pasa Samir a inferirle a ella: "¡Pero antes te lamerás tú este helado!", y se lo zampa a Yasmina en la boca. Por otra parte a la marrocana llena de donaire y gracia Kahina Mernissi la desafía también él hablándole así: "¿Y tú que miras?. Seguro quieres que te lleve cargada para que brinquemos al compás de este alegre *Buggy Buggy"*. Pero Kahina reacciona de inmediato poniéndole a Samir el postre de chocolate en su cara y sale a toda carrera siendo perseguida por este con una torta helada. El cual en su camino se la embadurna en el pecho de una señora que está bailando, por eso su compañero lo persigue a Samir Uyahía, seguidos también a la carrera por un séquito de curiosos que quieren saber que pasa.

Y ármase un alboroto tremendo pues Samir Uyahía continua corriendo entre las parejas, persiguiéndola a la tunecina Yasmina Larbi, hasta que alcanzándola la mete alzada a una piscina de agua. Y no acaba ahí el embrollo porque el mismo Samir se zambulle dentro de ella, junto con los otros invitados a la fiesta que como una broma se empujan entre ellos. Sale después del remojón Yasmina ayudada por su padre quien le pone su abrigo para que se abrigue. En tanto el Diplomático africano Samir Uyahía vuelve a la mesa donde nos encontramos, entre otros, El Embajador Stanislao Stepanov, los Embajadores de Francia, Alemania, e Italia, con sus respectivas cónyuges, y yo. Así que accedemos todos a acompañarlo hasta la calle a Samir, donde le ordena él a su chofer que es hora de partir. Y agradeciéndonos Samir nuestro buen gesto, agrega que si Dios quiere nos veremos en la próxima recepción, prometiéndonos que llegaría sobrio porque a él que es manso como un lago, los tragos con alcohol lo encrespan como las olas del mar. Y es que si comienza a beber, solo para de hacerlo cuando esta más o menos mareado. Exclamando él mismo al irse: "¡Mecachis!. Ya estoy convencido que no debo tomar ni una gota de licor".

Concluído este episodio regresamos a la mesa que en este momento está ocupada por un Diplomático Palestino, quien le decía a un representante de la Diplomacia Israelita: "El objetico de Yasir Arafat, como Presidente de la Organización para la Liberación de Palestina, fué pasar a la historia como líder que obtuvo para Palestina un estado independiente junto a Israel, al firmar con el israelita Rabin un acuerdo de paz".

Contéstale El Judío: "Cierto. También hay otros personajes sobresalientes del Siglo XX como El Primer Ministro de Israel llamado Menájem Begin que al firmar el acuerdo de paz con el Presidente egipcio Anuar Sadat los hizo a ambos merecedores del Premio Nobel de la Paz".

"Aquello fué en la Conferencia del Camp David en los Estados Unidos el año de 1978, cuando Anuar Sadat que era presidente de Egipto reconoció el estado de Israel. Y a su vez el Premier Menájem Begin del país Israel, le dió de regreso a Egipto los territorios ocupados de Sinaí. Ese fué el primer paso de compenetración entre los pueblos arabes y los israelitas".

Conversando por mi parte con El Embajador de Marruecos cuéntame este que tiene una choza en Tanzania. Y pregúntame él: "Diego, ¿Quisieras tú ir allá con mi hija Kahina Mernissi y con la tunecina Yasmina Larbi, por una semana durante sus vacaciones del colegio?"

Agradézcole su propuesta pronunciando: "Embajador Zaki Mernissi, está en mis deseos visitar otros países africanos, así que si me es posible podrá contar con mi persona". Dicho esto, se despidieron ellos quedando en comunicarse conmigo.

Al cabo de unos minutos habiendo terminado de bailar Sol Stepanov junto conmigo, nos ponemos a conversar ambos dando tiempo a que comienze la próxima pieza musical, cuando se nos acerca uno de los concurrentes a la fiesta, presentándose como un Director de Cine para preguntarle a ella si quería que le hicieran algunas pruebas fotográficas para trabajar como artista. Y como Sol no se lo toma en serio, él agrega: "Lo digo porque tú eres una de las mujeres más bella que he visto. Y no hablo solo de esta fiesta, sino en toda mi vida".

Conviniendo con el anterior, añado yo Diego Torrente: "Sol Stepanov tiene esa clase de belleza que reluce día y noche. Y la nobleza del caracter de Sol, la hace aún más interesante".

"He aquí mi tarjeta Sol Stepanov", aumenta el cineasta despertando nuestra curiosidad por saber su nombre. Y como apuntan los relojes las doce de la noche, anuncian por el micrófono que la fiesta ha terminado. Pero como la mayoría de los asistentes comienzan a silbar pidiendo una prolongación del jaleo, acercándose al micrófono Omar Saadí, dice: "Os concedo un baile más. Y después nos encontraremos todos a la salida". Oyendo esto, se redobla la alegría de la gente que está aquí, por eso le digo a Sol Stepanov: "No sé por qué siempre los bailes terminan en lo más animado". Llegada la hora de despedirnos vemos que en el puerta de salida está Omar con sus colegas estrechando la mano a los que salen, ocasión que aprovechamos nosotros para darle las gracias. Y dícenos Omar: "Estamos comprobando una vez más que las personas, sin consumir licor o drogas, pueden durante un festejo amontonar felices recuerdos para toda su vida". Saliendo del hotel en el coche del Embajador Stanislao Stepanov, regresamos él, su familia, y yo a nuestras respectivas mansiones.

Ahora hemos salido de nuevo al campo, esta vez con la familia Stepanov y El Príncipe Islamita. Y estando nosotros en camino, hasta encontrar un paraje que nos guste para poder acampar, hablamos con un campesino flaco y largo que nos aconseja proseguir a través de la senda por la cual él había venido a mitad de un cerro verde. Siguiendo nuestra marcha, con el cielo vestido de azul, llegamos así hasta la cumbre desde donde vemos un mar en calma, verdoso a la orilla y azulenco al fondo. Gozando arriba de la silenciosa naturaleza, nos reunimos achaparrados bajo un árbol frondoso mientras el viento vuela en la misma dirección que los pájaros. Y como están cansados de la caminata El Embajador Stanislao Stepanov y su señora Alejandra, se levantan Sol Stepanov y El Príncipe Islamita anunciándonos que partirán para visitar esa aldea que estamos viendo y que nos encontraremos allá abajo. Y conforme a lo dicho se van ellos andando entre los conjuntos de arbustos, zarzales y jarales que se llama maleza, desapareciendo de nuestra vista tan pronto bajaron del monte.

Entonces cogiéndo la guitarra El Embajador Stanislao Stepanov, me pide a mi Diego Torrente que cante. Anunciándole yo que entonaré *Caminito,* poniéndose él a rasguear la guitarra, echo al viento mi cantar hasta llegar hasta incluír esta estrofa:

Desde que se fué, triste vivo yo.
Caminito amigo, yo también me voy.
Desde que se fué, nunca más volvió.
Seguiré sus pasos, caminito adiós.

Enseguida partimos de aquí porque ya había comenzado a llover. Y como no veíamos de cerca, ni de lejos, a Sol con El Príncipe Islamita, decidimos ir a buscarlos. Pasando por la estrecha vía, encontramos a un joven ciclista, entablándose de este modo la conversación entre este y Alejandra de Stepanov: "¿Sabes tú si en ese pueblo hay una fonda?". Respóndele él: "Si señora. Y podréis ir vosotros tres hoy día porque está el dueño atendiendo".

Volviéndo a preguntarle Alejandra, si él va por aquel cacerío, la entera el transeúnte que sí. Entonces pídele Alejandra si podía llevarla a ella en su bicicleta porque esta muy cansada para caminar. "Suba usted mujer", la alienta el velocipedista. E instalándose cómoda Alejandra, montada en el asiento de atrás del ciclista, a la par que sujetándose de su cintura de él, los vemos que se alejaron ambos. El Embajador Stanislao Stepanov que mirándolos irse se había quedado patitieso con la boca abierta, prórrumpe ante mí: "Diego, yo creía que conocía perfecto a Alejandra, pero veo que no. ¡Nunca pensé que ella le pediría a un extraño que la lleve!". Y como a lo lejos se oye la descarga de un trueno, insiste mi jefe en meterme prisa: "Corramos Diego, que nos puede alcanzar el chaparrón. ¡Quizás hasta un rayo!". Y nos lanzamos a correr en una sola carrera cuesta abajo el rodadero. Sudando y requetesudando llegamos hasta la entrada de la aldea, donde nos encontramos con Alejandra, El Príncipe Islamita, Sol y el ciclista, quien tras guiarnos hasta adonde está el albergue se despide haciéndonos adiós. Deseándole a él buena suerte, entramos en la rústica hospedería, donde el dueño, que está en plena adolescencia, nos sirve un aromático té al mismo tiempo que nos indaga: "¿Sóis vosotros extranjeros?"

Decímosle uno tras otro: "Yo nací en Kuwait, en el Medio Oriente".

"Nosotros en cambio somos europeos".

"¿Y tú, serás un argelino?"

"Si señores. Soy oriundo de Argelia, que con Marruecos y Tunesia conforman en la costa del Mar Mediterráneo lo que se llama el Magred".

"Mi nombre es Diego Torrente ¿Y tú cómo te llamas?"

"Ahmed Shahin".

Y tras identificarse también mis compañeros de viaje, añádole yo al mesonero: "¿Pertenecerás tú a la tribu de los Tuareg?"..

Y acerté yo de pura chiripa, porque Ahmed me contesta: "Si. Soy de esa enorme zona desértica donde muy pocos viven".

"¿Ahmed, desde dónde comprende el desierto del Sahara?"

Dále a saber Ahmed Shahin, a Sol Stepanov: "Abarca el Sahara desde el Oceáno Atlántico hasta el Mar Rojo, señorita. Su suelo tiene roca, piedras negras, cascajo y arena".

Y de esa forma va avanzando nuestra conversación con él, a quien en el curso de la conversación le interroga El Príncipe Islamita: "¿Ahmed, cómo es el clima en el Sahara?".

Entonces Ahmed nos cuenta: "Su diferencia entre el día y la noche es enorme. A mediodía los rayos del sol son achicharrantes. Y sube la temperatura hasta 58 grados centígrados. En cambio las medianoches son frías".

Inquiriéndole Alejandra: "¿Dónde se agrupan para vivir?". Prorrumpe él mismo argelino: "Señora en las ciudades, donde lo distinto entre barrios antiguos y modernos es muy grande".

"Ahmed, en algunos oasis hay villas, ¿verdad?", averíguale El Embajador Stanislao Stepanov.

Dícenos el garzón: "Si, pequeños poblados donde el agua es disponible".

"Cuéntanos algo más de esos lugares Ahmed", quiero saber yo.

Descríbenos él: "Las viviendas son adaptadas a lo caluroso del clima. Tienen muros gruesos y una azotea plana. Las ventanas gozan de pequeños intersticios".

"¿Rendijas?"

"Si niña. Ellas permiten pasar suficiente luz del sol y mantienen el calor fuera".

"¿Ahmed, habrá mercados en los pueblos del Sahara?"

"Claro, donde los nómades pueden comerciar poniendo sus mercancerías en el suelo. Ellos se desplazan de continuo de un sitio a otro. Y siempren viajan a lugares donde hay praderas para sus pastoreos".

Pregúntale El Príncipe Islamita: "¿Ahmed Shahin, andáis a pie sobre la arena caliente?"

"Más bien vamos montados en camellos, que son usados en el desierto como medios de transporte. Pero ahora los dromedarios están siendo reemplazados cada vez más por autocamiones".

"¿Por qué?", le seguimos cuestionando.

"Pues en un solo camión puede transportarse tanto como en cien camellos".

"Lo que hemos visto en el camino nos confirma lo que nos dijeron, que la mitad de la población del Norte Africano vive de la agricultura".

"Así es", me da la razón Ahmed. "A lo largo de la costa se cultivan cereales, naranjas, olivos, etcétera".

Averíguale El Embajador Stepanov: "Ahmed, ¿cuánto tiempo resides tú en Argel?"

"Aquí en Argel la capital de Argelia, llevo viviendo dos años".

"Te provocará ir a tu tierra situada en ese raro monte Hoggar".

Alegrándose Ahmed, le refiere al Príncipe Islamita: "Si usía. Tengo planeado visitar a los míos".

"¡Cómo me gustaría conocer aquello!", manifiéstole yo.

"¿En qué trabaja usted?", me sónsaca Ahmed.

"Soy diplomático, además periodista".

"Vamos, acompañese conmigo en este viaje que haré por el Sahara".

Y acontece que al oírme Sol Stepanov contarle al mancebo, que si podría yo ir porque aún cuento con vacaciones, se pone Sol a proferir: "Si alguno de vosotros vá a recorrer el Sahara, yo también voy".

Escuchándola el fondonero Ahmed, nos articula estas palabras sonriendo: "La señorita desea igualmente mirar con sus ojos a mis paisanos Tuaregs. Muchos extranjeros que pasan por acá, están ansiosos de conocer el desierto. Usted vuestra señoría, ¿viene también?"

"Gracias Ahmed por tu invitación, la encuentro fantástica", agradécele El Príncipe Islamita al saharaui. "Siempre quisé yo recorrer el Sahara, así que felicítense entre ustedes de contar conmigo. Hasta ahora entonces somos cuatro quienes queremos. Comenzando por Diego Torrente, Ahmed Shahin, Sol Stepanov si es que tus padres están de acuerdo y por supuesto yo", termina refiriéndose El Príncipe Islamita a sí mismo.

"Papá y mamá, si voy me servirá para practicar el lenguaje árabe", les interpela Sol a sus progenitores. "Vosotros siempre decís que el aprender un nuevo idioma se plega mejor en la juventud". Accediendo sus padres de Sol Stepanov a sus deseos, de puro contenta se les acerca a besarlos. Enseguida indagámosle al sureño Ahmed Shahin sobre los pormenores de la travesía por el Sahara hasta llegar a la vivienda de sus familiares. Y después que nosotros intercambiamos nuestras señas con

Ahmed, a este le informo que yo alquilaré un coche de marca Land Rover que es eficiente para transportarse en esas tierras austeras.

Entretanto nos pone sobre aviso Ahmed Shahin: "Señores y señorita, hay tramos que tendremos que ir montados sobre camellos. Con usted Diego me pondré de acuerdo en la fecha que partiremos. Saldremos dentro de quince días, si os parece a vosotros bien". Y asentimos pronunciando: "Magnífico Ahmed, trato hecho. Durante la travesía nos alojaremos en hoteles u hostales, corriendo nosotros con tus gastos de hospedaje Ahmed".

"Hasta arribar a la *jaima* de mis padres. Allá viven ellos con mis hermanitos llamados Amenia y Ali". Despidiéndonos de Ahmed nos ha regalado él múltiples frutas, las que estamos cargando hacia la camioneta para iniciar el camino de regreso, justo en el momento cuando se nos cruzan a la carrera dos venados.

Comenzando el lunes de la mañana siguiente nuestras tareas cotidianas El Embajador Stanislav Stepanov tal como aquellos que trabajamos en la embajada, estamos atendiendo sin cesar a los innumerables argelinos que nos solicitan visas para salir de vacaciones a Europa. Además andamos sobrecargados de trabajo porque muchos de nuestros coterráneos, residentes desde hace años en Argelia, quieren repatriarse con sus familiares a la Unión Europea. Y como recurren a la embajada para sus trámites, nosotros les facilitamos el reinstalarse de nuevo en el país de Europa que los vió nacer. A todos esos grupos, porque por lo general se movilizan en familia, les anticipamos tanto El Embajador Stepanov, como mí mismo Diego Torrente: "En tierra europea contaréis con los derechos, que ampara la ley a cada ciudadano. Y por igual, todos tienen obligaciones que cumplir para la mejor marcha de esa democracia".

Actualmente las embajadas en todo el mundo están mejor resguardadas. Esto ocurre desde que Estados Unidos sufrió la mayor ofensiva terrorista de su historia, al ser atacado con aviones el once de septiembre del año 2001. Lo cual culminó con la destrucción del World Trade Center en Nueva York causando el colapso de las Torres Gemelas, de otro edificio aledaño; y asímismo de parte del Pentágono en la ciudad de Washington donde funciona el Sistema de Defensa de Estados Unidos. Por eso mundialmente se ha doblado la vigilancia de los americanos, los europeos, y otros de los que trabajan en el Servicio Diplomático. Sobretodo a partir de que las tropas aliadas, comandadas por Estados Unidos lanzaron los primeros ataques sobre la capital iraquí Bagdad, el veinte de marzo del año 2003, ante la sospecha de que el gobierno de Saddam Hussein poseía armas químicas. Así es como empezó la segunda Guerra del Golfo. Esos bombardeos comenzaron después de cumplirse el ultimátum lanzado por Estados Unidos para que Sadam y sus hijos abandonarán Irak.

Hasta que en diciembre de 2003, la Administración del Presidente Americano alcanzaba su objetivo al ser capturado Saddam Hussein cerca de Tikrit, en Irak. Pero la fecha más importante en el camino hacia la democracia de Irak, fué la del ocho de junio de 2004, cuando una resolución aprobada en la ONU fijó el día para el traspaso de poderes. Ese nuevo gobierno provisional iraquí, encabezado por el primer ministro Iyad Alaui y el presidente interino Ghazi al Yauar, tuvo su soberanía recortada por las limitaciones que impuso la presencia en Irak de 165,000 soldados extranjeros. Además, en ese período de transición, más de cien altos consejeros dependientes de administraciones ajenas a la iraquí, se mantuvieron en ministerios y organismos clave de Defensa, Interior, Asuntos Exteriores o Petróleo.

Proseguimos prestando servicio a nuestro Estado en sus relaciones internacionales en África

Como aquello que ocurre en otros países, tales como Irak, Irán, Israel o Palestina, tiene repercusión en el mundo entero, nuestras sedes diplomáticas extranjeras están resguardadas con vigilantes apostados en sus puertas. Acá en Argel lo hemos conseguido gracias al gobierno argelino. E incluso cuando salimos a la calle, se empeña en acompañarnos unos de esos guardaespaldas que hizó sus estudios en la marina, tal como en este momento me sucede a mí. "Si usted Diego Torrente es agredido cuando transita por las aceras, yo perdería mi trabajo. Pues desde hace tiempo Argelia padece los zarpazos del terrorismo islamista aunque éste es cada vez menos dañino. No logra penetrar en las grandes ciudades y el número de víctimas que provoca disminuye cada año. Otros problemas para los gobiernos son las revueltas juveniles. Cuyas causas son el desempleo, la falta de vivienda. Felizmente cuenta el estado de Argelia con cuantiosas reservas de oro y divisas", me dice el que va conmigo.

Mientras tanto llega el día que dejamos aquella ciudad que en los siglos pasados, de acuerdo a las tradiciones arábigas, le dieron el nombre de Al Jezaïr y que más tarde fué cambiada por los intrusos en Argel, para cumplir lo que está en nuestros deseos que es visitar esa vasta región casi inhabitada del desierto de Argelia llamada el Sahara.

Lo cual hace exclamar al Príncipe Islamita al momento de partir: "¡Adiós Argel adiós, hasta nuestro regreso!. *Insh Allah.* (Que traducido desde el idioma árabe al castellano quiere decir: Dios quiera)".

Seguido por mí y los otros, que también proferimos en voz alta: "¡Adiós restos de los antiguos castillos de los jefes Turcos!"

"¡Adiós palacios señoriales!"

"¡Adiós moradas maravillosas!. Cuyas ventanas estaban defendidas por rejas que nos dan idea de la magnificencia en que vivían los caudillos, los *mullahs* árabes y los ricos mercaderes".

"¡Adiós antiguas casonas!. Que hace mucho pasaron a otras manos y que ahora sirven a veces para almacenar mercaderías o dar asientos a productivas industrias".

"¡Adiós casas adiós!. Con sus balcones corridos que sobresalen en las fachadas encima de las calles".

"¡Adiós cabañas!"

"¡Adiós mazmorras subterráneas, donde sufrían los prisioneros cristianos de diversas nacionalidades!".

"¡Qué fueron rescatados por los cónsules de sus países extranjeros, por los sacerdotes y por los envíados especiales!", digo aún yo.

"¡Adiós Al Jezaïr, llamada en la actualidad Argel, donde antaño se oyeron diferentes idiomas!. Tales como el de los turcos, árabes, griegos, italianos, españoles, judíos y franceses", comenta riéndose El Príncipe Islamita, o sea El Príncipe Mahometano.

"¡Y donde ahora se escucha en lo principal el árabe y la algarabía de los cabileños y nómades del desierto!", pasa añadir sonriente el sahariano Ahmed Shahin.

Y es así como en esta madrugada del mes de noviembre siendo apenas las cinco de la mañana, con un frío intenso y estando aún oscuro partimos alegres primero hacia el desierto de Bou Saâda, que será el punto final de nuestra primera etapa. En este momento, manejado por mí el coche Land Rover debido a que tengo un permiso internacional para conducir, vamos por carreteras pavimentadas. Entonces llegando hacia las afueras de Argel nos anuncia Ahmed Shahin: "Con estas aldeas que estamos atravesando con sus magníficos vergeles y sembríos nos estamos separando cada vez más de las costas de Argel".

Entretanto todos nosotros nos hemos vestido a la usanza de los mahometanos, estando Sol Stepanov protegida por una túnica y un manto velado, y abajo la cubre el *abaiyia* que se trata de una prenda sin mangas usada por las mujeres nómadas. Y nosotros tres, que somos El Príncipe Islamita, Ahmed Shahin, y yo tenemos puesta la indumentaria que caracteriza a aquella tribu que visitaremos y que lleva por nombre los tuaregs. Estamos, pues, los hombres con la vestimenta que distingue a los habitantes del desierto. Esta comprende, primero la *Gondoera,* que es una túnica abierta a los dos lados que se echa sobre los hombros; luego el *Serroeël,* que es un pantalón bombacho que baja hasta los tobillos y finalmente el *litham* o sea una tira ligera de algodón de más o menos seis metros de largo que sirve para arropar la cabeza como turbante. Al final del *litham* nos hemos agregado el velillo que los toearegs llaman *Tagelmoet* y con el cual los hombres cubren su rostro, exceptuando sus ojos.

Nuestra idea es pasar desapercibidos a los asaltantes de los caminos, los cuales yendo por las carreteras y provistos de amenazantes armas automáticas asaltan a los turistas cuando estos van en omnibus o camiones con el objetivo de robarles su dinero, comida o vehículos en los cuales se transportan, pero a Dios gracias, por lo general, sin atacarlos ni matarlos.

Habiendo ya transcurrido un par de horas, nos encontramos fuera de Argel cruzando aldeas y avanzando por el camino. Entonces El Príncipe Islamita y Ahmed Shahin, que siguen el itinerario en un mapa, nos van refiriendo tanto a Sol Stepanov, como a mí, que cogido del timón prosigo con la conducción del Land Rover: "Argelia, se comunica con el resto del mundo por sus costas a lo largo del Mar Meditterráneo".

"La geografía de Argelia cuenta, por así decirlo, con cuatro territorios principales".

"El nombre del primer territorio de Argelia es Atlas Tell. Son estas cadenas montañosas costeras donde se producen cítricos, vid, cereales, etcétera. Atlas Tell atraviesa en su recorrido por el norte africano de Marruecos, Argelia y Tunez".

"El segundo territorio de Argelia son una sucesión de altiplanicies".

"El tercer territorio de Argelia se llama el Atlas Sahariano. El Atlas Sahariano es una prolongación del Atlas Marroquí".

"Por último, el cuarto territorio de Argelia es el desierto del Sahara. El Sahara situado en la región del sur, ocupa la mayor superficie del país. Y cuyo subsuelo es rico en recursos naturales, particularmente hierro, fósfatos, petróleo y gas natural".

"El Sahara argelino comprende, además de otras zonas, el Gran Erg Occidental, el Gran Erg Oriental, los conjuntos montañosos del Tassili (con picos que llegan casi hasta los 3,000 metros de altura); y las montañas del macizo de Ahaggar. En Ahaggar se encuentra el punto más alto del país, el monte Taha (de 2918 metros)".

"Argelia cuenta con pocos ríos de corta longitud y profundidad. Abundan las ciénagas, llamadas *chott.* Y en las proximidades del Sahara existen numerosos oasis", terminan de leer El Príncipe Islamita y Ahmed Shahin en las informaciones que trae el mapa.

Más tarde subiendo y bajando con nuestra movilidad a lo largo de precipicios altos, peñascosos y escarpados, paramos para reconfortarnos con una infusión caliente, a la vez que llenamos por completo el radiador de la camioneta con agua cristalina. Partiendo de allí, nos dá a conocer Ahmed Shahin: "El desierto lo tenemos muy cerca, puede decirse que pronto lo podremos palpar con las manos". Siguiendo por unos poblados que discurren al lado del río Isser llegamos a *Sour Ghozlane,* donde yendo a una fonda somos recibidos por el dueño y su señora, quienes se aprestan a prepararnos la comida mientras que nosotros salimos a pie a dar un paseo con el hijo de la pareja de nombre Ibrahim Jaddam. Este, que apenas tendrá unos diez años, en lo mejor de la conversación nos presenta a su amigito Sidi Kebir que viene al paso, a quien le pide: "¿Quiéres Sidi ayudarme a contarles a esta señorita y señores sobre la historia de Argelia?"

Pregúntale Sidi, que será un par de años menor que su compañero de juegos Ibrahim: "¿De qué razas emigrarían aquí desde otras tierras, tras caminar largos años?. ¿Sabes tú, Ibrahim, de que ultramundo procedían esos cazadores que en las cavernas de Argelia dejaron montones de huesos de elefantes, de búfalos, de rinocerontes e hipopótamos?"

Concluye Ibrahim, levantando sus hombros: "Junto con hachas de piedras y sus lanzas. Seguro eran esos primitivos de otros países, tal como son estos trotamundos".

Inquiérele otra vez Sidi: "¿Conoces Ibrahim a que era pertenecieron esos artistas que grabaron sus dibujos en las cavernas?"

Respóndele Ibrahim: "Pucha, yo creo que fueron de la edad de piedra. Y quizás eran rubios y de ojos azules".

E interrógale Sidi de nuevo: "¿Te has preguntado tú, Ibrahim, como eran los antiguos africanos cuando África tenía otra forma?. Y aún existían los continentes de Lemuria y de Atlanta, que según dicen los historiadores eran de raza roja".

Contéstale Ibrahim: "La verdad que no tengo ni idea como fueron. Pero si sé que esas familias primitivas obedecían a un jefe. Me refiero a esas tribus comprendidas entre Egipto, el Atlántico, el Sahara, el Atlas, y el Mediterráneo, que se les llamaban los berberís o kabilas. Y que hasta ahora en Argelia se les conoce con esos nombres. Los cuales luego ingresaron al islamismo". Y dirigiéndose a nosotros nos cuenta Ibrahim: "Suponemos con Sidi que habían razas que trataban de evitar el desierto y separadas del África Central se adelantaron cada vez más hacia el norte hasta llegar a los territorios de Argelia, Tunecia y Marruecos".

Dícenos Ibrahim además: "Señores míos, deducimos con Sidi que allí se encontraron dos corrientes humanas. Una tratando de salir del desierto del Sahara. Y la que venía emigrando del norte al Continente Africano por el estrecho español de Gilbraltar y el estrecho italiano de Magallanes. De esa unión nació la raza beréber. Pues los beréberes tienen otras características distintas de los otros pueblos africanos", finaliza en esos términos Ibrahim.

Y conforme a lo que nos expusieron los niños, nos cuenta Ahmed Shahin: "Los beréberes son los individuos de la raza más antigua y numerosa de los que habitaban el África Septentrional, desde el desierto de Egipto hasta el Océano Atlántico y desde las costas del Mediterráneo hasta lo interior del desierto de Sahara", termina, pues, afirmarnos Ahmed, al paso que los chiquillos saludan a un anciano que camina con toda cachaza: "¡Hola Akub!"

Prorrumpe Akub: "¡Adiós con todos vosotros!".

Cuéstionanos Ibrahim: "¿Queréis conversar con Akub?. Él es muy simpático de trato".

Aséntimos nosotros con el niño: "Bueno Ibrahim, ¿Si Akub tiene tiempo?"

"Eso a sus años le sobra. Y a él le gusta contar historias. ¡Eh, Akub, no te pases de largo!. Ven a que nos entretengas con aquellas historias de acontecimientos pasados".

Entonces cuando el transeúnte se acerca a nosotros apoyándose con un bastón en su diestra y teniendo un violín en su otra mano, se presenta a sí mismo así: "Soy Akub Rawikowitz, para serviros dama y caballeros". Y dándole a conocer nuestros nombres a Akub, le menciona Ahmed Shahin que estamos alojados en la posada del padre de Ibrahim, por lo que le contesta Akub: "Eso puedo deducirlo".

E interviene el otro mozuelo Sidi: "Cuénteles Akub que Usted es de M'zab".

Pronuncia Ahmed: "Oh, ¿Usted Akub es del Oasis humano?"

Convérsanos Akub: "Si jovenes. Yo soy de aquel pedregoso desierto de Chebka Zebeïbidja que se extiende en dirección del suroeste hacia el oasis de Touggourt".

Depártele Ahmed: "Vosotros con gran ahínco lograron obtener agua".

Coméntanos Akub: "Hicimos eso señores porque el terreno estaba cubierto de arena y piedras. ¡Oh, hasta acordarme de ello me hace sudar!. Ya que cada cáscajo y piedra que había se fue quitando. Estando ya limpio, empezamos a cultivar el suelo. Y a criar cabras, ovejas y camellos. Dentro del oasis construimos pequeñas ciudades como Ghardaïa, Berriane, Melika, Bou Nouara y Beni Isguen. En todas esas tierras, además de los fundadores, se intalaron los de las tribus berberiscas de alrededor. También asentaron en esas nuevas villas, junto al oasis, familias judías de una de las cuales yo provengo. Siempre estuvimos separados del resto del mundo por las montañas y el desierto".

Párlale con expedición Ahmed Shahin, animándolo a contar más de aquello: "Se dice de vosotros que fueron una tribu muy cerrada".

Dále por respuesta Akub: "Así eran los M'zabitas, cuando yo aún jovencito corría por los campos. Entonces solo los que vivían en esa región se hacían amigos. Por otra parte los matrimonios se sellaban con la condición de que ambos, el novio y su prometida, fueran natural de M'zab". Y Aku Rawikowitz moviendo uno de sus encorvados dedos para hacer énfasis en lo que nos relata, prosigue: "Yo lo recuerdo bien, para los de mi pueblo, todos los de las otras tribus o sectas eran extranjeros. A las casas no se les dejaban entrar. Y a la ciudad sagrada de Beni Isguen, que es donde yo nací, cuando caía el sol tampoco a los forasteros se les permitía pisarla. Por lo tanto los extraños se veían obligados a desviar su camino. Yo todavía era un pimpollo, que me gustaba meter letra a la gente de afuera que estaba de paso".

"¿Charlaban también los otros niños, como usted Akub, con los foráneos?", seguimos averiguándole a este. Y Akub continua: "Mis amigos de travesuras cuando los de otro lugar les dirigían la palabra no les contestaban. Yo les preguntaba a esos chiquillos que eran de mi edad, más o menos: ¿Qué pasa si algún día tenemos que salir de M'zab a vivir en tierras lejanas y la gente de esas regiones os tratan a vosotros como ustedes los tratáis ahora a los desconocidos de aquí?. Y ellos me contestaban con mucha impavidez: Akub, si nos vemos obligados a abandonar M'zab y sobrevivir en distantes tribus, eso nos enseñará de inmediato lo que se siente al ser un advenedizo".

Indagámosle también a Akub: "Akub, ¿y cuándo los extraños les dirigían la palabra a la gente mayor de M'zab, les respondían ellos?"

"Los M'zabitas les replicaban enojados o con sarcasmo".

"Pero usted Akub no era así, porque nos ha contado que siempre ha sido muy sociable desde pequeño".

Y Akub procede a rememorar: "¿Por qué será que yo siempre era inclinado a reunirme con otras personas, incluso de otros pueblos o naciones?"

"Quizás Akub porque a usted le gustaba contar historias".

"A esa edad de pichón, yo más bien prestaba oídos a las narraciones de otros, más aún cuando venían de otra región. Les escuchaba interesadísimo preguntándoles ¿y qué más?. Recuerdo que uno de ellos me dijo: Akub, si quieres indagar sobre nuestras tierras, tendrás que ir a visitarnos. Y tanto mejor si aprendes desde mocoso muchas lenguas.

Ellas te servirán de armas durante toda tu vida. Señores, e incluyendo a usted Señorita, esa es la razón por la que he viajado algo. Y yo fuí un buen ejemplo para los mercaderes, porque con mi estímulo comenzaron a extenderse más allá. ¿Pero, de dónde sóis vosotros?"

Se apronta anunciarle Ahmed Shahin al locuaz anciano: "Yo soy de Argelia. Pertenezco a los tuaregs del Hoggar que no llegamos a ser 10,000. Pero nuestro país con su paisaje vertiginoso comparable al lunar, es tan grande como España". Y cuestiónanos Akub: "¿Os ha contado este joven que los Tuaregs viven en el sur del Sahara?. Donde en esos antiguos pueblos, cada uno ha desarrollado sus facultades para sobrevivir".

Por lo que opina Ahmed: "Es que algunos creen que el hombre puede cambiar el desierto.

Pero la realidad es que ello no es fácil".

Afírmale Akub Rawikowitz: "Así es como tu dices Ahmed. En la prehistoria estaba todo esto cubierto por bosques y abundaban charcos y enlodados cenegales. Después cambio en praderas de pastoreo, pero al convertirse esa tierra en arenales se secó. Pues comenzaron los cursos de agua que nacen en el Sahara a desaparecer en la arena. Animales y gente se vieron obligados a abandonar su lugar de nacimiento".

Concluye Ahmed: "Es que no podemos escoger si quedarnos o irnos. Tenemos que emigrar porque cada año se extiende, en este desierto del Sahara, una porción del terreno árido del norte hacia el sur".

Y dirigiéndose Akub Rawikowitz a nosotros nos pregunta de donde somos. Enterándose Akub que Sol Stepanov y yo somos europeos, nos emite: "Europa, siempre estuvo en mis sueños conocerla".

Pregúntanle Sol al matusaleno Akub si se casó, mientras yo le miro a él sus razgos fisonómicos finos, bien proporcionados, con una frente despejada. Y riéndose Akub Rawikowitz con su rostro cuarteado por los años, le contesta con su calma chicha: "Si, me desposé con una mujer que ví velada por la calle, cuando iba con sus padres montados todos en camellos. Y que al verme la mocita de lejos se cubrió la cara. Por eso estoy acá porque eran ellos de este pueblo".

E insistimos nosotros en querer saber: "Akub, ¿caminaban entonces las mujeres con velo?"

"Por supuesto, porque nadie de fuera podía ver sus rostros", pláticanos Akub. "Pero si eran celebradas como las gacelas de esta Africa del norte, por su gentiliza, por su agilidad y por la hermosura de sus grandes ojos, negros y vivos. E iban silenciosas, pues, no podían hablar a los hombres en los lugares públicos".

E interrógale Ahmed: "Díganos Akub, ¿qué comías vosotros?". Depártenos Akub: "En nuestras moradas nos alimentabamos de verduras y dátiles". Y cuando le inquiere El Príncipe Islamita: "¿Os alimentábais con carne?", respóndele Akub: "La reservabamos para muy raras ocasiones. Además conservábamos los rituales de los montañeses africanos al hacer sacrificios de animales sobre nuestras tumbas. Y reteníamos los utensilios y objetos que podían servirnos en nuestra vida futura".

Entonces persiste Ibrahim: "¿Lo que yo no me explico es porque los M'zabitas desconocían a las personas de otras tribus?". Aclárale Akub: "Ibrahim, porque conforme al juicio de los M'zabitas solo los adeptos de nuestra propia secta, los nacidos en M'zab eran puros y fieles.

Este prejuicio ha promovido el que los demás, como los beréberes y los árabes, fueran siempre propensos a concebirnos como una casta altiva, muy seguros de nosotros mismos. Sin embargo, esto no nos apartaba de nuestras convicciones a las que estabamos aferrados por las creencias. Todo hijo de un M'zabita debe nacer y morir en el oasis".

Y exclama Sidi Kedir: "Pero Akub, usted mismo le contó a mi padre que vosotros los naturales de M'zab, son hábiles traficantes de mercaderías que viajan a menudo a países lejanos. Por eso la mayoría son inmensamente ricos y ahorradores". Replícale Akub: "Si hijo, pero no es raro ver que un M'zabita después de muerto sea transportado a su propia tierra natal por sus parientes o sus amigos".

"¿Y cuándo usted Akub estire la pierna, quiére que lo entierren en M'zab?". Y los demás no sabemos de dónde le salió el color rojo a Akub porque poniéndose colorado adiciona: "Sidi, ¿cómo voy a pensar en mi propia muerte?. Si todavía soy joven". Y como los dos chiquillos se ríen a carcajadas diciéndole: "Akub, usted dice que es jovencito, pero hasta usa bastón".

"¡Qué caray!. Vosotros Ibrahim y Sidi me hábeis visto como ando ligero por todas partes. Si le salen a uno canas y se le caen los dientes, eso sucede por casualidad, no porque uno está viejo. ¡Arrastrar los pies, eso es vejez!", asegura entonces Akub comenzando a dar de brincos cada vez más altos. Por lo que le advierten los niños: "Akub no salte tanto. No sea que se vaya resbalando hasta su tumba", y reconviénenle aún: "Mire como está usted Akub jadeando".

Tomándolo a la risa, Akub aumenta: "¡Qué voy a estar agotado Ibrahim, si aún tengo fuerzas para ir a jugar con tu padre un partido de juego de damas!"

Dícele Ibrahim Jaddam: "Akub, si va al hotel cuando están estos huéspedes, enséñeles ese libro suyo en que dice que el M'zab es una reunión de cinco ciudades que fueron construidas hace 1,000 años". E interviene Sidi Kebir para contarnos: "En ese texto dice también que su capital Ghardaïa es llamada así por sus preciosos jardines". Y añade Ibrahim: "Le cuento Akub, que papá ya leyó ese artículo suyo donde recalca que hay que fijar leyes y deberes que sean válidos en todo el universo para los problemas actuales del mundo. Y donde usted Akub escribe que lo primero y más importante es la cuestión de los derechos. Que los derechos del individuo deben anteponerse a todo lo demás".

Coméntales Akub: "Ibrahim y Sidi vosotros sóis todavía unos niños que nos llegáis en tamaño, solo hasta los hombros. Pero tenéis la grandeza de los que exponen lo que es más importante para que haya más paz en el mundo".

Asevéranle los chiquillos: "Es que cuando conversa usted Akub con los mayores, nosotros nos ponemos a oírlo. Y nos damos cuenta que es usía Akub un gran pacifista. Tal como lo fué en su tiempo Mahatma Gandhi el lider pacificador de la India".

"O como Michail Gorbatsjov que fué Secretario del Partido Comunista de la Unión Soviética, con su programa de reforma llamado Perestrojka que prometía una gran democracia".

"E incluso como un Nelson Mandela y el Presidente De Klerk de Africa del Sur, quienes en conjunto recibieron el Premio Nobel para la Paz en octubre del año 1993".

"¿Mencionamos Ibrahim también al Dalai Lama, ese lider espiritual del budismo tibetano?"

"Por supuesto Sidi. Y de los sucesivos Papas de la Iglesia Católica, representantes en la Tierra, de San Pedro en el cielo. ¿Recuerdas Sidi, así le dijó a mi papá un cristiano que se hospedó en el hotel?"

"Perdón señores, nos disculpan, casi omitimos lo anterior Ibrahim y yo".

Ya habían terminado Ibrahim y Sidi de parlar tan bello como el cantar de las aves, cuando le habla el primero de los nombrados a un pequeño pastorcillo que pasa con su rebaño: "¡Eh, tú!. ¿Adónde llevas las cabras?"

"A que pasten", grítale éste prosiguiendo su camino.

"Akub, ¿Desciende también ese como todo el mundo de Adán y Eva?. A ver Akub, cuénteles a estos amables señores y señorita como es eso", le insiste Ibrahim al anciano Akub.

Y párlanos Akub: "Les he relevado a estos niños, lo que hemos leído todos en las Sagradas Escrituras que Dios plantó un jardín en Edén, al oriente. Y allí pusó al primer hombre a quien formara llamándole Adán. E hizó, pues, Dios caer sobre Adán un profundo sopor, y de una de sus costillas formó Dios a la mujer, a la que el hombre puso por nombre Eva. De esos antepasados nuestros que fueron Adán y Eva, se fue poblando la Tierra".

E interrógale Ahmed Shahin: "Akub, ¿O sea que los seres humanos nos originamos de una sola raza?"

Refiérele Akub: "En realidad como los hombres utilizan el término raza no debe ser; asi lo exponen algunos científicos. Los cuales lo investigan desde un nuevo panorama, más amplio del que hasta entonces se había visto. Y yo estoy de acuerdo con ellos de que las razas, biológicas y genéticas, no existen. La gente mira la apariencia de una persona, sus distinciones externas y si no está de acuerdo con las de uno mismo, o si la conducta de esa persona es diferente, se piensa que no vale. No se puede afirmar que un pueblo es inferior que otro, visto biológicamente".

Coméntale Sidi: "Pero los africanos somos más morenos que otros".

"Sidi, no sin razón habéis nacido con ese tinte. Pues el color que tenéis de vuestra piel morena os protege contra los rayos del sol, que son tan fuertísimos en Africa".

Corroborando con aquello, le digo: "Está usted en lo cierto Akub. El gran desafío de hoy día es borrar la idea, en las mentes de muchos, de que alguién solo es bueno si se parece a ellos".

Retomando la palabra Akub, nos plática: "Pienso de que eso es la base de tantos conflictos, a un pequeño nivel con mucha tristeza, y a gran nivel con los enfrentamientos militares".

Y El Príncipe Islamita que está atento como todos, profiere: "Estoy de acuerdo con usted Akub. Un gran sabio que vivió en el siglo XIX ya lo confirmó, aclarando: Solo hay una raza. Y ella es la raza humana".

Contemplándolo Akub al Príncipe Islamita, le manifiesta: "Hermoso joven, para opinar aquello Darwin no lo pronunció así no más basado en razones sociales. Sino en base al siguiente fundamento: En el mundo de las plantas y los animales hay especies que se subdividen en millones de razas que están definidas cada una con sus características propias y distintas las unas de las otras especies, pero juntas no pueden procrear. En cambio la gente, cualquiera sea su color: negros, cobrizos, blancos, amarillos, pueden unirse y juntos reproducirse. Este fué el fondo de la teoría de Darwin. Pero hay otros grandes profesores que dicen que hay cinco razas. Otros científicos atestiguan que solo tres. Otros aseguran que solo hay dos, que son: Los de pelo lacio y los de cabellos crespos. ¿Cómo puede uno asegurar eso cuando dentro de los negros, por ejemplo, hay tantas diferencias entre unos y otros?".

Interrogándole uno de los niños: "¿Cuáles Akub?". Afírmale Akub: "Ibrahim, en unos seres existen diferencias psíquicas como la disposición para la tristeza. Otros en cambio desde que nacen están sonriendo".

Pregúntale el mismo Ibrahim: "¿Quiére usted decir Akub, que todos somos tan diferentes como las lineas de nuestra manos?". Riéndose Akub, afírmale: "Si, así es Ibrahim, tú lo has simplificado de una manera sobresaliente. Bueno, lo que quiero dejar bien claro yo, es que si se habla de los negros ello se comprende dentro de la evolución. Porque donde hay mucho sol, la piel debe protegerse a través de pigmentación contra los potentes rayos ultravioletas. Cuando la gente negra, obligados o voluntariamente, van a vivir donde el sol es menos fuerte, llega a ser para ellos un obstáculo". Y el chiquillo Sidi Kebir, que no se ha perdido del anciano ninguna palabra, interrógale: "¿Por qué Akub?"

Respóndele Akub: "Sidi, porque como tienen su piel oscura, a través de la luz de los rayos ultravioletas no recibirán vitamina D. Entonces los niños negros que emigran a esos países más fríos tendrán raquitismo, quiero decir sus piernas curvas, sus huesos no bien desarrollados".

Inquiérele aún El Príncipe Islamita: "¿Y que habría que hacer para combatir aquello?", por lo que le digo: "Dándole extra vitamina "D". Dirigiéndonos Akub Rawikowitz nuevamente la palabra, discurre: "Pero uno no puede basar todo su comportamiento porque las personas tienen más pigmento o menos". Y entrando en calor, prosigue Akub: "Otra falta que la gente hace es alternar más bien con los que pertenecen a su mismo color, amarillos con amarillentos, etcétera. Desde el momento que asegura cualquiera: Ochocientos millones de blancos pertenecen a un grupo y mil millones de musulmanes a otro grupo. Debe saber él que no es así, pues si discrimina está equivocado.Y que la palabra xenofobia significa hostilidad hacia los extranjeros".

Y Ahmed Shahin como leyéndole el pensamiento a Akub comenta: "Porque enlazan sin razón indeseable conducta, a la apariencia de la persona". Asintiéndo Akub con la cabeza, aumenta: "Por ejemplo en solicitaciones que la gente hace para conseguir un puesto de trabajo, muchos empleadores juzgan por la facha".

Añade Ahmed: "Akub, si un fulano viene a mi fonda, a pedirme un empleo. ¿Qué debo hacer yo?". Repite Akub: "Ahmed, para que actues con justicia, si es mayor míralo como si fuera tu padre. Y si es menor de edad como si se tratara de tu hermano. Debemos pensar que el hecho de que tenemos ahora el avión supersónico y que vía satélite podemos recibir las noticias en vivo y en directo por la televisión, no significa de que la gente puede cambiar tan rápido como de la noche a la mañana, en su manera de obrar. Han pasado muchos años y en eso damos poquísimos pasos adelante". Y palmeándonos en los brazos Akub Rawikowitz antes de ponerse a andar, nos comunica: "Ahora me despido de vosotros porque ya tengo que ir a mi choza para tomar algo caliente".

Tomándolo del antebrazo Sol Stepanov, agrega: "Lo acompañamos Akub". Dále a saber Akub: "Señorita Sol, ¿qué me pueden robar en el camino otras personas, los dientes que no tengo?. ¿O el dinero extra que no poseo, para cancelarle una dentadura postiza a un amigo?. El cual suele pasar por mi cabaña para dialogar. Mirad, mi modesta vivienda está al frente. Venid conmigo, os invito a beber un té de menta. Allá sentados podremos seguir dialogando". Partiendo con lentitud, acoplamos nuestro paso al de Akub, mientras sentimos un calor sofocante que nos empapa con sudor. Ínformanos entonces Ibrahim: "Akub hace sonar su violín en el hotel con mucha emoción". Y como lo instamos a Akub para que ejecute una pieza, dícenos él: "Por suerte aprendí a manejar este instrumento musical desde chaval. Y magnífico que estemos a la intemperie para que apreciéis la melodía *Chanson d' Orphée*. Ya que si me la escucháis adentro de mi choza sería mucha la resonancia". Y tras oírlo nosotros, le alabamos su maestría para interpretarla.

Por lo que nos cuenta Akub: "Una vez que toqué la misma pieza, con este violín Estradivario, oyéndome un comentarista musical de esa revista americana Time, dijó por mí: ¡Al fin un verdadero violinista!". Inmediatamente acercándose Sol Stepanov a este sahariano virtuoso del violín, le musita al oído: "Akub, eso significa que usted puede hacer de solista en una orquesta de fama internacional". Y ciñéndola Akub con su brazo a Sol, nos aclara: "Esa pieza que me habéis oído ha sonado perfecta porque soy feliz con vuestra compañía. Y si hubiera estado infeliz también lo habrías notado. En cuanto a su invitación señorita Sol, para hacer una gira musical por el extranjero, estoy a disposición del director que me lo solicite. Si me ponéis en contacto con uno de ellos, os lo agradeceré". Prometiéndole a Akub ayudarlo mi mismo, escribo sus señas y le doy mi tarjeta donde está escrito mi nombre y dirección. E interviene Ibrahim, expresando: "Lo que pasa es que Akub Rawikowitz es muy cosmopolita. Considera a todo el mundo como patria suya y a cualquier extraño como su paisano".

Después de esto observamos, que dentro de las cuatro paredes que constituye su vivienda de Akub, está en una esquina del cuarto el piso cubierto con esteras y sobre ellas pieles de animales. Y al otro lado hay carbón con una parrilla encima y sobre ello ha dispuesto una tetera. Pasado un momento pone Akub ahí té y tras entreverarlo, levantando el tacho, echa entonces, a la manera tan usual en ellos, tres chorros dentro de cada vaso nuestro. Luego mirando la puerta de entrada que está abierta, a través de la cual se vé que el sol ilumina una roca que está a lo lejos, nos da a conocer Akub Rawikowitz: "Si vosotros en vuestro paseo que daréis trepáis aquella piedra rocosa veréis lo que ví yo, un desierto tan grande sin comienzo ni fin como el firmamento". Y háblale Akub, a Sol Stepanov, cuando ella le celebra su amabilidad: "El agua no me falta en esas obres de cuero que penden en el techo. Por lo demás los vecinos me hacen los encargos. Y atrás tengo mis cabritas que me dan la leche. Eso si yo voy todos los días por el pan".

E inquiriéndole yo Diego Torrente: "¿Y adónde iba usted Akub cuando lo encontramos?" Declárame él: "Diego, salí para encontrar con quien conversar. Como decíamos hace un momento, con todos los avances científicos sin embargo poco hemos mudado en nuestra forma de conducirnos. Y ello os lo podrán aseverar vuestros abuelos y tatarabuelos si aún viven". Rememora además Akub, quien tal como nosotros está instalado cómodamente sobre un cojín: "Antaño en el mundo, se unían unos grupos, a otros conjuntos de seres. Otras veces los del clan se apartaban. Pero las gentes se casaban dentro de los que componían esas pequeñas familias que se habían reunido. Más tarde vino la agricultura, os estoy hablando de hace siete u ocho mil años pasados". Y sirviéndonos más té Ahmed Shahin, nos comenta: "Hasta ahora se casan los que viven cerca. Me contaban unos turistas en mi hostería, que incluso en América con su gran movilidad, muchos de los matrimonios ocurrían con una pareja que se encuentra dentro de las calles con un máximo alcance de diez kilometros".

Dígole a él: "Tienes razón Ahmed, a la gente le cuesta mucho tiempo escoger con quien se va a casar. Porque prefieren, por ejemplo, a que sea de la misma religión. Se estima que ese es un factor muy importante. El otro día conversaba mí mismo, con un diplomático de los Emiratos Árabes que estaba con su esposa, a quien por estar cubierta solo se le veían los ojos. Y después de diálogar con ambos, yo estaba curioso por levantarle el velo de su cara a ella para ver su rostro. Algo que me dijó él es, que una mujer de los Emiratos Árabes no puede casarse con un extranjero que encuentre, si él no es de la religión islamita. En otras palabras, esa manera de pensar aún no tuerce su rumbo".

Y después de sorber su té, nos interroga el pimpollo Sidi Kebir con su insaciable curiosidad: "¿Qué antiguo es el hombre?"

Respóndele El Príncipe Islamita: "En el año de 1,893 se encontró en Java un esqueleto momificado que aún se conserva, que data desde hace un millón de años. Él es un eslabón entre el hombre mono y nosotros, los humanos. Eso se constató midiéndole su cerebro para compararlo con el cráneo del Hombre Erecto. Este descubrimiento tiene un valor científico enorme. Ese Hombre Mono sería velludo como yo lo soy en algunas partes de mi cuerpo".

Y como Sol Stepanov lo mira sorprendida a su enamorado, él aumenta: "Cuando voy al sauna, en los países donde la mujeres ahí se desnudan, ellas me miran de la cabeza a los pies. Y con admiración". Por lo que deduce Sol: "Seguro te encontrarán bien parecido".

He aquí que bromea Sidi: "Entonces en lugar de ir a ver los restos mortales del hombre de Java, podemos mirate a tí en taparrabos para saber como era El Hombre Mono". Observándolo al Príncipe Islamita, argumenta el otro chiquillo Ibrahim: "Sidi, se parecerá este en lo peludo, pero su testa es tan grande como la de todos los presentes".

Y mientras los demás nos reímos de buena gana, les suelta Akub: "Niños, ya estaba extrañando los comentarios vuestros. Bueno, como decíamos hace un momento, porque todos los habitantes del mundo nos hemos originado de una sola pareja, debido a eso podemos identificarnos unos con otros".

Tras berreando afuera un becerro, afirmanos El Príncipe Islamita: "Cuando prestamos atención a otras culturas primitivas que aún existen en el mundo, tales como a los papúas de Nueva Guinea, o a los pigmeos que viven en grupos aislados en las Filipinas, Borneo y en Nueva Guinea; e incluso cuando nos acercamos a alguna tribu en Australia, o en Pánama, podemos concluir que rápido nuestra cultura ha cambiado, en comparación con la de aquellos aborígenes".

E Ibrahim echándose los dátiles a su boca, uno tras otro, le averigua: "¿Hay diferencias entre los individuos?". Respóndele El Príncipe Islamita: "Si Ibrahim, todos tenemos diversidades tanto genéticas como biológicas. Y todas las personas tienen algún error genético. Uno puede encontrar, que un grupo de gente tiene una enfermedad que heredan, pero a su vez ello los protege contra otra dolencia que es congénita". Y sorbiéndo del té que le sirvió Akub, prosigue el Príncipe comentando: "En todo caso los más fuertes sobreviven a esos errores genéticos. Eso va determinando la selección".

Y retomando la palabra el mismo Príncipe Islamita, para contestarle a Ahmed Shahin que quiere decir ese término *selección,* añade: "Que de esa enfermedad algunos mueren a temprana edad, pero los más fuerte viven un tiempo más largo porque su organismo a luchado contra ese mal hereditario. Acá en África. por ejemplo, se hereda con frecuencia la dolencia a la sangre. Y muchos niños así como adultos mueren de ello, también los de piel negra en América. En algunas regiones africanas, una de cada cuatro personas, la padecen. En Norteamérica una de cada diez seres que descienden de africanos arrastran esa enfermedad, que a su vez los protege contra la malaria. Entonces no se puede decir si es un error o si está bien". Y continua diciéndonos El Príncipe Islamita: "Otra espléndida muestra es la de los judíos, los llamados judíos Ashkenazis que son el setenta u ochenta de todos los israelitas, quienes tienen una seria diferencia neurológica. De ellos uno de cada venticinco judíos la tiene. En cambio no se dá ese alto porcentaje en los demás seres vivientes. Y eso no tiene que ver solo con biología, sino junto con desarrollo cultural y discriminación".

Pronunciándoles yo Diego Torrente: "Todos los humanos tenemos alguna falla hereditaria". Lo confirma El Príncipe Islamita: "Seguro. Una investigación que se hizó en un grupo de judíos, se dió a saber que de cada diez había uno que tenía la enfermedad. Ellos salieron de Israel a Palestina, donde fueron descriminados. No pudiendo conseguir un pedazo de tierra donde vivir, se fueron a habitar en Egipto, a barrios céntricos. Y en ellos brotó una gran tuberculosis".

Y ante la pregunta del sahariano Ahmed: "¿Fué entonces para los judíos más arriesgado vivir juntos en la ciudad que en el campo?". Asegura El Príncipe Islamita: "Cuando hay una enfermedad infecciosa como esa producida por el bacilo de Koch, si. Pasó entonces que mucha gente murió, incluyendo los judíos, pero los más fuertes sobrevivieron. Ello es selección". E inquiriéndole Sol Stepanov al Príncipe Islamita por qué algunos eran más resistentes, asevera él: "Porque aquellos tenían acentuada la falla de la otra enfermedad. Eso los defendió contra la tuberculosis. Ello quiere decir *selección*. Significa que por una parte eran sanos, y que podían reproducirse".

Después de esta conversación escuchamos que el mozuelo Ibrahim Jaddam partiendo del lado nuestro, nos grita: "En unos minutos regreso", y travesando la estrecha entrada, sala a toda carrera. Por lo que su hincha de juegos, Sidi Kebir, le cuestiona estupefacto a Akub: "¿Adónde irá Ibrahim?". Concluye Akub Rawikowitz: "Sin duda hacer sus necesidades".

Y El Príncipe Islamita siguiendo con lo que decía, departe: "Voy a daros un ejemplo sobre selección. Si una familia judía trae al mundo cinco niños, y otra familia solo tres hijos, entonces ello es al pasar cierto número de generaciones una diferencia de diez mil judíos por una parte y mil judíos (o no judíos) por la otra. Lo que quiero yo decir es, que después de ciertas generaciones habrá una diversidad entre ellos enorme, en lo biológico, genético, discriminación, etcétera".

Oyendo lo anterior, háblanos el despierto Sidi Kebir: "Dicen los americanos que los israelitas son buenos boxeadores". Danos a conocer Akub: "Cuando emigraron muchos judíos, se dedicaron al boxeo porque fué para ellos una manera honesta de ganarse la vida". En eso vemos asomarse a Ibrahim quien alzando la voz, vocífera: "Una de las cabras se ha escapado". Lo que fuera suficiente para que Sidi saliera corriendo, para ir junto con su amigo detrás de ese mamífero rumiante doméstico. Y Akub riéndose de buena gana nos la describe:

"Es una hembra sin los cuernos vueltos hacia atrás como los tiene el macho". Y dirigiéndo su palabra al Príncipe Islamita, aumenta: "Me ha gustado joven lo que has dicho. Me hizó recordar lo que aprendí en el colegio sobre selección natural. Según la cual el naturista inglés Darwin explica que por la acción continuada del tiempo y del medio, ocurre la desaparición más o menos completa de determinadas especies animales o vegetales. Y su substitución por otras especies de condiciones superiores".

Y cuando el saharaui Ahmed Shahin interroga que dónde se originó nuestra civilización que rige el mundo, le doy por respuesta: "Tal como se comprender comenzó en Mesopotamia, la tierra entre los ríos Eúfrates y Tigris. Esa región terreste está entre esos dos ríos. Y que según se lee en el Antiguo Testamento, es el lugar de origen en donde Abraham formó a su familia, alrededor de Harán, Naharaím. Este nombre viene del semítico Aram Naharaim. Esa zona fértil de Mesopotamia que se encontraba en el actual Irak, vió nacer algunas de las civilizaciones más influyentes que existieron en el mundo. Allá se desarrolló la escritura jeroglífica hace tres mil años antes de Cristo. Acullá se descubrieron las matemáticas y los grandes sistemas de regadío. Lo cual solían provocar cambios en el curso de esos ríos. Nuestra civilización tal como ahora se comprende partió de allí, de Mesopotamia".

"¿Diego, cuáles otras civilizaciones tuvieron su apogeo?"

Cuéntole yo Diego Torrente así: "Ahmed, lo mismo podemos decir de la Egipcia (por igual antes de Cristo). Y de la antigua Grecia, las cuales sobresalieron en los siglos V y VI antes de Jesucristo. Esa civilización griega a través de su arte, filosofía e ideas políticas ha ejercido una influencia duradera sobre las sociedades posteriores, en especial la occidental".

E interviene Akub Rawikowitz opinando: "Ahora están algunos en la cima, en el futuro estarán otros. Y lo importante es que cada grupo humano, no solo nos preocupemos de sobrevivir nosotros y nuestra familia directa, como por ejemplo ocurre en muchas regiones de este continente africano, sino tenemos que pensar también en la amplia extructura social. Claro que para lograr esto, sin cargar más peso sobre nuestras encorvadas espaldas, necesitamos sobretodo la cooperación internacional. Resumiéndolo en una frase metafórica, diremos: Para prevenir que los países tercermundistas, no terminen arrastrando consigo al fango al mundo entero".

Contéstale Ahmed Shahin: "Para que no pase lo que, según se observa por la televisión, está ocurriendo en Somalia, Etiopia y Zaire. Que viene a ser la gran miseria que nos sonroja a todos los demás. Yo me pregunto, ¿cómo puede sobrevivir algunos con tan poco de lo que es básico para vivir?. Si incurren en faltas graves, para alimentar a sus tiernos hijos. La solución para poner fin a las acciones criminales deben buscarse en la opinión de los más correctos".

Entonces Akub discurre afirmando: "Tienes razón Ahmed. ¿Y por qué a quienes cometen fechorías se les discrimina?. Porque con su conducta están elevando a los otros, sobre ellos. Por eso es importante la educación e instrucción en la vida de los ciudadanos. Para que desde su mocedad aprendan a respetar las leyes. Y se pregunten: ¿Por qué alguién está valorado en la vida social?. ¿Quiére decir que su comportamiento es digno de ser apreciado por otros?. Todos esos son factores que pesan", afirmanos Akub Rawikowitz justo en el momento que entra un amigo suyo por la puerta, quien se pone a saludarnos. Y Akub, nos presenta al susodicho como un grupo de extranjeros, con los que por suerte se ha topado en su camino.

Al poco rato viene los niños chivateando con toda su algarabía y nos cuentan que en el aprisco ya habían resguardado a las cabras de la intemperie. Y como empieza hacerse tarde nos paramos para despedirnos. Acercándose Ibrahim Jaddam a Akub y antes de decirle adiós aún le pregunta a que hora empieza su día. Infórmale Akub: "Mocito, a las seis de la madrugada me levanto para ordenar las cabras. Y les pongo a ellas y a las chivas agua para que sacien su sed. Enseguida las llevo al campo para que pasten de la yerba", e interrógale por su parte Sidi Kebir: "¿Akub, y a que hora las acuesta?". Dále a saber Akub: "Las recojo al atardecer antes de que nos helemos de frío". Prestando atención a esto, le suelta Sidi: "Akub, porque usted es compasivo con los animales, también Alá va a ser misericordioso con vos".

Saliendo afuera vemos que por todo el desierto chispea una luz solar brillante. Y avistamos que por el camino viene un entierro, del cual el sahariano Abdel Attaf, que es amigo de Akub, nos pone al tanto: "Escuché decir que esta ceremonia al difunto será a la usanza morisca". Divisamos entonces que lo traen al muerto una multitud de los acompañantes que componen el séquito. Los cuales están marchando de prisa deseosos de ponerse junto a la caja fúnebre, donde va el finado. Y abriendo Ahmed Shahin su boca, nos explica: "Existen ciertas tradiciones y rituales entre los arábigos que no tienen nada que hacer con el islam. A estas pertenecen las fiestas después del funeral y las alquiladas plañideras que sollozan, gimen y se mesan los cabellos". Mientras seguíamos con la vista el cortejo, las contratadas lloronas, cesaron de lloriquear y principian este cántico funebre mientras pasan por nuestro lado:

¿Dónde esta?.
Su mujer lo creía vivo.
Pero él ya duerme su último sueño.
Sus hijos lo lloran, llamándolo en vano.
Sus amigos, piensan en él.
Pero él se ha ido bailando con la muerte
Porque su vida se ha acabado.
¡Ay, ay, ay!
Te has quedado dormido
¡Solo el Todopoderoso puede despertarte!

A la quejumbrosa melopea contesta la viuda entre lastimosos ayes:

¡Ay, ay, ay!
Mi marido que era cachazudo.
Que era incapaz de matar una mosca.
Que era él sencillote, ya se murió.
Él que nunca fué cruel, como lo es un tigre.
¡Cáspita, ya falleció!.
Mi esposo que era ligero
Como lo es un venado, se ha ido.
En vano lo esperaré como una cierva
Echada entre las hojas secas del estío.

Dícenos Akub: "El cádaver viene con la cabeza adelante. Y en el cementerio le quitarán al difunto el turbante que tiene en la cabeza y lo pondrán tres vece en el suelo implorando a Mahoma. Después de ello, lo bajarán a la sepultura procediendo a rellenar la tumba. Y la viuda y los parientes comenzarán a repartir pan e higos a los mendigos, de acuerdo a la tradición. A continuación colocarán las losas sepulcrales en los extremos de la fosa. Y después de que reanudarán los gemidos, quemarán incienso en gran profusión".

Y antes que Akub Rawikowitz y Abdel Attaf siguieran el cortejo que conduce al difunto, al cual conocían, nosotros nos despedimos de Akub y de su amigo Abdel, estrechándoles las manos. Pero Akub nos exclama con llana franqueza estas palabras que tiene contenidas: "Vosotros os váis y quizás ya no vamos a volver a vernos". E inquiérele Sidi: "Akub, ¿por quién dice eso?". Y señalándonos, expresa Akub: "Por ellos, pues, no por vosotros socarrones". E insite el otro mocito Ibrahim: "Akub, ¿por qué no por nosotros?". Emite Akub: "Ibrahim y Sidi, porque ustedes sóis como la buena yerba, que aparecéis en el camino cuando uno menos se lo espera. Mañana voy a ver a tu padre Ibrahim, confírmaselo apenas llegues".

Añádele Ibrahim que así lo hará. Y como nos habían contado Akub y Abdel que están juntado dinero para ir al dentista, les doy suficiente dinero a ambos para que les ponga sus dentaduras postizas, por lo que nos dan ellos fuertes abrazos.

Después de esto en nuestro camino de vuelta al hotel, el precoz Sidi Kebir rompe el silencio que reina para preguntarnos: "¿Es verdad señores, que la pareja alemana Helmut y Erica Simón han encontrado el año 1991, a un hombre momificado por la nieve en los alpes de Europa Central, entre los bordes de Austria e Italia?". Agregando el otro chiquillo Ibrahim Jaddam: "Si, que estando con pelo negro y barba, su edad máxima era de cuarenta años de edad. Cuya piel externa y órganos internos están intactos. A pesar que la momia se murió allá hace unos tres mil quinientos años antes de Cristo, en la Edad de Cobre".

Y cuéntanos también su amiguito Sidi Kebir: "Le llaman *El hombre de hielo*. Y cuando lo descubrieron en la nieve, la ropa que tenía había sido hecha con piel de los animales y capa de césped. Además calzaba zapatos de cuero y en su mano empuñaba un hacha". A los niños respóndoles yo: "Si Ibrahim y Sidi. Se sabe de aquel, que durante cinco mil años estuvo en su tumba de hielo congelado". Y como quieren Ibrahim y Sidi saber en que posición, El Príncipe Islamita echándose en el suelo y extendiendo su brazo izquierdo a la altura de su cabeza se queda inmóvil como pretendiendo que está muerto. Obsérvale Sidi: "Pero tú Príncipe estás con los ojos abiertos y riéndote". En tanto nos averigua Ibrahim: "¿Lo que no me explico es como conocen los científicos su antiguedad?". Por lo que parándose, se adelanta en enterarlos el mismo

Príncipe Islamita: "Ibrahim; y Sidi; se conoce aquello a través de dos diferentes análisis, uno de radio y otro de carbón, efectuados en el cuerpo de la momia por los científicos". Y conversando con nuestros guías Ibrahim y Sidi de regreso hasta el hotel, les agradecemos por lo bien que habían desempeñado su trabajo de cicerones, pagándoles una propina por ello, como habíamos convenido con el padre de Ibrahim Jaddam.

Adentrándonos al desierto del Sahara

A la mañana siguiente saliendo nosotros con el coche desde Sur Ghozlane, llegamos a la aldea Sidi Aïsa. A partir de entonces se extiende una llanura que convierte el suelo en un desierto de arena con piedras, donde Ahmed Shahin me pide detener el coche para coger dos peces de arena. Indagándole nosotros a Ahmed, para que los quiere, nos afirma: "Con el fin de llevarselos a mis padres porque esos réptiles tienen doble finalidad. Mientras están vivos exterminan a los escorpiones. Y cuando se encuentran ellos muertos, después de secarlos al cielo descubierto, los saharianos los pulvorizan utilizando esos polvos para curar varias dolencias". Habiendo logrado Ahmed, junto con nosotros de coger aquel par de lagartos negros, termina nuestras correrías. Y mirando Sol Stepanov el horizonte, exclama alegre:

"¡Eh, Ahmed allá lejos hay un oasis con palmeras borrosas a su alrededor!". Y agrega El Príncipe Islamita: "Si, es un lago de aspecto cristalino, cercado por imprecisos árboles. Salpicado aquí y allá por estrechas islas". Pero comenta sonriendo Ahmed después que nos bajamos y lo admiramos desde lejos: "Aquello que vislumbráis no es un oasis, pues es solo un espejismo".

"Así me lo figuraba", les doy a saber yo Diego Torrente. Y con toda calma réplica Ahmed: "A los viajeros nos sirve de acicate para continuar el camino. Por eso es mejor que lo contemplemos, para no darnos por vencidos. Tal como me interrogaron ustedes, ¿es eso un oasis?. Algo similar ocurre durante los conatos de una Guerra Civil. Pues, cuando uno vé acercarse a alguién, se pregunta: ¿Será matar la consigna que le ha dado su superior?".

Y El Príncipe Islamita también comienza a especular: "Preciso Ahmed. Eso pasa cuando algunos hombres y mujeres no respetan los derechos humanos. Ellos destruyen a sus adversarios, como las fieras aniquilando a sus presas. Por eso si lo hieren a uno, lo importante no es preguntar: ¿Quién me disparó?. Sino tratar de salvarse".

"Eso no pasaría Príncipe, si los que agreden se detuvieran a pensar que la vida en este mundo es limitada. Incluyendo la de ellos mismos. Felizmente los pobladores a través del Sahara, tales como los tuaregs, kabiles, mozabitas, y asimismo en regiones de la Gran Kabilia, mantenemos nuestros valores y lazos tradicionales. Por eso nuestra extructura social no se ha deteriodado".

Escuchando a Ahmed, prorrumpo yo de nuevo: "Si Ahmed, siempre es imprescindible hacer borrón y cuenta nueva. Disculpándole al prójimo sus abusos del pasado. Y si es posible, hasta ayudarlos a corregirse".

Concuerda conmigo Sol Stepanov: "Eso es lo mejor para aquellos que han sufrido una guerra. El perdonar las ofensas que les hicieron tanto a ellos, como a sus familiares y amigos". Ahmed nos dice: "Así como hará El Omnipotente que resucitará a los seres para juzgarlos y ser misericordioso con aquellos que se arrepientan".

"Tienes razón Ahmed", opina El Príncipe Islamita. "Y algo que atraerá la atención en los próximos años, es la identidad personal. Debemos tomar muy bien en cuenta, los descendientes de Adán y Eva que somos únicos. Que nuestro lugar en La Tierra cuando muramos, nunca más será llenado. Cuando yo asistí al entierro de un amigo, de pronto advertí que nunca hubo otro como él. Ni que lo habrá igual, aunque venga alguién a ocupar su lugar. Si se me pierde una sortija, o se rompe mi televisión, no me hiere en lo profundo porque sé que podría conseguir un substituto a cambio. Pero, si me deja desbastado cuando expira una persona que yo conozco".

"Esa es la contrafaz de la vida, la muerte", pronuncia su prometida Sol Stepanov.

"Por cualquier finado se puede entonar un canto lúgubre cuando cese su existir", opina Ahmed.

"O escuchar la sonata para piano en D mayor de Amadeus Mozart. Porque así recuperará su deudo la alegría, conforme afirma mi padre Adnan", vuelve a hablar El Príncipe Islamita.

"Y llenar ese vacío, que deja un difunto, con pensamientos nobles u honrosos".

"O con acciones positivas Diego. Como decía él: Lo importante es que el bien triunfe".

"¿Fueron esas sus últimas palabras de tu partidario?", pregúntale Ahmed al Príncipe Islamita.

"Hasta su último día se levantó para trabajar. Él habló así antes de fallecer: Es bueno para mí morir cumpliendo mi deber. Ahora a rezar porque tengo que agradar más a Dios que a los vivos".

A partir de ese momento cambiamos el manejo del vehículo tomando yo el timón, a cambio del Príncipe Islamita, y proseguimos por un lugar con cumbres planas, donde hay grandes rocas en un terreno que sigue yermo. Para no dormirme, trato de mantener la conversación diciéndoles: "Estamos contemplando lo que es la característica única del desierto. Y eso es innumerables kilómetros de arena reemplanzando a la tierra". Al divisar entonces mi vista solazarse con deleite en una porción de agua, artículo estas palabras: "¡Dínos Ahmed, que no estamos viendo un espejismo!"

Y añade Sol Stepanov: "¡Confírmanos Ahmed que si es cierto, que al frente nuestro hay un manantial rodeado de vegetación!"

"Así es, como ustedes dicen. Pues, ese es el pequeño oasis de Ed Diss en Bou Saâda".

Alegrándose todos con esta noticia, Ahmed aún nos entera: "Los antiguos nativos crearon ese sitio en pleno desierto del Sahara, bajando el agua de las montañas a través de canales subterráneos". Y como le averigua El Príncipe Islamita: "¿Ahmed, pero los movedizos arenales invasores lo amenazarán de continuo?". Dále a saber Ahmed: "Príncipe, por esa razón los franceses consiguieron detener el progreso de los areniscos cerros. ¿Y cómo lo hicieron?. Muy sencillo. Reforzando las laderas con agrupaciones macizas de árboles de tamarindo alrededor".

Morada de la felicidad

Pasando el oasis Ed Diss, el desierto recobraba su fuerza con duna movedizas, hasta que caída la tarde llegamos a Bou Saâda entrando por calles estrechas y retorcidas hasta alcanzar la fonda que nos dará el amparo. Después de un refrescante baño y una apetitosa comida, salimos a dar un paseo por las afueras y mientras El Príncipe nacido en Kuwait va conmigo, entretenidos adelante conversando, el sahariano Ahmed Shahin, con Sol Stepanov, se han postergado un tanto en el camino. Cuando volvemos la cara nos damos cuenta que los hemos perdido de vista. Teniendo que regresar por el mismo lugar, los encontramos a ambos hablando cerca del río Bou Saâda con una mujer de cierta edad que está sentada en un pequeño montículo. Acercándonos a ellos les pregunta el noble Príncipe kuwaitano: "¿No sabías vosotros que os estabamos buscando?"

Entonces la anciana, que nos dice llamarse Kadra Hardi, se identifica ella misma como una hechicera diestra en las artes de brujerías y encantamientos. La cual con gran desparpajo, con mucho desembarazo pues en el hablar, nos dice haberle dado a Sol Stepanov algunos consejos para el día que se despose pueda conservar a su marido en su vera para siempre. Pero como sonríe Sol, insiste Kadra: "Sol me dijó que ella no cree en esos fetichismos. Yo digo esas cosas, no porque poseo algún poder preternatural sino que es algo natural eh, que uno lo encuentra cuando busca como yo el contacto con la madre naturaleza". Prosiguiendo a contarnos ella misma: "Y no es cosa de broma, eh, yo lo puedo ver en la apariencia de una mujer casada cuando viene a mí con su cara pálida y lánguida, tan decaída de ánimo que ha prescindido de energrecerse los ojos, de dar color a sus mejillas o de pintarse las manos con henne. Inmediatamente me está diciendo con su facha, que su marido está frío con ella, que toda la atención de él está puesta en otras cosas".

Pregúntale El Príncipe Islamita con una seriedad que desconocía en él: "¿Y que más le ha dicho usted Kadra a Sol Stepanov?". Tras sonarse su nariz con su manga, adimenta Kadra: "Por consiguiente lo que tiene que hacer ella para pisarlo a él es: Mientras duerme él cortarle un pedazo del pelo de su cabeza y de su barba. Además recoger el polvo de sus babuchas para guardar todo aquello en una bolsita que la llevará ella misma dentro de su propio zapato. Ello es infalible, porque después yo las he visto volver bien ataviadas y contentas". Y dirigiéndose Kadra a Ahmed le comenta: "Tú habrás oído que cuando a un pastor le va mal con su ganado y en su casa; o a un campestre con sus sembríos, como acaban viniendo a nosotras las pitonisas". Interrogándole El Príncipe Islamita, a Kadra por qué razón, ella pronuncia: "Para recibir de nuestras manos un amuleto que se lo colocará debajo del turbante. Ya leo en vuestras caras que estáis incrédulos con lo que yo os digo". Y abriéndo su canastilla Kadra, nos ofrece unas bregas parlando: "Os invito de corazón estos higos de mi huerto".

Y como viera que nosotros demoramos en cogerlos nos dice, echándose uno en su boca y chupándose los dedos: "¡Excítense en probarlos, que están de rechupete!". Le agradece Sol Stepanov después que come uno: "¡Por cierto Kadra que tienen un sabor riquísimo!", y sigue Kadra hablando: "Agarra otros más criatura, que aún quedan muchos; coged también vosotros". Luego Kadra mirando con detención a Ahmed conjetura: "Tu pareces argelino ¡eh!", le entera por eso Ahmed: "Acertó Kadra, porque soy de esta tierra. Me llamo Ahmed". Y exprésale Kadra: "¿Te has vuelto también hereje?", riéndose Ahmed profiere: "Yo si creo en Alá". Háblale aún Kadra: "No me refería a eso. Quiero decir si sentencias tú contra los principios de mi ciencia". Declárale Ahmed haciendo un mohín con su boca: "En eso Kadra usted no me convence". E interrógale Kadra: "¿Por qué no?", discurre Ahmed: "Estoy seguro que ello limita". Indágale Kadra: "¿En qué sentido?. Dímelo". Persiste Ahmed: "En el caso del labrador, que usted Kadra ha citado, en lugar de perder su tiempo en esas superticiones deberá descubrir la causa porque sus cosechas van menos bien".

Y pasa a comentale El Príncipe Islamita que está presente: "Incluso el agricultor deberá buscar las sugerencias de aquellos que saben mejor, porque tienen técnicas de trabajo más avanzadas". Dále la razón Ahmed quien opina: "Si yo haría eso, si comenzara a tener cifras rojas en mi negocio, amén de orar a Alá". Por lo que le cuestiona la astuta Kadra:

"¿Y qué pasa Ahmed si rezas un día en que Alá está descansando?". Contéstale su paisano sahariano Ahmed Shahin: "Por ese motivo yo imploro a Alá todos los días". Viendo a la anciana por primera vez confundida que no sabe que responder, le sonsaco: "¿Ha vivido usted Kadra siempre en Bou Saâda?". Respondiéndonos ella que sí, seguimos insistiendo con nuestras preguntas: "¿Tiene usted parientes Kadra?". Cuéntanos Kadra: "Solo tengo un hermano en las cercanías de Argel, quien teniendo unos pastos quiere que lo vaya ayudar apacentar su ganado. Pero yo dudo en moverme porque es acá donde tengo las tumbas de mis padres. Ellos junto con nuestros abuelos están enterrados en el cementerio".

Y entornando sus ojos Kadra y dándole a Sol Stepanov otro higo, después que cada cual hemos cogido uno, prorrumpe: "¿Tú que harías niña si fueras yo?. ¿Te irías a vivir a la capital?". Indagándole Sol si su pariente es menor que ella, afirmale Kadra: "En comparación conmigo, él esta morocho, fresco, bien conservado". Por lo que Sol Stepanov le dice: "En ese caso yo iría por un lapso de tiempo para ver como me va". Riéndose entonces Kadra, con su risa destartalada, le refiere a Sol mientras se para con dificultad: "Ya me animaste niña a establecerme en Argel. Ahora mismo se lo comunicaré a mi hermano". E interrogándole Ahmed Shahin: "Kadra, ¿y por qué tiene lágrimas en los ojos?", ella le da a conocer: "Joven argelino, es que estas piernas ya no me dan para incorporarme, como cuando estaba en el esplendor de mi belleza...Os sonréis, porque me véis hecha un carcamal. Sépanlo vosotros que aún casada yo recorría todo el Norte africano con mis cantos y mis danzas". E indágale El Príncipe Islamita al verla bailar: "Kadra, ¿habrá tenido usted muchos pretendientes?"

Por lo que agrega Kadra, tras mirar el firmamento: "Cuantísimos como esos innumerables cuerpos celeste que los vemos brillar desde la Tierra, mientras se expande el cielo. ¡Qué están en la bóveda celeste coqueteando con el sol y la Luna!. Siendo yo mozuela, mis admiradores eran tantos, que no se podían enumerar como las estrellas de noche. Todos ellos bien parecidos y estaban a mis pies. ¡Hubieráis visto como se cogían el pecho suspirando cuando yo pasaba!. ¡Y cuando me parlaban unos u otros, cómo temblaban ellos de emoción!"

Y ante mi cuestión de que dónde vivía ella, añade Kadra: "Acá en Bou Saâda, en una calle que conectaba el barrio indígena al francés, teníamos nuestra casa yo con mi esposo. Ahí en las fondas nos congregabamos todas aquellas que llevaban esa clase de vida un tanto divertida". Averiguándole Sol Stepanov, cómo era él; dícenos Kadra: "Un hombre como los que aún se ven en Bou Saâda, así como Ahmed, con nariz fina y aguileña". Y señalándome a mí, Kadra prosigue: "Tenía él, a semejanza suya, facciones altivas sumada a su elegancia. Igualmente tenía él la nobleza de carácter y simpatía que derrocha usted. Además, mi consorte fué de cuerpo escultural, como este otro tipo", dice Kadra refiriéndose al Príncipe Islamita. E interrogándole este mismo: "En cuánto a usted Kadra, cuéntenos ¿cómo la vieron los demás?". Kadra prorrumpe con un suspiro: "De carácter fuí, como hasta ahora soy, muy pagada de mí misma. Y en lo físico tal como me véis: de tez ligeramente aceitunada, ojos unas veces expresivos, otras enigmáticos y en general hermosos rasgos fisonómicos".

Halagándola El Príncipe Islamita, le dice: "Tiene usted Kadra hasta ahora una boca carnosa", por lo que se apresura ella a contarnos: "¡Con una sonrisa que inspira confianza!. Eso me decía mi marido". E indagándole Sol Stepanov en qué trabajaba su pareja, le informa Kadra: "Mi niña, mi cónyuge era herrero. Sino hubiera sido por nosotras las mujeres con nuestra habilidad para ganar considerables cantidades de dinero cuando bailabamos por toda el África musulmana para ayudar, cada una, a sus padres, hermanos y marido; ellos se hubieran muerto de hambre". Y cuando El Príncipe Islamita le sonsaca: "¿No se preocupaba su consorte de esa vida frívola que llevaba usted?", réplicale Kadra al Príncipe: "Ya veo que tú conoces poco al que vive en la pobreza. Si hubieran tenido celos de nuestros bailes, hubieran sido unos desarrapados sin remisión".

Preguntándole aún Ahmed: "Kadra, ¿Se dedicaban a esa clase de vida todas las de su vecindad?", depártenos ella: "Hasta que podíamos cantabamos y cimbreabamos nuestros cuerpos en las fondas o en las azoteas de los edificios donde ponían alfombras. Y ante la presencia de hombres, mujeres y niños, salíamos a danzar las más diestras en grupos numerosos hasta de cuarenta o cincuenta". Cuestiónale Sol Stepanov: "¿Kadra, y como ibáis vosotras ataviadas?", cuéntanos Kadra: "Nuestra cabeza la adornabamos con una corona dorada de donde salían plumas de pavo real. Y usabamos en los brazos cadenas de oro. Mientras que un collar de monedas, y joyas, brillaban y se movían en nuestros cuellos y senos. Hasta que podíamos contornearnos, lo hicimos". Entonces averíguale Ahmed: "¿Y después?", refiérele Kadra: "Ahmed, en cuanto a mí, como me véis acá, convertida en una maga nómade o sahira".

Y ante mi pregunta: "¿Se casaban algunas, con hombres de otras tribus?", abrazándome Kadra manifiesta: "Mancebo jamás. Y como siempre sucede, nuestra familia quería que la unión fuera con el más adinerado. Recuerdo cuando yo era una tierna moza, mi corazón ardía en deseos por un joven de mi misma tribu *Uled nail*, en quien yo había puesto mis ojos. Y como él me camelaba estabamos felices. Pero quizó mi papá venderme por monedas, además de una regia finca a un rico mercader, también de este pueblo, para que aumentara su harem", inquiérele Sol: "¿La obligó?", contéstale Kadra a Sol: "Niña, hasta me mandó a una maga para que apagara en mí el fuego que yo sentía por el mocito. La hechicera me escribió, en las palmas de mis manos, tres palabras que no tenían significado. Mandándome que las repitiera después de ella y añadió a continuación con voz de ultratumba: ¡Oh Alá, mata ese amor en el corazón de Kadra!. Yo lloraba con desesperación. Y por las noches velaba por verlo.

Convencido mi padre que ya no amaba al joven, me desposó con el platudo comerciante sintiéndome en su harén como un pájaro más en una jaula dorada. Así como una ave del paraíso que le han cortado las alas".

E indágale Sol: "¿Y tenía el hombre muchas mujeres?", refiérele Kadra: "Si, eramos un mujerío viviendo bajo la dependencia de ese Jefe Familiar. Entre nosotras nos contabamos leyendas o inventabamos cuentos". Y pidiéndole Sol Stepanov que nos narrara uno de esos relatos, empieza Kadra: "Había una vez a la derecha, a lo largo del horizonte y bajo el cielo azul, una prolongada cadena de montañas. Esas montañas eran arrugadas, torcidas y mordiscadas por El Simún, que es *El Rey del desierto*. ¿Sabéis vosotros que es un Simún?".

Contéstale Ahmed a Kadra: "Simún es una tempestad de arena en el desierto del Sahara". Dícele Kadra: "Bien lo has dicho Ahmed. En todo el Sahara, pues, el Simún reinaba con descortesía e impetuosidad. Por esa razón ya no tenía súbditos porque él con su conducta descortez los había ahuyentado. Y a otros seres, que eran arenosos, los había soplado. Entonces lejos de su reino vivían unas criaturas también con cuerpos de arena, que llegaron del apartado desierto o del Gran Erg".

Y prosigue Kadra: "Esas *Criaturas de Arena* vivían allá felices, porque disponían de mucho tiempo libre. Así que celebraban sus nacimientos, sus matrimonios y conmemoraban a sus muertos, con fiestas. Las que duraban días, semanas y hasta meses, donde unas veces cantaban, otras bailaban. Pero no habían borracheras, sino hubieran estado lamiendo la arena del suelo. Cuando cansadas ya, querían que lo festivo se terminara (para que el exceso de ello no les diera tristeza), hacían que uno de ellos, que siempre era el más anciano, se pusiera a gritar: "¡Ahí viene El Simún!", e inmediatamente las *Criaturas de Arena* se esfumaban, confundiéndose entre las demás arenillas movedizas del desierto. Y después de dormir, al día siguiente se levantaban como si nada hubiera pasado".

Y con el ánimo gozoso como está Kadra, añade: "Dijé que a ellas les sobraba el tiempo. Pues, su trabajo consistía en coleccionar las *Rosas del desierto.* Cuéntales Ahmed que es eso".

Refiérenos Ahmed: "Aquellas rosas, a las que alude Kadra, solo son de arena. Las cuales petrificadas por el tiempo, se vuelve tan duras como piedras. Ellas son recogidas por los caminantes del Sahara para servirles de recuerdo". Y cuando nos díce Kadra: "Este joven sabe mucho", respóndele Ahmed riéndose: "Cómo no voy a saberlo Kadra, si yo nací en el Sahara. Y tal como el polvo del desierto, me muevo de un lado a otro". Manifiéstale Kadra sonriendo:

"¿Pensarás tú Ahmed de mí, que soy una destartalada?". Coméntale Ahmed: "No Kadra. Si estas bien arreglada". y aumenta El Príncipe Islamita: "Yo agregaría de usted Kadra, que es también placentera", y pronúnciole yo Diego Torrente a ella: "Y festiva". Tan pronto nos oye Kadra estas ponderaciones, se pone a celebrarlo reventando en carcajadas y coméntanos después: "Mi marido también me decía: ¡Kadra, tú eres alegre como el alba!".

Agarrando los higos Kadra e invitándonos, agrega: "Bueno juntando las *Criaturas de arena* aquellas *Rosas del desierto,* que se las vendían a los turistas, eran dichosas. Porque esa tarea diaria no la veían como si fuera una rutina aburrida, sino antes bien como verdaderas jaranas. Hasta que un día vinieron los *Seres de Piedra* que vivían en el desierto, cerca de la ciudad. Ellos no organizaban fiestas, porque solo sabían fabricar. Y como laboraban día y noche, no tenían tiempo para otra cosa". Interrogándole Ahmed que producían los *Seres de Piedra,* prosigue Kadra: "Ellos moldeaban Potes de barro, para guardar líquidos. Y con esa idea de que solo se debía uno afanar, se acercaron a las *Criaturas de arena,* sus vecinas que vivían en pleno desierto. Así que se juntaron en círculo para conversar. Y trataron los *Seres de Piedra* de disuadirlas, a las *Criaturas de arena,* para que los emularan a ellos en hacer Potes de lodo. Pues, creían que esa competición, entre ambos grupos, les serviría para mejorar la calidad de sus productos". Pregúntale Sol Stepanov: "Kadra, ¿Y llegaron en tu cuento algún acuerdo?".

Profiere Kadra: "Pasaron semanas sin llegar a ninguna resolución. Y los *Seres de Piedra* ya estaban trinando. Hasta que en una de esas vino el implacable Simún dando resoplidos. Por lo que unos y otros corrieron cada cual a su territorio. A entretenerse cada agrupación con lo que siempre hacían. Y ya vá por muchos siglos".

E indágale Sol: "Kadra, ¿Y que pasó con vosotras, las mujeres del harén, que os contabáis esas narraciones de sucesos ficticios?". Por lo que Kadra haciendo memoria, le contesta: "Ocurrió que el mercader del grano y oro del desierto, mi esposo, como era un matusaleno murió. Así pudé yo correr a los brazos de mi querido chancalatas y desposarme con él".

Después de charlarnos Kadra aquello, le solicita a Sol: "Dáme uno de tus brazos niña para ir con vosotros hasta la puerta de mi casucha", pregúntandole cuál es, nos informa: "Es igual a las otras que están a su alrededor. ¿La véis, aquella dónde están pasando esos chiquillos corriendo?. Esa que tiene su puerta tan estrecha que cuesta trabajo entrar. Hacia allá iremos despacio caminando, porque con los años que cuento hasta esta cesta me pesa. A propósito, ¿queréis más de estos higos que son tónicos, laxantes y purificadores del pecho y del pulmón?". Y ante la questión del Príncipe Islamita de que como ella sabe tanto sobre ello, nos explica Kadra: "Es que tengo el famoso libro de medicina árabe de Rhama. En sus páginas hay una colección de recetas con las indicaciones de las propiedades curativas de ciertas plantas, sales y fuentes minerales".

Dícele Ahmed: "Kadra, si queremos esos frutos de la higuera", seguido de mí que le aclaro: "Pero esta vez se los compramos Kadra", y alega ella: "¡Velay, qué lo voy hacer!. ¡Qué sea conforme a vuestros deseos!. Tomad entonces los que queráis. Y pagadme con lo que sobra en vuestros bolsillos". Por lo que nosotros cogiendo un cuantioso número de brevas, le damos en trueque dinares que es la moneda y unidad de algunos países árabes. Pareciendo que esta bien pagado, pues, cuando Kadra se vé con el dinero en la mano comienza a carcajearse con su risa divertida y desenfadada.Y llegando a la puerta de su cabaña nos despedimos de la pitonisa berberí, y de las hechicerías o cultos de los indígenas del norte de África, de los cuales Kadra parecía ducha en el oficio.

"Hay varias como esta brujita, que son una verdadera mina en la ciencia mágica musulmana", nos comenta Ahmed mientras seguimos nuestro deambuleo, pasando por un bosque de palmeras cargados de dátiles y distinguiendo las cúpulas de las mezquitas entre los árboles, más arriba el cementerio musulmán y en un llano la ciudad de Bou Saâda. En nuestra caminata prosigue Ahmed contándonos: "Esta vez tomaremos el regreso a Bou Saâda, la pintoresca ciudad merecedora del nombre *Morada de la felicidad,* por lo que fuera antes el barrio europeo, con sus casa de asombrados jardines, con bulevares y espaciosas plazas, con sus tiendas repletas de beréberes y nómades procedentes del desierto, quienes después de comprar o vender sus mercaderías se aprestan a pasar sus horas de descanso en las mezquitas, las *kubbas* o los cafés de la localidad". En algunos de estos locales donde se vende al público artículos de comercio al por menor, nos introducimos para comparar a la madre de Ahmed un brazalete de oro, para el padre de Ahmed un par de alfombras, y para su hermanita y hermanito también otros presentes.

Al día siguiente, muy temprano, salimos de Bou Saâda por el barrio indígeno entre sus casas con sus balcones abiertos. Tan clásico en el estilo morisco, donde vamos viendo que pequeños niños están ya asomando sus cabezas para distraerse viendo a los transeúntes.

Preguntándonos como será Dios y sobre su creación

Llegada la madrugada, concurren El Príncipe Islamita y Ahmed Shahin, a una mosque desde cuyo minarete convoca el almuédano a los mahometanos a la hora de las oraciones, para que acudan hacer sus plegarias, con la consabida frase *La Illah Illah Allah.* Y a la puesta del sol, también quisieron ellos pasar por una mezquita antes de continuar el viaje. Por lo que paramos en una de ellas. Al tiempo que están orando ambos, Sol y yo afuera de la mosque miramos en silencio la noche que se va. Y oigo que ella me dice: "¡Diego, qué inmenso se vislumbra desde aquí el firmamento!. Y como aquello sigue expandiéndose, cada vez será más inescrutable su misterior para nosotros los de la Tierra". Por lo cual le comento yo: "¡Qué coincidencia Sol, también yo estaba meditando sobre el cielo", y agrega ella: "¿Diego, puedo saber qué era?". Dándole gusto a Sol Stepanov, le refiero: "Que todo lo que ha sido creado por Dios se parece o guarda una relación entre sí. Por ejemplo, cuando más se detiene uno a observar el firmamento veremos que se asemeja más a un cerebro que a algo mecánico", e inquiéreme Sol: "¿Quieres decir Diego que somos la extensión de algo?. ¿Habrá querido Dios hacernos como un reflejo de Él mismo?. Dígole: "A ver recordaremos que se lee en La Sagrada Biblia. En su primera página dice: "Díjose entonces Dios: *"Hagamos al hombre a nuestra imagen y a nuestra semejanza, para que domina sobre los peces del mar, sobre las aves del cielo, sobre los ganados y sobre todas las bestias de la tierra y sobre cuantos animales se mueven sobre ella".* Fíjate Sol que se lee a continuación: "*Y creó Dios al hombre a imagen suya, a imagen de Dios los creó, y los creó macho y hembra"*:

Respóndeme Sol: "A los colegiales se les enseña que dos cosas que se parecen a una tercera, se parecen entre sí. Si nosotros hemos sido creados a imagen de Dios. Y si el firmamento con los astros hubieran sido creados también por Dios a su imagen y semejanza. Entonces nosotros y las innumerables constelaciones que pueblan el infinito nos pareceríamos entre sí. Y siguiendo con la conversación le comento a ella: "Por supuesto Sol, eso podemos deducirlo tanto tú como yo por la lógica. Seguro que la inteligencia de Dios es más grande que el infinito. Y eso que confirman los científicos, que el firmamento se está expandiendo sin límites".

E indágame Sol: "¿Diego, quién lanzó el primer cohete volador al espacio?", y como sé la respuesta, le digo: "Él fué el americano Robert Goddard, en el año 1926". Pregúntame además Sol: "¿Y que aparato circuló por primera vez alrededor de la Tierra?", le informo a ella: "Ese fué el satélite ruso *Spoetnik 1* en el año 1957, desde el cual envió una señal a la Tierra. Luego ese mismo año el *Spoetnik 2* llevó adentro un perrito llamado Laika, que regresó sin vida. De nuevo dos perros fueron al espacio desde Rusia en el año 1960. Ellos dieron diez y siete vueltas alrededor de la Tierra. ¡Toda una proeza porque regresaron vivos!"

Interrogándome Sol: "¿Por qué se mandaron solo a caninos?", refiérole yo: "Sol, ellos fueron los pioneros. Pero a continuación hubieron también otros pasajeros envíados al espacio desde La Unión Soviética y América. Es decir fueron al firmamento monos, pericotes, ratas y hasta conejos". Indágame ella aún: "Diego, ¿y quién viajó por primera vez para investigar lo extraterrestre?". Y la entero: "Ese fué el astronauta ruso Joeri Gagarin en el año 1961. Él circuló con el *Vostok* alrededor de la Tierra, siendo lo interesante que volvió sano y salvo. Animado por ese triunfo, Norteamérica también lanzó tres semanas más tarde a su primer cosmonauta Alan Shepard, que hizo un viaje espacial con El Mercury".

Y mientras en el cielo titilan con ligeros resplandores los cuerpos luminosos de las estrellas, proseguimos diálogando cuando Sol Stepanov me pregunta: "¿Diego, y qué hombre dió el primer tranco fuera de nuestro planeta?"

E infórmole yo: "Sol, el que hizó la primera caminata en el espacio fué el ruso Alexis Leonov el año 1965. Y al año siguiente el aparato *Luna 9* de Rusia, fué aquel que precedió a los demás en aterrizar en la Luna. Por fin vemos la gente las fotos que se tomaron desde el suelo lunar. Después, ese mismo año los americanos lanzaron su artefacto *Surveyor 1*, también a la Luna".

"Diego, ¡qué emocionante!"

"Si, pero vale rememorar a los que inmolaron su vida en el proyecto *Apollo 1*, que fueron los americanos Roger Chaffee, Edward White y Virgil Grissom. En cambio un espectáculo cautivador e inolvidable fué la Noche de Navidad de 1968, cuando los americanos Frank Borman, James A. Lovell, y William A. Anders que habían partido desde Cabo Kennedy, en la aeronave *Apollo VIII*, leyeron La Biblia desde el espacio, donde daban veinte vueltas alrededor de la Luna. Los televidentes vieron, junto con ellos, a la Tierra como una bola. Y según los astronautas: la Tierra brillaba tan azul como un záfiro".

"Diego, ¿Y vieron luego los seres terrestres cuando unos cosmonautas brincaron por primera vez en la Luna?"

"Claro Sol. Si eso fué trasmitido por la televisión en vivo y en directo. Lo miraron en simultáneo medio billón de personas".

"¡O sea Diego 500,000 millones de televidentes!. ¿Y cual fué el primero que pisó la Luna?". Respóndole a Sol: "El primer astronauta que pusó sus pies en la Luna, fue el americano Neil Armstrong en julio del año 1969, saltando desde la nave espacial *Apollo 11*. Seguido él por Edwin Aldrin que lo filmaba y fue el segundo que holló la Luna. En tanto el tercero de ellos, Michael Collins, se quedó esperándolos en el interior de la cabina a que regresaran".

"¡Diego qué gesta tan éxitosa fue aquella!. Ya desde los tiempos bíblicos los habitantes de Babilonia quisieron alcanzar la esfera que rodea la Tierra. Y en la cual se mueven los astros".

"Tienes razón Sol, cuando trataron de edificar una ciudad y una torre, cuya cúspide tocase el aparente azul y diáfano cielo".

"He oído Diego de que algunas personas les gustaría enterrar a sus muertos en la Luna, haciendo un cementerio en ella".

"Sol, les bastaría levantar la vista para rememorar a sus muertos. Tal como hacen los enamorados cuando quieren abstraerse del mundo en las noches estrelladas. Sol, como lo estamos haciendo ahora nosotros. ¡Estoy soñando despierto!. Bueno te seguiré contando, lo que dijó Neil Armstrong cuando descendió como un heroé de la nave que estaba en el espacio: ¡Este es un pequeño paso para el hombre, pero un salto gigantesco para la humanidad!"

"¿Y qué pasó acto seguido?"

"En el par de horas que estuvieron Neil Armstrong y Edwin Aldrin recogieron muestras del polvo lunar".

"Diego, ¿Plantaron los americanos en la superficie lunática su bandera?"

"Por supuesto, además de instrumentos para medir. Y dejaron un letrero en que se leía: "Aquí pusieron los hombres del Planeta Tierra por primera vez su pie en la Luna, julio de 1969 (d.C.). Nosotros traemos un mensaje de paz a la humanidad. Luego estamparon sus firmas ellos tres, junto a la del entonces Presidente de los Estados Unidos, Richard Nixon".

"Diego en la actualidad no se oye, que allá en la Luna haya cosmonautas".

"Es que aquellos viajes hacia ese astro lunar terminaron en 1972 con el último viaje del *Apollo 17*".

"Y descubrieron esto que ya se sabía. Que la Luna se ha hecho para alumbrarnos de noche".

"En verdad Sol, así es como tú dices. En su superficie manejaron los hombres un vehículo todo terreno llamado Luna Rover. En total hubieron once vuelos que efectuó el proyecto *Apollo*, con veinticuatro astronautas. La mitad de ellos recorrían el suelo lunar, y la otra mitad circulaba alrededor de la Luna. Y satisfechos los Norteamericanos con los datos que recogieron, decidieron invertir en el futuro su dinero y energía en otras perspectivas espaciales".

"¿Aparte de los rusos y americanos se conocen a otros científicos espaciales?"

"Sol, los hay en todo el mundo. Uno de ellos es el alemán Wernher von Braun quien fué el primero en construir cohetes. El cual una vez terminada la II Guerra Mundial trabajó en Norteamérica al servicio de la *NASA*".

"Gracias a la cooperación de los expertos, ahora es posible navegar en el espacio".

"Y muchos nos pasmamos con lo que ellos hacen Sol. Por ejemplo, los rusos en 1971 lanzaron la primera estación espacial *La Saljoet 1*. También los américanos mandaron en 1973 la suya que se llamó *Skylab*, la cual regreso a la Tierra. Allá en el firmamento los astronautas podían vivir y hacerlo que funcionara como un laboratorio".

Viendo que nuestros dos compañeros de viaje, El Príncipe Islamita y Ahmed Shahin, aún no vuelven de su visita a la Mosque, continua Sol Stepanov su conversación conmigo: "Aunque ya desde un año antes, en 1972, los norteamericanos de la *NASA* comenzaron a envíar el primer *sondeador* para investigar a los lejanos planetas".

"¡Diego, qué interesate habrá sido esa nueva misión ultraterrestre!"

"Sol, se llamó *Pioneer 10,* el cual alcanzó al Planeta Jupiter después de un año y medio. Y *Pioneer 11,* que se dirigió a Saturno en 1974, hizó su viaje espacial durante cinco años.

Americanos y Rusos han enviado diferentes sondeadores para investigar en el espacio un buen número de planetas tales como Venus y Mercurio. En el año 1977 se mandaron a los *Voyagers*".

Acercándose un hombre para preguntarme la hora, se la doy, y mirando que él entra apurado a la Mosque, otra vez le digo a Sol: "*Voyager 2* salió para un largo viaje a los Planetas Urano y Neptuno".

"¿Descubrieron algo?"

"Once años después de partir el *Voyager* halló que Urano tiene dos anillos y diez lunas. Y que Neptuno también tiene anillos. A la vez que ocho lunas, que giran a su alrededor".

"¿Diego, están investigando los científicos al Planeta rojizo conocido desde hace siglos como Marte?. Y que entre los antiguos era el dios de la guerra".

"Del Planeta Marte se tienen miles de fotos que se tomaron por los sondeadores espaciales *Mariner* entre los años 1964 y 1972. Y por los sondeadores *Viking 1* y *2* que aterrizaron allá en 1976. Asímismo en 1992 viajó el aparato *Observador de Marte* con muchos instrumentos a bordo. ¡Cómo te das cuenta Sol, la curiosidad de nosotros los de este Planeta Tierra no tiene limite!"

"¿Diego, ha intentado alguién desvelar el sol?"

"¿Bromeas Sol Stepanov, eh?. Allá nadie puede viajar porque su resplandor lo cegaría".

"Y su calor haría que se despedazara".

"Cierto Sol. Así como se desintegraron en el espacio el año de 1986 los siete cosmonautas de los cuales dos eran mujeres y cinco hombres que partieron en el *Challenger.* Una de ellas, fue una profesora que debería dar su clase desde el descampado cielo. A cambio de eso los televidente vieron en la pantalla como explotó el *Challenger* debido a una rotura en una de las raquetas de propulsión externa".

"¡Qué tragedia!. Diego, algo oí que se ha tratado de investigar más allá de nuestro Sistema Solar".

"Así es Sol. Con ese propósito se lanzó el *Pioneer 10* que fué el primer objeto espacial que dejó nuestro Sistema Planetario con su conjunto del sol, sus planetas, sus satelites y sus cometas".

"¿Diego, desde Europa se ha arrojado algo a la esfera celeste?"

"La raqueta *Ariane* en 1979. El objetivo al haberla puesto en órbita es lanzar satélites alrededor de la Tierra".

"¿Y aquel que adivina diario las condiciones atmosféricas, las cuales se transmiten por la televisión?"

"Esa es la *ESA,* que es una organización europea creada en 1975, que tiene diversas funciones. Una es, la producción del Satélite Meteosat que sirve para pronosticar el clima, como lo acababas de decir Sol. Y otra función de la *ESA* es el mantenimiento del *Laboratorio Spacelab.* Ese vehículo espacial que se lanzó en 1983, con seis astronautas a bordo, los cuales estuvieron unos cuantos días en el firmamento y regresaron, sirve para tirar satélites haciéndolos girar alrededor de la Tierra".

"Dime Diego, ¿qué se entiende por un satélite hecho por la gente?"

"Ello es un aparato fabricado por los humanos que gira alrededor de la Tierra. Y sirve para diversas actividades. Tales como tomar fotos de las nubes, o captar imagenes para trasmitirlas a los televidentes".

"¿Y esas navegaciones interplanetarias pueden aterrizar como un avión?"

"Ya desde 1981 lo hicieron los americanos con el *Columbia*, donde estuvieron dos tripulantes de esa cosmonave a bordo. Ellos fueron John Young y Robert Crippen".

"Diego, lo que si hemos visto las personas, por la televisión, es que los cosmonautas pueden salir de su nave y moverse en el espacio, semejante a los pájaros cuando aletean en el aire. Lo que nunca se ha oído es que alguién haya encontrado a un ser extraterrestre".

"Pero esa posibilidad todavía no se ha descartado Sol. Por eso el *Voyager 2* ha dejado nuestro *Sistema Planetario* llevando a bordo un disco para video donde está grabada excelente música".

"¿Y eso por qué Diego?"

"Es que nadie sabe si en el Universo viven otros seres inteligentes como los que habitamos la Tierra. Se ha tomado la iniciativa para que si ellos residen en el más allá, sepan esos extraterrícolas al oír el mensaje, que nosotros existimos".

"Escuchando esas melodías sabrán ellos que no están solos en el infinito".

"Preciso Sol Stepanov".

"Diego me gustaría saber, qué conciertos contiene ese disco que el *Voyager 2* está transportando".

"Sol está llevando la clase de ritmos que afianza la relación entre dos enamorados. Los cuales queriendo que su amor llegue puro hasta el altar, admiran las estrellas esperando obtener desde lo alto la bendición del Todopodero".

"Haber Diego, tararéame esas tonadas. Así podré yo adivinar cuales van en el *Voyage 2"*.

Aprovechando que tenemos tiempo empiezo hacerlo y terminando las primeras, me entero por Sol que nunca la había oído antes. Dígole entonces: "Ellas son las canciones de los aborígenes de Australia, que en la cinta que va en el *Voyage 2*, las cantan los indios Navajo.

En cambio estos otros ritmos que entonaré son de los Javaneses", gustáronle en extremo a Sol Stepanov así como a mí también me agrada oírlos.

Y continuo platicándole: "Ahora bien, Sol. ¿Cómo que instrumentos suenan estos que también están en la cinta?. Fíjate, son como unas flautas que acompañadas del tamboril, se usan muchos en los lugares donde hay regocijo". Riéndose Sol Stepanov me comenta: "Diego, estás tocando como un gaitero".

Contéstole yo a ella: "Exacto, porque estoy imitando a las Gaitas de Azerbeidzjan. Sol, ¿y esta música que sigue?", opina ella: "Parecen los tambores africanos", y añádole: "Correcto porque son los Tambores de Senegal", y admírase Sol: "¡Oh, también eso lo han incluído allá!. Tienen razón, Diego, porque suenan muy alegres".

E inquiérole: "¿Y este sonido que parece una guitarra eléctrica?". Apresúrase Sol en responderme: "Este es un rock 'n roll de Chuck Berry. ¡Ay, cómo me gustaría tener una copia de esa cinta que el *Voyage 2* esta portando!". Pronúnciole yo: "Sol, vamos haciéndolo hasta el final porque cuando termine tengo una sorpresa para tí. ¿Y qué opinas Sol de lo que sigue?".

Y habiendo concluído yo de cantar, expresa ella: "Diego. eso es una jazz. ¡Qué maravilla!. Me parece que estoy oyendo a Louis Armstrong".

Y cuéntole mí mismo: "Un jazz tocado por él es el que ha portado el *Voyage 2*. ¡Sol, eres una experta en música ligera!", sonriendo Sol, paso a comentarle que han incluído también a los clásicos. Tal como las composiciones de estos genios musicales. Y al tatarearlos cada uno, va acertando Sol. Así va nombrando al compositor alemán Johann Sebastian Bach, nacido en 1685. Después menciona Sol a Amadeus

Mozart, original de Salzburgo, quien vió por primera vez la luz el año 1756. Tras eso reconoce Sol Stepanov que estoy silbando una pieza de Ludwig van Beethoven, que nació en la ciudad Bonn de Alemania en 1770. Y también incluye el disquete una melodía del célebre componista y dirigente ruso Igor Strawinsky, nativo de Oranienbaum cerca de San Petersburgo en 1882 y muerto en Nueva York 1971". Expresando Sol Stepanov sus deseos de adquirir la grabación de todo lo anterior, dígole a ella: ¿Recuerdas Sol que hablé de una sorpresa que te tengo reservada?. En Argel poseo unos discos con esa música grabada que porta el *Voyage 2.* La cual acabo de tararear y silbar. Uno de ellos os lo regalaré a tí y a tu familia. Pues el que porto en mi maleta, con un transmitor, lo traigo para la hermanita y hermanito de Ahmed Shahin".

"Diego, ¿te imaginas cuánto nos vamos a alegrar?". Dígole a ella: "Sol, todos pasamos por la vida atendiéndonos unos a otros. ¿Hay algo más que quieras saber sobre lo relacionado con el firmamento?". Deteniéndose Sol a pensar, me interroga: "Diego, me estoy preguntando.

¿Después de cuánto tiempo alcanzará el *Voyage 2,* con esas melodías, el próximo Sistema Planetario?"

Y le digo yo: "Sol, demorará todavía una fríolera de cuarenta mil años en llegar".

Respóndeme Sol bromeando: "Por supuesto Diego, esa cifra es cosa de poca monta dentro de la eternidad". Y conjetúrame ella misma: "¿Diego, y arribará esa cinta del video en buenas condiciones?". Coméntole yo: "Si Sol, porque está hecho para existir mil millones de años". A lo cual reacciona Sol enlazando su brazo al mío: "Diego te das cuenta, después que pase tantísimo tiempo, ya estaremos requetemuertos. Nos hayaremos diseminados como la arena del desierto, que transporta el viento".

Dígole yo: "Sol, quizás algún día resucitaremos, para vivir por siempre en la Tierra Prometida", e insiste en indagarme ella: ¿Por qué crees eso Diego?". Y le expongo mis razones: "Porque después de contemplar las estrellas en estas noches despejadas, viéndolas en toda su belleza, hay más tiempo para pensar que Dios existe. Qué por alguna razón estamos aquí en este Planeta llamado Tierra". Rompiéndo yo el silencio, le hablo de nuevo a Sol: "Existe una teoría del orígen del universo que defienden algunos científicos. Pero que incapaz de contestar a todas las incógnitas importantes. Ellos aseguran que nuestro universo recién comenzó a existir hace alrededor de quince mil millones de años pasados. Antes de eso no había nada, ni siquiera el espacio vacío. Excepto un punto de tamaño infinitesimal ardiente y de densidad infinita que hizó explosión, aquello le llaman el Big Bang. Lo cual de inmediato se convirtió en el imponente cosmos actual. Con el Big Bang, pues, se creó el universo que significa el principio del espacio y del tiempo".

Admírase Sol mirando a la Luna: "¡Todo el cosmo es tan misterioso!. ¡Y a la vez tan bello!". Discúrrole yo Diego Torrente: "Mira Sol, el cielo tachonado de estrellas. Entre ellas está una de las constelaciones más hermosas del firmamento la llamada *Constelación de Orion*. Y que son esas tres estrellas juntas que forman *El Cinturón de Orion*. La que se aprecia en el centro en realidad no es una estrella, sino la nebulosa de Orión. ¿Estás viéndola?". Platicándome Sol: "Si, que centella", coméntole yo: "Esa nebulosa y sus innumerables estrellas jovenes es la región más grande y con más actividad que están naciendo en nuestra Galaxia. Al observarla con el telescopio espacial Hubble los astrónomos creen que en Orión están naciendo no solo astros sino Sistemas Solares enteros. Es así como Orión parece dirigirse en dirección a la constelación Tauro". Manifiéstame Sol: "Que en astronomía se dice también Toro". Respóndole yo: "Sol, veo que conoces también del tema que por cierto es muy interesante.

Porque quizás haya algún día que poblaciones enteras de la Tierra, se trasladen a esos lejanos planetas para residir allá", e interógame Sol: "¿Por qué razón lo harían?", refiérole: "Irán por diversos motivos. Algunos porque estuvieron en la Tierra encarcelados en la cárcel. Otros para mejorar su situación económica a través de un trabajo honorable que no encontraron aquí. Aún habrá los que se trasladarán a otro Planeta para elevar su espíritu religioso".

"¿Subiendo a meditar en un monte que saben no está poblado?"

"Preciso Sol. Y no faltarán los que querrán habitar en lo extraterrestre, solo por el gusto a la aventura. Lo que no les será fácil a los que emigren es el vivir allá. Pues, tendrán que desarrollar nuevas tecnologías para poder adaptarse". Y dándo Sol Stepanov, junto conmigo, vuelo a nuestras imagínaciones, exponemos que allá en un futuro habrá en cada una de esas estrellas errantes, por ejemplo, toda una población de diez mil personas, o más. En que un poblador conocerá a muchos, pero no a todos. Será un pueblo lleno de vitalidad, con una economía de suma importancia. Así grupos inmigrarán en el universo de un planeta hacia otro, como en los comienzos se hizó aquí en la Tierra de un continente a los demás. Y esos humanos que en un futuro, se encontrarán viviendo en esos astros que giran en el infinito (como nuestro mundo), se conectarán entre ellos los unos con los otros, para mantener su red de información aunque sea a la distancia".

Émiteme Sol Stepanov: "¡Qué interesante fueron las conclusiones tuyas Diego!. Dime, ¿Se cree en la existencia de los agujeros negros en el firmamento?", pláticole yo: "Si, la mayoría de los cosmonautas afirman esas tesis". E interrógame Sol: "¿Diego, cuál será en el cielo el objeto más distante que puede distinguirse a simple vista?. Pronúnciole yo: "Esa es la Galaxia Andrómeda". Y averíguame ella: "¿O sea que Orión y Tauro se encuentran en nuestras inmediaciones cósmicas?", afírmole yo: "Si, a unos pocos miles años luz de la Tierra. Y una gran espiral de estrellas muy parecida a nuestra propia galaxia La Vía Lactea, pero mayor, es Andrómeda. La luz que recibimos de su resplandor fué emitida hace más de dos millones de años".

Reflexiona Sol: "Diego, ello no es una friolera que carece de significado. Antes bien, parece que todo ha estado pesado y contado cuando se hizó el cosmos". Pronúnciole yo: "Todo converge amiga Sol a deducir, que el orígen del cosmos requiere de una inteligencia. Ya lo escribió Freeman Dyson (en su libro títulado en inglés Disturbing The Universo). Y sus palabras textuales que se leen ahí son: "Cuando más examino el universo y estudio los detalles de su arquitectura, más prueba hallo de que de alguna manera el universo sabía que veníamos". Sol Stepanov me dice: "¿Cómo si todo lo creado hubiera estado esperando a que llegaramos?". Declárole yo: "Así es querida amiga. No se trata solo de que el hombre esté adaptado al universo. Sino que también el Universo está preparado, acondicionado, para el hombre. Y parece razonable suponer que en ese proceso ha influído un factor misterioso, una extraordinaria fuerza inteligente y bien intencionado que dispuso todo en orden en el infinito, antes de que llegaramos los mortales".

Indágame Sol Stepanov: "Diego, ¿Cómo se sabe que todo estuvo bien arreglado?"

Aclárole yo: "Sol, porque si algunas de las constantes adimensionales y fundamentales de la física sufriera la más mínima alteración en una dirección u otra, el hombre jamás habría podido llegar a existir en semejante infinito. Este es el punto central del *Principio Cosmológico* según el cual un factor dador de la vida es el orígen de todo el mecanismo y diseño del mundo. Esto lo han declarado los científicos John Barrow y Frank Tipler".

E inqueriéndome Sol: "¿Diego, son ellos los únicos que creen en eso?", aclárole a ella: "Muchos más. Por ejemplo, en el libro *El universo simbiótico* que publicó George Greenstein, un profesor de astronomía y cosmología, se da una lista de algunas constantes físicas imprescindibles para la vida que son muy complicadas para los neófitos que recién estudian estas ciencias".

Interrogándome Sol: "¿Diego, has leído tú ese texto?", le doy a saber: "Si Sol. Algunas de esas constantes físicas en absoluto indispensables para la vida que mencionan en él, es que las cargas del electrón y el protón deben ser iguales y opuestas". Y como sigue averiguándome Sol que más dicen los más entendidos del tema, pronuncio: "Que el peso del neutrón debe ser con ligereza superior al del protón. Otras constantes físicas imprescindibles para vivir que nombran en esa páginas es que: A fin de que se produzca la fotosíntesis, tiene que existir una correspondencia entre la temperatura del Sol y las propiedades de la clórofila para absorber radiaciones. Dicen ahi también que esta próxima constante física es de igual importancia que las anteriores para que exista la vida: Si la fuerza nuclear fuese un poco más débil, el sol no podría general energía mediante reacciones nucleares. Pero si fuera un poco más fuerte, el combustible necesario para general energía sería en extremo inestable".

"¿Diego, mencionan en ese manuscrito a los humanos o a los animales?"

"Sol, en ese texto también está escrito: Si el espacio hubiese tenido menos de tres dimensiones, las interconexiones para la circulación de la sangre y del sistema nervioso sería imposibles. Y si hubiera tenido más de tres dimensiones, los planetas no podrían describir órbitas estables alrededor del sol".

Diciéndome Sol Stepanov: "Diego, esos valores cuantitativos de muchas constantes físicas básicas que definen el universo, se vé que son en extremo precisos", refiérole yo: "Si, por cierto Sol. Algunos hasta la centésimo vigésima cifra decimal. El desarrollo del universo donde se reproduce la vida es muy sensible a estas especificaciones. La más mínima variación y el cosmos estaría muerto y yermo". Platicándome ella: "¡Tantas coincidencias!. Se pueden ver como pruebas científicas que apoyan la existencia de Dios", concuerdo yo: "Sol, por eso muchos astrónomos cuando más avanzan en sus descubrimientos se quedan pasmados".

"¿Mirarán ellos el infinito por los telescopios, u observatorios, con sus bocas abiertas?. Así como nadan los peces en el agua".

"Seguro Sol, porque los científicos se dan cuenta, paulatinamente, que solo un Ser Supremo puede haber creado todo con tanta sabiduría. La que distribuyó al derramarla sobre la carne y las demás cosas. Tal como se lee en el Eclesiastés, el libro canónico del Antiguo Testamento, escrito por Salomón quien dice: *Toda sabiduría viene del Señor y con Él está siempre. Las arenas del mar, las gotas de la lluvia, y los días del pasado, ¿quién podrá contarlos?. La altura de los cielos, la anchura de la tierra, la profundidad del abismo y la sabiduría, ¿quién podrá explotarlos?. Antes que todo fué creada la sabiduría, y la luz de la inteligencia existe desde la eternidad. La fuente de la sabiduría es la palabra de Dios en las alturas y sus caminos los mandatos eternos".*

Indagándome Sol Stepanov: "¿Diego, a qué mandatos eternos se referirá Salomón?", le refiero yo, Diego Torrente: "Salomón da a comprender que la sabiduría está en observar los mandamientos de Dios".

De nuevo pronuncia Sol: "Aquello que Dios reveló a Moises en el monte Sinaí, si bien recuerdo, se lee en la Biblia. Acerca de lo que Jehova le platicó a Moises. Haber, voy a decírtelo Diego en resumen". Tras una breve pausa sigue platicándome Sol Stepanov así: "Y habló Dios todo esto, diciendo: "*Yo soy Yavé, tu Dios, que te ha sacado de la tierra de Egipto, de la casa de la servidumbre. No tendrás otro Dios que a mí. No tomarás en falso el nombre de Yavé, tu Dios, porque no dejará Yavé sin castigo al que tome en falso su nombre. Seis días trabajarás y harás tus obras, pero el séptimo día es día de descanso, consagrado a Yavé, tu Dios, y no harás en él trabajo alguno, ni tú, ni tu hijo, ni tu hija, ni tu siervo, ni tu sierva, ni tu ganado, ni el extranjero que esté dentro de tus puertas, pues en seis días hizó Yavé los cielos y la tierra, el mar y cuanto en ello se contiene, y el séptimo descansó. Por eso bendijo Yavé el día del sábado y lo santificó. Honra a tu padre y a tu madre, para que vivas largos años en la tierra que Yavé, tu Dios, te da. No matarás. No adulterarás. No robarás. No testificarás contra tu prójimo falso testimonio. No debes desear la casa de tu prójimo, ni la mujer de tu prójimo, ni su siervo, ni su sierva, ni su buey, ni su asno, ni nada de cuanto le pertenece".*

Y sigue departiendo Sol Stepanov conmigo: "Como ves Diego, no lo he pronunciado de la magnífica manera con que Yavé, a través de Moises, nos manda comportarnos a los seres creados por Él. Su hijo Cristo también fué sincero. Él decidió que era mejor dirigirse a la muchedumbre con parábolas. Y sabía como curar las enfermedades".

Dándole la razón a Sol, enseguida opino por mi parte: "Sol, es que Jesucristo, sin hacer estudios universitarios, fué el psiquiatra perfecto. Eso debido a su ilimitado conocimiento de los humanos. Pues él con sus palabras enseñaba a ser mejores a los oyentes. Él durante sus prédicas no juzgaba a nadie, no mencionaba nombres. Esas instrucciones que se desprenden de sus sermones, nos quedan en las Sagradas Escrituras. Y felizmente será el más preciado legado para las próximas generaciones, a través de los siglos venideros".

Indágame Sol Stepanov: "¿Diego, cómo es que tu sabes de memoria el Eclesiastés?".

"Nos lo enseñaron siendo niños a los alumnos en el colegio. Recuerdo que se lee en el Eclesiastés además: *¿A quién fué dada a conocer la raíz de la sabiduría y quien conoció sus artificios?. ¿A quién le fué manifestada la ciencia de la sabiduría y quien entendió sus planes?. Solo uno es el sabio y el grandemente terrible, que se sienta sobre su trono. Es el Señor quien la creó y la vió y la distribuyó. La derramó sobre todas sus obras y sobre toda carne, según su liberalidad, y la otorgó a los que la aman".*

Y dirígeme la palabra Sol Stepanov, diciéndome: "Diego". Contéstole yo: "Te estoy escuchando Sol". E interrógame ella: "¿Te casarías con una musulmana que profesa la religión del profeta Mahoma?".

Contéstole yo concluyente: "Si". Y ella me responde: "En cuanto a mí, estoy feliz ahora. La verdad no me preocupo sobre el futuro. Ya lo predicó Jesús diciendo: Cada día su propio afán".

Entonces cuéntole yo: "A papá y mamá les gustaría que me case. Ellos darán una fiesta, para que entre las solteras escoja una prometida. Y también habrá hombres solteros, para que todos alternemos".

Dicho esto por mí, reacciona Sol: "¿Diego, habrá orquesta?". Le adiciono yo: "Si Sol, la que entonará un vals de Strauss u otra melodía para dar comienzo al baile. Durante el cual los hombres parecerán más atractivos porque se moveran de manera muy sensual. Y yo danzaré con una u otra dama encantadora, tal como otras parejas de solteros que lo harán también manteniendo la distancia con toda distinción como se estila en esas ocasiones". Sonriendo Sol, me interroga: "¿Diego, y al final de la fiesta?". Entonces dígole yo: "Sol, cuando todos se hayan ido y no se oiga ningún ruido más, yo me quedaré solo en el salón medio iluminado, buscando en vano a la mujer que no estuvo en el baile y que me encandila".

Oyéndome lo anterior Sol, concluye ella: "En ese caso Diego irías a buscarla". Y pronuncio yo: "Sol es que esa Señorita, eres tú". Tras un silencio, prorrumpe Sol Stepanov: "Diego, me estás declarando tu amor. ¿Qué puedo decirte, si estoy manteniendo relaciones amorosas con El Príncipe Islamita, con la expectativa de casarnos?". Y dígole a Sol para demostrarle lo imprevisible que es la vida: "En verdad Sol, qué nos deparará el futuro solo Dios lo sabe".

Danza de las mujeres

Transcurridos algunos instantes y aún a la espera de que salieran nuestros compañeros de viaje, desde la mezquita nos llega, a Sol y a mí, la voz monótona del imán, seguidos por la de los fieles congregados ahí, quienes están repitiendo los versículos del Corán. Arriba, en el minarete cuadrado, se ve al almuédano y se le oye cantar fuerte para invitar a los creyentes del Islam, no desidentes, a unirse a las oraciones. Y háblame Sol, diciéndome: "Mira Diego, están entrando mujeres veladas a la Mosque", refiérole entonces por mi parte: "Sol, es sabido que en Bou Saâda y en los linderos del Sahara, las mujeres visitan la casa de Alá tal como sus parientes masculinos". En efecto en estas regiones no se cumple estrictamente el islam o conjunto de dogmas y preceptos de la religión de Mahoma. Enseguida nos llama la atención que cercana a la mezquita están dos músicos de pie, el uno con una flauta, el otro con un clarinete, los cuales empuñando sus instrumentos musicales principian una prolongada y rítmica melodía por lo cual nos unimos a los concurrentes para oír mejor.

De pronto se abre paso entre nosotros, una mujer que estando velada y con su vestido de capa larga se pone en el centro; y echándonos a todos una mirada feroz se desvela la beréber dejándonos ver su rostro cuarteado y comienza a bailar. Lo hace brincando con las piernas dobladas, sacando el vientre hacia adelante y quebrantando el resto de su cuerpo hacia atrás.

Otra de las féminas que la están mirando, también se anima a colocarse junto a la primera. Y después una tercera más se una a las dos anteriores, saltando y moviéndose cada cual a su capricho. Un joven que llega tocando su tamboril, refuerza la música ya existente con un tono más alegre. Entonces las bailarinas siguen meneándose con violentos vaivenes y contracciones hasta entrar en trance, como el de una medium cuando ve fenómenos paranormales. Y de pronto en este preciso instante, van cayendo ellas al suelo, mostrándonos sus sofocados y sudorosos rostros y sus expresiones yertas e inmóviles; pero siguiendo con sus contorsiones, mientras que los presentes las observamos.

Viéndolas un par de hombres, que a esas del sexo débil se les ve la desnudez de sus piernas, se acercan para cubrirlas. Ellos son El Príncipe Islamita y Ahmed Shahin que acababan de salir de la mosque. Caminando hasta la camioneta le interrogo a Ahmed que baile era ese, y me informa él: "Diego, ello es una imitación de la riada o mortificación del cuerpo".

E intervienen tres jovenes transeúntes que está andando junto a nosotros, explayándose en esta explicación: "Según la cual la persona que hace de medium llega hasta el éxtasis alcanzando la clarividencia, que es la supuesta percepción paranormal de realidades visuales.

De lo cual se ocupa la ciencia de la parapsicología, que es el estudio de los fenómenos o comportamientos psicológicos como la telepatía, las premoniciones, la levitación, de cuya naturaleza no ha dado hasta ahora cuenta la ciencia". Averiguándoles El Príncipe Islamita: "¿Tiene que hacer eso algo con lo que hemos visto", repiten los saharianos: "Las mujeres dicen que aquellos bailes frenéticos son para desfogarse de lo que sus maridos les hacen". Inquiriéndoles Sol: "¿Qué les hacen ellos?", nos informan los adolescentes: "Cálculo que sus maridos las guardan celosamente de las miradas de los de afuera. O les prohiben en sitios públicos platicar con otros. Quizás hasta les pegan". Y despidiéndose estos saharianos agregan: "Bueno distinguidos viajeros, adiós. ¡Y qué tengan ustedes buen viaje!".

Partiendo ellos, nos narra Ahmed Shahin: "Hace medio siglo se celebraban esas funciones al aire libre, yendo seguidas de un Leilat el Gholta (noche de errores). Durante la cual hombres y mujeres se entregaban a los excesos del peor libertinaje". Y aumento yo: "En cualquier caso esos bailes rituales, que acabamos de contemplar, deben ser considerados como reminiscencia de la época pagana". Préguntando El Príncipe Islamita: "¿Ahmed, de que grupo nómada vienen esos bailoteos?", cuéntanos Ahmed mientras nos dirigimos al Land Rover para proseguir nuestra travesía: "En Bou Saâda se encuentran las representaciones de los beréber y de todas las tribus árabes que lindan con el Sahara. Estas son la de M'Zab, Uled Naïl, Alí ben Ahmid, Uled Jaled, Sidi Amer, Uled Zekri y otras". Dejando atrás Bou Saâda, enrumbamos en dirección hacia Biskra, alcanzando el Desfiladero del Ksoum que es un paso estrecho entre las montañas. Pasando por ahí retornamos a la región desierta, donde mirando las cumbres planas comenta Ahmed: "El viento del sudeste, llamado el Siroco, merma esos picos".

Por lo que conjetura El Príncipe Islamita: "Pero nosotros lo resistiremos con altivez. Y no nos enterrará. *Insh Allah* (que traducido del idioma árabe al castellano quiere decir *Dios quiera*)".

Recuérdale Ahmed Shahin: "A menos que pisemos una serpiente o un escorpión". Como que descansamos bajamos para oír a un hombre, que toca una melodía con un flautín. Resulta ser un encantador de serpientes. Comentándonos él que dentro de la cesta se encuentra una cobra, también nos sentamos en la arena caliente esperando que pasara algo. En eso observamos con deleite que la cobra asoma su cabeza y levantando su cuello escucha encantada la música.

Cesando la melodía, el reptil vuelve a enroscarse adentro de la canasta, mientras el serpentero nos cuenta: "Las cobras responden a algunos tonos de los flautines o pífanos", y comenta El Príncipe Islamita que estuvo hechizado como todos contemplando al animal: "Me acuerdo, que siendo niño, visité con mis padres la India. Y un día mientras estabamos en el campo, nos advirtió el guía que mejor no cantaramos muy agudo porque esos sonidos atraen a las cobras".

¡Oh está estadía en el oasis de Tolga es para rememorarla siempre!

Y sucede que nos dirigimos hacia la camioneta con el Encantador de Serpientes, pues quiere que lo dejemos en Biskra. Llegando al Land Rover nos desplazamos hacia el oasis de Tolga, entre árboles de tamarindos y de otras clases. Hasta que pasando algunos poblados detenemos el coche en Tolga para abastecerlo y tomar una infusión caliente en una fonda donde nos ponemos a conversar como todos los que se encuentran aquí; cuando somos interrumpidos por el dueño de la hostería quien con un acordeón en las manos nos anuncia el espectáculo de un ilusionista. Entonces comienza el acordionista a tocar con el instrumento de viento una pieza que no pudo terminar porque el artista desde la puerta le hace señas indicándole que cese la música. Y estando la sala en silencio, entra él a la carrera. Se trata de un joven alto de contextura delgada, que viste de color blanco incluyendo el turbante de su cabeza, quien deteniéndose en medio del salón nos saluda de este modo: "Público en general, bienvenidos al mundo entre el cielo y la tierra. O sea al de la hipnosis, la magia y la telepatía. Recibid de mí, Abdul Brahimi, mi cálida acogida en este fascinante espectáculo que váis a presenciar".

Y paseándose entre nosotros, además nos dice: "Pero sin alguién que colabore conmigo, no podría hacer aquí nada. Por eso voy a solicitar la asistencia de una dama. Y yo espero que aquella que escoja, no me desilusione esta noche". Ahora bien, parándose él delante nuestro, le insta a Sol Stepanov así: "Preciosa señorita, si quiere usted ayudarme, venga a mi lado". Y como Sol Stepanov se acerca a él, Abdul Brahimi le pide: "Haga exacto lo que yo digo, eso es sumamente importante". Y situándose Sol con Abdul al centro del comedor, inicia este su primer número consistente en prender, con una llama de fuego, un tizón que tiene en su mano derecha. Y enjuagándose él la cavidad bucal con un líquido, mete a continuación la tea prendida en su boca, apagando de esa manera el fuego. Enseguida le requiere a Sol que volviera a encender otro palo con una mecha. Y sorbiendo él un trago que arroja al suelo, vuelve a extinguir la flama con su saliva; efectuando aquello mismo incluso hasta por tercera vez. Luego para ejecutar Abdul Brahimi su próximo número, coge él tres rajas de madera impregnadas con resina, que encendidas alumbran como hachas. Humedeciendo sus labios el ilusionista con el líquido tal como antes, sopla esa candela de los palos, la cual sale disparada formando una bola de fuego que se apaga al instante en el aire, como a un par de metros de distancia. Habiendo terminado Abdul Brahimi otra de sus proezas, recibe de nuevo nuestras ovaciones. Y sin intermisión o pausa empieza Abdul hacer otro de sus sortilegios. Por eso le ordena a Sol Stepanov que quiebre en el piso unas botellas que se hayan entre dos paños. Retirando Abdul Brahimi de inmediato las toallas, luego camina pisando un gran trecho encima de esos cristales rotos. Acto seguido, echándose Abdul en el piso sobre los vidrios, hace que Sol se ponga de pie sobre su pecho. La representación sin embargo no había concluído, porque pasándose el mago los dedos de una mano por sus labios, con una rápidez halconada, le dá a Sol Stepanov un furtivo beso en la boca.

Lo que motiva que El Príncipe Islamita le increpe a Sol, cuando vuelve a sentarse a nuestro lado: "¿Qué te movió Sol el parate, cuando él artista te lo pidió?", por lo que ella le contesta: "Debemos estar agradecidos de haber visto esa función innovidable". Y alega aún su novio: "¿Pero te das cuenta Sol, que al final para darte las gracias él, hasta pasó su lengua por tu rostro?". Y musita Sol Stepanov levantando sus hombros, restándole importancia al hecho: "¡Bah, solo se trata de algo teatral!. Abdul quizó haceros el truco al público, de que me estaba besando". Por lo que le pide El Príncipe Islamita: "¡Demuéstramelo como perpetuó él tal osadía!", y Sol tratando de imprimir su boca en la de él, le dice: "¡Ves, parece que nuestros labios se tocan, pero en realidad ni se rozan!". Pero ínsiste El Príncipe Islamita en refutarle a Sol Stepanov: "De parte de Abdul fué un impulso de lujuria, de apetito sexual".

Respondiéndole Sol: "¿Cómo lo sabemos?", le averigua su enamorado: "¿Qué fué entonces?". Deduce Sol: "Una señal de reverencia. ¡Vaya, parece que estás más contrariado de lo que yo creía!". Entonces le discurre su prometido a ella: "¿Si crees Sol que lo hizó por respeto, porque entonces te sonrojas?". Manifiéstale Sol: "Porque hace mucho calor aquí. Y voy a tomar un poco de aire afuera".

Y encaminándose Sol Stepanov hacia la puerta, se detiene un rato a conversar con Abdul Brahimi, o sea con aquel mismo que hizó sus prestigios con el fuego y el vidrio roto; él cual en este momento está circulando entre las mesas para recoger dinero de los comensales por la actuación que nos ha dado. Regresando Sol para sentarse, le indaga El Príncipe Islamita: "Me estoy preguntando, qué tienes tú de común Sol con ese tipo", por lo cual le manifiesta Sol su parecer: "Él es un hombre que se gana la vida con el sudor de su frente, como cualquier otro".

Pero contéstale El Príncipe Islamita: "Sol, tengo la impresión que poco le falta para raptarte", a lo que repite ella: "¿Cómo podría él sacarme de aquí, en presencia de ustedes?", por lo que aumenta aún El Príncipe Islamita: "Pues, entérate Sol, que el amor siempre aspira a más". Y añade sonriéndose un vecino de nuestra mesa, quien tiene toda la apariencia de ser un extranjero: "Si Señor, el amor siempre aspira a más y solo se satisface con todo".

Estamos riéndonos, cuando en este momento se acerca hasta nosotros el ilusionista, al que le pagamos con rapidez algunas monedas. Y agradeciéndonos él, le expresa a Sol Stepanov: "¡Oh, que contentos nos sentiríamos usted Sol y yo, si nos encontraramos en pleno desierto, durante una tempestad de viento y arena!", por lo cual se apresura en replicarle El Príncipe del Medio Oriente o Islamita: "¿Sobrevivirías?". Dale a saber aquel que hace maravillas: "Si, porque mi tienda, armada con palos hincados en la arena y cubierta con telas sujetas con cuerdas que me sirve de alojamiento en el Sahara, la pongo siempre al lado de una roca. Ahí, adentro de ese toldo nos esconderíamos tu Sol y yo acurrucaditos". Y oímos que le aclara El Príncipe Islamita: "Sol Stepanov es mi futura esposa", sorprendido aquel le incluye a ella: "¡Oh Sol!. Será este fulano tu prometido, pero cuéntale que cuando estás conmigo, nos sentimos ambos tan libres, como un par de cometas que se remontan por el aire a merced de la suave brisa".

Y como solo reacciona Sol Stepanov sonriéndole a este gran artista sahariano que tiene el arte de entretener con su ingenio, tomo la palabra yo para conversar con él así: "¿Dónde vives Abdul?". Tranquilo nos cuenta él: "En todos sitios". Por lo que agrego yo: "Abdul, voy a estar siempre agradecido de tí. ¿Adivinas por qué?. ¡Porque tu función Abdul Brahimi es espectacular!. Diciéndolo en otras palabras: ¡Es innovidable!.

Y como ves Abdul, ahora estamos todos nosotros aquí unidos por el desierto del Sahara. Quizás algún día necesitamos ayudarnos unos a otros. Por ejemplo tú a mí, o yo a tí. Por eso convendría que nos cuentes si tienes domicilio fijo". Dános a conocer Abdul: "Mi única morada permanente, como la de los demás hombres es mi tumba". E insisto en decirle: "¿Abdul, dónde está tu carpa de la que hablabas?. Dícenos Abdul: "En el desierto. Soy un nómade. Como una tortuga tiene su coraza para protegerse por la acción de los agentes externos ya sea el aire o el sol; así yo tengo mi toldo para no achicharrarme cuando experimento un calor excesivo. Si siguen ustedes mis pasos, sabrán dónde está mi morada". Después de referirnos aquello, lo vemos a Abdul dirigirse a la salida, desde donde nos hace grandes adióses con ambos brazos y su excelente sonrisa.

Y observándolo partir, nos comenta el prometido en matrimonio de Sol Stepanov: "No le quizé argumentar más a Abdul cuando la estaba piropeando a Sol. Tratándose de un desconocido no sabemos nunca como va a reaccionar". Por lo cual paso a opinar yo Diego Torrente: "Se puede entrever fácilmente que Abdul Brahimi es un hombre pacífico". Y Ahmed Shahin hace también por su parte esta apreciación de Abdul: "Todo indica en Abdul Brahimi, que es él una persona divertida". Entretanto uno de los huéspedes de la fonda que está sentado en una mesa contigua a nosotros y que antes nos había dirigido la palabra, se nos acerca pronunciando: "Sin querer oí en el transcurso de vuestra conversación, que mencionáistes a nuestro país Arabia Saudita". Y presentándose él y también aquel que lo acompaña, nos informa: "Yo soy Faisal al-Kadir, nacido en Riyadh que es la capital de Arabia Saudita. Y en resumen un escritor anónimo que estoy empapándome de ideas sobre el desierto africano". Y cuéntanos su acompañante refiriéndose a sí mismo: "En cuanto a mi persona, mi nombre es Kasim al-Farabi, un hombre de la región llamada Rub al Khali's, perteneciente también a Arabia Saudita. Además trabajo en la firma de Faisal. Y soy soltero hasta ahora".

Saliendo todos juntos hacia afuera, agradeciéndonos el viaje el silencioso Serpentero se despide de nosotros. Pues, nos entera haber encontrado en la fonda un conocido suyo, cuya mobilidad se dirige antes que la nuestra a Biskra. Y estando sentados a la intemperie bajo la sombra de un techo, al saber el literario de la Arabia Saudita, que el noble kuwaitano o Príncipe Islamita es de Kuwait, dice: "¡Kuwait, mi patria, siempre segura y gloriosa!. Así es el son marcial, de la primera estrofa, que abre el informativo de la televisión de su país, ¿verdad?". Y el Príncipe dándole la razón a Faisal al-Kadir celebra riéndose su excelente memoria. Posterior a ello, nos dirige su palabra Faisal al-Kadir para preguntarnos a Sol Stepanov y a mí donde hemos nacido. Y al enterarlo a Faisal al-Kadir sobre nuestra nacionalidad, empieza a declamar él: ¡Europa, qué lejos estás para unos, como son los extranjeros!. ¡Europa, qué cerca estás para otros, como son los europeos!.

Pronuncio yo Diego Torrente: "¡Fantástico tu verso Faisal!. Bueno a ello yo añadiría que desde la existencia de la Unión Europea los foráneos, desde África hasta otras partes del mundo, ven a Europa Occidental más cerca que nunca. Esto lo podemos constatar los diplomáticos en las embajadas, cada día que trabajamos. Y estamos conscientes de ello, porque el número de los que nos solicitan visas crece a medida que pasa el tiempo, tal como la población mundial".

Habiéndose hasta entonces mantenido en silencio Ahmed, platícanos: "La razón de ello es que la mayoría de la gente prefiere vivir en una nación tranquila, en cuyo suelo hace más de medio siglo no se ha visto ninguna guerra". Corroborando con lo dicho por Ahmed, opina Faisal al-Kadir por su parte: "Ahmed, ello es porque esas naciones, que forman parte de la Unidad Europea, gozan de una democracia estable que favorece lo justo. Es conocido mundialmente que sus jueces en las Cortes de Justicia, absuelven a los inocentes. Y penan con años de cárcel a quienes han manchado sus manos con la sangre ajena. Así recordarán todos, que un mandamientos principal del Omnipotente es no matar. Además, es una lección para los demás ciudadanos el enterarse, que quien infringe la ley debe pagar, por haber caído en la tentación".

Tras un corto silencio le pregunta el arábigo Kasim al-Farabi, al Príncipe Islamita: "¿Me tiene intrigado pensando, qué estará discurriendo usted?". Respóndele el Príncipe Islamita: "Kasim, estaba reflexionando que en el Medio Oriente, las reformas si se están llevando a cabo. Solo que tenemos que seguir haciéndolo gradual. Porque a nuestras poblaciónes hay que ponerles primero los problemas en la mesa, para hacerlos conscientes de ello. Y después pedirles su colaboración para solucionarlos. Por ejemplo, en Arabia Saudita, donde vos habéis nacido, también se hace presente el extremo rigor".

Confírmaselo el escritor Faisal al-Kadir al Príncipe Islamita, diciéndole: "Amigo, estoy en completo acuerdo con lo expuesto por

Usted. Y dió en el clavo Señorita Sol cuando dijo que las mujeres de la Arabia Saudita son pacientes", y exclama Sol Stepanov: "Como vosotros sóis de allá, lo sabéis mejor". Por lo que prosigue Faisal: "Os citaré el caso de la soltera, que no puede elegir ella misma quien va a ser su futuro esposo, porque está obligada a desposarse con el hombre que le designen sus padres, sin considerar si ella será en lo posterior desgraciada o feliz. Aunque, en honor a la verdad, muchas veces ese himeneno dá excelentes resultados". Interrogándole Sol a que se debe esa actitud de los parientes, infórmale Faisal: "Apreciada Sol, los padres lo hacen por conveniencia social, porque ven en el novio una alianza económica o política". Oyendo aquello asiente El Príncipe Islamita, haciéndonos esta confidencia: "Tal fué mi caso, ya que mis familiares me comprometieron con una jovencita de vuestro país Faisal y Kasim. Ella era una niña que apenas contaba con doce años de edad".

Interrógale Faisal al-Kadir al anterior: "¿Sería una princesa saudí de la influyente dinastía de Al-Saoed, que hoy en día cuenta la prolífera familia cerca de veintiun mil miembros?"

Entérale, pues, El Príncipe Islamita a su correligionario Faisal: "De esa estirpe era ella, cuyas raíces y tronco vienen directo de su legendario lider, el Rey Abdoel Azir. Pero mi Ex novia no existe más". Y cuéntanos Kasim al-Farabi, el secretario de Faisal al-Kadir: "Allá las novias, para la decisión más importante que tiene que tomar en sus vidas, esto es el matrimonio, las acostumbran a que no vean ni hablen de antemano con el que será su futuro esposo. Como se decía, son los padres los que arreglan la boda", y como Sol Stepanov les interroga una vez más en que se basan ellos para una conducta tan autoritaria, contéstale el escritor Faisal al-Kadir: "Una mujer musulmana de la Arabia Saudí debe cubrirse si ella no quiere exponerse a la cólera de los líderes religiosos. O sea proceder conforme a lo que se lee en las citas del Corán en Sura XXIV, 31, donde aconseja a las mujeres que guarden sus partes genitales con recato. Y no exhiban sus joyas en público".

Entonces musita Kasim al-Farabi: "En mi país hasta se apedrea o empareda a las mujeres que tienen relaciones ilícitas". Y como Sol le indaga: "¿Kasim, y los del sexo fuerte reciben el mismo castigo?", pronuncia Kasim: "No señorita. Decidme vosotros, ¿qué llamáis en occidente un hombre virtuoso?". Refiérole yo Diego Torrente: "En ese sentido es aquel que no fornica antes de estar casado. Y que estando desposado tiene cópula carnal solo con su consorte". E interviniendo

El Príncipe Islamita les informa a nuestros acompañantes de Arabia Saudita: "Y quizo la suerte que encontrara a Sol Stepanov. Por eso es con ella con quien me voy a casar, si Alá lo quiere", deseáronle Faisal y Kasim: "¡Enhorabuena!". Paso seguido, ínstanos Faisal al-Kadir para que anotemos nuestras señas en su cuaderno de apuntes para envíarnos postales. Así que tal como son sus deseos lo hacemos. "Es usted Faisal una persona muy original", le emite El Príncipe y tras alargarle su tarjeta, explícale además: "Con Sol, tal como os acabo de contar, somos novios. Por lo tanto pueden vosotros Faisal, y Kasim, escribirnos a ambos juntos". Y Ahmed dándoles también su dirección, les dice: "¡Faisal y Kasim, me tendréis vosotros a la expectativa!"

Ahora bien, dictándoles asimismo yo mis datos personales a los nacidos en Arabia Saudita, inquiero: "¿Faisal, cuál de los libros escritos por tí te gusta más?". Y me da a saber Faisal: "Diego, para algunos literatos, sus libros más extraordinarios son los que aún están en sus mentes. Los que recién están por escribirse y publicarse", a lo que agrego riéndome: "Si pues, esos manuscritos son sus biografías. Ya que son pocos los que se atreven a enviarlos a una editorial, para que salgan a la luz, porque hablarían demasiado de ellos mismos", y sonriendo prosigue Faisal el escritor de la Arabia Saudita: "Todos tenemos nuestros secretos. Yo tengo los míos, usted Diego tiene los suyos, vosotros tenéis los vuestros", comenta Faisal señalando a los demás. "Ellos son período de nuestra vida pasada que solo podríamos contar, algunos a nuestra almohada".

"U otros al psiquiatra", lo interrumpe su paisano Kasim, seguido luego del Príncipe Islamita quien añade a lo dicho: "O en el peor de los casos, quienes se han metido en un embrollo, hacen ese tipo de confidencias a los abogados, policías o jueces, si se ven presionados por ellos". Una vez que cesaron de hablar los presentes, discurro yo Diego Torrente: "Y dicen sus secretos aquel que es católico a su confesor. Pues sabe que este guardará el silencio de una tumba, sobre lo que oye a su correligionario en el confesionario. Tal como lo hace el pastor protestante cuando uno de sus feligreses lo llama o acude a él para confiarle sus cuitas. De modo semejante, si se trata de vosotros los musulmanes, doy por sentado que exponéis vuestras ansias a los imanes que conocéis". Corrobora Faisal: "En efecto, así es Diego porque conocidos tenemos muchos. Pero amigos de verdad, que no nos abandonan cuando la suerte nos ha dado un revés, son ellos pocos, contados con los dedos de la mano. Quienes los tienen, pueden considerarse dichosos".

"En este viaje por el Sahara, cuéntoles yo Diego Torrente, hemos aprendido que en la vida hay una cosa más segura que los impuestos y tan verdadera como la muerte del cuerpo. Y es, que cuando antes hagamos nuevos amigos, más pronto tendremos antiguas amistades", recibiendo por aquello que opiné un abrazo tanto del Príncipe Islamita, como de Sol, de Faisal, de Kasim, y de Ahmed. E interróganos este: "¿Y cuando se trata de negocios?", respóndele El Príncipe Islamita: "Ahmed, será acertado si llenas una agenda con direcciones de tus conocidos". Enseguida, como nuestra sed debido a que sudamos no se apaga nunca, me piden ellos que les enseñe como tomo agua desde mi bota de cuero, sin tocar el cuello de este envase con mis labios, sino levantando la bolsa en alto para que el líquido caiga en mi boca. Y haciéndolo yo, posteriormente les paso la cuba, para que cada uno beba también así. Pero como están ellos aún inexpertos, se van mojando tanto sus rostros como la ropa que tienen puesta.

Después decidimos proseguir nuestra aventura al día siguiente arráncando desde Tolga hacia Biskra en caravana con los dos vehículos, yendo un coche detrás del otro para hacer el viaje con más seguridad. Por lo cual se regocija Kasim con estas hurras: "¡Faisal, qué alegría!. ¡Mira que suerte tenemos!. Primero que diéramos con estos señores. Y luego que se avengan a seguir con nosotros en el desierto. ¡Maravilloso!. Lo celebraremos con té o café en el primer alto que hagamos". Y agrega el escritor Faisal: "Demuestras Kasim una justa satisfacción", por lo que adiciona Kasim: "¿Sabéis vosotros que Faisal a primera vista os consideró encarecidos amigos?". Riéndose Faisal declara: "¡Entrañables!. Que os encontraramos al paso, así de repente sin preverlo ni buscarlo, es una bención de Alá, o de Dios, como vosotros decís".

Siendo de madrugada y antes de que emprendieramos viaje hacia Biskra, dirigiéndose Ahmed Shahin al escritor Faisal al-Kadir y a mí, nos pone al corriente: "Apuntes Diego y Faisal en vuestras memorias sobre este próximo recorrido. Ahora iremos desde Tolga hasta Biskra, que es una ciudad de Argelia situada a los pies de maciso Aurés. Biskra es un centro turístico muy apreciado por su aguas termales tibias y su clima agradable. Tal como lo hubo seguro en el paraíso terrenal. Además en Biskra sus habitantes producen y comercian los deliciosos dátiles. ¡Qué solo pensar en ellos se me hace agua la boca!". Saliendo, pues, desde Tolga hacia a Biskra nosotros seis, que somos El Príncipe Islamita, Faisal al-Kadir, su socio Kasim al-Farabi, el sahariano Ahmed Shahin, Sol Stepanov y yo; dejamos la fonda para adentrarnos por el desierto con el par de coches landrovers. Llegando a mitad del sendero, paramos en un mercadillo donde compramos entre otras cosas carne de carnero, y partiendo de nuevo acampamos para comer y asímismo beber algo de los refrescos que transportamos.

Por lo tanto gozamos observando los dotes culinarios que adornan a Ahmed Shahin y a Sol Stepanov, quienes ríen a su gusto preparando una vianda. He aquí que Ahmed y Sol asan primero en la fogata los trozos del cordero. Después mezclan aceite de oliva, azúcar, zumo de limón, sal y pimienta. Y echan en esa salsa los pedazos de la carne que luego ensartan en los pinchos de metal, alternándolos con porciones de cebolla y pimiento. Enseguida rociándolos con aceite los ponen en la parrilla y retirándolos nos lo sirven con arroz bañándolo con salsa de curry. Más rodajas de tomates y naranjas; y además aceitunas, setas y encurtidos. Como viéndolo se nos abre el apetito, los alabamos diciéndoles: "¡Gracias al Omnipotente, así como a ustedes Ahmed y Sol!. ¡Tenemos ahora este festín pantagruélico!". Sucede que tras degutar nosotros aquellos, se nos pone el corazón harto contento porque hasta cantamos. Y pasado aquel momento proseguimos afectuando este viaje en el desierto del Sahara, por disposición de la Providencia, contemplando las formidables dunas de arena.

Llegado el atardecer pero con un calor aún achicharrante, hacemos de nuevo un alto en la ruta bajo la sombra de un copado árbol de acacia para reconfortarnos con agua y emparedados, antes de disponernos a dormir en las movilidades. Habiendo terminado la cena y en lo mejor de la conversación, nos quedamos estupefactos al contemplar que próximos estamos al lado de una madriguera de escorpiones. Y tanto es el susto de Kasim al-Farabi que hasta se saca el pantalón quedándose en calzoncillo. Pues creía que se le había metido uno de esos alacranes debajo de su ropa y se empeña en que Sol Stepanov lo revisara a él de arriba hacia abajo.

Desplazándonos nosotros lejos de aquellos arácnidos, pasamos hablar que a esa clase de bichos no los extermina ni el hambre. Entonces refiriéndose de nuevo a sus viajes Faisal al-Kadir y Kasim al-Farabi, nos cuentan: "En nuestros itinerarios hemos visto de cerca la malnutrición, que amenaza con matar a millones de los habitantes del África subsahariana, en los países Mauritania, Mali, Brukina Faso y Niger. Aunque tampoco se libran de la extrema pobreza Guinea, Sierra Leona, Liberia, Costa de Márfil, Chad, Sudán, Eritrea, Etiopia, Somalia, República Centroafricana, Congo, Angola, Uganda, Tanzania, Malaui, Burundi y Zimbabue".

Tras escucharlos a Faisal y Kasim, cuestióname Ahmed Shahin: "¿Diego Torrente, tú como diplomático y periodista, que soluciones darías para combatir esa extrema pobreza?".

Dígole yo a los presentes: "Según un vocero de la ONU hay suficiente comida en el mundo para alimentar al doble de la población mundial existente. Y con un uso racional, hasta diez veces más. En África, las plagas y las sequías diezman su población. Asimismo el sida, la malaria u otras enfermedades graves que les dá. Debido a lo famélicos que se hayan la mayoría de los africanos. Por eso, a corto plazo, es de suma importancia que los donantes sigamos respondiendo a las instituciones internacionales que sustentan a este continente. Y que se tomen las medida adecuadas, porque lo que se necesita son resoluciones políticas. Por ejemplo, no ayudándolos dándoles armas, antes bien motivando la produccción de la agricultura local. Y un objetivo a largo plazo sería crear un *Fondo Económico Mundial contra el Hambre y la Pobreza*".

Ante lo dicho, expone Kasim: "Pues, ¿quién es aquel favorecido por la suerte que no llora por dentro, al contemplar en los periódicos y la televisión esas imágenes de tantas madres africanas, tan escuálidas como sus bebes a quienes dan sus pechos?". Y departe Faisal al-Kadir diciéndonos: "Yendo Kasim junto conmigo aquí en África, nos acongojamos sobremanera observando a los niños desnutridos. Por ejemplo, en Maradi del país Níger. Allá, en el hospital de campaña levantado por *Médicos Sin Fronteras* acogen cada día a trescientos párvulos menores de cinco años. Están esos chiquillos con sus mamás, muchas de ellas enfermas que no se desprenden de sus hijitos, mientras esperan su turno para que los pesen. Y nos preguntábamos: ¿Cómo los adinerados, los hemos dejado llegar a esa condición?. Esos chiquillos están hueso y pellejo; a tal extremo que hasta se les pueden contar sus costillas. Aunque estaban ellos de pie, la mayoría no tiene curación. Pues, debido a la debilidad en que se hallaban, han contraído una enfermedad grave. Y encontrándose ellos en sus últimos estados, no hay vitaminas que los refuerzen lo suficiente, ni remedios que los curen. A pesar de los titánicos esfuerzos de los médicos y sus asistentes. Como asimismo de otras instituciones tales como la Cruz Roja, FAO, ONG Internacional, etc".

Habiendo oído a Faisal, recuerda también Kasim: "Visitando Faisal y yo una posta médica en Kenia, el doctor le preguntó a su pequeño paciente. ¿Qué deseas?. Y él le contestó: "Alcanzar a ser adulto como sóis vosotros". Por lo tanto, díscurrenos El Príncipe Islamita: "¡Ay por supuesto, ellos son los primeros en darse cuenta de su situación. Pues lo sienten en carne propia. Y los demás somos conscientes de sus anemias, al mirarlos con sus vientres tan hinchados debido a la alimentación insuficiente. Ocasionada esta, por la hambruna que se les presenta al haber consumido la cosecha de su parcela. Porque sus familias tienen que esperar hasta la próxima temporada para recoger, recién de la tierra, el conjunto de lo sembrado. Tal como el trigo, la cebada, el migo, la sémola, etcétera. Mientras tanto en sus chozas sus madres no tienen nada en la cocina para echar a las ollas". Dice Kasim: "Estimado Príncipe, eso pesa en la conciencia de los demás humanos que somos más afortunados. Debido a que pudiendo socorrerlos, nos desentendemos de hacerlo. ¿Y por qué?. Sencillamente porque se contempla a los pobres como si estuvieran hechos de vidrio. Como si fueran ellos transparentes, como sino existieran".

A lo dicho por Kasim, agrega su jefe Faisal al-Kadir: "Aunque en la realidad, muchos son más caritativos y nobles que otros porque están acostumbrados a compartir, hasta sus migajas. Sencillamente los ricos no quieren verlos, porque piensan que solo va a servir para mermar su fortuna. Pero, ¿qué culpa tienen ellos de haber nacido en el continente africano que se ahoga de sed?. Y por igual, ¿qué merito nos corresponde a nosotros el haber sido paridos en donde abunda de todo?. Pénsemos, que a lo mejor algún día algo terrorífico ocurra en aquellos países ricos, cuyo refugio más cercano para los que aún sobrevivimos allá nos sería emigrar a África. ¿Quizás eso necesitamos para darnos cuenta, cuánto dependemos todos en general los unos de los otros?". A ese momento, pasando Sol Stepanov uno de sus brazos sobre los hombros de Ahmed, asiente: "¡Qué escándalo de la humanidad!". Y dirigiéndose Sol Stepanmov hacia nosotros, nos admira así: "Y vosotros todos os guardabáis el secreto de que sóis sabios. Ya que razonáis excelente hombres".

A más de halagarnos con eso Sol, retornando hacia Ahmed lo consuela, diciéndole: "Pero despreocupate Ahmed, que a tus padres les vamos a pagar tantos dinares por ofrecernos hospedaje en su *jaima*, que hasta podrán trasladarse con tu hermanita Amenia y tu hermanito Ali desde el desierto para vivir contigo en Argel. Pues, si alguién nos preguntara, nombren ustedes una región del mundo que conocen, donde la gente muere de hambruna, tendríamos que mencionar al Sahara. ¿Por qué lloras Ahmed?". Entonces tanto El Príncipe Islamita, como yo, le aseguramos a Ahmed que si tendrá suficiente dinero en el futuro, para pagar puntual el alquiler de su cafetería en Argel. Y que si su familia está de acuerdo para establecerse en Argel, tal como son sus deseos de Ahmed, también los ayudaremos". Afirmámosle a él además: "Ahmed, vayan los tuyos a la capital Argel o no, de todas maneras podréis contar con nuestro apoyo económico. Ya que abriremos una cuenta en un banco de Argel para que dispongáis de dinero con que cubrir vuestras emergencias".

Llevándose Ahmed una mano al pecho, nos asegura: "Diego y Príncipe, en nombre de mis parientes os daré las gracias tan pronto lo hagáis". E interviene Kasim declarando: "Ahora todo el mundo se siente culpable por haber desatendido a los pobres. Y eso está perfecto. Pues al darnos cuenta que la catástrofe no debería seguir como está. Solo así nos movilizaremos pronto para hacer transformaciónes importantes en el Sahara. Y por otros sitios donde veamos a otros sufrir". Discurre también Faisal: "En ese sentido lo que está ocurriendo en África es una advertencia que no podemos ignorar. En muchos países la población rural vive en centros poblados que ni llegan a quinientos habitantes. Ello es un dispersión enorme. Y para atender esa realidad se requiere una intervención muy refinada del estado. Para que el gobierno ayude a esos grupos en sus necesidades básicas. Tales como son casas, agua, luz, escuelas, hospitales, mercados, tribunal de justicia, banco financiero, biblioteca, etcétera. Incluso el proveerles de lugares donde puedan erigir sus altares para rezar".

Asintiendo Ahmed con su cabeza, viendo de inmediato él salir a un bicho de la arena se explaya en esta conversación: "Los escarabajos, como este, pasan la mayor parte de sus vidas enterrados. Esas cigarras adultas son los insectos más bullangueros. ¡Escuchad, este que oímos es un macho porque tiene un zumbido distinto!. Además, ellos producen un ruido estridente y monótono que puede oírse a millas de distancia". Más tarde en pleno ocaso, tras estirar nuestras piernas jugando con la pelota que ha traído El Príncipe Islamita, nos vamos a pernoctar obteniendo el mejor descanso posible al no escucharse ningún sonido, porque como no hay calor ni las chicharras cantan. Saliendo nosotros la próxima madrugada al orto del sol, volvemos a emprender la marcha con el par de landrovers por la tierra desértica, siguiendo el camino donde nos cruzamos con otro todoterreno cuyo piloto, que es su único pasajero, nos hace adiós a la vez que toca la bocina. Más allá en el horizonte, proseguimos divisando las dunas, semicubiertas por la nueva arena que trae el Sahara desde lejos cuando se desata la temida tempestad que los nómades llaman simún, que no es otra cosa que el viento abrasador que suele soplar en los desiertos de África y de Arabia. De vez en cuando vemos las carpas de las familias que vagan sin domicilio fijo y nos distanciamos de una caravana de lentos camellos que en su total son doce, hasta que después de horas adentrándonos por el terreno montañoso divisamos de repente los colores distintivos de un oasis. Ello es Biskra.

La perla del Sahara

Parando los dos coches que vienen uno detrás del otro, nos bajamos para contemplar de lejos el inmenso oasis con su vegetación de muchas palmeras y sobre ello un erguido minarete. Además, mientras apreciamos por doquier muros con fachadas de color blanco, exclama Ahmed Shahin: "¡Allá esta la ciudad argelina de Biskra, la bien llamada *La perla del Sahara,* al borde del río Biskra!. Y valga la redundancia, Biskra es un centro turístico debido a sus aguas termales tibias. Las cuales son frecuentadas por personas ansiosas de recuperar la salud perdida". En consonancia con Ahmed, colabora El Príncipe Islamita: "Alla iremos Ahmed a uno de sus cómodos hoteles". En tanto expresamos cada uno de nosotros, comenzando por mí: "¡Qué tranquilidad!"

"¡Qué serenidad!"

"¡Qué quietud!"

"¡Qué armonía!"

"¡Qué belleza!", se admira aún Sol Stepanov, "Ello es tal como tú nos lo predijístes Ahmed".

"¡Y un aire tan puro como solo puede darse en el desierto!", digo alzando al cielo mis brazos abiertos.

Sonriéndo, insiste Ahmed: "Si Diego. Todo eso al alcance de nuestras manos, estando al borde del Sahara".

"Y donde lo primero que haremos será tomar un baño termal en su excelente agua", comenta El Príncipe Islmalita. Para completar riéndo cuando estamos adentro del pozo tibio: "¡Después del baño, que me quiten lo bañado!"

Ya descansados, vamos alojarnos a una fonda morisca, donde entrada la tarde cenamos el consabido kuskus. En esto sentados como estamos en el salón, vemos llegar a varios hombres que colocados en las bancas pegadas a la pared conversan entre ellos sorbiendo como nosotros su café o té. Pronto comentan sobre un libro del autor argelino Khaled Fouad Allam donde se refiere a los musulmanes. Y como la vida para ellos se ha vuelto sombría, por los fechorías que cometen una ínfima minoría en nombre del islam. "Tanto es el pavor que esos pequeños grupos han creado con sus acciones de terror, que ellos mismos se han separado de todos los que conformamos el resto del mundo", refiere uno de los presentes. Y otro de ellos aumenta: "En mi opinión, los humanos en el mundo estamos divididos en dos equipos. De una parte se hayan aquellos pocos que por razones políticas, o en nombre de su religión se inmolan a sí mismos. Pero también juntos con ellos o con él, exterminan a sus víctimas en masa. Y del otro lado estamos los convencidos que no se debe matar".

"Exacto Oojami Dallal", concuerda con el anterior su vecino de asiento. Y sigue opinando:

"Por eso una de las prioridades de los demás creyentes de Alá que respetamos la vida, es evitar que se extienda esa ideología radical entre los jovenes musulmanes, de que se puede asesinar a otros seres en nombre de Alá. Gracias a Alá que la mayoría de los terrestres tenemos apego a la vida. Y felizmente donde van los que se exilan tienen el apoyo de los gobiernos que los ayudan a integrarse rápido a la población. Por ejemplo en América o Europa, facilitándoles en aprender los idiomas y en caso sea necesario adiestrándolos en una profesión".

"Tienes razón Al Arabi", le asiente uno de los presentes al que habló. "Nacionales y foráneos debemos vivir para amarnos y ayudarnos mutuamente a construir un mundo donde se vayan disolviendo las guerras para que reine la paz y no los intereses del petróleo".

Y prosiguen dialógando entre ellos: "Que más tarde se lea en la historia, cuánto hemos progresado los humanos hasta el siglo XXI. Pues, eliminando los casos de las acciones hechas sinrazón o de situaciones extremas que condujeron al canibalismo por cuestión de supervivencia, desde hace tiempos inmemorables, por mucho hambre que hay en el orbe, ningún humano devora a otro".

"Como hacen los animales salvajes en el Parque Serengeti de África, que consumen a los hervíboros. Allá manadas de estos mamíferos rumiantes, como son las jírafas, cebras, gacelas y los búfalos se alimentan con yerbas. En cambio, los carnívoros como son los leones, linces, chacales, buitres y las hienas, cuando la oportunidad se les presenta comen algún herbívoro. De estos herbívoros al más débil, aunque trate de huir o safarse de sus garras, lo caza un león o un lince, que es el animal más veloz de la Tierra. Y saboreándolo él primero, deja los restos para que se lo tragen los demás carnívoros".

"Así es compañero. Para esos herbívoros, cada año en la época de sequía, su supervivencia es un asunto de emigrar o morir. En el Parque Serengeti en Tanzania, durante la primavera, de distintas especies convergen más de dos millones de machos y hembras para no perecer de hambre. Tras consumir toda la hierba, corren en tropel por la llanura durante meses desde Tanzania hasta Kenia, que es su vecina del norte. Y viceversa, porque al consumir en Kenia los pastos mojados por la lluvia, regresan de nuevo hasta los campos de Tanzania. Así los del reino animal oscilan entre esos dos países. Ellos buscan gras y el agua del río Serengeti. Sus instintos los llevan adonde lo encuentran".

"Como les sucede a muchos habitantes del Tercer Mundo", se pone a comparar uno de los presentes en este alojamiento público donde estamos ahora. "Pues, si la fuerza del destino, por ejemplo, desastres naturales, arranca de raíz a un ser de su terruño, como desde nuestro antepasado Abraham viene ocurriendo, razón por la que se han producido grandes migraciones en la Tierra, aquel que emigra tiene que aprovechar cualquier ocasión que se le presenta para hacer ver al prójimo, donde quiera que vaya, que está desarmado".

Y tras reírse los de Biskra, porque Kasim habiéndose incorporado de su asiento lavantó sus brazos para demostrarles que no tiene armas consigo, prosiguen conversando estos parroquianos: "El acercamiento de buena voluntad entre los diferentes grupos étnicos o religiosos es en la actualidad una prioridad. ¿Pues, quién es aquel que no dispone de unos minutos libres para decirle al que les es desconocido?: ¡Hola, soy fulano de tal!. Y quiero saber algo de tí para que nos entendamos".

"Has dado en el clavo Al Arabi. Así como nos damos a conocer unos a otros en internet, en esta era de la comunicación".

"Ya me decía yo que nuestro mayor enemigo es la ignorancia. El conocimiento se adquiere acercándonos al extraño, para tener un intercomunicación auténtica".

Alentado este que parló con los aplausos de sus amigos con los cuales está reunido para solazarse, continua impertérrito mientras a ratos nos mira de reojo: "Si yo, Al Arabi, dirigiera el Primer Gobierno Mundial que se erige en el mundo, implantaría como ley a todos los habitantes de la Tierra, el darnos un beso en cada mejilla al saludarnos. No importando si uno es ateo o el otro profesa una religión".

Celebrándolo con chacota los que están junto a él, le dice Faisal: "Es una excelente idea joven. Fíjate que yo, Faisal al-Kadir, un natural de Arabia que ya peino canas en mis sienes, ni siquiera había pensado en ello".

"Muchas gracias señor. Por lo tanto, mi primer mandato sería. Si dos personas tienen diferentes religiones, o crencias, antes de hablarse se darán pruebas de buena voluntad besándose en las mejillas. Así de paso se abrazarán musulmanes con cristianos, se estrecharán entre sus brazos musulmanes con ortodoxos. Y musulmanes con hinduistas. Musulmanes con budistas. Musulmanes con sintoistas. Así sucesivamente. Y al momento de hacer esa salutación dando un beso, diremos: ¡Paz!". Por lo que le sonsaca un pelirrojo: "Al Arabi, ¿y qué castigo les infringerías a aquellos que no cumplen?"

"Impondría que al insurgente le den setenta besos con baba".

Después de carcajearse sus compañeros, le dicen refiriéndose a nosotros: "Mira Al Arabi, aquí entre los vecinos nuestros, la mujer y uno de los hombres hablan con acento extranjero. A ver, comienza entrenándote como mandamás, párate y dirígete hacia ellos".

Antes que Al Arabi lo hiciera, poniéndome yo presto de pie, los incito a acercarse, clamando:

"Señores, os invito a nuestra mesa para que cambiemos impresiones. Mi nombre es Diego Torrente y soy un turista europeo".

Caminando Al Arabi hacia nos, seguido de sus amigos se dieron a conocer besándonos los rostros y averiguándonos de donde venimos. Y habiéndonos identificado todos, lo celebramos con chanzas, mientras ellos se van sentando codo a codo junto a nosotros hasta que formamos un solo grupo. Entonces cuando uno de estos de Biskra dirigiéndonos la palabra nos pregunta sobre cual de nuestros viajes nos había parecido más sorprendente, nos refiere El Príncipe Islamita: "Siendo yo adolescente, mi padre me ofreció como regalo al terminar mis estudios colegiales, una excursión de ida y vuelta. Y escogí yo una gira que incluía El Polo Norte. Así en medio de mi aventura, llegué un día a un iglú, que es una vivienda de forma semiesférica construida con bloques de hielo. Ahí vivía una pareja de esquimales. Y aquel hombre al verme que yo tiritaba, como lo hacían las estrellas que distinguíamos en el firmamento, solo que en mi caso, era porque sentía un frío que me congelaba; me ofreció que fuera acostarme con su mujer para que me calentara".

Acabándonos de narrar El Príncipe Islamita su inusitada experiencia, pronto se oyen toda suerte de comentarios a los presentes, quienes exclaman uno tras otro entre risas: "Seguro que el esquimal solo se encontraba con osos polares. Por lo que se puso muy contento al verte. Pues así tenía con quien ir a pescar. O es posible que él se compadeciera de tí".

"Eso estaba de manifiesto", prorrumpe Faisal al-Kadir imponiendo respeto. Retomando la palabra El Príncipe Islamita, profiere: "Recuerdo que apenas arribé, le advirtió el esquimal a su manceba por mí: Amorcito, no sea que este extranjero se quede helado en nuestro iglú. Si muere él, creerían las autoridades que lo buscarían que yo estaba involucrado; y me comprometerían en ello. Y aunque no habría pruebas fehacientes, terminaría yo en la prisión sin haber cometido delito alguno. Sobretodo no nos perdonaríamos nosotros mismos, porque viéndolo a este explorador a punto de fenecer, lo pudimos ayudar y no lo hicimos. Y si bien es cierto que tiene él buena apariencia, no me pondré celoso querida por mucha atracción física que tiene. Porque yo mismo te lo estoy sugeriendo. Así que, permítele tener sexo contigo para que entre en calor".

"¿A qué conclusión llegaste tú?", interrógale Kasim al-Farabi al Príncipe Islamita.

"Pensé en la sencillez admirable del esquimal. En su extrema generosidad al decirme: "Te concedo a mi concubina para que te abrigue con su contacto carnal". Porque si bien sabía él que yo solo una vez iba a pasar por su iglú, y no iba a volver. Me estaba ofreciendo, aunque sea por un momento, lo mejor que tenía que era su esposa. Y lo hacía él para que yo sobreviviera".

"¿En qué lenguaje te comunicabas con ellos?", pregúntole yo.

"Diego, en el idioma universal que son los gestos".

"¿Permítenos descubrir lo que todos nos estamos preguntando en este momento, excepto tú claro está?. Dínos, tuviste relaciones sexuales con la esquimal del Polo Norte?", averíguale aquel que dijo llamarse Tarik Hamad. Pero ni siquiera puede informarles El Príncipe Islamita, porque al escuchar ellos sonar el claxon de un vehículo, se despidieron corriendo para subir afuera al omnibus que los llevaría a un congreso de estudiantes. Y acontece que, Ahmed Shahin ameniza el momento, con esta conversación: "Aquí en Biskra se cultivan estos dulcísimos dátiles. Y como su venta dá cuantioso dinero, los llamamos el oro del desierto".

Entonces nos enteramos por el dueño de este establecimiento público donde se da hospedaje y se sirven comidas, que han llegado para actuar unas artistas venidas desde Marruecos, que están en gira por Argelia: "¡Alguién que sepa tocar música, cantar y bailar, se asegura una buena cogida adonde quiera que vaya!", exprésanos Faisal al Kadir, el literato de Arabia Saudita con quien estamos haciendo este trayecto en el Sahara.

Enseguida estando todos a la expectativa en el salón, distinguimos que ingresan dos músicos, el uno con tambor, el otro con flauta, los cuales se ponen a tocar una pieza musical monótona. Seguido a ellos llegan cuatro marrocanas, con sus rostros velados por el *itam,* quienes poniéndose en el centro de la pieza en círculo se van descubriendo cada una la cara, haciéndonos luego una venia respetuosa a los presentes. Estas mujeres, por cuyos bailes han sido contratadas para divertirnos a los parroquianos, lucen vestimentas largas y sus rostros maquillados. Mientras que las monedas de plata que adornan sus cuellos y cinturas cuando ellas bailan van produciendo una titiritaina alegre, en tanto las pulseras de oro que ciñen sus brazos y los pendientes guarnecidos con gemas de colores que cuelgan de sus orejas, les dan un toque extra de atracción. Por eso los hombres presentes las observan con ojos alegres y callados cuando ellas comienzan a moverse sin variedad en el estilo de una a otra. Solo entonces cuando los musicantes varían de sonido hacia un ritmo más ligero, es que ellas se vuelvan más expresivas con sus gestos. Tal como el de una de ellas de regalarnos su corazón, o el de su próxima que inclinando su cabeza hacia adelante, menea su cabellera que de ser tan larga le llega casi al suelo.

Al volverse el tono musical con mayor vigor, también lo hacen las bailarinas retenblando sus anchas cinturas, pues se trata de mujeres corpulentas, cuyas expresiones de sus rostros lucen más bien fatigados. Parándose después desde los bancos dos improvisados espectadores, se ponen a contornearse entre las danzarinas que sin inmutarse siguen ejecutando su número, por lo que comenta el literato árabe Faisal al-Kadir: "Hasta en el baile se ve que entre nosotros los musulmanes, hombres y mujeres, vivimos dos mundos casi apartes". Luego mirándolo Faisal al-Kadir, al Príncipe Islamita, le inquiere: "Dime Príncipe, ¿qué querías tú decirnos en las aguas termales con eso de: ¡Después del baño, que me quiten lo bañado!". Dále a saber el Príncipe Islamita parándose al instante: "Mira Faisal, quería yo expresar lo mismo que esto", y situándose en el centro de las marrocanas quienes otra vez están danzando en círculo solas, comienza él con sus manos en alto, a mover sus caderas con sensualidad al compás de la música y de tal forma que hasta las de Marruecos paran de bailar para mirarlo.

Por lo tanto, cuando regresa a sentarse El Príncipe Islamita junto a nosotros, le contesta él al literato de Arabia Saudita: "Lo que parlé yo en los baños termales, es semejante a esto que repito ahora: ¡Después de bailar que me quiten lo bailao!". Y respóndele Faisal al-Kadir: "Entiendo Príncipe que eso significa, que cualquiera sean las contrariedades que te hayan surgido o vayan a surgir, no pueden invalidarte el placer ya obtenido". Contéstale El Príncipe Islamita: "Lo has explícado maravilloso Faisal al-Kadir". Y refiérele Kasim al-Farabí, o sea el socio de Faisal al-Kadir, al Príncipe Islamita: "¡Vaya, que a todos el desierto los adormece, pero a tí Principe las tierras desérticas te sacuden el sueño!. Se puede asegurar que hasta te despabilan". Terminado el espectáculo y siendo la hora de dormir, nos vamos contentos a nuestras piezas destinadas para descansar.

Al día siguiente, mientras visitan la mesquita El Príncipe Islamita, Faisal al Kadir, Ahmed Shahin y Kasim al-Farabi; entrando en la plaza Sol Stepanov junto conmigo vemos que hay árabes, berberiscos y la mar de personas que hacen sus transaciones de granos, carnes, telas y joyerías en oro y plata. Se hayan ellos en compañía de quienes compran, vende o permutan sus mercaderías. Acá están presentes por igual los adivinadores de la buenaventura y los yerbateros que curan con hierbas. Acercándonos a dos hombres que están en un puesto conversando, le compramos al dueño fruta. E ibamos a salir, cuando el vendedor nos invita a comer el alcuzcuz de una olla que acaba de preparar su mujer. Tan agradecida se pone ella cuando le alabamos el sabroso kuskus, que hasta nos abraza a Sol Stepanov y a mí. Y su compañero en medio de la conversación nos cuenta: "Antes que llegaran ustedes, hablába con mi paisano de los tiempos difíciles en Argelia. Primero, la guerra de la Independencia entre los argelinos y los colonizadores franceses. Segundo, la Guerra Civil en que también exterminaban a mujeres y niños. ¿De que se les acusaba?. De nada. Se trataba de acción de unos, reacción de los otros, y contrareacción. Era un círculo vicioso, que felizmente llegó a su fin, porque vamos para mejor. Ya que actualmente contamos con un gobierno democrático. Y se está respetando lo más importante de la gente que es su derecho de vivir".

"¡Gracias al Dios de Abraham, Isaac y Jacob!. Ya que en una confrontación de esa calaña, nacionales y foráneos corren el mismo riesgo", afirmanos Sol Stepanov. Y como ven ellos que Sol, y yo, seguimos comiendo en este quiosco al aire libre, cuéntanos el dueño: "La paz aquí, o pasando las fronteras, tiene que hacer con el precio del barril del petróleo. ¿Miraron ustedes por la televisión los ataques a las *Torres Gemelas* en Nueva York?. ¿Y como ante una provocación así, reaccionan los poderes de América con sus aliados?. En la actualidad, lo que tenemos que lograr los musulmanes es apaciguar los ánimos de los que no son islamitas".

"¿Y cómo estáis vosotros tan enterados, viviendo en Biskra?". Contéstame el otro: "Señor, es que en el desierto aunque andamos despacio, las noticias son tan corredizas como las arenas".

Después de lo conversado como nos vendieron más alcuzcuz, Sol junto conmigo se lo llevamos a nuestros compañeros de viaje, es decir al Príncipe Islamita, Faisal, Ahmed, y a Kasim que nos aguardan afuera. Al amanecer salimos otra vez a pie desde el hotel para dar un paseo por Biskra, ocasión que aprovecha Kasim al-Farabi para comprar una guitarra. Y habiendo deambulado entre las viviendas indígenas de las aldehuelas del Sahara, llegando hasta un oasis, nos acercamos a un hombre y una mujer que están allí descansando con sus camellos.

Saludándonos pues, amigablemente con los camelleros, les pregunta Ahmed Shahin: "¿A qué tribu pertenecéis vosotros?", Y le informa el camellero sin pararse: "Nosotros somos beduinos, de los que vivimos errantes en Arabia, Mesopotamia y el Norte de África". Le dice entonces, el escritor Faisal al-Kadir: "Beduino en el idioma árabigo significa *hombre del desierto*".

Contéstale él: "Siria fué nuestra patria original. Y los nuestros están en Irak y Palestina. Pero lo más conocidos somos los que habitamos en Arabia, Egipto, acá". E interrógale sentándose El Príncipe Islamita: "¿Es esa tu mujer?". Retoma la palabra el camellero para hablarle: "Sí, que se tapó la parte inferior de su rostro con el chal, cuando os aproximáisteis vosotros. Ella no es árabe para cubrirse toda la cabeza. Ella es beduina". Dicho esto pasa a proponernos Faisal: "Yo esoy cansado para regresar a pie. Podríamos arrendarles sus camellos". Y como la sugerencia nos gustó, la aceptamos, siendo Ahmed Shahin el que se pone a negociar con ellos.

Cuando la beduina con su piel morena, sus ojos verdes y centellantes que nos miran fijamente le habla a su pareja, este después nos lo informa: "Dice mi compañera que si la niña que va con vosotros le da sus pendientes, los brazaletes y las ajorcas que tiene en el tobillo; y vosotros algo de dinares a mí, nosotros les prestaremos a cambio nuestros camellos, que son trotadores, para que regreséis al pueblo".

En respuesta a ello, nos diáloga Sol Stepanov: "La solución es sencilla, yo le doy estas alhajas a ella. Y ustedes me pagan lo que cuestan, para comprarme nuevas". Por lo que se adelanta en asegurarnos su prometido: "Siendo Sol mi novia, yo le abonaré el costo de sus joyas. Así que, regocíjate querida Sol porque yo te daré el doble. He aquí, un cheque bancario mío, Sol, a cuenta de ello". Leyendo las cifras Sol, expresa: "Este trueque vale. ¡A cambio de oro, recibo diamantes!". Y respecto a nuestro viaje sentados que haremos sobre los camellos, entre todos reunimos unos dinares para cancelarle por adelantado al camellero. El cual nos informa:

"Iremos también nosotros montados para guiaros". Entonces pregúntale Sol a la beduina al entregarle sus adornos preciosos: "¿Estás contenta?". Contéstale ella: "Si", engalanándose sonriente de inmediato con ellos. Por lo que pronuncia Kasim al-Farabi: "Deduzco que estas mujeres presentes son audaces. Consiguen lo que quieren con la imperiosidad de las leonas".

E indágale Ahmed Shahin a la pareja de Camelleros: "¿Salís vosotros siempre juntos?", respóndele La Camellera: "Poco, yo busco agua en el pozo, muelo trigo en el molinillo. Amaso la harina y cueso el pan en el horno. También fabrico la manteca. Además cuido de mis hijos, trabajo en el telar y remiendo la lona de la *jaima*". Pues bien, términando ella de contarnos esto, su marido nos refiere: "Somos ambos los que envolvemos la carpa cuando se levanta el campamento y nos trasladamos a un lugar de pastos nuevos. Somos verdaderos nómades, que nos desplazamos con frecuencia de un lugar a otro". Averíguales Faisal el escritor de la Arabia Saudita: "¿Tenéis ganados?", cuéntanos ellos: "Cabras pero están tan desnutridos como estos camellos", comprendiendo sus trajines les digo: "Y con razón os trasladáis porque como los campos están completamente comidos por el tropel de animales, con dificultad se recuperan por la sequía". Dícenos también El Camellero: "Aunque los camellos por la construcción de las carreteras y ferrocarriles han perdido mucho de su importancia como animales de carga, son todavía indispensables en las areas solitarias del desierto".

E infórmanos además Ahmed: "Es que los camellos son fuertes y sobrios. Ellos aguantan harto peso bajo el calor sofocante del Sahara. Y pueden estar nueve días sin comida y una semana sin beber agua". Y cuando Sol Stepanov interroga: "¿Cómo les es posible a los camellos caminar tanto tiempo seguido, mientras están ayunando?", adiciona El Camellero: "Señorita, es que todo el tiempo ellos están consumiendo la grasa que se les ha concentrado en sus jorobas". Y nos cuenta La Camellera: "El comprar y vender camellos es de gran importancia para nosotros. Ello es la única forma que tenemos de conseguir dinero".

Luego antes de montar, nos explica El Camellero con parsimonia: "Los camellos cuando avanzan en el Sahara se alimentan con plantas, aún de las espinosas que crecen en la arena.

Sus ojos están provistos por espesos párpados. Y cuando el impetuoso simún, la tempestad de viento y miedo, sopla enfurecido a través de la inmensidad desértica, los camellos y dromedarios pueden cerrar las ventanillas de sus narices a las partículas de arena lanzadas en el aire".

Su consorte de él que está de pie por aquí y lo oye, agrega: "Cuando se desata una tormenta de arena, en pleno desierto, los camellos se agachan con sus lomos vueltos hacia ella. En cambio los viajeros buscan refugio en una tienda de campaña o en un lugar cubierto. Y las mujeres, que tenemos la suerte de hallarnos en las literas, cerramos las entradas con las cortinas para protegernos". Y les parla con cachaza Ahmed Shahin: "Si, yo lo sé porque yo soy un Tuareg. Hacer frente a una tempestad que arrastra consigo infinitos granos de arena es una experiencia terrible. La piel del nómade curtida por la violencia de las ráfagas, le ayuda a soportarlo. Pero yo he visto a europeos menos acostumbrados a ello, regresar de la prueba con su cara lastimada, hasta sangrando". Y antes de que montemos en los camellos, Ahmed Shahin nos instruye acerca de ellos. Luego los camellos se inclinaron doblando sus rodillas hasta el suelo para cargarnos y los camelleros sujetaron a estos dromedarios hasta que nosotros completamos la subida encima de la bolsa.

Y chasqueando El Camellero con su lengua, le da un golpecito al animal en su costado, después de lo cual mi camello extira sus patas y se incorpora junto conmigo. Enseguida veo que los otros camellos están también de pie. Y mis compañeros de viaje, que a su vez están montados, se tambalean como yo de un lado hacia el otro, a una altura de dos metros desde la arena hasta nuestras monturas. Ahora bien, cuando después de su esposo, la camellera también sube, su marido se pone a silbar iniciando con ello la partida. Transcurrido un rato que me siento cómodo, acaricio el pescuezo del camello, que va a ratos a toda carrera trotando. Y pasando al lado de Sol Stepanov, le echo este piropo: "Sol, me estás tentando a quererte más. Al verte sentada sobre el camello, cubierta con esa ropa nómada apropiada para el desierto". Y he aquí que yendo por las campiñas, vemos a nuestro paso a tres niños que nos saludan agitándonos sus manos, entonces tras contestarles paso a preguntarle al Camellero:

"¿Tenéis hijos?", cuéntame él: "Si, míralos".

En aquel momento supe que aquellos era los hijos de los camelleros, dos chiquillos y una niña más tierna como de unos cuatro años, quienes parados en la puerta de una cabaña y después de hacernos adiós comienzan a tocar sus instrumentos musicales. La niñita toca con un pífano de caña, mientras que sus dos hermanitos golpean sus panderos. E inmediatamente que nos detenemos con los camellos corrieron los tres niños hacia nosotros, llamándolos al beduino y a su mujer repetidas veces: "¡Papá!, ¡Mamá!", por lo que los Camelleros les contestan:

"Díganles a vuestros abuelitos que pronto estaremos de regreso. A más tardar en cuatro horas". Y siguiendo montados en los camellos, que avanzan con sus ojos fijos en el horizonte, avistamos desde lejos los oasis con su vegetación y manantiales, que se encuentran aislados en los arenales alrededor de Biskra.

Pasando nosotros de largo por trozos de tierra, cercados con muros de tapias bajas, adelantamos a recuas de burros y asnos cargados de pesados sacos con dátiles que los indígenas traen desde el desierto, conjuntamente con lanas, cueros y pieles de sus ganados para conducirlos al mercado, donde los permutan por granos, carnes de carnero y camello, telas, y joyerías de oro y plata. Llegando a Biskra, atravesamos el barrio indígena con sus cafés abiertos, fijándonos que por las calles van algunas mujeres con diminutos tatuajes, que como si fueran cuentas de collares, los lucen en las manos, cuellos y caras que las llevan descubiertas del velo y expuestas a las miradas de los hombres. Ellas transitan en grupos o están sentadas en las puertas de sus chozas, desde algunas de las cuales oímos que emiten canciones en árabe. Y como al pasar por una residencia observamos a gente de pie y se escuchan las alegrías de las guitarras y cantares gitanos, nos cuenta El Camellero: "Esas voces son las de unos huéspedes españoles. Ellos vinieron a Biskra primero para el Festival de la Primavera y ahora han vuelto. Y son bien recibidos, porque a los dueños argelinos de esas casetas les gusta visitar España".

Siguiendo hacia Touggourt

Al día siguiente partimos desde Biskra con el par de Land Rover para dirigirnos a Touggourt. Por eso nos adentramos en el desierto del sur, a un lugar del cual nos dice Ahmed Shahin cuando paramos y nos bajamos: "Estas tierras como véis son áridas, pedregosas e inhóspitas porque no habita nadie excepto los escorpiones y lagartos en las grietas de las rocas. Al rajarse esos peñascos los arrojan a la arena dejándolos al descubierto, como aquellos dos escorpiones que van por ahí. Pero no solo ellos pueblan estas desoladas tierras, sino también las víboras venenosas, las que al oír el ruido de los motores aprovechan para escabullirse bajo los arenales. Y cuando volvamos a emprender la marcha, iremos evitando las charcas de aguas inservibles porque contienen sal, yeso, carbonato de cal, sodio y salitre", y cuando Kasim al-Farabi pregunta: "¿Y qué les pasaría aquellos que las bebieran?", respóndele Ahmed: "Les causarían trastornos al estómago".

Luego, mientras nos detenemos a mitad del camino para calentar conservas con un puñado de ramas y tomar una infusión caliente, nos entera Ahmed Shahin: "Las plantas del Sahara son fabulosas por su capacidad para adaptarse a la sequedad de la atmósfera y del suelo. Tal como esta hierba asheb que sirve de inmejorable alimento a los animales. Cuando hay una sequía en la región, el ashed desaparece, pero el viento transporta su semilla a otra zona, quedando ahí sin perder su poder germinante. Basta una lluvia recia de corta duración para que vuelvan a brotar estas tiernas plantitas". Tras oírlo a Ahmed afirmanos El Príncipe Islamita: "También los bichos se adaptan con perfección a la atmósfera del desierto, teniendo en su exterior un cuero grueso que los protege. En cuanto a los insectos pueden penetrar en la arena hasta encontrar el agua que requieren, tal como nos lo expusó Ahmed Shahin. Otros animales en cambio retienen el líquido en su organismo para utilizarlo cuando no lo encuentran en el exterior. Estos son además de los camellos y dromedarios, los antílopes".

Asimismo expresa Faisal al-Kadir: "Como vosotros sabéis, el agua es el componente más abundante de la superficie terrestre. Lo acuoso está formado por la lluvia, las fuentes, los ríos y los mares. Según la filosofía natural de la antiguedad, los cuatro elementos que forman el mundo son el agua, la tierra, el aire y el fuego".

Por eso Kasim al-Farabi asevera: "En mi opinión, Alá sigue creando la naturaleza con mucha sabiduría y variedad, para que nos socializemos ayudándonos entre todos. Sobre lo cual, Alá nos va a pedir cuenta el día que nos juzgue". Y aumenta Ahmed Shahin: "Por ejemplo, en extensión Argelia es el segundo país más grande de África, después de Sudán, y el mayor del Magred. De Argelia, solo el quince por ciento de su territorio no es el Desierto del Sahara. Además de Argelia, también a otros países africanos pertenece una parte del Sahara. Estos son Mauritania, Mali, Tunesia, Libia, Niger, Chad, Sudán, Egipto, Marruecos y la nación que este se anexó que es El Sahara Occidental. El Sahara con sus nueve millones de kilometros cuadrados se distingue por ser el desierto más grande de la esfera terrestre. Con una de las más bajas densidades de población en la Tierra, pues el Sahara solo tiene alrededor de un habitante por tres kilometros cuadrados". También yo les refiero: "Me enteré, antes de adentrarnos a este desierto, que según las estadísticas hechas a comienzo del siglo XXI, viven dos millones y medio de moradores en el Sahara. Agrupados en Beréberes, Beduinos, Tuaregs, Moros, Árabes, Tibboe, además de otros grupos. Y comerciando entre todos ellos en este desierto del Sahara, que es la región más calurosa del mundo".

"Toca mi cara Ahmed, para que sientas como está empapada de sudor", le pide Sol Stepanov.

"Y lo hago con mis dos manos Sol, para refrescarme más. Ahora que es verano, la temperatura en el desierto oscila entre 45° y 50° grados. Y si no fuera por las botas que llevamos puestas, tendríamos que cuidarnos de las víboras. Ya que los animales se proliferan con este clima". A lo que advierte Sol Stepanov: "¡En verdad, qué entretenido es viajar con estos todoterrenos!. Saliendo de Argel oh, hemos visto una pantera. Otros días gozamos al mirarnos cara a cara con antílopes. Luego observamos a chacales en correrías con otros de sus especies.

También a esa hiena una noche comiendo carroña". Por lo que agrega Kasim al-Farabi: "¡Y qué extraordinario es admirar los jabalíes y las vistosas cabras montescas!".

"O apreciar los animales que son propios del Sahara. Por suerte, para hacer este recorrido solo es imprescindible protegerse la cabeza y la piel del sol. Y llevar reserva de agua, un saco para dormir y transportar comida en conservas".

"Si querida Sol", asiente su prometido El Príncipe Islamita. "Pero como me decía papá Adnan y con mucha razón: "Hijo, el desierto tiene dos rostros. Por un lado es bellísimo, por el otro los peligros son inminentes. Y puede suceder lo fatal en un abrir y cerrar los ojos".

"Amigo, es cierto", afírmole yo al Príncipe Islamita. "Las imagenes de estas fabulosas dunas u oasis nos acompañarán siempre. Y a la vez concuerdo con la prudencia que aconseja tener tu padre. Pues, por mucho que nos hayan prevenido los peligros, o que vayamos sorteándolos, no podemos imaginarnos los riesgos que corremos a cada instante. Felizmente, hasta ahora estamos nosotros sanos y salvos para mutuamente asistirnos. Y aunque desfallezcamos de calor, sacaremos la energía necesaria para seguir ayudando a nuestro paso, a quienes sufren las cuatro mayores tragedias que azotan a África como son el hambre, la malaria, el sida y los heridos de las guerras". Entonces atina en decirnos Faisal al-Kadir: "Cuyos decesos merman en el Sahara el escaso número de sus habitantes, cuando no encuentran quienes los salven del apuro. ¡Cuántas veces yendo por este desierto con nuestros todoterrenos, pasan días seguidos sin cruzarnos con nadie!. Esto es la región más despoblada que conocemos los hombres y las mujeres".

"Y donde durante el invierno, una noche puede enfriarse descendiendo la temperatura hasta bajo cero. ¡Así que preparémonos para el frío de este anochecer cuando durmamos dentro de los coches!", pronuncia Ahmed Shahin. Saliendo de aquí y después de muchas horas de viaje, llegamos en pleno desierto a un lugar de la carretera donde hacemos un alto porque nos disponemos a pernotar. Así que aparcamos los coches a un lado del camino, alegrándonos sobremanera cuando Sol inicia un canto árabe y la secundamos haciendo gran algarabía. Habiéndo cesado con ello, imperaba el silencio del anochecer entre nos, y viéndo venir en la lontananza a cuatro camellos jalados por dos siluetas, dícenos Ahmed Shahin: "Aquellos deben ser unos saharianos que vienen en esta dirección porque se dirigen al mercado".

En efecto al llegar a nuestra cercanía los andantes, vestidos con túnicas largas y turbantes, nos saludan con el habitual: *Saldam Aleikum*". A lo que le respóndemos con la misma cortesía: *"Aleikum-es-salaam"*.

Entonces enterándonos ellos de sus cuitas, nos cuenta: "Salimos para vender un par de estos camellos en el sitio público de El Oued. Vamos pues a la ciudad con sus mil cúpulas como se conoce a la capital de Souf", e indicándoles Ahmed Shahin el camino, comentan lo frío que está el anochecer. Por lo que yo, tras haber convencido a aquellos con quienes estoy viajando, los invito a dormir aquí bajo el techo de ambos coches, tal como lo haremos nosotros. "¡Nos parece una buena idea!", dicen el par de peregrinos. Así que uno de los mismos se alista a pernoctar en el landrover de Faisal donde, además de este, también lo harán Kasim y Sol Stepanov. Pues Sol nos había dicho que antes de su boda prefería no acostarse bajo el mismo techo de su novio. Por lo que había comentado este al oírla: "¡Qué original eres Sol!". El otro de los comerciantes saharianos, tras amarrar él con su amigo a estos rumiantes para que no se fueran, se prepara entretanto a pasar la noche en nuestro coche todoterreno junto con El Príncipe Islamita, Ahmed Shahin y yo, que estoy bautizado con el nombre de Diego Torrente.

Hecho estas cosas, compartimos con los transeúntes nuestros panes y sardinas, al lado de porciones de verduras y frutas enfrascadas tales como tomates, cebollas, ajos, aceitunas, alcachofas, espárragos, melocotones y peras. Además de cerrar el anochecer tomando té y leche en polvo. Las diez de la noche nos dá cuando todos los musulmanes, que están de viaje en este paraje solitario, poniéndose de acuerdo para rezar se arrodillan en la tierra inclinándose una que otra vez para orar a Alá, mientras que Sol y yo por nuestra parte también elevamos cada cual nuestros pensamientos hacia Dios. Después de esto bajamos los equipajes que llevamos arriba de los todoterrenos, donde están los sacos de dormir de cada uno y extendiéndolos dentro de los vehículos nos acostamos metiéndonos en ellos, abrigándonos incluso con unas frazadas peludas encima como ya lo habíamos hecho antes. Tomó un tiempo mientras todos nos dormimos, pues, aunque estamos en la boca de la noche, la luna llena ilumina los kilometros de estas bellas dunas que se extienden al frente nuestro en el horizonte.

Y contemplando aquello hábloles así yo, que soy Diego Torrente: "¡Si estas montañas pudieran hablar que de cosas contarían!". A decir verdad no vemos fantasmas, pero si andano por el terreno pedragoso pequeñas ratas-canguros porque tales como los canguros tienen patas traseras largas con las que dan enormes saltos. Al amanecer muy temprano, tras tomar el desayuno se despidieron los dos peregrinos del Sahara dándonos las gracias.

La temida tempestad de viento y arena

Desde ahí seguimos nuestra travesía llegando a comunidades de ocho a diez toldos divididas en pequeños grupos, siendo en una de ellas donde un Sahariano o habitante natural del Sahara nos saluda con el habitual *"Saldam aleikum"*, no sin antes haberse llevado su diestra al pecho, los labios y la frente como ya hemos visto que es tradicional en los musulmanes. Cuando le correspondemos refiriéndole que estamos de paso, nos invita el Saharaui (así se le designa también en la lengua árabe) a tomar té pasando a entablar una conversación con nosotros, durante la cual refiriéndose a ellos mismos, o sea a su mujer y a él, nos cuenta: "Nosotros pertenecemos a un grupo seminómade que nos movemos dos veces al año, permaneciendo por lo general en el mismo valle". Dícenos también su consorte: "Porque la clase de vida sedentaria que llevamos no puede ser soportada por largo tiempo por todos los integrantes, el número de los que estamos aquí se ha reducido cada vez más. Los que quedamos podemos encontrar muy poca leña, aunque nos han traído algunas botellas de gasolina".

Y nos comenta su marido o sea el Sahariano: "Hay incluso los muy pobres que no tienen camellos, solo asnos además de sus ovejas y cabras. Cuando quieren moverse, requieren que se les ayude con autocamión, siendo aquello muy costoso...", de pronto el hombre se queda estático y reflejando en su rostro gran incertidumbre, observa: "Mis camellos están agitados", aumentando Ahmed Shahin a lo dicho: "¡Y hay ráfagas de viento!", en eso El Príncipe Islamita mirando la lona, pronuncia: "Mirad, como la carpa se mueve", y advierte a gritos Ahmed Shahin: "Es el simún...el simún...la tempestad de arena". En efecto vemos que la neblina se va cargando. Y procede a clamarnos en alta voz el Camellero: "Ayudadme a atar los camellos". Entonces como cerca nuestro están los animales, los amarramos rápido detrás de unas rocas e incluso en el escaso tiempo que nos queda tapamos la superficie del pozo para que no entre arena. El sol sigue arriba de nosotros y una densa nube amarillenta nos impide mirar más allá, mientras que por todas partes oímos un silbido ensordecedor.

Y las bocanadas de viento, que sacuden nuestras ropas y nos azotan las caras, levantan en el aire nubes de arenilla y sacan del terreno enormes pedruscos que ruedan por las rocas con gran estrépido. Para desconcierto del Príncipe Islamita, de la mujer saharaui Uzzá Houzi, del árabe Kasim-al Farabi, y yo, el tiempo no nos alcanza para volver a la carpa sino tan solo para protegernos detrás de un peñón. A todo esto habiéndo perdido de vista al escritor Faisal al-Kadir de Arabia Saudita, a Ahmed Shahin, a Sol Stepanov, y al Camellero, miramos en dirección de la *jaima* pero no vemos nada, más que niebla, acompañada con ráfagas de aire.

Sentados muy juntos estamos nosotros cuatro, cuando El Príncipe Islamita se pone a llamar en alta voz con insistencia una y otra vez: "¡Sol Stepanov!". Dícele Kasim al-Farabi: "Yo la ví que Sol estaba en compañía de Faisal, Ahmed y el Nómade", pero El Príncipe Islamita lo insta a que se callara diciéndole: "Kasim, ¡Pchs!". Y persiste en tranquilizarlo el arábigo Kasim al-Farabi: "Príncipe, a tu novia Sol Stepanov no la vamos a ver venir. Todos los demás deben estar juntos acompañándose. Pero si tú quieres saber donde está Sol, anda búscala en la *jaima,* así saldrás de toda duda".

Y Kasim al-Farabi cogiéndole la mano a la Nómada, le pide: "¡Toca mujer mi corazón para que oigas como suena!. Está latiendo tan fuerte como el redoble de un tambor". A lo que prorrumpe El Príncipe Islamita: "¡Kasim, se vé que gozas con tus palpitaciones!". Respóndele Kasim al-Farabi a través del aire: "¡Príncipe, ya quisieras tú estar en mi lugar, en este preciso momento!". Y tan ligero como se mueve el viento en el desierto por acción del simún, posa Kasim su diestra en el pecho de la sahariana, diciéndole: "Déjame por amor Uzzá sentir como están tus pulsaciones. El acariciarte ahora Uzzá Houzi es como tener aguita para mi sed".

Rehusando ella el gesto de Kasim, le argumenta: "¡Yo no te he dado permiso Kasim para tocarme a mí!". Mas presto como corre el tiempo, empieza Kasim al-Farabi a tararear con desparpajo:

"Cuando el amor llega así de esta manera,
uno no tiene la culpa.
Quererse no tiene horarios, ni fecha en el calendario,
cuando las ganas se juntan"

Y El Príncipe Islamita escuchándolo canturriar a Kasim al-Farabi, lo hace callar para averiguarnos: "¿Dónde estará Sol Stepanov?"

"¡Caray Príncipe, estoy cantando para retener la gota de alegría que nos queda!. Pero si tu quieres saber adonde está Sol, anda búscala en la *jaima,* así saldrás de toda duda". Y en un impromptu pronuncia Kasim al-Farabi temerariamente: "Bueno Príncipe si tu quieres, vamos a buscar a Sol Stepanov..."

Antes que lo hicieran, les sugiero yo Diego Torrente: "Aguárdemos aquí. Si oímos al ventarrón silbar con menos fuerza, sabremos cuando el viento va amainando". Tras nuestro largo silencio, insiste El Príncipe Islamita: "Diego, por favor, canta tú una canción que nos devuelva el ánimo". Dándole la razón entono en el idioma árabe:

"¡Oh Soberano, oh Juez, oh Padre,
siempre oculto, siempre presente,
yo te adoraba en los tiempos propicios,
y te bendigo en este día sombrío!"

Interrumpiendo aquel son mi mismo, les comento al Príncipe Islamita; a Kasim; y a Uzzá: "Esta situación de la tormenta desatada nos está excitando a movernos a un refugio más seguro. Y aunque eso nos provoque, será mejor que nos quedemos aquí. Pues la niebla no nos permitirá seguir la marcha, ni en broma". Contestándome la saharaui Uzzá Houzi: "Así es, ¿yendo a tientas como sabríamos el camino hacia la carpa?.", observo mi mismo Diego Torrente: "Mirad los lagartos, hasta ellos se escabullen". A todo esto vuelve a contarnos la sahariana: "¡Señores, perderse en pleno desierto es algo terrible!. Más bien, cuando la tormenta cese, observaremos las nuevas nubes que se forman, como los vientos las desplazan. Y podremos disfrutar de la serenidad del desierto otra vez. Preparémonos para después de uno o más días, a ver nuevamente el cielo y divisar el horizonte". Ruégale El Príncipe Islamita: "Tu mujer que eres una bereber tuaregs, cuéntanos algo para distraernos", e interróganos ella: "¿De qué preferis vosotros que os hable?", instámosle: "Algo más, sobre las comunidades del Sahara...."

Entonces se queda ella pensando, y pasa a referirnos así: "Las varias tribus del desierto se dividen en dos grupos principales, que se diferencian con respecto a sus lenguas, trajes, y costumbres. Profesan dos doctrinas islamitas distintas. Cada uno, de esos conjuntos de personas, tienen sus campamentos en diversas partes del Sahara. Los árabes, con la poderosa tribu *Shamba* ocupan la zona oriental del desierto y formaron el contigente básico de las tropas índigenas de Francia, que tomaron la totalidad del Sahara argelino en el siglo XX. Su religión predominante de esa tribu es la ortodoxa mahometana y su idioma el árabe. Pero después de la Guerra de Argelia, cuando este país obtuvo su independencia de Francia el año 1962, alrededor de un millón de europeos, que eran en su mayoría franceses y que vivieron en gran parte en las ciudades y algunos en el campo como agricultores; regresaron con sus familiares a Francia, España e Italia".

Haciendo una pausa, coméntanos la misma saharaui Uzzá Houzi: "Escuchaba al viento... Del otro grupo somos los bereber tuaregs los que habitamos en la mayoría del resto del desierto.

Por lo general las ropas de estos nómades son pantalones. Sobre ellos usan túnicas flojas, idénticas a las que portáis ustedes. Y tanto los machos como las hembras nos tapamos la cara con el *itam*". Díciendo Kasim: "Pero viéndoseles los ojos como a nosotros ahora", refiérenos luego ella: "Si. En cuanto a las mujeres tuaregs de la región Hoggar adonde vosotros iréis, allá ellas no se cubren los rostros, pero si se tapan sus cabellos". Estamos todos nosotros atentos a lo que nos dice Uzzá Houzi y a la intensidad con que soplan las corrientes de aire, cuando interviene el Príncipe Islamita para relatarnos a su vez: "No está claro de donde vinieron a África los tuaregs. Lo único cierto es que sus antepasados fueron una tribu guerrera, vencedores de los habitantes aborígenes del Sahara, dondequiera que se pusieron en contacto con ellos".

Coméntanos de nuevo Uzzá Houzi: "La superstición del tabú persiste en nosotros. Por decir nos abstenemos de comer carnero. Nuestras instituciones sociales son una modificación del sistema matriacal. Por eso las leyes de la herencia están basadas en las mujeres. Un tío y no el padre es por lo general el cabeza de la familia. Pertenecemos a varias sectas religiosas. Y nos dedicamos a la caza como principal ocupación pacífica". Como callara Uzzá, no le urgimos a que continue, pero por último osa concluir: "Los tuaregs son excelentes jinetes, cazadores y...". Pronto aumenta El Príncipe Islamita: "Y bandoleros porque los tauregs hasta hace poco eran hombres que asaltaban...". También dános a saber ella: "Si pues, acometían por sorpresa a las personas en los campamentos de otras confederaciones". Averiguándole Kasim al-Farabi por qué lo hacían, nos entera la saharaui Uzzá Houzi: "Animados por el placer a la aventura. Esos asaltantes cuando pasaban por las carpas robaban ropa y joyas, que repartían después los atracadores entre los miembros de su tribu".

Y añade El Príncipe Islamita: "Seguro para aumentar el prestigio entre los suyos de ser mortales sin miramientos a la Ley. Si pues, Uzzá Houzi, deben haber sido así como tú dices, famosos guerreros. Porque según cuenta los historiadores, en Ahaggar o Hoggar nadie tenía el coraje de meterse en su área montañosa". Convérsole yo, a la cicerone de este momento: "Uzzá, hacia allá vamos, que es donde habitan los familiares de Ahmed". Por lo que nos entera con calma esta sahariana: "En Ahaggar es adonde viví yo de niña con mis padres.

Cuando arrivéis a esa parte del Sahara veréis su sierra majestuosa con picos altísimos. Uno de ellos tiene casi de tres mil metros". Pregúntandole Kasim si tienen nieve sus cumbres, le aclara Uzzá: "No. Más bien aquellos montes son de color oscuro con unas formas raras". Entretanto persiste con toda su furia la tempestad de arena mientras nosotros tiritamos de frío a más no poder. Y sino estuvieramos protegidos por este peñón, los vientos del poderoso simún hace rato que nos habrían arrasado y hasta enterrado.

Todavía seguíamos nosotros desvelados a la medianoche, cuando oigo que Kasim al-Farabi me balbucea: "Diego, "Estás despierto?, musítole: "Si Kasim, ¿por qué?", coméntame él: "Es que me cago de miedo, ¿cómo te las arreglas tú, Diego, para tranquilizarte?". Anímolo a él, con estas frases: "Kasim, es que me digo a mi mismo. Esta tormenta va a pasar pronto, porque así será". Aún no había despertado el día, cuando le pedí a Uzzá Houzi que nos contara algo más sobre los tuaregs. De nuevo refiérenos ella: "Una costumbre de los tuarges es concurrir al *shal* que es una reunión de solteros sin compromisos familiares. Por eso también van al *shal* las separadas y viudas sin hijos. Todos están ahí con ganas de amar", y acláranos El Príncipe Islamita: "Esos festejos se hayan desprovisto de brutalidades". Averiguándole a Uzzá, yo Diego Torrente: "¿Qué hacen allá?". Cuéntanos ella: "Cada cual exhibe sus talentos artísticos. Ahí se canta, se danza así (nos cuenta ella moviéndo sus hombros con entusiasmo) y se oyen dichos picantes".

¡Qué de secretos guarda consigo el desierto!

Comiendo un poco de pan y bebiendo algo de agua pasamos dos días con sus noches, mientras vagó el simún por el Sahara. Llegado el tercer amanecer, cuando el viento hubo aflojado y perdido su fuerza, salimos a caminar dejando atrás el peñasco, constatando enseguida los estragos que la tempestad había hecho. Los camellos están bien pero más flacos. La *jaima* o carpa hecha con piel de cabrito está en su sitio pero desgarrada. Y dentro de ella habían estado todo ese tiempo que perduró la borrasca, su dueño el camellero; Sol Stepanov; Ahmed Shahin; y Faisal al-Kadir. De inmediato ayudamos con el surcido. Luego dando gracias a Dios y al par de saharianos Uzzá Houzi con su marido, continuamos esta vez exhaustos el camino con el par de coches Land Rovers. Sin embargo un simple hecho nos viene a reanimar levantándonos otra vez el ánimo, que es el encontrar en pleno desierto, echados en la arena a dos camellos con sus dueños que son un nómade (cuya mujer se lamenta él acaba de morir) y su hijita como de doce años a quienes podemos ayudar.

Y es que desde lejos habíamos visto nosotros que tales peregrinos intentaron pararse repetidas veces para caminar, pero flaqueándoles las piernas volvían a caer. Y cuando nos acercamos a ellos como los vemos semidesvanecidos, nos apresuramos a darles del agua que estamos transportando en las odres de cuero. Felizmente el padre con la niña, así como sus dos animales, vuelven a ponerse de pie recobrando sus fuerzas. Buscando este arriero en sus alforjas, saca de allí para regalarnos un par de *Rosas del desierto,* que son esos raros cristales de arena petrificados, parecidos a las rosas que se encuentran diseminados por el Sahara. Habiéndoles dejado a ellos botellas de agua, asimismo algunas de nuestra provisiones alimenticias y después que los cuatro musulmanes con los que vamos más el peregrino, postrándose en la tierra se inclinaron varias veces para rezar, reanudaron el papá con la chiquilla la marcha. Prosiguiendo nosotros pues adelante, pasamos algunas pueblas de gente sencilla hasta que acampamos.

Los pastos están mejor pero no hay agua, así que bebemos la que portamos. Entonces el viento empieza a transportar arena y lo cubre todo. Por lo cual deshacemos los toldos, empaquetamos en bolsas lo que llevamos, lo ponemos todo en los coches, y seguimos hacia el próximo sitio. Otra vez nos apresuramos a instalar las dos carpas, a sacar las cosas de las movilidades, etcétera. Partiendo de nuevo con el par de Land Rovers, tras varios días arrivamos de noche al oasis de Touggourt, conocido como el centro de muchos oasis en medio de plantaciones de dátiles. El Hotel Touggourt donde nos alojamos tiene piscina, cancha de tenis, bar café y restaurante. Al orto de la madrugada siguiente nos bañandonos en la piscina, y luego de desayunar, salimos a recorrer los alrededores. En nuestro paseo a pie por Touggourt vemos que el mercado está en todo su apogeo. En sus puestos se pueden comprar naranjas, higos, dátiles, aceitunas, cebada y otros productos alimenticios; además de artículos como ollas, platos, cubiertos, alfombras, tapices, medicinas u otras cosas.

También hay distracciones en la feria para los niños. Y mientras por los parlantes se emite la música árabe, los vendedores pregonan en alta voz sus mercaderías. Avanzando llegamos hasta los palmerales, donde un comerciante que nos vende unos racimos de dátiles, nos cuenta: "Además de comerse como frutas, sus semillas cuando se han molido sirven para alimentar el ganado, aparte de que puede hacerse con ello café. Refiérele Ahmed Shahin: "Yo les he dicho también, que las grandes hojas se usan para cubrir los techos. Y que el tronco es un material esencial para edificar casas". Oyendo esto el lugareño pronuncia: "En el oasis las palmeras de dátiles están dominando el ritmo de vida. Aún así no me alcanza para comprar un par de teléfonos móbiles. Por eso estoy juntando dinero para adquirir uno para mí. Y otro para regalárselo a mi hijo quincianero por su cumpleaños. Mirénlo allá está él, porque viene ayudarme después de sus clases del colegio". Dándole al dátilero, nosotros, extra dinares por los dátiles para que adquiriera dos teléfonos móbiles, le deseamos buena suerte.

Siguiendo nuestro regreso al hotel, pasamos por una subasta de caballos, que como son pocos los que hay para vender, los compradores están muy movidos alrededor ofreciendo el máximo por ellos. Lo que mueve a Kasim al-Farabi a cantar esta canción cuando nos vamos alejando:

"Caballo le dan sabana, porque está viejo y cansado.
Pero no se dan cuenta, que a un corazón amarrao.
Cuando le sueltan la rienda,
es caballo desbocado"

Partiendo desde el oasis de Touggourt, nos adentramos cada vez más al sur, en dirección al oasis de Ouargla. Yendo por el camino, constatamos que van desapareciendo las dunas del Gran Erg hasta convertirse el lugar en una superficie plana donde no se ve vegetación ni casas. Parando en el oasis de Ouargla, reanudamos la marcha en pleno desierto, con los coches que continuan por la carretera, a veces asfaltada u otros ratos arenosa, adelantándonos a lentos camiones. Después que avanzamos horas, aparece en el camino descampado una casita y pasando de largo continuamos de corrido, hasta que paramos en un solitario café, donde después de identificarnos mutuamente, su dueño nos cuenta que somos sus únicos clientes hoy día. Decímosle: "Nosotros venimos de Argel y vamos a la región de Hoggar o Ahaggar, donde pueblan los tuaregs". Una vez que nos hubo servido té de menta acompañado de unas tortitas deliciosas, interrógale Sol Stepanov: "Zahîr Jahâl, ¿te gusta dormir aquí solo?"

Contéstale él: "Señorita, sé que vivo en pleno Sahara pero lejos de los oasis y con todo lo que ello comprende. Imágenes de soledad. Calor achicharrante de día. Frío entumecedor de noche. Más arena, piedras, polvo, sed. Y como uno tiene que buscar su consuelo por eso yo he abierto este establecimiento". Faisal-Kadir le dice: "Zahîr, en estas zonas inhóstiles debido a la naturaleza, pero bellísimas para contemplarlas con la vista, la falta de lluvia y el excesivo calor son una amenaza para la vida de aquel que no tiene ayuda. El Sahara con los otros desiertos árabes, al otro lado del Mar Rojo, forman juntos la más grande área desértica del mundo; en que la sobrevivencia de quienes viven en ella dependen en lo principal si existe agua o no. Y de las cuantiosas decisiones que deben hacerse a diario. Una de ellas es la protección del medio ambiente". Dice el dueño: "Así es Faisal. Por ejemplo que no debemos cortar un árbol de raíz para hacer leña, sino más bien cercenar sus ramas. Por eso he respetado esa única palmera que se ve allá a lo lejos, en medio del arenal".

Y lo seduce Sol Stepanov a él con estas palabras: "Oyéndote a tí, Zahîr Jahâl, descubrimos aún más vuestra sabiduría de los saharianos para subsistir. ¡Qué felicidad el haber dado contigo!". Pero el Príncipe Islamita agrega: "Zahîr, tú que estás acostumbrado a ver poca gente aquí, en este momento te parecerá un espejismo la presencia de mi novia Sol y en general de todos nosotros los demás transeuntes".

Parándose Sol de su asiento, pronuncia acercándose a él: "¡Zahîr, si nos tocas el cuerpo comprobarás que somos de carne y hueso!", por lo cual la palpa Zahîr a Sol, de arriba hacia abajo. Sobreponiéndose El Príncipe Islamita no les argüye nada, antes bien comenta: "¡Se ve Zahîr, que hace años, no has tocado a ninguna mujer!". Sin embargo este joven se haya tan embebido en su contemplación a Sol, que sin hacer caso al comentario del Príncipe, prorrumpe: "¿Le gustaría señorita Sol quedarse a trabajar aquí conmigo en este negocio?. Solo por un tiempecito. Acá vivirá usted tranquila en el sentido que no existe intenso tráfico. Nadie la molestará, porque viéndonos juntos creerán que somos marido y mujer. Claro que primero tendría usted Sol que preguntarle a su prometido, qué opina. No creo que se ponga a llorar usía Príncipe. Pues tendría la puerta abierta Sol Stepanov para salir y volver cuando quiera. Yo no la ataría porque la dejaría hacer conforme a sus deseos". Admírase Sol: "¡Qué cosas dices Zahîr!"

Reinando el silencio, manifesta de nuevo Sol: "Bueno, si extrañara yo desesperadamente este paraje solitario, solo una tempestad del Sahara me detendría. Ya que aceptando tu propuesta Zahîr retornaría de día o de noche". E invitándose el mesonero Zahîr a sentarse con nosotros, se pone hablar así: "Deduzco que ustedes Faisal y Kasim son de Arabia", por lo que aumenta Faisal: "Eres inteligente Zahîr en haberte dado cuenta de ello. Si somos tanto Kasim, como yo de la Arabia Saudita. Ahora sumamos seis los viajeros, que vamos con nuestras vistas fijas en el horizonte, cual caminan los camellos con sus pezuñas. Por eso, conociendo nosotros la región desértica de nuestro país natal, debe verse como una bendición de Alá si se arriba vivo a un oasis, o aunque sea a una cafetería como la tuya Zahîr. Superando el calor sofocante de día y el frío helado de noche, tal como tú, amigo Zahîr, nos lo describiste de modo similar. Y te nombro así aunque recién te conocemos, porque es de admirar tu generosidad para los viajeros, el tener esta cafetería abierta en pleno Sahara".

Coméntole a Zahîr, mi mismo Diego Torrente en esta charla de sobremesa: "Nos haces acordar Zahîr Jahâl que en el Sahara hay humanos esperándonos". Sonriéndo él asiente:

"Pensáis eso de mí, estimados clientes, porque a la vez que os sirvo, dispongo de todo el tiempo posible para conversar". Encomiéndale Faisal: "Y si te vas de aquí Zahîr algún día hijo, ya vés que te expreso así por cariño solo porque quiero tu bien. ¡Y que Alá os acompañe a tí y aquellos que estarán a tu lado, dondequiera que vosotros albergéis!. ¡Y que te libre de las compañías poco recomendables que están maquinando como hacer caer a otros!. Ya que a la hora de la cierta, que es la de nuestra muerte, cada ser que pasó por el mundo, tendrá que comparecer solo ante Alá. ¡Y que el Todopoderoso te haga recordad que no hay cosa más peligrosa que aceptar las posiciones políticas de otros, sino estamos de acuerdo!. Todo en la vida hay que cuestionarlo. Es decir, antes de hacer cualquier cosa, conviene preguntarse así: ¿Se trata de una obra buena?. ¿O acarrearrá ello catastróficas desgracias a mis prójimos?"

E interviene Kasim expresando: "Conforme Faisal. Por eso, vale que los mandamás se interrogen. ¿Debemos malgastar el dinero en armas?. ¿O sería mejor invertir en asegurar la salud de quienes carecen de dinero?. Porque aún en el país más poderoso, millones de ciudadanos ni tienen seguro social. Y no saben como conseguir la ayuda del Presidente de su nación. Él cual debería interrogarse antes de atacar a otro país. ¿Se van a desunir en mi nación los más sagrados pilares de la sociedad que son las familias, cuando se saca a los hombres de sus hogares para que se vayan a combatir, por ejemplo el terrorismo?. ¿Sabiendo de antemano que es casi imposible detectarlo a tiempo?. ¿Dejan los soldados a sus hijitos y toda la responsabilidad de cuidarlos en manos de sus esposas, que tienen que asumir a la vez el doble rol de padre y madre en sus casas?. Y cuando regresa el marido de la lucha, ¿estará ese excombatiente muy herido, sino en lo físico, en lo psíquico cuando revive en su memoria la tragedia de lo vivido?"

Y asiente El Príncipe Islamita: "En algunas patrias, se envía a las trincheras incluso a jóvenes reclutas. Siendo ellos aún adolescentes".

"¡Alá nos libre de implicarnos en un atentado!"

"Bravo, Zahîr", aplaude Ahmed Shahin. Tras lo cual afirma el escritor árabe Faisal Al-Kadir: "A mí se me ponen los pelos de punta cuando oigo en las noticias que un joven se dejó manipular por gente mayor para inmolarse como si fuera una bomba humana. Pues aquel que le ordenó hacer aquello en nombre de sus creencias, o de lo que fuera, está diciendo. Solo nuestra vida vale, la tuya que se vaya al diablo".

A tal momento Sol Stepanov le da un giro a la conversación diciendo: "Estoy filmándote Zahîr Jalâl para que te conozcan millones de personas. ¿Dónde?. En *El festival del Cine del Sahara* que se celebra anualmente en La Hamada".

"Señorita Sol, pronto llegará uno de mis clientes habituales a está cafetería. Él viene portando azúcar, otros comestibles y agua. Le pediremos que nos filme afuera de la puerta de entrada para que se aprecie este arenal. Así compararéis el contraste cuando arriven a un oasis con abundante vegetación". Ante esto recuerda El Príncipe Islamita mientras andamos a la intemperie alrededor de este local donde se vende té u otras bebidas. "La palabra Sahara en árabe significa castaño y vacío. Con ello se describe lo típico del paisaje. Antaño no era así, el clima del Sahara ha cambiado muchas veces. Estas grandes extensiones de pampas vacías y yermas fueron siglos atrás selvas. En los ríos secos que se conoce como *Wadi's* antes hubo agua. Cuando los enormes glaciales que en la antiguedad cubrieron ciertas regiones del mundo, se retiraron con lentitud, el Sahara comenzó a secarse, los bosques desaparecieron y los animales y la gente se marcharon".

Oyendo esto Ahmed Shahin, refiérenos: "Esas dunas de arena, con una longitud de kilometros, pueden subir con el viento hasta medir doscientos metros de altura. Los ventarrones insistentes que pasan, causan el desplazamiento de las dunas. Y como sobre sus cimas el viento lleva la arena fina, esta amenaza los oasis cuando tapan sus manantiales. Algunos ya han sido cubiertos por la arena". E interrogando yo Diego Torrente: "¿Existe una protección eficiente contra esa invasión arenosa?", refiérenos el propietario: "Si. Poniendo hojas de palmera en las partes altas de las dunas se trata de evitar el desplazmiento. El Sahara está lleno de secretos, como el corazón de una mujer. ¿verdad señorita Sol?"

"Y como para descifrar todos esos enigmas del Sahara, uno necesita tener contacto con otros saharianos, podemos entender bien al nómada que va solo, o con su familia si la tiene, vagando sin domicilio fijo desde las vasta extensiones de arena en busca de un verdadero oasis", discurro mi mismo Diego Torrente. Dándome razón el dueño de la cafetería, deduce Kasim al-Farabi: "Lo hace movido por el instinto, para la conservación de su vida. Allá encontrará ese nómada agua fuída en abundancia y crecimiento de cuantiosas plantas".

Y nos dice el dueño de esta casucha donde vende café u otras bebidas: "Por eso estoy juntando dinero para instalarme en una bella ciudad", e inquiriéndole nosotros cuántos dinares le falta, le damos los suficientes para trasladarse con nuestra cooperación en los Land Rovers, justo al momento que entra el parroquiano que él aguarda. Así que en el film que estoy tomando está Zahîr Jalâl y su conocido Salem Rachid que acaba de arribar. Al cual le cuenta sonriente Zahîr: "¡Salem me ha caído la suerte!. Por designio providencial viajaré con ellos para residir en Tam". Después de esto partiendo nosotros en compañía de Zahîr Jalâl, avanzamos desde cada madrugada para adentrarnos en el sur del Sahara. Y solo detenemos los coches para calentar las conservas que portamos con un puñado de ramas y tomar algo refrescante; o bien llegada la noche para dormir dentro de nuestros sacos. En una de esas, nos pregunta Sol Stepanov al ver unos huesos en la arena: "¿Estas osamentas a quién pertenecerán?", por lo que se pone a especular su novio, El Príncipe Islamita: "Sin duda fueron de una persona que enfermó o de un animal"

Y dígoles yo: "Podrían ser también de alguién que yendo por el desierto en busca de un oasis o comunidad perdiera su camino". Refiérenos Faisal al-Kadir: "Si, existe esa posibilidad. En un viaje de una caravana en el año 1805, quizó la fatalidad que ellos se perdieran en el límite del Sahara. Nunca llegaron a su meta porque las fuentes de agua estaban secas. En esa excursión murieron dos mil viajeros con sus ochocientos camellos". Reanudando nuestra marcha, días consecutivos estamos transitando en los coches, moviéndonos sin cruzarnos con nadie en nuestro camino y empapados de sudor.

Los hombres azules del Sahara

Hasta que atravesando aquellas regiones y estando siempre en pleno desierto del Sahara, avístamos una sierra impresionante con sus grandiosos picos de arena, que hacen exclamar a Ahmed Shahin: "¡Por fin podemos ver con nuestros propios ojos estas montañas oscuras de formas extraordinarias y alturas soberbias!. Cuyos nombres son Assekreunestles, Tahat y Akar Akar. Toda esta área montañosa se llama Ahaggar u Hoggar. Y aquí es donde viven la mayor parte de los tuarges argelinos". Llegando a Ahaggar entramos al primer pueblo tuareg que es Hirafok donde hermosas mujeres con sus caras amables nos miran sonrientes, ellas no llevan velados los rostros como en otras regiones del norte africano, en cambio los hombres si ocultan su faz. Y comienza Ahmed a contarnos cuando paramos para comprar los comestibles que llevaremos a su familia: "La mayoría de estos pañuelos *tagelmoest* (como los tuaregs les llamamos a estos turbantes con que cubrimos nuestra cabeza, excepto los ojos y la nariz) son blancos, o de color negro y por supuesto azules tal como los que lucimos ahora haciendo juego con nuestras túnicas. Estos *tagelmoest* en azúl añil son los más caros. La tintura que se utiliza para pintar esta tela se destiñe con facilidad, como hemos podido comprobar. Por eso colorea el semblante de aquellos que lo usan".

"¡Ajá Ahmed, de ahí viene que os dicen a vosotros *Los Hombres azules del Sahara*!", departe Faisal al-Kadir. Entonces paso yo Diego Torrente a preguntarle: "¿Ahmed, y desde cuándo tenéis esa costumbre los tuaregs de cubriros vuestra fisonomía?", a lo que me responde Ahmed: "Diego, eso es una incógnita. Lo que si se sabe es que nunca nos quitamos el *tagelmoest* en público". Y añade Kasim al-Farabi: "Estos pañuelones *tagelmoest* miden hasta quince metros. Y he notado que sirven para proteger el rostro del polvo y del calor". Confirmándoselo Ahmed Shahin a Kasim, nos aconseja Ahmed: "Y ya sabéis ustedes, los varones que estamos viajando juntos. No se dejen embromar cuando os digan que se desvelen el *tagelmoest* delante de otros. Ya que si lo hacéis, enseguida oiríais de ellos su algazara o sea sus voces de alegría". Y mientras andamos, nos chorrea tanto el sudor de la frente, que el *tagelmoest* va pintando de azulino nuestras caras, debido a lo cual viene a la memoria mía, que soy Diego Torrente, la canción italiana ¡*Volaré*!. La cual mis compañeros de viaje que no la conocen la aprenden tan bien de mí, que la repetimos en coro entonando estas palabras:

¡Volaré!
Pienso que un sueño así no regresará nunca más.
Me pintaré las manos y la cara de azul.
Después súbitamente venía el viento rápido.
Y yo comenzaba a volar en el cielo infinito.

¡Vaya que holgorio armamos cantando, mientras pisamos el lecho del río seco!. Avanzando vemos que cercano a un camello y cabritos que come hojas de acacia, se hallan unos chiquillos jugando con un tablero el juego *daroea,* llamado también *mancala.* Igual a como se entretienen los nómades del Sahara cuando lo dibujan en la arena, donde insertando palillos de madera, ponen sirle o excremento de camello hecho bolitas, como equivalente a las piezas del ajedrez.

Tamanrasset una capital con vitalidad

Terminada esa travesía arribamos a Tamanrasset, la capital de Ahaggar o Hoggar, a quien se le conoce como Tam, pareciéndonos que habíamos llegado a una gran ciudad por el sonido de los radios y los ruidos de los coches porque aquí abundan los taxis. Viendo nosotros el trajinar de la gente, algunos de los cuales suben a una camioneta que parte su rumbo, nos comenta Ahmed Shahin: "Tam, que es la abreviación de Tamanrasset, es como se le denomina a esta capital del Sahara, centro de las caravanas tuareg. Amigos, me siento en la gloria al pasar de nuevo por Tam. Más aún, por estar en vuestra grata compañía". Y parando en el Hotel Tahat, un sólido edificio de esos lujosos que a veces se ven en el Sahara, nos atiende el recepcionista, que domina el idioma árabe, así como el francés e inglés. Dejando nuestras maletas en las habitaciones que nos tocan, retornamos a la recepción donde encontramos a Zahîr Jalâl conversando con un productor de cine norteamericano, quien le propone para actuar como protagonista en la película que filmará. Gracias a la buena pinta de Zahîr.

Saliendo nosotros afuera, visitamos el Teatro al aire libre de Tam que tiene una interesante estructura. Después vamos a la plaza del mercado y de paso recorremos la ciudad. Con la frescura del aire vespertino andamos por las calles asfaltadas, viendo las casas con sus paredes que defienden a sus moradores de lo caluroso del día y del frío de la noche. Y pasamos por pasajes callejeros con tiendas a ambos lados que están interiormente alumbradas, donde se aprecian las mercaderías tales como ropas y pieles, mientras los comerciantes adentro lucen la vestimenta larga que usan los habitantes del desierto. Otros de aquellos vendedores están sentados delante de las puertas de sus negocios esperando que lleguen los clientes. Algunas mujeres transitan por las veredas sin mirar por los cafés desde donde se oye la música árabe. Luego nos sentamos al aire libre en uno de estos establecimientos y mientras bebemos té de menta o café, nos damos cuenta que entre los grupos que ocupan las mesas contiguas se hayan unos soldados desarmados con sus uniformes tomando resfrescos.

Siguiendo nuestro recorrido por las aceras notamos que hay nómades de pie diálogando. Por su parte las hembras con las que nos cruzamos, que por cierto son muy hermosas, contestan nuestros saludos con sus semblantes al descubierto, pero eso sí, un velo les cubre el cabello. A una de ellas le preguntamos donde está la oficina turística para averiguar si hay vuelos diarios desde Argel hasta el aeropuerto de Tamanrasset. La razón de ello es porque El Príncipe Islamita quiere animar a su padre El Príncipe Adnan a darnos el encuentro en Tam, antes de iniciar nuestro camino de regreso en avión desde Tam hacia Argel. Y sucede que después de indicarnos la transeúnte la dirección de la agencia, nos dice cuando le interrogamos si se las instruye a las mujeres en Tam: "En los colegios aprendemos tan bien como los hombres. Pero en Tam la capital de Ahaggar, aunque obtenemos una diploma al terminar, tenemos que quedarnos en casa pues no encontramos trabajo". Sugiérele Sol Stepanov: "Entonces, podrías seguir una carrera universitaria. Y así estar listas por si algún día os urge trabajar".

"Nuestros familiares no nos permiten a las niñas asistir a la universidad".

Arguméntole yo a esta adolescente de Tam: "Todos los que podemos, debemos estar preparados para regir cargos importantes en el mundo. Ya sea opinando o de modo activo. Para que la justicia de los hombres, no se desprenda de la caridad de las mujeres".

"En especial cuando las del sexo débil son tan inteligentes como tú", aumenta Kasim. Díce ella: "¡Las del sexo débil, no me haga reír!. ¿Cree usted que las del género femenino apenas tenemos el vigor de un bebe que mama?. Las mujeres en todo el mundo, somos las que parimos. Y por lo general, sobrevivimos alrededor de ocho años más, que el esposo que nos toque aunque sea un gigante forzudo". Averíguale Faisal al-Kadir: "¿O sea que sóis tan fuerte como esos titánes, de los que finguió la antigüedad que habían querido alcanzar el cielo?". Sonriendo ella, le averiguo yo a esta lugareña su nombre y nos entera sin ambages: "Me llamó Zoraida Amir". E interpélale El Príncipe Islamita: "¿Zoraida, no sientes pavor caminar sola por la calle al anochecer?". Refiérele Zoraida: "Las de Tamanrasset transitamos tranquilas hasta de noche". Cuéntanos Ahmed Shahin: "Ello es así porque en Tamanrasset y sus alrededores la criminalidad es relativamente baja. El control social es grande. Por eso, aunque no estén acompañadas, se sienten seguras a la intemperie".

Pasando nosotros después por un terreno árido donde hay un tropel de camellos, el empleado de turismo llamado Abderramán al-Andalús alude: "En Tamanrasset la actividad aumenta cada año en estos días en que se celebra La Gran Feria Anual Internacional conocida como el *Assihar*", y añade Ahmed: "Ya los puse al corriente a mis amigos que camiones llenos de gente llegan desde los países Mali, Niger, Nigeria y Camerun para exhibir y vender sus productos". Entéranos además Abderramán: "Varios africanos, que participan en esta feria, arriban atraídos por la sarta de camioneros que usan sus vehículos para que los pasajeros puedan llegar a Tam". Luego con este empleado de la agencia turística vamos a dar a un lugar donde hay una carrera de camellos. ¡Y como nos entretiene ver el entusiasmo de los espectadores, que gozan haciendo especulaciones sobre cuales de los camellos ganarán!. Tal como nos divierte el afán que pone Ahmed Shahin cabalgando sobre uno de los camellos, porque también él se aventura a competir.

Y como es natural todos quieren hacer ganar al que ellos montan. Habiéndo llegado Ahmed primero a la meta antes que sus contricantes, nos cuenta cuando lo felicitamos: "¡Uno pierde o vence!. Esta vez me iba chorreando el triunfo". Y pasa a comentar Abderramán al-Andalús:

"Camellos se usan para muchas cosas, por ejemplo transporte". Y un comerciante nos da a saber: "Nosotros compramos a los camellos y los vendemos a un precio mejor. Camellos es nuestro negocio más importante", y háblale Ahmed: "Si yo lo sé porque soy de esta tierra.

Acá solo tuvimos camellos". Agréganos aún Abderramán al-Andalús: "La vida ahora no es como antes, que vivían los tuaregs como nómadas. Actualmente estamos asentados en pueblos y en ciudades pues se gana más. Acá en esta capital de Hoggar, que es Tam, y que está situada en el extremo inferior de las Montañas de Hoggar, venimos a trabajar porque hay asistencia médica, colegios, veterinarios. Frecuentamos la mezquita. Contamos con amistades. Y para emergencias disponemos de transporte rápido, ¿qué más queremos nosotros?"

Saliendo de ahí en coche, nos platica el taxista: "No camellos, pero taxis son los principales medios de transporte en Tam. Cuya población se estimaba al principios del siglo XXI entre 35,000 y 40,000 habitantes. Tam es una capital con muchas terrazas y cafés, a uno de los cuales queréis vosotros que os lleve". Dícele el escritor árabe Faisal al-Kadir:

"Señor, la violencia que uno teme ocurra en algunas regiones del norte y de las altiplanicies que de modo esporádico están asoladas por el terrorismo y el bandidaje, tanto en los caminos como en las ciudades, uno ni se da cuenta de ello aquí en Tam". Y afírmanos el chófer mientras maneja por una avenida adornada a la derecha e izquierda con árboles altos: "En Tam prefiere la gente escuchar los tiroteos en el cine. Viendo algunos filmes uno deduce que en las grandes ciudades del mundo es mejor caminar acompañado para evitar correr algún riesgo. Si algún día vivo en Argel la capital, o en el puerto de Orán, y me asaltan, yo no haría resistencia. Al que me diga: ¡Entrégueme su dinero!. Le contestaría: ¡Señor, aquí lo tiene!"

Más tarde mientras estamos sentados en una mesa afuera de una cafetería, mirando Ahmed de refilón que se acerca uno con su túnica azul y con su turbante del mismo color arropando su cabeza, prorrumpe: "Los tuareg comen poca carne cuando viajan, pero si cous-cous. Aquel hombre, podemos todos deducir por su ropaje que es un tuareg. ¡Miren cómo le desciende el sudor de su frente, que hasta las mejillas se le han teñido de azul!".

"¡Ahmed, ello es porque la temperatura está ahora a 34° grados celsius!", admírase Sol Stepanov. Sentándose ese transeúnte próximo a nosotros en el café, notamos que para comer se levanta el velo desde la barbilla y se mete el bocado porque nadie puede verle ni siquiera sus labios. Luego entablamos conversación con cinco jovenes que están en otra mesa, junto a la nuestra tomando refrescos. Los cuales quieren saber quienes somos y de donde venimos. Al enterarse estos mancebos que una de mis profesiones es ser periodista, manifiestan cada uno: "A mí y a mis compañeros también nos gustan leer los diarios".

"Entre ellos *Al Moudjahid* que tiene una alta circulación y está impreso en francés. Otros periódicos importantes son *Le Matin, Le el Soir d´Algérie* y *Le Periódico;* asimismo el *Ach Cha´ab* y el *Al Massa,* en el idioma árabe".

"Por lo general solo prestamos atención a los títulos de los artículos. Ya que la mayor parte de nuestro tiempo lo utilizamos en estudiar para labrarnos un futuro".

"Además señores, ocupamos nuestros ratos libres haciendo deportes y yendo a la mezquita".

Y cuéntanos uno de ellos, después que su vecino le ha secreteado algo en el oído: "Sobre política hemos oído en las noticias esto que ha declarado nuestro Presidente de Argelia: Yo no entablaré ninguna guerra con Marruecos para reclamar El Sahara Occidental".

"Así se lee en los informativos. Ahora qué os parece si hablamos sobre las competencias deportivas".

Uno de los mocitos chocándole la mano a Sol Stepanov en señal de conformidad, le dice: "Has dado en lo cierto tú porque nos gusta practicar el fútbol".

Entonces perora Faisal al-Kadir: "El consejo de los antiguos romanos era *Mente sana en cuerpo sano"*.

"Y para felicidad de los atletas, los deportes ya no son el privilegio de los ricos, como era al comienzo del siglo XX", concuerda argumentando uno de estos adolescentes.

A lo cual conviene Faisal al-Kadir disertando: "Antaño era así porque los adinerados eran los únicos que tenían tiempo para practicarlo. E incluso ellos podían comprar los materiales que se usaban. Hasta que aquello cambio porque se regularizaron mejor los horarios de trabajo. Y desde que se inventó la radio y la televisión, los aficionados pueden seguir la competencia aunque sea de forma pasiva".

E interróganos uno de estos adolescentes: "¿Señores, sabéis a partir desde que fecha del siglo XX son los Tour de France?". Entonces lo entero yo: "Desde el año 1903, y fué organizado por Henri Desgrange, el director de un diario francés, que estaba seguro de antemano que aquellas carreras de bicicletas darían un mejor tirón al diario que dirigía". E insiste otros de nuestros vecinos de mesa, interrogando: "Y sobre las carreras de automóviles, ¿que tenéis vosotros para contarnos?", por lo que les comunica Kasim al-Farabi: "Lo que yo conozco es que en el año de 1907 se efectuó la más larga carrera de coches del Siglo XX, que fué El Rally Pekín-París, organizado por el matutino francés Le Matin". Indagándole otro, a Kasim al-Farabi, que rutas comprendieron, infórmale el mismo Kasim: "China, el desierto Gobi, Siberia y Europa. Siendo apenas cinco pilotos con sus autos los que participaron. ¿Cómo sería aquello, porque en esos tiempos no habían estaciones de bencina?"

E inquiérele uno de los mocitos a Sol Stepanov: "¿Señorita, díganos cómo se llama?. ¿Y qué la entretiene?". Coméntales ella: "Mi nombre es Sol Stepanov. Yo encuentro interesante caminar en grupo. Bien sea al despuntar el alba o al anocher". E interviene El Príncipe Islamita, refiriéndose a sí mismo: "Si váis algunos de vosotros a Nueva York para el maraton que se realiza anual allá, me veréis a mí corriendo entre los incontables participantes. Ya está escrito en la historia, y nadie lo podrá borrar que en el primer maratón de Nueva York en 1908, participaron miles de corredores". Apurando yo Diego Torrente un zumo de naranja, añado: "como fue un éxito, empezaron los europeos con esas competencias en Europa. Otro deporte fantástico es patinar en la nieve. Ya desde 1909 se efectuó el Primer Elfstedentocht en Friesland región del norte holandés". Inquiriéndome uno de los presentes sobre aquello, les explico: "Los patinadores que compiten patinando sobre el hielo, recorren once ciudades. De modo que arrancando a los cinco de la madrugada desde Leeuwarden van pasando por otras diez ciudades incluyendo Dokkum, que es adonde llegan. Y luego desde Dokkum vuelven de nuevo hasta Leeuwarden que es la capital de Friesland".

Averiguándome uno de estos mancebos cada cuánto tiempo lo organizan, cuéntoles: "Solo cada cuatro años porque cuesta un trabajo excesivo. Partiéndo de que el hielo de la pista tiene que estar grueso para que no se rompa cuando pasan los patinadores. Por eso con anticipación al día que compiten los organizadores deben medir el grosor de la pista helada, con una varilla hundiéndola y sacándola, cada cierto trecho en todo el recorrido para asegurarse que está firme".

Preguntando alguién: "¿Y dónde se jugaría la primera Olimpiada?". Relata Faisal al-Kadir:

"La Olimpiada, que es esa competencia universal de juegos atléticos que se celebra modernamente cada cuatro años en lugar señalado de antemano, se inició en Atenas de Grecia en 1896. Y como el objetivo fué de que hermanara a todos los países del mundo, se siguen llevando a cabo en otros estadios mundiales". Entusiasmados estos lugareños con el tópico pasan a contarnos: "En las Olimpiadas si hemos visto que se juegan competencias como golf, tenis, natación, atletismo, voleibol, basket ball, etc.", e intercala Faisal su opinión: "A veces se hacen innovaciones como la que se efectuó en Tokio que se agregó judo al programa".

Y exclama Ahmed Shahin: "En otros de esos encuentros deportivos, el jurado y los espectadores se sorprenden de los resultados por ejemplo ¿oyeron vosotros decir que en 1960 el atleta africano Abebe Bikila caminó descalzo el maratón de Roma en el cual ganó la medalla de oro?". A lo que Faisal aumenta: "Así como el americano Bob Beamon que en 1968 rompió todos los récords en salto largo a tal punto que los aparatos para medir los saltos se quedaron cortos y no pudieron registrarlo".

Pronuncia luego El Príncipe Islamita: "También existen las Olimpiadas de Invierno. La primera tuvo lugar en Francia en la que los filandeses, tal como los noruegos, sobresalieron barriendo con las medallas". Deduce uno de nuestros vecinos de asiento: "Eso se comprende porque son países donde con frecuencia cae la nieve". Prorrumpe también el que está a su lado: "Aquellos que ganan mucho dinero con su deporte son los boxeadores". Tomando la palabra Kasim al-Farabi, se lo confirma: "Tienes razón. Uno de ellos fué el boxeador Mike Tyson que en 1988 recibió veintidos millones de dólares por un solo encuentro. Al igual que el boxeador Sugar Ray Leonard que ganó en un partido de boxeo cien millones de dólares". Y se sorprende otro de ellos: "¡Qué bárbaro como pegaría!. ¡Seguro le sacó la mugre a su contricante!". Y siguiendo con la conversación, afirma El Príncipe Islamita: "Si pues, porque en esos encuentros sudan los deportistas a mares".

A lo que lamento mi mismo Diego Torrente: "¿Pero de qué les sirve obtener tanto dinero, si muchas veces después de un encuentro de boxeo quedan con los ojos hinchados o privados de la vista?. O lo que es peor aún, que habiendo llegado al cuadrilatero con su cerebro intacto, después de trompearse salen del ruedo con un daño cerebral". Y concuerda Faisal al-Kadir conmigo: "Dices bien Diego, porque no hay peor escuela para la juventud que enseñarles a dominar por la fuerza bruta. Cuando en cambio de eso deben aprender, los más jovenes, que a los oponentes se les debe apartar de su error con paciencia y mostrándoles simpatía. Sin pretender de parte del contrario ni gratitud, ni respuestas. Así les he enseñado a pensar a mis hijos desde su niñez. Incluso que no se debe mentir nunca, concordando en esto conmigo los mejores abogados".

Inquiéreles Sol Stepanov a los mancebos: "¿Hay algo más que quieran enterarse ustedes?"

"Si Sol, ¿cuál de nosotros te parece más atractivo?", ínterrogale el más osado.

"Cada uno de vosotros tiene algo super, que lo hace muy interesante. Por ejemplo, en tí cuenta a favor tu mirada. Parece que estás con tus ojos desnudándome hasta el alma. A otro de vosotros le adorna su sonrisa. A tu vecino sus gestos. Al de más allá lo distingue su silencio.

Aquel que está al lado suyo, le favorece su elocuencia para hablar". Fueron, pues, suficiente estas palabras de Sol Stepanov para que ellos se suelten la risa.

Cuando salimos de la cafetería las tiendas ya habían cerrado, pero los cafés se mantiene abiertos. Llegando al Hotel Tahat, antes de meterme en la cama me lavo los dientes y me ducho; horas después durante la noche cuando me despierta el frío me levanto para poner una cubrecama extra, esto es suficiente porque de inmediato vuelvo a recuperar el sueño.

Hasta que me despierto de nuevo al oír la voz del *muecín,* que es el musulmán que convoca afuera al aire libre desde lo alto del almuédano a los creyentes islamitas para sus rezos de la madrugada. Y cuéntanos Sol Stepanov a la hora de tomar el desayuno: "Ahora me quitó el sueño el sol rojizo que entró temprano por mi ventana", y dícenos el escritor de la Arabia Saudita o sea Faisal al-Kadir: "A mí, no me creeréis, pero lo que me abrió los ojos este amanecer fué el cacarear de las gallinas. Creyendo que se habían metido a mi dormitorio, las espantaba: "¡Cho, cho!". Seguido de Faisal, nos comenta su conterráneo Kasim al-Farabi: "A mí, me desveló alguién que me tocó la puerta, ¿quién sería?". E interróganos Sol Stepanov a su prometido, a Ahmed Shahin, y a mí: "¿Y a vosotros?". Refiérenos el Príncipe Islamita: "Lo primero que oí al alba fué el radio portátil de un foráneo". Pregúntale Ahmed Shahin: "¿Cómo sabes que fué un extranjero?". Respóndele el Príncipe: "Porque me asomé por la ventana para ver quien era".

Entéranos Ahmed: "Es que en Tamanrasset hay un campamento cercado, con cañas donde acampan los turistas...Y a tí Diego ¿que te levantó?. Dígole yo: "Las carcajadas de algunos por el pasillo. ¿Y a tí Ahmed?". Comunícanos Ahmed: "La voz que imparte por parlante el creyende de Alá y seguidor de Mahoma desde la torre de la mezquita". Saliendo afuera nosotros, nos informa aquel que colabora con la agencia de viajes, es decir Abderramán al-Andalús: "Aquellos que véis en ese grupo son los refugiados ilegales que traspasan por miles hasta Argelia. Vienen hacia el norte de África, desde los países africanos vecinos de Mali y Nigeria, porque el desierto se extiende hacia el sur. Ellos alegan que Alá no ha hecho las fronteras. Y quieren acogerse en Argelia porque no llueve en Mali y Nigeria debido a la sequía". E interrógale Sol: "¿Abderramán, qué soluciones les dan para que no mueran de sed o hambre?". Refiérenos Abderramán: "Ellos vienen con la idea de encontrar trabajo, pero no lo hay. Y como han gastado para movilizarse, se quedan con las manos vacías".

Dícenos asimismo Abderramán: "Entonces sus mujeres se ven obligadas a vender hasta sus últimas joyas. La Cruz Roja Argelina trata de ayudarlos, pero el problema es tan grande, que esa institución ya no sabe que hacer para aumentar la comida en las ollas". Indágales Faisal al-Kadir, tanto a Abderramán como a Ahmed: "¿Imaginamos que a quienes son nómades los ayudará el gobierno?". Expresa Ahmed: "Algunos régimes si lo hacen, otros en cambio no, que son los que quieren controlar y obligar a que se fijen las carpas en un sitio. Ellos dicen, que los animales deben pastar en el mismo lugar sin considerar que por la escasa comida que ingieren se enferman". Deduzco yo: "Y estando débil el ganado, si no encuentra que comer, tiene pocas posibilidades de curarse". Concórdando conmigo Ahmed, afirma: "Si Diego, así es. Antes existía la nobleza del desierto para quienes nuestros antepasados trabajaban. Eran gente muy pudiente que se preocupaban de que sus subalternos estuvieran bien alimentados y sanos. Amos y sirvientes cenaban de una misma olla, incluyendo sus hijos".

Y prosigue rememorando Ahmed aquello que se informan entre ellos: "Hasta que llegó un gobierno que suprimió las castas nobles. Y quemó sus carpas, sin los nómades adentro claro está, para que todos los habitantes del desierto se islamizaran. De la noche a la mañana esos súbditos se encontraron sin salario. Felizmente aquellos que eran más jovenes, a tiempo pudieron defenderse moviéndose para trabajar. Pero los más viejos están pobrísimos porque como son humildes, nada piden. Más bien los otros tenemos que adivinar que necesitan". Después de esta charla mientras avanzamos a pie, admiramos el movimiento que se ve en Tam, porque hasta encontramos a dos religiosas de la orden *Petites Soeurs de Jesus* (o sea de la congregación *Pequeñas hermanas de Jesús)* a quienes, Sol Stepanov junto conmigo, hemos conocido en el servicio cristiano que se celebra semanal en Argel. Las cuales ahora nos cuentan durante la conversación: "Estamos prestando nuestros auxilios en un hospital. El director tiene tan buen caracter, que hasta los pacientos se ríen".

Despidiéndonos de ellas y mientras trajinamos de un sitio a otro, nos comenta Ahmed: "Esta ciudad de Tam, algo tendrán sus calles y árboles que todo el que viene, regresa". Y aumenta el agente viajero Abderramán al-Andalús: "Tam no tiene vida nocturna. Y el alcohol está prohibido. Pero no sé, si eso se pasa por alto en el bar de los hoteles, cuando se le pone al mozo dinero en la mano. De donde debe uno correrse lejos, son de los campamentos para extranjeros. Me advirtió el jefe de la agencia donde trabajo, que no pise por ahí. Pues en esos despoblados adonde acampan turistas además de oírse música estridente, se ven cosas nauseabundas. Allí la gente puede comprar tantas drogas como quiera, hash, opio, heroína, cocaína, éxtasis, pagando en dinares, dólares o euros según les convenga. Es que lejos de sus familias o amistades, se comportan diferentes. En los países donde ellos residen no se atreven a negociar, o consumir lo que antes cité, pues acabarían recluídos en la cárcel. En cambio en esos desploblados fuera de Tam muchos terminan en coma e incluso muertos".

Y admite Kasim al-Farabi: "Debe ser triste verlos morirse jovenes, después que han truncado toda su vida". Respóndele Ahmed: "Por eso no quiero yo, ni por asomo, pasar por esas carpas. Me alegra saber que todos estamos de acuerdo". Insistiendo en el tema, emite Faisal al-Kadir: "Dejar de drogarse a los adiptos debe costarles enormes esfuerzos de voluntad". Y discurre El Príncipe Islamita: "Pues justo a quien consume esos estupefacientes se le debilita su carácter". Participando mi mismo Diego Torrente en la conversación, les digo: "Por eso sus familiares, si es que cuentan con dinero, están obligados a ingresarlos a una clínica especializada, donde tratan la adicción. Como existen en ciertos países de la Unión Europea, en que los adiptos pueden estar internos en un nosocomio alrededor de un año para su tratamiento. E incluso se ocupan de esos enfermos instituciones benéficas dándoles techo, comida y revistas para que las vendan a la entrada de las tiendas, donde cuentan esos pacientes sus experiencias y la clase de ayuda que reciben".

Y vuelvo hablarles al Príncipe Islamita, Faisal al-Kadir, Kasim al-Farabi, al guía turístico Abderramán al-Andalus, a Ahmed Shahin, y a Sol Stepanov, así: "Bueno ahora nosotros tal como acordamos, recorreremos esta cadena montañosa del Sahara llamada Hoggar o Ahaggar, formada por mesetas de granito, gneis, basalto y picos agudos". Entonces decidimos todos que después de almuerzo saldríamos. Dejando nuestros par de Land Rovers en un oasis del camino, partimos primero a pie y después montados sobre camellos para explorar diversos enclaves del Hoggar. Llegando al oasis y poblado de Idelés contemplamos el trabajo de los artesanos herreros tuareg. Acampando por las noches en los campamentos tuareg, de día penetramos a los pueblos de Mertoutek y de La Tefedest famosos por sus pinturas rupestres. Y continuamos nuestra ruta por el Atakor, visitando diversas cascadas de agua; hasta que arribamos a *Assekrem,* un lugar turístico alto, del cual nos habían anticipado muchos: "Esas montañas rocosas de Hoggar son el paisaje más espectacular del mundo".

Contemplando nosotros la magnificencia de aquello, comentamos que es algo nunca visto con anterioridad, por eso me admiro yo admitiendo: "Ahmed, en realidad parece un lugar de otro planeta". Y entéranos el guía Abderramán al-Andalus que conoce la región como la palma de su mano: "Por esa razón, acá vienen muchos foraneos y argelinos del norte a pasar sus vacaciones". Pasando luego por gueltas y cáscadas de agua, llegamos por la tarde al monte *Assekrem.* Y dialógale El Príncipe Islamita, a Abderramán, mientras ascendemos a la cima: "Como tú sabes Abderramán, todos los de este grupo somos extranjeros, excepto Ahmed Shahin. Después de visitar a la familia de Ahmed, se sumará a nosotros mi padre Adnan que llegará por avión desde el Aeropuerto Internacional *Honari Boumediene* en Argel, hasta Tam.

Esos vuelos duran menos de dos horas". Y como estamos mirando nosotros aquellos soberbios montes, se admira Faisal al-Kadir: "¡Bendito sea Alá!". Y nos sentamos al frente de aquellas montañas, excepto El Príncipe Islamita que de pie al lado nuestro, variándole el inicio a la canción que se titula "*I' m singing in the rain*", empieza a cantarla así. Tal como se incluye acá junto a su tradución al castellano:

I'm singin' in the mountain
Just singin' in the mountain.
What a glorius feeling
I'm happy again.

Yo estoy cantando en la montaña
Precisamente cantando
en la montaña.
Que glorioso sentimiento
Soy feliz de nuevo.

Y tras escalar nosotros esa cima del monte *Assekrem,* visitamos la ermita del misionero Charles de Foucald, quien nació el año 1858 y murió asesinado en 1916. Él se instalo ahí por ser un lugar de tránsito de las caravanas tuaregs, a los que hospedaba estableciendo amistad con ellos con ánimo evangelizador. En la actualidad es visitado por los peregrinos esos restos construídos el siglo XIX. Lo curioso es que ahora aquí adentro, donde vivió el ermitaño en un cuarto sin techo, no encontramos a nadie excepto a una turista norteamericana que ha extraviado su rumbo. La cual nos cuenta que fué hacer sus necesidades en este desploblado y cuando salió a buscar a sus compañeros tomó seguro un camino equivocado cuando se dirigía de regreso a su grupo, porque no los ha vuelto a ver. Y aunque la encontramos llorando, tan pronto la animamos, le divierte la idea de retornar con nosotros hasta Tam. Dejando atrás los impresionantes y picudos montes de *Assekrem, Tahat, y Akar Akar,* recogimos nuestros Land Rover en el oasis donde los dejamos y llegamos de regreso a Tam.

Y es en la ciudad de Tam donde la norteamericana después de sacar dinero del banco se pone a regar en las calles billetes de dólares, diciéndonos: "Si quieren recojánlos que son suyos". Contándonos ella, que cuando estaba en la ermita esto había ofrecido hacerlo, si salía bien parada del trance. Luego nos bañamos todos en la piscina del hotel donde estamos hospedados para refrescarnos, incluyendo la americana que se pone a enseñarle a nadar a Ahmed Shahin. Logrado esto, anticipándonos Ahmed Shahin que el toldo de su familia se encuentra a escasos kilometros de Tam, concordamos que después del almuerzo tras conducir a la norteamericana al hostal, partiríamos. Llegado el mediodía arrancamos desde Tam, observando en nuestra ruta a un hombre flaco y alto cargando un balde con agua con el cual se pone a regar su jardín de flores, mientras más allá una mujer sujeta un borrego a una estaca. Hallándonos en las afueras, nos cruzamos con otros coches que van en dirección a Tam, hasta que distanciándonos de ellos vemos venir una caravana de camellos de la que Ahmed nos pone al corriente: "Estos son los camellos finos de pura raza porque tienen patas largas". Y mientras van ellos por el camino despacio, nosotros con los landrovers avanzamos por las sinuosas pistas de este desierto del Sahara, escogiendo las mejores huellas para evitar las piedras.

Encuentro con la familia de Ahmed Shahin

Turnándonos en el manejo de los Land Rovers por estas llanuras arenosas, donde están esparcidas inmensas y espectaculares rocas compactas de colores oscuros y de estructura prismática, nos adentramos aún más al sur de Argelia, encontrando a sus habitantes diseminados en poblados y campamentos. Llegando frente a la carpa de los parientes de Ahmed Shahin, quienes habitan en una pequeña comunidad, nos adelanta Ahmed: "Mi padre no os estrechará la mano al saludaros porque no es costumbre de nosotros los tuareg el hacerlo". Tan pronto nos ve el susodicho, nos da su bienvenida tocándose la frente, los labios y el corazón como es costumbre en los musulmanes para después, levantándose instintivamente el *anagad* (o sea el velo que le cubre la boca y la nariz), estrechar a su hijo Ahmed en sus brazos mientras suelta el llanto. Él viste la indumentaria larga de los tuareg en el color azul índigo, que al desteñirse les impregna el cuerpo de este color tal como lo hace el *tagelmust* que es el pañuelón que les cubre su cabeza.

Mientras tanto está al lado de él, su mujer en compañía de Amenia Shahin y Ali Shahin, que siendo hijitos de ambos, son hermanitos de Ahmed. Descargando nuestros equipajes de los coches todoterrenos, nos entera Ahmed que su papá, aunque está en su propia vivienda, vela su cabeza y faz, exceptuando su nariz y ojos, porque eso es un signo visible de los hombres de pertenecer al mundo tuareg. "El *tagelmust* que nos protege el cuerpo en el desierto del Sahara, de la arena y del excesivo calor, además es un distintivo de obediencia a la sociedad tuareg y a sus costumbres. Al decoro que nos hace guardar la apariencia, se une el pudor que nos aconseja a todo varón dominar nuestras emociones. Lo cual nos obliga a cubrir nuestra fisonomía porque la expresión del semblante podría traicionarnos", charlanos Ahmed. Entrando a la carpa, nos agradecen los regalos que les hemos traído entre ellos un teléfono móbil, así como artículos y joyas de plata que les compramos a los artesanos que modelan este metal en un barrio de Tamanrasset y en el poblado de Idelés.

De paso pregúntale su progenitor Jadel Shahin a su hijo Ahmed como le va en su trabajo, si hay escasez o abundancia de comida en Argel, si hay colegio donde se puedan instruir los escolares. Contestándole Ahmed, les dice además a sus familiares que hemos hecho un largo viaje, que hoy hemos salido de Tam y que en el camino nos fué fácil adelantar a una larga caravana de camellos. Tras oír aquello Jadel Shahin a su hijo Ahmed, refierenos por su parte: "Queridos huéspedes, es que el camello es el único animal que puede cruzar largamente el desierto porque sus pezuñas le impiden hundirse en lo arenoso. Y quizás ya lo sabéis que a diferencia de la gente que estamos acá, esos animales pueden ayunar siete u ocho días y noches sin beber ni probar bocado. Más que nosotros los mahometanos durante el mes de ramadán. Pues, debemos comer y tomar líquido al anochecer sino queremos que desfallezcan nuestras fuerzas. Debido a que esos rumiantes forma parte de la vida del tuareg, tenemos que cuidarlos también porque llegan a vivir hasta los veinticinco años de edad".

Y agrega en el curso de esta conversación Jadel Shahin: "Aunque nuestros camellos pueden andar cincuenta kilometros diarios, cuando nos trasladamos a otro campamento en busca de pastos para el rebaño, por cuatro días de trajín hay que darles uno de descanso. Además de ir con ellos por los caminos, también los montamos a estos corpulentos rumiantes de pescuezo largo para participar en las grandes fiestas. Bien sea en las carreras de camellos o para asistir a las bodas". Por su parte cuéntanos su hijito Ali Shahin: "Nosotros poseemos un par de camellos que los cabalgamos unas veces y otras los utilizamos como bestias de carga. Además somos dueños de dos dromedarios, cuyo distintivo es tener una sola joroba". E infórmanos su hermanita Amenia Shahin: "De la hembra, saca mi mamá la leche que tomamos. En tanto el macho nos sirve como animal de silla, tal como sus compañeros los pacientes camellos".

Interrógoles yo Diego Torrente: "¿Y entre vosotros los tuareg que idioma habláis?".

Toma de nuevo la palabra su padre Jadel Shahin: "Nuestro lenguaje que se deriva del bereber de los africanos del norte, se llama *Tamasheq (Tamashek, Tamajag* o *Tamahag).* Y aunque dentro de nuestro idioma hay diversos dialectos, todos los tuareg nos entendemos con facilidad.

Los tuareg, que eran conocidos antaño como *Los Señores del Sahara*, estamos esparcidos en ciertas regiones de los países Argelia, Niger, Mali, Burkina-Faso, Chad, Mauritania, Libia y Nigeria. Acá Samia, mi pareja desde que me casé con ella cuando solo tenía quince años, os referirá con precisión donde están ubicados los grupos tuareg registrados por la institución benéfica Caritas". E interviene su mujer precisando: "Tradicionalmente existen siete confederaciones tuareg, repartidas en la actualidad entre Argelia, Níger, Libia, Mali y en Burkina-Fasso. En cuanto a nuestra escritura que es usada por todos los tuareg, ya sea hombres o mujeres, religiosos o guerreros, artesanos o cautivos, comprende veinticuatro letras del alfabeto Libio, llamado *tifinagh*".

Expresado esto por Samia, alábala su esposo Jadel Shahin, o sea los padres de Ahmed, Amenia y Ali: "¡Véis vosotros, las mujeres tuareg además de bellas son cultas!. Ese abecedario *tifinagh,* tiene una antiguedad de hace más de 1,000 años antes de Cristo. Las letras del *tifinagh* son simples signos geométricos tales como lineas, puntos y círculos. Este alfabeto solo manuscribe las consonantes, lo que hace que su lectura sea lenta. Y se escribe de derecha a izquierda; o por el contrario de izquierda a derecha; asimismo desde abajo hacia arriba; o bien partiendo desde arriba se desciende hasta abajo. Las madres enseñan a sus descendientes desde su infancia esta escritura que es puramente fonética. Y todos hacemos nuestros esfuerzos para que pase de generación a generación". A lo dicho por Jadel Shahin, aumenta su primogénito Ahmed: "Nosotros junto al idioma árabe que se enseña en el colegio básico, queremos conservar el *tifinagh* como parte de nuestra herencia primitiva. La mujer es dentro de una familia tuareg, aquella que transmite la cultura, las leyes, el derecho".

Conversándonos Samia: "También les enseño a Amenia y Ali la poesía", agrega su hijito Ali:

"Y de tí mamá aprendemos el ritmo de la música sobre el *tindé* y a tocar el *imzad,* que es el violín monocorde". Oyendo aquello pronuncia su hermanita Amenia: "Además, nos da ella lecciones de botánica, curtido e hilado. También nuestra madre nos ha dicho como peinar a mujeres y a hombres". E inquiérenos Ali: "¿Queréis vosotros que os arreglemos el cabello?", afirmándole nosotros que si, comienzan tanto Amenia como Alí hacer el rito de componernos el pelo tal como lo usan ellos, esmerándose en que quedemos favorecidos. Sonriéndo como estamos mientras nos arreglan el cabello, nos cuenta su padre que

Amenia y Ali ya tienen ocho y seis años de edad. "¡Sóis tan tiernos y ya sabéis hacer tantas cosas!", admírome yo, mientras sus progenitores lucen la mar de contentos. Y habiendo Amenia y Alí acabado de hermosearnos, su padre Jadel Shahin, vierte un poco de yerbas en la vasija con agua que está sobre el carbón y la rejilla para preparar el té de menta que nos van a convidar.

Luego vuelve Jadel Shahin a sentarse en el suelo con sus piernas cruzadas y sus rodillas abiertas, tal como también estamos posados nosotros. Enseguida echa él el contenido hirviendo en un vaso desde la mayor altura que puede, devolviéndolo de inmediato a la tetera para mezclarlo bien. Tras hacer esto, una que otra vez, vuelve a servir el té en uno de los vasitos para beber, probándolo él primero para saborearlo si ya está listo. Después continua vaciando Jadel el resto de la infusión caliente de la tetera, hacia nuestros recipientes de vidrio, e ínvitanos a servirnos. Y en el curso de la conversación nos cuenta él mismo: "Desde niños los he adiestrado a nuestros hijos a montar camellos, como esos que tenemos de pura raza que son trotadores". Estaba Jadel aún diciéndonos esto cuando afuera oímos ruidos, asomándonos vemos pasar a toda prisa una carreta con ocho hombres armados. Exceptuando sus ojos llevan sus cabezas cubiertas con esos pañuelos *tagelmoest* y el único de ellos que va descubierto tiene su pelo negro ensortijado y revuelto.

"Son guerrilleros. Y de ellos ya no se ve ni su sombra", nos habla aliviado Jadel Shahin, quien prosigue refiriéndose a su hijo Alí: "Este niño está aprendiendo de mí a manejar el cuchillo, la lanza y el sable. Los tuareg tenemos que sobrevivir en uno de los paisajes más vertiginosos del planeta, al que comparan con el lunar, en cuyo centro del territorio se haya el macizo del Atakor. Hemos sido temidos por siglos, por recorrer a la ventura el desierto del Sahara..." Acabando de hablar Jadel, pregunta El Príncipe Islamita sobre cuando reciben las niñas sus velos en la cultura tuareg, y dícele Ahmed: "La llegada la pubertad se celebra en una fiesta familiar, donde se le entrega a la joven el velo de mujer. A partir de ese día, podrá asistir al *ahal*, que es una reunión donde los hombres solteros que van procuran captar el amor de una mujer. Y donde cada mocita podrá encontrar pareja varonil si lo desea", y se explaya Jadel:

"Se parece al baile del escorpión macho con la hembra antes del acoplamiento, que termina cuando el macho persuade a la hembra a entrar en un agujero o grieta".

Habiendo callado su padre Jadel Shahin, relátanos Ahmed: "Cuando partí yo de aquí, las niñas estaban en el campo de las cabras. Alrededor de los diez y siete años una jovencita tuareg, recibía de sus padres una carpa para vivir sola. Y el galán que la galanteaba hacía lo mejor de su parte para ser recibido ahí por ella. Ahora aquello ha cambiado porque las solteras antes de casarse deben seguir las tradiciones islamitas". Indágoles yo Diego Torrente: "¿Qué hacen ellas en la campiña?", cuéntanos el mismo Ahmed: "Esas preciosas mujeres cuidan a los animales, los ordeñan y hacen queso de cabra. Seis hasta ocho meses por año están las jovenes en el campo y sus madres solas en el pueblo. Su pensamiento de cada mujer está puesto en su consorte que con los camellos a través del desierto parte para vender sus productos o cambiarlos en las mañanas, por las noches, temprano y tarde". E interviene explicándonos Jadel Shahin esa rutina: "Diecisiete u dieciocho horas al día estamos en camino. Entre los productos que comerciamos está la sal que se halla en masas sólidas en el seno de la tierra".

Evocando esas circunstancias Jadel Shahin, en que trajina con su mercadería por el Sahara se queda pensando un rato, luego de lo cual vuelve a manifestarnos: "Nosotros los tuareg explotamos esos cristales blancos, que se emplean para sazonar los alimentos y conservar las carnes muertas, transportándolos en nuestros camellos hasta largas distancias, cambiándolos en los mercados de las ciudades por granos o dinero con lo que compramos abono. Contentos preparamos el regreso a nuestras viviendas recogiendo nuestras cosas. Estando ya listos, retornamos por el oasis". Por su parte refiérenos su esposa Samia Shahin: "El gobierno no quiere que las niñas jovenes sigan la costumbre de vivir solas, sino que se recojan en sus carpas con su padre y su madre porque así lo dicta el islam. Exceptuando las que para seguir estudios superiores tienen que dejar la casa paterna e ir lejos a las ciudades". Confiándonos aquello su madre Samia, descríbenos Ahmed: "En el aniversario de Mohamed, que es la gran fiesta para los habitantes del oasis, partimos en caravan a celebrarlo".

Añádenos su madre Samia: "Nunca haremos el largo viaje de día, viajamos mejor cuando el sol ya se ocultó". Y continua informándonos su hijito Alí: "Al comenzar el día, el predicante llama muy temprano para rezar. Lo espléndido empieza entrada la noche. Aquello dura hasta el amanecer con la danza en círculo de los hombres sobre los camellos... Y la reunión de las mujeres al ritmo de los bombos", tras escucharlo expresa Faisal al-Kadir: "Se dice que un tuareg nace poeta". Confírmaselo Ahmed: "La mayoría de nosotros componemos poemas, durante nuestros largos casi interminables viajes por el desierto. Cualquier motivo sirve para hacer un verso. Antes cuando se asaltaba una caravana, ahora, para elogiar la hermosura de una mujer", y pídele encarecidamente Sol Stepanov: "Ahmed si eres tú un vate, recitanos la más reciente poesía tuya". Sonriendo Ahmed Shahin nos comenta: "Yo quiero expresar a través de mis poesías que no se debe herir. O sea halago el ánimo de los otros, infundiéndoles puro deleite. Ello es como si les sugeriera: ¡Haz el amor responsable y no la guerra!. Ahora os recitaré esta inspiración de mi numén que he compuesto en nuestro trayecto".

Caminamos en este desierto de arena.
Y nuestros cuerpos tienen mucha sed
pero viendo el oasis se calman.
El sol está más fuerte que nunca
nuestros camellos no se cansan.
Con ellos llegamos a una templada carpa.
Ahí nos dan de comer y beber.
Luego viene la tormenta de arena.
Y pasada, tenemos que seguir paso a paso.

La luna y las estrellas han salido.
Y se envuelve entre las nubes.
La noche está oscura como tu misterio
Mujer que te arropas con tu manto,
tu cuerpo que el viento dibuja.
Y tu velo descubre tus ojos
Para mirar los míos y acariciarlos.
¡Por Alá, qué hermosa eres!
Contigo llegaré a mi destino siempre salvo.

Terminando Ahmed de recitar, le elogia sus cualidades El Príncipe Islamita: "¡Qué expresivo eres Ahmed, pintando el místico e inenarrable misterio de una nómada cruzando el desierto!".

También alábalo así Faisal al-Kadir: "Oyéndote Ahmed, nos aumenta hasta el infinito esta maravillosa tranquilidad que proporciona el contemplar los paisajes del Sahara". Y aún lo felicitamos los demás a Ahmed, profiriéndole frases como estas mías: "Ahmed, tú estás dotado para componer y recitar versos. Eso es indiscutible". Y pregúntales El Príncipe Islamita a los niños presentes: "¿Tenéis vosotros Amenia, y Alí, alguna gracia?", por lo que adelantándose Alí, nos entera: "Yo aprendo el tindé", y a instancias de su madre se pone a tocarlo. Entonces cuando Alí acaba con la música, Amenia mirándonos con sus ojos medios marrón verdosos, que parecen los de un tigre, comienza afinar su violín monocorde. Y como le averigua Kasim al-Farabi que instrumento es aquel, Amenia nos cuenta: "Este es un *imzad*, que hizé yo misma con una calabaza. La cual la sequé de antemano".

Dándonos más detalles sobre ello su hermanito Alí: "Todo debe ser preciso, incluyendo el cuchillo que se usa", y prosigue Amenia: "Sobre el melón ya trabajado, se tiempla la piel de una gacela". E inquiérole yo, Diego Torrente: "¿Y para darle al *imzad* la forma arqueada del violín?". Dános a saber Amenia: "Se usa una madera flexible. Las cuerdas se hacen con el pelo del caballo salvaje. Para el plecto, que es este palillo para tocar el instrumento, también se emplea la madera cortada". Y pidiéndole a la niña que tocara una pieza nos complace en ello. Interrógale El Príncipe Islamita: "¿Sabes tú Amenia orientarte en el desierto?". Díce Amenia: "Eso es lo primero que aprendí". Curioso como estoy, cuestiónosles: "¿Amenia y Ali cómo determináis vuestra posición en el desierto?", devélanos Amenia: "Mirando como varía la luz en las guijas o en las piedras peladas del río... También se puede orientar uno viendo como cambia la luminosidad en los arbustos o en el camino". Atendiendo esto su hermanito Alí, manifiestanos: "Yo igual que Amenia sé sobrevivir en el Sahara".

Congratulándolos Sol Stepanpov, a Amenia y a Ali, continua el niño: "Hemos aprendido que plantas sirven para hacer fogatas. Que otras son buenas para alimentos o medicinas". Sonriéndo su padre Jadel, expresa: "Es que yo les enseño a mis hijos a estudiar la vegetación. Y a observar los lugares donde crece". E ininterrumpido nos refiere Alí: "Nuestro padre nos ha llevado a los sitios donde hay agua para tomar. Nos ha aleccionado a distinguir como cambia el cielo cuando viene una tempestad de arena. Nos ha instruído sobre el nombre de las estrellas. Nos ha señalado por donde se oculta el sol o la luna". Y percatando Ahmed que su hermanito se calla, nos da más detalles: "De nuestro papá aprendimos a ordeñar las chivas y camellas. Estabamos allí cuando las adiestraba o cuando parían. Cuando estaban enfermas las cuidabamos". Agréganos su padre Jaled: "Estaréis vosotros cansados del viaje. Y el olor a comida os habrá despertado el apetito", así que parándose él con Ahmed nos traen una jofáina metálica y una jarra para lavarnos nuestra manos y enjuagarnos las bocas.

En tanto a su mujer Samia con Amenia las oíamos remover las ollas y las sartenes mientras un rico olor a yerbas de cocina invade el toldo. Después nos traen una bandeja de madera con cous-cous bañado con salsa roja picante y una guarnición de pedazos de calabaza con un plato de guiso. Enseguida nos dan a cada persona una cuchara y sentándose parten la carne a la manera de los tuareg en pequeños trozos para introducirlos en la boca. Acabando de comer fueron las damas presentes las que retiran los platos. Disponiéndose Samia a servirnos más té saca estas yerbas de las bolsas, así como la leche, agua y víveres que cuelgan en los postes. Luego háblanos su esposo Jaled Shahin: "Esta carpa está dividida en dos secciones, en una nos ubicaremos los hombres y a continuación la designada para las mujeres. La parte de los varones es el escenario para todas nuestras actividades. Tales como pulir la piedra o modelar el hierro y la plata. Así mismo para que conciliar el sueño cuando asome la Luna y centellean las estrellas. Ahora bien, contadnos como es una *jaima* en otros países".

Encontrándose ausentes El Príncipe Islamita y Sol Stepanov porque han salido afuera, lo pone al corriente a Jaled Shahin, el árabe Faisal al-Kadir: "Nosotros con Kasim hemos visitado un campamento nómade en Afghanistan. Tenía sus carpas negras, hechas de pelo de camello y cabra. En cuanto a nuestra tierra de orígen, Arabia Saudita, hay dos tipos de nómades. Unos vagan sin domicilio fijo en busca de agua y pastos durante todo el año en regiones ásperas o ecológicas similares. Tales como los beduinos que pastorean camellos en la península de arabia. Y otros nómades, como los *Qashqai* o *Bakhtiari* en Irán, son aquellos que se trasladan durante las estaciones a zonas donde pueden vivir, desde tierras bajas en invierno van a cuidar los ganados a tierras altas en verano". Haciéndo Faisal una pausa para beber su té, interviene

Kasim al-Farabi: "Todo depende de las comunidades, de su visión del beduino recorriendo a su libre albedrío el desierto, respondiéndo solo a Alá y a la naturaleza. Los nómades proveen leche, carne, animales de carga a cambio de granos, dátiles, café, sal, etcétera".

Retomando la palabra el escritor Faisal al-Kadir nos dice: "Aunque muchos de ellos se han visto forzados a ser agricultores, otros se han visto en la necesidad de hacerse choferes. La mayoría de taxis y pequeños camiones en la Arabia Saudita pertenecen y son manejados por los recientes beduinos". El Príncipe Islamita que viniendo desde el exterior vuelve a sentarse con nosotros, pasa a opinar cuando oye de que se trata: "Algunos nómades han ayudado entusiasmados a fundar estados modernos como los *Sanusi* en Libia o los *Ikhwan* en Arabia".

Y nos comunicar Jadel Shahin con lentitud: "Muchos señalan que nosotros los nómades no respetamos las fronteras. Alegan que las traspasamos sin acreditar con documentos quienes somos y que ignoramos las leyes. Ellos dicen que los del desierto contribuimos al bienestar público a nuestra manera. ¿Acaso por su propio bien no les convendría a ellos diálogar con nosotros?". Coméntale Ahmed: "Papá, lo que preferirían algunos gobiernos es transformarnos en trabajadores o agricultores. Y que paguemos nuestros impuestos".

Recomiéndale su padre Jadel Shahin: "Esta bien hijo Ahmed que en Argel, o donde quiera que te toque vivir, pagues tu contribución al estado porque eso es lo que debe hacerse. El que no cancela sus impuestos va a la cárcel. En este sentido nunca deben arriesgar los ricos, ni tampoco los pobres... Aunque todos sabemos que Argelia es la gallinita de los huevos de oro. El descubrimiento de petróleo y del gas proporciona el noventa por ciento de las divisas de Argelia. Este país Argelia (cuya extensión en terreno es la décima más grande del mundo), tiene ochenta y cinco por ciento de desierto. Afortunadamente estas zonas desérticas o yermas llamadas el Sahara, constituyen para Argelia su mayor fuente de exportación... Los que rigen Argelia felizmente comprenden que Alá nos los bendecirá, si nos embisten a los nómades con carros blindados, con la radio, con las armas o los aeroplanos. El desierto tiene sus propias leyes que ningún hombre puede combatir... Porque para sobrevivir en el Sahara, incluyendo a nuestros animales, tenemos que ajustarnos a esos dictados de la naturaleza".

Acercándose su hijito Alí a musitarle algo en el oído, añade Jadel Shahin: "He escuchado lo que Alí me ha dicho. Él quiere que mañana todos salgamos al campo". Yendo de paseo al día siguiente, pasamos por unas carpas aisladas, en cuyas entradas los niños están desnudos con sus vientres hinchados y sus piernas delgadas, debido a la desnutrición. Pues toda la ayuda que se proporciona se seca rápido como lo árido del Sahara, cuando esporádicamente llueve, porque nunca es suficiente. Hasta que situándonos cerca de una fuente, donde a su alrededor se ve una caravana con muchos camellos y sus camelleros, algunos de pie y otros descansando en la arena con sus típicas vestimentas de los hombres del desierto, nos entera sobre ellos Jaled Shahin: "Esos hombres de la tribu *dag râli* son el grupo más rico del Hoggar, gracias al tradicional tráfico caravanero que han mantenido con Níger. En total son muy numerosos, además fueron reputados guerreros. Los nobles tuvieron que contar siempre con ellos a la hora de hacer la guerra frente a los enemigos comunes".

E indágales Faisal al-Kadir: "¿Se dedicarán esos señores a la crianza de camellos?". Por lo que Ahmed le contesta con parsimonia: "Ahora para el trasporte en el desierto, estos animales tienen que abrise para dejar paso a los camiones de carga, que cada vez son más numerosos.

Por suerte el desierto es tan inmenso, que siempre habrá espacio suficiente para los coches y los camellos porque ambos son lo puntales en la economía de los tuaregs". Y suma a lo dicho El Príncipe Islamita: "Desde que se les conoce a los camellos y a los dromedarios han sido utilizados para la conducción del correo porque aguantan los terrenos arenosos y secos con escasa vegetación. Yo he oído decir que tienen mal genio". A lo que le aclara Jadel Shahin:

"Si, cuando están enojados es natural ver al camello morder el brazo de su dueño. Incluso puede estar bien alimentado, poco cargado y bien tratado, pero al pasar por un camino estrecho trata de fastidiar a su amo". A lo que aumento mi mismo Diego Torrente: "Es sabido que los dromedarios existen en estado de domesticidad hace miles de años".

Sentándonos para comer pan con queso y naranjas, repítenos Ahmed: "Esos caravaneros al lado nuestro están diciendo que la ley del islam asegura la superioridad del hombre sobre la mujer...Que un musulmán puede casarse con una que no es musulmana sin demandar de ella su conversión. Pero que una mujer mahometana debe casarse solo con uno que profesa la secta de Mahoma... Otro, que estuvo callado, parla que cuando un islamita pide el divorcio lo consigue fácil, pero que una mujer solo lo podrá solicitarlo ante el Tribunal de Justicia por razones limitadas; mientras que el esposo queda a la custodia de los hijos...". Y Ahmed que sigue escuchando, nos cuenta: "Parla uno: Además el hombre que practica la religión de Mahoma hereda dos veces más que la mujer. Y su testimonio en la corte tiene dos veces más valor que el de ella... Mirad vosotros, a esa extranjera en ese grupo. Ella exhibe su belleza, no como las musulmanas en la mayoría de las ciudades de Argelia que siendo muchas líndisimas, están obligadas a cubrirse desde la cabeza hasta los pies cuando salen a la calle."

Refiérenos Ahmed: "Está prorrumpiéndoles él mismo joven, a sus compañeros mayores. ¿Por qué no me váis a decir, que esa hembra que estamos viendo es una argelina?... Pues aunque tiene puesta la *abaiyia* esa prenda sin manga usada por las mujeres nómadas, está tiene toda la traza de ser una foránea". Y prosigue Ahmed Shahin repitiendo lo que oye de ellos: "Está opinando aquel de antes, que son poquísimas las islamitas que se han sentado en el trono. La hazaña de Shajar Al-Durr, que rigió Mamluk en Egipto desde 1249 hasta 1250 fué una rareza. Y las extranjeras como esta, hasta hoy día pueden ser reinas. Y se las vé en la televisión con coronas". Quedándose Ahmed unos minutos callado, averíguale Sol Stepanov: "¿Ahmed, qué están conversando ellos ahora?". Volviendo a tomar la palabra Ahmed, nos pone al corriente: "Ese otro nómade, les está alegando a sus compañeros de viaje: "No os olvidéis que entre las tuarguí del desierto argelino, la mujer conserva una posición privilegiada, porque las nobles trasmiten a sus hijos los derechos de propiedad y nobleza".

Y sigue traduciéndonos Ahmed: "E interviene el de su lado diciéndo. Gracias Alá que a pesar de un entorno islámico cada vez más exigente, la mujer targuí se mantiene apegada a las tradiciones". Aguzando Ahmed su oído para prestar más atención, nos cuenta: "Esos saharianos están comentando que las mahometanas tienen ahora, por lo general, un rol más libre afuera de sus hogares que sus antepasadas del siglo XV. Pues los gobiernos musulmanes modernos están alentando a explotar el cerebro y la energía que ofrece la población femenina en la sociedad trabajadora.... En las metrópolis la influencia de las mujeres islamitas crece en general, las jovenes quieren ir a la universidad, estar bien instruídas...". Adviértele su padre Jadel Shahin, a su pimogénito Ahmed: "Hijo, ellos se van a dar cuenta de que los estás oyendo...". Contéstale Ahmed a su papá Jaled: "Parece que nos les importa un bledo porque están hablando en altas voces... En este momento uno de los caravaneros va hacer un estimado del porcentaje de la gente que pertenece a las siguientes religiones".

Y revélanos Ahmed: "Él acaba de declarar así. De la población mundial, los cristianos son un 33,3%; los islamitas 17,7%; los que practican el hinduismo son 13, 3%; los del budismo son 5,7%; y los judíos 0,3%. Los demás se están riendo de los conocimientos tan amplios que tiene ese que habló. Él cual les comenta aún que los musulmanes están en un gran número en Afghanistan, Argelia, Etiopia, India, Indonesia, Irak, Israel, Yemen, Jordania, Kuwait, Libia, Mauritania, Marruecos, Pakistan, Arabia Saudita, Sudán, Somalia, Siria, Tunez, Turquía, Egipto, Libia... Ese mismo caravanero, les entera a los otros, que no ha terminado todavía. Pues en China y Mongolia se cálcula el número de musulmanes alrededor de veinticinco millones, y en lo que fué la Unión Soviética en especial en Asia Central es de diez y seis millones. Otro de ellos, les conversar al grupo, que el más grande contigente de mahometanos en Europa se encuentra en Albania, en Bulgaria y en Yugoslavia. En total hay alrededor de novecientos cincuenta millones de musulmanes dentro del globo terrestre".

Auméntanos Ahmed: "En este momento toman té ellos. Eso lo véis también vosotros...". Y Kasim al-Farabi riéndose y llevándose un bocado de fruta a su boca le recuerda: "Eh Ahmed, que estoy en Babia sobre lo que charlan..." Y Ahmed retomando la palabra pronuncia: "Le han dicho ellos, al que tiene menos años, que han quedado maravillados de todo lo que sabe. Y como vemos ya se van...". Recuérdale su padre Jaled Shahin a Ahmed: "Nosotros también hijo, vamos a hollar con nuestros pies el camino de regreso". Viéndonos de pie, corren hacia nosotros, la niña Amenia Shahin y su hermanito Alí Shahin, diciéndonos: "Hemos observado de los camellos sus sillas de montar de cuero, sus guarniciones de bronce y sus bordados de piel. Y estuvimos mirado como los animales lamían el agua con sus hocicos y se sentaban a continuación a descansar". Luego mientras los camellos resoplan, se suben sobre ellos los negociantes con sus fustas en los puños y agarrándose a los sujetadores de mano en forma de cruz, se alejan haciéndonos gestos de adiós, a los que nosotros contestamos.

Después de esto, tras arreglarse Ahmed el velo de la cara y el turbante que se le habían desordenado dejándosele ver su cabello negro, continua contándole a su familia lo que habíamos recorrido y de los esfuerzos que está poniendo el gobierno en construir represas de agua en pleno Sahara. Además de las personas con quienes habíamos hablado y de los pocos animales que habíamos visto corriendo en el camino tales como las gacelas con sus enormes orejas. Entonces interviene su padre Jadel, aclarándonos: "Se observan pocas especies salvajes porque la reducida vegetación del desierto no les ofrece abrigo", e indágales El Príncipe Islamita: "¿Yo quisiera saber cuál es el pasatiempo favorito de estas tribus?", por lo que Jadel Shahin padre de Ahmed, le entera: "Príncipe, somos excelentes cazadores", y comenta aún Faisal al-Kadir: "También sabemos que vosotros los tuareg taladráis y pulen la piedra haciendo de ella diversos adornos", dános a conocer Ahmed: "Esa costumbre la conservamos desde los tiempos primitivos hasta ahora".

Habiéndonos sentado dentro de la carpa con la entrada abierta de modo que podemos distinguir a la distancia el inmenso horizonte que comienza a volverse azulino porque va entrando la noche, interroga Amenia: "¿Papá, regresarán esos guerrilleros que pasaron el otro día?". Y la tranquiliza su padre Jadel: "No hija Amenia... Ya están muy lejos...", haciéndonos reír Alí cuando nos asegura: "Felizmente vosotros no sóis bandoleros. ¿verdad Diego?". Respóndole pues: "Eso es cierto Ali, porque nosotros no somos salteadores de caminos". E inquiéreme aún Alí: "¿Diego, ¿y por qué no?", dígole: "Alí, es que uno debe respetar siempre lo ajeno". Pregutándome el niño: "Diego ¿Eres tú así?", le doy a saber a Alí: "Si Alí. Y también tú y los demás somos algo más que nuestros cuerpos". Y averíguame Alí: "Diego, explícame cómo es eso". Contéstole a Alí: "Esto significa que además de tu ser material, que se conoce con el nombre de Alí, también tienes adherido a tí un ser inmaterial dotado de razón. Lo cual no se vé y se llama espíritu o alma racional".

Dícele su padre: "Ali, ese espíritu es lo que te hace reconocer la diferencia que hay entre lo tuyo y lo de otro".

Agrego también yo: "Ali, la inmortalidad de las almas la defienden muchas religiones mundiales que creen en un ser Omnipotente".

Colaborando conmigo Jadel Shahin, emite: "Diego, me agrada lo que dices". Terminado el té, su mujer Samia se levanta para traer leña y echarla en las cenizas que al prender de nuevo el fuego, nos deja contemplar su cara bronceada, mientras afuera se dislumbra el cielo tachonado de estrellas, mostrándonos toda su magnificencia en esta noche que rápido oscurece. Por eso cuando las llamas de la fogata se apagan, todos vamos a dormir adentro del toldo, los hombres en la parte que nos corresponde, y las mujeres van a pernotar al otro canto o extremidad. Por las mañanas tras levantarnos, de inmediaro nos lavamos, cepillamos los dientes y peinamos nuestros cabellos, mientras afueras se oyen los resoplidos de los camellos. Enseguida de tomar nosotros el desayuno salimos a pasear para apreciar los alrededores. Esta madrugada observamos a un ser solitario, cubierto de blanco desde su cabeza hasta los pies yendo sobre un dromedario. ¿Quién sería?. Y esta tarde, estamos todos en compañía de Ahmed en un sitio desde donde se divisa a lo lejos, entre la arena de color rojizo, una solo palmera.

Algunos días después que hemos llegado, caminando subimos a un montículo y Ahmed nos cuenta señalando a cierta distancia: "Allá tenía su vivienda el último monarca de esta región del Sahara, llamado Bey ag Akhamouk hasta que los del gobierno argelino los desalojaron a él y a los de su tribu. Desde lejos se podía contemplar su *jaima*. La entrada del soberano miraba al oriente en dirección a la salida del sol. Debajo del techo de cañizo habían preciosos tapices. Ahí recibía él cuyo título era *Príncipe de la superficie de la Tierra*. Allí, acogía a los principales de la casta. Cuando él muriera, debería sucederle su hermano menor Moessa". Y averiguándole Sol Stepanov: "¿Adónde se fueron?", dícele Ahmed: "Yo aún era un niño. Mejor dicho un bebe que mamaba las tetas de mi madre Samia. Mi padre que lo presenció, dice que salían por cientos las cabras y los camellos del campamento con sus dueños a las casas que el gobierno les buscó en Tam. Algunos se quedaban en Tam, otros se iban al sur o en distintas direcciones".

En otra fecha durante nuestra estadía, habiendo arribado con los coches lanrover hasta lo que se llama Abalessa, refiérenos Ahmed Shahin acerca de ello: "Este asentamiento de Abalessa es muy antiguo, desde que los Romanos vinieron a África. Antes se llamó a este sitio Balsa y fué durante largo tiempo la capital. Ahora casi nadie vive aquí". Pasando nosotros a lo largo de las casas, Abalessa parece una sola calle cubierta de arena, con niños semidesnudos entre sus derruídas paredes y hombres descansando a la sombra de los muros. Mientras algunas mujeres desaparecen entre las puertas o aberturas de los muros. "En Abalessa sus habitantes están andrajosos porque no encuentran trabajo", prosigue hablando Ahmed. "Los jovenes se van para buscarse la vida en otro sitio. Solo los viejos se quedan...". Agrega por su parte Kasim al-Farabi: "Es que África se está desintegrando ante la mirada impasible de los demás continentes. Porque no solo Argelia tiene que superar enormes problemas sino también Angola, Ruanda, Chad, Zaire...".

E interviene Faisal al-Kadir: "Muchos africanos donde hay áreas de sequías están aislados por la guerra. Esos conflictos suceden con frecuencia en regiones en que no pueden abastecerse ellos mismos. Paz, junto con lluvia, o lo que provee agua, es lo que les asegura su alivio".

Entonces afirmo yo así: "De continuo la tragedia ha asechado a los países que se les conoce como *El cuerno de Africa* que son Somalia, Sudán, Etiopia, Eritrea. Porque tal como dice Faisal cuando la sequía coincide con trastornos políticos, el trágico resultado es la hambruna". Cuestionando Sol Stepanov: "¿Entonces, cuál es la solución a vuestro parecer?", explícale Kasim al-Farabi: "Bellísima Sol Stepanov, aquello es más sencillo de lo que parece. Cuando ellos nos alargen sus diestras, nosotros en respuesta tenemos que abrir las nuestras. Todos conocemos la expresión. Aquel humano es muy mano abierta. Eso quiere decir que es muy dadivoso", e insiste en el tema El Príncipe Islamita, opinando: "Es que es díficil amar al prójimo como a uno mismo".

Entonces recapacita Faisal al-Kadir así: "Siendo imposible ayudarlos a todos al mismo tiempo, lo urgente va a ser darles lo primordial para subsistir". Asintiendo en eso con él, digo yo: "Cierto Faisal, debemos proveerlos con agua, comida, y medicinas, a quienes se están muriendo de sed, de hambre, o por falta de salud. ¿Acaso no vemos en la televisión, o durante nuestros viajes, esas imágenes conmovedoras en que las madres de los países del Tercer Mundo aunque tiene sus senos secos, siguen dando de mamar a sus escuálidos hijos porque piensan que eso es mejor que nada?". Dándome ellos la razón, sigo adelante con esta plática: "Tenemos que socorrerlos a través de instituciones civiles o religiosas que ya están abocadas en ello". Dirigiéndome El Príncipe Islamita la palabra, afirma: "Si Diego, con ello estaríamos creando la posibilidad para que escapen de su miseria a tantos pobladores de África, Sud América, y Asia. Pues analizando la situación mundial, se podrá deducir que ocurrirán muchas de las grandes cosas, las buenas y las malas, en este siglo XXI".

E interrógando Ahmed: "¿Quiénes se hacen cargo de los argelinos que tienen enorme escasez económica?", lo consuelo yo: "Ahmed, en la actualidad son muchos los habitantes de Argelia a quienes ayudamos a refugiarse en los países europeos a través de las embajadas. Y tal es el exceso de los que piden asilo político, que hasta colman los lugares donde se hospedan. Por eso en Europa se están instalando carpas para los nuevos que arriben. Y lo continuaremos haciendo, mientras vosotros lo necesitéis y nosotros podamos sacaros de Argelia, si creéis que vuestra vida está en peligro". Sorprendido menciona Ahmed: "Diego, eso es algo nuevo para mí. ¿Entonces, puedo contar con tu ayuda?", y chocando mi palma con la suya, le ofrezco que así lo haré. Por lo cual discurre El Príncipe Islamita: "Ahmed, es que Diego como todos aquí, sabemos que es mejor hacer el bien pronto, porque desconocemos si mañana seguiremos vivos". Por lo que aumenta Faisal al-Kadir: "Y a la otra vida cuando muramos, nos vamos a ir sin nada. Aunque tengamos agarrado en las manos lo que nos pertenece".

Y coméntanos Ahmed Shahin: "Lo que quiero yo, es llevar a mi familia a compartir el hostal conmigo en Argel. Pero carezco de dinero para erradicarlos y matricularlos a Amenia y Ali en un colegio en esa capital de Argelia". Y El Príncipe Islamita llamando a Ahmed aparte y quitándose el valioso anillo de su mano se lo da. Igualmente le provee Sol Stepanov, a Ahmed Shahin, parte de su dinero por su grata compañía. E incluso contribuyen con Ahmed, en este momento, Faisal al-Kadir y Kasim al-Farabi con monedas para que él logré su cometido. Y como también le daré a Ahmed, yo mismo, billetes de dinares más tarde; mientras tanto sugiérole a él que lo mejor sería que su papá, mamá, Amenia, y Alí, viajaran desde Tam en avión hasta Argel. Porque aunque a los suyos se les vé sanos, que pasaría si yendo en coche uno de ellos se enfermara a mitad de camino donde no habría ni siquiera un doctor para consultarle. Así que de inmediato los acompañamos a Ahmed y a su familia, para conversar sobre este tema con un médico, durante su pausa en una posta médica.

Y díceles el facultativo, tanto a Jadel Shahin como a su hijo Ahmed, en presencia nuestra: "En general los niños se recuperan rápido cuando tienen una dolencia. Pero al mismo tiempo es verdad, que si se le presenta a un párvulo una alteración grave de su salud, y sino es atendido, podría pasar muy rápido de esa gravedad a otra peor. Por la simple razón que perdería el apetito él, justo cuando más necesita comer para recuperarse. Por eso haréis vosotros bien, si compráis un frasco de múltiples vitaminas, para en esos casos darle una pastilla diaria a vuestra hijita Amenia o niño Ali. Así como sería excelente que tomara un paciente una píldora de vitamina *C* cada día, hasta que pueda ser atendido por uno de mi profesión". Saliendo nosotros, vemos lo que en Hoggar se llama jardines. O sea dentro de un cerco trenzado de palmeras que se retiene en la arena, hay sembradas diversas plantas. Tales como yerba de menta, lechuga, tomates envainados y papas. Pasando por aquí contemplamos que dos escuálidas feminas están regando con baldes lo sembrado.

Contándonos Ahmed que las conoce y que quiere saludarlas, nos acercamos a ellas; quienes nos enteran que se están muriendo de hambre. Pues sus hijos que se encuentran viviendo en Roma, la capital de Italia, desde que ellas enviudaron, al principio les enviaban dinero cada mes para mantenerlas, pero en el presente solo lo hacen de vez en cuando. Y como manifiestan sus deseos ardientes de reunirse con ellos, sucede que nosotros compadecidos de aquellas mujeres, les ofrecemos que en Tam hablaremos con Abderramán al-Andalús, el empleado de la agencia turística, para que cuando ellas lleguen allá, les extienda a nuestra cuenta sus pasajes en avión hasta Argel. Y además les damos a esas desvalidas mujeres dinares para que tuvieran dinero de bolsillo con que vivir de momento. Y cómo a través de nuestros teléfonos móbiles se comunicaron con sus hijos en Roma que las invitan a visitarlos, les ofrecemos El Príncipe Islamita y mi mismo que cuando llegaran ellas a Argel, les pagaríamos su pasaje en avión para reunirse con los suyos en Italia.

También les digo, que yo las ayudaría con los trámites para conseguir los pasaporte y las visas a fin de que fueran a residir en el continente europeo con sus familiares, si ellos estaban de acuerdo. E ipso facto les firma El Príncipe Islamita unos cheques a sus nombres para cuando fueran a vivir con sus hijos. Agradeciéndonos Salwa Bahai y Fadela Ghezall nos halagan ambas expresándose: "Os portáis como verdaderos príncipes", mientras las lágrimas les ruedan por sus mejillas. Y como les doy a ellas la dirección de la Embajada, para ayudarlas a ir a Europa que es donde están los suyos, vaya que dándonos efusivos abrazos y besándonos las manos a todos nosotros, nos trasmiten sus calurosas gracias. Después de esto, al día siguiente andando con Ahmed por un terreno nos relata: "Acá yacían los restos de la madre de los Ihaggaren. De la cual os conté antes que ella fué una Princesa berber, descendiente de la realeza africana que frecuentaban a los del Imperio Romano en el siglo XV, presumiéndose que venía de Marruecos".

Interrogándole Faisal al-Kadir, el escritor de la Arabia Saudita, a Ahmed: "¿Cuál era su nombre?", nárranos Ahmed: "Tin Hinan. Ella fué la primera que gozó del título *tamenokalt* que es para las mujeres. En los hombres es *amenokal* o sea sin las dos letras *t*. En la tradición se heredaban los títulos nobles de la mujer, de ella pasaban a sus descendientes. Según refiere la historia Tin Hinan gobernó con sabiduría y trajo al mundo diferentes hijas. Antes de su muerte decidió ella donde estaría enterrada. Los Ihaggaren construyeron este túmulo, este sepulcro levantado en la tierra y colocaron en la entrada una enorme piedra. En 1932 ciertos arqueólogos franceses descubrieron la sepultura. Al abrir el ataud, que estaba decorado con escultura, encontraron el esqueleto de una mujer. Cerca a ella se hallaban sus armas: un arco y una fecha, una espada, una vaina y una daga...". Y continua informándonos Ahmed: "La reina también estaba junto a sus joyas. En los pulsos de sus manos y tobillos tenía pulseras de plata macisa. Y en el cuello una alhaja que contenía cien estrellas de oro".

Añade Ahmed además: "Sus despojos mortales fueron llevados al Museo Bardo en Argel. Allá descansa en una vitrina con todas sus pertenencias, exceptuando el collar de oro". Luego de hablar Ahmed tales cosas, discurre: "¿Faisal y Kasim, en caso de que vosotros murieráis en una nueva tormenta de aire, que podríamos poner sobre vuestra sepultura?". Respirando harto profundo Faisal, pronuncia así: "Aquí yace Faisal al-Kadir, un hombre que en Alá creyó. Y que a toda la humanidad sin distinción él amó". Enseguida nos dá a saber el mismo Faisal: "Si alguno de vosotros sobreviviríais aquel percance, se lo comunicarías pronto a mi esposa e hijos. De igual modo, si le ocurriera a Kasim ese imprevisto, le avisarías de lo sucedido a sus padres y hermano". Pero insiste Ahmed en preguntar a Kasim al-Farabi: "¿Y de tí Kasim, qué podríamos escribir?". Al no contestarle Kasim, dice Faisal: "He reflexionado Ahmed, que así podríais describir a Kasim sobre su tumba: "Aquí descansan los restos mortales de Kasim al-Farabi, que la bondad de un niño tenía, unido a su gigante sabiduría".

Acercándose El Príncipe Islamita a ellos, les recuerda entonces: "Esta muy bien Ahmed que nos invites a platicar sobre la muerte. Ya que durante la tempestad de viento y arena la vimos cerca. Por eso es preciso orar diario cada cierto tiempo y no desfallecer. Y como los creyentes musulmanes debemos rezar cinco veces al día, la primera vez cuando sale el sol que ya lo hemos hecho. Ahora elevaremos nuestros pensamientos a Alá por segunda vez". Oyendo ellos estas palabras, arrodillándose se inclinaron repetidas veces. Acabados los rezos, les expreso mi mismo Diego Torrente: “El cielo ha cambiado...”, y confírmamelo Ahmed: “Diego es que viene una borrasca. Lo veo en la atmósfera”. Y Jadel Shahin el padre de Ahmed, nos lo aclara poniéndonos en antecedentes: “Las lluvias en el desierto son cortas pero muy intensas. La fuerza del agua, baja, y llega hasta el río. En poco tiempo pueden levantarse marejadas de muchos metros de altura que todo lo arrastra. En realidad hay caravanas que van por la arenilla de un río seco. Y no pueden salvarse de la masa de agua”.

Ante esto apresuramos el paso, no oyendo nada excepto nuestro pisadas que avanzan sobre la arena. De improviso comienza en el firmamento, con una rápidez vertiginosa, a aglomerarse las nubes. Inmediatamente baja la temperatura viéndose al sol oscuro detrás de la niebla y cuando llegamos de regreso a la *jaima* llueve copioso, pero debido a la sequedad de la arena se evapora pronto. Repetidamente cae una cortina de lluvia, apareciendo en el suelo profundos raudales de agua que serpentean por el lodo. Entonces Sol Stepanov y Amenia Shahin que son las últimas en ingresar a la carpa, lo hacen corriendo. Por suerte el interior de la lona está seco, pero no vemos a Jadel Shahin porque ha ido atar los camellos y dromedarios. En tanto los truenos van espaciándose unos de otros, hasta que adentro de la lona que nos sirve de vivienda después de habernos cambiado la ropa mojada, ya los rayos habían cesado. Y cuando Samia Shahin, la madre de Ahmed, nos invita a beber té, el cielo iba cambiando, abriéndose las nubes hasta aparecer un sol brillante.

Entre tanto sugiéroles yo: “Quiero proponerles que lo filmado por nosotros, en nuestro camino hacia acá, lo convirtamos en una película. Incluyendo lo anterior o sea desde que me ofrecieron en Europa mi traslado como diplomático hacia Argel. Si vosotros estáis de acuerdo la expondremos durante *El Festival Internacional del Cine del Sahara.* Lo cual sucede cada año en marzo en la Hamada de Argelia. Ahí sus pobladores saharaui organizan esos festivales.

En ello participan profesionales que viajan desde todo el mundo a presentar sus filmes. Y de paso charlan sobre dichos temas cinematográficos”. Por consiguiente, demostrando todos su entusiasmo, los pongo al corriente en que forma podemos llegar hasta La Hamada, en este desierto del Sahara: “Arribaremos primero en avión desde Argel hasta la ciudad de Tinduf, que queda cerca. Y desde Tinduf nos transportaremos en autobús hasta el campamento de Ausserd, situado en La Hamada. Siendo este recorrido apenas un tramo de hora y media. Ahora bien, en esta película de Argelia se apreciará su capital Argel".

E interviene Faisal al-Kadir con entusiasmo: "Y todos los espectadores admirarán las bellas vistas de sus principales puertos como son Argel, Orán, Arzew y Skikda. Siendo estos dos últimos de especial interés económico por hallarse situados en ellos los terminales de los gaseoductos". Agréga por su parte El Príncipe Islamita: "Asimismo filmaremos en el aeropuerto de Argel el aterrizaje y despliegue de los aviones". Y haciéndo un alto El Príncipe Islamita, interviene Ahmed dándonos esta idea: "Entre los que se encuentran los de la compañía *Aire Algérie*, que opera vuelos frecuentes desde la capital Argel hasta el desierto del Sahara, a sus conocidas ciudades de Guadaïa, Djanet y Tamanrasset. Nuestra película mostrará que Tamanrasset es la pintoresca capital del Sahara Argelino, situada en las *Montañas del Hoggar*, donde ocupa una gran extensión y dispone de varios hoteles y restaurantes. ¡Así mundialmente se enterarán millones de espectadores lo pintoresco que es Tamanrasset!". Y pronuncia Kasim al-Farabi: "Lo que no sabemos todavía es cual será el final del filme".

Sobre ese tópico les doy mi parecer así: "Debido a que la vida cambia a cada momento, como las nubes en el cielo nublado, dejaremos al futuro que lo decida". Felicitándome mis compañeros con efusivos abrazos de contento, lo hace a su vez Sol Stepanov con estas palabras: "¡Magnífica idea Diego, e invertiremos los dólares recabados en los mismos saharauis!"

Llegada la noche, bajo la luz de la luna, con el olor de la leña y sentados sobre pieles de borregos, nos pide Ahmed que les tomemos dos retratos familiares. Todos ellos al momento que los enfocamos se muestran requeteserios, siendo muchas fotografías las que este anochecer nos tomamos unos a otros, unas veces muy serios, otras veces riendo porque hacemos chistes como este que emite Kasim al-Farabi: "Los que salen en una foto sonrientes, sobreviven en la vida a aquellos que lucen enojados". Poco después, habiendo terminado de comer y cuando las llamas se apagan a pocos, acontece que el dueño de la carpa Jaled Shahin se levanta y se pone a discurrir así con gran sosiego: "Os digo que en esta era de la modernización y de la globalización hasta los nómades del desierto del Sahara sabemos como se manejan estas cámaras fotográficas. En cuanto a las computadoras, no os podemos decir que somos unos neófitos porque por lo menos hemos visto como funcionan, a un transeúnte que las arenas trajeron de paso por aquí".

Sacando a continuación Jaled unas fotos, nos las muestra comentando: "Estas postales son de mi hijo Ahmed, cuando junto con otros niños de su colegio y unos profesores estuvieron de paso por España. Esta primera es de Cordoba, adentro de la Mosque. Esta siguiente que es bellísima donde se le vé a Ahmed fué tomada en la Alhambra. Y acá está Ahmed en el interior de la misma, en *El Patio de los Leones*. En cambio este tarjetón es del *Patio de las Doncellas* en el Alcazar de Sevilla". Preguntándole Alí: "¿Papá, por qué le pusieron a ese local el *Patio de las Doncellas*?", le da su parecer su padre Jaled: "Hijo Alí, seguro habrán correteado allá mujeres que eran vírgenes pues aún no habían conocido varón", y vuelve a cuestionarle Alí: "¿Y esos bandidos que pasaron en camioneta, estará cada uno llegando a su choza está noche para acostarse con su mujer?". Dícele Jaled: "Alí quizás todavía se hallan ellos en el vehículo, dejando sus huellas en el desierto, mientras van cantando desde lejos *grooo, grooo, grooo,* como el gamo cuando grita porque está en celo llamando a una hembra".

Y nos previene el mismo Jadel: "Lo que si sé es que los atracadores asaltan a los caminantes en las llanuras de arena, pero también entre las rocas y montañas". Tomando yo Diego Torrente la palabra, les cuento a los presentes: "Cuando veníamos hemos visto que las señales de orientación a veces desaparecen total sobre la arena. Felizmente distinguimos a distancia un camión que no levantaba polvo. Enseguida supimos que deberíamos seguir esa ruta porque está asfaltada".

Averíguales aún Faisal al-Kadir el escritor de la Arabia Saudita, a los de casa: "¿Por qué se mueven con tanta libertad aquellas bandas de bandidos?". Respóndele Jaled Shahin: "Faisal, es que esos foragidos conocen la región como la palma de sus manos. Mejor que los policías, o los mozos que están reclutados para el servicio militar en las capitales. Los cuales conocen el desierto, solo por lo ven en los libros". Indagándole El Príncipe Islamita que les roban a los viajeros, esos salteadores de caminos, nos da a saber Jaled: "Esos tipos les quitan a los que atracan los automóviles y sus cosas valiosas que llevan".

E interviene su mujer Samia, poniéndonos al corriente: "A unos turistas les dejaron agua y alimentos para que puedan llegar sanos al próximo oasis. Esos amigos de lo ajeno, no querían abandonarlos a su suerte". Instanos pronto Kasim al-Farabi así: "Rogaremos antes de partir de regreso para que si nos salen al encuentro sus similares, nos dejen en cada uno de los coches por lo menos una de las latas de agua que llevamos, además de los chocolates que tenemos con nosotros". Tras reír nosotros con Kasim y cuando las llamas se van extinguiéndo, recomiéndanos Samia Shahin, la mujer de Jadel: "Si váis vosotros a medianoche hacia afuera, por cualquier razón, acordaos de cerrar la *jaima*. Para evitar que entren mosquitos, culebras, o bichos". Yendo todos a dormir, oímos que el viento que viene desde afuera, zarandea con fuerza la lona. Y esta noche, a medianoche, presenciamos la azarosa muerte del Príncipe Islamita, que ocurre cuando una víbora de esas que son corrientes en el Norte de África con el cuerpo cubierto de pequeñas escamas, se le acerca para moderlo.

Todos sabemos, porque de eso habíamos hablado, que ese tipo de serpientes es una animal muy peligroso, debido a lo poderoso de su veneno y a la rápidez con que ataca a su presa para atontarla. Por eso cuando escuchamos vociferar en voz alta: "¡Despierten!. ¡Venid rápido que se ha metido una culebra!", y vemos al Príncipe semicubierto, ergido en el colchón con el pelo negro todo alborotado cogiéndose la pierna, y a la vez reparamos en la áspid, que sinuosa se despide de su lado cuando la ahuyentamos hacia la salida, comenzamos a entristecernos porque las evidencias nos confirman que lo había atacado. La certeza la tenemos cuando clama él mismo: "Me ha picado en la pantorrilla... ¡Alá ten piedad de mí!". Atendiendo a sus lamentos, todos estamos despiertos y luego de tratar diferentes soluciones sin un buen resultado porque él se desmaya, intentamos reanimarlo. Pero estaba escrito que esta noche moriría. Y cuando esto ocurre, dice Ahmed cubriéndolo con una sabana: "Lo tapo para que a los niños no se les suspenda el ánimo viendo la cara de un muerto".

Saliendo afuera contemplamos en el cielo los innumerables cuerpos celestes, que parecen diamantes brillando en la oscuridad de la noche. Enjugándonos las lágrimas que ruedan por nuestras mejillas, nos sentamos alrededor de una fogata que hemos prendido para defendernos del inclemente frío. Enseguida tomamos té, a la vez que cambiamos ideas entre nosotros que pasos deberemos dar para comunicarle del fallecimiento a su padre El Príncipe Adnan y a las autoridades argelinas. Porque son estas las que ordenarán cuando podrán ser transportados los restos mortales desde Tamanrasset, en pleno desierto del Sahara, hasta Argel la capital de Argelia. Y en cosa de minutos decidimos que primero anunciaremos el deceso del Príncipe Islamita a su padre El Príncipe Adnan. Pidiéndole a este que se ponga en contacto con las autoridades en Argel, para que en conjunto con las de Tam, se haga tan pronto como sea posible la expatriación del cadáver. Dícenos Kasim al-Farabi: "Total, le vamos a dar al Príncipe Adnan solo el cuerpo de su hijo. Quiero decir el objeto, no el sujeto".

Y Sol Stepanov empapada en llanto añade: "Tienes razón Kasim, le vamos a dar solo lo material, no lo espiritual de mi ex novio. Hasta ahora no me acostumbro a la idea de haberlo perdido de vista". Pronunciando enseguida Faisal al-Kadir mientras se arropa con su manta, porque la temperatura esta noche es bajísima, por lo tanto hay un frío tan intenso que más parece que estamos en Siberia de Asia, que en el desierto africano: "¿Qué habrá querido decir El Príncipe al fallecer con sus últimas frases de que ya no existirá en este tiempo?. Qué para él no habrá más sol ni luna...". Dígoles yo Diego Torrente: "Parecidas aquellas palabras se leen al final de Las Sagradas Escrituras donde está escrito: "No habrá ya noche, ni tendrán necesidad de luz de antorcha, ni de luz de sol, porque el Señor Dios los alumbrará por los siglos de los siglos". Y estuvimos entre durmiendo y despiertos esperando que aclarara el día, tomando jugo de frutas, agua mineral, café, té y bollitos azucarados. Entretanto la noticia aunque estamos en el Sahara, corre veloz en esta era de la comunicación.

Ya que Príncipe Adnan habiéndose enterado del deceso de su hijo por nuestra llamada telefónica anoche mismo apenas pasó a la vida futura El Príncipe Islamita, nos envía de inmediato tres helicópteros con sus respectivos pilotos y copilotos; en uno de los cuales se transporta el cadáver del Príncipe Islamita hasta la capital de Argelia en el norte africano. Sucediendo ello minutos antes de que nosotros mismos, incluyendo a Jadel Shahin y su familia, nos remontáramos hacia Argel en los sucesivos vuelos de regreso.

¡SUPERÁNDONOS EN EL SIGLO XXI!

MARICHU GRIJALBA ITURRI
(Nombre de bautizo: **MARÍA GRIJALBA ITURRI**)
Autora

Sinopsis del argumento de la novela

* El europeo Diego Torrente nos cuenta en esta novela sobre la infancia suya, desde las conversaciones que tuvó con su Nana, que tal como sus padres lo criaron a él, hasta como oyó a su abuelo hablar de una posible III Guerra Mundial en el Siglo XXI. Pasado el tiempo lo vemos a Diego como Diplomático en Bélgica y luego visitando a una familia Real Europea quien le encarga a Diego la misión de investigar la vida de Sol Stepanov, de quien El Príncipe Europeo (hijo de la Reina y del Príncipe Consorte) está enamorado. Diego acepta la propuesta, bajo la condición de enterar a la Familia Stepanov de los datos, que él proporcionará a esa Realeza Europa. En cuanto a la amistad del Príncipe Europeo con Sol Stepanov esta viene, desde que ambos siguen clases y actuan juntos en funciones de Ballet en Europa.

* Ahora bien, designado Diego Torrente para trabajar en Argel, la capital de Argelia situada en el norte africano, nos da a saber él de las aventuras que comparte con sus amigos, entre los cuales se encuentran dicho Príncipe Europeo y El Príncipe Islamita, quienes tal como Diego aman a Sol Stepanov la hija de un Embajador de la Comunidad Europea, él cual es Jefe del mismo Diego. En dicha capital africana Argel, tanto El Príncipe Europeo como El Príncipe Islamita, Diego Torrente y Sol Stepanov hacen amistad con un Profesor de la universidad, con él salen de paseo al campo y allí en una oportunidad, además de ver a una mujer desnuda bañándose en una catarata, repasan en resumen desde su inicio la Historia del Género Humano.

* También se aprecia en el curso de la obra como Alejandra de Stepanov (que es la esposa del Embajador Stanislao Stepanov y ambos padres de Sol) ejerce en Argel su profesión de Psiquiatra ad honorem. Ahí mismo en Argel, la capital de Argelia, visitan los protagonistas a un Modisto

Europeo, fué allí en la cercanía de su morada donde Sol Stepanov conoce al Príncipe Islamita en el panteón de al lado, mientras este acude para visitar la tumba de su madre. En otro capítulo se aprecia como un simpático Periodista Americano ha venido a Argel con la misión de hacer una serie de preguntas sobre las costumbres actuales europeas a Diego Torrente (que además de ser Diplomático, escribe para un diario como periodista sin empleo fijo). Entre ellos, estando en la playa, hablan sobre la eutanasia de la cual Diego está en desacuerdo, o de la pena de muerte que se ejecuta en América y está prohibida en las leyes europeas. Y de paso el Periodista Americano le averigua al Príncipe Islamita sobre otros temas que este domina.

* Seguido a ello el reportero norteaméricano salva a un Japonés de morir ahogado, que estaba en grupo con otros tres nipones. Y estos los invitan a su casa a Diego, al Periodista Americano y al Príncipe Islamita para una amena conversación en compañía de sus esposas japonesas, como que todos son extranjeros pisando tierra extraña.

* Luego un Diseñador de la Moda, que tiene una fábrica donde obreras argelinas confeccionan ropa de Alta Costura que vende incluso en Europa, organiza él una divertida Juerga Gitana con los protagonistas de esta novela, seguida de una gran Fiesta Benéfica, donde asisten tanto los Diplomáticos extranjeros como la nata de la sociedad argelina.

* Después Diego Torrente narra sus peripecias cuando estuvo trabajando como periodista en China, donde hace amistad con una estudiante universitaria durante la sonada protesta callejera en ese país. Refiriéndose luego Diego Torrente de nuevo a Argel, nos cuenta como sus amistades y él leen la Biblia en la mansión del Príncipe Adnan a instancia de este, en presencia también de su hijo El Príncipe Islamita, donde por un descuido se escapa de su jaula una leona que estos crían, sembrando el temor entre los invitados.

* Se describe también en esta novela, la concurrencia de los fieles, entre los que se encuentran Diego y la familia Stepanov al servicio de la Misa que se celebra en conjunto de los católicos con las otras Iglesias cristianas en Argel, tal como se acostumbra allá. (Y esto lo dice la autora, o sea mi persona, por experiencia basada en el año que viví en

Argelia. Período del cual puedo dar fé, de la amabilidad que tienen los argelinos para con los foráneos).

* También se lee las aventuras que Diego Torrente y compañía pasan en el inmenso arenal del Sahara, donde hacen amistad además de los nativos con otros viajeros, oriundos de la Arabia Saudita, y como adentrándose en el desierto mientras esperan a los demás en las afueras de una mezquita Diego y Sol hablan sobre Dios, el firmamento y los planes que se están llevando a cabo por algunos científicos de investigar otros planetas del espacio, debido a eso han lanzado incluso mensajes de buena voluntad a los extraterrestres para que estos los reciban en caso de que existan. (Esto está basado en hechos reales y ya han sido publicados). Y se entera el lector como declarándole Diego su amor a Sol Stepanov, ella le cuenta que ya se comprometió en matrimonio con El Príncipe Islamita.

* Asimismo esta novela refiere del encuentro de Diego Torrente y los demás, con un amable anciano judío asentado en un pueblo del Sahara. Y conocen ellos de paso a una hechicera con su risa destartalada, que es una expedita en hierbas medicinales.

* Al final, tal cual terminan las famosas tragedias griegas de la antiguedad con una o más muertes de los protagonistas, nos relata Diego Torrente como él y sus amistades, presencian el trágico deceso del Príncipe Islamita ocurrido por la mordedura de una serpiente en una carpa situada en el Desierto del Sahara donde están pernoctando y cuyos dueños son unos saharianos. O sea pertenece esa tienda de campaña al papá y mamá, del amable joven Ahmed Shahin que tiene una fonda en la capital de Argelia. Lugar desde donde salieron alegremente con él, los viajeros en grupo para gozar de sus aventuras a través del desierto. Y es el encantador viudo original de Arabia y conocido con el sobrenombre de El Príncipe Adnan o sea el padre del extinto Príncipe Islamita, quien desde Argel la capital de Argelia ubicada en el Norte de Africa, les envía un par de helicópteros para que se transporten Diego Torrente con Sol Stepanov desde el Sahara hasta Argel, incluyendo los restos mortales del que fuera su amado hijo El Príncipe Islamita.

Fin